걸리버 여행기

걸리버 여행기

초판 1쇄 2001년 1월 22일 발행
2판 33쇄 2024년 10월 10일 발행

지은이 | 조나단 스위프트
본문삽화 | 그랑빌(J. J. Grandville)
옮긴이 | 이동진
펴낸곳 | 해누리
펴낸이 | 김진용
총괄편집 | 조종순
마케팅 | 김진용

등   록 | 1998년 9월 9일 (제16-1732호)
등록변경 | 2013년 12월 9일 (제2002-000398호)
주   소 | 서울시 영등포구 당산로 20길 13-1
전   화 | (02) 335-0414 팩스 | (02) 335-0416
전자우편 | haenuri0414@naver.com

ISBN 978-89-6226-134-9

Gulliver's Travels

『1726년 초판본의 국내 최초 완역판 · 오리지널 삽화 수록』

걸리버 여행기

조나단 스위프트 지음 | 이동진 옮김

(((해누리

1726년
최초 발행인 리처드 심슨의 머리말

이 책에 처음 소개되는 여행기는 나와 오랫동안 절친한 우정을 나누어온 친구 레무엘 걸리버 씨가 기록한 것이다. 그는 모계 혈통에 따라서 나와 친척이 되기도 한다.

레드리프 마을에 살던 그는 호기심에 찬 사람들이 자주 찾아오는 바람에 골치가 아파서 3년 전에 집을 팔고 이사해버렸다. 그는 자기가 태어난 노팅엄셔 지방의 뉴어크 마을에다가 아담한 집 한 채와 약간의 토지를 마련한 뒤 거기에 정착하였다. 현재 회사에서 은퇴한 후 그곳에 살고 있으며, 마을 사람들로부터 크게 존경받고 있다.

그는 자기 아버지가 살던 노팅엄셔에서 태어났다. 그러나 나는 그의 가족이 옥스퍼드셔 지방 출신이라는 말을 그에게 들은 적이 있다. 어느 쪽이 맞는지 확인할 목적으로 옥스퍼드셔 지방 밴버리에 위치한 교회 묘지를 조사해보았는데, 거기서 나는 걸리버 가문의 무덤과 기념비를 여러 개 목격했다.

레드리프를 떠나기 직전에 그는 이 책에 소개되는 여행기의 원고를 내게 맡기면서 적절히 처리하라고 말했다. 나는 세 번에 걸쳐서 그 원고를 차분하게 읽어 내려갔는데, 문장 스타일은 매우 평범하고 단순했다.

단 한 가지 흠이 있다면, 여행자들이란 늘 그러듯이 걸리버 씨도 핵심에서 벗어난 주변상황에 너무 빠져 있는 것이었다. 원고 전체를 통해서 그가 사실을 사실대로 전해주는 듯한 인상이 짙었다.

물론 그는 진실만을 이야기하는 사람으로 이미 정평이 나 있었고, 레드리프 마을 사람들 사이에서는 전설적인 인물이다. 그들은 어떤 일을 사실이라고 주장하고 싶을 때마다, 걸리버 씨가 말한 것과 마찬가지로 자기 말도 사실이라고 주장했다.

나는 그의 사전 동의를 얻은 뒤에 내가 이 원고를 몇몇 저명인사들에게 보이고 검토를 의뢰했더니, 그들은 출판을 하라고 권고했다. 그래서 이제 나는 이 여행기를 독자 여러분에게 선보이는 것이다.

다만 정치와 정치 패거리들에 관해서 흔하게 굴러다니는 하찮은 글들보다는 이 여행기가, 적어도 얼마 동안은 우리나라의 젊은 지도자들을 훨씬 더 기쁘게 해주기를 기대하는 마음뿐이다.

내가 원고의 많은 부분을 사정없이 삭제하지 않았더라면, 이 책은 두 배 이상 두꺼운 책이 되었을 것이다. 풍향과 해류, 여러 번에 걸친 항해의 상이한 항로와 화물에 관한 설명을 삭제했다. 또한 폭풍우를 만나거나 선원들이 난폭하게 굴 때 선박의 안전을 어떻게 확보했는지에 관한 세밀한 묘사, 경도와 위도에 관한 측정까지도 제외시켜버렸다.

이 점에 관해서 걸리버 씨가 약간 못마땅하게 여길지도 모른다는 우려는 있다. 그러나 나는 가능한 한 독자들이 잘 이해할 수 있는 책을 만들기로 결심했다. 물론 항해술에 관한 무지 때문에 내가 잘못을 저지른 것이 여기 있다면, 그것은 오로지 내가 책임질 일이다.

어느 호기심 많은 여행가가 걸리버 씨의 원고를 읽고 싶어한다면, 나는 언제든지 기꺼이 원고를 제공하겠다. 아울러 걸리버 씨의 이력사항을 좀더 상세히 알고 싶어하는 독자들은 이 책의 첫머리를 읽으면 만족할 것이다.

저자
조나단 스위프트

The Publisher To The Reader

The author of these travels, Mr. Lemuel Gulliver, is my ancient and intimate friend; there is likewise some relation between us by the mother's side. About three years ago Mr. Gulliver, growing weary of the concourse of curious people coming to him at his house in Redriff, made a small purchase of land, with a convenient house, near Newark, in Nottinghamshire, his native country, where he now lives retired, yet in good esteem among his neighbours.

Although Mr. Gulliver was born in Nottinghamshire, where his father dwelt, yet I have heard him say his family came from Oxfordshire, to confirm which I have observed in the churchyard at Banbury, in that county, several tombs and monuments of the

Gullivers.

Before he quitted Redriff he left the custody of the following papers in my hands, with the liberty to dispose of them as I should think fit. I have carefully perused them three times. The style is very plain and simple, and the only fault I find is that the author, after the manner of travellers, is a little too circumstantial. There is an air of truth apparent through the whole, and, indeed, the author was so distinguished for his veracity that it became a sort of proverb among his neighbours at Redriff, when anyone affirmed a thing, to say it was as true as if Mr. Gulliver had spoke it.

By the advice of several worthy persons, to whom, with the author's permission, I communicated these papers, I now venture to send them into the world, hoping they may be, at least for some time, a better entertainment to our young noblemen than the common scribbles of politics and party.

This volume would have been at least twice as large if I had not made bold to strike out

innumerable passages relating to the winds and tides, as well as to the variations and bearings in the several voyages, together with the minute descriptions of the management of the ship in storms, in the style of sailors ; likewise the account of the longitudes and latitudes, wherein I have reason to apprehend that Mr. Gulliver may be a little dissatisfied ; but I was resolved to fit the work as much as possible to the general capacity of readers. However, if my own ignorance in sea affairs shall have led me to commit some mistakes, I alone am answerable for them ; and if any traveller hath a curiosity to see the whole work at large, as it came from the hand of the author, I shall be ready to gratify him.

As for any further particulars relating to the author, the reader will receive satisfaction from the first pages of the book.

RICHARD SYMPSON

 CONTENTS

 제 1 부

초미니 제국 릴리퍼트

제 2 부
거인족의 나라 브롭딩나그

제 3 부

하늘을 나는 섬나라

- 라푸타, 발니바르비, 루그나그, 글룹둡드리브, 일본 여행기

제 4 부

고귀한 준마종족 후이님의 나라

조나단 스위프트의 생애와 작품

영국의 저명한 소설가 월터 스코트 경은 "재능이 뛰어나고 대단한 명성을 얻은 인물들의 생애는 기복이 심한 법인데, 이러한 기복에 대해서 곰곰 생각해보려는 사람들에게는 조나단 스위프트의 일생이 대단한 흥미가 있고 또 유익한 교훈의 원천이 될 것"이라고 말했다.

그리고 그의 용모에 관해서는 "키가 작은 편이고, 체격은 단단하고 균형이 잘 잡혔다. 눈은 푸른색이고, 얼굴이 햇볕에 탔고, 눈썹은 짙고 검었으며, 코는 약간 매부리코였다. 그의 모습 전체에서는 엄격함, 긍지, 용감성이 풍겼다. 젊은 시절에는 매우 잘생긴 청년으로 통했고, 늙었을 때는 비록 준엄하기는 하지만 고상하고 매우 인상적인 인물로 보였다"고 묘사했다.

조나단 스위프트는 1667년 3월 30일 아일랜드의 수도 더블린에서 유복자로 태어났다. 그의 할아버지는 히어포드셔의 목사였고, 13명의 자녀를 두었는데, 처가 쪽의 가문에서 저명한 시인 존 드라이든이 태어났기 때문에, 조나단 스위프트와 존 드라이든은 외사촌 사이이다.

영국인으로서 아일랜드에 이주해서 살던 그의 아버지는 변호사였는데, 그가 태어나기 몇 달 전에 25세로 사망하여, 미망인에게 어린 딸과 연간 20파운드라는 보잘것없는 유산만 남겼다.

그래서 이미 상당한 재산을 모은 큰아버지 고드윈이 어린 조나단을 맡아서 길렀다. 그는 큰아버지댁의 다른 모든 사람들과 매우 절친하게 지냈지만, 큰아버지에 대해서는 별로 감정이 좋지 않았다. 그는 큰아버지가 가혹하고 인색하며 무정한 인물이라고 여기고, 심지어는 자기에게 '개 같은 교육'을 시켰다고 혹평했다. 그러나 그는 6세에 당시 아일랜드에서 가장 유명한 킬케니 그래머 스쿨에 입학했는데, 같은 시기에 이 학교를 다닌 저명한 인물은 극작가 윌리엄 콘그리브, 철학자 조지 버클리 등이 있다.

그는 15세에 더블린의 트리니티 대학에 입학했지만, 교칙

의 준수를 거부하고 학
업도 소홀히 하는 편이
었다. 결국 학교측의 '특
별한 배려'로 4년 후인
1686년에 간신히 졸업
했는데, 당시를 회고하
면서 그는 "심리적으로
너무나 낙담한 상태여서
학과공부에 전혀 신경을

쓰지 않았고, 일부 과목들은 천성적으로 싫어했다"고 말했다.

이 무렵부터 그는 심한 우울증에 사로잡히고, 인생에 대한
불만이 가득했다고 한다. 큰아버지가 미친 증세로 사망한 뒤,
그는 생활이 극도로 곤란해졌고, 포르투갈의 수도 리스본에
사는 사촌형제의 도움을 받기도 했다.

1689년에 아일랜드에서 폭동이 일어나자, 아일랜드에 거
주하던 영국교회(성공회) 신자들이 대량으로 영국으로 이주
했고, 그도 어머니가 이미 오래 전부터 거주하고 있던 영국
의 레스터셔 지방으로 건너갔다. 그는 어머니를 극진하게 사

랑했다. 그의 어머니는
저명한 외교관인 윌리
엄 템플 경의 부인과
잘 알고 지내는 사이여
서, 당장 직업이 필요
하던 그는 어머니의 권
유로 런던 서레이 구역

의 무어 파크에 위치한 템플 경의 저택에 가서 살면서 비서 역할을 했다. 매사에 적극적이고 정열적인 그는 템플 경의 저택의 분위기가 그 성격에 맞지 않았다. 그러나 템플 경은 그를 '매우 부지런하고 정직한' 청년이라고 평가했고, 템플 경의 추천으로 옥스퍼드 대학에서 졸업 자격증을 얻었다.

템플 경

템플 경은 그를 아일랜드 총독 토머스 사우스웰 경에게 추천했지만, 그 추천은 받아들여지지 않았다. 그래서 템플 경의 허락을 받아 레스터셔 지방에 사는 어머니를 방문하기 위해 먼길을 걸어서 여행했다. 이 기간에 그는 싸구려 여관에 머물면서 영국사회의 빈민 계층과 접촉하고, 그 실상을 직접 목격함으로써, 상류층과 접촉했을 때보다 더 많은, 더 절실한 인생체험을 하게 되었다. 그가 하인, 요리사, 심부름꾼, 하녀, 마부 등의 감정과 생각 그리고 그 방언을 영국의 작가 가운데 가장 잘 이해하고 또 가장 충실하게 재현했다고 평하는 학자들도 많다. 그는 또한 이 기간에 현기증과 귀머거리 상태가 오랫동안 계속되는 증세를 앓았는데, 그는 사과를 너무 많이 먹어 소화가 안 되어서 그런 것이라고 말했지만, 현대의 의학자들은 정신질환의 시작이라고 본다. 이런 증상은 평생 그를 괴롭혔다.

템플 경의 누이동생이자 과부인 지퍼드 부인이 존슨 부인이라는 과부를 심복으로 두고 있었는데, 이 존슨 부인의 일곱

윌리엄 국왕

살 난 딸 에스터(1681~1728)를 그가 매우 귀여워하고 또 글을 가르쳤으며, 도덕 교육까지 담당했다. 에스터를 그는 스텔라(별이라는 의미)라고 불렀다.

그는 템플 경의 완전한 신임을 얻게 되었고, 템플 경의 심부름으로 국왕 윌리엄 3세를 서너 번 만나기도 했다. 국왕은 그에게 아스파라거스를 네덜란드 식으로 잘라서 먹는 법을 가르쳐주었고, 기병연대의 지휘관 자리를 제의하기도 했으며, 그가 영국교회(성공회)의 신부가 된다면 일정액의 보수를 보장하는 토지를 주겠다고 약속했다는 이야기도 있다.

그는 템플 경을 칭송하는 시를 쓰기 시작했지만, 사촌형제인 드라이든은 그가 결코 시인으로 성공하지는 못할 것이라고 평했다. 그러나 그는 나중에 특히 8음절 시 분야에서 영국 최고의 시인이 되었다. 〈자기 죽음에 관한 시〉〈병상에서 쓴 시〉〈대규모 부대의 클럽〉〈카데누스와 바네사〉〈스텔라에게 보낸 시〉 등이 유명하다.

1692년에 그는 옥스퍼드 대학교 하트 홀 대학에서 석사학위를

받았는데, 이것은 그가 성직자가 되기 위해 최소한으로 필요한 자격이었다. 그리고 1701년에 신학박사 학위를 얻었다.

제인

27세가 되는 1694년 5월까지 템플 경의 저택에 머물렀던 그는 템플 경이 자신의 지위를 확보하기 위해 충분한 노력을 기울이지 않았다고 생각해서 초조해졌고, 드디어 템플 경이 화를 내고 말리는데도 불구하고, 그곳을 떠나 아일랜드로 건너가 성직자가 되기로 결심했다. 그는 템플 경이 제의한 연봉 120파운드의 서기직도 사양했다. 그런데 아일랜드에 거주하는 성공회 주교는 그가 신부가 되기 위해서는 템플 경의 추천서가 필요하다고 말했다. 그는 굴욕을 참고 템플 경에게 편지를 썼고, 템플 경은 굳이 추천서마저 거절할 이유가 없었다. 그래서 1694년에 성공회 신부로 서품을 받은 그는 주로 장로교 신자들이 거주하는 킬루트 마을에 부임했다. 그곳은 벨파스트 근처의 시골이었기 때문에 수입은 형편없었다.

여기서 그는 대학 친구 웨어링의 누이동생 제인과 잠시 연애에 빠졌지만 그의 구혼을 그녀가 거절했다. 4년 뒤 그녀가 마음이 변해서 결혼을 희망했으나, 이때는 그가 거절했다. 장로교 신자들과도 사이가 나빴다. 템플 경이 그에 대한 감정을 정리하고는 런던으로 돌아오라는 편지를 보냈다. 그는 즉시 동의하고 1696년에 템플 경의 저택으로 다시 가서, 템플 경이 1699년 1월에 사망할 때까지 거기 머물렀다. 템플 경과 그는 매우 친밀한 사이가 되었다. 그때 에스터 존슨은 15세였는데, 그는 그녀를 이 세상에서 가장 아름답고 가장 지성적이라고 칭찬했다.

영국 최대의 유머작가임과 동시에 산문의 최대 대가의 한 사람인 그가 29세가 될 때까지도 자기 재능을 발견하지 못한 것은 이상한 일이라고 W. E. H. 레키가 평한 적이 있다. 〈목욕탕 이야기〉는 그 초고가 킬루트에서 작성되었지만, 런던에 돌아온 뒤 1697년에 탈고되어 1704년에 출판되었다. 이 기간에 역시 〈책들의 전쟁〉이 탈고되고 1704년에 출판되었다.

1699년에 사망한 템플 경은 그에게 약간의 유산을 남겨주었고, 자신의 전집 출판을 의뢰하는 한편, 그 책에서 나오는 인세를 그의 몫으로 삼게 했다. 그는 템플 경의 작품들을 정리하여 전집 5권을 출판했다. 그는 아일랜드의 대법관으로 임명된 버클리 백작의 수행 성직자가 되어 한동안 더블린 성에서 거주했다. 성직자인 자기에게 당연히 겸직으로 수여될 것으로 생각한 비서관 자리가 다른 사람에게 돌아가자, 그는 무시당했다고 분개했다. 그는 수입이 많은 데리 교회의 주임 신부 자리를 신청했지만 실패하고, 그 대신 한산한 지역인 라라코르 교회에 파견되었다. 그곳의 연간 수입은 230파운드였고, 신자라고는 15명이 고작이었다. 그는 당시의 관습에 따라 그 교회의 관리를 대리신부에게 위임했지만, 교회의 토지를 20배로 확장하고, 십일조 수입도 상당히 늘렸다. 그러나 교회가 만일 폐지된다면 그 십일조를 가난한 사람들을 위해 쓰도록 의무화시켰다.

이제 그는 아일랜드 정부 고위층 사회에서 잘 알려진 인물이 되었다. 그리고 런던의 정치가들과 작가들과도 친하게 지냈다. 그는 〈아테네와 로마에서 벌어진 대립과 논쟁〉이라는 최초의 정치적 논문을 써서 1701년에 익명으로 출판했다. 이것은 자유당의 몇몇 귀족 지도자들을 공격하는 팸플릿이었다. 신문이 없던 당시에는 정치적 논문의 영향이 대단했다. 그는 이 논문의 발표로 사회적 지위가 한층 강화되었다. 그는 정치적 입장과 성격이 서로 다른 수필가 조셉 애디슨과 절친한 사이가 되었고 이 우정은 평생 유지되었다.

그는 과격한 왕당파가 결코 아니었고, 보수당이 주장하는 왕의 신성한 권리 또는 왕이 사실상의 정당한 군주라는 이론을 용납하지 않았다. 그는 아일랜드를 싫어했지만, 아일랜드의 독립을 열렬히 지지했다. 그러나 그는 어디까지나 영국교회(성공회)의 이익을 위해서 헌신하는 성직자의 자세를 견지했다. 〈목욕탕 이야기〉는 주로 당시 지식층의 오류를 풍자하고 비판할 뿐만 아니라 영국교회를 옹호하고, 교황 지지자, 국교 반대파, 자유 사상가들을 공격하는 작품이다.

〈예절을 개혁하기 위한 계획〉〈영국교회 신자의 감정〉〈크리스트교의 폐지를 반대하는 주장〉〈종파 심사에 관해 하원의원에게 보내는 편지〉 등은 보수 왕당파에 반대하는 입장에서 쓴 논문들이다. 그는 아일랜드의 이익을 위해서는 아일랜드의 모든 종파를 통합해야 한다는 입장이었다. 그래서 국교 반대파의 공직 취임을 금지하는 종파심사법의 폐지를 평생 동안 반대했다. 당시 영국은 보수당이 영국교회와 연대하고, 자유당이 국교 반대파와 연대하여 대립한 상태였기 때문에 그는 자연히 자유당 쪽을 편들었다.

1707년에 그는 런던으로 건너가서, 아일랜드의 성공회 성직자들이 최초의 수입과 그 이후 수입의 10분의 1을 영국에 바치는 제도를 폐지해달라는 청원을 대변했다. 그러나 자유당이 아일랜드 성공회 성직자들의 부담금 의무를 2배로 늘리고, 국교 반대파에 대한 종파심사법의 적용을 폐지하겠다는 방침이라는 말을 듣고 매우 분개했다. 고위층이 그를 아일랜드의 워터포드의 주교로 추천했지만, 다른 사람에게 그 자리가 돌아가 그는 실망했다. 요크 대주교인 샤프가 〈목욕탕 이야기〉를 여왕에게 가져가서 보이고, 그를 자유사상가라고 험담해서 여왕은 그가 주교로 승진하는 것을 완강하게 반대했기 때문이라고 한다. 〈목욕탕 이야기〉를 포함하여 그의 작품은 대부분이 익명으로 발표되었지만, 그가 저자라는 사실은 곧 밝혀지곤 했던 것이다.

이제 그는 자유당을 떠나서 보수당의 당수 로버트 할리(초대 옥스퍼드 백작)의 가장 친한 친구가 되었고, 보수당의 교회 정책을 지지했다. 그는 1710년에 보수당의 기관지인 〈디 익재미너(The Examiner)〉의 편집장이 되어 1711년 6월까지 일했다. 그는 종교자유의 주창자가 아니었고, 국교 반대파에 대해 적대감을 표시했다. 유럽대륙에서 계속되던 전쟁을 종결해야 한다는 보수당의 입장에도 그는 찬성했다. 할리가 앤 여왕 아래 수상으로서 영국의 내각을 이끌던 4년 동안은 그의 재능이 완숙 단계에 이른 절정기였다. 이 시기에 그는 영국에서 가장 탁월한 정치논문들을 발표했고, 일시적으로는 그의 영향력이 가장 막강했다.

그는 대화의 기술이 매우 능란해서 그가 한 말은 언제나 모든 커피숍에서 화제가 되었다. 그는 정당과 종파와 성격의 차이를 뛰어넘어 광범위한 인물들과 교제했고, 수필가 조셉 애디슨, 극작가 겸 수필가 리처드 스틸 경, 극작가 윌리엄 콘그리브, 시인 겸 외교관 매튜 프라이어, 시인 겸 풍자가 알렉산더 포프, 내과의사 존 아버트노트 등 당대의 최고 명사들과 친밀한 우정을 맺었다. 그는 수많은 문학가들이 각각 원하는 자리를 차지하도록 자기의 막강한 영향력을 행사해서 전폭적으로 지원해주었다.

에스터 존슨(스텔라)

이 기간에 그는 일기 형식으로 스텔라에게 계속해서 편지를 보냈는데, 이 〈스텔라에게 보낸 일기〉(1710~13)는 그가 교제하던 인물들과 맺은 인간관계의 발전을 알 수 있는 귀중한 자료가 되었다. 이 자료를 통해서 그와 애디슨의 우정이 식어가는 과정을 알 수 있다. 그가 주교로 승진하는 데 대해서는 앤 여왕뿐만 아니라, 그의 풍자의 대상이 되었던 서머싯 공작부인도 마찬가지로 완강히 반대했다.

그는 1713년에 친구들과 함께 런던에서 '스크리블레루스 클럽'이라는 문학단체를 설립했다. 그는 성직자로서 충실하게 직무를 수행했고, 비록 경제적으로 부유한 형편에 있었던 적이 한 번도 없지만, 수입의 3분의 1을 항상 가난한 사람들에게 나누어주었다. 1713년에 그는 성 패트릭 대성당의 주임신부가 되어 즉시 아일랜드로 건너갔다. 그러나 며칠 후 런던 정계의 친구들이 내각이 붕괴 직전에 있다면서 빨리 돌아오라고 독촉했다. 그는 그해 9월에 런던으로 다시 돌아갔다.

그가 1708년 또는 1709년에 런던에서 알게 된 부자 과부 반홈리그에게는 아들과 딸이 각각 둘이었는데, 그는 1710년부터 장녀 헤스터(일명 불행한 바네사, 1690~1723)와 친밀한 관계를 유지했다. 당시 그녀는 20세 미만이고 그는 40세 이상이었다. 그는 여자들과 대화하기를 즐겼고, 순수한 우정을 계속 유지한 여자들도 많았다. 그러나 오랫동안 스텔라에게 플라톤적 사랑의 편지를 보낸 결과 판단력이 흐려졌는지도 모른다. 그는 연애감정에 자신이 빠지리라고는 상상하지 못했던 것이다. 바네사의 경우는 예외였다. 그러나 둘의 관계는 결혼에 이르지 못했다.

한편 그와 스텔라의 우정은 여전히 계속되었다. 그녀는 그의 모든 생활의 중심이었다. 그와 바네사의 한때의 관계를 알게 된 스텔라가 초조감에 못 이겨 그와 1716년에 비밀리에 결혼을 했다는 주장이 있는데, 확실한 증거는 없지만 전혀 근거 없는 것만은 아니다. 그는 결혼 자체를 극단적으로 싫어했고, 그러한 자기 생각을 계속해서 글로 발표했었다. 저명한 소설가 월터 스코트 경은 그들이 비밀 결혼을 했고, 그의 주장에 따라서 발표하지 않았다고 조나단 스위프트의 생애에 관한 그의 글에서 말했다. 한편 바네사는 그에 대한 미련을 버리지 못하고 1720년에도 열정적인 편지를 그에게 보냈다.

그리고 바네사는 1723년에 스텔라에게 편지를 보내 그녀가 그의 아내인지 밝히라고 요구했다. 스텔라로부터 그 편지를 전해받은 그는 분개하여 바네사의 집을 찾아가 그 편지를 내던지고는 단 한마디도 없이 떠났다. 사태를 확인한 바네사는 상심하여 수주일 뒤에 죽었다. 그녀는 그에게 유리하게 작성했던 유언을 죽기 전에 취소했고, 자기를 영원한 사랑으로 미화했던 그의 시 〈카데누스와 바네사〉를 발표하도록 지시했다. 그 결과 그는 시골로 달아나서 두 달 동안 숨어 지냈다.

당시 아일랜드는 영국의 압제로 극도로 빈곤한 비참한 상태였다. 아일랜드는 그에게 낯선 땅이었다. 그곳의 생활을 그

로버트 월폴 수상

는 유배생활이라고 불렀고, 자신을 아일랜드인이라고 부른 적이 한 번도 없었다. 그러나 그는 애국심에 불탔고, 불의를 미워했다. 동시에 그는 영국교회의 고위 성직자였기 때문에 영국에서나 아일랜드에서나 가톨릭 신자들을 위해서는 아무런 노력도 기울이지 않았다.

그는 1720년에 아일랜드의 제조업자들의 권익을 옹호하는 논문을 익명으로 발표했다. 그 다음에는 아일랜드의 질이 나쁜 동전을 철폐하고 조폐창을 설치하라고 요구하는 논문 〈드래피어의 편지들〉을 발표했다. 그 후에도 중요도가 별로 없는 논문들을 여러 편 발표했다.

그는 12년 만인 1726년에 런던을 방문하여 로버트 월폴 수상(옥스포드 백작)을 만나 아일랜드의 사정을 설명했다. 그리고 포프, 볼링브로크 등의 친구들을 만나보고는 스텔라가 죽어간다는 소식을 들었다. 스텔라는 1728년에 죽었다. 그녀는 마지막으로 자기를 찾아온 그에게 자기를 정식 아내로 인정하는 선서를 하라고 요구했지만, 그는 아무 대답도 않은 채 떠났다는 이야기를 쉐리단 2세가 전했다. 그 며칠 후 그녀가 죽은 것이다. 물론 이와 정반대되는 내용의 이야기도 전해져 내려온다. 즉 그녀가 결혼 성립의 선언을 원한다면 그가 들어주겠다고 말하자 그녀는 너무 늦었다고 대답했다는 것이다. 당시 그는 61세였고, 그녀는 47세였다. 스텔라의 죽음으로 그의 행복은 끝나고 그는 더욱 심한 우울증에 사로잡히게 되었다.

1720년경부터 쓰기 시작한 〈걸리버 여행기〉는 1726년에 익명으로 출판되어 즉시 대단한 성공을 거두었다. 그는 이 소설로 평생에 유일하게 원고료를 받았다.

한 작품이 두 가지 상반되는 분야에서 대단한 인기를 유지한 경우는 영국 문학에서 이것이 유일한 것이다. 즉 가장 독창적인 이 소설은 아동용 모험담으로서 어린이들에게 대단한 인기를 끌었을 뿐만 아니라, 인간 본성에 대한 날카로운 풍자와 가혹할 정도의 문명 비판으로 어른들의 줄기찬 애호를 받아왔다. 특히 사실상 인간을 의미하는 '야후'라는 야만적 동물에 관한 묘사와 전쟁의 어리석음에 관한 부분에 우리는 주목하지 않을 수 없다. 이 작품이 어른과 아이들 모두의 사랑을 받아온 이유는 항해가의 모험담 뒤에 인류와 문명에 대한 비판이 숨어 있기 때문이다. 즉 아이들은 모험담 그 자체를 즐기고, 어른들은 그 뒤에 숨은 비판과 상징을 즐기는 것이다.

이 작품이 수백 년에 걸쳐서 지속적으로 성공을 거두는 것은 스위프트가 기상천외한 테마들을 진지하게, 그리고 사실주의보다 더 사실적으로 자세하게 묘사했기 때문이다. 정직하고 신뢰할 만한 걸리버가 자기 체험을 있는 그대로 보고하는 형식을 취한 것도 그런 맥락이다. 또한 이상한 나라들에 관해서 서술한 그 내용이 내면적인 논리성을 지니고 있고, 놀랍고도 괴상한 이야기를 과장하지 않고 차분하게 다룬 것도 성공의 이유라고 하겠다.

초미니 인종이 사는 릴리퍼트 항해기는 영국의 왕궁과 정치를 풍자하는 것이고, 이곳의 각료 플림나프는 로버트 월폴

경(영국 수상)을 의미한다. 그래서 월폴은 스위프트의 영원한 적이 되어 그가 영국으로 돌아오는 것을 절대 반대했다. 어쨌든 초미니 인종의 나라 이야기는 시기, 질투, 악습, 배신, 배은망덕, 권력 추구 욕망, 특히 위대한 것에 대한 증오 등 인간의 도덕적·정신적 왜소함에 대한 가혹한 비판이다.

라푸타 나라에 나오는 엉터리 양복쟁이라든가 주인의 입과  귀와 눈을 때리는 하인 이야기는 아이작 뉴턴을 풍자하는 것이다.

이성을 가진 말의 족속, 즉 후이넘들의 나라에 관한 제4부가 지니는 상징성을 사람들이 가장 심하게 오해하고 있는데, 스위프트는 인간 전체가 야후라고 말한 것이 아니라 야후를 두 가지 종류, 즉 야만 상태의 야후와 이성적인 야후로 나눌 수 있다고 말한 것이다.

제4부에 대해 월터 스코트 경은 이렇게 평가했다.

"이것은 인간 본성에 대한 가혹한 질책이다. 이것은 스위프트가 자기 묘비명에서도 밝힌 바와 같이 그의 가슴을 오랫동안 갈가리 찢어놓았던 분노가 영감을 주었을 것이다.

그러나 이러한 증오에도 불구하고, 야후들의 성격은 도덕적 교훈을 준다. 스위프트가 묘사하고 싶었던 야후는 자연 상태의 인간도 아니고, 종교의 힘으로 개화된 그런 인간도 아니

데폴테느

다. 그것은 자기 지성과 본능을 스스로 노예화시켜서 타락한 인간이다. 야만적인 쾌락과 잔인함과 탐욕에 빠진 사람은 야후와 비슷하게 되기 때문이다.

〈걸리버 여행기〉보다 현실에 훨씬 가깝게 사건을 전개하는 〈로빈슨 크루소〉는 서술의 진지함과 진실성에 있어서 〈걸리버 여행기〉를 능가하지는 못할 것이다. 다니엘 데포와 마찬가지로 조나단 스위프트도 자세한 세부사항의 묘사를 통해 인물과 상황에 현실감을 부여하는 기술이 극도로 탁월하다."

걸리버 여행기의 주요테마는 한마디로 선과 악을 동시에 보여줄 수 있는 인간의 이중적 본질에 대한 풍자이다. 물론 그는 인간의 사악한 성향을 신랄하게 비판한다.

〈걸리버 여행기〉가 출판되자 그 명성은 즉시 유럽 대륙으로 퍼졌다. 당시 영국에 머물러 있던 볼테르는 프랑스에 있는 친구에게 번역 출판하라고 권고했다.

그래서 데퐁테느 수도원장이 번역했다. 볼테르는 그를 '영국의 라블레' (라블레는 〈가르강튀아와 팡타그뤼엘〉을 쓴 프랑스의 풍자작가임)라고 별명을 붙였다. 그리고 월터 스코

볼테르

트 경은 그의 모든 작품 가운데 "이 〈걸리버 여행기〉만이 후세에 남을 것이고, 이처럼 위대한 책 한 권만으로도 그는 세계 최대작가라는 명성을 얻는 데 충분하다"고 칭송했다

그는 어디를 가든지 대단한 존경을 받았는데, 하도 인사를 많이 받아서 모자가 자주 닳아버리는 바람에 사람들에게 모자 값을 따로 받아야겠다고 자주 말했을 정도이다. 〈걸리버 여행기〉 이후 그의 문학활동은 현저하게 줄어들었고, 1731년에 가장 인상적이면서도 가장 슬픈 시, 즉 자기 자신의 죽음에 관한 시를 발표했다.

그는 한쪽 눈에 생긴 종양으로 극심한 고통을 겪었고, 그 다음에는 백치 상태에 빠졌다가 1745년 10월에 78세로 운명했다. 그는 자기가 담당하던 교회의 묘지에 스텔라 곁에 묻혔다.

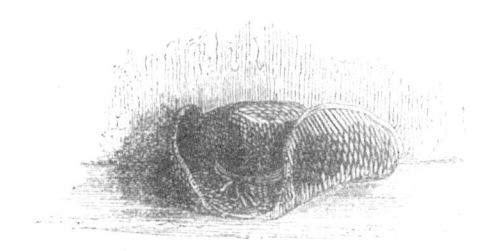

그는 자신의 묘비명을 라틴어로 미리 작성해두었는데, 그것은 "여기에 이곳 대성당의 주임신부인 조나단 스위프트의 육체가 묻혀 있다. 그의 가슴은 극도의 분노로 갈가리 찢어지지 않을 수가 없었다. 그는 이제 나그네로서 떠나갔고, 인간의 자유를 가장 강력하게 옹호하기 위해 노력했으니, 그를 본받을 수 있다면 본받기를 바란다"는 것이었다.

그는 자기 재산을 모두 정신병원에 기증하라고 유언했다.

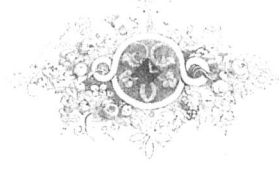

제1부

초마니 제국 릴리퍼트

VOYAGES DE GULLIVER

제1장

첫 여행을 떠나기 전에

나는 노팅엄셔 지방의 소지주 집안에서 다섯 아들 가운데 셋째로 태어났다. 열네 살이 되던 해 나는 케임브리지의 엠마누엘 대학에 진학하여 그곳에서 3년 동안 학업에만 열중했다. 아버지는 내게 기숙사비와 학비를 보내는 것만으로도 힘겨웠기 때문에 나는 생활비를 직접 마련할 수밖에 없었다.

나는 4년 동안 런던의 유명한 외과의사인 제임스 베이트 씨의 일을 도와주며 생활비를 벌었다. 간혹 아버지가 송금해주신 쥐꼬리만한 용돈은 해외여행을 하는 사람에게 필요한 항해술과 수학의 여러 분야를 공부하는 데 썼다. 나에게도 언젠가는 찾아올 해외여행의 행운을 굳게 믿으면서.

내가 베이트 씨의 병원을 떠나 아버지의 마을로 갔을 때, 아버지와 삼촌인 존, 몇몇 친척들은 40파운드를 모아서 내게 주었다. 그리고 네덜란드의 대학도시 라이덴에서 공부할 수 있도록 1년에 30파운드를 송금해주겠다는 약속도 받았다. 오

랜 기간에 걸친 항해에는 의술이 매우 유용하다는 사실을 알게 된 나는 라이덴에서 2년 7개월 동안 그 분야를 집중적으로 공부했다.

라이덴에서 귀국하자마자, 훌륭한 스승인 베이트 씨가 아브라함 파넬 선장에게 나를 스월로우 호의 외과 의사로 추천했다. 3년 6개월 동안 파넬 선장과 팔레스타인 일대를 비롯한 여러 지역으로 한두 차례 항해했다. 두번째 항해를 마치고 돌아온 뒤 런던에 정착할 결심을 하는데, 스승 베이트 씨는 격려를 해주며 여러 명의 환자들에게 나를 추천해 주었다.

나는 올드 주리에다가 작은 단독주택을 마련했고, 결혼하라는 친지들의 권유에 따라 뉴게이트 스트리트에서 양말가게를 운영하는 에드먼트 버튼의 둘째 딸 메리 버튼과 결혼했다. 장인은 400파운드를 내게 주었다. 결혼한 지 2년이 못 되어서 베이트 씨가 세상을 떠나자 나의 의료사업은 기울기 시작했다. 내게는 이렇다 할 친구가 별로 없었고, 다른 의사들의 사악한 치료 관행을 양심상 따를 수 없었기 때문이기도 했다.

아내를 비롯한 몇몇 친구들과 의논한 끝에 다시 항해에 나서기로 결심했다. 외과의사로서 두 번이나 배를 탔고, 6년 동안 동인도제도와 서인도제도를 여러 차례 항해하여 어느 정도 재산을 불렸다.

시간 여유가 있을 때마다 나는 고대와 현대의 가장 우수한 저자들이 저술한 작품을 읽었다. 책은 얼마든지 구할 수 있었다. 해안에 상륙했을 때에는 원주민의 관습과 성격을 관찰하거나 그들의 언어를 배우는 데 몰두했다. 나는 기억력이 우수했기 때문에 언어를 쉽게 익히곤 했다.

마지막 항해에서 얻은 수입은 정말 보잘것 없었다. 배 타는 일에 흥미를 잃고 시큰둥해지자 나는 가족과 함께 집에서 안주하려고 작정을 한 후, 올드 주리에서 페터 레인으로, 거기서 다시 워핑으로 이사했다. 선원들을 대상으로 의료사업을 할 생각이었지만, 수입은 줄어들기만 했다. 앞으로는 호전될 것이라는 기대 속에 3년이라는 세월을 보냈다.

이윽고 나는 남쪽 바다를 항해할 예정인 앤틸로프 호의 윌리엄 프리처드 선장의 제안을 받게 되었다. 나에게 매우 유리한 제안에 선뜻 수락을 하고 1699년 5월 4일 브리스톨 항구를 떠났다. 항해가 처음에는 아주 순조로웠다.

남쪽 바다의 모험에 관해 미주알고주알 늘어놓아 독자들을 피곤하게 만들 필요는 없을 것이다. 거기에는 몇 가지 이유가 있지만, 남쪽 바다에서 동인도제도로 항해하다가 심한 폭풍우를 만나 앤틸로프 호가 반 디맨스 랜드 서북쪽으로 갈 수밖에 없었다고 독자들에게 알려주는 것으로 그치겠다.

난파를 당하다

위치를 측정해보니 남위 30도 2분이었다. 선원 가운데 12명이 과도한 노동과 빈약한 식사 탓으로 죽었고, 나머지도 몹시 쇠약한 상태였다. 그 날은 11월 5일이었는데, 그곳에서는 여름이 시작되는 때였다. 안개가 심했다. 배에서 쓰는 밧줄 길이의 절반도 안 되는 거리에 놓인 암초를 선원들이 발견했다. 바람이 너무 세차게 몰아쳐 배가 곧장 암초를 향해 밀려가더니 순식간에 부서지고 말았다.

나를 포함한 6명의 선원이 보트를 내린 다음, 난파선과 암초를 재빨리 벗어났다. 14.4킬로미터 가량 노를 저었다. 그러나 난파당하기 이전에 이미 중노동으로 녹초가 된 우리는 더이상 노를 저을 힘이 없었다. 따라서 운명을 거친 파도에 맡길 수밖에 없었다.

반시간 가량 지났을까? 갑자기 북쪽에서 불어닥친 질풍에 보트가 뒤집혔다. 파선될 때 암초에 뛰어내렸던 사람들이나 배에 남아 있던 사람들은 물론이고, 보트에 타고 있던 선원들의 생사를 내가 알 수는 없지만, 모두 생명을 잃었다고 본다.

나는 운명의 손길이 이끄는 대로 헤엄치고, 바람과 물결에 밀려 앞으로 나갔다. 가끔 발을 아래로 뻗어보았지만 바닥에 닿지는 않았다. 그러나 몸을 조금도 움직이지 못할 정도로 지쳐버렸을 때, 발끝이 겨우 바닥에 닿게 되었다. 그 무렵에는 폭풍우의 기세도 거의 꺾여 있었다. 바닥의 경사가 매우 완만했다. 1.6킬로미터 가량 걸어가서 해안에 닿았다. 오후 8시경의 일이었다.

800미터 가량 전진했으나 집이나 주민은 전혀 눈에 띄지 않았다. 내가 너무 지친 상태라서 제대로 보지 못한 탓일지도 모른다. 나는 쓰러지기 직전이었다. 그런데다가 찜통 같은 더위에 시달렸고, 배에서 뛰어내리기 직전에 브랜디를 285cc 가량 마셨기 때문에 너무나도 졸렸다. 그래서 매우 얇고 푹신푹신한 풀밭에 드러누웠다. 평생에 그렇게 깊이 잠에 곯아떨어진 적은 없을 것이다.

눈을 떴을 때는 한낮이었기 때문에 9시간 이상 잠을 잤다고 생각했다. 몸을 일으키려고 했으나 꼼짝도 할 수 없었다. 마침 나는 하늘을 바라보고 누워 있었는데, 팔다리의 좌우 양쪽이 각각 땅바닥에 단단히 고정되어 있었기 때문이다. 길고도 숱이 많은 머리카락도 마찬가지였다.

또한 겨드랑이부터 허벅지까지 온몸을 몇 가닥의 가느다란 줄들이 가로지르고 있다고 느꼈다. 나는 위만 쳐다볼 수 있는 상태였기 때문에 점점 강해지기 시작하는 햇살에 눈이 아렸다. 사방에서 시끄러운 소리가 들려왔다. 그러나 반듯이 누운 나에게는 하늘 이외에 아무것도 시야에 들어오지 않았다.

이윽고 살아 있는 어떤 것이 내 왼쪽 다리 위에서 움직인다는 느낌이 들었다. 그것은 살금살금 가슴 위로 전진하더니 거의 턱에 이르렀다. 나는 눈을 최대한으로 아래로 내려깔고 보았다. 그것은 키가 15센티미터 가량 되는 사내인데, 활과 화살을 손에 들고 화살통을 등에 메고 있었다. (내가 추측하기에는) 적어도 40명이 넘는 같은 족속이 그의 뒤를 따라 움직인다고 느꼈다.

초미니 인종들의 포로가 되다

나는 깜짝 놀라 비명을 내질렀다. 그 비명소리가 천둥보다 더 요란했던지 그들은 겁에 질려서 모두 줄행랑을 놓았다. 나중에 들은 이야기지만, 내 허리에서 뛰어내리다가 부상당한 사람들도 여럿이었다.

그러나 그들은 곧 되돌아왔다. 한 명이 내 얼굴 전체를 바라볼 수 있는 거리까지 접근한 뒤에, 경례를 한다는 뜻으로 두 손을 치켜들고 눈을 크게 떴다. 그리고 날카롭지만 잘 들리지는 않는 목소리로 "헤키나 데굴!"이라고 소리쳤다. 다른 사람들도 그 말을 여러 번 반복해서 고함쳤다. 그러나 나는 그들이 무슨 말을 하는지 전혀 알아듣지 못했다.

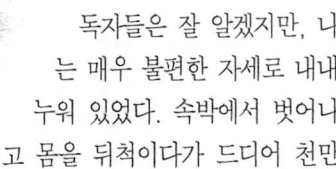

독자들은 잘 알겠지만, 나는 매우 불편한 자세로 내내 누워 있었다. 속박에서 벗어나려고 몸을 뒤척이다가 드디어 천만 다행으로 줄을 끊고는 왼팔을 고정시켰던 말뚝들을 뽑아버렸다. 말뚝 하나를 들어서 가까이 들여다보고 나서야 그들이 나를 묶어둔 방법을 알게 되었다.

그와 동시에 세차게 잡아당겨서 머리카락의 왼쪽 부분을 고정시켰던 줄들을 약간 느슨하게 만들었는데, 그때 격심한 통증을 느꼈다. 그 덕분에 머리를 겨우 5센티미터 가량 좌우로 돌릴 수 있게 되었다.

그러나 그들이 순식간에 다시 도망쳐버려서 하나도 잡지 못했다. 이윽고 매우 날카롭고 우렁찬 고함소리가 들렸다. 그 소리가 그치자, 한 명이 "톨고 포낙!"이라고 목청껏 소리쳤다. 100개가 넘는 화살이 순식간에 내 왼손에 쏟아졌다. 같은 숫자의 작은 바늘이 찌르는 것과 같았다. 유럽에서 우리가 대포를 쏘듯이, 그들이 다시 한 번 많은 화살을 공중으로 날렸다. 내 몸 위에 떨어진 것이 적지 않았는데, (그 화살들은 하나도 아프지 않았다) 또한 일부가 내 얼굴에 떨어졌기 때문에 나는 즉시 왼손으로 얼굴을 가렸다. 소나기처럼 퍼붓던 화살 공세가 그치자, 나는 고통과 슬픔 때문에 신음소리를 내면서 사지를 죽 뻗었다.

얼마 후 묶은 줄을 느슨하게 만들려고 몸부림쳤다. 그러자 그들은 1차 공세 때보다 더 심하게 화살 세례를 퍼부었다. 창으로 내 허리를 찔러대는 놈들도 있었다. 다행히 내가 입고 있던 물소 가죽 조끼를 창이 뚫고 들어오지는 못했다.

　꼼짝 않고 누워 있는 것이 상책이라는 생각이 들었다. 밤이 될 때까지 그렇게 지내다가, 왼손은 이미 마음대로 움직일 수 있으니까 줄을 간단히 풀어버릴 수 있다는 것이 내 계산이었다. 내가 본 사람들과 똑같이 초미니 사이즈인 그런 사람들로 편성된 군대라면, 그들이 아무리 거대한 군대를 몰고 온다 해도, 나는 혼자서도 얼마든지 대적할 수 있을 것이라고 믿었다. 그러나 운명은 나에게 자유를 허용하지 않았다.

　내가 가만히 누워 있기만 한다고 판단한 그들은 활을 더 이상 쏘지 않았다. 그러나 귀에 들리는 소음으로 짐작해보면, 사람들이 점점 더 많이 모여들고 있었다. 오른쪽 귀에서 3.6 미터 가량 떨어진 곳에서는 토목공사를 하는 소리처럼 한 시간 동안 무엇인가 뚝딱거리는 소리가 들려왔다.

　말뚝과 묶은 줄이 느슨해지자 머리를 그쪽으로 돌려보니,

지상에서 45센티미터 높이로 세워진 연단
이 보였다. 그것은 초미니 인종 4명은
서 있을 수 있는 것인데, 오르내리는
사다리가 두세 개 걸쳐 있었다. 그리
고 그 연단에서는 높은 지위에 있는
듯이 보이는 사람이 나를 향해서 길
게 연설을 했다.

　나는 단 한마디도 알아듣지 못했다. 그러나 여기서 내가 반
드시 지적해두어야 할 것은, 연설을 시작하기에 앞서서 그가
"랑그로 데훌 산!"이라고 세 번 크게 외쳤다는 점이다(이 말
과 앞에 소개한 '헤키나 데굴!'은 그 후에도 내가 여러 번이
나 들었고 또 설명을 들은 것이다). 그의 말이 끝나자마자 50
여 명이 다가와 내 머리카락 왼쪽을 고정했던 줄을 끊었다.
그래서 나는 오른쪽으로 머리를 돌린 채, 연설하고 있는 사람
의 모습과 그의 몸짓을 쳐다볼 수 있었다.

　그의 나이는 중년 정도인 듯했고, 키는 그의 시중을 드는 3
명보다 더 컸다. 3명 가운데 하나는 그의 옷자락을 위로 쳐들
고 있는 하인인데, 그의 키는 내 가운데 손가락보다 조금 더
큰 듯했다. 나머지 2명은 좌우에 서서 그를 보좌했다. 그는
웅변가의 모습을 빈틈없이 잘 보여주었다. 위협하는 몸짓을
수없이 반복하는가 하면, 약속·동정·친절을 표시하는 몸짓
들도 취했다. 나는 최대한 공손한 어조로 짧게 대꾸하고는,
해를 향해 얼굴을 돌리고 왼손을 치켜들어 태양을 증인으로
삼겠다는 뜻을 표시했다.

　난파선을 떠나기 몇 시간 전에 먹은 것 이외에는 빵부스러

기 하나도 입에 넣지 못했기 때문에 나는 배가 고파서 정말 죽을 지경이었다. 그래서 육체적 본능의 요구에 압도된 나머지 (비록 예의에 어긋나는 것이기는 하지만) 초조감을 자제할 수가 없게 되었고, 결국은 손가락을 자주 입에 갖다대는 몸짓으로 먹을 것이 필요하다고 알렸다.

웅변을 토해내던 그 후르고(나중에 알게 되었지만, 이 말은 그 나라에서 '위대한 영주'를 가리킨다)는 나의 의도를 매우 잘 파악했다. 연단에서 내려간 그는 내 옆구리에 여러 개의 사다리를 걸치라고 명령했다. 100명이 넘는 사람들이 사다리를 타고 올라와 내 입으로 향했다.

그들은 각각 육류가 가득 찬 바구니를 등에 지고 날랐는데, 그것은 나에 관한 첫 보고를 받자마자 왕이 조달을 명령하여 그곳으로 운송된 것이었다. 나는 여러 종류의 고기가 섞인 것이라는 것은 알았지만, 맛만 가지고는 무슨 짐승의 고기인지 분별할 수 없었다. 양고기와 비슷한 형태의 어깨, 다리, 허리 부분의 고기가 있었는데, 양념은 아주 잘되어 있지만 크기가 종달새 날개보다 작았다.

그런 고기를 한입에 두세 덩어리를 먹었고, 총알 크기만한 빵은 세 덩어리를 한입에 처넣었다.

그들은 능력이 닿는 데까지 최대한으로 먹을 것을 공급해 주면서도 나의 식욕과 먹어치우는 분량에 대해 수천 번도 넘게 소스라치게 놀라고는 했다. 이윽고 나는 목이 마르다는 뜻으로 다른 몸짓을 해보였다.

내가 먹은 음식의 분량으로 보면 웬만한 음료로는 어림도 없다고 생각했는지, 대단히 천재적인 그 사람들은 가장 큰 술

통을 밧줄로 아주 능숙하게 위로
들어 올려 나의 손 방향으로 굴린
뒤 뚜껑을 열었다. 그 통은 250cc
정도면 가득 차는 것이었기 때문에,
나는 단숨에 비워버렸다. 술맛은 부르군
디 지방의 약한 포도주와 비슷하면서도 훨씬 고급이
었다.

　두번째 통도 역시 단숨에 비웠다. 더 가져오라는 몸짓을 했
지만, 그들이 가지고 있던 술은 그것이 전부였다. 내가 엄청
나게 먹고 마시는 그런 기적을 보여주고 나자, 그들은 기쁨에
넘쳐서 함성을 내지르고, 내 가슴위에서 춤을 추었다. 그리고
처음에 한 것과 같이 "헤키나 데굴!"이라고 반복해서 외쳤다.
그들은 나더러 술통 두 개를 아래로 던지라는 신호를 보냈다.
물론 그 신호에 앞서서 땅에 있는 사람들에게 "보라크 미볼
라!"라고 소리치면서 물러서 있으라고 미리 경고했다. 공중에
던져진 술통을 보자 그들은 모두 "헤키나 데굴!"이라고 소리

쳤다.

지금 고백하지만, 그들이 내 몸 위에서 이리저리 움직이는 동안 나는 손에 닥치는 대로 40명이나 50명을 잡아서 땅바닥에 내동댕이쳐버리고 싶은 충동을 느꼈다.

그러나 이미 겪었던 화살 세례가 머리에 떠올랐고, 그들이 그보다 더 심한 공격도 할 수 있다는 생각이 들었으며, 내가 복종하는 태도로 그들에게 명예를 걸고 한 약속, 즉 공손하게 행동하겠다는 약속이 떠올라, 그들을 내동댕이치겠다는 망상을 즉시 떨쳐버렸다. 그뿐 아니라, 그토록 엄청난 비용과 극진한 호의로 대접해준 그들에게 이제는 나로서도 극진한 후의로 보답할 의무가 있다는 생각이 든 것이다.

한편 속으로 소스라치게 놀라지 않을 수 없었던 것은, 내가 그들에게는 어마어마한 괴물로 보였을 테고, 또 내 왼손이 자유롭게 움직일 수 있는데도 불구하고, 그들이 두려워하는 기색도 없이 감히 내 몸 위로 올라와서 돌아다녔다는 사실이다. 이 초미니 인종들이 그토록 무모할 정도로 용감한 데는 혀를 내두르지 않을 수 없었다.

얼마 후, 내가 고기를 더 이상 요구하지 않는다는 것을 알아챘을 때, 황제 폐하가 파견한 고위층 인물이 내 앞에 나타났다. 각하라고 불리는 그는 12명 가량의 수행원을 거느리고 내 오른쪽 다리 끝을 타고 올라와서는 얼굴을 향해 전진했다. 황제의 옥새가 찍힌 신임장을 꺼내어 내 눈 가까이 대고 보여준 뒤, 그는 약 10분 동안 연설했다.

화를 내는 기색은 전혀 비치지 않았지만, 단호한 결의는 분명했다. 그는 자주 손을 들어 앞을 가리켰다. 나중에 안 것이지만, 그가 가리키는 방향으로 800미터 정도를 가면 그들의 수도가 있는데, 나를 그리 운반하자고 하는 각료회의 결의를 황제가 이미 결재했던 것이다.

간단하게 대꾸를 했지만 통하지 않았다. 나는 풀려 있는 왼손으로 수도의 반대 방향을 가리키고 (물론 나는 각하나 그 수행원이 다칠까 우려하여 각하의 머리 위로 손짓을 했다) 이어서 내 머리와 몸을 가리키면서 내가 원하는 것은 자유라는 뜻으로 몸짓을 했다.

그는 내 뜻을 충분히 알아챈 듯했다. 왜냐하면 그가 거절한다는 뜻으로 고개를 가로저었고, 손짓으로는 내가 포로로 끌려가야만 한다는 뜻을 표시했기 때문이다.

한편, 내게 고기와 술을 얼마든지 제공하고 융숭하게 대접할 것이라는 점을 나더러 이해하라는 뜻에서 다른 몸짓들도 했다. 그러자 내 몸을 묶은 줄들을 끊어버리도록 한 번 더 시도할까 하는 생각도 들었다. 그러나 내 얼굴과 두 손에 느꼈던 화살의 따끔한 맛이 다시 떠올랐다. 상처마다 물집이 생겼고, 많은 화살촉이 아직 그대로 박혀 있었다. 그런데다가 나의 적인 그들의 숫자가 엄청나게 불어난 것을 보고는, 나에 대한 모든 처분은 그들이 원하는 대로 해도 좋다는 뜻의 신호를 보냈다. 이윽고 그 후르고와 수행원들은 대단히 기쁜 표정으로 매우 예의바르게 돌아갔다.

얼마 뒤에 나는 그들이 외치는 함성 속에서 자주 반복되는 "페플롬 셀란"이라는 말을 들었다. 무수한 사람들이 내 왼쪽 옆구리에 몰려들어 줄을 느슨하게 풀어주는 것을 느꼈다.

그래서 오른쪽을 향해 몸을 돌려 오줌을 눌 수 있었다. 어

마어마하게 많은 분량이 쏟아져나오자 그들은 까무러치도록 놀랐다.

나의 몸놀림을 보고 소변을 볼 것이라고 짐작한 그들은 벼락같은 소리를 내면서 폭포수처럼 세차게 쏟아져나오는 오줌 줄기를 피하려고 재빨리 좌우로 쫙 갈라졌다.

내가 오줌을 누기 조금 전에 그들은 내 얼굴과 양쪽 손에 대단히 향기로운 일종의 연고를 발라주었는데, 몇 분 지나지 않아서 화살에 맞아 쑤시던 상처가 말끔히 나았다. 고기와 술로 배를 채우고 원기를 회복한데다가 치료도 받고 소변도 보았기 때문에 슬그머니 잠이 들었는데, 나중에 알게 된 사실이지만, 8시간 가량을 내처 잤던 것이다. 그도 그럴 것이, 황제의 명령에 따라 의사들이 술통의 포도주에다가 수면제를 탔던 것이다.

수도로 운반되다

해안선에 닿은 다음 풀밭에서 잠이 든 나를 발견하자마자, 황제는 전령으로부터 즉시 보고를 받았고, 각료회의를 열고는 앞에서 설명한 방식으로 나를 땅바닥에 고정시켜두기로 결정했던 것이다(그들은 내가 잠들어 있던 밤에 나를 줄로 고정시켰다). 그리고 충분한 고기와 술을 보내고, 나를 수도로 운반할 수레를 준비할 것도 결정했다.

이런 대책은 매우 대담하고도 위험한 것으로 보일지도 모른다. 같은 경우에 유럽의 그 어떠한 군주도 이러한 대책을 세우지는 않을 것이라고 나는 확신한다.

그러나 내가 보기에 그것은 너그러울 뿐 아니라 매우 현명한 대책이었다. 왜냐하면 그들이 창과 활을 써서 잠든 나를 죽이려고 했다면, 나는 쑤시는 상처 때문에 분명히 잠이 깼을 테고, 화를 내며 있는 힘을 다 해서 나를 묶었던 줄들을 끊어버렸을 것이며, 그 다음에는 대항할 능력도 없는 그들은 나에게 자비를 전혀 기대할 수 없었을 것이기 때문이다.

이 초미니 인종들은 가장 우수한 수학자들이었다. 학문의 후원자로 명성이 높은 황제의 지지와 장려에 힘입어 기계공학을 거의 완성단계까지 발전시켰다. 황제는 거대한 나무들과 다른 무거운 물건들을 운반하는 운송기구를 제작하기 위해 바퀴 위에 여러 가지 기계를 고정시키도록 했다.

그는 길이가 270센티미터나 되는 초대형 군함을 목재가 생산되는 숲 한가운데서 자주 건조하게 하고, 앞에 말한 운송기구를 이용해서 270~360미터나 떨어진 바다까지 운반시켰다.

500명의 목수와 엔지니어들이 가장 큰 운송기구의 제작에 즉시 착수했다. 그것은 지상에서 7센티미터보다 약간 더 높이 위로 들어올려진 나무로 만든 긴 틀인데, 길이는 210센티미터, 폭은 120센티미터로 그 아래 22개의 바퀴를 달아 움직이게 설계한 것이다.

나는 이 운송기구가 도착했을 때 그들이 함께 내지른 그 함성을 이미 들었다. 그들은 내가 해안선에 닿은 지 4시간이 지나기도 전에 그것을 설계한 듯하다. 그것은 내 몸과 평행이 되게 놓였지만, 내 몸을 들어서 그 위로 올려놓는 일이 가장 어려운 숙제였다.

그들은 30센티미터 높이의 기둥 80개를 수직으로 세웠다. 그리고 나의 목과 양손과 몸통과 두 다리를 붕대로 칭칭 감은 뒤 거기에 갈고리를 걸고, 갈고리의 다른 끝에 매우 질긴 화물포장용 끈을 잡아맸다.

기둥에 고정된 도르래를 통해서 이 끈을 잡아당겨 위로 끌어올리기 위해 그 나라에서 가장 힘이 센 장정 900명이 동원되었다. 그런 식으로 일이 진행된 지 3시간이 채 지나지 않아 내 몸은 들어올려져 운송기구에 이송된 뒤 단단히 묶였다. 나는 이런 과정을 나중에 듣고 비로소 알았다. 왜냐하면 작업이 진행되는 동안 나는 술에 탄 수면제의 영향으로 세상 모른 채 깊은 잠에 취해 있었기 때문이다.

나를 수도로 옮기기 위해서 키가 11센티미터 조금 넘는 준마 1500마리가 황제의 마구간에서 동원되었다. 수도는 내가

이미 말한 것처럼 거기서 800여 미터 떨어져 있었다.

운송기구가 수도를 향하여 출발한 지 4시간 가량 지난 뒤 나는 매우 어처구니없는 사건 때문에 잠을 깼다. 운송기구의 한 부분이 고장나서 수리하고 있는 동안, 잠든 내 얼굴이 어떻게 생겼는지 보고싶어서 젊은 원주민 2, 3명이 운송기구를 기어올라 소리나지 않게 내 얼굴에 접근했던 것이다.

그들 가운데 하나인 왕궁 근위병 장교가 짧은 창의 날카로운 끝부분을 나의 왼쪽 콧구멍 깊숙이 밀어넣었다. 그것이 지푸라기처럼 내 콧구멍을 간지럽게 긁어대는 통에 내가 발작적으로 재채기를 했다. 그들은 들키지 않고 도망처버렸고, 그래서 내가 그렇게 갑자기 잠을 깬 이유를 3주일이 지난 후에 비로소 알게 되었다.

우리는 쉬지 않고 길고긴 행진을 계속했다. 밤이 되어 쉴 때에는 나의 좌우에 500명의 군사가 각각 보초를 섰다. 절반은 횃불을 들고, 나머지 절반은 활을 들고 있었다. 내가 조금이라도 수상한 몸부림을 칠 경우, 즉시 활을 쏠 태세였던 것이다.

다음날 아침, 해가 뜨자마자 행진이 계속되어 정오 시각에는 수도의 성문에서 180미터도 안 되는 거리에 이르렀다. 황제와 모든 신하들이 나를 구경하려고 성밖으로 나왔다. 그러나 최고위층 각료들은 국왕이 내 몸 위로 올라가서 위험을 무릅쓰는 그런 일만은 못 하도록 한사코 저지했다.

그 운송기구가 멈춘 곳에는 먼 옛날에 세워진 신전이 하나 있는데, 그것은 그 나라에서 가장 규모가 큰 것으로 보였다. 여러 해 전에 거기서 벌어진 괴상한 살인사건으로 신전은 더 럽혀졌다. 그리고 깊은 신심을 지닌 그들의 눈에는 그 신전이 일반건물이나 다름이 없었다. 그래서 그 신전의 용도가 일반 집회용으로 전환되고, 장식물과 집기는 모두 다른 곳으로 운 반되고 말았다.

바로 이 건물이 나의 숙소로 결정되었다. 북쪽으로 향한 거 대한 문은 높이가 120센티미터이고, 폭은 60센티미터 가량 되었다. 나는 기어서 쉽게 그 문으로 들어갈 수 있었다.

문 양쪽에는 지상에서 15센티미터 높이의 작은 창이 각각 나 있었다. 황제의 대장장이들은 유럽 귀족부인의 회중시계 에 달린 쇠사슬과 길이가 거의 같은 91개의 쇠사슬을 만들어 신전의 왼쪽 창으로 집어넣었는데, 그 쇠사슬을 내 왼발에 묶 고 36개의 자물쇠를 채웠다.

신전에서 6미터 떨어진 큰길 건너편에는 적어도 높이가 150센티미터는 넘는 큰 탑이 신전을 마주보고 서 있었다. 황 제는 수많은 영주들을 거느린 채 거기 올라가서 나를 구경했 다. 그것은 들어서 알게 된 사실인데, 나는 그들을 볼 수 없었 기 때문이다.

나를 구경하려고 성밖으로 나온 사람은 10만 명이 넘었다 고 한다. 그리고 나를 감시하는 군사들이 지키고 있는데도 불 구하고, 내가 보기에 1만 명이 넘는 사람들이 사다리를 타고 내 몸 위로 올라왔고, 또한 그런 적이 여러 번 되었다. 그러나 허가 없이 내 몸 위로 올라가면 사형에 처한다는 포고문이 즉시 발표되었다.

내가 쇠사슬을 절대로 끊을 수 없다고 판단한 일꾼들이 내 몸을 묶어 두었던 줄을 모두 끊어버렸다. 그래서 나는 평생 한 번도 느껴보지 못한 가장 우울한 기분으로 일어섰다.

내가 일어서고 또 걸어다니는 것을 본 그들이 놀라던 모습과 내지르던 소음이란 도저히 말로 표현할 수 없다.

왼쪽 발에 채워진 쇠사슬은 길이가 2미터 조금 못 되어서 나는 반원을 그리며 앞으로 뒤로 움직일 수 있을 뿐이었다. 한편 신전 문에서 10센티미터 되는 곳에 쇠사슬이 고정되어 있어서 나는 신전 안으로 기어들어가 발을 뻗고 누울 수도 있었다.

제2장

구경꾼들이 몰려오다

나는 똑바로 일어설 수 있게 되자 사방을 둘러보았다. 그토록 유쾌한 광경을 그때까지 전혀 본 적이 없었다는 점을 고백하지 않을 수 없다.

나라 전체가 줄줄이 이어진 정원들로 가득 찬 것 같았다. 그리고 울타리가 쳐진 밭들이 늘어섰는데, 대개 넓이가 2평방미터로 모두 꽃밭처럼 보였다. 밭과 밭 사이에는 숲이 있고, 가장 큰 나무의 높이는 내가 보기에 2미터가 약간 넘는 것 같았다. 나는 왼쪽에 있는 도시를 바라보았다. 그것은 극장에 걸려 있는 어느 도시의 풍경화 같았다.

나는 대변을 보고 싶었지만 몇 시간 동안이나 꾹 참고 있었다. 그도 그럴 것이 대변을 본 지 거의 이틀이나 지났던 것이다. 급하기도 하고 부끄럽기도 한 일이라서 입장이 매우 난처했다. 내가 생각해낼 수 있는 최선의 편법이란 내 숙소 안으로 기어들어가는 것이었는데, 결국 나는 안으로 기어들어가문을 닫았다. 그리고 쇠사슬의 길이가 허용하는 가장 구석진 곳에서 그 거추장스러운 짐을 배설해버렸다.

그러나 내가 그런 지저분한 짓을 한 것은 단 한 번뿐이었다. 나는 솔직한 독자들이 나의 처지와 다급한 사정을 성숙한 자세로 공정하게 평가한 뒤에 어느 정도는 너그럽게 양해해줄 것이라고 기대할 따름이다.

그 다음부터는 잠자리에서 일어나면 즉시 쇠사슬의 길이가 허용하는 한 가장 멀리 떨어진 곳으로 나가서 대변을 보는 것이 일과가 되었다.

그리고 구경꾼들이 몰려오기 전에, 나의 배설물 처리를 위해서 지정된 하인 두 명이 바퀴 달린 손수레로 오물을 치우도록 아침마다 세심하게 주의했다. 내가 만일 청결함에 관한 나 자신의 성격을 공개적으로 변호할 필요는 없다고 생각했더라면, 어쩌면 그다지 중요하게 보이지 않았을지도 모르는 이러 일에 관해서 장황하게 설명하지도 않았을 것이다. 그런데도 내가 길게 설명한 것은 나에 대해서 험담하는 사람들이 이 부분과 다른 부분들이 의심스럽다고 떠든다는 소리가 들려왔기 때문이다.

이 모험을 마치고 나서 나는 시원한 바람을 쐬러 숙소 밖으로 나갔다. 황제는 이미 탑에서 내려와 말을 타고 내게 다가오고 있는 중이었다. 말을 모는 데 이만저만 애를 먹는 게 아닌 듯했다. 그가 탄 말이 훈련이 잘된 것이긴 하겠지만, 산더미 같은 거대한 물체가 자기 앞에서 움직이고 있는 그런 광경에는 전혀 익숙하지 않았기 때문에 뒷발로 섰던 것이다. 그러나 황제는 능숙한 기수여서 말에서 떨어지지 않았다. 하인들

이 달려와 고삐를 잡은 채 황제가 말에서 내리기를 기다렸다.

말에서 내린 그는 나의 앞뒤를 둘러보면서 크게 감탄했다. 그러나 나의 쇠사슬이 미치지 않는 거리에 서 있었다. 이윽고 그는 먹을 것과 마실 것을 내게 주라고 하인들과 요리사들에게 명령했다. 그들은 바퀴가 달린 수레에 음식을 실어 내 손이 닿는 곳까지만 밀고 왔다.

내가 그 수레를 비워버리는 데는 그리 시간이 걸리지 않았다. 20대의 수레에는 고기가, 10대에는 술이 가득 실렸다. 수레 한 대의 고기는 두세 입에 먹어치웠고, 수레 한 대에 실린 10개의 토기에 든 술은 한 군데에 모아 단숨에 마셨다.

황후와 젊은 왕자들과 공주들은 수많은 귀부인들에게 둘러싸인 채 멀리 떨어진 곳에서 의자에 앉아 있었다. 그러나 황제의 말이 뒷발로 서는 것을 보고는 모두 자리에서 일어나 황제 주위로 몰려들었다.

이제 나는 황제에 관해서 묘사하겠다.

그는 모든 신하들보다 거의 손톱만큼 키가 더 컸다. 그 점 하나만으로도 그는 보는 사람의 경외감을 충분히 불러일으켰다. 체격은 탄탄하고 남성적이었다. 오스트리아인의 입술과 매부리코, 올리브 빛깔의 피부, 단정한 얼굴, 균형잡힌 몸과 팔다리, 그리고 모든 동작이 우아하고, 태도에는 위엄이 서렸다.

당시에 그는 한창 시절을 지난 뒤여서 나이는 28세 9개월이었다. 그는 7년 가량 황제로 군림했는데, 나라는 크게 번영하고, 또 항상 전쟁에서 승리했다. 좀더 자세히 관찰하려고 나는 옆으로 누워 내 얼굴을 270센티 떨어져 있는 그의 얼굴과 나란히 되도록 했다. 그러나 그 후에 여러 차례나 그를 내 손바닥 위에 올려놓고 관찰했기 때문에 내가 묘사를 그르친다는 것은 있을 수가 없다.

그의 복장은 아주 수수하고 단조로운데 아시아 스타일과 유럽 스타일의 중간쯤 되는 것이었다. 머리에는 보석들로 장식된 가벼운 황금 투구를 썼는데 벼슬 부분에는 새의 깃이 꽂혀 있었다.

내가 쇠사슬을 끊기라도 할 경우 스스로 방어할 목적으로 그는 칼을 뽑아들고 있었다. 그 칼은 8센티미터보다 조금 짧은데, 순금으로 만든 손잡이와 칼집에는 다이아몬드가 많이 박혀 있었다. 그의 목소리는 날카로웠으나 매우 맑고 뚜렷했는데, 나는 서 있을 때도 그 말을 분명히 들을 수 있었다.

귀부인들과 신하들은 너나없이 너무나 화려한 복장이어서, 그들이 모여 있는 곳은 마치 금과 은으로 사람 모양을 수놓은 속치마를 땅바닥에 깔아놓은 것과 비슷하게 보였다. 황제 폐

하는 자주 내게 말을 던졌고, 나도 대답을 했다. 그러나 우리는 한마디도 서로 알아들을 수 없었다.

황제 주위에는 여러 명의 사제와 변호사(복장으로 그들의 직업을 추측했다)가 있었는데, 그들이 황제의 명령을 받아 내게 말을 걸었다. 나는 고지대와 저지대의 네덜란드어, 라틴어, 프랑스어, 스페인어, 이탈리아어, 링과 프랑카 등, 조금이라도 알고 있는 외국어라면 최대한 동원해서 그들에게 말을 했다. 그러나 모두 헛수고에 그쳤다.

2시간쯤 지나 황제와 그 일행이 돌아가고, 강력한 경비대가 나를 계속 지켰다. 그들의 임무는 건달패들이 내게 무례한 짓을 하거나 못된 장난을 치지 못하게 막는 것이었다. 건달패들은 내게 가까이 몰려들려고 매우 안달을 했다. 어떤 녀석들은 내가 신전 뒤 근처 땅바닥에 앉아 있을 때 무례하게도 활을 쏘아댔다. 화살 하나가 내 왼쪽 눈을 아슬아슬하게 비켜갔다. 경비대의 대령이 주동자 6명을 체포하도록 명령했고, 그들의 두 손을 묶어서 내게 넘겼다. 그는 그것이 가장 적절한 처벌방법이라고 여겼던 것이다. 대령의 지시대로 군사들은 범인들을 창끝으로 찔러 내 손이 닿는 곳까지 밀쳐놓았다.

나는 오른손으로 녀석들을 모조리 잡은 뒤, 5명은 외투 주머니에 집어넣고, 나머지 한 명은 산 채로 잡아먹어버리겠다는 시늉을 했다. 가련한 그녀석은 죽어라 하고 비명을 내질렀다. 대령과 군사들도 괴로운 표정을 지었다. 특히 내가 주머니칼을 꺼냈을 때에는 그들도 겁에 질렸다.

그러나 그들을 공포에서 곧 구출해주었다. 왜냐하면 내가 온화한 시선으로 바라보면서 그녀석을 묶은 끈을 끊고는 조심스럽게 땅에 내려놓았기 때문이다. 그는 걸음아 날 살려라 하고 달아나버렸다. 나머지 5명도 주머니에서 하나씩 꺼내 같은 방식으로 모두 놓아주었다. 내 관찰에 따르면, 구경꾼들은 물론이고 군사들도 내가 보여준 관용에 대해서 몹시 고마워했다. 이 사건은 나에게 대단히 유리한 쪽으로 왕궁에 알려졌다.

황제의 포고문이 내려지다

밤에 신전으로 기어들어가 바닥에 누워 자는 일은 매우 불편했다. 약 2주에 걸쳐 그렇게 불편하게 지냈는데, 황제는 그기간 안에 내 침대를 만들라고 명령했다. 그 나라 원주민이보통 사용하는 매트리스 600개를 마차로 운반해온 뒤에 작업은 신전 안에서 했다.

150개의 매트리스를 이어서 하나로 만들었다. 그리고 그런것을 네 겹으로 깔았다. 그러나 평평하고 딱딱한 돌 바닥 위에서 잠을 자는 것과 별로 다르지 않았다. 매트리스의 치수를재는 방식으로 그들은 침대 시트, 담요, 그리고 이불을 만들어주었다. 나처럼 거칠고 힘든 생활에 오랫동안 익숙해진 사람에게도 그만하면 부족하다고 할 수 없었다.

내가 수도에 도착했다는 뉴스가 왕국 전체에 퍼지고 나자,부자든 게으름뱅이든 호기심이 많은 사람이든 엄청난 숫자가구경하러 몰려들었다. 그 결과 마을마다 거의 텅 비었다.

바람직하지 않은 그런 일, 즉 구경을 위해 몰려오는 일을금지하는 여러 차례에 걸친 황제의 포고령과 법령이 없었더라면, 대부분의 사람들이 농사와 집안살림을 내팽개쳤을 것이다. 이미 구경을 마친 사람들은 즉시 집으로 돌아갈 것, 그리고 황제의 허가 없이는 나의 집에서 50미터 이내로는 접근하지 말 것 등을 명령했다. 이런 금지조치 덕분에 관계 부처각료들이 막대한 수수료를 챙겼다.

나에 대한 처리방법을 논의하기 위하여 황제는 그 동안 자주 각료회의를 소집했다. 나와 각별한 사이가 된 한 친구는 고위층 인물인데다가 다른 고위층과 마찬가지로 국가의 비밀 사항을 많이 취급했는데, 그가 나에게 각료회의에 관해서 알려준 것이다. 즉 각료들은 나 때문에 골치 아픈 문제를 산더미처럼 안고 있다는 것이다. 그들은 내가 쇠사슬을 끊지 않을까 걱정하는가 하면, 내가 많이 먹어치우기 때문에 나라 전체에 극심한 식량 부족 사태가 발생할지도 모른다는 그런 걱정도 했다.

나를 굶겨 죽이거나, 독화살을 내 얼굴과 양손에 쏘아서 즉사시키자고 결의한 적도 여러 번 있었다. 그러나 그들은 그 결정을 뒤집었다. 왜냐하면 내 몸집처럼 거대한 시체가 풍기는 악취가 수도 일대에 전염병을 일으켜 전국으로 확산될지도 몰랐기 때문이다.

그런 식으로 거대한 회의실에서 각료회의가 진행되고 있을 때, 여러 명의 육군장교들이 회의실 정문으로 다가갔다. 2명만 허가를 받고 안으로 들어가서는 얼마 전에 일어난 사건, 즉 6명의 건달패에 대한 나의 관대한 처분에 관해서 보고했다. 황제를 비롯한 모든 각료들은 나에 대해서 너무나도 우호적인 인상을 간직하게 되었다.

그 결과 황제의 포고문이 배포되었는데, 내용은 우선 수도에서 반경 810미터 이내에 위치한 모든 마을은 나에게 아침마다 소 6마리, 양 40마리, 기타 육류는 물론 적절한 분량의 빵과 포도주와 다른 술도 공급할 의무가 있다는 것이었다. 황제는 그 비용을 국고 책임자가 처리하라고 지시했다. 이렇게 지시한 이유는 황제가 자기 소유의 영지에서 나오는 수입만

으로 모든 일을 처리했기 때문이
다. 위급한 상황에만 국민들에
게 세금을 부과했고, 전쟁이 발
발했을 경우에 국민들은 각자 자
기 비용으로 황제를 따라 전투에
참가했다.

또한 포고문에 따라 나의 하인으로 지정된 600명으로 구성
된 특별기구가 설치되고, 그들의 숙식과 월급은 국고에서 부
담했다. 그들이 근무하는 장소를 마련하기 위해 신전 문 양쪽
에 텐트를 쳤다. 그리고 300명의 재단사가 그 나라의 유행에
맞는 내 옷을 만들고, 왕궁에 소속된 학자 가운데 가장 뛰어
난 학자 6명이 그들의 언어를 내게 가르치라는 임무를 받았
다. 끝으로 황제, 귀족 그리고 근위대의 모든 말들을 내 앞에
서 훈련시키라는 것이었다. 그것은 그 말들이 나의 모습에 친
숙해지도록 만들려는 것이었다. 황제의 이 모든 명령은 빈틈
없이 시행되었다.

그래서 3주일 동안 나는 그 나라의 언어를 배우는 데 많은
진척을 보았다. 그 기간 중에 황제는 나를 자주 방문했고, 언
어를 가르치던 학자들을 기꺼이 거들어주기도 했다.

몸을 수색당하다

그 무렵 우리는 대화를 시작했다. 내가 최초로 나의 소망을 표현하는 말이었는데, 황제가 내게 자유를 주기를 원한다는 뜻을 무릎을 꿇고 매일 반복했다.

내가 알아들을 수 있는 범위 내에서 말하자면, 그때 황제의 답변은 나를 자유롭게 해주는 문제는 시간이 해결할 문제이고, 그것도 각료회의의 권고결의 없이는 고려될 수 없다는 것이었다.

게다가 내가 먼저 해야만 하는 것은 '루모스 켈민 페쏘 데 스마르 론 엠포소'인데, 이것을 풀이하면 내가 황제와 그의 왕국에 대한 평화의 맹세를 해야만 한다는 것이다. 그리고 나는 모든 종류의 친절을 몸에 익혀야만 한다고 했다.

또한 황제는 인내와 신중한 태도로 내가 자기와 백성들로부터 칭찬 받는 인물이 되도록 하라고 충고했다. 또한 그는 나에 대한 몸수색을 명령한다고 해서 언짢게 여기지는 말라고 했다. 왜냐하면 내가 여러 가지 무기를 가지고 있을지도 모르는데, 어마어마하게 거대한 덩치를 가진 사람이 그런 무기를 휘두른다면 그 위험은 상상을 초월하기 때문이라는 것이었다.

나는 모든 것이 황제의 뜻대로 이루어질 것이라고 대답했다. 그가 보는 앞에서 옷을 홀랑 벗고 주머니들을 뒤집어보일 준비가 되어 있었던 것이다. 말과 몸짓을 섞어서 나는 그러한 뜻을 표현했다.

그는 왕국의 법에 따라 장교 두 명의 수색을 받아야 한다고 대답했다. 또한 나의 동의와 협조 없이는 수색이 이루어질 수 없다는 것도 알고 있고, 나의 너그러움과 정의감을 신뢰하여 내 손에 그들을 맡긴다고 덧붙였다. 그리고 몰수된 내 물건은 내가 그 나라를 떠날 때 모두 돌려주든가, 내가 부르는 가격 으로 자기가 사들이겠다고 말했다.

나는 장교 두 명을 손으로 집어 우선 외투 주머니 속에 넣었다. 이어서 모든 주머니를 뒤지게 했지만, 시계 주머니 2개, 그리고 나 이외에 다른 사람들에게는 관계가 없는 작은 신변용품들이 들어 있어서 수색당하고 싶지 않은 비밀 주머니는 제외했다. 시계 주머니 가운데 한쪽에는 은시계가, 다른 쪽에는 약간의 금이 담긴 가죽 주머니가 들어 있었다.

펜과 잉크와 종이를 가지고 그들은 눈으로 본 물건들의 목록을 기록했고, 임무를 완수하자 황제에게 그 목록을 제출할 수 있도록 자기들을 땅에 내려놓아달라고 요청했다. 그 목록을 나중에 내가 영어로 옮겼는데, 아래의 내용은 원본과 똑같다.

우선은, '산더미같이 거대한 사람'(이것은 '퀸부스 플레스트린'이라 는 말을 내가 나름대로 번역한 것이다)의 외투 오른쪽 주머니를 샅샅이 수색한 결과, 엄청난 넓이의 거친 천조각 하나만 발견했을 뿐입니다. 그 것은 폐하의 어전 회의실 바닥을 전부 덮을 정도의 카펫과 비슷한 넓이

였습니다.

그리고 왼쪽 주머니에는 은으로 만든 궤짝이 있었는데, 그 뚜껑도 은으로 만든 것이었습니다. 우리는 그 뚜껑을 열 수가 없어서 그에게 열어달라고 요청했습니다. 우리 가운데 하나가 궤짝 안으로 들어가자, 일종의 먼지더미 같은 곳에 무릎까지 푹 빠지고, 그 먼지의 일부가 우리의 얼굴을 덮치는 바람에 우리는 여러 번 재채기를 했습니다.

조끼 오른쪽 주머니에서는 희고 얇은 물건의 어마어마한 뭉치를 발견했습니다. 그 물건은 세 사람을 합친 것만큼 큰 것인데, 차곡차곡 접혀 있고, 질긴 끈으로 묶여 있었으며, 검은 형상들이 찍혀 있었습니다. 우리는 그것이 문서라고 겸손하게 추정했습니다. 그런데 거기 적힌 글자는 거의 우리 손바닥의 절반만한 크기였습니다.

조끼 왼쪽 주머니에는 기계와 같은 것이 있었는데, 그 뒷면에는 20개의 긴 기둥이 뻗쳐 있었습니다. 그 기둥들은 폐하의 궁전 앞에 있는 목책과 닮았습니다.

우리는 '산더미 같은 거대한 사람'이 그것으로 머리를 빗는다고 추측했습니다. 일일이 그에게 질문하지 않았기 때문에 추측만 했고, 그것은 또 우리 뜻을 그에게 말로 전달하기가 대단히 어렵기 때문이었습니다.

중간 덮개(이것은 '란플-로'라는 말을 내가 번역한 것인데, 그들은 내 반바지를 '란플-로'라고 불렀다)의 오른쪽 커다란 주머니에서는 어른의 키와 같이 길면서도 속이 빈 쇠기둥을 발견했습니다. 그것은 그것보다 더 크고 단단한 통나무 조각에 고정되어 있었습니다. 그 쇠기둥 한쪽에는 괴상한 형태의 커다란 쇳조각들이 돌출해 있는데, 무슨 물건인지 도무지 모르겠습니다. 왼쪽 주머니에서도 같은 종류의 기계가 있었습니다.

오른쪽 작은 주머니에는 흰색과 붉은 색의 금속으로 만들었고 크기가 다양한 원형의 납작한 쇳조각들이 있었습니다. 은이라고 추측되는 흰색 금속의 쇳조각들은 너무 크고 무거워서 우리가 들어올릴 수 없을 정도였습니다.

왼쪽 작은 주머니에는 우둘투둘한 검은 기둥이 2개 있었습니다. 주머니 밑바닥에 서 있던 우리는 고생 끝에 그 꼭대기에 올라갔습니다. 하나는 뚜껑이 씌워져 있는데, 뚜껑 이외에 다른 것은 보이지 않았습니다.

다른 쪽의 꼭대기에는 우리의 머리보다 2배나 되는 둥근 흰 물건이 있었습니다. 두 기둥 속에는 거대한 강철판이 들어 있어서, 우리는 그것들이 위험한 기계일지도 모른다는 의구심 때문에 그에게 강철판을 꺼내서 보여달라고 요구했습니다. 그는 강철판들을 꺼내어 보여주고는 자기 나라에서 그것들을 사용하는 방법을 설명했습니다. 하나는 턱수염을 깎는 것이고, 또 하나는 고기를 자르는 것이었습니다.

우리가 들어가보지 못한 주머니가 2개 있었습니다. 그는 시계 주머니들이라고 말했는데, 중간 덮개의 꼭대기를 갈라서 만든 거대한 구멍인 그것들은 그의 배에 눌러서 틈이 보이지 않았습니다. 오른쪽 시계 주머니로부터는 은으로 만든 거대한 사슬이 늘어져 있었으며, 그 끝에는 신기하기 짝이 없는 기계가 매달려 있었습니다.

우리는 그 기계를 꺼내 보여달라고 요구했습니다. 그것은 한쪽은 은으로, 다른 쪽은 투명한 금속으로 만들어진 원구였습니다. 투명한 쪽에 이상한 형상들이 둥그런 원을 따라가는 식으로 배열되어 있었기 때문에, 우리는 그것들을 만져볼 수 있다고 생각했습니다. 그러나 그 형상들은 투명한 금속에 덮여 있다는 것을 깨달았습니다. 그는 그 기계를 우

리 귀에 대어주었었는데, 그 기계는 물레
방아처럼 요란한 소리를 계속해서 냈
습니다.

우리는 그것을 우리가 모르는 짐승이거나, 그가 숭배하는 신이라고
추측했습니다만 그가 믿고 있는 신이라는 쪽에 더 비중을 두고 싶습니
다. 그 이유는 (그의 설명은 종잡을 수 없는 것이기는 하지만, 우리가 그
의 말을 제대로 알아들었다면) 그는 그것과 의논하지 않고는 아무것도
하지 않기 때문입니다. 그는 그것이 자기의 신탁이라고 불렀으며, 자신
의 모든 행동에 적절한 그 시간을 알려준다는 것이었습니다.

왼쪽 시계 주머니에서 그는 어부가 그물로 사용해도 좋을 만큼 큰 그
물을 꺼냈습니다. 지갑처럼 열고 닫도록 고안된 그것을 지갑으로 사용
한다고 말했습니다. 거기서 우리는 거대한 크기의 노란 금속 조각을 여
러 개 보았는데, 만약 그것이 금이라면 엄청난 재산가치가 있을 것 같
습니다.

폐하의 명령에 복종하여 우리는 이렇게 모든 주머니를 샅샅이 수색
한 뒤, 그의 허리에서 거대한 짐승의 가죽으로 만든 혁대를 관찰했습니
다. 혁대 왼쪽에는 어른 5명의 키를 합친 그런 길이의 칼이 걸려 있었
고, 오른쪽에는 칸막이로 나뉘어진 가방 또는 자루가 있었는데, 한 칸
의 크기는 폐하의 백성 3명을 수용할 수 있을 정도였습니다. 한쪽 칸에
는 매우 무거운 금속으로 만든 원구 또는 공이 여러 개 들어 있는데, 하
나의 크기는 우리 머리통만하고, 힘이 억센 장사라야만 겨우 들 수 있
을 정도입니다. 다른 칸에는 검은 낟알이 수북히 쌓여 있었는데, 별로
크거나 무겁지 않아서 우리는 두 손으로 50개 가량 집어올릴 수 있었
습니다.

이것은 '산더미같이 거대한 사람'의 몸에서 발견한 것을 자세하게

기록한 재고목록입니다. 그는 폐하의 명령을 존중하고 우리를 정중하게 대해주었습니다. 우리는 폐하의 영광스러운 재위 89번째 달 4일에 여기 서명하고 봉인하는 바입니다.

클레프렌 프렐로크
마르시 프렐로크

그들이 황제 앞에서 이 재고목록을 낭송하고 나자, 황제는 몇 가지 물건을 넘겨달라고 내게 요구했다. 우선 칼을 넘겨달라고 했고, 나는 칼은 물론이고 칼집까지 내주었다. 그때 황제는 자기를 수행하는 3000명의 정예부대에게 먼 거리에서 나를 포위하라고 명령했다. 그들은 언제든지 활을 쏠 태세였다.

나의 시선은 황제에게 집중되어 있어서 그들을 쳐다보지 못했다. 이어서 그는 칼을 빼서 보여달라고 했다. 바닷물에 젖어 일부 녹이 슬기는 했지만, 칼 전체는 윤이 나는 것이었다. 나는 칼을 뽑았다.

그 순간, 모든 군사들이 공포와 경탄이 뒤섞인 함성을 내질렀다. 내가 칼을 앞으로 찌르고 뒤로 물러날 때, 칼날에 반사된 햇빛에 그들은 눈이 부셨던 것이다. 가장 너그러운 군주인 황제 폐하는 내가 예상했던 것처럼 그렇게 놀라는 편은 아니었다. 그는 칼을 칼집에 넣은 뒤 나를 묶은 쇠사슬로부터 행동반경이 180센티미터 정도 떨어진 땅바닥을 향해 최대한 얌전히 던지라고 명령했다.

그가 넘겨달라고 요구한 두번째 물건은 속이 빈 쇠기둥들, 즉 나의 소형권총들이었다. 나는 그것들을 꺼낸 뒤 그의 요구에 응해서 최대한 자세하게 그 용법을 설명했다. 그리고 화약을 장전했다. 화약은 화약 주머니 입구가 단단히 졸라매어져 있었기에 바닷물에 젖지 않았다(현명한 선원이라면 최대한의 주의를 기울여 화약이 바닷물에 젖는 불상사를 막아야만 한다). 나는 겁을 먹지 말라고 황제에게 미리 주의를 준 뒤, 허공에 대고 발사했다.

그러자 그들은 칼을 보았을 때보다도 한층 더 놀랐다. 수백 명이 나동그라져서 죽은 사람처럼 꼼짝도 못했다.

황제는 땅 위에 버티고 서 있기는 했지만, 한동안 제정신을 차리지 못했다. 나는 칼의 경우와 똑같은 방식으로 권총들과 화약 주머니와 탄알들을 넘겨주었다. 화약은 아무리 작은 불똥만 튀어도 폭발하여 황제의 궁궐을 공중으로 날려버릴 수가 있으니까 화약 주머니를 불이 있는 곳에서 멀리 보관하라고 그에게 당부했다.

황제는 시계를 보고 싶은 호기심이 대단해서 나는 그것도 넘겨주었다. 그는 근위대 중에서 키가 제일 큰 군사 2명에게 영국의 짐꾼들이 맥주통을 옮기듯이, 그것을 장대에 꿴 뒤 어깨에 장대를 걸치고 운반하라고 명령했다.

그는 시계가 계속해서 내는 요란한 소리와 분침의 움직임에 놀랐다. 그 나라 사람들은 우리보다 시력이 훨씬 우수했기 때문에, 황제도 분침의 움직임을 쉽게 알아챌 수 있었다. 그는 주위에 몰려 있던 학자들에게 시계에 관한 의견을 물었다. 내가 그들의 말을 전부 알아듣지는 못했지만, 내가 거듭 말하지 않아도 독자들이 충분히 상상할 수 있듯이, 그들의 의견은 제각각인데다가 헛다리를 짚는 것이었다.

이어서 은전과 동전, 커다란 금 조각 9개와 작은 금 조각들이 든 지갑, 주머니칼과 면도칼, 빗과 은으로 만든 코담배 상자, 손수건, 그리고 일기책을 넘겨주었다. 칼과 권총과 화약 주머니는 마차에 실어 황제의 창고로 운반했지만, 나머지는 내가 돌려받았다.

앞에서 언급한 바와 같이, 그들의 수색을 피한 개인적인 주머니가 하나 있었다. 거기에는 안경(나는 시력이 약해 가끔 안경을 썼다), 소형 망원경, 그리고 자질구레한 신변용품들이 들어 있었다. 그것들은 황제와 아무런 상관이 없는 것이어서 보여 줄 의무가 없다고 생각했다. 게다가 공연히 그것들을 넘겨주었을 경우, 잃어버리거나 망가질지도 모른다고 우려했던 것이다.

제3장

궁중의 특이한 오락을 보다

나는 그때까지 온화함과 훌륭한 태도로 황제와 궁중뿐 아니라 군대와 일반 백성들에게도 호감을 샀다. 그래서 머지않아 자유의 몸이 될 것이라는 희망을 품기 시작했다. 그 유리한 상황을 발전시키기 위해 나는 가능한 방법을 총동원했다.

원주민들은 내가 끼칠지도 모르는 위험에 대한 두려움을 차츰 버리게 되었다. 나는 가끔 바닥에 드러누운 채 5, 6명이 손바닥 위에서 춤을 추도록 해주었다. 드디어 소년 소녀들도 와서는 내 머리카락 속에서 숨바꼭질을 했다.

이제 나는 그들의 말을 잘하고 또 잘 알아듣게 되었다.

어느 날 국왕은 그 나라의 여러 가지 오락을 가지고 나를 흥겹게 해 주겠다고 생각했다. 그들의 오락은 재주와 멋진 장면이라는 양면에서 내가 아는 어느 나라의 것보다도 훨씬 뛰어났다. 밧줄 위에서 춤추는 사람들의 쇼처럼 흥겨운 것은 없었다. 그들은 지상에서 30센티미터 높이에 길이 60센티미터

정도의 가느다란 흰 줄을 치고 그 위에서
춤을 추었다. 나는 독자들이 참아주기만
한다면, 이 오락에 관해서 좀더 설명을 하
고 싶다.

왕궁에서 높은 자리에 오르거나 황제의
두터운 신임을 받기를 원하는 후보자들만
이 이 오락을 실시한다. 그들은 젊었을 때
부터 기술 훈련을 받는데, 귀족 출신이나 학식 있는 사람만
그 대상인 것은 아니다. 고위층이 죽거나 면직되어 (그 나라
에서는 이런 경우가 자주 있다) 그 자리가 비게 되면, 5, 6명
의 후보들이 줄 위에서 춤을 추어 황제와 궁중의 모든 사람을
흥겹게 해주겠다고 황제에게 신청한다.

가장 높이 뛰어오르고도 줄에서 떨어지지 않는 사람이 빈
고위직을 차지한다. 주요 각료들마저도 각자 그 기술을 보여
주지 않으면 안 되는 경우도 자주 있다. 황제가 만족할 만한
기술이 아니면, 그들은 면직되고 만다. 재정을 맡은 각료 플
림나프는 팽팽한 줄에서 신나게 춤을 추어도 좋다는 황제의
허가를 받았는데, 그 나라 전체의 귀족 그 누구보다도 적어도
25밀리미터는 더 높이 뛰어올랐다. 나는 그가 영국에서 흔히
쓰는 노끈과 비슷한 굵기의 줄 위에서 춤뿐 아니라 거기 고정
된 나무쟁반 위에서 공중제비를 여러 번 넘는 것도 보았다.

황제의 개인비서실장인 내 친구 렐드레살은, 내가 편견에
치우치지 않았다면, 플림나프 다음으로 춤을 잘 추었다고 본
다. 나머지 각료들은 실력이 비슷비슷했다. 이 오락에서는 치
명적인 사고가 자주 발생하는데, 기록된 사고 건수가 매우 많

다. 춤을 추다 떨어져 다리가 부러진 후보들을 2~3명 보았다. 각료들에게 황제가 재능을 보이라고 지시한 경우에는 그 위험이 한층 심했다. 왜냐하면 다른 각료들을 젖히고 자기가 가장 우수하다는 것을 보이려고 서로 경쟁하는 바람에, 그들은 너무나 긴장하여 모두 한 번씩은 줄에서 떨어졌기 때문이다. 두세 번 떨어진 각료들도 있다. 내가 그곳에 도착하기 1~2년 전에 플림나프가 줄에서 떨어진 적이 있는데, 마침 우연히 그 자리에 있던 황제의 방석이 그의 추락하는 힘을 줄여주지 않았더라면, 그는 불가피하게 목이 부러졌을 것이라는 말을 들었다.

그와 비슷한 오락이 또 있는데, 이것은 특별한 계기에 황제와 황후 그리고 수상 앞에서만 실시되는 것이다.

황제는 탁자 위에 15센티미터 되는 파란색, 빨간색, 초록색의 비단 줄 세 개를 놓는다. 그 줄들은 황제가 자기 총애를 특별히 표시하여 누군가를 돋보이게 하고 싶은 사람이 있을 때 그에게 수여할 상이다. 이 오락은 폐하가 국가의 중대한 일을 다루는 대회의실에서 실시된다.

여기서는 앞서 말한 오락의 경우와 전혀 다른 방식으로 후보자들의 능숙한 솜씨가 시험된다. 나는 지금껏 낡은 대륙이나 신대륙의 그 어느 나라에서도 그와 조금이라도 비슷한 것을 본 적이 없다. 황제는 양손으로 막대기를 수평으로 잡는다. 후보들은 한 명씩 차례로 막대기가 올라가고 내려가는 것에 따라 뛰어넘기도 하고 아래로 기어서 통과하는데, 앞으로 가고 뒤로 가는 짓을 여러 번 반복한다. 때로는 황제와 수상이 막대기의 끝을 각각 잡기도 한다. 수상 혼자 막대기를 잡

는 경우도 종종 있다.

몸을 가장 민첩하게 움직여서 뛰어넘기와 아래로 기어가기를 가장 오래 견디는 사람은 파란색의 비단 줄을 받는다. 2등은 빨간 줄을, 3등은 초록색 줄을 받는다. 수상자들은 그 줄을 허리에 두 번 감는다. 이 궁중의 고관치고 이러한 비단 줄을 두르지 않은 사람은 찾아볼 수 없다.

기병대의 말들과 왕궁 마구간의 말들은 매일 내 앞에 끌려 나왔기 때문에 이제는 낯을 가리지 않을 뿐 아니라, 바로 내 발 밑까지도 거침없이 다가왔다. 내가 땅바닥에 손을 대고 있을 때, 기수들이 그 손등을 뛰어넘었다. 황제의 사냥꾼 가운데 하나는 덩치가 큰 준마를 몰고 와서 내 구두를 뛰어넘었는데, 그것은 참으로 놀라운 도약이었다.

군사훈련을 고안하다

어느 날 나는 매우 특이한 방법으로 황제를 즐겁게 할 행운을 얻었다. 나는 황제에게 높이 60센티미터에 평범한 지팡이만큼 굵은 막대기를 몇 개 마련해달라고 했다. 그러자 폐하는 자기 삼림의 관리를 맡은 관리에게 그 준비에 필요한 조치를 취하라고 명령했다.

다음날 아침 벌목꾼 6명이 8필의 말이 끄는 마차 6대를 각각 끌고 왔다. 나는 그들이 운반해온 막대기 가운데 9개를 땅에 단단하게 박아서 한쪽 길이가 75센티미터인 정사각형 모양을 만들었다. 그리고 다른 막대기 4개를 지상 약 60센티미터 높이로 네 귀퉁이에 평행으로 묶었다. 수직으로 선 9개의 막대기에 손수건을 고정하고 사방으로 늘여서 북처럼 탄탄하게 만들었다. 손수건보다 12센티미터 위로 올라간 평행의 막대기 4개는 테두리 역할을 했다.

그 준비작업을 마친 뒤 나는 최고의 준마를 모는 24명의 기병으로 편성된 부대를 불러다가 그 평면 위에서 기동훈련을 시키라고 황제에게 제안했다.

폐하가 그 제안을 승인했다. 나는 무장한 기병이 탄 말을 하나씩 손으로 집어서 손수건 위에 올려놓았다. 훈련을 지휘할 장교도 거기 포함되어 있었다. 정렬을 하자마자 그들은 두 편으로 갈라져서 가상 기습을 감행하고, 촉이 없는 화살을 쏘고, 칼을 뽑아들고, 쫓고 쫓기며, 공격과 후퇴를 거듭했다. 한 마디로 내가 그때까지 구경한 군사훈련 가운데 그것이 최고였다.

평행으로 설치된 막대기들은 기수와 말들이 무대 밖으로 떨어지지 못하게 막아주었다. 황제는 그것이 너무나도 재미있어서 그 훈련을 여러 날 반복하도록 명령했다.

자기 자신이 무대에 올라가서 직접 지휘한 적도 있다. 그리고 그는 황후를 간신히 설득한 뒤, 문이 닫힌 그녀의 가마를 내가 무대에서 2미터 이내의 거리에서 받치고 있어서 그녀도 훈련의 전모를 바라볼 수 있게 했다.

훈련 도중에 심각한 사고가 발생하지 않은 것이 나로서는 다행이었다. 기병대장이 모는 사나운 말이 발굽으로 긁어대는 바람에 손수건에 구멍을 뚫은 적이 딱 한 번 있었다. 구멍으로 말 다리가 빠지면서 말이 쓰러지고 기수가 떨어졌다. 그러나 내가 즉시 말과 기수를 구출해주었다. 한 손으로 구멍을 막고, 다른 손으로 말과 기수를 처음에 올려놓을 때와 마찬가지로 땅바닥에 내려주었던 것이다.

쓰러진 말은 왼쪽 어깨가 삐었지만, 기수는 상처 하나 없이 말짱했다. 나는 재주껏 손수건을 수선했지만, 그처럼 위험한 군사훈련에 다시 사용해도 안전할지는 믿기 어려웠다.

내가 행동의 자유를 되찾기 약 2~3일 전, 군사훈련으로 황제와 궁중 인사들을 흥겹게 하고 있을 때, 폐하에게 긴급한 보고가 들어왔다. 내가 체포된 장소 근처에서 말을 타던 사람들이 땅에 누워 있는 검은 색의 거대한 물체를 발견했다는 것이다. 그것은 모양이 매우 괴상해서, 둥글게 펴진 가장자리로 보아 그것이 차지하는 면적은 폐하의 침실과 비슷하고, 가운데 부분이 어른의 키만큼 위로 솟아올랐다.

그러나 그들이 처음에 걱정했던 것처럼 살아 있는 생물은 아니었다. 왜냐하면 그들이 여러 번 그 주위를 돌아다녔는데도, 그것이 꼼짝도 않은 채 풀밭에 누워 있었기 때문이다. 그들이 서로 어깨를 타고 그것의 꼭대기로 올라갈 수가 있었는데, 그 꼭대기는 평평한 마루와 같았다. 발을 굴러보고는 속이 비어 있다는 것을 알았다.

그들이 얼추 추측하기로는 '산더미같이 거대한 사람'이 소유하던 물건인 듯하다. 폐하가 원하신다면, 말을 5마리만 동원하면 운반할 수 있다는 것이다. 나는 그들이 말하는 그 물건이 무엇인지 즉시 알아차렸고, 그런 보고가 들어온 데 대해 속으로 몹시 기뻐했다.

난파된 뒤 내가 해안선에 처음 도착했을 때는 너무나 경황이 없었다. 나는 모자를 끈으로 머리에 단단히 고정시켰고, 노를 저을 때도 계속해서 쓰고 있었는데, 내가 기억하지 못하는 어떤 사고로 끈이 끊어졌을 것이다. 그래서 내가 잠든 곳에 이르기 전에 모자가 땅에 떨어진 것이다. 나는 그때까지 모자를 바다에서 잃어버렸다고 생각해왔다.

나는 모자의 용도와 특징을 황제에게 설명해준 다음, 그것을 되도록 빨리 운반해오라는 명령을 내려달라고 간청했다. 다음날 마차꾼들이 모자를 운반해왔는데, 그 상태가 그리 좋지는 않았다. 그들은 모자챙의 테두리에서 약 4센티미터 되는 곳에 구멍을 2개 뚫고, 구멍에 각각 갈고리를 건 다음 기다란 줄을 마구에 연결한 뒤, 약 800미터를 끌고 온 것이다. 그러나 그 나라의 지형은 기복이 없이 매우 평평해서 모자가 내가 우려했던 것처럼 심하게 망가지지는 않았다.

그런 모험이 있은 지 이틀이 지났을 때, 황제는 대단히 이상한 방식의 여흥을 고안해내고는 수도 안팎에 주둔하고 있던 군대의 일부에게 출동준비를 명했다.

그는 나더러 편안한 자세로, 그러나 최대한으로 두 다리를 벌린 채 거대한 석상처럼 서 있으라고 했다. 그는 장군에게 군대를 밀집대형으로 정렬시켜 내 다리 밑을 통과시키라고 명령했다(그 장군은 나이와 경험이 많은 지휘관으로서 나를 적극적으로 지원해주는 인물이었다). 횡대로 늘어선 보병은 24명이고, 기병대의 말은 16마리였다. 그들은 군기를 휘날리고 창을 앞으로 겨눈 채 요란한 북소리에 맞추어 행진했다.

동원된 군대는 보병 3000명과 기병 1000명이었다. 황제는 행진하는 동안 나에 대해 조금이라도 실례를 하는 경우에는 누구든지 사형에 처하라는 명령을 내렸다. 그런데도 불구하고 몇몇 젊은 장교들은 내 다리 밑을 지나갈 때 위를 쳐다보았다. 그리고 사실 그때 내 바지가 형편없이 구겨진 상태였기 때문에, 그들이 가끔씩 폭소를 터뜨리고 탄성을 내질렀다.

행동의 자유를 얻게 되다

나는 자유를 요청하는 진정서와 탄원서를 수없이 제출했다. 그래서 폐하는 그 문제를 처음에는 내각에, 그 다음에는 전체 각료회의에 회부했다. 유독 스카이레쉬 볼골람 한 사람만 반대하고 나섰다. 그는 나와 원수진 일도 없는데 스스로

나의 철천지원수가 되려고 했다. 그러나 전체 각료회의는 그의 반대를 묵살했고, 황제가 재가했다.

내게 자유를 주는 데 반대한 그 각료는 갈베트, 즉 해군제독이었는데, 황제의 신임이 매우 두텁고 일 처리에도 매우 능숙했지만, 성격이 음침하고 까다로웠다. 그도 결국은 동의했지만, 나에게 자유를 허용하는 데 따르는 규정과 조건들을 자기가 기안하고, 그것을 지키겠다고 내가 맹세해야 한다는 주장을 내세워 관철시켰다.

스카이레쉬 볼골람은 차관 2명과 여러 명의 고위층을 거느리고 와서 내게 직접 전달했다. 그들은 그것을 낭송한 뒤에 나에게 준수할 것을 맹세하라고 요구했다. 우선은 나의 조국에서 하는 방식으로 맹세하고, 그 다음은 그 나라의 법이 규정한 식으로 맹세하라는 것이다.

그 나라 식이란 왼손으로 오른쪽 발을 잡고, 오른손으로는 가운데 손가락을 정수리에 대고, 엄지손가락을 오른쪽 귓바퀴에 대는 것이었다.

독자들이 나의 자유에 관한 그 규정과 조건들을 알고 싶어할 뿐 아니라, 그 나라 사람들의 독특한 표현방식과 문장 스타일에 대해 호기심을 가지고 있을지도 모르기 때문에, 나는 실력을 총동원하여 그 문서 전체를 직역해 아래와 같이 공개한다.

골바스토 모마렌 에블라메 구르딜로 쉐핀 물리
울리 구에는 릴리퍼트의 가장 강력한 황제이고, 우
주의 즐거움이자 그 공포의 대상이다. 그의 영토는
5000블루스트루그(약 20킬로미터의 둘레)로서
지구의 모든 끝까지 미친다. 그는 모든 왕들의 왕
이고, 사람의 아들들보다 키가 크며, 그의 두 발은
지구의 중심을 누르고, 그의 머리는 태양을 치받으
며, 그가 고개를 끄떡이면 온 세상의 군주들이 다
리를 떤다. 그는 봄처럼 유쾌하고, 여름처럼 편안
하고, 가을처럼 풍성하고, 겨울처럼 무시무시하다.
지존한 폐하는 우리들의 천국에 최근 도착한 '산
더미같이 거대한 사람'에게 다음 사항들을 제안하
고, 그 사람은 엄숙한 선서를 통해 이것들을 준수
할 의무가 있다.

첫째, '산더미같이 거대한 사람'은 황제의 옥새
가 찍힌 허가서가 없는 한 황제의 영토를 떠날 수
없다.

둘째, 그는 황제의 명백한 명령이 없는 한 수도
안으로 들어올 수 없다. 황제의 명령이 있는 경우,
주민들은 거리로 나오지 말라는 경고를 2시간 전
에 받을 것이다.

셋째, 위에서 말한 '산더미같이 거대한 사람'은
이 나라의 간선도로 위로만 걸어다녀야 하고, 초원

이나 밀밭에서 걸어다니거나 누워 있어서는 안 된다.

넷째, 간선도로를 걸어다닐 때, 그는 폐하가 사랑하는 국민들의 몸, 그들의 말과 마차를 하나도 밟지 않도록 최대한으로 조심해야 하고, 본인의 동의 없이 국민들을 손으로 잡아서는 안 된다.

다섯째, 긴급하게 특별 전령을 파견할 필요가 있는 경우, 그는 주머니에 전령과 말을 넣어서 옮겨줄 의무가 있다. 그 운반은 한 달에 한 번 있는 6일간의 여행에 해당한다. 그리고 (필요하다면) 그는 전령이 황제에게 안전히 돌아오도록 다시 운반해야 한다.

여섯째, 그는 우리가 블레푸스쿠 섬에 있는 적들과 싸울 때, 우리의 동맹자가 될 뿐만 아니라, 우리나라를 침략하려고 그들이 지금 준비하고 있는 함대를 최대한으로 파괴해야 한다.

일곱째, 위에 언급한 '산더미같이 거대한 사람'은 여가를 이용하여 우리 노동자들을 돕고 지원하며, 특히 주요 공원의 벽을 쌓거나 왕궁의 다른 부속건물들을 짓기 위해 커다란 돌들을 들어올려주어야 한다.

여덟째, 위에 언급한 '산더미같이 거대한 사람'은 우리나라의 해변을 한 바퀴 돌아서 자신의 보폭을 기준으로 황제의 영토의 정확한 둘레를 2개월 이내에 보고해야 한다.

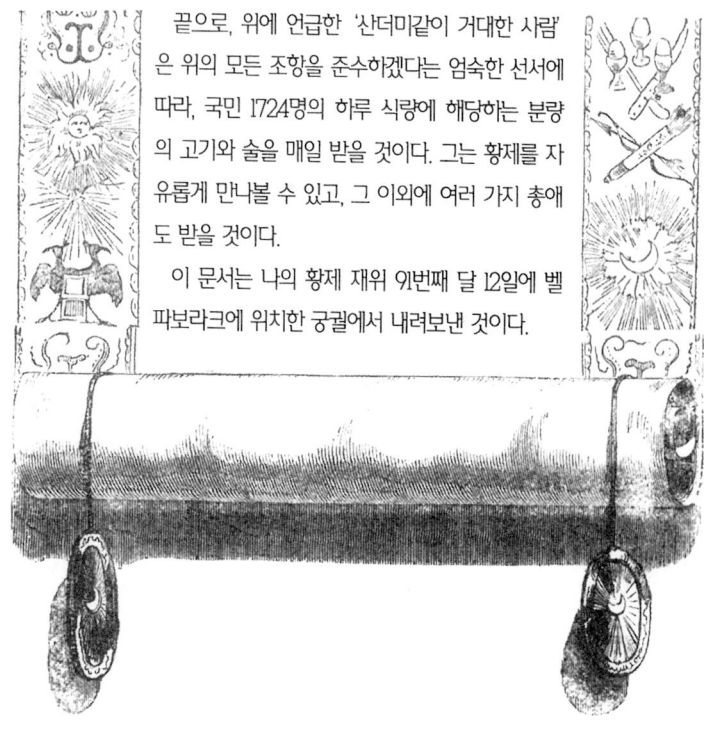

끝으로, 위에 언급한 '산더미같이 거대한 사람'은 위의 모든 조항을 준수하겠다는 엄숙한 선서에 따라, 국민 1724명의 하루 식량에 해당하는 분량의 고기와 술을 매일 받을 것이다. 그는 황제를 자유롭게 만나볼 수 있고, 그 이외에 여러 가지 총애도 받을 것이다.

이 문서는 나의 황제 재위 91번째 달 12일에 벨파보라크에 위치한 궁궐에서 내려보낸 것이다.

몇몇 조항은 내가 기대했던 것만큼 그렇게 영예스러운 것은 아니었을 뿐만 아니라, 순전히 해군제독 스카이레쉬 볼골람이 악의로 작성된 것인데도 불구하고, 나는 크게 만족하여 기꺼이 선서하고 또 서명했다.

그러자 즉시 쇠사슬이 풀어지고, 나는 완전한 자유의 몸이 되었다.

황제는 그 예식에 처음부터 끝까지 직접 참석하여 나에게 영예를 주었다. 나는 국왕의 발 아래 엎드려서 그 영예에 보답했다.

그는 나에게 일어나라고 명령했다. 나는 감사의 말을 길게 늘어놓았는데, 허영심이 많은 사람이라는 비난을 피하기 위해 그것을 여기에서 반복하지는 않겠다. 또한 황제는 내가 유익한 신하가 되고, 자기가 그 때까지 이미 베풀었거나 앞으로 베풀 총애를 저버리지 말기를 바란다고 말했다.

독자들은 나의 자유 회복에 관한 문서의 마지막 조항에서 황제가 릴리퍼트 사람들 1724명의 하루 식량에 해당하는 분량의 고기와 술을 내게 매일 주겠다는 구절에 주목하기 바란다.

나중에 내가 그곳의 한 친구에게 어떻게 해서 그렇게 구체적인 숫자를 알아냈는지 물었더니, 그는 황제의 수학자들이 각도를 재는 기구로 내 키를 재어본 결과, 그들보다 12배가 넘는다는 것을 알게 되었고, 몸의 형태가 유사하다는 점을 고려할 때, 내 몸 전체는 그들 1724명을 합한 것과 같기 때문에, 같은 수의 릴리퍼트 사람들의 하루 식량이 내게 매일 필요할 것이라고 결론을 지었다는 것이다.

이러한 사실에 비추어볼 때 독자들은 그토록 위대한 황제의 지혜롭고 정확한 경제는 물론이고, 그 나라 사람들의 독창성에 관해서 어느 정도 짐작이 갈 것이다.

제4장

수도 밀렌도와 궁궐을 구경하다

자유를 얻은 뒤 나는 우선 릴리퍼트의 수도 밀렌도를 구경하고 싶으니 허가해달라고 요청했다.

황제는 선선히 허가했지만, 시민을 해치거나 주택을 파괴하지 말라는 특별 지시를 추가했다.

나의 밀렌도 방문은 황제의 포고문으로 공시되었다. 수도를 둘러싼 성벽은 높이가 75센티미터, 폭이 28센티미터여서 마차와 말들이 그 위에서 안전하게 달려 한 바퀴 돌 수 있을 정도였다. 그리고 성벽에는 3미터 간격으로 견고한 탑들이 솟았다.

나는 거대한 서쪽 성문을 넘어 들어간 뒤, 간선도로 두 개를 밟으면서 살금살금 걸어갔다. 지붕이나 처마가 외툿자락에 걸려서 파괴될지도 몰라 나는 조끼만 입고 있었다. 모든 시민은 집안에 들어박혀 있고, 밖으로 나올 경우 그 위험은 전적으로 자신의 책임이라고 황제가 엄격히 명령했는데도 불

구하고, 아직도 거리 여기저기에 남아 있을
지도 모르는 사람들을 밟지 않으려고 최대
한으로 주의해서 걸었다.

　다락방의 창문과 지붕 꼭대기마다 구경
꾼이 하도 많이 몰려 있어서 예전에 내가
했던 여행에서 그렇게 인구가 밀집한 곳은
아직 본 적이 없다는 생각이 들었다.

　정사각형 모양인 그 도시의 벽은 한쪽 길
이가 150미터나 되었고, 도시를 네 구역으
로 나누면서 교차하는 간선도로 2개는 그 폭
이 150센티미터였다. 내가 발을 댈 수는 없고 다만 지나가면
서 훑어보기만 했던 작은 길과 골목길의 폭은 약 28 또는 46
센티미터 정도 되었다.

　그 도시는 50만 명을 수용할 수 있었다. 주택은 3층이나 5
층짜리이고, 가게와 시장도 물건이 풍부했다.

　황제의 궁궐은 두 간선도로가 교차되는 도시의 중심부에
위치했다. 60센티미터 높이의 담이 궁궐을 둘러싸고 있는데,
그 담은 건물들로부터 약 6미터 떨어져 있었다. 나는 담을 넘
어도 좋다는 황제의 허가를 이미 받았고, 담과 궁전 사이가
꽤 넓었기 때문에 궁궐의 전경을 사방에서 쉽게 관찰할 수 있
었다. 제일 바깥쪽의 건물은 한쪽 길이가 12미터인 정방형이
고, 다른 2개의 건물이 딸려 있었다.

　그리고 가장 안쪽에 황제의 숙소가 위치했는데, 나는 그것
을 정말 잘 관찰하고 싶었지만, 이만저만 어려운 일이 아니라
는 것을 깨달았다. 왜냐하면 건물과 건물 사이의 대문들은 고

작해야 높이가 46센티미터, 폭이 17센티미터에 불과했기 때
문이었다. 게다가 벽들이 10센티미터 두께에다가 자른 돌로
튼튼하게 축조되기는 했어도, 바깥쪽 건물들의 높이가 적어
도 150센티미터는 되었기 때문에, 그 건물들을 넘어가다가는
엄청난 피해를 주지 않을 수가 없었을 것이다.

황제도 또한 내가 자기 궁궐의 화려한 모습을 보기를 원했
다. 그러나 3일이 지나서야 나는 그 궁궐을 구경할 수 있었
다. 그 기간에 나는 수도에서 90미터 떨어진 황제의 공원에서
가장 큰 나무들을 내 칼로 베어낸 뒤, 높이가 90센티미터 가
량 되고, 내 몸무게를 충분히 지탱할 만한 의자를 2개 만들었
다. 시민들은 내가 다시 온다는 포고문을 읽었다.

나는 의자들을 손에 들고 도시로 들어가 궁궐로 갔다. 바깥
쪽 건물의 벽 앞에서 나는 한 의자 위에 올라선 채 나머지 의
자를 건물 지붕 위로 들어 첫번째 건물과 두번째 건물 사이에

있는 240센티미터 폭의 빈터에 살그머니 내려놓았다. 그래서 나는 이쪽 의자에서 저쪽 의자로 건너가면서 쉽게 지붕을 넘어갈 수 있었다. 그런 뒤에 갈고리가 달린 막대기로 건물 저쪽의 첫번째 의자를 집어올렸다.

이런 식으로 해서 나는 가장 안쪽에 위치한 정원까지 들어갈 수 있었다. 그리고 모로 누운 채, 얼굴이 건물 중간 부분의 창문들을 향하게 했는데, 일부러 열어둔 그 창문들을 통해서 나는 세상에서 가장 화려한 방들을 보았다. 황후와 젊은 왕자들이 각각 자기 방에서 시중드는 사람들과 함께 있는 모습을 구경했다. 황후는 반가워하면서 나에게 미소를 던졌고, 내가 입을 맞출 수 있도록 자기 손을 창문 밖으로 내밀었다.

그러나 여기서는 이런 종류의 묘사를 거듭하여 독자들을 성가시게 하지는 않겠다. 왜냐하면 이 책보다 더 분량이 많은 책을 위한 원고가 이제 거의 탈고 상태에 있는데, 그 책에 나머지 내용들을 포함시키려고 하기 때문이다.

앞으로 출간될 그 책에서는 이 제국에 관해 종합적으로 묘사될 예정인데, 제국의 창건 시기부터 오랜 세월에 걸쳐 차례로 즉위한 황제들에 관해서, 특히 전쟁·정치·법률·학문 그리고 종교에 관해서 자세히 기록될 것이다. 그리고 그들의 식물과 동물, 독특한 예절과 관습, 그 외에 매우 흥미롭고 유용한 사항들에 관해서도 기록될 것이다.

그러므로 지금 나는 9개월을 그 제국에서 지내는 동안 그들 또는 나 자신에게 일어난 사건들에 관해서만 설명하려는 것이다.

릴리퍼드 제국의 위기상황

내가 자유를 얻은 지 2주일이 지난 어느 날 아침, 황제의 개인비서실장(그들의 호칭에 따르면 그렇다) 렐드레살이 하인을 한 명만 데리고 나를 찾아왔다.

그는 마차를 멀리서 대기하라고 지시한 뒤, 나에게 한 시간 동안 면회하고 싶다고 했다. 내가 왕궁에 탄원서들을 제출했을 때 그가 도와준 적이 많았을 뿐 아니라, 그의 신분이 높고 인품도 훌륭했기 때문에 나는 즉시 면회를 허락했다.

나는 그가 내 귀에 쉽게 접근할 수 있도록 옆으로 눕겠다고 제의했다. 그러나 그는 대화하는 동안 내가 차라리 자기를 내 손에 올려놓고 있으라고 대답했다. 그는 먼저 내가 자유를 얻은 것에 대해 축하한다면서 자신의 공로도 약간은 있을 것이라고 말했다.

그러나 왕궁의 현재 상태가 작용하지 않았더라면, 내가 그토록 빨리 자유를 얻지는 못했을지도 모른다고 덧붙였다. 이에 관해서 그는 아래와 같이 설명했다.

외국인의 눈에는 우리가 매우 번영한 것처럼 보여도, 내부의 극심한 분열과 외부의 가장 강력한 적의 침입이라는 2가지 심각한 재난에 시달리고 있습니다. 내부 분열에 관해 당신이 알아두어야 할 점은

70여 개월 전부터 이 제국에는 트라메크산과 슬라메크산이라는 두 당파가 서로 투쟁하고 있는데, 그들은 자기들이 신은 구두의 뒤축이 높은가 낮은가에 따라 그렇게 당파를 갈라놓은 것입니다.

높은 뒤축이 우리의 유서 깊은 헌법에 제일 적합하다고 사실상 인정되어 왔습니다. 그러나 당신도 알 수 있는 일이지만, 지금의 황제 폐하는 행정부는 물론이고 황제가 하사하는 모든 직책에 있어서도 오로지 낮은 뒤축의 인사들만 임명하기로 결심했습니다.

특히 폐하의 구두 뒤축은 모든 신하들의 구두 뒤축보다 적어도 1드루르가 낮은 것입니다. (1드루르는 약 18밀리미터이다.)

이들 두 당파간의 적대감은 너무나 심해서 그들은 함께 식사도 않고 술도 마시지 않으며, 심지어는 대화도 하지 않고 있습니다. 높은 뒤축 당파인 트라메크산이 우리보다 그 숫자가 더 많다고 보지만, 슬라메크산에 소속된 우리가 모든 권력을 쥐고 있습니다.

그러나 제위를 이어받을 세자 전하가 높은 뒤축을 선호하고 있어 걱정입니다. 적어도 우리는 세자의 구두 한쪽이 다른 한쪽보다 조금 높다는 사실을 쉽게 알 수 있습니다. 그래서 그는 걸을 때 다리를 저는 것입니다.

내부적으로 이렇게 불안한 상태인데도, 우리는 또한 블레푸스쿠 섬으로부터 침략의 위협을 받고 있습니다. 그것은 이 세상에 있는 또 하나의 거대한

제국인데, 우리 폐하의 제국과 거의 비슷한 영토와 국력을 자랑하고 있습니다. 당신처럼 거대한 인간들이 사는 왕국들과 나라들이 지상에 존재한다는 당신 주장에 대해서는 우리 철학자들이 크게 의심하고 있습니다.

그들은 오히려 당신이 달이나 어떤 별에서 떨어진 것이라고 추측하는데, 그 이유는 당신과 같은 덩치의 사람이 100명만 있어도 황제 폐하의 영토의 모든 곡식과 가축을 단시일 내에 바닥을 낼 것이 뻔하기 때문입니다.

게다가 6000개월에 걸친 우리의 역사는 릴리퍼트와 블레푸스쿠 이외의 다른 지역에 관해 전혀 언급이 없었던 것입니다.

내가 지금부터 설명하겠지만, 우리 릴리퍼트와 블레푸스쿠 두 강대국은 지난 36개월 동안 정말 지독하게 전쟁을 계속했습니다.

전쟁이 시작된 계기는 다음과 같습니다. 태고적부터 달걀을 먹을 때 갸름한 끝이 아니라 넓은 끝을 깨어 먹는 방식이 전승되었습니다. 그런데 지금 황제의 할아버지가 소년 시절에 과거의 관습대로 달걀을 깨다가 우연히 손가락을 베게 되었습니다. 그래서 그의 아버지인 당시의 황제는 달걀의 갸름한 끝을 깨어서 먹어라, 그렇게 하지 않으면 사형에 처한다는 법률을 공포했습니다.

국민들이 이 새로운 법에 대해 커다란 불만을 품어 여섯 차례나 반란이 일어났다고 역사에 기록되어 있습니다. 그 결과 한 황제는 목숨을, 다른 황제는 왕관을 잃었습니다. 그 반란들은 언제나 블레푸스쿠의 군주들이 선동한 것이고, 반란이 진압이 된 뒤에는 반역자들이 그 나라로 망명하곤 했습니다.

달걀의 갸름한 끝을 깨뜨리는 데 굴복하지 않고 사형을 받은 사람이 지금까지 1만 1000명이나 되는데, 그들의 사형은 여러 차례에 걸쳐서 집행된 것입니다. 이 분쟁에 관해서는 수백 권의 두툼한 책들이 출판되었습니다. 그러나 넓은 끝을 깨자고 주장하는 당파의 책들은 오랫동안 출판이 금지되었고, 그들의 공직 취임이 법으로 완전히 금지되었습니다.

이러한 분란이 계속되는 동안, 블레푸스쿠의 황제들은 대사들을 통해서 우리가 블룬데크랄 (이것은 그들의 알코란에 해당합니다) 제54장에 기록된, 우리의 위대한 예언자 루스트롱의 근본 교리를 파괴하여 이단 종파를 만들고 있다는 비난을 자주 퍼부었습니다.

그러나 이것은 블룬데크랄 경전을 제멋대로 해석한 것에 불과합니다. 왜냐하면 경전의 원문을 보면, 참된 신앙을 가진 사람은 누구나 달걀의 편리한 끝 부분을 깨어야 한다고 되어 있기 때문입니다. 그리고 나의 비천한 소견으로는, 어느 쪽이 편리한 것인지는 각자의 양심에 맡기거나, 아니면 적어도 최고 관리의 권한에 위임해야 할 사항이라고 봅니다.

넓은 끝을 깨자고 주장하는 망명객들이 블레푸스쿠 황제의 신임

을 두텁게 받은데다가, 이곳 국내의 추종자들로부터 많은 지원과 격려를 받고 있어서, 지난 36개월 동안 두 나라 사이에는 피비린내나는 전쟁이 계속되어 1승1패를 거듭했습니다.

그 동안 우리는 대형 전함 40척과 더 많은 숫자의 소형 군함들, 해군과 육군의 정예군사 3만 명을 잃었고, 적이 입은 손실은 우리보다 약간 더 심하다고 추정됩니다.

그러나 그들은 지금 엄청난 규모의 함대를 무장시켰고, 우리를 침입할 준비에 몰두하고 있습니다. 황제 폐하는 당신의 용기와 힘을 크게 신뢰하여, 나라의 여러 가지 사정을 전하라고 나에게 명령한 것입니다.

나는 황제에게 나의 비천한 의무를 대신 전달해달라고 말하고, 외국인으로서 당파싸움에 뛰어드는 것이 도리가 아니라고 생각하지만, 내가 생명의 위협을 무릅쓰고라도 황제와 그의 국가를 모든 침략자로부터 방어해줄 태세가 되어 있다는 점도 대신 전달해줄 것을 부탁했다.

제5장

기상천외한 전략으로 침략을 막다

블레푸스쿠 제국은 릴리퍼트의 북 북동쪽에 위치한 섬이고, 두 나라를 갈라놓은 해협의 폭은 겨우 720미터였다.

나는 그 섬을 아직 본 적이 없었는데, 침략할 의도가 있다는 말을 듣고 나서부터 나는 적의 선박에게 들킬 우려가 있다고 생각하여 그 섬 쪽을 향한 해안선에는 얼씬거리지 않기로 결심했다.

두 제국이 전쟁하는 동안 모든 교류가 엄격히 금지되어, 교류하는 경우에는 사형에 처하도록 되어 있고, 릴리퍼트의 황제는 어떤 종류의 선박도 저쪽 섬으로 항해하지 못하도록 금지령을 내렸기 때문에, 적의 선박들은 나에 관한 정보가 하나도 없었던 것이다.

나는 적의 함대를 모조리 나포해오기 위해 내가 고안해낸 계획을 황제에게 전했다. 척후병들이 확인한 바로는 적의 함대가 순풍이 불기 시작하자마자 즉시 출항할 수 있도록 항구

에 집결하여 닻을 내리고 있었다. 나는 그 해협을 자주 측량했고, 또 항해 경험이 가장 풍부한 선원들에게 바다의 깊이를 물어보았다. 해협 중간 부분의 깊이는 만조 때 70글룸글루프, 즉 유럽식으로 180센티미터이고, 보통 때는 기껏해야 50글룸글루프, 즉 130센티미터라고 했다.

나는 블레푸스쿠를 향한 해안선의 반대편인 동북쪽의 해안으로 걸어가 낮은 산 뒤에 누운 채, 주머니에서 소형 망원경을 꺼내 항구에서 정박중인 적의 함대를 살펴보았는데, 그것은 약 50척의 군함과 상당히 많은 수송선들로 편성되어 있었다. 집으로 돌아온 나는 많은 양의 질긴 무쇠 밧줄과 쇠막대를 가져오라고 명령했다(나는 명령을 내릴 권한을 이미 받았다). 무쇠 밧줄은 포장용 노끈의 굵기였고, 쇠막대기는 뜨개질 바늘만한 크기였다.

나는 밧줄을 세 개씩 한 겹으로 꼬아서 한층 튼튼하게 만들었다. 쇠막대도 역시 세 개씩 비틀어 하나로 합치고 끝을 갈고리 모양으로 만들었다. 이렇게 50개의 쇠갈고리에 50개의 쇠줄을 연결한 다음, 동북쪽 해안으로 돌아갔다. 그리고 외투, 구두, 양말을 차례로 벗은 뒤, 가죽조끼 차림으로 만조가 되기 30분 전에 바다로 걸어 들어갔다.

빠른 걸음으로 물살을 헤치고 걸어가다가 해협의 중간 부분에서는 27미터 가량 헤엄을 치고 나서 몸을 일으켜 땅을 밟았다. 반시간이 지나기도 전에 나는 함대 앞에 도착했다.

나를 본 적은 너무나 공포에 질려 너나없이 배에서 뛰어내려 기슭을 향해 헤엄쳤다. 해안선에는 적어도 3만 명 이상의 적군이 모였다.

나는 도구를 꺼내 갈고리를 하나씩 뱃머리의 구멍에 끼고 난 뒤, 쇠줄들의 끝을 한 매듭으로 묶었다. 내가 그런 작업을 하는 동안 적이 수천 개의 화살로 공격했는데, 많은 화살이 내 두 손과 얼굴에 꽂혔다. 맞은 부분이 너무 쓰라렸고, 또 적의 공격은 내 작업을 크게 방해했다.

내가 제일 걱정한 것은 눈이었다. 임시방편을 즉시 조달하지 않았더라면 틀림없이 실명했을 것이다. 앞에서도 말했지만, 나는 황제의 수색을 면한 안경을 다른 신변용품과 함께 개인 주머니에 넣고 다녔다. 그것을 꺼내 코 위에 단단히 고정시켜 무장한 뒤, 적의 화살에도 불구하고 대담하게 작업을 계속했다. 많은 화살이 안경을 맞혔지만, 잠시 어른거리기나 했을 뿐, 아무런 해도 끼치지 못했다.

드디어 갈고리를 모조리 걸고 나서 매듭을 한손에 쥐고 잡아당기기 시작했지만, 닻이 배들을 아주 단단히 붙들고 있었기 때문에 단 한 척도 움직이지 않았고, 나는 대담한 작업을 해야만 했다. 나는 갈고리를 배에 걸어둔 채 밧줄을 내려놓고는, 칼로 닻에 연결된 줄들을 단호하게 끊었다. 그렇게 하는 동안 약 200개의 화살이 내 얼굴과 두 손에 날아와 박혔다.

드디어 쇠줄 끝의 매듭을 손으로 집어들어서 적의 가장 거대한 군함 50척을 아주 쉽게 끌어당겼다.

나의 의도를 꿈에도 상상조차 하지 못했던 블레푸스쿠 사람들은 처음에는 놀라고 어리둥절해 했다. 닻줄을 끊는 것을 보고, 그들은 내가 배들을 표류시키거나 서로 충돌하게 만들 작정이라고 생각했다. 그러나 함대 전체가 질서정연한데다가 저쪽 끝에서 내가 끌어당기는 것을 보고는 비탄과 절망의 비명을 내질렀는데, 그것은 묘사하거나 상상하기에도 거의 불가능한 그런 비명이었다.

위험한 사정거리에서 벗어나자 나는 잠시 멈추어 서서 두 손과 얼굴에 박힌 화살을 뽑은 다음, 앞에서 언급한 바와 같이 내가 처음 도착했을 때 받은 것과 같은 종류의 고약을 발랐다. 그리고 안경을 벗은 채, 바닷물의 수위가 약간 내려갈 때까지 한 시간 가량 기다렸다가 내 노획물들을 끌고 바다의 중간 부분을 걸어서 건너 릴리퍼트 항구로 무사히 돌아갔다.

황제와 궁중의 모든 신하들은 이 거창한 모험의 결과를 고대하면서 바닷가에 늘어서 있었다. 그들은 함대가 커다란 반월형으로 다가오는 것을 보았지만, 나를 식별하지는 못했다. 왜냐하면 그때 나는 가슴 높이까지 물 속에 잠겨 있었기 때문이다.

해협의 중간 부분에 이르렀을 때는 내가 턱의 높이까지 물 속에 잠겨 있었기 때문에 그들은 더욱 심한 불안에 사로잡혔다. 황제는 내가 물에 빠져서 죽었고, 적의 함대는 공격하기 위해 전진하는 중이라고 결론을 내렸다. 그러나 그는 곧 두려움을 떨쳐버리게 되었다. 왜냐하면 내가 한 걸음씩 내딛을 때마다 수위가 점차 낮아졌고, 얼마 지나지 않아서 나는 내 목소리를 그들이 알아들을 만한 거리에 이르렀기 때문이다.

나는 적의 함대를 묶은 줄 끝을 높이 쳐든 채, "릴리퍼트의 가장 강력한 황제 만세!"라고 목청껏 소리쳤다. 이 위대한 군주는 내가 상륙하자 최대의 찬사로 환영했고, 즉석에서 내게 그 나라에서 가장 높은 '나르다크' 칭호를 수여했다.

폐하는 나에게 다음번에는 적의 나머지 선박도 모조리 자기 항구로 끌어와달라고 말했다. 군주들의 야심은 원래 그렇게 한도 끝도 없는 것이다. 황제도 블레푸스쿠 제국 전체를 일개 주로 격하시키고 총독을 파견해서 다스리고 싶다는 생각만 하는 듯했다.

그리고 달걀의 넓은 부분을 깨자고 주장하는 망명객들을 모두 처형할 뿐 아니라, 모든 국민에게 달걀의 갸름한 끝을 깨도록 강요하고, 그 결과 자기가 전세계를 지배하는 유일한 군주가 되고 싶어하는 모양이었다.

그러나 나는 정의와 정책에 관한 다양한 논리를 동원하여 그가 그런 야심을 버릴 수 있도록 애썼다. 또한 나는 자유롭고 용감한 국민들을 노예로 삼는 일에 대해서는 절대로 거들 수가 없다고 분명히 항의했다.

그리고 대회의실에서 그 문제가 논의되었을 때, 가장 현명한 각료들은 내 의견에 찬성했다. 나의 대담한 공개선언은 황제 폐하의 계획과 정책에 정면 충돌하는 것이었기 때문에 그는 나를 절대로 용서할 수 없었다.

폐하는 그러한 자기 속셈을 전체 각료회의에서 대단히 교묘한 방법으로 표현했는데, 내가 나중에 들은 바에 따르면, 그 회의에서 가장 현명한 각료들 가운데 몇몇은 적어도 침묵을 지킴으로써 내 의견에 찬성한 반면, 숨은 나의 적들은 은근히 나를 빗대어서 비난하는 말을 했다는 것이다. 그래서 폐하는 내게 악의를 품은 각료들과 함께 그때부터 음모를 꾸미기 시작했고, 그 음모가 2개월도 채 지나지 않아 시행되는 바람에 하마터면 나는 목숨을 잃을 뻔했다.

　군주를 위해 가장 위대한 전공을 세운 사람도 그의 탐욕을 채워주는 일을 거절할 경우, 그 과거의 공적이란 군주의 눈으로 볼 때는 지푸라기에 지나지 않는다는 것을 잘 보여준 사건이었다.

평화사절단이 도착하다

　내가 이러한 무공을 세운 지 약 3주일이 지난 뒤, 블레푸스쿠 제국이 파견한 대규모 사절단이 도착하여 겸손하게 평화조약의 체결을 제의했고, 그 조약은 우리 황제에게 대단히 유리한 조건으로 즉시 체결되었다.

　이에 관해서는 독자들을 성가시게 만들지 않기 위해서 설명하지 않겠다. 사절단은 6명의 대사들과 500여 명의 수행원들로 구성된 것이었다. 그들의 수도 입성은 그들의 황제의 위

엄과 그들이 맡은 임무의 중요성에 걸맞을 만큼 대단히 성대
했다.

조약이 체결되기 전에 나는 그때 왕궁으로부터 받고 있는,
또는 적어도 받고 있다고 보여지던 그 신임을 이용해서 여러
가지 도움을 대사들에게 주었다. 그러자 대사들은 내가 그들
의 친구로 활약했다는 말을 개인적으로 듣고는, 조약이 체결
된 뒤 나를 공식적으로 방문했다.

그들은 나의 용기와 너그러움에 대해 수많은 찬사를 늘어
놓은 뒤에 그들 황제의 이름으로 나를 그 나라로 초청했다.
그리고 나의 엄청난 힘이 일으킨 수많은 기적에 대해 이미 이
야기를 들었다면서, 그 힘의 증거를 자기들에게도 보여달라
고 요청했다.

나는 즉시 그들의 요청에 동의했지만, 자세한 묘사로 독자
들을 성가시게 하지는 않겠다.

나는 그 대사들을 한동안 환대하면서 한없이 놀라게 하고
또 한없는 만족감도 준 다음, 그들의 황제에 대한 나의 가장
겸손한 경의를 대신 전달해달라고 요청했다. 그들 황제의 덕
행에 대한 명성은 온 세상 사람들의 칭송을 받고 있는 터였기
때문에 나는 귀국하기 전에 그를 직접 만나보기로 결심했다.
그래서 나는 우리 황제를 만났을 때, 블레푸스쿠의 황제를 만
나도 좋다는 포괄적인 허가를 요청했다.

그는 기꺼이 허가해주었지만, 내가 확실히 느낀 바와 같이,
그의 태도는 매우 쌀쌀했다. 나는 그 이유를 알 수가 없었는
데, 나중에 어떤 사람이 귀띔해주어 겨우 깨달았다. 그것은 내
가 대사들과 어울린 것이 황제에 대한 불만의 표시라고 플림

나프와 볼골람이 고자질했기 때문이었다. 물론 나는 황제에 대한 불만 따위는 털끝만큼도 없었다. 어쨌든 그때부터 나는 궁중과 각료들에 대해 약간 좋지 않은 생각을 품기 시작했다.

이 대사들은 두 제국의 언어에 능통한 통역을 통해서 나와 대화했다는 사실에 주목해야 한다. 이들 두 나라의 언어는 유럽의 두 나라의 언어가 다르듯이 그렇게 서로 달랐고, 이들은 각각 자기 나라 말의 깊은 유서와 아름다움과 활력을 자랑하는 한편, 상대방의 언어를 철저히 경멸했다.

그러나 적의 함대를 모두 나포해와서 유리한 고지를 점령한 우리 황제는 대사들이 제출하는 신임장도, 그들이 연설에 사용하는 언어도 모두 릴리퍼트 말로 하도록 요구했다.

또한 여기서 고백해야만 할 것은, 두 제국 사이에 무역과 교류가 엄청나게 활발했고, 망명객들을 서로 지속적으로 받아들였으며, 넓은 세상을 보고 사람들과 풍습을 이해하여 교양을 풍부하게 하기 위해 젊은 귀족과 부유한 중산층을 서로 상대방 나라에 파견하는 관습이 있었기 때문에, 귀족이나 상인, 선원 등 바닷가에 사는 사람들치고 두 나라의 말로 대화하지 못하는 사람은 거의 없었다는 사실이다.

나는 몇 주일이 지난 뒤 블레푸스쿠 황제를 예방했을 때 그 사실을 깨달았다. 나를 싫어하는 자들의 악의 때문에 우여곡절이 매우 많기는 했지만, 그 방문은 매우 다행스러운 모험이었다. 그 이유는 적절한 기회에 설명하겠다.

궁궐의 화재를 진압하다

내가 자유를 회복하기 위해 여러 가지 조건이 적힌 문서에 서명했을 때, 거기에 너무나 굴욕적인 조항들이 들어 있었다는 사실을 독자들은 기억할 것이다. 극단적인 필요성을 강요하지만 않았더라도 나는 결코 서명하지 않았을 것이다.

그러나 그 제국에서 가장 높은 '나르다크'의 칭호를 수여받은 나의 품위에 비추어 그런 조항들을 적용시키는 것이 적절하지 않다고 여겨졌고, 황제는 (그에게 올바른 대접을 하자면) 그것들에 관해서 내게 언급한 적이 단 한 번도 없었다. 그러나 머지않아 나는 황제에게 가장 훌륭하게 (적어도 그 당시에는 내가 그렇게 생각했다) 봉사할 기회를 만났다. 어느 날밤, 나는 내가 사는 집 대문 앞에서 수백 명의 사람들이 몰려들어 고함치는 바람에 갑자기 놀라서 잠을 깼다.

나는 일종의 공포에 사로잡혔다. 내 귀에는 '부를룸'이라는 말이 자꾸만 되풀이되어 들려왔다. 황제의 궁궐에서 근무하는 몇 사람이 군중 사이를 헤치고 내게 다가와 즉시 왕궁으로 와달라고 간청했다. 연애소설을 읽다가 잠이 든 시녀의 부주의 때문에 황후 폐하의 침실에서 불이 났다는 것이다.

나는 벌떡 일어났다. 내가 가는 길에서 비키라는 명령이 이미 내려졌고 달이 밝은 밤이었기 때문에, 한 사람도 밟지 않고 궁궐에 빨리 도착했다. 사람들은 황후의 침실 벽에 이미 사다리들을 걸치고, 저마다 손에 물통을 들고 있었지만, 물은 상당히 멀리 떨어진 곳에 있었다. 물통이라고 해야 커다란 골

무만한 것이었는데, 가련한 이 사람들이 최대한으로 빨리 그 물통들을 내게 건네주었다.

그러나 불길이 하도 거세어서 전혀 도움이 되지 않았다. 외투가 있었더라면 쉽게 불을 끌 수 있었겠지만, 서둘러서 오는 바람에 불행히도 그것을 집에다가 남겨놓았고, 오로지 가죽 조끼만 입고 있었다.

사태는 완전히 절망적이고 개탄할 지경처럼 보였는데, 내가 어떻게 그런 엉뚱한 생각을 해냈는지는 모르겠지만, 하여간 갑자기 임기응변 수단을 고안해내지 못했더라면, 그 화려한 궁전이 틀림없이 잿더미가 되었을 것이다.

그 전날 저녁, 나는 '글리미그림'(블레푸스쿠 사람들은 그것을 '플루네크'라고 부르고 있지만, 우리 것의 품질이 더 우수하다고 알려져 있다)이라는 포도주를 엄청나게 마셨는데, 그것은 맛이 최고일 뿐 아니라, 소변을 자주 보도록 만드는 것이었다.

그때까지 내가 소변을 보지 않았다는 것이 정말 다행한 일이었다. 불길에 가까이 다가서는 바람에 느낀 열기 때문에, 그리고 불을 끄려고 애를 썼기 때문에 포도주 기운이 오줌을 자극하기 시작했고, 내가 엄청난 분량의 오줌을 필요한 곳들을 향해 아주 잘 조준해서 쏟아낸 결과, 화재는 3분 만에 완전히 진화되고, 장구한 세월에 걸쳐서 세워진 궁궐의 나머지 고귀한 기둥들이 파괴를 면하게 되었다.

날이 이미 밝았다. 나는 황제의 치하도 기다리지 않고 집으로 돌아갔다. 비록 대단히 뛰어난 공적을 세웠다고 해도, 나의 진화 방법에 대해 폐하가 얼마나 유감스럽게 여길지 아직

가늠할 수 없었기 때문이다.

그 왕국의 기본법에 의하면, 궁궐의 경내에서 소변을 보는 사람은 지위가 높거나 낮거나 누구든지 사형에 처한다고 규정되어 있었던 것이다. 그러나 나의 죄에 대한 공식적인 사면 결의를 통과시키라고 최고법원에 명하겠다는 폐하의 메시지를 받고 약간 안심했지만, 나는 사면을 받지 못했다.

나중에 들은 말이지만, 나의 행위에 대해 혐오감을 품게 된 나머지 황후는 자기 침실에서 가장 멀리 떨어진 다른 건물로 이사했고, 침실이 있던 그 건물들도 다시 사용할 수 있도록 수리해서는 절대로 안 된다고 굳게 결심했다고 한다. 그리고 자기 측근들만 모인 자리에서 나에 대한 복수를 맹세했다는 것이다.

제6장

릴리퍼트의 이상한 법률과 관습

이 제국에 대한 자세한 묘사는 별도의 논문에서 다룰 작정이지만, 그 논문이 나오기 전까지는 몇 가지 일반적인 사항만으로 호기심 많은 독자들을 만족시켜주는 데 그치겠다.

이 나라 원주민들의 키는 보통 15센티미터보다 약간 작았고, 풀과 나무는 물론 다른 동물도 이와 똑같은 비율로 작았다. 가장 덩치가 큰 말과 황소의 키는 10 내지 12.5센티미터이고, 양은 3.8센티미터 전후였으며, 거위는 참새만한 크기였다. 이런 비율로 단계적으로 작아져서 가장 작은 동물에 이르게 되는데, 가장 작은 동물은 내 시력으로는 거의 보이지 않았다. 그러나 대자연은 릴리퍼트 사람들 시야에 드러나는 모든 사물을 잘 볼 수 있도록 그들의 눈을 적응시켰고, 그래서 그들이 매우 정확하게 볼 수 있지만, 멀리 떨어진 것은 잘 볼 수가 없었다.

나는 가까이 있는 사물에 대해 그들의 시력이 예리하다는 것을 알아보기 위해서 파리보다 작은
종달새의 털을 뽑는 요리사 그리고 보
이지도 않는 명주실을 보이지도 않는
바늘에 꿰는 어린 소녀를 아주 유쾌하
게 관찰하고는 했다. 가장 큰 나무들은
그 높이가 약 210센티미터였는데, 이 나
무들은 물론 황제의 대공원에서 내가 손으로 그 꼭대기를 움
켜잡았던 바로 그 나무들을 말하는 것이다.

다른 식물들도 이와 똑같은 비율로 작은 것이었지만, 이에
관해서는 독자들의 상상에 맡겨두기로 하겠다.

그들의 학문에 관해서는 여기에서 약간만 취급하겠다. 학
문은 모든 분야가 장구한 세월에 걸쳐서 크게 발전했다. 그러
나 글씨를 쓰는 방식은 매우 이상해서, 유럽인들처럼 왼쪽에
서 오른쪽으로도, 아라비아인들처럼 오른쪽에서 왼쪽으로도,
중국인들처럼 위에서 아래로도, 카스카지아인들처럼 아래에
서 위로 쓰는 것도 아니고, 영국의 귀부인들처럼 종이의 한쪽
모서리에서 다른 쪽 모서리로 비스듬히 쓰는 것이었다.

그들은 죽은 사람의 머리가 아래로 수직이 되도록 해서 묻
는다. 그 이유는 1만 1000개월이 지나면 죽은 사람들이 모두
부활할 것이고, 그때 지구가 (그들은 지구가 평평하다고 믿는
다) 거꾸로 뒤집히는데, 그러면 머리가 아래로 향하도록 묻힌
사람들이 똑바로 서서 부활할 것이라고 믿기 때문이다. 학식
이 풍부한 사람들은 이런 교리의 모순을 고백하지만, 그 관습
은 속인들의 지지를 받고 아직도 실시되고 있다.

이 제국에는 여러 가지 매우 괴상한 법률과 관습이 있다.

이것들이 내가 사랑하는 조국의 법률 및 관습과 직접 상충되지만 않는다면, 그 정당성을 옹호하기 위해 약간은 설명하지 않을 수 없다고 본다. 이것은 그들의 법률과 관습이 잘 시행되기를 바라는 마음에서 하는 말이기도 하다. 우선 내가 언급하려고 하는 것은 고발하는 사람에 관한 것이다.

이 제국에서는 국가에 대한 범죄가 모두 극형으로 처벌된다. 그러나 피고가 재판 과정에서 자신의 무죄를 분명하게 입증하는 경우, 그를 고발한 사람은 즉시 치욕적인 사형에 처해진다.

그리고 무죄한 그 사람은 그 동안 잃어버린 시간과 겪었던 위험들, 감옥에서 치른 고역, 변호에 소요된 모든 경비에 대하여 처형된 자의 재산과 토지로부터 4배의 보상을 받는다. 만일 처형된 자의 재산이 모자라는 경우, 나머지 보상은 대부분 황제의 국고가 부담한다. 황제는 또한 그에게 공개적으로 총애를 표시하고, 그의 무죄함에 대한 포고문을 수도 전체에 공시한다.

그들은 도둑질보다도 사기를 한층 고약한 범죄로 취급하므로 사기죄는 반드시 사형으로 처벌한다. 그 이유는 평범한 상식을 가지고 조심하고 경계한다면 누구나 도둑으로부터 자기 재산을 지킬 수 있는 반면, 정직함만 가지고는 비상한 간교함을 막아낼 수 없기 때문이라고 그들은 주장한다.

또한 물건의 매매와 흥정이 계속해서 이루어질 필요가 있는데, 사기가 허용 또는 묵과되거나 처벌을 받지 않는다면, 정직한 상인들만 늘 손해를 보고 악당들만 언제나 이익을 챙기기 때문이라는 것이다.

한 번은 내가 주인이 받아야 할 거액의 돈을 환증서로 가로채어 달아난 하인을 위해 중재에 나선 적이 있는데, 그때 나는 정상 참작을 요청하려고 황제에게 그가 주인의 신뢰를 배반했을 뿐이라고 말했다. 그러나 황제는 범죄 중에서 가장 악질적인 사기죄에 대해 내가 변호하는 것은 얼토당토 하지 않다고 여겼다. 이제 고백하지만, 그때 나는 속으로 너무 부끄러워서, 나라에 따라 각각 그 관습이 다르다는 상식적인 대답 이외에 달리 할말이 없었다.

포상과 처벌이 국가 전체를 떠받치는 2개의 기둥이라는 말을 우리는 흔히 하지만, 나는 릴리퍼트를 제외한 그 어떠한 나라에서도 이 격언이 실시되는 것을 본 적이 없다. 이 나라에서는 누구든지 73개월간 법을 엄격히 준수했다는 충분한 증거를 제출하는 경우, 그의 지위와 생활수준에 상응하는 일정한 특권을 요구할 권리가 있고, 포상 목적으로 배정된 기금에서 일정한 비율의 액수를 받는다.

그는 또한 스닐팔, 다시 말하면 법의 준수자라는 칭호를 받아 자기 이름 앞에 붙이는데, 그것을 자손에게 상속시킬 수는

없다. 우리나라(영국)의 법은 포상에 관해서는 언급이 전혀 없고, 오직 처벌만 가지고 집행된다고 내가 설명했을 때, 그들은 한결같이 우리 정책에 엄청난 결함이 있다고 생각했다.

이 기회에 그들의 법원들마다 안치된 정의의 여신상에 관해 이야기하겠는데, 그녀는 눈을 6개(앞과 뒤에 각각 2개 그리고 양 옆에 각각 하나인데, 이것은 세심한 주의를 의미한다) 가졌고, 오른손에는 입구가 열린 금화 주머니를, 왼손에는 칼집에 든 칼을 들고 있는데, 이것은 그녀가 처벌보다는 포상해주기를 더 좋아한다 것을 보여주려는 것이다.

그들은 관리를 채용할 때 개인의 탁월한 능력보다도 뛰어난 도덕성을 더 중요시하기 때문에 그 도덕성을 기준으로 삼는다.

왜냐하면 그들은, 국가란 사람들에게 필요한 존재이므로, 누구나 평범한 이해력만으로도 어떠한 직책이든 수행할 수 있고, 신은 국가의 공무집행이 한 시대에 3명이나 태어날까 말까 하는 그런 탁월한 천재들만이 이해하는 신비로 변모하기를 결코 원하지 않았다고 믿기 때문이다.

또한 그들은 진리·정의·절제 등을 누구나 다룰 수 있고, 경험과 선의로 이런 덕행을 실천하는 사람은 특별한 학문이 요구되는 경우가 아닌 한, 국가의 공직을 맡을 자격을 가진다고 믿었던 것이다.

그러나 그들은, 도덕적 덕행의 결핍은 아무리 탁월한 지식으로도 절대로 보충될 수 없는 것이기 때문에, 도덕적 덕행이 모자라는 그런 위험한 사람의 손에 공직을 맡길 수가 없고, 덕성이 훌륭한 사람이 무지에서 저지른 실수는, 천성적으로 부패에 기울면서도 그 부패를 관리하고 조장하고 변명하는 능력이 뛰어난 사람의 경우보다는 적어도 공공 복지에 미치는 그 치명적인 손실이 덜하다고 생각한다.

이와 마찬가지로 신의 섭리를 믿지 않는 사람은 어떠한 공직에도 취임할 수 없다. 왜냐하면 군주들이란 신의 대리인이라고 자처하는데, 군주에게 권위를 부여하는 바로 그 신을 부정하는 자를 관리로 채용하는 것처럼 큰 모순은 없다고 릴리퍼트 사람들은 생각하기 때문이다.

위에 언급된 법률이든, 앞으로 언급될 법률이든, 내가 말하려고 하는 것은 타락한 본성에 따라 이들이 저지르는 극심한 부패가 아니라, 그런 법률들이 처음 제정될 때의 제도이다. 왜냐하면 줄 위에서 추는 춤으로 고위직에 취임할 자격을 얻거나, 막대기 위로 뛰어오르거나 그 아래로 기어서 통과하여 황제의 총애와 영예의 띠를 받는 저 사악한 관습에 관해서도 독자들이 주목해야 할 것은 그것이 지금 황제의 할아버지가 처음 도입한 것이지만, 당파 싸움과 분열이 점차 극심해지는 데 따라서 오늘날의 형태로 변질되었다는 점이기 때문이다.

배은망덕하는 자를 사형에 처하는 나라들이 있다는 글을 책에서 읽는 것과 마찬가지로 릴리퍼트에서도 배은망덕은 사형에 처할 중죄이다. 그들의 논리는 이렇다. 즉 은덕을 베풀어준 사람에게 악으로 갚아주는 자는 누구든지 인류 공동의 적이고, 그는 인류에 대해서 의무를 지지 않기 때문에, 지상에서 살아갈 자격이 없다는 것이다.

부모가 자녀를 교육하지 않는다

부모와 자식의 의무에 관해서 그들은 우리의 개념과는 극단적으로 상충되는 다른 개념을 가지고 있다. 동물의 암컷과 수컷의 결합은 종족의 번식과 유지를 위한 대자연의 위대한 법칙에 따르는 것이라는 점에서 릴리퍼트 사람들이 당연히 이끌어내는 결론은 다음과 같다.

즉 남자와 여자는 다른 동물과 마찬가지로 성욕의 동기 때문에 결합하고, 어린 자녀들에 대한 그들의 보살핌도 자연법칙에서 나오는 것이다.

이러한 이유 때문에 그들은 자녀가 자기를 이 세상에 낳아주었다는 것만 가지고 부모에게 어떠한 의무를 지는 것을 절

대로 허용하지 않는다. 인생의 여러 가지 비참함에 비추어볼 때, 자녀가 태어난 것은 그 자체가 자녀에게 혜택이 되는 것도 아니고, 부모가 의도해서 그렇게 된 것도 아니며, 부모는 사랑의 결합을 할 때 출산이 아닌 다른 생각을 한다.

이러한 이유로, 그리고 다른 논리에 의거해서, 그들은 부모란 자기 자녀의 교육을 담당할 자격이 전혀 없다고 생각한다. 그래서 그들은 도시마다 공립학교를 설치했고, 영세한 농부와 노동자를 제외한 모든 시민은 아이들을 이 학교에 보내어 양육할 의무가 있다고 본다.

또한 아이가 20개월이 지나면 교육을 받기 시작하는데, 이때 기초 예절을 배운다. 이 학교는 신분과 남녀 성별에 따라 여러 종류가 있고, 부모의 지위와 아이 자신의 능력 및 성향에 맞는 그러한 생활여건을 아이들에게 마련해주는데, 매우 능숙한 선생들이 여러 명 배치되어 있다. 우선 남자아이들을 위한 학교에 관해 잠시 설명한 다음, 여자아이들을 위한 학교에 관해서 이야기하겠다.

귀족이나 저명인사의 집안에서 태어난 남자아이들을 위한 학교에는 위엄과 학식을 겸비한 선생들과 그들의 대리교사들이 여러 명 파견된다. 아이들의 옷과 음식은 평범하고 간소하다. 그들은 명예, 정의, 용기, 겸손, 관용, 종교 그리고 조국에 대한 사랑을 배우면서 양육된다.

매우 짧은 식사시간과 잠자는 시간 그리고 육체 단련을 위한 2시간의 오락시간을 제외한 나머지 시간에는 언제나 일과에 매달려야만 한다. 네 살이 될 때까지는 어른들이 옷을 입혀주지만, 그 이후에는 아무리 신분이 높은 집안 출신이라 해도

누구나 스스로 옷을 입어야
만 한다.

유럽 기준으로 50세의
나이에 해당하는 여자 보조
원들은 가장 천한 일만 하
도록 되어 있다. 그들은 하
인들과 절대로 대화해서는
안 되고, 언제나 선생 또는
그의 대리교사 앞에서 소규모 또는 대규모로 무리를 지어 오
락을 즐긴다. 유럽 어린이들이 쉽게 받는 어리석은 짓과 악습
의 초기의 나쁜 영향을 그들은 이런 방법으로 피하는 것이다.

부모는 1년에 두 번, 그것도 한 번에 1시간 동안만 자기 자
녀와 만날 수 있다. 만날 때와 헤어질 때 부모는 자녀에게 키
스할 수 있지만, 면회장소에 항상 입회하고 있는 선생들은 부
모가 속삭이거나 어루만지거나 장난감, 사탕과자 등의 선물
을 가져오는 것을 결코 허락하지 않는다.

아이들의 교육과 오락을 위한 비용을 부모가 내지 않는 경
우, 황제의 관리들이 강제로 징수한다.

일반시민, 상인, 무역업자 그리고 수공업자들의 자녀들을
위한 학교도 위와 거의 같은 방식으로 운영된다. 다만 무역을
하도록 지정된 자녀들이 11세에 견습생이 되기 위해 학교를
떠날 수 있을 뿐이다.

반면에 신분이 있는 집안의 아이들은 15세가 될 때까지, 다
시 말하면 유럽 기준으로 21세가 될 때까지 학교에 머물러야
한다. 그러나 마지막 3년 기간에는 외출이 점차 허용된다.

여자 학교의 경우, 귀족가문의 여자아이들은 남자아이들의 경우와 거의 같은 식으로 교육을 받는다. 다만 다섯 살이 되어 스스로 옷을 입을 수 있을 때까지는 언제나 선생이나 그의 대리교사 앞에서 여자 하인들이 그들에게 옷을 입혀준다.

유모들이 만일 영국에서 하녀들이 하듯이, 무섭거나 어리석은 이야기, 또는 우스꽝스러운 바보짓으로 어린 소녀들을 즐겁게 하다가 발각되는 경우, 그들은 시내에서 공개적으로 세 번 채찍으로 맞고, 1년 동안 감옥에 갇혔다가 가장 외떨어진 곳으로 평생 추방된다.

그렇게 해서 어린 소녀들은, 사내아이들 못지않게 겁쟁이나 바보가 되는 것을 대단한 수치로 여기고, 예의와 청결함에 어긋나는 모든 장신구를 경멸한다.

나는 남녀 성별의 차이 때문에 그들의 교육이 상이한 점은 보지 못했다. 다만 소녀들은 체력 단련이 소년들의 경우처럼 그렇게 과격하지는 않았고, 가정생활에 관한 몇 가지 규칙을 배우며, 학습 분량이 소년들의 경우보다 적었다. 그것은 귀족 사회에서 아내란 언제나 젊음을 유지할 수는 없는 노릇이기 때문에 합리적이고 온화한 동반자가 되어야만 한다는 것이 철칙이기 때문이다.

그들 사회에서는 12세가 결혼 적령기인데, 소녀들이 이 나이에 이르면 부모나 후견인이 선생들에게 대단히 고맙다는 인사를 한 뒤 그들을 집으로 데려가는데, 그런 소녀와

친구들이 눈물을 흘리지 않는 경우는 거의 없다.

신분이 낮은 집안의 소녀들은 학교에서 자기 신분의 등급에 따라 여자에게 필요한 모든 종류의 일을 배운다. 견습생으로 지정된 소녀는 9세 때 학교를 떠나고, 나머지는 13세 때까지 학교에 남아 있어야 한다.

이러한 학교에 자녀를 보낸 신분이 낮은 집안은, 최소한으로 책정된 연간 학비 이외에 자녀를 위해 사용될 목적으로 자기 월수입의 극히 일부를 학교 관리인에게 보낼 의무가 있다. 이것은 나중에 그 자녀들이 차지할 몫이다. 따라서 모든 부모가 교육비를 부담하도록 법이 규정하고 있는 것이다.

그것은 부모가 자기들의 욕정에 굴복하여 자녀들을 세상에 낳아놓고는 그 양육과 교육의 짐을 국가에게 전가하는 것처럼 더 부당한 일은 없다는 것이 릴리퍼트 사람들의 생각이기 때문이다. 신분이 높은 사람들의 경우, 그들은 자녀 한 명 한 명을 위해 자기 형편에 맞는 일정한 금액을 위탁하고, 이 기금은 언제나 성실하고 가장 공정하게 관리된다.

농부들과 노동자들은 토지의 경작과 육체 노동에만 종사하기 때문에 아이들을 각자 자기 집에서 양육한다. 그러므로 그들의 자녀들에 대한 교육은 공공이익과 전혀 관련이 없다. 그러나 그들이 늙거나 병에 걸리면 모두 병원에서 치료를 받는데, 그것은 구걸이라는 직업을 이 왕국의 사람들이 전혀 모르기 때문이다.

플림나프의 모함을 받다

그리고 내가 이 왕국에서 9개월 13일을 머무는 동안 내가 어떻게 살았고, 또 집안살림의 형편이 어떠했는지에 관해 여기서 약간 설명해주면 아마도 호기심 많은 독자들이 기뻐할 것이다.

기계적으로 나의 두뇌가 회전된 결과, 그리고 필요성 때문에 불가피한 일이었기 때문에, 나는 황제의 공원에서 가장 큰 나무들을 잘라서 내가 사용하기에 편리하도록 식탁과 의자를 만들었다.

그리고 나의 셔츠들과 침대와 식탁을 덮을 보자기를 만들기 위해 바느질하는 여자가 200명이나 동원되었다. 그들은 그 나라에서 구할 수 있는 옷감 가운데 가장 질기고 두꺼운 것을 가져왔지만, 영국의 잔디밭의 풀잎보다도 얇은 것이기 때문에 여러 겹으로 겹쳐서 바느질을 해야만 했다.

그 옷감 한 필은 일반적으로 폭이 7.6센티미터, 길이가 90센티미터였다.

그들은 내가 땅바닥에 누워 있을 때 치수를 쟀는데, 한 여자가 나의 목 옆에, 다른 여자가 나의 다리 중간 부분에 선 채 각각 질긴 줄의 끝을 잡았고, 또 다른 여자가 길이가 25밀리미터인 자로 줄의 길이를 잰 것이다.

그 다음에는 나의 오른손 엄지손가락의 둘레를 재고는, 더 이상 치수를 재지 않았다. 왜냐하면 엄지손가락 둘레의 2배가 손목의 둘레라고 수학적으로 계산할 수 있고, 그런 계산으로 나의 목과 허리의 둘레도 차례로 알 수가 있었기 때문이다. 또 한 본을 뜨도록 내가 땅바닥에 펼쳐놓은 낡은 셔츠를 가지고 그들은 내 몸에 꼭 맞는 셔츠를 만들어주었다.

내 양복을 만들기 위해서는 남자 재단사 300명이 동원되었는데, 그들은 다른 묘안을 짜내어 내 몸의 치수를 쟀다. 내가 무릎을 꿇고 앉아 있을 때, 그들은 땅바닥에서 내 목에 이르는 사다리를 걸쳤다. 그리고 한 명이 사다리를 타고 올라가서는 내 목의 옷깃에서부터 바닥까지 추가 달린 줄을 늘어뜨렸다.

그 줄의 길이가 내 윗저고리의 길이가 된 것이다. 그러나 허리와 팔의 둘레는 내가 직접 재어주었다. (그 나라에서 가장 큰 집이라 해도 내 옷을 보관하기가 불가능했으므로) 그들은 나의 집에서 옷을 만들었는데, 완성된 그 옷은 영국의 귀부인들이 색색가지 헝겊조각을 이어서 만든 옷처럼 보였지만, 내 옷의 헝겊들은 색깔이 한 가지로 통일되어 있었다.

내가 먹을 음식에 간을 맞추기 위해 요리사 300명이 일했다. 그들은 나의 집 주위에 지은 소규모의 편리한 오두막집에서 가족과 함께 거주하면서 각자 두 접시의 요리를 마련했다.

나는 웨이터 20명을 손바닥 위에 올려서 식탁으로 운반했다. 그 외에도 웨이터 100명이 식탁 아래에서 시중을 들었는데, 고기 접시를 손에 들기도 하고, 포도주와 다른 종류의 술이 든 나무통을 어깨에 메고 운반했다. 식탁 위에 있는 웨이터들은 이런 요리 접시와 술통을 내가 원할 때마다 위로 끌어올렸는데, 유럽 사람들이 우물에서 두레박을 끌어올리는 것과 마찬가지로 그들은 매우 독창적인 방식으로 줄을 잡아당겨 음식을 끌어올렸다.

그들이 운반한 고기 한 접시는 한입에 먹을 분량이고, 술한 통은 제법 한 모금이 되었다. 그들의 양고기는 영국의 양고기보다 질이 떨어졌지만, 쇠고기는 훨씬 뛰어났다.

너무나 커서 세 조각으로 잘라서 먹어야만 했던 허리 부분의 쇠고기도 있었지만, 그것은 매우 드문 경우였다. 영국에서 우리가 종달새의 다리를 뼈까지 먹는 것처럼, 내가 그 쇠고기를 뼈까지 씹어먹는 것을 보고는 웨이터들이 소스라치게 놀랐다.

거위와 칠면조는 대부분 한입에 먹었는데, 영국의 거위와 칠면조보다 그 맛이 훨씬 좋았다고 고백하지 않을 수 없다. 그보다 덩치가 작은 닭은 20마리 또는 30마리를 칼끝에 꿰어서 한꺼번에 먹을 수 있었다.

어느 날 나의 생활에 관해서 보고를 받은 황제가 자기 자신과 황후, 그리고 젊은 왕자들과 공주들이 나와 함께 식사하는 행복(그는 그렇게 같이 식사하는 것을 행복이라고 즐겨 불렀다)을 누리고 싶다고 했다.

따라서 그들이 몰려왔고, 나는 궁중에서 쓰는 의자에 앉은 그들을 들어올려서 내 맞은편에 놓았고, 근위병들을 그들 주위에 배치했다. 국가재정을 맡은 귀족인 플림나프가 흰 지팡이를 짚고 거기에 참석했다.

그가 못마땅하다는 눈으로 자주 나를 올려다본다는 것을 눈치챘지만, 못 본 체했을 뿐만 아니라, 그 사랑스러운 나라의 영예를 위해서도, 황제와 모든 신하들을 탄복시키기 위해서도 평소보다 오히려 더 많이 먹어치웠던 것이다. 황제의 그 방문은 그가 황제에게 나를 모함하는 구실을 마련해주었다는 것을 나는 여러 가지 개인적인 이유 때문에 믿게 되었다.

그는 음침한 성격에도 불구하고 겉으로는 나를 크게 칭찬했지만, 언제나 나의 숨은 적이었다. 그는 황제에게 국고가 바닥이 날 지경이고, 그래서 국채를 대폭 할인해서 발행하지 않으면 안 되는데, 액면 가격의 9퍼센트 정도 할인해서는 국채가 유통되지 않는다고 설명했다.

한마디로 내가 황제의 국고에서 150만 스프루그 (이것은 그 나라의 가장 큰 금화인데 그 크기는 우리의 미세한 금속조각과 같다) 이상을 탕진했고, 그럴듯한 기회가 닿는 대로 황제가 나를 추방하는 것이 바람직하다고 건의한 것이다.

아무 죄도 없이 나 때문에 시달림을 받는 어느 탁월한 귀부인의 명예를 나는 여기서 지켜주지 않을 수가 없다.

국가재정을 담당하는 고관인 플림나프는, 자기 부인이 나를 열렬히 사모할 뿐 아니라, 한동안 궁중에 떠돌던 소문으로는 그녀가 혼자서 나의 숙소를 찾아간 적이 있다는 악의에 찬 모함을 들은 뒤부터, 자기 부인을 의심하게 되었다.

나는 이런 소문이 전혀 근거도 없고 또한 가장 수치스러운 거짓말이라고 엄숙히 선언한다. 그녀는 오로지 자신의 자유와 우정을 담백한 말로 표현하면서 나를 기꺼이 대해주었을 따름이다.

그녀가 나를 자주 방문한 것은 사실이지만, 언제나 여러 사람과 함께, 그것도 3명 이상과 함께 마차를 타고 왔는데, 대개의 경우 누이동생과 어린 딸과 여러 명의 가까운 친지들을 대동했던 것이다.

궁중의 다른 수많은 귀부인들도 그녀와 같은 방식으로 나를 찾아오곤 했다. 나는 내 하인들에게 마차가 나의 집 문 앞에 이르렀을 때 안에 누가 탔는지 그들이 몰랐던 적이 한 번이라도 있었는지 지금도 물어보고 싶다. 마차가 도착했다고 하인이 내게 알리면, 나는 즉시 문으로 가서 공손히 인사하고, 마차와 말 두 마리를 매우 조심스럽게 두 손으로 받쳐서

식탁 위에 올려놓았다. (마차를 끄는 말이 6마리인 경우에는 마부가 4마리를 풀어두었다.)

나는 사고를 예방하기 위해서 12.7센티미터 높이의 이동식 둥근 테두리를 식탁 위에 놓아두었다. 그리고 자주 마차 4대와 거기 딸린 말들을 한꺼번에 식탁에 올려놓고, 의자에 앉아 그들을 내려다보았다.

내가 마차 한 대에 탄 사람들과 대화하는 동안, 다른 마차는 식탁 위에서 빙글빙글 돌고 있었다. 그렇게 대화를 나누면서 오후 시간을 대단히 유쾌하게 보낸 적이 너무나 많다.

그러나 나는 국가재정 담당에게나 또는 그에게 나를 모함한 2명(나는 그들의 이름을 밝히겠는데, 어떻게 대처하든 그것은 그들이 알아서 할 일이다), 즉 클루스트릴과 드룬도가, 앞에서 내가 설명한 바와 같이 황제 폐하의 긴급명령에 따라 파견된 황제의 개인비서실장 렐드레살 이외에 나를 몰래 방문한 사람이 하나라도 있었는지 증명해보이라고 요구하는 바이다.

나의 명예는 물론이고 신분이 높은 귀부인의 명예가 그렇게 직접 걸려 있는 문제만 아니었더라면, 내가 가장 높은 칭호인 '나르다크'를 가진 반면 국가재정 담당은 그 칭호를 받지 못했다 해도, 나는 이 일에 관해서 이처럼 길게 늘어놓을 필요가 없었을 것이다.

영국에서 후작이 공작보다 한 단계 낮은 것처럼, 그는 나의 칭호보다 한 단계 아래인 '클룸글룸'의 칭호를 가지고 있을 뿐이라는 것을 누구나 알고 있었지만, 그가 맡은 직책을 존중해서 나는 그가 상석을 차지하도록 내버려두었다.

여기서 언급할 필요가 없는 어떤 우연 때문에 내가 귀부인에 대한 헛소문을 나중에야 알게 되었는데, 국가재정을 맡은 고관인 플림나프는 한동안 자기 부인을 싸늘한 시선으로 쏘아보았고, 내게는 한층 더 싸늘하게 대했다. 비록 그가 속았다는 사실을 뒤늦게 깨닫고 부인과 화해하기는 했지만, 그는 나를 전적으로 불신하게 되었고, 그를 총애하여 그의 말에 지나치게 끌려다니는 황제에 대해서도 나의 영향력이 급속도로 줄어들고 말았다.

제7장

음모를 알아내다

내가 이 왕국을 떠난 경위에 관해 이야기하기에 앞서 먼저 독자들에게 알려야만 할 것이 있는데, 그것은 내가 떠나기 2개월 전부터 나를 해치려는 개인적인 음모가 이미 진행되고 있었다는 점이다.

나는 평생 동안 왕궁의 내부사정에 관해 아무것도 모르고 살아왔다. 왜냐하면 신분이 천해서 그런 것을 알 만한 위치에 있지 못했기 때문이다. 물론 위대한 군주들과 대신들의 성격에 관해서 책에서 읽은 것도 귀로 들은 것도 많다.

하지만 내가 보기에 유럽의 경우와 너무나도 다른 원칙에 따라 통치되는 것 같은, 그리고 그토록 멀리 떨어진 이 나라에서 그들의 성격이 초래하는 너무나 처참한 결과를 발견할 줄은 전혀 상상도 못했다.

내가 블레푸스쿠 황제를 예방하기 위한 준비를 하고 있을 때, 왕궁의 고위직에 있는 사람이 휘장을 내린 채 가마를 타

고 밤에 나의 집을 몰래 찾아왔다. (그가 황제 폐하의 총애를 완전히 잃은 상태에 있을 때 내가 그를 크게 도와준 적이 있다.)

그리고 자기 이름을 밝히지 않은 채 면회를 신청했다. 가마 꾼들이 돌아간 뒤, 나는 그가 들어앉아 있는 가마를 외투 주머니에 집어넣었다. 그리고 누가 찾아오면 내가 잠자리에 이미 들었다고 말해주라는 지시를 한 다음, 안으로 들어가 문을 잠그고 그 가마를 식탁 위에 꺼내놓았으며, 평소의 습관대로 마주 보고 앉았다.

일상적인 인사를 주고받은 뒤에 자세히 살펴보니 그의 표정에 수심이 잔뜩 서려 있어서 그 이유를 물었다. 그러자 그는 나의 명예와 생명이 달려 있는 중대한 문제이므로 꼭 참고 자기 말을 끝까지 들어주기 바란다고 했다. 그가 나의 집을 떠나자마자 내가 기록해둔 그의 말은 아래와 같다.

당신이 알아두어야 할 것은 전체 각료회의 산하의 여러 위원회들이 최근에 당신 문제로 은밀히 소집되었고, 폐하가 바로 이틀 전에 최종 결정을 내렸다는 것입니다. 스카이레쉬 볼골람(그는 '갈베트' 즉 해군제독입니다)이 지금까지 내내 당신의 숨은 적이었다는 사실은 당신도 잘 알고 있습니다.

그가 당신의 적이 된 진짜 이유들에 관해서는 전혀 아는 바가 없지만, 블레푸스쿠 함대에 대해 당신이 거둔 대승리 때문에 해군제독인 그의 명예가 땅에 떨어졌기 때문에 그 이후로 그의 증오심은 매우 치열하게 타올랐습니다. 국가재정 담당인 플림나프도 자기 부인에 관한 헛소문 때문에 당신에게 엄청난 적개심을 품고 있는데, 볼골람이 그 플림나프를 비롯하여 육군대장 림토크, 왕궁관리 각료 랄콘, 최고법원 원장 발무프 등과 공모하여, 반역죄와 기타 사형에 해당하는 다른 죄목들로 당신을 탄핵하는 공소장을 작성했습니다.

나의 공적과 무죄함을 의식하게 된 나는 더 이상 참고 듣지 못하고 그의 말을 가로막으려고 하자, 그는 나더러 가만히 있으라고 간청한 뒤에 말을 이었다.

그 동안 당신이 내게 베푼 후의에 감사하는 뜻에서 나는 음모의 진행과정 전반에 관한 정보와 탄핵 문서의 사본을 구했는데, 이것은 당신을 위해 내 목을 바칠 각오로 모험을 한 것입니다.

퀸부스 플레스트린, 즉 '산더미같이 거대한 사람'에 대한 탄핵 문서

제1조

칼린 데파르 플루네 황제 폐하가 통치할 때 제정된 법률에 따르면, 궁궐 경내에서 소변을 보는 자는 누구든지 반역죄로 처벌을 받게 되어 있다. 그럼에도 불구하고 위에 언급된 퀸부스 플레스트린, 즉 '산더미같이 거대한 사람'은 황제 폐하의 사랑스러운 반려인 황후 폐하의 침실의 불을 끈다는 구실 아래 위의 법률을 공공연하게 위반하여, 황제의 궁궐 경내에 있었고 또 누운 채로, 악의적으로, 반역자와 같이, 악마처럼 소변을 갈겨서 위에 언급한 불을 껐다. 이것은 이런 경우에 관한 위의 법률의 규정에 위반하고 의무를 저버린 행위이다.

제2조

퀸부스 플레스트린, 즉 '산더미같이 거대한 사람'이 블레푸스쿠 제국의 함대를 릴리퍼트의 항구로 끌고 왔을 때, 황제 폐하는 적의 나머지 선박도 모조리 끌어오라고 그에게 명령했다. 그리고 블레푸스쿠 제국 전체를 일개 주로 격하시켜 총독을 파견해서 다스리며, 달걀의 넓은 부분을 깨자고 주장하는 망명객들뿐만 아니라 그들의 이단을 즉시 포기하지 않는 그 섬의 모든 주민들을 모두 처형하겠다고 말했다. 그러나 그는 충성을 가장한 반역자와 마찬가지로, 가장 위대하고 고요한 황제 폐하에게 반대하면서, 무죄한 국민들의 양심을 억압하거나 그 자유와 생명을 말살하는 일은 하고 싶지 않다는 구실을 들어 폐하의 지시를 거두어달라고 요청했다.

제3조

블레푸스쿠 황제가 파견한 대사들이 평화조약을 제의하려고 우리 폐하의 궁궐에 도착했을 때, 퀸부스 플레스트린, 즉 '산더미같이 거대한 사람'은, 그 대사들이 최근까지 우리 황제 폐하의 공공연한 적인데다가 폐하를 상대로 공공연하게 전쟁을 일으킨 바로 그 군주를 섬기는 사람들이라는 것을 스스로 잘 알고 있었음에도 불구하고, 충성을 가장한 반역자와 마찬가지로, 대사들을 지원하고, 충동질하고, 접대하고, 위로하고, 또 즐겁게 해주었다.

제4조

퀸부스 플레스트린, 즉 '산더미같이 거대한 사람'은 충실한 신하의 의무를 저버린 채, 블레푸스쿠 제국과 그 궁궐을 향해 항해 준비를 하고 있는데, 이 항해에 관해서는 우리 황제 폐하가 구두로만 허가했을 뿐이다. 그는 이러한 구두 허가를 구실로 삼아, 반역자처럼 항해를 가장하여 저쪽으로 건너가고, 그래서 최근까지 우리 황제 폐하의 공공연한 적인데다가 폐하를 상대로 공공연하게 전쟁을 일으킨 블레푸스쿠 황제를 지원하고, 위로하고, 충동질하려는 의도를 품고 있다.

이 외에도 여러 가지 다른 조항들이 더 있습니다만, 위의 4가지가 가장 중요하기 때문에 그 개요만 당신에게 들려준 것입니다.

내가 여기서 밝혀야만 할 점은, 이 탄핵문서를 둘러싸고 여러 번 토론이 벌어졌을 때, 황제 폐하는 당신이 자기를 위해 세운 공적을 자주 강조하기도 하고, 정상 참작으로 처벌을 완화시키려고 노력도 함으로써 자신의 풍부한 관용성을 수없이 드러내보였다는 사실입니다.

국가재정 담당 각료와 해군제독은 한밤중에 당신 집에 불을 질러 가장 고통스럽고도 불명예스러운 방법으로 당신을 처형하고, 그때 육군대장이 당신의 얼굴과 양 손에 쏠 독화살로 무장한 2만 명의 군사들을 풀어서 당신 집을 포위하게 하자고 주장했습니다.

당신 하인들 몇몇에게는 당신의 셔츠에 독을 푼 즙을 스며들게 하도록 은밀히 명령하자는 주장도 있었습니다. 그렇게 되면 당신은 즉시 자기 손으로 살을 찢고 가장 심한 고통 속에 죽게 되는 것입니다. 육군대장도 그런 주장에 찬성했기 때문에, 당신을 죽이자는 주장이 오랫동안 과반수를 넘었습니다.

그러나 가능하면 당신의 목숨만은 구해주기로 결심한 황제 폐하는 마지막 수단으로 자기의 개인비서실장 렐드레살을 불러오게 해서 그의 의견을 제시해보라고 명령했습니다.

언제나 당신의 진실한 친구인 그는 황제의 명령을 받고 나자, 자기에 대한 당신의 신뢰에 걸맞은 의견을 제시했습니다. 그는 당신의 죄가 무겁다는 점은 시인했지만, 폐하가 관용 면에서 당연히 온 세상의 칭송을 받고 있는데, 군주에게 가장 필요한 덕인 바로 그 자비를 베풀 여지가 아직 남아 있다고 말했습니다.

그는 당신과 자기 사이의 우정이 모든 사람에게 잘 알려져 있기 때문에, 가장 영예로운 각료회의에 참석한 각료들이 어쩌면 자기를 편파적인 인물로 볼지도 모르지만, 자기는 의견을 제시하라는 명령을 받았기 때문에 자기 심정을 자유롭게 전달하겠다고 덧붙였습니다.

즉 폐하가 당신의 공적을 고려하는 한편, 자신의 관대한 성품에 따르려고 한다면, 기꺼이 당신의 목숨을 구해주고, 다만 두 눈을 뽑으라는 명령만 내릴 것이라고 말했습니다.

이러한 임시방편에 따라 정의의 요구도 어느 정도는 충족되고, 모든 사람들이 황제의 관용에 대해서는 물론이고, 황제의 각료가 되는 영광을 가진 그곳의 참석자들의 공정하고 관대한 절차에 대해서도 박수갈채를 보낼 것이라고 했다.

또한 그는 당신이 두 눈을 잃어도 육체적 힘은 아무런 지장도 받지 않고, 그래서 당신이 여전히 폐하에게 쓸모가 있는 존재로 남게 되며, 눈이 멀면 우리가 위험을 보지 못하기 때문에 더욱 용감해지게 마련인데, 당신이 적의 함대를 끌고 올 때 가장 큰 장애는 두 눈에 대한 염려였지만, 위대한 군주들의 경우와 마찬가지로, 당신도 눈을 잃

은 뒤에는 도와주는 사람들의 눈을 통해서 보면 그만일 것이라고 말했습니다.

이 제안에 대해서 각료 전원이 가장 격렬하게 반대했습니다. 도저히 참지 못하고 격분한 해군제독 볼골람은 자리에서 벌떡 일어나더니, 황제의 개인비서실장이 반역자의 목숨을 구해주자는 말을 어찌 감히 할 수 있느냐고 공박했습니다.

당신이 세운 공적이란, 국가의 진정한 이익을 모두 고려할 때 오히려 당신의 죄목을 한층 더 뒷받침해주는 증거일 뿐이라고 그는 주장했습니다.

황후의 숙소에서 오줌을 갈겨 불을 끌 수 있는 당신이라면(그는 이 대목에서 몸서리를 쳤습니다), 다른 기회에 같은 수법으로 왕궁 전체를 오줌에 잠기게 만들지도 모르고, 불만을 품게 되면 당신은 적의 함대를 끌고 온 그 힘으로 그 함대를 다시 제자리에 끌어다놓을 수도 있다고 말했습니다.

그리고 그는 당신이 달걀의 넓은 끝 부분을 깨자는 당파를 마음속으로 지지하고 있다고 보는데, 그렇게 생각할 근거가 충분하고, 반역이란 공개적인 행동으로 나타나기에 앞서서 마음속에서 먼저 시작되는 것이므로, 이러한 관점에서 당신을 반역자로 고발하며, 따라서 당신을 사형에 처해야 한다고 주장했습니다.

국가재정 담당 각료도 의견이 같았습니다. 그는 당신 생활비의 조달 때문에 폐하의 국고가 얼마나 쪼들리고 있는지 설명하고, 머지않아 당신 생활비를 더 이상 대지 못하게 될 것이라고 말했습니다.

당신 두 눈을 멀게 하자는 개인비서실장의 타협책은 국가재정을 바로잡는 방안이 되지 못하고, 오히려 더욱 악화시킬 것이라고 했다. 그것은 어떤 닭의 눈을 멀게 하는 일반적인 사육법에서도 명백하게 드러난 것과 같이, 이런 닭은 실명한 뒤에 모이를 더 빨리 먹어치워서 더 빨리 살찌게 되기 때문이라는 것입니다.

그리고 신성한 폐하와 각료들은 당신의 심판관들인데, 만일 각자 양심에 따라 당신의 유죄를 전적으로 확신한다면, 법규정이 명시적으로 요구하는 공식적인 증거가 없더라도, 그러한 확신만 가지고도 당신에게 사형을 선고할 근거가 충분하다고 주장했습니다.

그러나 사형에는 반대하기로 굳게 결심한 황제 폐하는 자비롭게도 각료들이 보기에 당신의 실명이 너무 가벼운 처벌이라고 한다면, 나중에 다른 처벌을 추가할 수 있지 않겠느냐고 말해주었습니다.

당신을 먹여 살리기 위해 폐하가 너무나 엄청난 비용부담을 진다는 이유로 자기 제안에 반대했던 국가재정 담당의 말에 대해 반론의 기회를 달라고 겸손하게 요청한 당신 친구 개인비서실장은, 황제의 국고수입을 혼자서 전적으로 처리하는 그 각료가 당신의 식량을 점진적으로 감소시키는 방법으로 재정의 어려움을 쉽게 해결할 수 있고, 음식이 줄어들면 당신이 허약해지고 식욕도 잃게 되며, 그 결과 몇 달 안에 굶어죽게 될 것이라고 말했습니다.

그리고 당신은 몸집이 절반 이하로 줄어들 것이 뻔하니까, 그 시체의 악취도 그다지 위험해지는 않을 것이고, 당신이 죽자마자 즉시 5, 6천 명이 달려들어 2~3일 안으로 당신 뼈에서 살을 모조리 발라낸 뒤, 전염병을 예방하기 위해 그 살을 수레로 아주 먼 곳으로 운반해서 묻어버릴 수도 있으며, 당신의 잔해는 경탄의 기념물로서 후세에 전해질 것이라고 말했습니다.

결국은 황제의 개인비서실장의 돈독한 우정 덕분에 당신 문제는 타협에 이르게 되었습니다. 당신을 점진적으로 굶겨 죽인다는 결정은 비밀에 부치라고 황제가 엄하게 명령했고, 두 눈을 멀게 한다는 판결만 문서로 작성했습니다. 해군제독 볼골람 이외에는 아무도 이에 반대하지 않았는데, 황후의 심복인 그는 당신의 처형을 주장하라는 독촉을 그녀로부터 항상 받아왔던 것입니다. 그녀는 자기 숙소의 화재를 진화할 때 당신이 사용한 치욕적이고 불법적인 방법 때문에 언제나 당신에 대해서 악의를 품고 있습니다.

당신 친구인 개인비서실장이 지시를 받고 사흘 후에 당신 집을 찾아와 탄핵문서를 낭독한 뒤, 당신의 두 눈을 뽑는 데 그치도록 결정한 황제와 각료회의의 엄청난 관용과 호의를 강조할 것입니다.

황제는 당신이 감사하는 마음으로 겸손하게 처벌을 받을 것이라고 굳게 믿습니다. 그리고 당신이 땅에 누워 있을 때 눈동자를 향해 매우 끝이 예리한 화살들을 퍼부은 뒤에 실명수술이 시작될 것인데, 황제의 외과의사 20명은 그 수술을 책임지고 잘하라는 명령을 받았습니다.

앞으로 당신이 취할 조치에 관해서는 깊이 생각해서 결정하기 바랍니다. 의심을 받지 않으려면 나는 여기 도착했을 때와 마찬가지로 은밀하게 즉시 되돌아가지 않으면 안 됩니다.

블레푸스쿠로 도망가다

그는 은밀하게 돌아갔고, 나 혼자 덩그러니 집에 남았는데, 별별 의혹이 다 피어오르고 정신이 혼란스러웠다. (과거의 관행과 전혀 다른) 관행을 당시의 황제 폐하와 그의 내각이 한 가지 도입했는데, 그것은 잔인한 형벌에 처하라는 판결이 내린 뒤에는 황제의 유감을 부각시키거나 심복 각료의 악의를 변호한다는 의미에서 황제가 전체 각료회의에서 연설을 하는 것이었다.

황제는 그 연설에서 자신의 위대한 관용과 온정은 온 세상이 다 알고 인정하는 덕이라고 강조하곤 했다. 그리고 그의 연설문은 즉시 인쇄되어 전국에 보급되었는데, 황제의 자비에 대한 찬사처럼 그렇게 사람들을 심한 공포에 떨게 하는 것은 또 없었다.

왜냐하면 찬사가 많이 쏟아지면 질수록, 또 강조되면 될수록, 형벌은 더욱 비인간적인 것인데다가 처벌받는 사람은 그 무죄가 한층 더 드러나기 때문이다.

이제 내가 고백하지 않으면 안 되겠지만, 나는 신분이나 교육을 통해 왕궁의 신하가 되겠다는 것은 전혀 상상조차도 해 본 적이 없는데다가 사물을 제대로 판단하지 못할 형편이었기 때문에, 나에 대한 판결에서는 관용과 호의를 찾아볼 수 없었을 뿐만 아니라, (어쩌면 잘못 본 것인지도 모르지만) 관대하기는커녕 오히려 가혹한 것이었다.

나는 재심을 청구할까 하는 생각도 여러 번 했다. 내가 비록 여러 조항에서 지적된 사실들을 부인할 수는 없다 해도, 각료들이 어느 정도의 정상 참작은 허락할지도 모른다고 기대했기 때문이다.

그러나 나는 반역죄에 대한 수많은 재판을 경험을 통해서 잘 알고, 그런 재판이란 재판관들이 원하는 방향으로 결말이 나는 것도 항상 보아왔기 때문에, 그처럼 중대한 시점에, 그토록 강력한 적들을 상대로, 그토록 위험한 결정에 의지할 수는 없었다.

그들에게 대항할 생각도 한때 굴뚝같았다. 내가 자유를 누리고 있는 한, 그 제국의 힘을 전부 합쳐도 나를 굴복시키기란 어림도 없고, 나는 돌을 퍼부어서 그들의 수도를 쉽게 박살낼 수 있었던 것이다.

그러나 내가 황제에게 한 맹세, 그에게서 받은 총애와 '나르다크'라는 최고의 칭호에 생각이 미치자, 진저리를 치면서 즉시 그 계획을 포기했다.

또한 나는 왕궁의 신하들이 은혜에 보답하는 방식을 빨리 배우지도 못해서, 폐하의 가혹한 결정 때문에 내가 과거에 짊어진 모든 의무에서 벗어났다고 단정하지도 못했다.

드디어 나는 한 가지 결단을 내렸다. 그것이 어느 정도는 비난을 자초할지 모르고 또 그 비난이 부당한 것만은 아닐 것이다. 그러나 내가 두 눈을 보존하고, 따라서 자유도 계속 누리기로 결심한 것은 내 성미가 대단히 급했고, 또 경험이 부족했기 때문이다.

그 후 수많은 다른 나라의 왕궁에서 내가 목격한 군주들과 대신들의 성품, 그리고 내 경우보다 죄가 가벼운 죄수들을 그들이 다루는 방법을 그 당시에 알았더라면, 나는 그처럼 가벼운 형벌을 매우 신속하게 기꺼이 받았어야만 했을 것이다.

그러나 젊은 시절의 조급함에 밀렸고, 블레푸스쿠 황제를 예방해도 좋다는 허가를 이미 받았기 때문에, 사흘이 지나기도 전에 친구인 개인비서실장에게 편지를 보내, 내가 이미 구두로 받은 허가에 따라 그날 아침 블레푸스쿠로 떠나기로 결정했다고 알렸다.

　그리고 답장도 기다리지 않은 채, 섬 반대편에 함대가 정박해 있는 곳으로 접근한 뒤, 대형 군함을 한 척 잡아서 뱃머리에다 줄을 매고 닻을 끌어올렸다.

　옷을 벗어서는 (겨드랑이에 끼고 간 이불과 함께) 그 배에 실었고, 걸어가기도 하고 수영도 하면서 그 배를 끌고 블레푸스쿠 제국 최대의 항구에 도착했다. 그곳 주민들은 나를 오랫동안 기다리고 있었는데, 제국의 명칭과 마찬가지로 블레푸스쿠라고 불리는 수도로 나를 안내하기 위해 안내인 2명을 붙여주었다.

　나는 안내인들을 두 손으로 받친 채 수도의 성문에서 180미터 떨어진 곳에 이르렀을 때, 나의 도착 사실을 제국의 각료에게 알리도록 그들을 보냈다. 그리고 그 자리에서 황제의 명령을 대기했다.

　한 시간쯤 지나서 회답이 왔는데, 황족들과 고관들을 모두 거느리고 황제가 나를 영접하러 성을 나서고 있다는 것이었다. 나는 90미터를 전진했다. 황제와 그 수행원들은 말에서, 황후와 귀부인들은 마차에서 각각 내렸는데, 내가 보기에는 그들이 무서워하거나 꺼리는 기색을 전혀 보이지 않았다.

나는 황제와 황후의 손에 키스하기 위해서 땅바닥에 누웠다. 그리고 전에 내가 한 약속에 따라서, 또한 릴리퍼트 황제의 허가를 받았기 때문에, 이토록 강력한 군주를 찾아보는 영광을 누리게 되었다고 말했다. 또한 릴리퍼트 황제에 대한 나의 의무와 충돌되지만 않는다면, 나의 힘이 미치는 데까지 그에게 봉사하겠다고 제의했다.

그러나 내가 탄핵을 받았다는 점에 관해서는 전혀 언급하지 않았다. 그것은 내가 그때까지 탄핵에 관해 공식적으로 통보를 전혀 받지 못했고, 그래서 아무것도 모르는 척해도 그만이라고 보았다.

또한 나는 블레푸스쿠 황제가 자기 권한 밖에 있던 나에 관한 비밀을 이미 알아냈다고는 도저히 예측하지 못했다. 하지만 나의 오산에 불과했다는 것이 곧 드러났다.

이곳의 궁궐에서는 너무나 위대한 군주가 최대한으로 나를 환대해주었는데, 그 세부사항을 가지고 독자들을 성가시게 만들지는 않겠다. 또한 내가 머물 집과 누워 잘 침대가 없어서 이불로 몸을 싸고 땅바닥에서 잠을 자야만 했던 여러 가지 불편에 관해서도 생략하겠다.

릴리퍼트 제국에 덧붙이는 이야기

　우리 유럽 사람들과는 달리, 릴리퍼트 사람들은 어린이들에 대한 교육처럼 세심한 배려와 주의가 필요한 것은 또 없다고 생각한다. 그들은 선생들이 엄숙하기보다는 원만한 성격이기를, 지식이 풍부하기보다는 도덕적인 인물이어야만 한다고 믿는다.

　역사선생들은 이러저러한 사건들이 발생한 연도와 일자를 학생들에게 가르치는 것보다는 왕들, 장군들, 정치가들의 성격, 장점과 단점들을 자세히 설명하는 데 더 큰 노력을 기울인다.

　그들은 학문에 대한 사랑도 일정한 범위 안에서 제약을 받도록 요구한다. 각자는 자기 성향과 능력에 가장 잘 맞는 분야의 학문을 선택해야 한다.

　그들은 또한 육체와 마찬가지로 정신도 소화능력이 있다고 생각하기 때문에, 공부를 너무 많이 하는 사람을 음식을 너무 많이 먹는 사람과 똑같이 경멸한다. 오로지 황제만이 가장 방대하고 가장 종류가 많은 책들을 수집해서 소장하고 있다. 책을 많이 가지고 있는 사람에 대해서 그들은 책을 등에 많이 지고 있는 당나귀라고 여긴다.

　그들의 철학은 도저히 오류에 빠질 수 없는 원칙들을 만들어낸다. 즉 그들의 원칙에 따르면, 금융업자들의 막대한 재산

과 그 과시보다는 정직한 사람의 평범한 상태를 더 선호하고, 정복자의 승리보다는 격정과 욕망을 억제한 그 승리를 더 높이 평가한다.

그들의 철학은 엄격하고 검소하게 살기를 가르치고, 감각적인 쾌락에 습관적으로 빠지게 하는 것, 정신을 육체에 너무 의존하게 만들거나 정신의 자유를 약화시키는 것을 모조리 피하도록 가르친다.

그들은 산문에서나 시에서나 말장난과 스타일의 기교를 부리는 일을 미워한다. 그런 짓이 그들은 옷을 통해서 자기 존재를 과시하려는 것과 마찬가지로 말하는 방식으로 자기를 돋보이게 하려는 것이고, 대단히 모욕적인 것이라고 본다.

순수하고 분명하고 진지한 스타일을 버린 채, 괴상하고 과장된 용어와 엉뚱하고 비현실적인 비유를 즐겨 사용하는 저자를 그들은 카니발의 어릿광대처럼 길거리에서 추격하고 야유한다.

　선생들이 어린 학생들에게 벌을 줄 때 매질하는 것이 금지되어 있다. 선생들은 친절을 베풀지 않음으로써, 학생들에게 수치감을 느끼게 함으로써, 특히 2~3시간의 수업에 참석하지 못하게 함으로써 벌을 준다. 이런 벌을 받으면 학생들은 극심한 고통을 느낀다.

　왜냐하면 그들은 외톨이로 남게 되고, 교육할 가치가 없는 인간이라고 판단받았다고 스스로 믿게 되기 때문이다. 그들의 생각에 따르면, 매질로 육체적 고통을 주는 것은 학생을 비겁하게 만들 뿐이고, 비겁한 성격은 절대로 고쳐질 수가 없는 가장 해로운 결점인 것이다.

제8장

보트를 발견하다

블레푸스쿠에 도착한 지 3일이 지났을 때, 나는 호기심에 이끌려 그 섬의 북동쪽 바닷가를 거닐고 있었다. 그때 2400 미터 가량 떨어진 바다 한가운데에 뒤집힌 보트처럼 보이는 물체가 떠 있는 것을 발견했다.

구두와 양말을 벗은 뒤 바다로 들어가 180 내지 270미터를 전진했다. 그 물체가 파도에 밀려 점점 가까이 다가오자, 틀림없이 보트라는 것을 알게 되었다. 어느 선박이 항해하다가 폭풍우를 만났고, 그래서 그 보트가 배에서 떨어져나온 것으로 보였다.

나는 즉시 그 나라의 수도로 돌아갔다. 그리고 황제에게 내가 전에 황제의 함대를 릴리퍼트로 끌고 갈 때 나포를 면한 배 가운데서 가장 규모가 큰 배 20척과 부제독이 지휘하는 해군 3000명을 동원해달라고 간청했다. 20척으로 편성된 그 함대는 섬을 빙 둘러서 보트가 발견된 현장으로 향했고, 나는 지름길을 통해서 되돌아갔다.

보트는 파도에 밀려 해안선에서 한층 가까운 거리에 와 있었다. 해군 병사들은 모두 튼튼한 끈을 가지고 있었는데, 나는 그것을 꼬아서 이미 충분한 길이의 밧줄로 만들어두었다. 함대가 도착하자 나는 옷을 벗은 뒤, 보트에서 90미터 떨어진 거리까지 물결을 헤치고 걸어갔다.

그 다음부터는 헤엄을 쳐서 보트에 도달할 수밖에 없었다. 해군 병사들이 줄 끝을 내게 던졌고, 나는 그것을 보트 앞쪽의 구멍에 꿰어 묶었다. 그리고 줄의 다른 쪽 끝을 군함 한 척에 연결했다.

그러나 바닷물의 깊이가 내 키를 넘어서 보트를 끌어당길 수가 없었기 때문에 모든 노력이 헛수고에 그쳤다는 것을 깨달았다. 그래서 나는 별수 없이 보트 뒤에서 헤엄을 치면서 한 손으로 계속 보트를 밀었다. 파도도 보트를 해안선 쪽으로

밀어주었다.

얼마쯤 지나자 물이 턱밑까지 오고 발이 바닥에 닿게 되었다. 2~3분 쉰 다음, 보트를 힘껏 밀쳐내자 이윽고 수면이 내 겨드랑이에 이르렀다. 이제 가장 힘든 과정은 끝났다. 나는 군함 한 척에 쌓아두었던 다른 밧줄들을 꺼내 보트와 대기하던 9척의 배를 연결했다.

바람은 순조로웠고, 해군 병사들이 노를 젓는가 하면, 내가 보트를 뒤에서 미는 식으로 해서 우리는 해안선에서 36미터 위치에 도달했다. 바닷물이 빠지기를 기다린 뒤, 보트를 햇볕에 말렸다. 그리고 밧줄과 각종 기계를 갖춘 해군 병사 2000명의 지원으로 나는 엎어진 보트를 뒤집었다. 그것은 파손된 곳이 전혀 없는 보트였다.

노와 비슷한 것을 2개 만드는 데 열흘이 걸렸다. 그런 노를 저어서 블레푸스쿠 항구까지 보트를 몰고 가는 동안 겪었던 여러 가지 어려움을 가지고 독자들을 성가시게 하지는 않겠다. 내가 항구에 도착하자, 무수한 사람들이 몰려들었고, 그토록 엄청나게 큰 배를 보고는 모두 입을 벌리고 감탄했다.

나는 황제에게 내가 이 보트를 발견하게 된 것은 행운이고, 이제 다른 곳으로 갔다가 거기서 고향으로 돌아갈 수 있게 되었다고 말하는 한편, 나의 항해에 필요한 물자를 조달해주라는 명령을 내려달라고 간청했다. 또한 그 나라를 떠나도 좋다는 허락을 내려달라고 했는데, 황제는 몇 마디 충고를 해준 다음 기꺼이 나의 출국을 허가했다.

내가 그 동안 내내 몹시 궁금하게 여긴 점은 릴리퍼트 황제가 나에 관한 소식을 전달할 특별 전령을 블레푸스쿠에 파견했다는 말을 전혀 듣지 못한 것이었다. 그러나 나중에 비공식적인 경로로 내가 알게 된 바에 따르면, 내가 자기 계획을 눈치챘으리라고는 상상도 못한 릴리퍼트 황제는 내가 약속을 지키기 위해, 그리고 자기 궁궐에서는 잘 알려진 대로 그가 내린 구두 허가에 따라서 블레푸스쿠를 방문했고, 며칠 만에 모든 행사를 끝내고 돌아올 것으로 믿었던 것이다.

그러나 나의 체류가 길어지자 드디어 걱정이 된 그는 국가 재정 담당 각료를 비롯한 여러 대신들과 협의한 끝에 탄핵 문서의 사본을 지닌 고위층 인사를 특사로 파견했다.

그 특사가 블레푸스쿠 황제에게 전달하라고 받은 훈령 내용은, 릴리퍼트 황제의 위대한 관용을 강조할 것, 그리고 그 관용 때문에 황제는 나에 대한 처벌을 두 눈을 빼는 것에 국한시켰다는 것, 내가 법의 심판을 피해 도망쳤고, 2시간 이내에 돌아오지 않으면 '나르다크'라는 최고 칭호가 박탈되고 반역자로 선포된다는 것 등이었다.

특사는 또한 두 제국 간의 평화와 우호관계를 유지하기 위해서, 릴리퍼트 황제는 블레푸스쿠 제국의 자기 형제가 명령을 내려 손발을 묶은 채 나를 릴리퍼트로 반송하여 반역자로 처형되도록 해주기를 원한다고 덧붙였다.

블레푸스쿠 황제는 사흘 동안 각료들과 의논을 한 뒤, 최대의 예의와 변명에 넘치는 답장을 보냈다.

그는 릴리퍼트의 자기 형제도 나를 묶어서 돌려보내는 것이 불가능함을 알고 있다고 말했다. 그리고 내가 블레푸스쿠의 함대를 빼앗아가기는 했지만, 두 제국 사이에 평화조약을 체결하는 데 많은 도움을 주었기 때문에 자기로서는 그 은혜에 보답할 의무가 막중하다고 덧붙였다.

그는 양국의 황제들이 안심해도 될 상황이 곧 닥칠 거라고 말했다. 왜냐하면 내가 항해에 이용할 만큼 엄청나게 큰 배를 해안에서 발견했고, 나의 도움과 지시로 거기 필요한 물자를 싣도록 명령을 내렸으며, 몇 주간만 지나면 먹여 살리기가 거의 불가능한 이 장애물에서 두 제국이 벗어날 수 있다고 보기 때문이라는 것이었다.

특사는 그 답장을 가지고 릴리퍼트로 돌아갔다. 블레푸스쿠 황제는 모든 내용을 나에게 알려주었고, 동시에 (철저히 비밀을 지키라는 전제 아래) 내가 자기를 계속해서 섬기는 경우에는 자기도 나를 보호해 주겠다고 제의했다. 그의 성실성을 믿기는 했지만, 내가 마음대로 진로를 선택할 수 있는 한 결코 다시는 군주들이나 각료들을 신뢰하지는 않겠다고 굳게

결심했기 때문에, 따라서 그의 호의에 심심한 감사의 뜻을 표한 뒤, 나를 붙들어두지 말아달라고 겸손하게 간청했다.

행운일지 불운일지는 몰라도, 하여간 운명이 내 앞에 배를 던져준 이 마당에, 나는 이토록 강력한 두 군주들 사이에서 불화의 씨가 되기보다 차라리 바다로 나가 모험을 할 작정이라고 말했다.

황제는 불쾌한 기색을 전혀 내보이지 않았다. 그 후 우연한 사건 때문에 알게 되었지만, 그는 내 결심에 대해서 매우 기쁘게 여겼고, 대부분의 각료들도 마찬가지였다.

이러한 여러 사정들 때문에 나는 예정했던 것보다 더 빨리 출발을 서둘렀고, 나의 출발을 초조하게 기다리던 왕궁의 각료들은 자진해서 기꺼이 협조해주었다.

보트에 달 돛 폭 2개를 제조하기 위해 500명의 인부들이 동원되었다. 그들은 나의 지시에 따라 가장 질긴 아마포를 13겹으로 포개어 바느질했다.

나는 가장 굵고 질긴 그들의 밧줄을 10개, 20개 또는 30개를 한꺼번에 꼬아서 내가 쓸 밧줄을 엮느라고 혼이 났다. 그리고 오랫동안 해변을 뒤진 끝에 우연히 발견한 커다란 바위를 닻으로 삼았다. 소 300마리를 짠 쇠기름은 보트를 칠하거나 다른 용도로 사용했다. 여러 개의 노와 돛대를 만들기 위해 목재용의 가장 큰 나무들을 베어내는 일은 엄청나게 힘들었다. 그러나 황제의 조선 기술자들이 큰 도움이 되었다.

내가 나무를 잘라오는 거친 작업을 마치면, 그들이 매끄럽게 다듬는 작업을 맡아주었던 것이다.

한 달 가량 지나 모든 준비가 끝났다. 나는 황제의 출항 허가서를 받아오도록 왕궁으로 사람을 보냈다. 황제가 황족들을 거느리고 왕궁에서 나왔다. 나는 땅바닥에 누운 채, 그가 친절하게도 내밀어준 손에 키스했다. 황후와 젊은 왕자들도 손을 내밀어 일일이 키스해주었다.

황제는 200스프루그씩 황금이 각각 들어 있는 주머니 50개를 선물로 주었다. 그리고 실물대 크기의 자기 초상화도 주었는데, 나는 그것이 파손되지 않도록 하기 위해 즉시 장갑 한쪽에 끼워 넣었다. 출항 직전에 거행된 예식은 하도 많아서 그것을 가지고 여기서 독자들을 귀찮게 할 생각은 없다.

그리운 조국으로 돌아가다

나는 소 100마리와 양 300마리의 날고기, 거기에 상응할 빵과 음료, 그리고 400명의 요리사를 동원해야 요리할 수 있는 그런 분량의 양념한 고기를 보트에 실었다. 살아 있는 암소 6마리와 황소 12마리, 그리고 같은 수의 암컷과 수컷의 양도 산 채로 실었는데, 그것은 영국에 데려가서 번식시킬 작정이었던 것이다. 배에서 가축들에게 먹일 커다란 건초더미와 옥수수 자루도 각각 하나씩 실었다.

그 나라 사람들을 12명 가량 기꺼이 데려갈 생각이었지만,

그것만은 황제가 절대로 허락할 수 없다고 말했다. 황제는 내 주머니들을 샅샅이 뒤졌을 뿐만 아니라, 비록 본인이 동의하고 희망한다고 해도, 자기 백성을 단 한 명도 데려가지 않겠다고 명예를 걸고 맹세하라고 요구했다.

내가 할 수 있는 한 모든 항해 준비를 마친 뒤, 1701년 9월 24일 아침 6시에 돛을 올렸다. 동남풍을 받으며 북쪽으로 19킬로미터 가량 항해하고 났을 때는 저녁 6시였는데, 그때 나는 서북쪽으로 2400미터 떨어진 작은 섬을 발견했다.

나는 그쪽으로 배를 몰아간 다음, 바람이 불지 않는 곳에서 닻을 내렸다. 그 섬은 무인도로 보였다. 나는 식사를 약간 하고 나서 자리에 누웠다. 편안하게 잠을 잤다.

그리고 잠을 깬 지 2시간 만에 날이 밝았으니까 적어도 6시간은 잤을 것이다. 구름 한 점 없이 맑은 밤하늘이었다. 해가 뜨기 전에 아침을 먹고는 닻을 올렸다.

순풍을 받으면서 전날과 같은 방향으로 항로를 잡았는데, 방향은 주머니 나침반을 보고 정했다.

나는 반디맨 섬의 동북쪽에 여러 섬이 있다는 믿을 만한 근거가 있었고, 그래서 가능하면 그 가운데 한 섬에 도착할 작정이었다. 그 날은 아무것도 발견하지 못했다.

그러나 다음날 오후 3시경, 블레푸스쿠에서 115킬로미터 정도 떨어진 곳에 이르렀다고 계산하고 있을 때, 동남쪽으로 항해하는 범선을 발견했다. 나의 항로는 동쪽을 향해 있었다.

목청껏 소리쳐 불렀으나 저쪽에서는 아무런 응답이 없었다. 바람이 약해지는 것을 보고 나는 그 배에 접근할 수 있다는 것을 깨달았다. 돛이란 돛은 모두 올렸다. 그러자 30분이 지나지 않아 저쪽에서 나를 발견하고는 깃발을 내걸고 대포를 쏘았다.

사랑하는 조국과 내 가족들을 다시 만날 수 있다는 뜻밖의 희망을 품게 된 그 순간 내가 맛본 기쁨이란 제대로 표현하기가 쉽지 않다. 그 배가 속도를 늦추었고, 나는 9월 26일 오후 5시와 6시 사이에 보트를 그 배에 댔다. 그리고 그 배에 걸린 영국 국기를 보자 가슴이 한층 두근거렸다.

소와 양을 외투 주머니에 넣은 다음, 나머지 식량 자루들을 들고 배에 올랐다. 그 배는 일본에서 북해와 남해를 통해 귀항하는 영국 상선이었다. 데프트포드 출신인 존 비델 선장은 매우 예의바른 신사에다가 탁월한 뱃사람이었다. 그때 우리 위치는 남위 30도였다.

그 배에는 50명 가량이 타고 있었는데, 그 가운데 피터 윌리엄즈라고 하는 나의 옛 동료를 만났고, 그는 선장 앞에서 나를 훌륭한 인물이라고 칭찬했다. 선장은 친절하게 나를 대우했는데, 최근에 어디에서 출항해서 어디로 가는 중이냐고 나에게 물었다.

나는 간략하게 대답했다. 그러나 그는 내가 위험을 많이 겪은 탓에 머리가 이상해져서 미친 소리를 늘어놓는다고 보았다. 그래서 나는 검은 색의 소와 양들을 외투 주머니에서 꺼냈다. 소스라치게 놀란 선장은 내 말이 사실이라는 것을 믿게 되었다.

이어서 블레푸스쿠 황제가 선물한 황금과 그의 실물대 초상화, 그리고 그 나라의 다른 진귀한 물건들도 보여주었다.

나는 황금 200스프루그씩 각각 들어 있는 주머니 2개를 선

장에게 선물하는 한편, 영국에 도착하면 새끼를 밴 암소와 양을 각각 한 마리 선물하겠다고 약속했다.

전반적으로 매우 순조로웠던 이 항해를 세세히 기록해 독자들을 괴롭히지는 않겠다.

우리는 1702년 4월 13일 다운즈 항구에 도착했다. 항해 도중 단 한 가지 불운을 겪었는데, 그것은 선상에서 쥐들이 나의 양 한 마리를 물어간 일이다.

나는 살코기를 모조리 뜯긴 그 양의 뼈들을 쥐구멍에서 발견했다. 나머지 가축들은 무사히 데리고 상륙했고, 그리니치의 잔디 볼링장에 풀어놓아 길렀다.

영국의 풀이 그들에게 맞지 않을까 걱정했지만, 그곳의 풀은 매우 가늘어서 가축들이 마음껏 뜯어먹었다.

선장이 자기가 먹는 최고급 비스킷 여러 개를 내게 주지 않았더라면, 그 오랜 항해 기간 동안 나는 가축들을 제대로 보존하지 못했을 것이다. 나는 비스킷을 비벼 가루로 만든 뒤 물로 반죽하여 그들에게 날마다 먹였다. 영국에 잠시 머물러 있는 동안 나는 그 가축들을 수많은 귀족과 일반인들에게 구경시켜주고 꽤 많은 돈을 벌었고, 두번째 항해를 떠나기 전에 600파운드를 받고 모두 팔아 넘겼다.

마지막 항해에서 돌아온 뒤 나는 이 가축들이, 특히 양이 그 동안 꽤 많이 번식했다는 것을 알게 되었다. 이 양들은 털이 매우 섬세해서 모직물공업의 발전에 크게 기여할 것이라고 기대한다.

나는 외국의 여러 나라를 둘러보고 싶은 무한한 욕구 때문에 한 곳에 오래 정착할 수가 없었으므로, 귀국 후 가족과 함께 집에서 보낸 기간은 겨우 두 달밖에 안 된다. 아내에게 1500파운드를 남겨주었고, 그녀를 위해 레드리프에 있는 좋은 집 한 채도 마련해주었다.

나머지 재산은 처분해서 내가 일부는 현금으로 간직하고, 일부는 상품을 산 뒤, 재산을 크게 늘리겠다는 희망을 안고 항해에 나선 것이다.

큰아버지 존이 나에게 매년 30파운드 가량의 수입을 올리는 에핑 근처의 토지를 유산으로 물려주었다.

그리고 나는 페터 레인에 있는 블랙 불 농장을 장기간 임차하여 매년 30파운드 이상의 수입을 올렸다. 그래서 내 가족이 교회의 빈민구제 혜택을 받는 그런 비참한 신세가 될 위험은 없었다.

큰아버지의 이름을 따서 조니라고 이름을 지은 내 아들은 얌전한 아이로서 중학교에 다니고 있었다. (지금은 결혼해서 자녀들을 둔) 내 딸 베티는 그때 바느질을 배우고 있었다. 나는 두 눈에 눈물을 글썽이며 아내와 아들딸과 작별했다.

그리고 리버풀 출신 존 니콜라스 선장의 지휘 아래 수라트로 향하는 300톤짜리 상선 '어드벤처' 호에 올랐다. 그러나 이번 항해에 관한 이야기는 나의 여행기 제2부로 넘겨야만 하겠다.

제2부

거인족의 나라 브롭딩나그

제1장

엄청난 폭풍우를 만나다

대자연과 운명이 계속해서 나를 활발하고 불안정한 삶으로 몰아쳤기 때문에, 나는 귀국 후 10개월이 지나지 않아 다시 조국을 떠나게 되었다. 1702년 6월 20일 다운즈에서 '어드벤처'호에 승선했는데, 그 배는 코니시 지방 사람인 존 니콜라스 선장의 지휘 아래 수라트로 항해할 예정이었다.

희망봉에 도착할 때까지는 물결이 매우 잔잔했다. 식수를 마련하기 위해 그곳에 상륙했다. 그때 우리는 바닷물이 배에 스며드는 것을 발견했기 때문에, 화물을 내려놓은 뒤 그곳에서 겨울을 났다. 게다가 선장이 학질에 걸려서 3월말까지는 출범할 수가 없었다.

이윽고 그곳을 떠나 마다가스카르 해협을 통과할 때까지 항해가 순조로웠다. 그러나 마다가스카르 섬의 북쪽으로 남위 약 5도 지점에 이르렀을 때였다. 그 일대에서는 12월초부터 5월초까지 언제나 일정한 바람이 북서쪽에서 불어오는 법인데, 4월 19일에 북서쪽보다 한층 서쪽으로 기울어진 방향에서 평소보다 매우 강한 바람이 20일 동안이나 쉴새없이 불어왔다. 그래서 우리 배는 그 동안에 몰루카 제도의 약간 동쪽, 즉 선장이 관측한 바로는 북위 약 3도인 지점에 이르게 되었다.

그때 바람이 그치고 사방이 고요해서, 나는 적지 않게 유쾌했다. 그 일대의 항해에 경험이 풍부한 선장은 폭풍우에 대비하라고 우리 모두에게 지시했다. 남쪽 계절풍이라고 불리는 남쪽 바람이 불기 시작했기 때문에, 다음날 폭풍우가 닥쳤다.

폭풍에 돛이 견딜 수 없을 것으로 판단한 우리는 사형 돛을 내리고, 앞돛대의 큰 돛을 접을 준비를 했다. 한편 지독한 날씨에 대비해서 대포들이 단단히 고정됐는지 확인하고, 뒷돛대에 치는 세로 돛을 감았다. 배가 옆으로 꽤 기울어졌기 때문에 우리는 정면 돌파나 표류보다는 계속해서 달리는 것이 차라리 낫겠다고 생각했다.

우리는 앞돛대의 큰 돛을 줄여서 고정시킨 다음, 돛대 아래의 밧줄을 뒤로 잡아끌었다. 바람 부는 방향으로 열심히 키를 돌렸고, 배는 용감하게 잘 견디어냈다. 앞쪽의 느림밧줄을 단단히 잡아맸지만, 돛이 찢어졌다. 우리는 활대를 내리고 돛을 거두어들인 뒤 돛을 분리했다. 너무나도 심한 폭풍우였고, 바다는 이상하고 위험한 것으로 돌변했다.

우리는 방향타 손잡이에 연결된 밧줄을 잡은 채, 키를 조종하는 사람을 거들어주었다. 중간의 돛대는 치우지 않고 그대로 세워두었다. 배가 잘 달리는 중이었고, 또한 중간 돛대가 높이 서 있으면 배가 더 안전하다는 것을 알고 있었기 때문이다. 역시 배는 거침없이 잘 나아갔다.

폭풍우가 끝나자, 우리는 앞쪽의 큰 돛과 주범을 세우고, 바람이 불어오는 쪽으로 배를 돌렸다. 뒤쪽의 세로 돛과 꼭대기의 작은 돛들도 모두 올렸다. 우리 항로는 동북동쪽인데, 바람은 서남쪽에서 불었다.

우리는 우현에 있는 밧줄을 잡아당기고, 바람을 맞는 방향의 밧줄들을 늘렸으며, 바람이 불어가는 쪽의 밧줄을 잡아당겼다. 그런 다음에 바람이 불어오는 쪽의 돛을 조이는 밧줄을 앞으로 바짝 잡아당겨서 고정시켰다. 그리고 뒤쪽 돛대의 밧줄을 잡아당겨 돛이 바람을 가득 받고, 배가 최대한으로 기울어지게 했다.

강한 서남서풍에 이어서 닥친 이 폭풍우가 계속되는 동안, 배가 내 계산으로는 약 2400킬로미터 동쪽으로 이동했기 때문에, 나이가 가장 많은 선원조차도 그 위치를 알 수가 없었다. 식량이 넉넉하고, 배가 튼튼했으며, 선원들도 모두 건강했는데, 가장 고통스러운 것은 먹을 물이 부족하다는 사실이었다.

우리는 항로를 북쪽으로 더 돌리는 것보다는 그대로 계속해서 항해하는 것이 낫다고 생각했다. 좀더 북쪽으로 방향을 틀면 타타르족의 거대한 왕국을 지나 얼어붙은 바다에 이를 위험이 있다고 보았기 때문이다.

1703년 6월 16일, 중간 돛대 꼭대기에 있던 소년이 육지를 발견했다. 다음

날 우리는 커다란 섬 또는 대륙(그것이 어느 쪽인지 우리는 몰랐다)을 정면으로 바라보았다. 그 섬의 남쪽에는 바다로 돌출한 작은 곳이 있고, 100톤 이상의 배는 들어갈 수 없을 정도로 수심이 얕은 물줄기가 보였다.

우리는 그 물줄기에서 4.8킬로미터 가량 되는 곳에 닻을 내렸다. 선장은 단단히 무장한 12명의 선원을 커다란 보트에 태워서 파견했는데, 물을 발견하면 채워오라고 물통들도 같이 실었다. 나는 그곳 지형을 보고 싶었고, 또 가능하면 한 가지라도 새로운 것을 발견하려는 심정에서 선장에게 그 보트에 타겠다는 허락을 받았다.

그곳에서는 강과 샘은 물론 사람이 살고 있다는 흔적조차도 발견하지 못했다. 선원들이 마실 물을 찾아내기 위해 해안 근처를 돌아다니는 동안, 나는 반대 방향으로 1600미터 가량 걸어갔는데, 그곳의 지형은 황량하고 바위투성이였다. 피로를 느끼기 시작했고, 또 호기심을 충족시킬 만한 것을 하나도

발견하지 못한 나는 얌전히 물줄기 쪽으로 내려갔는데, 바다가 한눈에 들어왔다.

그러자 이미 보트에 올라탄 선원들이 죽을힘을 다해서 배를 향해 노를 젓고 있는 모습이 보였다. 아무 소용 없는 짓이었겠지만, 내가 그들을 소리쳐 부르려고 하는 순간, 거대한 괴물이 최대한의 속도로 그들의 뒤를 쫓아 바다로 걸어 들어가는 것이 보였다.

바닷물이 그의 무릎까지 올라왔고 그 걸음의 폭이 매우 넓었지만, 선원들은 그보다 2.4킬로미터를 앞서가고 있었고, 그 일대의 바다는 끝이 날카로운 바위로 뒤덮여 있었기 때문에 괴물은 보트를 잡지 못했다.

거대한 섬에 홀로 남게 되다

나는 이 모험의 결과를 감히 끝까지 구경하지 못한 채 줄행랑을 놓았기 때문에, 이 부분에 관한 이야기는 나중에 듣고 알게 된 것이다. 나는 걸음아 날 살려라 하면서 오던 길을 거꾸로 다시 달려간 뒤에 가파른 산으로 올라갔다. 거기서 나는 그 나라의 일부를 내다볼 수 있었다.

토지는 모두 잘 경작되어 있었지만, 내가 처음 놀란 것은 목초로 모아둔 것으로 보이는 풀의 길이가 6미터가 넘는다는 점이었다.

나는 간선도로에 들어섰다. 그곳 주민들에게는 밀밭 사이

의 둑길에 불과했지만, 나에게는 넓은 간선도로로 보였던 것이다. 그 길을 한참이나 걸어갔지만 좌우로 아무것도 볼 수가 없었다. 추수할 시기가 가까워서 밀밭의 줄기들이 적어도 12미터 이상 위로 솟아 있었기 때문이다.

한 시간을 걸어간 뒤에 겨우 그 밭의 가장자리에 도달했다. 밭을 둘러싼 울타리 역할을 하는 관목들의 높이는 최소한 40미터나 되었다. 그리고 나무들은 워낙 높아서 그 높이를 도저히 계산할 수 없었다.

울타리에는 이쪽 밭에서 저쪽 밭으로 넘어가는 계단이 설치되었는데, 4개의 발판을 올라가면 꼭대기에 커다란 돌이 놓여 있었다. 발판 하나의 높이가 180센티나 되고, 꼭대기의 돌은 6미터 이상 높았기 때문에, 나는 그 계단을 올라갈 수가 없었다.

관목들 사이에서 빈틈을 찾으려고 두리번거리고 있을 때, 바다에서 우리 보트를 뒤쫓아가던 괴물과 똑같은 크기의 원주민 한 명이 저쪽 밭에서 계단을 향해 다가오는 것을 발견했다. 그는 성당의 웬만한 첨탑의 높이만큼 키가 컸고, 한 걸음의 폭은 내 어림짐작으로 9미터 가량 되었다.

너무나도 극심한 공포에 사로잡혀 놀란 나는 황급히 밀밭으로 들어가서 숨었다. 거기서 내다보니 그는 계단에 올라선 채 오른쪽 밭을 향했다. 이어서 나팔소리보다 엄청나게 더 큰 목소리로 사람들을 부르는 것이었다. 그러나 그 목소리는 하도 높은 공중에서 들려왔기 때문에 나는 처음에 그것을 천둥소리라고 생각했다.

얼마 후 그와 비슷한 괴물 7명이 우리 것보다 6배나 큰 추수용 낫을 들고 다가왔다. 그들은 제일 먼저 밭에 나온 그보다 옷차림이 무척 허술했는데, 그의 지시에 따라 내가 숨어 있는 밭의 밀을 베기 시작한 것으로 보아, 그의 하인이나 고용된 노동자들 같았다. 나는 가능한 한 그들로부터 멀리 떨어지려고 애썼다.

그러나 밀대의 간격이 30센티미터도 채 되지 않을 때가 가끔 있어서 그 사이로 빠져나가기가 거의 불가능할 정도였기 때문에, 뒤로 후퇴하기가 엄청나게 힘들었다.

나는 몸을 돌려 앞으로 나아가서 밀짚을 노천에 쌓아놓은 곳에 이르렀다. 거기서 한 걸음도 더 나아갈 수가 없었다. 왜냐하면 밀짚이 하도 촘촘히 쌓여 있어서 기어들어갈 틈도 없고, 땅에 떨어진 밀 이삭의 수염이 너무나도 억세고 날카로워서 내 옷을 뚫고 들어와 살을 찔렀기 때문이다.

그때 90미터도 채 안 되는 뒤쪽에서 그들이 떠드는 말소리가 내 귀에 들려왔다. 달아나느라고 거의 탈진상태인데다가 비탄과 절망에 완전히 압도당한 나는 밭이랑 사이에 드러누웠다.

그리고 그 자리에서 내 생애가 끝장나기를 진심으로 바랐다. 쓸쓸한 과부가 될 아내와 아버지 없는 자식이 될 아들과 딸을 위해 비통한 눈물을 흘렸다. 친구와 친척들이 한결같이 충고하는데도 그것을 뿌리친 채, 두번째 항해를 감행한 나의 어리석음과 고집을 한탄했다.

그렇게 참혹한 상태로 정신이 오락가락하는 가운데에서도 나는 릴리퍼트를 회상하지 않을 수가 없었다.

그들은 나를 이 세상에 나타난 가장 위대한 존재로 우러러

보았다. 거기서 나는 황제의 함대를 한 손으로 끌어올 수 있었다. 그리고 그 제국의 역사에 영원히 기록될 다른 여러 가지 일도 했다. 수백만 명이 증언했다고 해도 그 후손들은 나에 관한 기록을 믿지 않을 것이다. 그 릴리퍼트의 초미니 인간 한 명이 영국에 온 경우와 마찬가지로, 내가 그처럼 보잘것없는 인간으로 이 나라에 나타났다고 생각하니 더욱 속이 상했다.

그러나 이것은 앞으로 닥칠 불운 가운데 가장 작은 일에 불과할 것이라는 생각이 들었다. 왜냐하면 인간이란 덩치가 크면 클수록 그만큼 더욱 야만적이고 잔인하다는 것을 잘 보아 왔기 때문이다.

이 거대한 야만인들 가운데 나를 먼저 잡는 놈이 한입에 처넣을 것이다. 그것 이외에 내가 무엇을 바랄 수 있었겠는가? 비교를 하지 않으면 큰 것도 작은 것도 있을 수가 없다고 말하는 철학자들은 분명히 옳다.

거인의 손에 들어올려지다

릴리퍼트 원주민들이 나와 비교될 때 미세하게 작은 것처럼, 그들도 자기들에 비해서 미세하게 작은 사람들이 사는 나라를 발견하는 행운을 얻을지도 모른다. 그리고 우리가 아직은 발견하지 못했지만, 지상의 어느 곳에서는 이 거인족조차도 그곳 주민에 비하면 미세하게 작은 존재에 불과한 그런 나라가 있을지 누가 알겠는가?

겁에 질리고 정신이 산란스러웠지만, 나는 그런 생각에 잠
기지 않을 수 없었다. 이윽고 추수하는 괴물 한 명이 내가 드
러누워 있던 밭이랑에서 9미터 떨어진 곳까지 다가왔다. 그
가 한 걸음만 더 옮기면 나는 그의 발 밑에 깔려 으스러져 죽
거나, 거대한 낫에 내 몸이 두 동강이 날 것이 분명했다.

그래서 그가 다시 움직이려는 순간, 나는 공포에 질린 사람
이 낼 수 있는 최대 한도의 비명을 내질렀다. 그러자 거대한
괴물은 우뚝 선 채 잠시 아래쪽을 두리번거리며 살펴보다가
드디어 땅에 누워 있는 나를 발견했다.

그는 작으면서도 위험한 동물을 잡으려고 할
때와 마찬가지로 조심하면서 잠시 궁리했다.

내가 영국에서 가끔 족제비를 잡을 때,
그놈이 할퀴거나 물지나 않을까 조심했던
것처럼, 그도 나에 대해서 그런 염려를 했
던 것이다. 드디어 그는 엄지손가락과 검
지손가락으로 나의 등 한가운데를 잡는
모험을 감행했다.

그리고 내 모습을 좀더 자세히 보
려고 자기 눈에서 2.7미터쯤 떨어
진 거리에 나를 들어올렸다. 나는
그의 의도를 알아차렸고, 천만다행
으로 그때 내 정신이 너무나 말짱
했기 때문에, 그가 나를 지상에서
18미터 되는 공중에 쳐들고 있는

동안에 조금이라도 몸을 꿈틀거리지 않기로 굳게 결심했다.

왜냐하면 그가 나의 양 옆구리를 단단히 잡고 있었다 해도, 나는 손가락 사이로 미끄러져 떨어지지나 않을까 두려웠기 때문이다. 내가 감히 한 행동이란, 내가 그때 처한 상황에 알맞는 것, 즉 해를 쳐다보면서 간청하는 자세로 합장을 하고, 비굴하고 애처로운 어조로 몇 마디 말을 했을 뿐이다.

왜냐하면 미세하고 지겨운 동물을 죽이고 싶을 때 우리가 하는 것처럼, 그도 나를 땅바닥에다 패대기치지나 않을까 하는 걱정에 내내 휩싸여 있었기 때문이다. 그러나 행운의 여신이 나를 버리지 않았는지, 그는 내 목소리와 몸짓을 보고 기뻐하는 것 같았다.

그리고 내가 또박또박 말하는 내용을 알아듣지는 못했지만, 내가 말을 한다는 것 자체에 매우 놀라고는 나를 신기한 동물로 여기기 시작했다.

그 동안 나는 신음을 토하고 눈물을 흘리지 않을 수 없었다. 그리고 옆구리 쪽으로 고개를 돌린 채, 내가 그의 엄지손가락과 검지손가락의 압력 때문에 얼마나 지독한 고통을 당하고 있는지를 이해시키려고 최대한으로 안간힘을 썼다. 그는 그것을 알아들은 모양이었다.

왜냐하면 자기 외투의 주머니 뚜껑을 들더니 나를 조심조심 올려놓았기 때문이다. 그는 즉시 자신의 주인에게 달려갔다. 계단에서 내가 처음 보았던 그 주인은 상당한 토지를 경작하는 농부였다.

(그들의 대화를 듣고 내가 추측한 것이지만), 농부는 나에 관한 하인의 설명을 듣고 나서, 지팡이만한 크기의 작은 밀짚

한 토막을 집더니, 내 외투 주머니 뚜껑을 들쳐보았다. 그는
나의 외투를 대자연이 내게 준 껍질로 생각했던 모양이었다.
그는 내 얼굴을 좀더 자세히 보기 위해 내 머리카락을 한쪽으
로 불어 날렸다. 그는 주위의 하인들을 모두 불러모으고는,
(내가 나중에 알게 된 일이지만) 나와 비슷한 작은 동물을 밭
에서 본 적이 있는지 물었다.

그 다음에는 내가 기어다니는 자세로 엎드리도록 땅바닥에 사뿐히 내려놓았다. 그러나 나는 즉시 똑바로 일어났고, 도망칠 의사가 없다고 알리기 위해 천천히 앞뒤로 거닐었다. 그들은 나의 동작을 좀더 똑똑히 바라보기 위해 주위에 빙 둘러앉았다. 나는 모자를 벗고 농부를 향해 깊이 머리를 숙여 인사했다. 무릎을 꿇고 고개를 쳐들고 두 팔을 벌린 채, 있는 힘을 다해 큰 소리로 몇 마디 외쳤다.

그리고 주머니에서 금화자루를 하나 꺼내 그에게 바쳤다. 그는 손바닥으로 받아 그것이 무엇인지 알아보기 위해 눈 가까이 가져간 다음, (팔 소매에서 꺼낸) 핀 끝으로 여러 번 굴려보았지만 도무지 알 수가 없었다. 그래서 내가 그의 손을 땅바닥에 내려놓으라고 몸짓을 해 보였다. 그리고 자루를 열어서 금화들을 그의 손바닥에다 모두 쏟아놓았다.

2, 30개의 작은 금화들 이외에도 4피스톨짜리 스페인 금화 6개가 나왔다. 나는 그가 새끼손가락 끝을 혀에 대어 침을 묻히고는 가장 큰 금화들과 작은 금화들을 차례로 집어올리는 것을 보았다. 그러나 무슨 물건인지 전혀 모르는 듯했다.

그는 나에게 금화들을 다시 자루에 넣고, 자루도 다시 내 주머니에 집어넣으라고 신호했다. 나는 금화자루를 받으라고 그에게 여러 번 내밀었지만, 결국 내 주머니에 넣어두는 것이 상책이라고 생각했다.

그제야 농부는 내가 이성적 동물이라는 사실을 확신했다. 그는 자주 내게 말을 했지만, 그 목소리는 물레방아 돌아가는 소리처럼 내 귀에 울릴 뿐이었다.

그러나 그의 말은 음절이 뚜렷했다. 나는 여러 나라의 말을

동원해서 목청껏 대답했고, 그는 자주 2미터까지 자기 귀를 갖다대었지만, 아무 소용이 없었다. 우리는 서로 말이 전혀 통하지 않았던 것이다.

이윽고 작업을 계속하라고 하인들을 내보낸 뒤, 그는 주머니에서 손수건을 꺼내 한 번 접은 다음 자기 왼쪽 손에 펼쳐놓았다. 손바닥을 위로 향한 채 손등을 땅바닥에 댄 다음, 나더러 거기 올라가라고 신호했다. 손바닥의 두께가 30센티미터 못 미쳤기 때문에 나는 쉽게 올라갈 수 있었다.

나는 그의 말에 복종하는 것 이외에는 방법이 없다고 생각했다. 그는 내가 떨어질까 염려한 끝에 손수건 위에 나를 올려놓고는 좀더 안전하도록 내 머리 위까지 손수건 자락으로 덮어 자기 집으로 데려갔다. 그리고 아내를 소리쳐 부르고는 나를 구경시켜주었다.

그러나 영국의 여자들이 두꺼비나 거미를 보고 기겁하듯이 그녀도 비명을 지르고 달아났다. 그렇지만 얼마 후 나의 태도를 지켜보고, 내가 자기 남편의 신호를 얼마나 알아듣는지 깨달았다. 그녀는 즉시 마음을 고쳐먹고는 점점 나를 대단히 귀여워하게 되었다.

거인들과 식사를 나누다

정오가 되어 하인이 음식 접시를 들고 들어왔다. (농부의 일반적인 형편에 알맞는) 유일한 고기요리 접시인데, 그 접시의 직경이 7.2미터나 되었다. 식탁에는 농부와 아내, 자녀 3명과 할머니가 둘러앉았다.

농부는 자기에게서 좀 떨어진 식탁 위에 나를 내려놓았다. 식탁의 높이가 9미터나 되어 나는 격심한 공포에 사로잡혔고, 거기에서 추락할까 두려운 나머지 가장자리에서 최대한 멀리 떨어진 자리에 있었다. 농부의 아내는 고기를 얇게 베어내고, 빵 부스러기를 나무접시에 담아 내 앞에 놓았다.

나는 그녀에게 공손히 절을 한 뒤, 나이프와 포크를 꺼내어 음식을 먹기 시작했다. 그들은 내가 식사하는 모습을 바라보

고는 더없이 기뻐했다. 여주인은 하녀에게 제일 작은 컵을 가져오게 하고는 거기 술을 채웠다.

13리터 이상 들어가는 그 컵을 나는 두 손으로 간신히 든 다음, 영어로 "안주인의 건강을 위하여"라고 목청껏 소리쳤다. 그리고 가장 점잖은 태도로 마셨다. 나의 태도를 본 가족들이 모두 허리를 잡고 웃는 바람에 나는 그 요란한 웃음소리로 귀가 거의 멀 지경이었다. 약한 사이다 맛을 내는 그 술은 그리 나쁘지 않았다.

이윽고 농부가 나더러 자기 나무접시 근처로 다가오라는 신호를 했다. 너그러운 독자들은 쉽게 이해하고 용서해줄 일이지만, 나는 식탁 위를 걸어다닐 때 언제나 엄청난 위험에 직면하곤 했는데, 그때도 빵 부스러기에 걸려서 앞으로 고꾸라지고 말았다. 그러나 하나도 다치지 않았다.

즉시 벌떡 일어났는데, 착한 가족들이 몹시 걱정하는 것을 보고 나는 (예의상 겨드랑이에 끼고 있던) 모자를 손으로 잡아서 머리 위로 흔들면서 만세를 세 번 불렀다. 그것은 내가 전혀 다치지 않았다는 것을 보여주려고 한 것이다.

그러나 나의 주인(이제부터는 농부를 그렇게 부르겠다)을 향해 전진하고 있는데, 그의 곁에 앉아 있던 11세 정도의 큰아들이 내 두 다리를 잡고 공중으로 높이 거꾸로 쳐드는 바람에 나는 바들바들 온몸을 떨었다.

그러자 주인이 나를 낚아채는 것과 동시에 유럽의 기병대대를 모조리 쓰러뜨릴 만큼 엄청난 힘으로 아들의 왼쪽 귀를 후려갈겼다. 그리고 식탁에서 썩 물러가라고 명령했다.

나는 주인의 아들이 나에게 앙심을 품을까 두려워했고, 우

리 사회의 모든 어린이들이 참새와 토끼, 고양이 새끼와 강아지에게 얼마나 잔인한 짓을 하는지 너무나 잘 기억하고 있었기 때문에, 무릎을 꿇은 채 그 아들을 가리키면서 용서해주기를 바란다는 뜻을 주인에게 전달하려고 무진 애를 썼다.

주인이 내 말에 동의했고, 아들은 다시 의자에 앉았다. 이윽고 나는 아들에게 다가가 그의 손에 키스했는데, 주인이 자기 아들의 손을 잡아서 나를 부드럽게 어루만져주게 했다.

식사 도중, 농부의 아내가 귀여워하는 고양이가 그녀의 무릎으로 뛰어 올라갔다. 내 등뒤에서 양말 짜는 직공 12명이 직기에서 작업을 하는 것과 비슷한 소음이 들려왔다.

뒤를 돌아보고는 그것이 고양이가 그르렁대는 소리라는 것을 깨달았다. 여주인이 고양이에게 먹이를 주고 쓰다듬는 동안 그 머리와 앞발 하나를 보고 전체 덩치를 계산해보았는데, 영국 황소의 3배나 되는 듯했다.

나는 15미터 가량 거리를 두고 식탁 반대편에 서 있었지만, 그리고 그놈이 펄쩍 뛰어 앞발로 나를 잡을까 염려한 여주인이 그놈을 단단히 붙잡고 있기는 했지만, 그놈의 험악한 얼굴을 보고 몹시 불안에 떨었다. 그러나 별다른 위험은 없었다. 주인이 나를 고양이로부터 2.7미터 가량 떨어진 거리에 내려 놓았는데도, 그놈은 나를 전혀 거들떠보지도 않았던 것이다.

늘 들어온 이야기인데다가 내가 여행 체험으로 옳다고 깨 달은 것이지만, 맹수 앞에서 달아나거나 겁을 내면 맹수에게 추격당하거나 공격당하는 법이다. 그래서 그때처럼 위험한 순간에도 나는 겁내는 기색을 조금도 드러내지 않기로 결심 했다.

나는 고양이의 얼굴을 향해 대여섯 차례 다가가는 만용을 부렸고, 45센티미터 이내로 접근했다. 그러자 고양이는 내가 자기를 두려워하는 것보다 오히려 자기가 나를 더 두려워한 다는 듯이 뒤로 물러섰다. 농가에서는 흔한 일이지만, 개가 서너 마리 식당 안으로 들어오곤 했는데, 고양이보다는 덜 걱 정스러웠다.

한 마리는 털이 짧고 덩치가 큰 맹견인 마스티프인데, 그 덩치는 코끼리 4마리를 합친 것만큼 컸다. 또 한 마리는 그레이하운드 사냥개였는데, 마스티프보다 키는 컸지만 몸집은 약간 작았다.

식사가 거의 끝날 무렵, 한 살 된 아기를 안은 유모가 들어왔다. 나를 즉시 바라보게 된 아기는 런던 브리지에서 첼시까지 들릴 정도로 어마어마한 고함을 치면서 떼를 썼다.

아기들이 늘 하는 버릇처럼 나를 장난감으로 달라고 소리친 것이었다. 응석을 받아준다는 단순한 생각에서 아기 어머니가 나를 집어서 아기에게 내밀었는데, 아기가 내 허리를 쥐고는 머리를 자기 입에 처넣었다.

내가 하도 고래고래 악을 쓰는 통에 아기가 깜짝 놀라서 나를 떨어뜨렸다. 아기 어머니가 앞치마로 나를 받아주지 않았더라면, 틀림없이 내 목이 부러졌을 것이다. 유모가 아기를 달래기 위해 방울을 흔들었다. 그것은 빈 그릇에 커다란 돌을 몇 개 집어넣고 줄을 연결해서 아기 허리에 묶어둔 것이었다.

하지만 아무 소용이 없었기 때문에 마지막 수단을 동원할 수밖에 없었다. 즉 아기에게 젖을 빨린 것이다.

내가 고백하건대, 그 유모의 괴상한 젖통보다 더 구역질나는 물건을 여태껏 본 적이 없고, 호기심 많은 독자들에게 그 젖가슴의 크기와 모양과 색깔에 대해 어느 정도 설명하기 위해서는 그것과 비교할 것이 있어야 하는데, 도무지 그런 것을 찾아낼 수 없다는 점이다.

그것은 가슴에서 180센티미터 솟아올랐고, 둘레는 4.8미터나 되었으며, 그 젖꼭지는 내 머리통의 절반 정도였다. 그리고 젖통과 젖꼭지의 색깔은 수많은 반점, 뾰루지, 주근깨의 상이한 색깔 때문에 세상에서 가장 심한 구역질을 일으키는 것이었다.

아기가 좀더 젖을 잘 먹을 수 있는 그런 자세로 유모가 앉아 있었고, 나는 식탁 위에 서 있었기 때문에, 나는 그녀를 자세히 들여다볼 수 있었다.

그때 나는 영국 귀부인들의 흰 살결을 머리 속에 떠올렸다. 귀부인들이 우리 눈에 아름답게 보이는 것은, 그들이 우리와 같은 크기의 인간이고, 또 그들의 추한 부분이 현미경을 통하지 않고는 보이지 않기 때문일 뿐이다. 실험을 해보면, 가장 매끄럽고 가장 흰 살결도 거칠고 투박하며, 색깔도 나쁘게 보인다는 것을 깨달을 수 있다.

릴리퍼트에 있을 때, 이 초미니 인종의 살결이 내 눈에는 이 세상에서 가장 희게 보였던 것이 생각난다. 나의 절친한 친구인 그곳의 학자와 그 테마에 관해서 논의했는데, 그가 말하기를 내 살결은 내가 자기를 손에 받쳐들고 가까이 바라보게 할 때보다도 땅바닥에서 쳐다볼 때 훨씬 더 희고 부드러운 것이었다고 한다.

처음 가까이 보았을 때 그것은 대단히 충격적인 광경이었다고 한다. 그는 내 피부에서 거대한 구멍들을 발견했고, 턱수염의 그루터기 털들은 산돼지의 털보다도 10배나 억센 것이었다고 한다. 피부색 역시 보기 싫은 여러 색깔이 뒤섞인 것이라고 했다.

물론 나는 자신을 위해 한마디 해야겠다. 내 피부는 대부분의 영국 남자들과 마찬가지로 희고, 여행을 해도 거의 타지 않았다. 반면에 그는 황제의 궁궐에 있는 귀부인들에 관해서 이야기를 하면서, 어떤 귀부인은 주근깨가 많고, 어떤 귀부인은 입이 너무 크며, 어떤 귀부인은 코가 너무 큰데도, 내가 전혀 그런 것을 구별하지 못했다는 것이다.

지금 고백하지만, 그 지적은 분명히 옳았다. 그러나 여기서 되풀이하지 않을 수 없는 것은, 이 거인족이 실제로 기형적인 괴물이라는 오해를 독자들이 하지 않도록 하려는 목적 때문이다. 있는 그대로 설명하자면, 거인족은 잘생긴 종족이고, 특히 나의 주인의 얼굴은, 비록 농부이기는 하지만, 내가 18미터 아래에서 올려다볼 때, 균형이 매우 잘 잡혀 있었다.

식사를 마치고 주인은 하인들을 감독하러 나갔는데, 그의 목소리와 몸짓으로 미루어, 나를 잘 돌보라고 아내에게 단단히 지시한다는 것을 알아차릴 수 있었다.

나는 너무나 피곤해서 잠을 자고 싶었다. 그녀가 그것을 알아채고는 나를 자기 침대에 눕힌 다음, 흰색의 깨끗한 손수건으로 덮어주었는데, 그 손수건은 군함의 제일 큰 돛보다도 더 크고 거친 것이었다.

나는 2시간 가량 자면서 아내와 아이들과 함께 집에서 지내는 꿈을 꾸었다. 잠에서 깨어나, 60 또는 90미터의 폭에다가 60미터 이상이나 천장이 높은 방에서 폭이 18미터인 침대에 홀로 누워 있는 자신을 발견했을 때, 그 꿈 때문에 나의 슬픔은 한층 심해지기만 했다.

여주인은 집안 일을 돌보기 위해 나가면서 문을 잠궜다. 침대의 높이는 바닥에서 7미터가 조금 넘었다. 나는 배설을 해야 했기 때문에 바닥으로 내려가야만 했다. 그러나 고함쳐서

사람을 부를 생각을 감히 하지 못했다. 고함쳤다고 해도, 아무 소용이 없었을 것이다. 내 목소리 따위가 내가 누워 있는 침실에서 엄청나게 먼 거리에 있는 부엌에까지 도달할 리가 없었던 것이다.

그렇게 난처한 지경에 처해 있을 때, 쥐 2마리가 커튼을 타고 올라왔다. 그리고 코를 킁킁거리면서 침대 위에서 앞으로 뒤로 뛰어다녔다. 한 마리가 내 얼굴 가까이 다가왔다. 깜짝 놀란 나는 자신을 방어하기 위해 단검을 빼들었다. 이 무시무시한 동물들이 용감하게도 양쪽에서 공격해왔다.

한 마리가 앞발로 내 옷깃을 잡았는데, 그놈이 나를 해치기 전에 운 좋게도 내가 그 배를 갈라버렸다. 그놈이 내 발 아래 쓰러졌다. 동료의 운명을 본 다른 쥐는 달아났지만, 이미 나는 그놈의 등에 커다란 상처를 입혔고, 그래서 그놈은 피를 흘리면서 달아났다. 그런 공적을 세운 다음, 나는 용기를 더

욱 가다듬고 숨결을 고르게 하기 위해서 침대 위를 가만가만
거닐었다.

그 쥐들은 덩치가 특히 큰 영국의 마스티프 맹견만큼 컸지
만, 한층 민첩하고 난폭했다. 그래서 내가 혁대를 풀어놓고
잠이 들었더라면, 틀림없이 온몸이 찢겨서 잡아먹혔을 것이
다. 죽은 쥐의 꼬리를 재어보았더니, 그 길이는 177센티미터
나 되었다. 여전히 피를 흘리고 있는 쥐를 끌어다가 침대에서
떨어뜨릴 기분이 나지 않았다.

아직 목숨이 붙어 있다는 것을 알아챈 나는 그 목을 가로로
세차게 베어서 아주 처치해버렸다.

오래지 않아 여주인이 침실로 들어왔는데, 피투성이가 된
나를 보고는 달려와서 한 손으로 나를 집어들었다. 나는 죽은
쥐를 가리키는 한편, 미소를 띄우면서 내가 전혀 상처받지 않
았다는 신호를 보냈다.

그러자 그녀는 말할 수 없이 기뻐했고, 하녀를 소리쳐 부른
뒤, 부젓가락으로 죽은 쥐를 집어서 창 밖으로 내버리라고 지
시했다. 이윽고 그녀가 나를 식탁 위에 올려놓았다. 나는 피
투성이 단검을 보여주고는 외투 주머니 뚜껑으로 칼날을 씻
은 뒤에 칼집에 꽂았다.

나는 배설이 몹시 급했고, 그것은 아무도 대신 해줄 수 없
는 일이었다. 그래서 그녀에게 나를 마루에 내려놓아주기를
바란다는 뜻을 이해시키려고 애를 썼다. 그녀가 나를 마루에
내려놓자 나는 문을 가리키며 여러 번 허리를 굽히는 몸짓 이
외에는 수치감 때문에 더 이상 내 의사를 표시하지 않았다.

그 착한 여인은 드디어 내가 원하는 것을 간신히 알아차렸

고, 한 손으로 다시 나를 집어들고는 정원으로 들어가서 내려 놓아주었다. 나는 180미터 가량 한쪽으로 더 걸어가서는 그녀에게 쳐다보거나 따라오지 말라고 신호한 뒤, 참소리쟁이 잎사귀 2개 사이에 몸을 숨긴 채 대변을 보았다.

내가 이런 사항들 그리고 유사한 내용에 관해서 길게 늘어 놓는 것을 친절한 독자들은 용서해주기 바란다. 비굴하고 천박한 사람들에게는 이러한 일들이 아무리 무의미하게 보일지라도, 철학자에게는 분명히 그의 사상과 상상력을 확대시키고, 그들은 그 사상과 상상력을 개인 생활뿐만 아니라 공공이익을 위해서도 적용시킬 것이다.

이것은 내가 이 여행기와 다른 여행기들을 세상에 공개하는 유일한 목적이다. 그리고 나는 학식이나 문장 스타일로 여행기를 장식할 의도 없이, 주로 진실을 추구해왔다.

그러나 이 항해의 전체 장면이 내 마음에 너무나 강한 인상을 심어 주었고, 내 기억에 너무 깊이 새겨져 있기 때문에, 중요한 상황은 한 가지도 누락시키지 않고 내용을 기록해두었다.

그러나 꼼꼼히 감수하는 과정에서 초고에는 들어 있었지만 별로 중요하지 않은 여러 대목들을 삭제했다. 그것은 여행가들이 사소한 것을 지루하게 늘어놓는다는 비난을 자주 받고, 또 그 비난이 어쩌면 근거 없는 것이 아닐지도 모르므로 나도 그런 비난을 받을까 우려했기 때문이다.

제2장

언어교육을 받다

나의 주인은 9살 난 딸이 있었다. 나이에 비해 조숙한 편이고, 바느질 솜씨가 대단히 뛰어났으며, 아기 인형의 옷을 입혀주는 데도 능숙했다.

그녀와 어머니는 아기 인형의 요람을 개조해서 내가 밤에 잠자리로 사용하게 했다. 그리고 그것을 작은 서랍에 넣고는 쥐들의 접근을 막기 위해 선반 위에 올려놓았다.

그것은 내가 그들과 함께 머무르는 동안 줄곧 내 침대로 사용되었다. 물론 내가 그들의 언어를 배우기 시작하고, 내가 원하는 것을 이해시킴에 따라 그것은 좀더 편리한 것이 되도록 점차 개조되었다.

이 어린 소녀는 눈치가 매우 빨라서, 내가 자기 앞에서 옷을 벗는 것을 한두 번 보자, 곧 나의 옷을 벗기거나 입힐 수 있었다.

그러나 내가 그 일을 혼자 하기를 그녀가 바랄 때는 거들어

달라고 한 적이 한 번도 없었다.

그녀는 나에게 셔츠 7장과 다른 아마포 내의들을 만들어주었다. 구할 수 있는 천 가운데 가장 부드러운 것으로 만들었다고는 하는데도, 역시 부대자루보다도 더 거친 것이었다.

또한 나를 위해 언제나 자기 손으로 빨래를 해주었다. 그뿐만 아니라 내게 그 나라의 언어를 가르치는 선생이 되었다. 내가 어떤 것을 손으로 가리키면, 그녀는 자기 언어로 그것을 의미하는 단어를 가르쳐주었다.

그래서 나는 며칠 만에 원하는 것은 무엇이든지 말할 수 있게 되었다. 성격이 매우 명랑한 그녀는 키가 12미터였지만, 나이에 비해서는 작은 편이었다.

그녀는 내게 '그릴드리그'라는 이름을 붙여주었다. 주인의 가족들이 모두 그 이름으로 나를 불렀고, 나중에는 그 나라 사람 전체가 그렇게 나를 불렀다. 그 말은 라틴어의 '나눈쿨루스', 이탈리아어의 '호문첼라티노', 그리고 영어의 '매니킨'이라는 단어에 해당한다.

나는 주로 그 소녀 덕분에 그 나라에서 목숨을 보존할 수 있었고, 그 나라에 머무르는 동안 우리는 한 번도 헤어진 적이 없었다. 나는 그녀를 '글룸달클리치' 즉 어린 유모라고 불렀다. 나에 대한 그녀의 보살핌과 애정에 관한 이 영광스러운 언급을 내가 누락시킨다면, 크게 배은망덕한 죄를 짓게 되는 것이다.

내가 본의 아니게 그녀에게 불명예를 주는 불행한 수단이 되지 않을까 크게 우려되기도 하지만, 나는 정말 그런 수단이 되기보다는 그녀의 은덕에 충분히 보답하는 일을 기꺼이 맡고 싶은 심정이다.

나의 주인이 밭에서 이상한 동물을 발견했다는 사실이 점점 주변에 알려지고 화제에 오르기 시작했다. 그 동물은 '스플라크누크' 정도의 크기인데, 모든 면에서 사람과 똑같은 형상을 하고, 사람의 모든 동작을 똑같이 흉내내며, 고유한 언어로 말하는 듯하고, 그 나라의 단어도 이미 여러 개 배웠다.

그는 두 발로 일어서서 걸어다니고, 길들여지고 온순해서, 부르면 오고, 일을 시키면 무엇이든지 하며, 세상에서 가장 가느다란 팔다리를 가지고, 그 살결은 귀족의 세 살 난 딸보다도 더 희다는 것이었다.

이웃에 살면서 나의 주인과 특별히 가까운 다른 농부가 이

소문이 사실인지 알아보기 위해 찾아왔다.

나는 즉시 식탁 위에 놓여졌다. 그리고 주인이 시키는 대로 걸어갔고, 칼을 뽑았다가 다시 칼집에 집어넣었으며, 주인의 손님에게 경의를 표했고, 어린 유모에게 배운 대로 그들의 언어로 인사말을 하고, 환영한다고도 말했다.

나이가 많고 눈이 침침한 그 농부는 좀더 똑똑히 보려고 안경을 썼다. 그것을 보고 나는 허리를 잡고 웃지 않을 수 없었다. 왜냐하면 그의 눈들이 창문 2개를 통해 비치는 보름달처럼 보였기 때문이다. 우리 가족들은 내가 폭소하는 이유를 알고는 배를 잡고 마음껏 웃었다.

그러나 늙은 농부는 하도 바보라서 화를 내고 표정을 일그러뜨렸다. 그는 지독한 구두쇠라는 평판이 높았다.

그러나 나에게는 불행이었던 그 빌어먹을 충고를 주인에게 한 것으로 보면 구두쇠라는 소리를 들어 마땅했다. 그는 주인 집에서 35킬로미터 떨어진 거리에 있어 반시간 정도 말을 타야 도달하는 이웃 마을의 장터에 나를 데리고 가서 쇼를 하라고 충고한 것이다.

주인과 그 농부가 가끔 나를 손으로 가리키면서 오랫동안 속삭이는 모습을 볼 때, 나는 그들이 뭔가 고약한 짓을 꾸미고 있다는 생각이 들었다. 두려움에 사로잡힌 탓인지는 몰라도, 나는 그들의 말을 엿들었고 몇 마디 정도는 알아들었다고 믿었다.

다음날 아침, 내 유모 글룸달클리치는 자기 어머니로부터 교묘한 수법으로 쥐어 짜낸 내용을 나에게 전부 들려주었다. 가련한 소녀는 나를 가슴에 안은 채, 수치와 비탄의 눈물을 흘렸다. 그녀는 거칠고 저속한 무리가 나를 눌러 죽이거나 손으로 잡아 팔다리를 부러뜨리는 등 고약한 짓을 할까 걱정했던 것이다.

또한 그녀는 나의 성품이 얼마나 온순하고, 내가 얼마나 명예를 소중하게 여기며, 돈벌이 때문에 내가 가장 천박한 사람들의 공개적인 구경거리로 제공될 때, 내가 얼마나 심한 모욕감을 느낄 것인지에 대해서도 이야기했다.

그리고 그녀는 자기 부모가 작년에 어린양을 한 마리 주는 척하고는 그 양이 살이 찌자마자 도살장에 팔아넘긴 것과 마찬가지로, '그릴드리그' 즉 나를 자기에게 준다고 약속해놓고는 작년과 똑같은 짓을 되풀이할 속셈이라는 것을 깨달았다고 했다.

나로서는 나의 유모처럼 그 쇼에 대해 크게 걱정하지는 않고 있었다고 확실히 단언할 수 있다. 나는 언젠가는 자유를 회복할 것이라는 강한 희망을 잠시도 버린 적이 없었다. 그리고 수치스럽게 괴물 취급을 받으며 끌려다닌 일은 나 자신이 그 나라에서는 철저한 외계인이기 때문에, 혹시라도 영국으로 돌아갈 경우, 내가 그 나라에서 받은 치욕은 결코 비난의 대상이 될 수 없다고 생각했다.

왜냐하면 대영제국의 왕인들 나의 처지에 놓였더라면 마찬가지의 불운을 면하지 못했을 테니까 말이다.

주인은 그 다음 장날에 친구의 충고에 따라 나를 상자에 넣어가지고 이웃 마을로 갔다. 말에 오른 그는 내 유모인 자기 어린 딸을 자기 등뒤에 태웠다. 사방이 막힌 그 상자에는 내가 드나들 작은 문이 하나 나 있고, 공기가 통하도록 송곳으로 구멍을 여러 개 뚫었다.

소녀는 내가 누울 수 있도록 자기 인형의 침대 이불을 상자에 넣어주는 등 세심한 배려를 아끼지 않았다. 그러나 겨우 반시간에 걸친 여행이었는데도, 그 동안 나는 엄청나게 흔들리며 불안에 떨었다.

그것은 말이 한 걸음 내딛을 때마다 14미터를 전진하고 발굽을 하도 높이 들어올려, 상자 안에 있는 내 몸은 마치 엄청난 폭풍우를 만난 배가 위로 솟구쳤다가 아래로 푹 떨어지는 것처럼 흔들렸을 뿐만 아니라, 그런 일이 자주 닥쳤기 때문이다.

서커스 유랑단원이 되다

주인집에서 이웃 마을까지는 런던에서 세인트 올번스에 이르는 거리보다 약간 더 멀었다. 주인은 단골 여관 앞에서 내려 여관 주인과 잠시 의논하고는 쇼에 필요한 것들을 몇 가지 준비했다.

그리고 '그룰트루드' 즉 고함치고 돌아다니면서 선전하는 사람을 한 명 고용했다.

그가 선전할 내용은, 이상한 짐승을 보여주는 쇼가 '초록색 독수리'라는 그 여관에서 개최되는데, 이 짐승은 '스플라크누크'(그 나라의 동물인데, 매우 잘생겼고, 길이는 180센티미터였다)처럼 그리 크지는 않고, 온몸의 각 부분이 사람을 닮았으며, 그 나라 말을 약간 할 줄 아는데다가, 흥미 있는 재주를 100가지나 부린다는 것이었다.

나는 그 여관의 가장 큰 홀, 즉 한쪽 길이가 90미터 가까이 되는 방의 식탁 위에 놓여졌다. 나의 어린 유모 글룸달클리치는 나를 보살펴주려고 식탁 옆에 등받이 없는 둥근 의자를 놓고 거기 올라선 채, 내가 취해야 할 행동을 지시했다. 지나친 혼잡을 피하기 위해 주인은 쇼 1회에 30명만 입장시켰다.

나는 소녀가 시키는 대로 식탁 위에서 걸어다녔다. 그녀는 내가 그 나라 말을 알아듣는 범위 내에서 질문을 던졌고, 나는 있는 힘을 다해 큰 소리로 대답했다.

그리고 여러 번 관객들을 향해 돌아서서 가장 겸손한 자세로 경의를 표하며 그들을 환영한다고 말했다. 이어서 미리 배

외운 몇 가지 연설문에 따라 연설하고는 했다.

그리고 글룸달클리치가 술잔 대신에 골무를 꺼내 거기 술을 가득 채웠다. 나는 그것으로 관객들의 건강을 기원하는 건배를 들었다. 나는 단검을 빼든 채, 영국의 펜싱 검객들이 하는 식으로 멋지게 휘둘렀다. 나의 유모가 짧은 밀짚을 하나 주었고, 나는 젊은 시절에 창술을 배웠기 때문에 그것을 창으로 삼아서 솜씨를 보여주었다.

그날 쇼는 12회나 개최되었고, 나는 똑같은 묘기를 그때마다 반복해야만 했기 때문에, 피로와 울분에 초죽음 상태가 되고 말았다. 구경꾼들이 돌아가서는 너무나 멋진 쇼라고 하도 선전해대는 바람에 엄청난 인파가 몰려와 문이 부서질 지경이었다.

자기 이익을 지키려고 주인이 나의 유모 이외에는 그 누구도 내게 손을 대지 못하게 했고, 또한 위험을 예방하기 위해서 사람들의 손이 식탁에 미치지 못하도록 의자를 아주 멀찌감치 떨어뜨려놓았다.

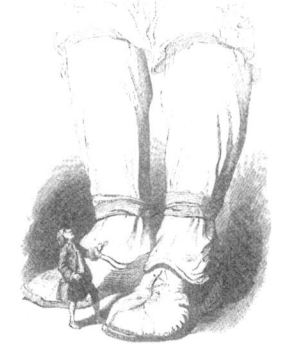

그러나 심술꾸러기 어린 학생이 내 머리를 곧장 겨냥하여 개암나무 열매를 던졌지만, 아슬아슬하게 빗나갔다.

작은 호박만한 크기의 그 열매가 맹렬한 기세로 날아왔는데, 거기에 맞았다면 틀림없이 내 골통이 빠개지고 뇌수가 터져나왔을 것이다. 나는 그 어린 악당이 늘씬하게 얻어맞은 뒤 밖으로 쫓겨나가는 것을 보고 만족했다.

주인은 다음 장날에 다시 쇼를 열어 나를 공개적으로 보여
주겠다고 공시했다. 그 사이에 그는 나에게 좀더 편안한 운송
기구를 마련했다. 그로서는 그럴 만한 이유가 충분했다.

왜냐하면 첫번 여행에 총 8시간의 공연으로 관객들을 즐겁
게 하느라고 내가 너무 지쳐 일어설 수도 말을 할 수도 없을
지경이었기 때문이다.

최소한 사흘이 지나서야 겨우 원기를 회복했다. 게다가 집
으로 돌아와서도 제대로 쉬기가 거의 불가능했던 것은, 반경
160킬로미터 이내의 모든 이웃 신사들이 내 명성을 듣고는
구경하러 주인집을 찾아왔기 때문이다.

아내와 자녀들을 거느리고 온 그들은 30명이 넘었는데(그
나라는 인구가 매우 많았던 것이다), 주인은 집에서 쇼를 할
때마다 한 가족이 구경하는 경우라 해도, 방이 구경꾼으로 가
득 찬 경우의 수입에 해당하는 금액을 요구했다.

그 결과, 다른 마을로 끌려다니지 않았다 해도, 한동안은
날이면 날마다 편히 쉬지도 못하는 형편이었다. (매주 수요일
은 그들의 휴일이어서 예외였다.)

나를 이용해서 엄청난 돈을 벌 수 있다고 깨달은 주인은 나
를 데리고 그 왕국의 주요 도시들을 순회하기로 결심했다. 그
래서 장기간 여행에 필요한 물건을 모두 준비하고 집안 일을
정리한 다음, 내가 그 나라에 도착한 지 약 2개월이 지난
1703년 8월 17일에 자기 아내와 작별했다.

우리는 주인집에서 4800킬로미터 가량 떨어진 그 왕국의
한가운데 위치한 수도를 향해 출발했다.

그는 딸 글룸달클리치를 자기 등뒤에 태웠고, 그녀는 내가 들어 있는 상자를 무릎 위에 놓고는 거기 연결된 끈을 자기 허리에 잡아맸다. 그녀는 구할 수 있는 천 가운데 가장 부드러운 것으로 상자 내부 전체를 발라주었다.

바닥에 인형의 침대를 놓고 거기에 이불을 깔았고, 나의 내의와 그 밖에 필요한 것들을 공급했으며, 모든 것이 편안하도록 최대한으로 보살펴주었다.

우리 일행이라고는 주인집에서 심부름하던 소년 한 명뿐인데, 그는 짐 실은 말을 몰고 뒤를 따라왔다.

주인은 도중에 만나는 모든 소도시에서 나를 구경시킬 뿐만 아니라, 간선도로에서 80 내지 160킬로미터 떨어진 마을이나 귀족의 집에도 손님만 있다면 찾아갈 계획이었다. 우리는 하루에 224 또는 256킬로미터 이상은 전진하지 않는 식으로 편안한 여행을 했다.

그것은 나를 보호할 목적으로 글룸달클리치가 말 위에서 흔들리다보니 지쳤다고 불평을 늘어놓았기 때문이었다. 그녀는 내가 원할 때마다 자주 나를 상자에서 꺼내 바람을 쏘이게 하거나 경치를 감상하도록 해주었는데, 그때마다 내 몸에 묶은 줄을 잡고 있었다.

우리는 나일 강이나 갠지스 강보다도 몇 배나 넓고 깊은 강을 대여섯개 건넜다. 그러나 런던 브리지 아래를 흘러가는 템스 강보다 폭이 좁은 강의 지류는 전혀 보이지 않았다.

우리는 10주간을 여행하면서 수많은 마을과 개인 저택들을 제외하고도 18개의 도시에서 쇼를 공연했다.

10월 26일에 우리는 수도에 도착했는데, 그 명칭은 그 나라 말로 '로르브룰그라드' 즉 '온 세상의 자랑'이었다. 주인은 궁궐에서 그리 멀지 않은 번화가에 숙소를 잡았다. 그리고 나의 모습과 연기에 관한 정확한 내용을 담은 광고를 일상적으로 통용되던 형식에 따라 내걸었다.

그는 한쪽 길이가 90 또는 120미터 되는 큰방을 빌렸다. 내가 연기할 장소인 식탁은 직경 18미터 자리를 마련하고는, 그 가장자리로부터 90센티미터 떨어진 곳에 90센티미터 높이의 목책을 촘촘히 둘러가며 세웠다. 그것은 내가 식탁 바깥으로 떨어지지 않도록 막으려는 예방조치였다.

나는 매일 열 번이나 쇼에 나가 모든 관객의 탄복을 불러일으키고 또 크게 만족시켰다. 그 무렵 나는 그들의 언어로 의사를 표시하는 것이 상당한 수준에 이르렀고, 그들이 하는 말은 모조리 알아들었다. 게다가 그들의 알파벳마저 익혀서 웬만한 문장을 해석할 수도 있었다.

그것은 글룸달클리치가 집에 같이 있을 때는 물론이고 여행 도중 여가를 이용해서 나에게 글을 가르쳐주었기 때문이다. 그녀는 샌슨의 지도책보다 그리 크지 않은 책을 한 권 주머니에 넣고 다녔는데, 그것은 어린 소녀들이 사용하도록 그들의 종교에 관한 일반논문들을 편집해놓은 것이었다.

그 책으로 그녀는 나에게 문자를 가르치고, 낱말의 뜻을 풀이해주었던 것이다.

제3장

왕비가 새로운 주인이 되다

수주간에 걸쳐 매일 공연을 여러 번 개최한 결과, 내 건강은 상당히 나빠졌다. 나를 이용해서 돈을 많이 벌면 벌수록 주인의 물욕은 더욱 커지기만 했다. 나는 식욕을 완전히 잃어 뼈만 앙상하게 남을 정도였다.

그 꼴을 본 주인은 내가 머지않아 죽을 것이라고 판단하여, 나를 최대한으로 이용해먹자는 꿍꿍이를 했다. 그가 그런 생각을 하고 또 결심했을 때, '슬라르드랄' 즉 왕궁의 의전관리가 파견되어, 왕비와 귀부인들의 오락을 위해 나를 즉시 왕궁으로 데리고 오라고 명령했다.

왕궁의 귀부인들 몇몇이 이미 내 공연을 보았고, 그래서 나의 멋진 자태와 태도와 교양 등 이상한 사항들에 관해 보고했던 것이다.

왕비 폐하와 그녀 주위의 귀부인들은 내 정중한 태도를 보고 한없이 기뻐했다. 나는 무릎을 꿇은 채, 왕비의 발에 키스하는 영광을 베풀어달라고 간청했다.

그러나 친절한 그녀는 (내가 식탁 위에 놓여진 뒤) 새끼손가락을 내밀었는데, 나는 두 팔로 그 손가락을 껴안고는 최대한의 정중한 태도로 그 끝에 키스했다. 그녀는 나의 조국과 여행에 관해 몇 가지 일반적인 질문을 던졌고, 나는 가능한 한 구체적이고도 간략하게 대답했다.

그녀는 내가 왕궁에서 살고 싶은지 여부를 물었다. 나는 이마가 식탁 바닥에 닿도록 절을 한 뒤, 내가 내 주인의 노예이지만 내 마음대로 결정할 자유가 있다면, 왕비 폐하를 섬기는 데 목숨을 다 바치겠다고 겸손하게 대답했다.

그러자 그녀는 나의 주인에게 나를 비싼 값으로 팔 생각이 있는지 물었다. 내가 한 달이 못 되어 죽을 것이라고 걱정하던 주인은 나를 기꺼이 처분할 작정이었기 때문에 금화 1000개를 요구했고, 왕비의 지시에 따라 즉석에서 돈을 받았다.

금화 1개는 포르투갈과 브라질에서 사용하던 모이도레 금화 800개를 합친 것만큼 컸지만, 그 나라와 유럽의 물건 크기를 비교하여 그 비례에 따라 추산한다면, 그 금화 1개가 거기에서 발휘하는 최대 가치는 영국에서 기니 금화 1000개가 발휘하는 가치 이상은 되지 못할 것이다.

그래서 나는 왕비에게 내가 이제는 폐하의 가장 비천한 소유물이 된 이상, 한 가지 간청할 사항이 있다고 말했다.

즉 글룸달클리치가 그때까지 나를 극진한 정성과 친절로 항상 보살펴주었고, 또한 그렇게 보살피는 일을 대단히 잘 알고 있는데, 그녀가 폐하를 섬기고 계속해서 나의 유모와 선생으로 일하게 해달라고 간청한 것이다. 왕비 폐하는 나의 간청을 들어주었고, 농부의 승낙을 쉽게 얻어냈다.

농부는 자기 딸이 왕궁에서 일하게 되어 대단히 기뻤고, 가련한 소녀 자신은 기쁨을 감추지 못했다. 조금 전까지만 해도 나의 주인이었던 농부가 작별인사를 하면서 내게 좋은 일자리를 구해주었다고 말했는데, 나는 아무런 대꾸도 하지 않은 채 허리를 약간 굽혀 인사했을 뿐이었다.

왕비는 나의 쌀쌀한 태도를 눈치채고는, 농부가 물러간 뒤 그 이유를 물었다. 나는 용기를 가다듬어 이렇게 대답했다. 즉 자기 밭에서 가련하고도 무해한 생물을 우연히 발견한 그가 그 생물을 패대기쳐서 머리통을 깨어버리지 않는 것 이외에는 내가 과거의 나의 주인인 그에게 감사할 의무가 전혀 없고, 그 의무마저도 그가 그 왕국의 절반에 해당하는 지역을 순회하면서 나를 쇼에 내보내 벌어들인 돈과 지금 나를 팔아서 번 돈으로 충분히 이행된 셈이다.

그리고 발견된 이후의 내 생활은 나보다 10배나 힘이 센 동물이라도 죽어버렸을 만큼 고된 것이었다. 매 시간마다 오합지졸을 즐겁게 해주려고 끊임없이 중노동을 한 결과 주인에게 만족스러운 이윤을 안겨주었다. 만약에 내가 주인을 위해 일하지 않았더라면 왕비 폐하는 그렇게 싼값으로 흥정을 마치지 못했을 것이다.

그러나 대자연의 보석이고, 온 세상 사람들의 사랑을 받으며, 신하들의 기쁨이고, 창조의 불사조이며, 너무나 위대하고 선량한 왕비의 보호 아래 이제는 학대에 대한 공포에서 벗어났으므로, 과거의 내 주인인 농부의 염려는 전혀 근거가 없다고 보는데, 그것은 가장 존엄한 왕비 폐하 앞에 내가 서 있다

는 것만으로도 이미 원기를 회복했기 때문이다.

위에 언급한 내용은 내가 버릇도 없이 주저주저하면서 늘어놓은 것인데, 그 가운데 후반부는 나를 궁중으로 데려가는 동안 글룸달클리치가 가르쳐준 몇 가지 관용구를 포함한 그 나라 사람들의 특이한 스타일로 엮은 것이다.

왕비는 내 말의 문법적 결함을 매우 너그럽게 이해해주었지만, 초미니 동물이 그토록 풍부한 재치와 교양을 갖춘 데 대해 놀라움을 금치 못했다. 그녀는 두 손으로 나를 받쳐든 채 거실에서 쉬고 있던 국왕에게 갔다.

그는 매우 엄격한 성격으로 근엄한 표정을 짓고 있는 군주인데, 첫 눈에 내 모습을 제대로 알아보지 못해서, 왕비가 얼마나 오래 전부터 스플라크누크를 좋아하게 되었느냐고 물었다. 그는 왕비의 오른손에 엎드려 있는 나를 그 동물로 잘못 안 모양이었다.

재치와 유머가 한없이 풍부한 왕비는 조심스럽게 나를 책상 위에 세워놓은 뒤, 나더러 자기 소개를 왕에게 하라고 지시했고, 나는 간략하게 자기 소개를 했다.

글룸달클리치는 자기 시선이 미치지 않는 곳으로 내가 벗어나는 것을 용납할 수 없어서 문간에서 대기하고 있었는데, 안으로 들어와도 좋다는 허락을 받자, 내가 농부의 집에 도착한 이후의 일을 전부 증언해주었다.

국왕은 그 나라의 최고 학자 못지않게 학식이 많고, 철학에 조예가 깊을 뿐만 아니라, 특히 수학에 관한 지식이 풍부했는데, 나를 자세히 관찰했고, 또한 내가 자기 소개를 하기 전에 우선 똑바로 서서 걸어다니는 것을 보고는 내가 천재적인 기술자가 만든, 시계 태엽으로 움직이는 인형일지도 모른다고 추측했다. (그 나라에서는 그런 종류의 인형을 최고도로 정교하게 생산하고 있었다.)

그러나 내 목소리를 듣고, 내 말이 정상적인 사람의 경우처럼 합리적이라는 것을 깨닫고는 크게 놀라는 표정을 짓지 않을 수 없었다.

그러나 그는 내가 그 왕국에 도착하게 된 경위에 관한 내 설명을 조금도 믿으려고 하지 않았고, 농부가 나를 비싼 값에 팔아넘기기 위해 자기네 말을 가르쳐준 다음 그 농부가 글룸달클리치와 공모하여 허튼 이야기를 꾸며낸 것이라고 생각했다. 그런 억측에 잠긴 왕이 여러 가지 질문을 던졌고, 나는 합리적인 대답을 계속했다.

물론 내 대답은 외국어 식의 억양, 그 나라 말에 대한 이해 부족, 그리고 농부의 집에서 배운 투박한 표현이 왕궁의 세련된 스타일에 어울리지 않았다는 점을 제외하고는 별다른 결함이 없는 것이었다.

학자들과 토론을 벌이다

국왕 폐하는 (그 나라의 관습에 따라) 번갈아 1주일씩 왕궁에 머물러 대기하던 최고 수준의 학자 3명을 불러오라고 명령했다. 한참 동안 나를 자세히 관찰한 그들은 견해가 서로 달랐다.

그러나 그들이 모두 동의한 점은, 내가 민첩한 동작이나 나무에 기어오르는 방식이나 땅 속에 굴을 파는 식으로 목숨을 보존하는 그런 신체구조가 아니기 때문에, 대자연의 정상적인 법칙에 따라 태어난 생물은 결코 아니라는 것이었다.

그들은 나의 이빨을 한층 정밀하게 조사한 뒤에, 내가 육식동물이라고 판정했다. 그러나 네 발을 가진 동물의 대부분은 나보다 훨씬 우월하고, 들쥐 등이 나보다 훨씬 민첩한데, 내가 달팽이와 다른 곤충들을 잡아먹지 않는 한, 어떻게 먹이를 구해서 목숨을 부지할 수 있을지 그들은 알아낼 수가 없었다.

그리고 오랫동안 유식한 토론을 전개한 끝에, 그들은 내가 달팽이와 다른 곤충들마저도 잡아먹기가 불가능하다고 단정했다. 학문의 대가인 이들 가운데 하나는 나를 살아 있는 태아 또는 낙태시킨 태아로 보는 것 같았다.

다른 두 명이 그 의견을 배척했는데, 그들이 근거로 내세운 것은, 내 사지가 완전히 성숙된 것이고, 확대경으로 쉽게 발견한 턱수염 그루터기로 보아 내가 분명히 여러 해 생존해왔다는 점이었다. 그들은 나를 난쟁이로 보려고도 하지 않았다.

그 이유는, 왕비가 총애하는 난쟁이는 그 왕국에서 가장 키가 작은데도 그 키가 9미터를 넘었는데, 나의 키는 그 난쟁이보다도 한없이 작았기 때문이다.

오랫동안 격론을 벌인 끝에 그들이 만장일치로 내린 결론은 내가 '렐플룸 스칼카트' 즉 문자 그대로 번역하면 '대자연의 장난'에 불과하다는 것이었다. 이 결론은 유럽의 근대 철학이 내린 결론과 완전히 일치한다.

유럽의 철학교수들은, 아리스토텔레스의 추종자들이 숨겨

진 원인들을 내세워 대답을 회
피하는 식으로 자신들의 무지
를 감추려는 헛된 노력을 기울
이는 오랜 전통이 있다고 지적
하면서, 그런 전통을 경멸하는
한편, 자기들로서는 인류의 지
식을 한없이 확대한다는 명분
아래, 어려운 모든 문제에 대한
이 놀라운 해결책, 즉 대자연의
장난이라는 말을 만들어낸 것
이다.

   그렇게 최종 결론이 나자, 나
는 한두 마디 설명할 기회를 달

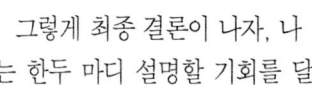

라고 간청했다. 왕을 정면으로 향해 선 다음, 나는 나하고 키
가 같은 남녀 수백만 명이 살고 있는 나라에서 왔고, 내 조국
에서는 동물·나무·집들이 모두 나처럼 동일한 비율로 작
고, 따라서 국왕 폐하의 백성이면 누구나 여기서 하듯이, 나
도 그와 마찬가지로 내 조국에서는 나 자신을 방어하고 식량
을 구할 수 있다고 단언했다.

   이것은 그 점잖은 학자들의 주장에 대해 내가 충분한 답변
을 한 것이다. 그러자 학자들은 농부가 나를 대단히 잘 가르
쳤다고 말하면서 경멸의 미소를 지을 뿐이었다.

   그들보다 지능이 훨씬 우수한 왕은 학자들에게 물러가라고
한 다음, 농부를 불러오라고 지시했다. 다행히도 그는 아직
수도를 떠나지 않고 있었다. 그래서 국왕은 농부를 직접 심문

한 뒤, 나와 소녀와 함께 대질 심문한 결과, 우리가 한 말이 사실일지도 모른다는 생각이 들기 시작했다. 그는 왕비에게 나를 특별히 잘 보살피라는 명령을 내리라고 말했다.

그리고 글룸달클리치와 내가 극진한 애정으로 서로 대하는 것을 보고는 그녀가 계속해서 나를 보살펴주어야만 한다고 생각했다. 궁궐 한쪽에 그녀의 안락한 거실이 마련되었다. 그녀의 교육을 담당할 여자 가정교사, 옷 입을 때 거들어줄 하녀 1명과 잡일을 맡을 하인 2명도 지정되었다. 그러나 나를 돌보는 일은 전적으로 그녀에게 맡겨졌다.

왕비는 자기에게 소속된 목수에게 내 침실이 될 상자를 글룸달클리치와 내가 합의한 모형에 따라서 만들라고 명령했다. 이 목수는 솜씨가 가장 탁월한 기술자여서, 3주간 이내에 내 주문에 맞추어 목조 거실을 완성했는데, 그 사각형 방은 길이가 4.8미터, 높이가 3.6미터이고, 런던의 침실과 마찬가지로 문과 창문들, 그리고 작은 방 2개가 달린 것이었다.

천장에 해당하는 널빤지는 돌쩌귀 2개를 달아 열고 닫게 되어 있는데, 그것은 여왕 폐하의 침대 제조업자가 이미 만들어놓은 내 침대를 그 천장을 통해 안으로 들여놓기 위한 것이었다. 글룸달클리치가 매일 침대를 꺼내 말리고, 이부자리를 잘 정돈한 뒤, 밤에 내 침실에 들여놓고는 내 머리 위로 천장을 닫고 자물쇠를 채웠다.

소규모의 흥미 있는 물건들을 잘 만들기로 유명한 기술자가 고용되어 등받이와 팔걸이가 있는 의자 2개를 상아와 비슷한 재료로 만들었고, 탁자 2개와 내 물건들을 넣을 옷장 1개도 만들었다.

상자의 사면은 물론, 바닥과 천장도 깃털 이불로 도배했는데, 그것은 나를 운반하는 사람이 부주의로 사고를 일으켜 내가 다치는 일이 없도록 하고, 또한 내가 마차를 타고 갈 때 흔들려서 벽에 부딪쳐도 안전하게 해주려는 배려였다.

나는 큰 쥐와 생쥐가 문으로 들어오지 못하도록 자물쇠를 채워달라고 부탁했다. 자물쇠 제조자는 여러 번 실패한 끝에 그 나라 사람들이 그때까지 한 번도 본 적이 없는 가장 작은 자물쇠를 만들었다.

그것은 영국인의 저택 정문에 단 자물쇠보다 약간 작았다. 그 열쇠는 글룸달클리치가 가지고 다니다가 잃어버릴 우려가 있어서 내가 직접 주머니에 넣고 다니기로 했다.

왕비는 그 나라에서 가장 가느다란 비단실로 내 옷을 만들어주라고 명령했다. 하지만 그 옷은 영국의 담요보다 훨씬 두꺼운 것은아니지만, 익숙해질 때까지는 거북하기 짝이 없었다. 그리고 그 옷은 페르시아와 중국의 유행을 각각 어느 정도 닮은 그 나라의 유행에 따른 것으로서 매우 엄숙하고 점잖았다.

왕비는 내가 곁에 있는 것을 너무나 좋아해서, 식사 때마다 언제나 나와 함께했다. 내 식탁과 의자는 왕비의 식탁 위에서 그녀의 왼쪽 팔꿈치 쪽에 놓였다. 글룸달클리치는 내 식탁에서 가까운 거리에 등받이 없는 의자를 놓고 그 위에 올라선 채 나를 거들고 보살펴주었다.

나는 은접시와 은쟁반 한 벌과 그 외에 필요한 식기들을 가지고 있었고, 왕비의 식기들과 그 크기를 비교하면, 런던의 장난감 가게에서 본 아기 인형의 가구들보다 훨씬 큰 것은 아

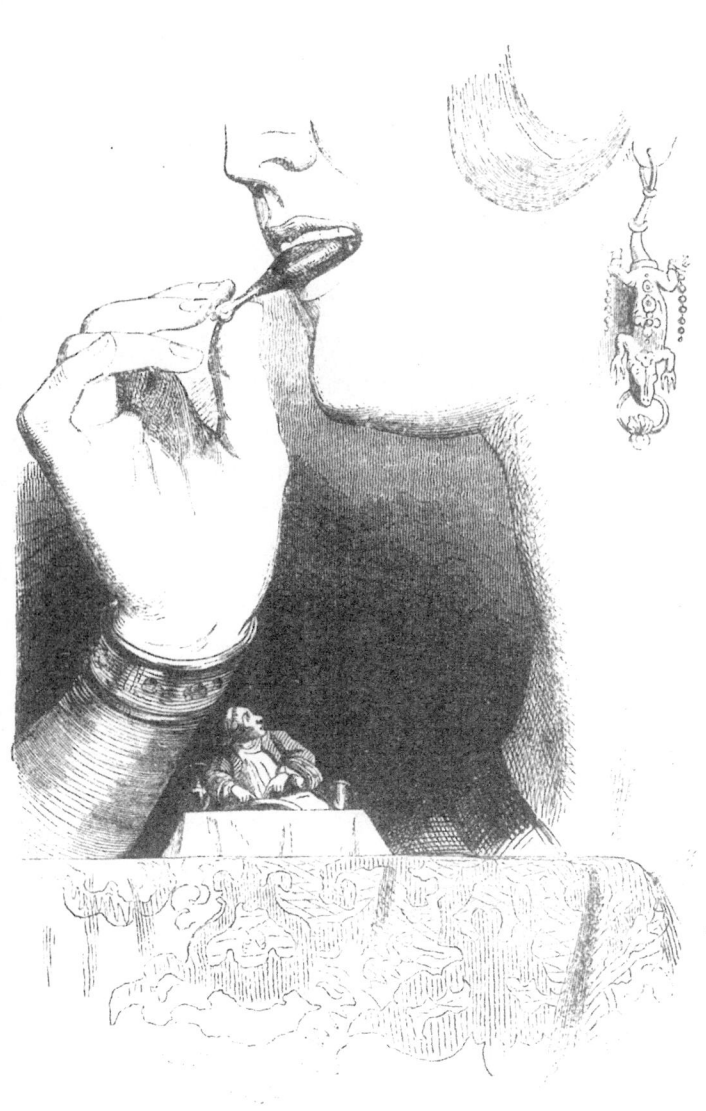

니었다. 나의 어린 유모가 그것들을 은 상자에 담아 자기 주머니에 넣어다녔고, 식사 때마다 내가 원하는 대로 꺼내주었으며, 자기 손으로 직접 설거지를 했다. 왕비와 함께 식사한 사람은 두 공주뿐인데, 언니는 16세이고, 동생은 당시 13세 1개월이었다.

왕비 폐하는 고기를 잘라서 내 접시에 놓아주곤 했고, 나는 그것을 칼로 잘랐으며, 그녀는 초미니 고기조각을 먹는 내 모습을 바라보는 것을 즐겼다. (위장이 약한 것이 분명한) 왕비는 영국 농부 12명의 한 끼니분에 해당하는 고기를 한입에 먹었는데, 한동안 나에게는 대단히 구역질나는 광경이었다.

그녀는 완전히 자란 칠면조의 날개보다 9배나 큰 종달새의 날개도 뼈째 이빨로 우적우적 씹어 먹었고, 12펜스짜리 빵 덩어리 2개만큼 큰 빵 조각도 한입에 먹어버렸다. 그리고 큰 술통 한 개 이상의 분량인 술을 금잔으로 단숨에 마셨다.

나이프는 커다란 낫의 날을 직선으로 폈을 때의 길이보다 2배나 길었다. 숟가락, 포크, 기타 다른 식기들도 같은 비율로 컸다. 한번은 글룸달클리치가 내 호기심을 채워주려고 궁중의 식탁을 여러 개 구경시켜준 적이 있다고 기억하는데, 그들은 그토록 거대한 나이프와 포크를 10개 또는 12개씩 한꺼번에 들어올렸다.

그때까지 나는 그렇게도 무시무시한 광경을 본 적이 없다. (앞에서 설명한 대로 그들의 휴일인) 수요일마다 왕과 왕비가 남녀 왕족들과 더불어 왕의 숙소에서 공동식사를 하는 것이 그들의 관습이었다.

이제 나는 왕의 총애를 듬뿍 받고 있었기 때문에, 작은 내 식탁과 의자가 그의 왼팔 근처 소금통 앞에 놓였다. 이 군주는 나와 즐겨 대화를 했고, 유럽의 풍습·종교·법률·정치·학문 등에 관해 질문했으며, 나는 최선을 다해 답변했다. 그는 이해를 분명하게 했고 정확하게 판단을 내렸기 때문에, 내가 설명한 모든 사항에 관해서 매우 현명하게 평가하고 관찰했다.

그러나 이제 고백하지만, 사랑하는 나의 조국·무역·해상 및 육상 전쟁·종교의 분열·정당들에 관해 내가 상당히 길게 늘어놓고 나자, 국왕은 자기가 받은 교육으로 편견이 많았기 때문에, 오른손으로 나를 받쳐든 채 왼손으로 내 등을 부드럽게 토닥거려주면서 마음껏 폭소를 터뜨리지 않을 수가 없었다.

그러고 나서 그는 내가 왕당파와 자유당 중에 어느 쪽에 소속되었는지를 물었다. 그리고 그는 로열 소버린 호의 가운데 돛대만큼 큰 흰색 지팡이를 짚은 채 자기 뒤에 대기하고 있던 수상에게 몸을 돌리더니, 나처럼 초미니 크기의 벌레들도 흉내낼 수가 있는 것이 인간의 위대함이라면, 그것은 얼마나 경멸받아 마땅한 것인가라고 말했다.

이어서 그는 "그러나 내가 단언하지만, 이 생물들이 나름대로 관직과 작위들을 가지고 있고, 작은새둥지와 여우 굴을 만들고는 집과 도시라고 부른다. 그들은 옷을 해 입고 마차를 마련한다. 그들은 사랑을 하고, 싸우고, 논쟁하고, 속이고, 배반한다."고 말했다.

그가 이런 식으로 말을 계속하는 동안 화가 치민 나는 안색이 여러 번 붉으락푸르락했다. 그것은 예술과 군사력의 여왕,

프랑스에 대한 채찍, 유럽의 중재자, 덕과 경건함과 명예와 진리의 본거지, 온 세상의 자랑이자 선망의 대상인 우리의 고귀한 조국을 그가 너무나 심하게 경멸했기 때문이다.

그러나 나는 항의할 처지에 있지 못했고, 그래서 좀더 깊이 생각해보니, 내가 모욕을 받았다고 자신 있게 말하기는 어려워졌다.

왜냐하면 여러 달 동안 그들의 모습과 대화에 익숙해졌고, 내 눈에 보이는 모든 것이 엄청나게 크다는 것을 깨달은 뒤로는 그들의 덩치와 모습 때문에 내가 처음에 느꼈던 공포감이 상당히 줄어든 결과, 내가 그때 영국의 귀족들과 귀부인들이 최고의 정장과 생일 축하 복장을 한 채 으스대며 걸어가고, 허리 굽혀 인사하고, 재잘거리는 등 궁중 예절에 가장 잘 어울리는 태도로 각자의 역할을 연기하는 모습을 보았더라면, 그 국왕과 신하들이 나를 보고 허리를 잡고 웃은 것과 마찬가지로, 나도 영국의 귀족들과 귀부인들을 보고 역시 마음껏 폭소하고 싶은 충동을 강하게 느꼈을 것이 뻔하기 때문이다.

또한 왕비가 거울 앞에서 나를 자기 손바닥 위에 자주 놓아주곤 했는데, 그때마다 나는 자조에 가까운 미소를 던지지 않을 수가 없었다.

그것은 그녀와 내가 실물대로 거울에 비쳤고, 우리 둘을 서로 비교하는 것처럼 우스꽝스러운 것이 없었기 때문이다. 결국 나는 나 자신이 평소의 크기보다 형편없이 줄어들었다는 상상을 실제로 하기 시작했다.

악동 난쟁이의 수작에 걸려 넘어지다

왕비의 난쟁이처럼 나의 화를 돋우고 속을 썩이는 것은 없었다. (키가 9미터를 절대 넘지 않으리라 보는데) 그 나라에서 키가 가장 작은데도 불구하고, 그는 자기보다도 훨씬 키가 작은 생물을 보고는 그렇게 오만해질 수가 없었던 것이다.

그래서 내가 왕비의 손님 대기실 식탁 위에 올라선 채 궁중의 귀족들이나 귀부인들과 대화하는 동안, 그는 내 곁을 지나갈 때마다 뽐내면서 걸어가고 깔보는 눈초리로 노려보곤 했다.

게다가 기회 있을 때마다 반드시 나의 왜소함에 관해서 한두 마디 던졌고, 거기에 대한 보복으로 내가 할 수 있었던 것

이란 그를 형제라고 부르고, 씨름을 하자고 도전하며, 왕궁의 심부름꾼들 입에서 흔히 튀어나오는 그런 재치 있는 응수 따위가 고작이었다. 악의에 찬 이 작은 야수는 어느 날 식사 도중 내가 쏘아붙인 대꾸에 너무 화가 나서, 왕비의 의자 위로 몸을 솟구치더니, 위험을 전혀 의식하지 못한 채 의자에 다시 앉으려던 나의 허리를 잡은 뒤, 크림을 담은 커다란 은그릇 속에 떨어뜨리고는 줄행랑을 쳤다.

나는 곤두박질하듯 처박혔는데, 수영에 능숙하지 않았더라면 지독한 꼴을 당했을 것이다. 왜냐하면 글룸달클리치는 그때 공교롭게도 식당 저쪽 끝에 가 있었고, 왕비는 너무나 공포에 질려서 나를 도와주고 말고 할 정신이 하나도 없었기 때문이다.

곧 나의 어린 유모가 달려와서 나를 구해주었는데, 그것은 이미 내가 크림을 1리터 이상 마시고 난 뒤였다. 유모가 나를 침대에 뉘었다. 그러나 양복 한 벌이 완전히 망가진 것을 제외하면 다른 손해는 전혀 없었다. 그 난쟁이는 채찍으로 엄청나게 맞았고, 내가 떨어졌던 그 그릇의 크림을 전부 마시는 벌도 받았다.

그리고 오래지 않아 왕비가 그를 고위 귀족의 부인에게 선물로 주어버려서 그는 왕비의 총애를 영영 회복하지 못하고 말았다. 그래서 나는 그를 다시는 마주치지 않게 되어 더없이 큰 만족감을 느꼈는데, 그것은 그토록 악의에 가득 찬 악당이 얼마나 극단적인 방법으로 보복할는지 내가 예측할 수도 없었기 때문이다.

전에도 그는 내게 야비한 짓을 한 적이 있었는데, 그때 왕비는 속으로 몹시 화가 났음에도 불구하고 웃음을 터뜨렸다. 내가 대단히 너그럽게도 그를 위해 간청하지 않았더라면, 그녀는 난쟁이를 즉시 왕궁에서 쫓아냈을 것이다.

그녀는 골이 든 뼈를 집어 접시에 올려놓았고, 골수를 빼낸 다음, 그 뼈를 종전과 같이 수직으로 세워놓았다. 기회를 노리던 그는 글룸달클리치가 찬장으로 건너가 자리를 비운 동안, 식사 때마다 나를 거들기 위해 그녀가 사용하던 의자에 올라서서 두 손으로 나를 잡았다.

그리고 나의 두 다리를 한꺼번에 뼈의 골수 부분에 우겨 넣어 내 허리까지 박히게 만들었고, 나는 대단히 우스꽝스러운 꼴로 한동안 그렇게 꽂혀 있었다. 내게 무슨 일이 벌어졌는지 누군가가 눈치챌 때까지는 거의 1분이 걸렸다.

나로서는 비명을 내지르는 것이 매우 천박한 짓이라고 여겼던 것이다. 왕족들은 고기를 뜨겁게 해서 먹은 적이 전혀 없었기 때문에 나는 두 다리를 데지는 않았고, 양말과 바지만 볼품없는 꼴이 되고 말았다. 내가 간청한 덕분에 그 난쟁이는 심한 채찍질을 당한 것 이외에 다른 처벌은 받지 않았다.

왕비는 내가 겁이 많다고 하면서 자주 야유했고, 영국의 사람들이 나처럼 지독한 겁쟁이들인지 물었다. 그 사연은 다음과 같다. 그 왕국에는 여름에 파리 떼가 극성을 부렸다. 던스터블의 종달새만큼 크고 지겨운 이 곤충들은 내가 식사하는 동안 쉴새없이 내 귓가에서 붕붕거리며 날아다니는 통에 나는 잠시도 안심할 수가 없었다.

그들은 가끔 내 음식에 내려앉아 지긋지긋한 배설물을 쏟아내거나 알을 낳고 달아났다. 그 나라 사람들은 미세한 물체를 보는 데는 내 눈처럼 예민하지 못했기 때문에 파리의 배설물이나 알을 보지 못했지만, 내 눈에는 똑똑히 보였다. 파리들은 가끔 내 코나 이마에 내려앉아 대단히 고약한 냄새를 풍기면서 내 생살까지 침으로 찔러댔다. 그리고 나는 영국의 자연과학자들이 말하던, 파리가 천장에 거꾸로 매달려 걸어갈 수 있게 하는 그 점액질 물체도 쉽게 알아냈다.

나는 이 밉살스러운 짐승들로부터 스스로를 방어하기 위해 대단한 소동을 벌였고, 그들이 다가오기만 하면 소스라치게 놀라지 않을 수 없었다. 영국의 초등학교 아이들이 하듯이, 나를 공포에 사로잡히게 하거나 왕비를 기쁘게 하려고 난쟁이가 흔히 한 짓은 한 무더기의 파리들을 손에 쥐고 있다가 갑자기 내 코 바로 밑에서 그것들을 놓아주는 것이었다.

나는 공중에 날아다니는 그 파리들을 칼로 쳐서 두 동강을 내어버렸고, 왕비는 나의 능숙한 솜씨를 크게 칭찬했다.

글룸달클리치는 날이 맑으면 으레 내가 바람을 쏘이도록 해주기 위해 내가 들어 있는 상자를 창가에 놓아두곤 했는데, 내 기억에는 그날 아침에도 마찬가지였다. (그것은 영국에서 우리가 새장을 창 밖의 못에 걸어두는 것처럼, 나로서는 내가 들어 있는 상자를 그렇게 바깥에 걸어달라는 식의 모험을 감행할 수는 없었기 때문이다.)

나는 창문을 하나 열어둔 채 식탁에서 아침식사로 달콤한 케이크 한 조각을 먹으려고 했다. 그 냄새를 맡고 20마리 가량의 말벌이 20여개의 백파이프가 울리는 소리보다 더 큰 소리로 붕붕거리면서 안으로 들이닥쳤다.

몇 마리는 케이크에 달려들어 한 조각씩 떼어 달아났지만,

다른 말벌들은 내 머리와 얼굴 근처를 날아다니면서 요란한 소음으로 나를 괴롭혔고, 또 독침으로 나를 극도의 공포로 몰아넣었다.

그러나 나는 용감하게 일어서서 칼을 빼들고 공중에 날아다니는 그들을 공격했다. 4마리가 처치되자 나머지는 모두 달아났고, 나는 즉시 창문을 닫았다. 그 말벌들은 메추라기만큼 컸다. 꽁무니의 침을 빼냈더니, 길이가 3.8센티미터에 바늘처럼 날카로웠다.

나는 그 말벌들을 잘 보존했다가, 유럽의 여러 지역에서 다른 신기한 물건들과 함께 전시한 다음, 영국으로 돌아와서는 3마리를 그레샴 대학에 기증했고, 나머지 한 마리는 내가 보관했다.

제4장

여왕과 함께 국토탐방에 나서다

이제 나는 독자들에게 이 나라에 관해서, 내가 여행해본 지역을 중심으로 간략하게 설명하려고 한다.

내가 여행한 거리는 수도인 '로르브룰그라드'에서 반경 3200킬로미터를 넘지 않았다. 나는 언제나 왕비를 따라다녔는데, 그녀는 왕의 지방순찰에 동행할 때 수도로부터 3200킬로미터 이상은 나가지 않고, 왕이 국경 순찰을 마치고 돌아올 때까지 그 지점에서 기다리곤 했기 때문이다.

왕의 영토 전체는 세로가 9600킬로미터, 가로가 4800 내지 8000킬로미터였다. 이러한 규모로 미루어볼 때, 나는 일본과 캘리포니아 사이에는 오직 바다만 놓여 있다고 생각하는 유럽의 지리학자들이 크게 오류를 범하고 있다는 결론을 내리지 않을 수 없다.

왜냐하면 나는 거대한 타타르 대륙에 대응하는 그만한 다른 토지가 마땅히 존재해야만 한다고 생각하기 때문이다. 따

214 걸리버 여행기

라서 유럽의 지리학자들은 이 거대한 토지를 아메리카의 서북쪽에 붙여서 지도와 해도를 수정해야 하는데, 나는 이런 일에 기꺼이 협력할 것이다.

이 왕국은 반도이고, 그 동북쪽은 48킬로미터 높이의 산맥으로 막혀 있는데, 그 산들은 한결같이 꼭대기의 화산들 때문에 아무도 넘어갈 수가 없는 것이다.

가장 우수한 학자마저도 그 산맥 너머에 어떤 종류의 주민이 살고 있는지도, 심지어는 주민의 존재 여부조차도 몰랐다. 나머지 삼면은 바다로 둘러싸였지만, 왕국 전체에 항구란 하나도 없었다.

강물들이 흘러나가는 쪽의 해안은 모두 끝이 날카로운 바위가 무수하게 널려 있고, 파도가 일반적으로 너무나 거칠어서, 가장 작은 조각배를 타고서라도 항해에 나설 엄두를 못 냈고, 그래서 그곳 사람들은 바깥 세계와 전혀 교류가 없이 철저히 격리되어 있었다.

그러나 큰 강들은 범선들로 넘쳤고, 거대한 물고기들이 풍성했는데, 그것은 그들이 바다에서 물고기를 잡는 일이 전혀 없었기 때문이다. 그리고 바다에서 고기를 잡지 않은 것은 바다 생선이 유럽의 생선과 크기가 같아서 그들에게는 잡을 가치가 없었기 때문이다.

따라서 대자연이 엄청난 크기의 식물들과 동물들을 오로지 이 대륙에서만 생산한다는 것이 분명하다. 그 이유에 관해서는 학자들이 결정하도록 내버려두려 한다. 그들은 바위에 세게 부딪쳐서 죽은 고래를 가끔 잡았는데, 일반 백성들이 고래고기를 마음껏 즐겼다.

내가 알기에는 너무나 커서 한 사내가 도저히 등에 지고 운반할 수 없을 정도인 그 고래들을 이 나라 사람들은 광주리에 담아 수도 '로르브룰그라드'로 가져와 구경거리로 삼았다.

나는 고래 한 마리가 담긴 접시가 왕의 식탁에 올려진 것을 보았는데, 그것은 희귀한 음식으로 여겨졌다. 그러나 나는 왕이 고래 고기를 좋아한다고는 보지 않았다.

그 고래보다 약간 큰 것을 그린란드에서 본 적이 있기는 하지만, 접시에 담긴 그 고래가 너무 커서 왕의 식욕이 달아났다고 생각하기 때문이다.

이 나라에는 대도시가 51개, 성벽으로 둘러싸인 소도시가 거의 100개, 그리고 수많은 마을이 있어서 인구가 꽤 많은 편이었다. 호기심 많은 독자들을 만족시키기 위해서는 수도 '로르브룰그라드'에 관한 묘사만으로도 충분할 것이다.

이 도시는 한가운데를 흐르는 강으로 양분되어 있는데, 양쪽의 면적이 거의 같았다.

거기에는 8만 채 이상의 집이 들어차고, 주민은 60만 명 가량 되었다. 세로의 길이는 3글룽글룽(86.4킬로미터 가량)이고, 가로의 길이는 2.5글룽글룽(72킬로미터)이었다. 이것은 왕의 명령으로 작성되고, 나를 위해 바닥에 펴놓은 지도에서 내가 직접 측량한 것인데, 그 지도의 길이는 30미터나 되었다. 나는 직경과 둘레에 해당하는 부분을 여러 번 맨발로 걸어다니고, 자로 재어서 상당히 정확하게 계산해냈다.

왕궁은 질서있게 잘 배치된 그런 건물이 아니라, 둘레가 11킬로미터가 넘는 면적 위에 건물들이 다닥다닥 모여 있는 것인데, 중요한 방들은 일반적으로 가로, 세로, 높이가 72미터였다.

글룸달클리치와 나를 위해 전용마차 한 대가 제공되었는데, 여자 가정교사가 자주 그녀를 데리고 시내에 나가 구경하거나 상점에서 쇼핑을 했고, 상자 속에 든 나도 항상 동행했다.

나의 어린 유모는 거리를 지나갈 때 내가 집들과 사람들을 한층 잘 관찰할 수 있도록, 내가 원하는 대로 자주 상자에서 꺼내 자기 손으로 잡아주었다. 마차는 영국의 국회의사당과 거의 같은 넓이였지만, 높이는 약간 낮은 편이었다.

물론 나의 이 계산이 딱 들어맞을 수는 없다. 하루는 여자 가정교사가 어느 상점가에서 마부에게 마차를 멈추라고 지시했다. 기회를 노리던 거지들이 마차 양쪽으로 몰려들었는데, 그때 나는 영국인의 눈으로 본 광경 가운데 가장 참혹한 것을 보았다.

거기에는 가슴에 암이 생긴 여자가 있었는데, 그 환부가 어마어마하게 부풀었고 구멍들로 가득 찼으며, 2~3개의 구멍은 내가 쉽게 기어 들어갈 수 있을 만큼 큰 입구에 내 온몸이 빠질 정도로 깊었다.

한 남자는 양모 부대 5개보다 더 커다란 혹을 목에 달고 있었고, 다른 사내는 6미터 가량 높은 나무 의족을 양쪽 다리에 각각 달고 있었다.

그러나 그 중에서도 가장 지겨운 광경은 그들 옷에 기어다니는 이들이었다. 나는 유럽 이의 사지를 현미경으로 살펴보는 것보다도 더욱 뚜렷하게 그것들을 맨눈으로 볼 수 있었다. 돼지처럼 처먹이에 처박고 있는 박는 그들의 주둥이들도 볼

수 있었다.

나는 이를 그 나라에서 처음 보았는데, 적절한 도구만 있었다면 (불행히도 모두 배에 남겨 두었다) 한 마리를 해부해보고 싶을 만큼 호기심이 치솟았어야 마땅했다. 그러나 그 광경이 하도 구역질나는 것이어서 토할 것만 같았다.

보통 때 나를 넣어서 운반하는 그 커다란 상자 이외에, 왕비는 여행의 편리를 위해 길이가 360센티미터, 높이가 3미터 가량인 작은 상자를 만들라고 명령했다.

왜냐하면 큰 상자가 글룸달클리치의 무릎에 올려놓기에 너무 컸고, 마차 안에서도 거추장스러웠기 때문이다. 작은 상자는 큰 상자를 제조했던 바로 그 기술자가 만들었는데, 모든 설계를 내가 지휘했다.

그 여행용 상자는 정사각형인데, 3개의 벽의 한가운데에 각각 창문이 있고, 오랜 여행에서 일어날지도 모르는 불상사를 막기 위해 창문마다 바깥에 쇠창살을 달았다.

창문이 없는 나머지 벽에는 튼튼한 꺾쇠 2개를 고정시켰는데, 그것은 내가 말에 실려 운반되고 싶어할 때, 나를 운반하는 사람이 거기 가죽 벨트를 끼워서 자기 허리에 연결시킬 수 있게 하려는 것이었다.

내가 왕과 왕비의 지방순시에 수행하거나 정원들을 구경하거나 높은 신분의 귀부인 또는 궁중의 각료를 예방하는 경우, 글룸달클리치가 병이 들었을 때에는 언제나 내가 신뢰할 수 있는 근엄하고 충직한 하인이 여행용 상자를 운반했다.

이윽고 나는 고위층 관리들 사이에서 유명해지고 존경을 받게 되었는데, 그들은 나 자신을 높이 평가해서가 아니라, 나에 대한 국왕의 총애 때문에 그런 태도를 취했을 것이다. 여행을 하다가 내가 마차에 실려 있기가 따분하다고 여길 때는, 말 탄 하인이 내 상자를 가죽끈으로 자기 허리에 연결한 뒤 그 앞의 방석 위에 올려놓았다.

그러면 나는 삼면의 벽에 있는 창문들을 통해 그 나라의 탁 트인 전경을 감상하는 것이었다. 이 여행용 상자에는 간이 침대와 천장에서 늘어뜨린 그물 침대, 말이나 마차의 움직임으로 까불리는 것을 방지하려고 바닥에 고정시킨 의자 2개와 탁자가 있었다.

항해에 오랫동안 익숙해진 뒤라 때론 말이나 마차의 동요가 격심했지만 그다지 고통스럽지는 않았다.

시내를 구경할 때는 언제나 그 여행용 상자에 들어앉아 외출했다. 글룸달클리치는 그 나라에서 흔히 사용하는 일종의 천장이 없는 가마를 타고는 그 상자를 자기 무릎에 올려놓곤 했다.

왕비 궁전의 제복을 입은 4명의 사람이 그 가마를 메고 다른 2명이 호위했다. 나에 관한 소문을 익히 들은 사람들이 호기심에 못 견뎌 가마 주위로 몰려들자 글룸달클리치는 그들의 요구에 순순히 응해 가마를 멈추게 한 뒤, 나를 자기 손바닥에 올려놓아 그들이 좀더 잘 구경하도록 해주었다.

나는 그곳의 가장 큰 신전, 특히 그 나라에서 가장 높다고 하는 신전의 탑을 보고 싶었다. 그래서 하루는 나의 어린 유모가 그곳으로 나를 데려가주었다. 그러나 실망한 채 돌아왔다고 고백하지 않을 수 없다. 왜냐하면 그 탑은 지상으로부터 가장 높은 첨탑 끝에 이르는 높이가 900미터를 넘지 않았기

때문이다.

그 나라 사람들과 유럽에 사는 우리의 키를 비교할 때, 그 정도의 높이는 감탄할 만한 엄청난 대상이 아니었고, (내 기억이 정확하다면) 그러한 크기의 차이에 따른 비례로 추산할 때, 그것은 솔즈베리 첨탑에도 못 미치는 것이었다. 그러나 내가 죽을 때까지 감사의 뜻을 표해 마땅한 그 나라의 명예를 손상시키지 않기 위해, 내가 한 가지 인정하지 않으면 안 되는 것이 있다.

즉 이 유명한 첨탑은 그 높이는 비록 대단하지 않았지만 그 아름다움과 견고함은 높이의 결함을 보완하고도 남았다.

왜냐하면 한쪽 길이가 12미터인 정방형 석재로 쌓은 벽은 두께가 30미터 가량이었고, 실물대보다 큰 여러 신들과 황제들의 대리석상이 사면의 벽감에 각각 안치되어 있었기 때문이다.

나는 한 석상에서 떨어져나와 쓰레기 사이에 방치된 새끼 손가락의 길이를 재어보았는데, 정확히 122.5센티미터였다. 글룸달클리치는 그 손가락을 손수건에 싸서 주머니에 넣고 궁궐로 돌아갔다. 자질구레한 장신구들과 함께 보관하려는 의도였는데, 그녀는 자기 또래의 소녀들이 흔히 그렇듯이 그 손가락을 몹시 좋아했다.

왕의 요리를 마련하는 부엌은 천장에 궁륭이 설치된, 참으로 품위 있는 건물인데, 높이는 180미터였다. 거대한 가마솥의 둘레는 성 바오로 대성당 지붕의 돔과 거의 비슷하지만, 열 걸음 가량 모자랐다. 영국에 돌아온 뒤 내가 그 대성당의 돔을 일부러 재어보았기 때문에 이렇게 말하는 것이다.

그러나 내가 부엌의 화덕, 어마어마하게 커다란 항아리들과 주전자들, 꼬치에 꿰어져서 회전하는 고기 덩어리들, 기타 수많은 특정 사항에 관해 자세히 묘사한다면, 아마도 믿을 사람이 없을 것이다. 철저한 비평가는, 여행가들이 과장해서 떠벌린다고 자주 의심받는 것과 마찬가지로, 나도 약간은 부풀려서 이야기하는 것이 아닌가, 적어도 그렇게 생각하기 쉬울 것이다.

이러한 비난을 피하기 위해 오히려 내가 극단적으로 축소해서 말하지 않았나 염려된다. 또한 이 글이 브롭딩나그(이것이 저 왕국의 일반적인 명칭이다)의 언어로 번역되어 그곳에 전파된다면, 국왕과 백성들은 당연히 내가 자신들의 실태를 축소하고 왜곡하여 소개해 그들의 명예를 손상했다고 불평할 것이다.

국왕 폐하는 왕궁 마구간에서 말을 한꺼번에 600여 마리 이상 사육하는 일이 없었다. 그 마구간에서 기르는 말은 키가 대개 16.2 또는 18미터였다. 그러나 그가 축제 때 왕궁을 나설 경우에는 500명의 시민 기병대가 호위를 맡았다.

그의 전투 군단의 일부를 보기 전까지만 해도, 나는 시민 기병대의 모습이 세상에서 가장 멋진 것이라고 생각했다. 군대에 관한 이야기는 다음 기회에 하겠다.

제 5 장

잔인한 여러 편의 에피소드

내 몸집이 너무나 작아서 여러 가지 어처구니없고도 위험한 사건에 직면하지만 않았더라면, 나는 그 나라에서 매우 행복한 삶을 누릴 수 있었을 것이다.

그 사건들 가운데 몇 가지만 소개하겠다. 글룸달클리치는 여행용 상자에 나를 넣어 자주 왕궁의 정원으로 데리고 나간 뒤, 가끔 나를 꺼내 자기 손으로 받쳐주거나 땅에 내려놓아 걸어다니게 했다. 난쟁이가 왕비의 곁을 영영 떠나기 전이라고 기억하는데, 하루는 그가 우리 뒤를 따라 정원으로 들어왔다.

어린 유모가 나를 땅에 내려놓았기 때문에, 난쟁이와 나는 난쟁이 사과나무들과 아주 가까운 거리에 놓이게 되었다. 우리 언어에서도 그렇고, 마침 그들의 언어에서도 키가 낮은 나무를 난쟁이 나무라고 불렀기 때문에, 나는 재치를 부린답시고 어리석게도 그를 난쟁이 사과나무에 빗대어서 놀려주었다. 그러자 기회를 엿보던 이 악당은 내가 사과나무 아래를 걸어갈 때, 내 머리 바로 위에서 나무를 흔들어댔다.

그 바람에 블리스톨 나무 술통만한 사과 12개가 내 귓가를 스치고 떨어졌는데, 내가 허리를 굽힌 순간 사과 하나가 등을 때렸다. 나는 앞으로 고꾸라져 납작하게 되었지만 다치지는 않았다. 내가 먼저 약을 올렸기 때문에, 용서해주라고 간청했고, 그래서 그는 처벌을 면했다.

하루는 글룸달클리치가 나를 부드러운 풀밭에서 혼자 놀게 내버려둔 채 자기는 약간 떨어진 곳에서 여자 가정교사와 산책하고 있었다. 얼마 후 엄청나게 심한 우박이 갑자기 쏟아지는 바람에 나는 즉시 땅바닥에 엎어지지 않을 수 없었다.

그리고 단단한 테니스 공으로 연방 얻어맞듯이 엎어진 나의 온몸은 거대한 우박 알맹이에 사정없이 얻어맞았다. 나는 백리향 화단 가장자리의 바람이 불지 않는 쪽으로 간신히 기어가서 얼굴을 땅에 댄 채 납작 엎드렸다.

그러나 머리끝에서 발끝까지 너무 심하게 상처를 입어 열흘 동안 외출을 할 수 없었다. 이것은 그리 놀랄 일도 아니다. 왜냐하면 이곳의 대자연은 우리 경우보다 똑같은 비율로 엄청난 규모의 작용을 일으켰기 때문이다. 이곳의 우박 알맹이는 유럽의 우박 알맹이보다 1800배 가량 컸는데, 이것은 내 호기심이 발동하여 그 무게와 크기를 직접 측정해보았기 때문에 단언할 수 있다.

그러나 그보다 더 위험한 사건이 바로 그 정원에서 발생했다. 나는 나의 어린 유모에게 혼자 명상에 잠기도록 안전한 장소에 놓아달라고 자주 간청했는데, 하루는 그녀가 안전한 장소라고 믿은 곳에 나를 놓아주었다. 그때 그녀는 내 상자를 운반하기가 번거로워 집에 두고 왔다.

그런 다음 여자 가정교사와 평소에 알고 지내던 다른 귀부인들과 함께 정원의 한 구석으로 갔다. 그녀가 내가 소리쳐도 듣지 못하는 거리에 있는 동안, 수석 정원사가 기르는 흰색의 작은 스패니얼이 우연히 정원에 들어와, 내가 놓여 있는 곳으로 다가오게 되었다. 그 개는 냄새를 맡으며 곧장 내게 들이닥치더니 입으로 나를 문 다음, 즉시 주인에게 달려가 꼬리를 치면서 살그머니 나를 땅에 내려놓았다.

다행히도 너무나 훈련을 잘 받은 개였기 때문에 나는 전혀 상처를 받지 않았고, 옷마저도 조금도 찢어지지 않은 채, 그의 이빨 사이에 끼여 운반되었다. 그러나 나를 잘 알고 또 대단히 친절하게 대해주던 그 가련한 정원사는 너무나도 소스라치게 놀랐다. 그가 조심조심 두 손으로 나를 떠받치고 나서, 다친 데가 없느냐고 물었지만, 나는 너무 놀라 숨이 넘어갈 지경이어서 한마디도 대꾸할 수가 없었다.

머지않아 내가 정신을 차렸고, 그는 나를 무사히 나의 어린 유모에게 데려다주었다. 그 무렵 그녀는 내가 있던 자리로 돌아와보니, 내가 보이지도 않고 불러도 대답이 없자 여간 걱정스러워한 게 아니었다.

그녀는 개를 함부로 방치했다면서 정원사를 호되게 나무랐다. 그러나 그 사건은 쉬쉬해서 덮어버리고 왕궁에는 절대로 알리지 않았다. 왜냐하면 내 유모는 왕비의 분노를 겁냈고, 나로서는 그 소문이 퍼지면 내 명예가 손상될 것이라고 보았기 때문이다.

이 사건 이후로 글룸달클리치는 외출했을 때 자기 시선이 미치지 않는 곳에 절대로 나를 혼자 내버려두지 않겠다고 단단히 결심했다. 하지만 나는 그녀가 그런 결심을 할까봐 오랫동안 두려워했다. 그래서 내가 혼자 있을 때 일어났던 여러 가지 사소하고도 위험한 모험들을 알리지 않았다.

하루는 정원 위를 맴돌던 매가 나를 덮치려고 달려들었는데, 내가 단호하게 칼을 빼어든 채 과일나무가 촘촘한 울타리 밑으로 달려가지 않았더라면, 틀림없이 매 발톱에 채여버렸을 것이다.

또 한 번은 새로 판 두더지 굴 위를 걸어가다가 두더지가 흙을 파서 밖으로 던지던 그 구덩이에 빠져서 머리만 간신히 구멍 위로 솟은 적도 있었다. 나는 옷이 더러워진 이유에 대해 기억할 가치도 없는 그런 거짓말로 둘러댔다. 또한 가련한 영국에 관한 생각에 잠겨 혼자 걸어가다가 달팽이 껍질에 걸려 넘어지는 통에 오른쪽 정강이가 부러진 적도 있다.

내가 혼자 산책하고 있는 동안, 작은 새들이 나를 조금도 겁내지 않는 듯 보였고, 오히려 90센티미터까지 접근하여 팔짝팔짝 뛰어다니면서 근처에 다른 생물이 전혀 없다는 듯 조심하지도 않고 마음을 턱 놓은 채, 벌레와 다른 먹이를 찾고 있었는데, 그런 새들을 보고 내가 유쾌했는지 아니면 불쾌했는지는 말할 수 없다.

글룸달클리치가 방금 전에 아침식사로 준 케이크 조각을 개똥지빠귀란 놈이 자신만만하게 부리로 쪼아 내 손에서 가로채간 적도 있었다. 내가 새를 잡으려고 하면, 대담하게도 나를 향해 몸을 돌려 내 손가락들을 쪼아먹으려고 했기 때문

에, 나는 감히 그 부리가 미치는 범위 내에 접근하지 못했다.

그러면 새는 나를 무시한 채 몸을 다시 돌려 종전과 마찬가지로 벌레나 달팽이를 찾아다녔다. 그러나 하루는 굵은 몽둥이를 집어 있는 힘을 다해 홍방울새를 향해 던졌는데, 정말 다행히도 적중하여 그 새를 거꾸러뜨렸다. 그래서 두 손으로 새의 목을 잡고 나의 유모에게 달려갔다.

그러나 기절했을 뿐인 새가 정신을 차리고는 내 얼굴 양쪽과 온몸을 날개로 수없이 때렸다. 내가 두 팔을 쭉 뻗어서 새의 발톱이 닿지 않는 거리에 있기는 했지만, 놓아주는 것이 좋겠다는 생각을 스무 번도 더 했다. 내 하인 한 명이 즉시 새의 목을 비틀어 죽여서 나를 구해주었다.

왕비의 명령에 따라 나는 다음날 점심식사로 그 새 요리를 즐겼다. 내가 기억하는 한, 이 홍방울새는 영국의 백조보다 조금 더 큰 것 같았다

왕비의 시녀들이 나를 보거나 만지고 싶어 글룸달클리치를 자주 자기네 숙소로 초대하면서 나를 데려오라고 요청했다. 그녀들은 자주 내 옷을 다 벗겨 완전히 나체로 만든 뒤, 자기네 젖가슴 위에 나를 길게 눕혔다. 나는 그런 것이 너무나 역겨웠는데, 사실대로 말하자면, 그 피부에서 너무나 고약한 악취가 풍겼기 때문이었다.

이런 지적을 하는 것은 내가 각별히 존경하는 저 존귀한 귀부인들의 체면을 깎아내리려는 것도 아니고, 그럴 의도도 없다. 다만 내 감각은 몸의 왜소함에 비례하여 한층 예민했고, 영국에서 왕궁의 시녀들이 우리에게 역겹지 않은 것과 마찬가지로 저 고귀한 귀부인들도 애인에게 는 서로 역겨운 존재

가 아니었다. 결국 나는 그녀들이 향수를 사용했을 때의 체취보다는 자연적인 체취가 훨씬 더 견딜 만하다는 것을 깨달았다. 나는 향수 뿌린 체취를 맡으면 즉시 기절하고 말았던 것이다.

릴리퍼트에 있을 때 나와 절친했던 친구가, 어느 무더운 날 내가 심한 운동을 하고 났을 때, 내 몸에서 역겨운 냄새가 심하게 난다고 불평한 일이 있는데, 나는 그것을 잊을 수가 없다. 대부분의 유럽 남자들에 비해서 내 체취가 유난히 더 역겨운 것은 아니었지만, 내 후각이 이 사람들보다 더 예민한 것처럼 그의 후각이 나보다 더 예민했기 때문이라고 생각된다. 나의 여주인인 왕비와 나의 유모인 글룸달클리치의 체취는 영국의 그 어떤 귀부인에게도 뒤지지 않을 만큼 향기로웠다는 점을 지적해두지 않을 수 없다.

유모가 나를 데리고 시녀들을 방문했을 때 내가 가장 불쾌하게 여긴 점은, 그들이 나를 전혀 무가치한 생물로 보고, 예의를 조금도 갖추지 않은 채 취급하는 것이었다. 그녀들은 내 앞에서 발가벗고는 속옷을 걸쳤다.

화장대 위에 놓인 채 그녀들의 알몸을 정면으로 바라보았는데, 단언하지만, 그것은 욕정은커녕 오로지 공포와 구역질만 일으키는 그런 광경이었다.

가까이 들여다볼 때 그녀들의 피부는 너무나 거칠고 울퉁불퉁했으며, 색깔도 너무나 알록달록했고, 나무쟁반만큼 커다란 검은 점이 여기저기 보였다. 그리고 그 검은 점에는 노끈보다 더 굵은 털들이 뻗쳐 있었다.

피부 이외의 다른 부분에 관해서는 더 이상 설명하지 않겠다. 또한 그녀들은 내가 곁에 있어도 아랑곳하지 않은 채, 마신 것을 거침없이 배설했는데, 3165리터 이상이 들어가는 요강에다가 적어도 420리터나 되는 분량의 오줌을 쌌다.

이 시녀들 가운데에서 미모가 가장 뛰어난데다가 쾌활하고 장난치기를 좋아하는 16세 소녀가 가끔 내가 자기 젖꼭지를 타고 앉게 하거나 다른 많은 종류의 장난을 치게 했는데, 일일이 설명하지 않는 것을 독자들이 양해해줄 것으로 본다. 그러나 나는 너무나 불쾌해져서 그 소녀를 다시는 만나지 않기 위해 적절한 구실을 대라고 글룸달클리치에게 간청했다.

어느 날 내 유모의 여자 가정교사의 조카라는 젊은 신사가 찾아와서는 사형집행 장면을 구경하러 가자고 두 사람에게 졸랐다. 그와 절친한 친지를 살해한 범인이 사형을 당하는 것이었다. 천성적으로 동정심이 많은 글룸달클리치는 그런 구경이 조금도 내키지 않았지만, 끈질긴 재촉에 마지못해 동행하기로 했다.

나로서는 사형집행 광경 따위가 원래 딱 질색이었지만, 어마어마할 것이 분명하다고 보이는 그 광경을 목격하고 싶다는 호기심에 압도되었다. 사형수는 교수대 위의 의자에 묶여 있었다. 그의 목은 12미터 가량인 칼날 아래 단번에 잘렸다. 그 혈관과 동맥들이 너무나 엄청난 양의 피를 공중에 높이 뿜어댔기 때문에, 이에 비하면 베르사유 궁전의 거대한 분수는 아무것도 아니었다.

그의 머리통이 교수대 바닥에 떨어질 때 하도 요란하게 튀어오르는 통에, 나는 최소한 800미터 떨어진 거리에 있었는데도 깜짝 놀랐다.

왕비에게 보트를 선물받다

나의 항해 이야기를 자주 듣곤 하던 왕비는, 내가 우울할 때면 기분을 전환시켜주려고 최대한으로 애썼다. 그래서 내가 돛이나 노를 다룰 줄 아는지, 노 젓는 운동을 조금씩 하면 건강에 도움이 되지 않겠는지를 물었다.

나는 선상에서 외과의사나 내과의사 노릇을 하기는 했지

만, 위기가 닥치면 일반 선원들과 마찬가지로 일하지 않으면 안 되었기 때문에, 돛과 노를 모두 잘 다룰 줄 안다고 대답했다. 그러나 내게 맞는 돛과 노를 어떻게 조달할지 알 수가 없었다.

그 나라에서 가장 작은 나룻배도 유럽의 일급 전함과 같은 크기였고, 내가 조종이 가능한 보트는 그들의 강에서는 도저히 견딜 수가 없었다. 왕비 폐하는 내가 보트의 설계를 해준다면, 자기네 목수가 보트를 제조하고, 또 배를 띄울 장소도 마련해주겠다고 말했다.

그 목수는 탁월한 기술자였다. 그래서 내 설계에 따라서 10일 안에 장비를 모두 갖춘 유람선을 만들어냈는데, 그것은 유럽인 8명을 태우고도 거뜬한 것이었다. 보트가 완성되자 왕비는 너무나 기뻐 그것을 앞치마 자락에 싸서는 왕에게 달려갔다.

그는 나를 보트에 태운 채 물이 가득 찬 물통에 시험삼아 띄워보라고 명했다. 수면이 너무 비좁아 나는 긴 노든 짧은 노든 2개씩 마련된 그 노를 전혀 사용할 수 없었다. 그러나 왕비는 다른 계획을 이미 세워둔 뒤였다.

그녀는 목수에게 길이 90미터, 폭 15미터, 깊이 2.4미터의 나무통을 만들라고 지시했다. 그리고 물이 새지 못하도록 역청을 단단히 칠한 뒤, 왕궁 변두리 거실의 벽을 따라 바닥에 놓도록 지시했다.

물이 탁해지면 빼어버리도록 밑바닥에서 조금 위쪽에 구멍을 뚫고 코르크 마개로 막았다. 그리고 하인 2명이 30분 만에 물을 가득 채웠다.

여기서 나는 나 자신의 기분전환뿐 아니라, 왕비와 귀족부인들의 기분전환을 위해서도 자주 노를 저었는데, 그녀들은 내 솜씨와 민첩한 동작을 보고 몹시 좋아했다.

나는 가끔 돛을 올리고 싶었다. 그러면 귀부인들이 부채로 강풍을 일으켜 보내주고, 나는 배의 방향을 이리저리 조종했다. 그녀들의 팔이 아프면, 심부름하는 하인 몇몇이 돛을 향해 입김을 불어주었다. 그러면 나는 자유자재로 보트를 오른편이나 왼편으로 돌리는 기술을 선보였다. 보트 조종을 마치고 나면, 언제나 글룸달클리치가 그 보트를 자기 침실로 가져간 뒤, 못에 걸어 말렸다.

한 번은 그런 운동을 하는 도중에 하마터면 내가 죽을 뻔한 사고가 발생했다. 심부름하는 하인이 보트를 물통에 띄운 뒤, 매우 정중하게 글룸달클리치의 시중을 들던 여자 가정교사가 나를 집어서 보트에 올려놓으려고 했다. 그러나 나는 공교롭게도 그녀의 손가락 사이에서 미끄러졌다.

세상에서 그런 행운도 없겠지만, 착한 그 귀부인의 가슴 장식에 튀어나온 큰 핀에 걸리지 않았더라면, 12미터 저 아래 마룻바닥에 틀림없이 그대로 떨어졌을 것이다.

그 핀의 머리가 내 셔츠와 바지 허리띠 사이를 찔렀고, 그래서 내가 허공에 매달려 있었는데, 글룸달클리치가 달려와서 구해준 것이다.

또 한 번은, 사흘마다 물통을 비우고 깨끗한 물로 채우는 임무를 맡은 하인이 조심하지 않아 (자기도 모르게) 자기 물동이에 들어 있던 커다란 개구리를 물통 속에 넣어버렸다.

개구리는 내가 보트에 놓일 때까지 물 속에 숨어 있다가 쉴

자리를 발견하고는 보트 위로 기어올라왔다. 그 바람에 보트가 한쪽으로 너무 많이 기울었고, 나는 배가 뒤집히지 않도록 반대편에 몸무게를 실어 균형을 잡지 않을 수가 없었다. 개구리는 보트에 올라오자마자 보트 길이의 절반이나 되는 거리를 단숨에 펄쩍 뛰어왔고, 그 다음에는 내 머리 위를 넘어갔다. 앞으로 뒤로 펄쩍펄쩍 뛰어다니면서 내 얼굴과 옷을 그역겨운 점액 투성이로 만들었다. 덩치가 하도 커서 내가 상상할 수 있는 모든 동물들 가운데 가장 못생긴 것으로 보였다. 나는 혼자 힘으로 처치하고 싶다고 글룸달클리치에게 말했다. 노를 들어 늘씬하게 패주었더니, 마침내 개구리는 보트에서 뛰쳐나갔다.

거대한 원숭이에게 납치되다

그러나 그 나라에서 겪은 가장 큰 위험은 왕궁 부엌에서 일하는 종업원의 원숭이 때문이었다. 글룸달클리치는 일을 보거나 누군가를 방문하기 위해 외출할 때면 나를 자기 침실에 넣어두고는 문을 잠갔다. 매우 무더운 날씨였기 때문에 침실 창문을 열어두었고, 내가 들어 있던 큰 상자의 문과 창문들도 모두 열어둔 채였다.

나는 큰 상자가 작은 상자보다 더 넓고 더 편리해서 대개 그곳에서 지냈다.

내가 탁자를 마주한 채 조용히 명상에 잠겨 있을 때, 어떤 생물이 침실 창문을 통해 쿵하고 뛰어들어와 이리저리 돌아다니고 있는 소리가 들렸다.

깜짝 놀라 경계를 했지만, 의자에 그대로 앉은 채 밖을 내다보기로 작정했다. 장난치기를 좋아하는 원숭이가 뛰어다니고 펄쩍펄쩍 뛰어오르다가 드디어 내 상자로 왔다. 원숭이는 상자를 보고 매우 기뻐했으며, 호기심이 잔뜩 발동되는 듯, 문과 창문을 통해 안을 들여다보았다.

나는 상자의 가장 구석진 곳으로 몸을 피했다. 원숭이가 요리조리 들여다보는 통에 겁을 잔뜩 집어먹은 나는, 정신이 하나도 없었기 때문에 마음만 먹으면 쉽게 할 수 있었는데도 침대 밑에 숨지를 못했다.

한참이나 들여다보며 웃고 고함치던 그가 드디어 나를 발견하고는, 고양이가 쥐를 가지고 놀 때 하듯이 문으로 한 발을 집어넣었다.

내가 그를 피해 자주 자리를 옮겼지만, 그는 드디어 (그 나라의 천으로 만들어서 매우 두껍고 질긴) 내 코트 깃을 잡고는 나를 바깥으로 끌어내고 말았다.

원숭이는 오른쪽 앞발로 나를 잡았고, 유모가 어린애에게 젖을 먹이려는 것처럼, 그리고 내가 본 유럽의 원숭이들이 새끼들에게 젖을 먹이던 그 모습으로 그렇게 나를 안았다.

내가 몸부림을 치면 손아귀에 더욱 힘을 주었기 때문에, 고분고분한 것이 더 현명하다고 생각했다. 왼쪽 앞발로 내 얼굴을 자주 부드럽게 토닥거려주는 것으로 보아, 그는 나를 원숭이 새끼로 여기는 듯했다.

원숭이가 그런 장난을 치고 있을 때 누군가가 침실 문을 열려고 하는 소리가 나자, 재빨리 동작을 바꾸어 자기가 들어왔던 창문으로 즉시 뛰어나갔다.

한쪽 앞발로 나를 잡은 채, 물받이 홈통 위를 세 다리로 걸어가더니 옆집 지붕으로 올라갔다. 원숭이가 나를 잡아가지고 뛰쳐나가는 순간, 나는 글룸달클리치가 내지른 비명소리를 들었다.

가련한 그 소녀는 거의 미칠 지경이었다. 궁궐의 그 일대는 대소동이 벌어졌다. 하인들이 사다리를 가지러 달려갔다. 수백 명의 궁중 사람들이 원숭이를 쳐다보았다.

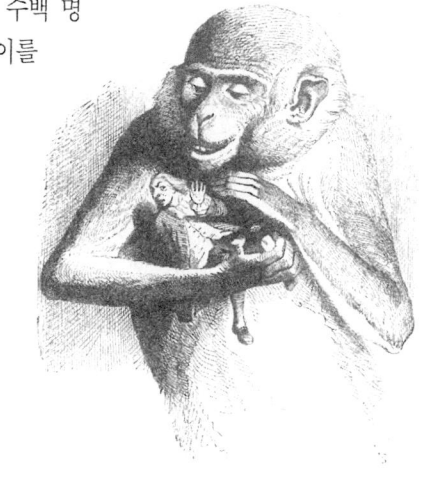

지붕 가장자리에 앉아서 나를 한쪽 앞발로 새끼처럼 껴안고는 다른 쪽 앞발로는 자기 입에서 뱉어낸 어떤 음식을 내 입에 쑤셔 넣었다.

내가 먹지 않으려고

하자 원숭이가 나를 토닥거려주었는데, 그것을 아래쪽에서 올려다본 수많은 사람들이 폭소하지 않을 수 없었다. 나도 그들을 탓할 수가 없는 것이, 그 꼴은 나를 제외한 모든 사람에게는 너무나도 우스꽝스러웠기 때문이다.

몇몇 사람들이 원숭이가 땅에 내려오도록 하기 위해 돌을 던졌다. 그러나 그런 행동은 곧 금지되었는데, 돌을 계속 던졌더라면 아마도 내 머리가 박살이 났을 것이다.

사다리를 타고 여러 사람이 올라오는 것을 본 원숭이는 자기가 포위되었다는 것을 깨달았다. 그리고 세 다리만 가지고는 빨리 달아날 수 없기 때문에, 나를 지붕 꼭대기 기와 위에 떨어뜨린 뒤 달아나고 말았다.

나는 지상에서 270미터나 되는 그곳에 한동안 앉아 있었는데, 언제 바람에 날려 떨어질지 또는 현기증 때문에 쓰러져서 처마까지 굴러갈지도 모르는 상황이었다. 그때 내 유모의 하인인 충직한 소년이 올라와서 나를 바지 주머니에 넣은 뒤 무사히 내려다주었다.

나는 원숭이가 내 입에 강제로 쑤셔 넣은 더러운 음식으로 숨도 쉬지 못할 지경이었는데, 나의 어린 유모가 친절하게도 작은 바늘로 그것들을 파내주었다.

그러자 나는 왈칵 토해내면서 쓰러졌고, 크게 안도의 숨을 내쉬게 되었다. 그래도 몹시 지쳤고, 이 지긋지긋한 짐승이 나를 쥐어짜는 바람에 양쪽 옆구리를 크게 다쳤기 때문에, 2주간이나 누워서 지내지 않으면 안 되었다.

왕과 왕비, 그리고 궁궐의 모든 사람이 매일 사람을 보내 회복 정도를 물었고, 왕비 폐하는 여러 번 몸소 찾아와서 문

병했다. 그 원숭이는 처치되었고, 왕은 다시는 그런 짐승을 왕궁 안에서 기를 수 없다고 명령했다.

나는 원기를 회복한 뒤에 보살펴준 데 대해 감사하기 위해 왕을 찾아갔다. 그는 이 모험을 구실로 나를 마음껏 야유하려고 했다.

그래서 원숭이가 앞발로 안고 있을 때 무슨 생각과 상상을 했는지, 원숭이가 준 음식의 맛이 좋았는지, 원숭이가 음식을 먹이는 솜씨는 어떠했는지, 지붕 위의 신선한 공기로 내 식욕이 한층 왕성해졌는지 등에 관해서 질문을 던졌다. 또한 영국에서 내가 그런 사고를 당했다면 어떤 식으로 대처했을지에 대해서도 알고 싶어했다.

나는 유럽에는 원숭이가 없고, 있다고 해야 신기한 구경거리로 다른 대륙에서 데려온 것이 고작인데다가, 그런 원숭이도 너무나 작아서 12마리가 공격한다 해도 나 혼자 거뜬히 감당할 수 있다고 대답했다.

그리고 나를 덮친 저 거대한 괴물(그것은 사실 코끼리만큼 컸다)에 대해서는, 만일 내가 공포심을 억제하고 단검을 사용하려고만 했다면, (매섭게 앞을 노려보면서 칼자루에 손을 대고 나는 그렇게 말했다) 원숭이가 앞발을 내 방에 들이밀었을 때, 어쩌면 내가 큰 상처를 입혀 그놈이 들이밀 때보다 더 빨리 허겁지겁 앞발을 뒤로 뺐을지도 모른다고 대답했다.

나는 명예를 조금이라도 잃지 않으려고 안간힘을 쓰는 사람처럼 그렇게 확고한 어조로 말했다.

그러나 내 답변은 엄청난 폭소를 터뜨리게 했을 뿐이다. 국왕 폐하의 주위 사람들도 마땅히 왕에 대한 예의를 지켜야 했음에도 불구하고, 도저히 폭소를 참지 못했다. 나는 그런 광경을 보고 누구든지 자기보다 지위가 대단히 높거나 비교될 수 없는 사람들 앞에서는 자기 명예를 주장하려고 애써봤자 헛수고에 불과하다는 것을 깨달았다.

한편 그때 내가 취한 행동과 같은 식으로 처신하는 사람들을 귀국한 이후 자주 볼 수 있었다. 가문·인품·기지 또는 상식 면에서 전혀 내세울 것이 없어 경멸당해 마땅한 자가 스스로 주요 인물인 척하고, 최고위 인사들과 어깨를 겨루려고 하는 나라가 바로 영국인 것이다.

나는 매일 우스꽝스러운 이야기 재료를 왕궁에 제공했다. 나를 몹시 아끼면서도 꽤 간사한 면이 있는 글룸달클리치는 내가 어리석은 짓을 할 때마다 그것이 왕비를 즐겁게 할 것이라 생각되면 어김없이 보고했다.

몸이 쇠약해진 그 소녀는 여자 가정교사의 인도에 따라 걸어서 30분 가량 걸리는 곳, 즉 수도에서 48킬로미터 떨어진 곳으로 바람을 쏘이러 나갔다.

그들은 들판의 오솔길에 이르자 마차에서 내렸다. 글룸달클리치가 내 여행용 상자를 내려놓자, 나는 산책하러 밖으로 나갔다.

길에는 쇠똥이 놓여 있었고, 그것을 뛰어넘기 위해서는 반드시 대단한 활약을 하지 않으면 안 되었다. 나는 달려가다가 높이 뛰어올랐지만, 불행히도 넓이 뛴 거리가 짧아서 똥무더기 한가운데에 무릎까지 빠지고 말았다.

어기적거리면서 간신히 걸어나오자, 내 몸이 더러운 똥투성이였기 때문에 마부 한 사람이 정성을 다해 손수건으로 깨끗이 닦아주었고, 내 유모는 집에 돌아올 때까지 나를 상자 속에 가두어두었다.

왕비가 즉시 그 일에 대해 알게 되었고, 마부도 왕궁 안에 소문을 퍼뜨려, 며칠 동안 나는 얼굴을 들지 못했다. 하지만 다른 모든 사람들은 몹시 즐거워했다.

제6장

왕과 왕비를 기쁘게 하다

나는 왕의 접견식에 매주 한 번 또는 두 번 참석했다.

그리고 이발사가 왕을 면도해주는 것을 자주 보았는데, 면도칼이 보통 낫보다도 거의 두 배나 길어, 처음에는 그것이 대단히 무시무시하게 여겨졌다. 왕은 그 나라 관습에 따라 매주 두 번 면도를 했다. 비누거품을 조금 떼어달라고 이발사에게 졸라서 얻은 적이 한 번 있는데, 거기에서 가장 질긴 수염 40~50개를 건져냈다.

이어서 가느다란 나무조각을 빗의 받침대처럼 깎아낸 뒤, 글룸달클리치의 가장 작은 바늘을 얻어 간격이 일정한 여러 개의 구멍을 뚫었다. 주머니칼로 수염 끝을 비스듬히 깎고 그 구멍에 정교하게 고정시켜서 매우 유용한 빗을 만들었다. 원래 내가 쓰던 빗은 이가 너무 많이 빠져 쓸모가 거의 없었기 때문에, 그 빗은 때마침 내게 제일 필요한 물건이었다.

내가 아는 한, 그 나라에는 그런 빗을 내게 만들어줄 만큼 솜씨가 훌륭하고 정확한 기술자는 한 명도 없었다.

빗이 생기자 한 가지 오락거리가 머리 속에 떠올랐고, 많은 여가시간을 거기에 바쳤다.

나는 한 시녀에게 왕비의 머리를 빗겨줄 때마다 떨어져나오는 머리카락을 모아달라고 부탁했더니 얼마 후 꽤 많이 얻게 되었다. 옷장 만드는 목수인 내 친구는 내게 자질구레한 물건들을 제조해주라는 명령을 이미 받았는데, 그와 의논한 끝에 내 상자 속의 의자보다 크지 않은 의자 2개의 틀을 만들고, 등과 엉덩이가 닿는 부분으로 내가 설계한 그 틀에 미세한 송곳으로 조그만 구멍들을 뚫도록 그에게 지시했다.

그리고 영국의 등나무 제조방식과 마찬가지로, 가장 질긴 머리카락을 고른 뒤 그 구멍을 통과시켜 엮었다. 나는 완성된 의자 둘을 왕비에게 선물로 주었고, 그녀는 그것들을 서랍에 보관했다가 진기한 물건이라며 사람들에게 구경시켰다. 그것을 본 사람들은 누구나 크게 탄복했다.

왕비는 내가 그 의자에 앉은 모습을 보고 싶어했지만, 왕비 폐하의 머리를 한때 장식했던 그 존귀한 머리카락 위에 내 몸의 천한 부분을 접촉하기보다는 차라리 내가 수천 번 죽는 편이 더 낫다고 하면서 왕비의 명령을 단호히 거절했다. (나는 언제나 뛰어난 기술자였기 때문에) 남은 머리카락으로 길이가 1.5미터 가량 되는 멋진 돈주머니를 만들고, 왕비 폐하의 이름을 금실로 수놓은 다음, 왕비의 허락을 받고 글룸달클리치에게 주었다.

사실대로 말하자면, 그것은 커다란 동전의 무게를 견뎌낼 힘이 없었기 때문에 실용성보다는 관상용이었고, 그래서 그

녀는 소녀들이 좋아하는 작은 장난감들 이외에 다른 것은 전혀 거기에 넣지 않았다.

왕은 음악을 애호해 궁중 연주회를 자주 열었고, 나도 가끔 초대되었다. 그러나 엄청난 소음만 들려왔기 때문에 악기 소리를 전혀 구별할 수가 없었다. 영국 육군의 북과 나팔을 모두 동원하여 바로 귓가에서 두드리고 분다고 해도 그 소음에 비하면 아무것도 아니라고 확신한다.

나는 연주자들이 앉은 곳에서 가장 먼 곳에 내 상자를 이동시키게 한 뒤, 문과 창문들을 꼭꼭 닫고 휘장을 쳤다. 그렇게 하자 그들의 음악이 한결 들을 만했다.

나는 젊은 시절에 소형 하프시코드 연주를 약간 배웠다. 글룸달클리치가 매주 두번 음악선생의 지도를 받았는데, 나는 그녀가 연주하는 그 악기를 소형 하프시코드라고 불렀다. 왜냐하면 그것이 하프시코드와 상당히 비슷하고, 똑같은 방법으로 연주되었기 때문이었다. 그 악기로 영국 노래를 연주하여 국왕과 왕비를 즐겁게 해주면 좋겠다는 생각이 들었다.

그러나 거의 불가능한 일로 보였다. 왜냐하면 그 악기는 폭이 18미터 가량인데다가 건반 하나의 폭이 30센티미터나 되었다. 내가 두 팔을 벌려도 손에 닿는 것은 건반 5개가 고작이었고, 건반을 누르려면 주먹으로 힘껏 내려쳐야만 했는데, 그것은 너무나 힘든 중노동인데다가 별 소용도 없는 짓

이었다.

그래서 이런 방법을 고안해냈다. 나는 일반적인 몽둥이 크기인 둥근 막대기 2개를 마련했는데, 한쪽 끝이 다른 쪽 끝보다 더 굵었다. 굵은 쪽 끝을 쥐 가죽으로 싸서 그것으로 건반을 두드리더라도 건반이 상하지 않고 또 잡음이 나지 않도록 했다. 악기 앞에는 건반보다 1.2미터 낮게 긴 의자를 놓고 나를 그 위에 올려놓게 했다.

나는 좌우로 재빨리 뛰어다니며 막대기 2개로 필요한 건반을 두드려서 지그 춤곡을 연주하여 왕과 왕비를 크게 만족시켰다. 그러나 그것은 내 평생에 가장 격심한 운동이었다. 그런데도 건반을 16개 이상은 한꺼번에 칠 수 없었고, 따라서 다른 연주가들처럼 최저음과 최고음을 낼 수도 없었는데, 그 점이 내 연주의 최대 결함이었다.

왕의 궁금증을 풀어주다

앞에서도 언급했지만, 이해력이 탁월한 군주인 국왕은 내가 든 상자를 가져다가 자기 거실의 탁자 위에 올려놓으라고 자주 명령했다. 그러고는 나더러 의자를 가지고 상자에서 나와 옷장 꼭대기에 앉으라고 지시했다.

그러면 나는 그의 얼굴과 거의 수평으로 2.7미터 거리를 두게 된다. 그런 방식으로 우리는 여러 번 대화를 했다. 어느 날 내가 국왕의 풍부한 학식과 탁월한 정신력에 비추어 그가 유럽을 비롯한 바깥 세상에 대해 품게 된 경멸감은 타당하지 않다고 감히 말했다.

몸집이 크다고 해서 인간 이성이 더 풍부한 것도 아니고, 영국에서는 그 반대로 키가 큰 사람들이 대개 지능이 낮은 것을 흔히 볼 수 있다고 덧붙였다. 또한 동물의 세계에서는 벌과 개미가 몸집이 한결 큰 수많은 종류의 다른 동물들보다 근면과 재능과 지혜가 탁월하다는 명성을 누리고 있으며, 왕의 눈에 내가 쓸모없는 존재로 보인다 해도, 폐하를 위해 뛰어난 공적들을 세우면서 살고 싶다고 말했다.

왕은 내 말에 주의 깊게 귀를 기울였고, 종전보다 훨씬 높이 나를 평가하기 시작했다. 그리고 영국의 통치방식에 관하여 내가 가능한 한 가장 정확하게 설명해주기를 바랐다. 그것은 군주들이란 자기 나라의 관습을 좋아하는 법이어서, (그는 내 설명에 비추어서 그렇게 추측했다) 본받을 가치가 있는 남의 나라 제도라면 무엇이든지 기꺼이 설명을 들어야겠다는 취지였다.

점잖은 독자들이여, 내가 그때 그리스의 데모스테네스나 로마제국의 키케로 같은 웅변의 혀가 있기를, 그래서 사랑하는 내 조국에 대해 그 장점들과 번영에 상응하는 찬사를 늘어놓을 수 있기를 얼마나 간절히 원했던가를 상상해보라.

나는 아메리카 대륙의 식민지를 제외하고는 2개의 섬으로 구성된 우리 영토에서는 군주 한 명이 강력한 왕국 3개를 다스린다고 설명하기 시작했다. 우리의 비옥한 토지와 적절한 기후에 관해서는 길게 이야기했다.

이어서 영국 의회 체제에 관해서 자세히 들려주었고, 의회의 일부는 가장 고귀한 혈통과 가장 유서 깊고 광범위한 세습을 자랑하는 인사들의 저명한 귀족원, 즉 상원이라고 지적했다.

귀족들이 국왕과 왕국을 위해 조언하는 고문의 자격을 갖추기 위해, 입법과정에 참여하기 위해, 그 이상 상소가 허용되지 않는 최고재판소의 재판관이 되기 위해, 용기 · 행동 ·

충성심으로 언제든지 국왕과 왕국을 방어할 준비가 되어 있는 용사들이 되기 위해, 학문과 무술에 관한 그들의 교육은 특별한 배려의 대상이다. 그들은 우리 왕국의 자랑이자 튼튼한 성채이고, 가장 저명한 조상들의 뒤를 충실히 뒤따르는 사람들이며, 조상들은 자신의 공적으로 명예를 얻었고, 그 후손은 조상들의 명예를 실추시킨 적이 한 번도 없다.

이 상원의 몇몇 의석은 주교라는 직책을 가진 거룩한 사람들이 차지하는데, 그들의 특이한 임무는 종교를 보살피고, 신자들을 가르치는 일이다. 왕과 그의 가장 지혜로운 고문들이 전국의 성직자 가운데서 상원의원의 자격을 갖춘 이런 주교들을 조사하고 찾아내는데, 그들은 거룩한 삶과 해박한 학식에 있어서 그 누구보다도 탁월해야 하고, 참으로 성직자와 신자들의 정신적인 아버지라야만 한다.

의회의 다른 일부는 하원이라고 불리는 조직인데, 하원의원들은 모두 저명한 신사들로서, 그들의 뛰어난 능력과 애국심을 평가하여, 국가 전체의 지혜를 대변하도록 국민들이 직접 자유롭게 엄선한 사람들이다. 영국의 상원과 하원은 유럽에서 가장 존엄한 의회를 구성하고, 입법에 관한 사항을 모두 국왕과 더불어 처리한다.

이어서 이야기가 사법제도로 넘어갔다. 존경스러운 현자들이고 법의 해석자인 재판관들은 범죄를 처벌하고 무죄한 사람들을 보호할 뿐만 아니라, 권리와 재산에 관한 분쟁에 대해서도 판결하는 임무를 지닌다. 나는 국가재정 담당 각료의 현명한 관리 실태, 그리고 해군과 육군의 용맹과 성과에 관해서도 언급했다.

또한 각 종파나 정당에 몇백만 명이 소속되어 있는지를 계산해서 전체 인구를 산출해냈다. 심지어는 체육과 오락, 또는 조국의 명예를 드높일 것으로 보이는 다른 사항들마저도 빠뜨리지 않았다. 끝으로 최근의 약 100년 동안에 영국에서 일어났던 역사적 사건과 사태들을 간략히 설명했다.

이 대화는 여러 시간에 걸친 회견을 다섯 번 했는데도 끝나지 않았다. 왕은 내 말을 자주 메모하고, 질문할 사항을 모조리 미리 적어두는 등 나의 모든 이야기를 대단히 주의 깊게 들었다.

오랜 시간에 걸친 이 강연을 여섯 번째 회견에서 마무리를 짓자, 국왕 폐하는 자기 메모를 들여다보면서 수많은 의문과 질문과 반대 의견을 조목조목 제시했다.

우리 젊은 귀족들의 정신과 육체를 연마하는 방법은 어떤 것이고, 그들은 취학 연령 초기에 주로 무슨 일을 하면서 시간을 보내는지 물었다. 귀족 가문의 혈통이 끊어지는 경우, 어떤 방식으로 상원에 의원을 공급하는가? 귀족 가문을 새로 창시하려면 어떠한 자격이 필요한가? 군주의 변덕스러운 기분, 왕궁에 근무하는 귀부인이나 수상에게 바치는 거액의 뇌물, 또는 공공이익을 해치는 정당의 강화 계획 등이 귀족으로 승격시켜주는 동기가 된 적은 전혀 없었던가?

이 귀족들은 국민들의 재산에 관해서 최종적으로 결정을 내릴 수 있을 만큼 나라의 법을 충분히 알고 있는가? 그들은 법에 관한 그런 지식을 어떻게 얻게 되었는가? 또한 탐욕함과 편파성과 물질적 결핍에 구애받지 않아서, 뇌물이나 다른 괴상한 짓이 그들 사이에 파고들 틈이 전혀 없는가? 내가 말

하는 거룩한 주교들은 종
교 문제에 관한 지식과 거
룩한 생애만을 항상 기준
으로 해서 상원의원으로
승격되는 것인가? 그들은
평범한 사제로 근무하는
동안, 현실과 타협하거나
어느 귀족의 노예로서 창
녀와 같은 지도 신부로 일
한 적이 한 번도 없는가?
그리고 상원의원이 된 뒤

에도 그 귀족의 말을 계속해서 노예처럼 따르는 것은 아닌
가?

이어서 그는 내가 말하는 하원의원의 선거 방식에 관해 알
고 싶어했다. 두둑한 돈 자루를 가진 다른 지방 출신이 천박
한 투표자들을 매수하여, 자기네 지주나 이웃의 가장 훌륭한
신사를 누르고 당선되지는 않는가? 하원에 들어가려면 많은
돈을 쓰고 심한 고생을 하며, 파산하는 경우도 자주 있는데다
가, 의원에게는 월급이나 연금도 없다는데, 그런 의회에 들어
가려고 죽기살기식으로 달려드는 까닭은 무엇인가? 의원이
되고 싶어하는 사람들의 열정은 덕성과 공공정신이 지나치게
우러나온 것으로 보였기 때문에, 왕은 오히려 그것이 언제나
진심에서 우러나오는 것이 아닐 수도 있다고 의심하는 것 같
았다.

그는 또 이 열정적인 신사들이 부패한 정부와 결탁한 채,

나약하고 사악한 군주의 비위를 맞추느라고 공공이익을 희생시키고, 그래서 자기들의 비용과 수고에 대한 보상을 노리지는 않는지 알고 싶어했다. 그의 질문은 불어만 갔고, 무수한 의문점과 반론을 제기했으며, 나는 뇌의 구석구석을 쥐어짜느라고 혼이 났다. 끝도 없는 그의 질문들을 여기서 반복하는 것은 현명하거나 유쾌한 일이 아니다.

사법제도에 관한 나의 설명에 대해 국왕 폐하는 몇 가지를 좀더 알고 싶어했다. 나는 대법관 법정에서 진행된 오랜 소송으로 거의 파산할 뻔했다가 승소는 했지만 많은 돈이 들었기 때문에, 이 분야에 관해서는 답변이 훨씬 수월했다. 그는 시비를 결정하는 데 보통 시간이 얼마나 걸리고, 비용은 얼마나 되는가 물었다.

부당하고, 남을 괴롭히거나 억압하는 주장이라는 것이 누가 봐도 명백한 경우에도 변호사는 그런 사람을 위해 변호할 자유가 있는가? 종파나 정당이 정의의 잣대를 멋대로 기울어지게 하는 일은 없는가? 변호사들이 형평법에 관한 전반적인 지식을 가지고 있는가, 아니면 지역적·종족적·기타 국지적 관습법만 알고 있는가? 변호사나 판사들은 자기 마음대로 해석하고 주석을 다는 바로 그 법률들을 제정하는 데 참가하지는 않았는가? 동일한 소송 이유에 대해서 그들은 어떤 때는 변호하고 또 어떤 때는 반박하지는 않았는가? 상충되는 주장들에 대한 증거로 동일한 판례를 인용하지는 않았는가? 그들은 부자인가 아니면 가난한가? 변호해주거나 자기 의견을 제시한 대가로 돈을 받지는 않는가? 특히 그들이 하원의원이 된 적은 없었는가?

다음에 그는 우리의 국가재정 담당 각료의 재정운용에 관해서 언급했는데, 내 기억력이 정확하지 않다는 지적을 했다. 왜냐하면 내가 연간 세입을 500 또는 600만 파운드라고 산출하고는, 세출에 대해 말할 때는 그 액수가 세입의 2배 이상이라는 것을 그가 발견했기 때문이다. 그가 이 점에 관해서 대단히 상세하게 메모를 한 것은, 그가 내게 말해준 것처럼 우리의 재정에 관한 지식이 자기에게 유익한 자료가 되기를 바랐기 때문이었다.

그리고 그의 계산은 착오가 있을 수 없었다. 그러나 내 말이 맞는다고 한다면, 왕국이 어떻게 개인과 마찬가지로 파산할 수가 있는지 그는 여전히 이해하지 못했다. 누가 국가의 채권자이고, 국가는 빚을 갚기 위해 어디서 돈을 구할 수 있는지 물었다.

내가 비용이 너무 많이 드는 대규모 전쟁에 관해서 설명하자, 그는 우리가 전쟁을 대단히 좋아하는 국민이거나 이웃에 사악한 나라들을 두고 살고 있다고 생각했다. 그는 틀림없이 국왕보다 더 재산이 많다고 보이는 우리 나라의 장군들이 무역 또는 조약체결의 경우 그리고 자신의 국가와 해안을 방어하는 경우가 아니라면, 다른 나라의 영토에 대해서 관여할 이유가 무엇이냐고 물었다.

더욱이 그는 평화스러울 때, 그리고 자유로운 국민들이 사

는 나라에서 용병으로 조직된 상비군이 있다는 말을 듣고 놀랐다. 우리 자신의 합의에 따라 선출된 대표자들이 나라를 통치한다면, 우리가 누구를 두려워하고, 또 누구와 싸워야 하는지 그는 상상조차 할 수가 없었다. 어떤 개인이 자기 집을 방어하는 경우, 적은 보수로 길에서 아무렇게나 고용한 5~6명의 불량배, 즉 가족들을 죽이면 그 보수보다 100배 이상 돈을 벌지도 모르는 그런 악당들보다는 주인과 자녀들 그리고 다른 가족들이 더 잘 방어할 수 있지 않느냐고 하면서 나의 의견을 물었다.

그는 우리의 여러 종파와 정당을 근거로 해서 전체 인구를 산출하는 나의 괴상한 계산법(그는 내 계산법을 괴상하다고 했다)을 비웃었다. 또한 그는 일반 대중과 다른 의견을 가진 사람들이 그 의견을 버려야만 한다든가, 또는 그 의견을 숨기도록 강요되면 안 된다든가 하는 것은 말이 안 된다고 했다. 개인의 의견을 버리라고 강요하는 정부가 독재이듯이, 감추도록 강요하지 못하는 정부는 연약한 것이다. 왜냐하면 누구든지 자기 거실에서는 독약의 보유가 허용되어야 하는 반면, 돌아다니면서 그것을 강장제로 파는 것은 금지해야 하기 때문이다.

그는 귀족과 신사들의 오락 가운데서 내가 언급한 도박에 대해 주목하고는, 대개 몇 살 때 시작해서 몇 살 때 그만두는지 알고 싶어했다. 시간은 얼마나 허비되는가? 돈이 너무 많이 들어가서 재산이 크게 축나는 경우는 없는가? 천박하고 사악한 사람들이 도박에 뛰어난 재주를 발휘하여 큰 재산을 모으지는 않는가? 도박 때문에 귀족들 자신마저도 나쁜 친구들과 어울릴 뿐 아니라 때로는 많은 빚을 지게 되며, 정신 수양을 전적으로 포기하고, 잃은 돈을 되찾으려고 수치스러운 그 기술을 익혀서 다른 사람의 돈을 따려고 하지는 않느냐?

내가 과거 100년 동안 영국에서 일어난 역사적 사건들을 설명했을 때 그는 이만저만 놀라지 않았다. 그리고 내가 말하는 역사란 음모·반란·살인·학살·혁명·추방 등의 집합체에 불과하고, 그런 것들은 탐욕·파벌·위선·배신·잔인함·격분·광기·증오·시기·욕정·악의 또는 야망에서 나오는 가장 저열한 짓이라고 규탄했다.

그 후 다시 접견했을 때, 국왕은 내 설명 전체의 요점들을 수고스럽게도 열거해주고, 자기 질문들과 나의 답변들을 비교한 뒤, 나를 손에 받쳐들고는 부드럽게 등을 토닥거리면서 아래와 같이 말했다. 나는 그의 말은 물론, 그의 어조마저도 결코 잊을 수가 없다.

"내 작은 친구 그릴드리그여, 너는 네 조국에 관해 극도의 격찬을 늘어놓았다. 그리고 의회 구성원의 자질이란 때로는 무지·나태·사악함이 고작이라는 것, 그리고 법을 남용·왜곡·회피하는 데 자기 관심과 능력을 기울이는 자들이 그 법의 설명·해석·적용에 있어서 가장 탁월하다는 것을 분명히 입증했다.

네 조국의 어떤 제도들이 처음에는 그런 대로 괜찮은 것이었지만, 절반은 폐지되어버리고, 나머지는 부패 때문에 아주 희미하거나 완전히 변질되었다는 것을 나는 깨달았다.

네 말을 종합적으로 판단해도, 어떤 지위를 얻으려는 후보자들 가운데 덕행을 기준으로 한 사람을 선발한다는 것이 명확히 드러나지 않았다. 이보다 한층 불확실하게 보이는 것은, 사람들이 덕행 때문에 귀족이 되고, 사제들은 경건함이나 학식 때문에, 군인들은 모범적 행동이나 용기 때문에, 재판관들은 고결한 인격 때문에 승진하며, 국회의원들이 애국심 때문에 의회에 진출하고, 국왕의 고문들이 지혜 때문에 총애를 받는가 하는 점이다.

(국왕은 말을 계속했는데) 생애의 대부분을 여행으로 보낸 너 자신에 관해서 말한다면, 네 조국의 수많은 악습의 영향을 너는 지금까지 피할 수 있었으리라고 나는 기대한다.

그러나 네가 스스로 설명한 것과 내가 네게서 억지로 쥐어 짜낸 대답들을 검토한 결과, 네 조국에 사는 원주민들이란 대자연이 지상에 기어다니도록 만든, 지겹고도 작은 벌레들로 구성된 가장 해로운 인종이라고 결론을 내리지 않을 수 없다."

제7장

화약 제조법을 알려주다

오로지 진실에 대한 극진한 사랑 때문에 나는 여행기의 이 부분을 지워버릴 수가 없었다. 내가 사랑하는 고귀한 조국이 그토록 엄청난 모욕을 받고 있는 동안, 내가 아무리 항의를 해도 언제나 조롱받을 뿐이어서 소용이 없었고, 결국 본의는 아니었지만 꾹 참고 들을 수밖에 없었다.

독자들에게 이러한 이야기를 들려주게 된 데 대해 마음속 깊이 미안하게 생각한다.

그러나 이 국왕이 모든 세부사항에 관해 너무나 호기심이 많고 또 따지기를 좋아했기 때문에, 내가 아는 범위 내에서 만족할 만한 답변을 거절한다면, 그것은 그가 베푼 총애나 나 자신의 예의에 비추어서 있을 수 없는 일이었다. 그럼에도 불구하고, 나는 그의 질문에 대한 대답을 교묘하게도 많이 회피했고, 문제별로 내가 한 대답도 영국의 현실을 크게 미화하여 매우 유리하도록 한 것이라고 장담할 수 있다.

왜냐하면 나는 조국의 편을 들어야 한다고 항상 생각해왔기 때문이다. 조국에 대한 이 칭찬할 만한 편애는 할리카르나스의 디오니시우스도 어느 역사가에게 권장했고, 그것은 매우 타당한 권고였던 것이다.

나는 모국의 정치제도의 취약성과 변질을 숨기는 한편, 조국의 장점과 아름다움을 최대한으로 부각시키려고 애썼다. 이것은 불행히도 목적을 달성하지는 못했지만 국왕과 자주 대화하는 동안 내가 가장 진지하게 기울인 노력이었다.

그러나 외부세계와 완전히 차단되었고, 그 결과 다른 모든 나라에서 통용되는 예의도 풍습도 알 수가 없던 국왕의 입장을 우리는 최대한으로 이해해주어야만 한다. 외국의 예의와 풍습에 관한 무지는 수많은 편견과 일종의 편협한 사고방식을 초래하는 법이다.

물론 우리 영국인들과 우리보다 더 점잖은 유럽의 여러 나라들은 이러한 편견이나 편협한 사고방식이 전혀 없다. 그리고 너무나도 멀리 고립된 국왕이 지닌 덕행과 악습에 관한 개념들을 인류 전체의 기준으로 삼기란 참으로 어려운 일일 것이다.

지금까지 내가 말한 내용을 확인하고, 나아가서는 폐쇄적인 교육의 참담한 결과를 밝히기 위해서 나는 누구라도 믿기 힘들 삽화를 여기 소개하겠다.

나는 국왕의 총애를 한층 더 받고 싶은 기대감에서 300내지 400년 전쯤에 발명된 어떤 가루, 즉 화약의 제조법을 알려주었다.

나는 그 가루가 쌓인 무더기가 아무리 산더미처럼 큰 것이라고 해도, 거기 아주 작은 불씨라도 떨어지는 날에는 천둥보다 더 큰 폭음과 더 격심한 진동을 일으키면서 순식간에 모든 것을 공중으로 날려버린다고 말했다.

그리고 청동이나 쇠로 만든 속이 빈 관, 즉 대포에다 그 크기에 따라 적절한 분량의 이 가루를 채워 넣으면, 쇠나 납으로 만든 포탄을 세차게 그리고 엄청나게 빠른 속도로 발사하는데, 아무것도 그 힘을 막을 수 없다고 했다.

이렇게 발사된 가장 큰 포탄은 대규모의 부대를 순식간에 전멸시킬 뿐만 아니라, 가장 튼튼한 성벽도 가루로 만들어버리고, 1000명이나 탄 군함들도 바다 밑으로 격침시키며, 군함들이 쇠사슬로 연결되어 있다면 그 돛대들을 꺾고 선체들을 파괴하여 무수한 사람들을 두 동강으로 만들어버리고, 군

함들을 모조리 항해가 불가능한 상태로 만든다.

우리는 자주 이 가루를 쇠로 만든 커다란 포탄 속에 넣은
뒤, 우리에게 포위된 도시를 향해 기계 장치로 그것을 발사한
다. 그러면 그것이 폭발하여 사방으로 파편을 날려보내면서,
포장도로들을 파헤치고 집들을 산산조각으로 만들 뿐 아니
라, 근처에 있는 모든 사람들의 머리통을 쪼개버린다.

나는 이 가루를 만드는 원료들을 잘 알고 있고, 또한 그 원
료들이 값싸고 흔한 것이라고 말했다. 아울러 그 제조법을 내
가 잘 알기 때문에, 국왕의 기술자들을 지도하여, 그 왕국의
다른 모든 사물의 크기와 비교해서 적절하다고 보는 그런 크
기의 강철관. 즉 대포를 만들어낼 수 있다고도 했다.

가장 긴 강철관도 30미터 이상 길 필요가 없고, 이런 강철
관 20 또는 30개에다가 적절한 분량의 가루와 포탄들을 장전
한다면, 그 왕국에서 가장 견고한 도시의 성벽도 몇시간 만에
무너뜨리고, 수도에 사는 시민들이 국왕의 절대적인 명령을
따르지 않는 경우에는, 수도 전체마저도 파괴해버릴 수 있다
고 말했다. 나는 국왕의 한없는 호의와 보호에 대해 조금이나
마 보답하겠다는 뜻에서 겸손하게 제의했다.

그 무시무시한 기계장치에 관한 나의 설명과 제의를 듣고
난 국왕은 대단히 두렵다는 표정을 지었다. 그는 나와 같이
힘도 없고 땅에 기어다니는 벌레(이것은 국왕의 입에서 나온
표현이었다)가 그토록 비인간적인 고안을 해내고, 내가 파괴
적인 저 기계들의 성능이라고 묘사한, 유혈이 낭자한 대량파
괴 장면을 태연하게 바라보면서 전혀 양심의 가책도 느끼지
않는 데 대해 크게 놀랐다.

그래서 그는 어떤 사악한 천재, 즉 인류의 원수가 그 기계를 처음 고안해낸 것이 분명하다고 말했다. 자기로서는 인공적인 분야 또는 자연계의 새로운 발견을 그 무엇보다도 기뻐하기는 하지만, 파괴적인 그 가루의 비밀을 알게 되기보다는 차라리 자기 왕국의 절반을 잃어버릴 작정이라고 단언했다. 그리고 나더러 목숨이 아깝다면 이 가루에 대해 두 번 다시 말을 꺼내지 말라고 명령했다.

국왕은 온몸이 건강하고, 탁월한 지혜와 풍부한 학식을 겸비했으며, 인품이 고결하고, 국가를 이끄는 지도력이 매우 뛰어나서, 국민들의 흠모와 사랑과 존경을 한몸에 모으고, 거의 숭배의 대상이 될 정도의 인물이었다.

그런데도 불구하고 훌륭하지만 불필요한 양심, 즉 유럽에서는 찾아볼 수 없는 그 양심 때문에, 백성들의 생명과 자유와 재산에 대해 절대적 지배자가 될 수 있는 기회를 잡을 수 있었는데도 그 기회를 스스로 놓쳐버린 것은 융통성 없는 원칙들과 근시안적인 안목에서 나온 이상한 결과였다.

정치에 무지한 왕과 국민

나의 이러한 지적 때문에 영국의 독자들이 그 국왕을 대수롭지 않은 인물이라고 볼지도 모른다는 생각이 든다. 그러나 나는 저 탁월한 국왕의 수많은 장점들을 훼손할 의도가 눈곱만치도 없다.

여기서 말하는 국왕의 이러한 결점은 그 나라 사람들의 무지에서 나온 것이라고 본다. 왜냐하면 그들보다 머리가 더 좋은 유럽인들이 정치를 학문으로 발전시킨 반면, 그들은 아직 그렇게 하지 못했기 때문이다.

이 사실은 어느 날 내가 국왕과 나눈 대화, 즉 지금도 생생하게 기억하고 있는 그 대화를 통해서 잘 드러났다. (그런 말을 할 의도가 전혀 없었지만) 그때 나는 유럽에는 통치 기술에 관한 저서가 수천 권이 넘는다고 한마디 했고, 그 말에 국왕은 유럽인들이란 형편없는 족속이라고 여기게 되었다. 그는 왕이나 장관들의 비밀, 위장, 음모를 모조리 증오하고 또 경멸한다고 말했다. 적국 또는 경쟁국을 가져본 적이 없는 그는 내가 말하는 국가기밀이 무엇인지 이해할 수 없었다.

국가의 통치에 관한 그의 지식은 대단히 단순하여, 상식과 올바른 이치, 정의와 관용, 민사사건과 형사사건에 대한 신속한 판결, 그리고 크게 고려할 가치가 없는 그 외의 여러 가지 사항들에 국한되어 있었다.

예전에는 밀이나 풀이 한 포기만 자라던 곳에 그것들을 두 포기 재배할 수 있는 사람이라면, 그 나라의 정치가로 자처하는 족속을 모두 합친 것보다도 인류에게 더 큰 공헌을 하고, 자기 나라에 필요한 일을 더 많이 한다는 것이 국왕의 의견이었다.

이 나라 사람들의 학식은 크게 부족했다. 그들은 도덕·역사·시 그리고 수학만 배웠는데, 이 네 가지 부문에서는 그 지식이 탁월하다고 인정하지 않을 수 없다.

특히 수학은 일상생활에서 실용적인 영역, 즉 농업의 발전과 각종 기계를 다루는 기술에만 응용이 되었는데, 그래서 영국인들은 그들의 수학을 대수롭게 여기지 않을 것이다. 그리고 사상, 존재, 추상성, 초월성에 대해서는 내가 아무리 설명을 해주어도 전혀 알아듣지 못했다.

그들이 사용하는 알파벳은 22개이고, 그 나라의 모든 법조문에는 22개 이상의 단어가 들어갈 수 없게 되어 있었다. 그러나 사실상 22개의 단어를 동원할 만큼 긴 법조문은 찾으려고 해도 찾기가 힘들었다. 모든 법조문은 가장 평범하고 쉬운 용어로 규정되어 있고, 그들은 한 가지 이상의 해석을 하려는 그런 변덕도 부리지 않았다.

그리고 법조문에 대해 주석을 다는 사람은 사형을 받았다. 민사사건에 대한 판결이나 형사 범죄인에 대한 재판은 그 판례가 너무나 희귀해서, 그들은 그 분야에 대해 탁월한 지식이 있다고 자랑할 이유가 전혀 없었다.

그들은 중국인들과 마찬가지로 아주 먼 옛날부터 인쇄술이 발달했다. 그러나 도서관에는 장서가 그리 많지 않았다. 그 나라에서 제일 크다는 국왕의 도서관은 길이가 360미터나 되는 서가를 가지고 있는데, 그곳의 장서는 고작해야 1000권 정도였다.

나는 원하는 책은 무엇이든지 빌려볼 수 있었다. 왕비의 목수가 글룸달클리치가 사용하던 여러 방 가운데 한 군데에 나무로 만든 기계를 하나 설치했다. 그것은 A자형 사다리와 비슷하게 생겼고, 높이가 7.5미터였고, 한 계단의 길이는 15미터였다. 그것은 실제로 한 짝의 이동식 계단이었고, 가장 낮은 계단은 벽에서 3미터 거리를 두었다. 읽고 싶은 책을 벽에 기대어 세워놓게 한 다음, 내가 사다리의 꼭대기에 올라가 책을 향해 서서 맨 윗줄부터 읽기 시작했다.

줄의 길이에 따라 오른쪽으로 여덟 또는 열 걸음을 걸어갔다가 왼쪽으로 이동했고, 줄이 내 눈의 높이보다 약간 아래에 이를 때까지 그렇게 읽었다. 그러면서 차례로 계단을 내려서서 방바닥에 이르렀다. 그 뒤에 다시 꼭대기에 올라가 같은 식으로 다음 페이지를 읽기 시작했다.

나는 두 손으로 책장을 쉽게 넘길 수 있었는데, 그것은 책장이 판지처럼 두껍고 딱딱했으며, 가장 넓은 2절판도 그 길이가 5.4 또는 6미터를 넘지 않았기 때문이다.

그들은 불필요한 말을 자꾸만 늘어놓거나 다양한 형식의 표현을 하는 것을 가장 질색했기 때문에, 그들의 문장 스타일은 명료하고 힘차고 유창했지만, 멋을 부리는 일은 없었다. 나는 많은 책을 읽었는데, 특히 역사와 도덕에 관한 책들을 즐겨 읽었다.

그 가운데 내가 매우 재미있게 읽은 것은 글룸달클리치의 방에 언제나 놓여 있던 약간 낡은 소책자인데, 그것은 그녀의 가정교사인 엄격하고 나이 많은 귀부인의 소유였다.

그 가정교사는 도덕과 신심에 관한 책들을 취급했다. 그 소책자는 인간의 나약함을 테마로 삼았고, 여자들과 신분이 천한 사람들 사이에서만 인기가 있었다. 그러나 나는 그 나라의 한 저자가 그 테마를 어떻게 다룰 것인지에 대해 호기심이 생겼다. 그 소책자의 저자는 유럽의 도덕가들이 늘 다루는 모든 문제를 거론하면서, 인간이 그 본성에 비추어 얼마나 왜소하고 무력하고 경멸받을 동물인지, 가혹한 기후조건이나 난폭

한 맹수들로부터 자신을 방어할 힘이 얼마나 빈약한지에 관해 논증했다. 어떤 동물이 사람보다 더 힘이 세고, 어떤 동물이 사람보다 더 빨리 달리며, 어떤 동물이 사람보다 더 멀리 내다보고, 어떤 동물이 사람보다 더 부지런한가에 대해서도 저자는 서술했다.

그리고 그는 대자연이 최근에 쇠퇴기에 접어들어서, 과거의 여러 시대에 비하면 이제는 작고 허약한 생물만을 출산시킨다고 덧붙였다. 과거 여러 시대에는 사람들의 체구가 지금보다 훨씬 더 컸을 뿐만 아니라, 거인들이 지상에서 살고 있었다고 생각하는 것이 매우 타당하다는 것이다. 거인들의 존재는 역사와 전설을 통해서도 알 수 있고, 우리 시대에 흔히 볼 수 있는 그 왕국의 종족, 즉 체구가 작아진 사람들보다 엄청나게 체구가 더 큰 사람들의 거대한 뼈들과 두개골들이 여러 군데에서 우연히 발굴되는 사실에서도 확인되었다고 그는 말했다.

대자연의 법칙 자체가 절대적으로 요구하는 것에 따르면, 우리 인류는 태초부터 체구가 훨씬 더 크고 더 힘이 세었다는 것이 틀림없고, 지붕에서 떨어지는 기와나 소년이 던진 돌에 맞아서 죽기 쉽고, 작은 시냇물에 빠져 죽기 쉬운 그런 존재는 결코 아니었다고 주장했다.

그 저자는 이러한 방식의 논리에 따라서 인생을 살아가는

데 유익한 몇 가지 도덕 규범들을 이끌어냈지만, 그것들을 여기에서 반복할 필요는 없을 것이다.

우리가 대자연에 관해서 벌이는 논쟁들을 통해 도덕에 관한 설교를 하거나, 그보다 사실은 불만과 불평을 털어놓는 이 교묘한 수법이 이 세상에 얼마나 널리 퍼져 있는지에 대해 나로서는 새삼 고려해보지 않을 수가 없었다. 그리고 이러한 논쟁들은, 엄격하게 따져본다면, 저 왕국의 사람들 사이에서나 우리 영국인들 사이에서나 그 근거가 매우 희박하다는 사실이 밝혀질 것이라고 나는 믿는다.

그들이 군사 부문에 관해서 자랑하던 것은 국왕의 군대가 17만 6000명의 보병과 3만 2000명의 기병으로 조직되어 있다는 것이었다. 그러나 여러 도시에서 온 장사꾼들과 시골에서 올라온 농부들로 조직되고, 지휘관들이라고 해야 귀족과 지주들에 불과한 그 집단을 군대라고 불러도 좋을지 모르겠다. 그들은 모두 월급이나 다른 보수를 받지 못했다.

물론 훈련은 철저했다. 군기도 대단히 엄격했지만, 나는 그것이 그들의 장점이라고는 조금도 생각하지 않았다. 모든 농부가 각각 자기 지주의 지휘를 받고, 모든 시민이 베니스에서 실시하던 투표 방식으로 선출된 자기 도시의 지배자의 지휘를 받고 있었으니, 그럴 수밖에 없다고 본 것이다.

나는 로르브룰그라드의 민병대가 그 도시 근처의 광활한 들판에서 훈련하는 것을 자주 보았다.

그 들판은 폭과 길이가 각각 32킬로미터였다. 동원된 인원은 보병이 2만 5000명 미만에, 기병이 6000명을 넘지 않았지만, 그들이 퍼져 있는 지역의 넓이를 고려할 때, 나는 그 숫

자를 확인할 수가 없었다. 거대한 말과 거기 탄 기병의 키는 합해서 30미터 가량 되었다.

나는 이런 기병들이 모인 기병대 전체가 명령 한마디에 따라 동시에 칼을 뽑아들고는 공중에 휘두르는 것을 보았다. 아무리 머리를 쥐어짠다고 해도 그토록 장엄하고, 그토록 놀라우며, 그토록 섬뜩한 장관은 상상조차 할 수가 없을 것이다. 그것은 마치 사방의 하늘에서 1만 줄기의 번개가 한꺼번에 내려치는 것처럼 보였다.

나는 다른 나라들이 도저히 접근조차 할 수 없는 그런 왕국을 지배하는 이 국왕이 어떻게 군대라는 것을 생각해냈고, 또한 백성들에게 군사훈련을 시키게 되었는지에 관해서 호기심이 생겼다.

그러나 그와 대화를 하고 그들의 역사책을 읽고 나서 곧 그 내막을 알게 되었다. 오랜 세월에 걸쳐서 그들은 다른 수많은 나라들을 괴롭혀온 그 질병과 똑같은 병에 시달려왔다. 즉 귀족들은 권력을 잡기 위해서, 백성들은 자유를 얻기 위해서, 왕들은 절대적인 지배권을 확립하기 위해 자주 투쟁을 벌였던 것이다.

그 왕국의 모든 법이 귀족과 백성과 왕 등 세 종류의 세력을 다행히 잘 조절해주었지만, 어느 한쪽이 가끔 법질서를 파괴했고, 그래서 여러 차례 내란이 벌어졌는데, 마지막 내란은 이 국왕의 할아버지가 거국적인 타협으로 다행히 종결지을 수 있었다. 그래서 민병대가 모든 사람들의 합의로 조직되고, 그 이후 가장 엄격한 훈련을 받으면서 계속 유지된 것이다.

제8장

여행을 떠나다

나는 자유를 회복할 방법을 생각해내거나 성공할 가능성이 거의 없는 계획을 세우는 것조차 불가능하다고 해도, 언젠가는 자유를 회복해야만 한다는 강한 충동을 언제나 느끼고 있었다. 내가 항해하던 그 배는 그들의 해안까지 밀려와서 발견된 최초의 배였다.

국왕은 다른 배가 또 나타나는 경우에는, 그 배를 육지로 끌어올리고, 승무원들과 여객들을 전부 죄수 호송마차에 실어 로르브룰그라드로 끌어오라고 명령을 내렸다. 그는 내가 자손을 번식시키도록 하기 위해 나하고 크기가 비슷한 여자를 구해주려고 단단히 결심한 것이다. 그러나 길들여진 카나리아 새들처럼 새장에 갇히고, 때로는 상류층 인사들에게 여기저기 팔려나가서 그들의 호기심을 만족시키는 그런 후손을 남기는 치욕을 감당하느니 차라리 죽어버리는 것이 마땅하다고 생각했다.

물론 나는 대단히 친절한 대접을 받았고, 위대한 국왕과 왕비의 총애를 받았으며, 왕궁의 모든 사람을 기쁘게 해주는 그런 존재였다. 그러나 그것은 인간이 지닌 위신을 상실한 희생으로 이루어진 결과였다. 집에 있는 가족들에게 한 나의 맹세도 결코 잊을 수가 없었다.

나는 대등한 자격으로 대화를 나눌 수 있는 사람들과 함께 살고 싶었다. 그리고 개구리나 강아지 따위에 밟혀 죽을까 두려워하지 않고도 얼마든지 거리와 들판을 걸어다니는 처지에 있고 싶었다. 어쨌든 나의 탈출은 기대했던 시기보다도 더 빨리, 그리고 결코 평범하지 않은 방식으로 이루어졌는데, 그 경위와 여건들에 관해서는 충실히 소개하려고 한다.

그 나라에 도착한 지도 벌써 2년이 지났다. 그리고 3년째가 시작되었을 때, 글룸달클리치와 나는 왕국의 남쪽 해안으로 가는 국왕과 왕비의 행차를 수행했다. 나는 앞에 언급된 여행용 상자에 담겨지고, 평소와 같이 운반되었는데, 그 상자는 폭이 3.6미터라서 매우 편안한 것이었다. 나는 천장의 네 귀퉁이에 비단 밧줄들을 고정시키고 거기 그물침대를 연결하도록 지시했다. 내가 가끔 요구하는 데 따라서 하인이 내 상자를 자기가 탄 말 앞쪽

에 놓으면 심하게 아래위로 흔들렸는데, 그 충격을 완화하려는 목적도 있었고, 여행을 계속하는 동안 그 침대에서 자려는 목적도 있었다.

나는 목수에게 그물침대 바로 위쪽 자리를 피해 한쪽 길이가 30센티미터 되는 구멍을 천장에 뚫도록 지시했다. 그것은 아주 무더운 날 내가 잠을 잘 때 환기를 할 목적이었다. 나는 홈을 따라 앞뒤로 움직이는 판자를 가지고 그 구멍을 마음대로 닫을 수 있었다.

여행의 목적지에 도착하자, 국왕은 해안선에서 29킬로미터 이내에 위치한 도시 플란플라스니크 근처의 별궁에서 며칠 동안 휴양할 계획이었다. 글룸달클리치와 나는 몹시 지친 상태였다.

나는 대수롭지 않은 감기에 걸려 있었지만, 가련한 그 소녀는 너무 아파서 침대에서 꼼짝도 못할 지경이었다. 나의 탈출이 만에 하나라도 이루어진다면, 그 유일한 장소는 바다일 수밖에 없었기 때문에, 나는 바다 구경을 간절히 원했다. 나는 너무나 병이 심해 곧 죽을 지경이라는 듯이 꾀병을 부리면서, 내가 특히 아끼는 어린 하인을 데리고 가서 신선한 바닷바람을 쏘일 수 있도록 휴가를 달라고 요청했다. 그 어린 하인은 전에도 가끔 나를 수행한 적이 있었다.

글룸달클리치가 허락을 해주면서도 얼마나 마음이 내키지 않아 했는지, 그리고 어린 하인에게 나를 잘 살피라고 얼마나 단단히 지시를 했는지, 나는 결코 죽을 때까지 잊어버릴 수 없을 것이다. 동시에 그녀는 뭔가 앞으로 일어날지도 모를 일에 대한 예감이라도 들었는지, 눈물을 펑펑 쏟았던 것이다.

어린 하인은 내가 들어 있는 상자를 집어들고는 별궁을 떠나 30분 가량 걸어서 바닷가의 바위들이 있는 곳으로 갔다.

나는 상자를 바위에 내려놓으라고 명령했고, 창문을 하나 연 뒤에 우울하면서도 명상에 잠긴 듯한 시선으로 하염없이 바다를 바라다보았다. 나는 몸이 너무 쇠약해졌기 때문에, 그물침대에서 낮잠을 한숨 자고 나면 좋을 것이라고 그에게 말했다.

참을 수 없는 독수리의 공격

나는 그물침대에 몸을 뉘었고, 그는 찬바람을 막아주려고 창문을 다시 닫았다. 나는 즉시 잠이 들었다. 그리고 잠을 자는 동안에 내가 추측할 수 있는 것이라고는, 내게 위험한 일이 닥치지 않을 것이라고 생각한 어린 하인이 새알을 수집하려고 바위틈 사이를 뒤지고 다닐 것이라는 게 고작이었다.

왜냐하면 내가 방금 전에도 창문을 통해 그가 바위틈에서 새알을 한두 개 집는 것을 보았기 때문이다. 그런데 나는 운반에 편리하도록 상자 꼭대기에 고정시켜둔 고리를 누군가 난폭하게 잡아채는 바람에 갑자기 잠을 깼다. 상자가 공중으로 높이 들리더니 엄청난 속도로 운반되고 있다는 느낌을 받았다. 최초의 요동으로 그물침대에서 떨어질 뻔했지만, 이윽고 별다른 진동이 없었다.

나는 목청이 터져라 하고 여러 번 고함을 쳤지만, 전혀 소

용이 없었다. 창문을 통해서 보이는 것이라고는 구름과 하늘 뿐이었다. 내 머리 바로 위에서 새가 날개를 치는 듯한 소리가 들려왔고, 그제서야 내 가련한 처지를 깨달았다. 독수리한 마리가 내 상자의 고리를 부리로 물고 날아가는데, 그놈은 껍질 속으로 숨은 거북이처럼 내 상자를 바위에 떨어뜨려 깨고는 나를 잡아먹으려고 하는 것이었다.

비록 내가 벽의 두께가 5센티미터 되는 상자 속에 숨어 있었다고 해도 영리하고 또 후각이 발달한 독수리는 아주 먼 거리에서도 먹이를 발견할 수 있기 때문이다.

얼마쯤 지나자, 나는 새가 점점 더 빠르고 더욱 힘차게 날개를 친다고 느꼈고, 내 상자는 바람이 심한 날의 간판기둥처럼 아래위로 격심하게 흔들렸다. (나는 내 상자의 고리를 부리로 물고 있던 것이 독수리가 틀림이 없다고 확신하고 있는데) 그 독수리가 여러 번 쿵 쿵 하고 무엇인가에 부딪치는 듯한 소리가 들렸다. 그러더니 갑자기 1분 가량 수직으로 추락하고 있다는 것을 느꼈는데, 그 속도가 믿어지지 않을 정도여서 나는 숨이 거의 멎을 뻔했다.

무시무시하게 철썩 하는 소리가 나더니 상자는 더 이상 추락하지 않았다. 그 소리가 내 귀에는 나이아가라 폭포의 물소리보다 더 크게 들렸다. 그 직후 1분 동안 나는 암흑 속에 빠져 있었다.

이윽고 상자가 위로 올라가기 시작하더니, 창문들 위쪽이 밝아지는 것이 보였다. 나는 바다에 떨어졌다는 사실을 그제야 깨달았다. 내 상자는 나 자신과 그 안에 든 물건들 그리고 바닥과 천장의 네 귀퉁이를 튼튼하게 고정시키려고 덧댄 넓은 철판의 무게 때문에 1.5미터 가량 물 속에 가라앉은 채 떠 있었다.

그때나 지금이나 내 생각에는 변함이 없는데, 내 상자를 물고 날아가던 독수리는 두세 마리의 다른 독수리의 추격을 받았고, 먹이를 뺏으려는 그들에게 대항해서 방어하다가 마지못해 나를 떨어뜨렸을 것이다. 상자 바닥의 네 구석에 덧댄

철판들은 (그것들이 가장 튼튼한 것이었기 때문에) 내 상자가 떨어질 때 균형을 유지해주었고, 수면에 부딪칠 때 부서지지 않도록 막아주었다.

상자의 접합 부분들은 모두 아귀가 꽉 들어맞았고, 문은 문설주에 달린 것이 아니라, 창문처럼 아래위로 움직이는 것인데다가 빈틈 없이 닫혀 있어서 물이 거의 스며들지 못했다.

나는 그물침대에서 간신히 빠져나간 뒤, 앞에서 언급한 천장의 판자를 옆으로 밀어서 열어보려고 했다. 실내에 공기가 부족해 거의 질식할 지경이었기 때문에 환기를 할 작정이었다.

나는 그때 사랑스러운 글룸달클리치 곁에 있기를 얼마나 간절히 원했던가! 단 한 시간 만에 내가 그녀로부터 그토록 멀리 떨어져 있게 되다니! 나 자신이 불행한 처지에 놓여 있음에도 불구하고, 나의 가련한 유모에 대해서, 즉 나를 잃어버렸기 때문에 그녀가 맛볼 비탄과 왕비의 총애의 상실, 그리고 파멸된 그녀의 멋진 미래에 대해서 한탄하지 않을 수가 없었다.

언제라도 상자가 산산조각이 날 것만 같고, 그렇지 않다면 거센 바람이 한번 몰아치거나 거친 물결이 한번 일어나기만 하면 상자가 뒤집어 질 거라는 생각으로 가슴을 졸이던 그때보다 더 심한 위기와 고통을 겪은 여행자는 아마도 그리 많지 않을 것이다.

유리창이 하나만 깨어져도 나는 당장 죽었을 것이다. 그런데 그 유리창을 보호해주고 있던 것은 여행 중의 사고에 대비하여 바깥으로 설치해두었던 튼튼한 쇠창살이 고작이었다. 물이 심하게 새어들지는 않았지만 어쨌든 여러 개의 갈라진

틈으로 조금씩 스며들어왔고, 나는 모든 수단을 동원해서 막으려고 애썼다.

나는 천장의 판자를 열 수가 없었는데, 그것을 열었더라면 상자의 꼭대기로 올라가 앉아 있었을 것이다. 그렇게 했다면, 나는 지금 그 상자를 감옥이라고 부르고 싶은데, 그 감옥에 감금되어 있는 경우보다는 적어도 몇 시간 정도 더 오래 살아 있었을 것이다.

또는 그런 위험들을 하루나 이틀 피했다고 해도, 추위와 굶주림으로 비참하게 죽는 것밖에 내가 무엇을 기대할 수 있었겠는가! 나는 매순간이 내 최후의 순간이라고 생각하면서, 또한 그렇게 되기를 마음속으로 정말 원하면서 4시간을 보냈다.

선원들에 의해 구출되다

내가 이미 독자들에게 알려준 것과 마찬가지로, 창문이 없는 벽의 바깥쪽에는 2개의 튼튼한 꺾쇠가 박혀 있는데, 내 상자를 말에 태워서 운반하던 하인이 가죽 허리띠를 거기 꿴 다음, 그 띠를 자기 허리에 감았던 것이다. 그토록 불행한 처지에 있던 나는 꺾쇠가 박힌 쪽에서 일종의 절거덕거리는 소리를 들었다.

또는 적어도 그런 소리가 들려왔다는 생각을 하고 있는데, 무엇인가가 내 상자를 잡아당기거나 끌고 가고 있다는 상상이 들기 시작했다. 왜냐하면 세차게 잡아당기는 것 같은 느낌이 가끔 들었고, 그 결과, 사방에서 물결이 창문의 위 창살 가까이 올라와 실내가 거의 캄캄해질 지경이었기 때문이다.

어떤 식으로 나의 구출이 이루어질는지는 상상하지 못했지만, 어쨌든 구출에 대한 희망이 아주 희미하게 움트게 되었다. 바닥에 고정되어 있던 의자들 가운데 하나의 나사를 풀었다. 그리고 얼마 전에 열어두었던 천장의 구멍 바로 밑에다가 그 의자를 나사로 다시 고정시키고는 거기 올라간 다음, 구멍에 최대한으로 가까이 입을 댄 채, 내가 알고 있던 각종 언어를 총동원하여 사람 살리라고 고함쳐댔다.

그런 다음, 평소에 늘 짚고 다니던 지팡이에 손수건을 잡아매어 구멍 밖으로 내밀고는 여러 번 이리저리 흔들었다. 그것은 보트나 큰배가 근처에 있는 경우, 이 상자 속에 어떤 불행한 인간이 갇혀 있다고 선원들이 추측하도록 만들려는 속셈이었다.

내가 할 수 있는 것은 다했지만, 아무런 응답이 없었다. 그러나 상자가 계속해서 이동하고 있다는 것은 확실히 알 수 있었다. 한 시간 이상 지난 뒤에 창문은 없고 꺾쇠들이 고정되어 있는 쪽이 무엇인가 단단한 것에 부딪쳤다. 내 몸이 예전보다 훨씬 더 높이 튀어 올라가는 바람에 바위에 부딪치지나 않았는지 겁이 났다.

그때 나는 상자 뚜껑 위에서 나는 소음을 또렷하게 들었다. 그것은 쇠줄의 소리, 그리고 그것을 고리에 끼울 때 절거덕거리며 나는 소리 같았다. 이윽고 상자가 조금씩 위로 들려졌는데, 먼저 있던 위치에서 적어도 90센티미터 정도를 올라갔을 때, 나는 구멍 밖으로 다시금 지팡이와 손수건을 내밀고는 목이 쉬어 목소리가 거의 나오지 않을 때까지 살려달라고 고함쳤다. 그러자 그에 대한 응답으로 우렁찬 고함소리를 세 번이나 들었다. 그것은 체험해보지 않은 사람은 도저히 상상도 할 수 없는 엄청난 환희와 행복을 안겨주어 나는 그저 황홀할 뿐이었다.

드디어 누군가가 나의 머리 바로 위쪽에 내려서는 발소리가 들리더니, 그 사람은 천장 구멍에 대고 영어로 "아래쪽에 누가 있다면, 누군지 말해보시오."라고 소리쳤다. 나는 영국 사람인데, 그 누구도 이제까지 겪은 적이 없는 최대의 재앙을 불운 때문에 겪었다고 대답하고, 내가 갇혀 있는 그 감옥에서 구출해주기를 우주 만물의 이름으로 간청했다.

내 머리 위쪽의 그는 내 상자가 자기들 배에 붙들어 매어졌기 때문에 내가 이제는 안전하고, 목수가 즉시 내려와서 나를 끄집어낼 만큼 큰 구멍을 톱으로 뚫어줄 것이라고 대답했다.

나는 그렇게 하면 작업이 너무 오래 걸리고 또 불필요하며, 별다른 조치를 취할 것도 없이 선원 한 명이 손가락으로 고리를 잡아서 상자를 바다에서 건져올린 다음, 선장의 방으로 운반하기만 하면 그만이라고 대답했다. 너무나 얼토당토않은 내 말을 들은 선원들 가운데 일부는 나를 미쳤다고 생각했고, 나머지는 폭소를 터뜨렸다.

왜냐하면 나는 키도 힘도 나와 비슷한 사람들의 세계에 들어섰다는 사실을 조금도 깨닫지 못하고 있었기 때문이다. 목수가 왔고, 몇 분이 지나지 않아 길이 1.2미터 가량인 사각형 구멍을 톱으로 뚫었다. 이윽고 작은 사다리가 아래로 걸쳐졌고, 나는 그 사다리를 걸어 올라가서 배에 옮겨 탔는데, 너무나도 쇠약한 상태였다.

선원들이 모두 소스라치게 놀랐고, 온갖 질문을 연달아 퍼부었는데, 나는 대답하고 싶은 생각이 전혀 들지 않았다. 그 배에 난쟁이들이 그토록 많은 것을 보고는 나 또한 크게 놀랐는데, 그것은 내가 떠나온 그 나라의 거대한 사람들과 사물들에 대해서 내 눈이 너무 오래 익숙해진 결과, 선원들을 난쟁이들이라고 생각했기 때문이다.

그러나 슈로프셔 지방 출신인 정직하고도 유능한 토머스 윌콕스 선장은 내가 너무 지쳐서 기절할 지경임을 알아차리고는 자기 선실로 나를 데려간 뒤, 원기를 돋우려고 코디얼 술을 한 잔 주었다. 그리고 내게 자기 침대에 누워서 잠시 휴

식을 취하라고 권했는데, 나는 정말 그러한 휴식이 절실하게
필요한 상태였다. 내가 잠들기 전에 그에게 이해시킨 것은 잃
어버리기에는 너무나 아깝고, 또 내게 너무나 소중한 가구들,
즉 튼튼한 그물침대, 편리한 야외용 침대, 의자 2개, 그리고
식탁과 옷장이 상자 안에 들어 있다는 사실이었다.

또한 상자의 안쪽 벽은 사방이 전부 비단과 면포로 덮이거
나, 또는 그 담요가 붙어 있고, 선장이 선원 한 명을 보내 그
상자를 선장실로 가져오게 한다면, 그가 보는 앞에서 상자를
열고 내 물건들을 보여주겠다고 말했다. 내 입에서 그런 엉뚱
한 수작을 듣고 난 선장은 내가 미쳐서 헛소리를 한다고 결론
을 내렸다.

그러나 그는 (내가 보기에는 나를 진정시키기 위한 것이지
만) 내가 원하는 대로 선원에게 지시를 하겠다고 약속했다.
갑판으로 올라간 그는 선원 몇 명을 상자 안으로 들여보냈다.
(나는 나중에야 알게 되었지만) 선원들이 거기서 내 물건을

모두 꺼냈고, 벽에 붙었던 담요도 뜯어냈는데, 바닥에 나사로 고정시켰던 의자와 옷장과 침대는 그 사실을 모른 선원들이 무리하게 힘을 주어 그냥 뜯어내는 바람에 상당히 망가져 있었다.

이어서 그들은 배에서 사용할 목적으로 상자에서 판자들을 일부 분리했다. 그리고 가지고 싶은 것을 모두 얻은 뒤에는 빈 껍데기 상자를 바다에 던졌고, 그것은 바닥과 벽에 구멍이 많이 나 있어 즉시 가라앉았다.

그들이 저지른 파괴의 잔해를 목격하지 않은 것을 나는 정말 다행스럽게 여긴다. 왜냐하면 그 광경은 차라리 잊어버리고 싶은 과거의 일들을 나에게 회상시켜 마음의 상처를 남겨주었을 것이라고 확신하기 때문이다.

나는 여러 시간 잠을 잤지만, 내가 떠나온 그 나라와 그곳에서 모면한 위험들이 꿈속에서 재현되어 내내 시달리기만 했다. 그러나 잠에서 깨어나자 원기가 거의 회복된 느낌이 들었다. 이미 밤 8시였는데, 그때까지 내가 너무 오랫동안 굶었다고 생각한 선장은 당장 저녁식사를 차리라고 지시했다.

선장은 내가 미친 사람으로 보이거나 앞뒤가 맞지 않은 말을 지껄이지는 않는다고 판단했기 때문에, 대단히 친절하게 대접해주었고, 두 사람만 남게 되자, 내가 어떤 여행을 했고, 어떤 사고 때문에 그 괴상망측한 나무상자에 갇혀서 표류하게 되었는지 이야기해주기를 원했다. 한편 선장은 자기가 상자를 발견한 경위를 먼저 설명했다.

선장이 낮 12시경에 망원경으로 바다를 살펴보고 있다가, 멀리 떠 있는 상자를 발견하고는 그것이 범선의 돛일 것이라고 생각했고, 그것이 자기 항로에서 그리 많이 벗어나지 않은 곳에 있는데다가, 마침 자기 배에서 건빵이 거의 떨어졌기 때문에, 건빵을 살 생각도 있고 해서, 그 범선에 접근하기로 결심했다.

가까이 다가간 뒤에 선장은 자신이 착각을 했음을 깨달았고, 그래서 그 물체를 조사해보도록 보트를 한 척 파견했다. 공포에 질려서 돌아온 선원들은 물에 떠다니는 집을 보았다고 했다. 선장은 미친 수작이라며 그들을 비웃었고, 자기가 직접 보트를 타고는 그들에게 튼튼한 쇠줄을 가지고 보트에 타라고 명령했다.

물결은 잔잔했다. 그는 선원들에게 노를 저어 내 상자 주위를 여러 번 돌게 했고, 창문들과 그 보호 장치인 쇠창살들을 관찰했다. 그리고 그는 빛이 통하는 창문이 전혀 없고 전체가 나무 판자로 막힌 한쪽 벽에서 2개의 꺾쇠를 발견했다.

그래서 선원들에게 그쪽으로 노를 저으라고 지시했고, 쇠줄을 한 꺾쇠에 잡아매게 한 다음에는, (그들이 궤짝이라고 불렀던) 내 상자를 배로 끌고 가라고 다시 지시했다. 배에 도착하자, 그는 궤짝 뚜껑에 고정된 고리에 다른 쇠줄을 잡아매게 한 뒤, 도르래를 이용해서 끌어올리라고 명령했다.

선원들이 모두 달려들었지만, 60 내지 90센티미터 이상은 끌어올릴 수가 없었다. 그들은 내 지팡이와 손수건이 구멍 밖으로 튀어나오는 것을 보자, 불행한 사람들이 꼼짝없이 안에 갇혀 있다는 결론을 내렸다는 것이다.

선장에게 거인족 이야기를 들려주다

선장의 말을 듣고 난 나는, 처음 나를 발견했을 때, 하늘을 날아가는 어마어마하게 큰 새들을 보지 않았느냐고 물었다. 그 질문에 대해서 선장은, 내가 잠든 동안 이 문제에 관해서 선원들과 함께 의견을 교환하고 있었는데, 선원 한 명이 북쪽으로 날아가는 독수리 3마리를 보았지만, 일반적인 크기보다 유난히 더 크게 보이지는 않았다는 것이다.

내가 생각하기에 그 선원은 독수리들이 너무 하늘 높이 날아가고 있어서 그 크기를 제대로 알아보지 못했을 것이다. 그리고 선장은 내 질문의 이유를 알아채지 못하는 것 같았다. 그래서 나는 우리가 육지에서 얼마나 떨어져 있는지 물었다. 그는 자기가 최대한 가장 정확하게 계산하면, 적어도 480킬로미터는 떨어져 있을 것이라고 대답했다.

나는 그 나라를 떠난 지 2시간 가량 뒤에 바다에 떨어졌기 때문에, 그가 계산한 거리는 분명히 잘못된 것이고, 실제 거리보다 거의 240킬로미터 더 많다고 단언했다. 그러자 선장은 내가 제정신이 아니라고 다시금 생각하기 시작했고, 그러한 자기 생각을 내게 암시해주기도 했으며, 자기가 마련해준 선실에 가서 자라고 권고했다.

나는 그의 따뜻한 환대와 대화 덕분에 원기를 완전히 회복했고, 또 과거 그 어느 때와도 마찬가지로 정신이 말짱하다고 그에게 다짐했다. 그러자 선장은 한층 진지한 태도로 나왔고, 어떤 중대한 범죄에 대한 가책 때문에 심하게 번민하는 것은 아닌지 궁금해했다. 다른 여러 나라에서 흉악범들을 식량도 주지 않은 채 물이 새는 배에 태워 강제로 바다에 내보내듯이, 나도 중대한 범죄 때문에 군주의 명령에 따라 그렇게 처벌을 받은 것이 아니냐고 물은 것이다.

그리고 그런 범죄를 저지른 사람을 자기 배에 태운 것이 유감이기는 하지만, 앞으로 제일 먼저 도착하는 항구에서 나를 안전하게 상륙시켜주겠다고 약속했다. 그는 또한 내 상자 또는 궤짝에 관해서 처음에는 선원들에게, 나중에는 자기에게 했던 대단히 모순된 내 말뿐만 아니라, 저녁식사 때 내가 보여준 괴상한 표정과 태도 때문에 한층 더 의심을 품게 되었다고 덧붙였다.

나는 인내심을 가지고 끝까지 이야기를 들어달라고 간청한 다음, 지난번에 영국을 떠난 이후부터 그에게 처음 발견된 순간에 이르기까지의 경위를 충실하게 들려주었다. 합리적인 정신을 가진 사람들은 언제나 진실을 잘 받아들이는 법인만큼, 정직하고 유능하며, 상당한 지식과 탁월한 판단력을 지닌 선장은 나의 솔직성과 진실성을 즉시 믿어주었다.

그러나 내가 들려준 내용을 좀더 확인해주고 싶다고 말하고, (내 상자를 선원들이 어떻게 처분했는지 그가 이미 알려주었기 때문에) 나는 내 옷장을 가져오도록 선원들에게 지시해달라고 간청했다.

나는 열쇠를 주머니에서 꺼낸 뒤, 선장이 보는 앞에서 옷장을 열었다. 그리고 내가 기이한 방식으로 떠나서 구출되었던 그 나라에서 그 동안 내 손으로 수집한 희귀한 물건 몇 점을 선장에게 보여주었다.

그 가운데에는 국왕의 수염 끄트머리들로 만든 빗이 있었고, 역시 국왕의 수염 끄트머리로 만든 다른 빗도 있었는데, 이것은 여왕의 엄지손가락 손톱 끝을 손잡이로 해서 수염들을 거기 고정시킨 것이었다.

30센티미터에서 45센티미터에 이르는 바늘들과 핀들도 보여주었다. 목수들이 쓰는 납작못처럼 생긴 말벌의 침 4개, 여왕이 머리를 빗을 때 떨어진 머리카락들, 여왕이 어느 날 너무나 고맙게도 자기 새끼손가락에서 빼어낸 뒤 나의 머리에 머리띠처럼 선물로 씌워주었던 금반지도 있었다. 나는 그 금반지를 선장의 친절에 보답하는 의미에서 바치려고 했지만, 그는 말도 안 된다며 한사코 사양했다.

나는 시녀의 엄지발가락에서 내 손으로 직접 떼어낸 티눈을 하나 보여 주었다. 그 크기는 켄트 지방에서 생산되는 피핀종 사과만한 것이었는데, 너무 딱딱하게 굳어버렸기 때문에 영국에 돌아온 뒤, 나는 그 속을 술잔처럼 파내고는 은으로 만든 받침대에 올려놓았다.

끝으로, 나는 그때 내가 입고 있던 바지를 잘 살펴보라고 말했는데, 그것은 쥐 가죽으로 만든 것이었다.

선장이 선물을 전혀 받으려 하지 않는 바람에 나는 마부의 이빨 하나 이외에는 아무것도 줄 수가 없었다. 선장이 그 이빨을 대단한 호기심으로 관찰했고, 몹시 탐을 낸다는 것을 내가 알아챘기 때문이다. 그렇게 하찮은 물건인데도 불구하고 그는 고마워서 어쩔 줄을 몰라하면서 받았다. 그 이빨은 글룸달클리치의 하인 가운데 하나인 마부가 두통에 시달리고 있을 때, 미숙한 외과의사가 실수하여 다른 이빨들처럼 멀쩡하기 짝이 없는 이를 잘못 뽑은 것이다.

나는 그것을 깨끗하게 씻은 뒤 옷장에 보관했는데, 그 길이는 30센티미터 가량이고, 직경은 약 10센티미터였다.

애매한 대목이 하나도 없는 내 이야기에 선장은 더없이 만족했다. 그리고 우리가 영국에 돌아간 뒤, 내가 이 여행기를 글로 써서 출판해주기를 바란다고 말했다. 나는 선장에게 이렇게 대답했다.

내 생각에는 우리나라에 넘칠 정도로 수많은 여행기가 이미 출판되었다. 그래서 이만저만 특이한 것이 아니면 이제 관심을 끌 수가 없다. 그리고 특이한 여행기를 낸다는 저자들마저도 그 일부는 진실의 전달보다도 자기 허영심의 만족이나 이익 추구 또는 무식한 독자들의 흥미에 아첨하는 짓에 더 치중하고 있다.

내 이야기는 평범한 일들 이외에는 전해줄 것이 없다. 기이한 식물과 나무들, 새들과 다른 동물들, 또는 대부분의 저자들이 마구 떠들어대는 야만인들의 잔인한 관습과 우상숭배 등에 관한 화려한 묘사도 내 이야기에는 들어 있지 않다.

그러나 나는 선장의 충고에 감사했고, 출판 문제는 나중에 고려해보겠다고 약속했다.

그는 대단히 궁금한 것이 한 가지 있다고 말했다. 고함치

듯이 말을 하는 나를 보고 그는 그 나라의 국왕이나 왕비는 가는귀가 먹어서 말소리를 잘 알아듣지 못했는지 질문한 것이다.

나는 지난 2년 동안 그렇게 말하는 습관이 몸에 배었다고 대답했다. 또한 선장과 선원들이 나에게 속삭인다고 보이는 경우에도 그 말소리가 내 귀에는 아주 또렷하게 들리는 바람에 나로서는 역시 놀라지 않을 수가 없다고 말했다.

그러나 그 나라에서 내가 말을 할 때는, 식탁 위에 놓이거나 누군가의 손바닥에 올라가서 말하지 않는 한, 그것은 첨탑 꼭대기에서 내려다보는 사람을 향해 길에서 소리치는 것과 같다고 대답했다. 나는 선장에게 이것과 유사한 이상한 일을 관찰했다고 말했다.

즉 내가 그 배에 처음 올라갔을 때, 나를 사방에서 둘러싸고 있던 선원들이 내가 과거에 본 생물 가운데 가장 작고 천한 생물로 보였던 것이다.

그것은 내가 저 국왕의 왕국에서 지내는 동안 내 눈이 너무나 거대한 사물들에 익숙해진 뒤로는, 나 자신을 그것들과 비교하면 너무나 심한 열등감을 느꼈기 때문에 거울을 들여다볼 엄두를 한 번도 내지 못했기 때문이다.

선장은 저녁식사를 하는 동안에 내가 놀란 눈으로 물건들을 바라보는가 하면, 웃음을 참지 못하는 것을 자주 보았는데, 어떻게 받아들여야 좋을지 잘 몰라, 단지 내 머리가 이상해졌다고 판단했다는 것이다.

나는 선장의 말이 사실이라고 대답했다. 나는 3펜스짜리 동전만한 선장의 접시들, 한입에 넣어도 모자랄 돼지다리, 도토리 껍질보다 작은 술잔들을 보고 어떻게 웃음을 참을 수 있었겠느냐고 대꾸했다.

그와 같은 식으로 나는 선장의 나머지 모든 가구와 집기들에 대해서도 묘사를 계속했다.

왜냐하면 내가 그 나라에서 왕비를 섬기는 동안, 나의 생활필수품 일체를 소규모로 제작해주도록 그녀가 지시했는데도 불구하고, 나로서는 사방에서 눈에 띄는 거대한 것들에게만 완전히 정신이 팔려 있었고, 사람들이 자기 결점을 가리듯이 나도 나 자신의 왜소함을 모른 척했기 때문이다.

선장은 나의 야유를 잘 알아들었고, 영국의 속담을 들어가면서 유쾌한 표정으로 대꾸했다. 그는 내 눈들이 배보다도 더 큰 것이 아닌가 의심이 든다고 말했다. 왜냐하면 내가 하루종일 굶었는데도 불구하고 배가 그리 고프지 않아 보이기 때문이라는 것이었다.

또한 기분이 한껏 좋아진 상태에서 그는 독수리 부리에 물려 있다가 한참 뒤에 그토록 어마어마한 높이에서 바다로 떨어지는 내 상자를 구경할 수만 있었더라면, 기꺼이 100파운드를 내어놓겠다고 말했다.

그 광경은 틀림없이 가장 놀라운 장면이었을 것이고, 그림을 그려서 후세에 전할 가치가 충분하다고 말했다. 더욱이 그것은 (제우스의 번갯불에 맞아 죽은) 파에톤의 경우와 너무나 똑같아서 비교하지 않을 수 없다고 덧붙였는데, 나는 그런 칭찬이 별로 마음에 들지 않았다.

다시 영국을 향하여

(북부 베트남의) 통킹에 갔다가 영국에 돌아가는 길이던 그 선장은 배가 동북쪽으로 밀려서 그때 북위 44도, 경도 143도의 위치에 있었다.

그러나 내가 그 배에 탄 지 이틀 뒤에 무역풍을 만나 우리는 오랫동안 남쪽으로 항해했고, 뉴 홀란드(호주)의 해안선을 끼고 서남서쪽으로 항로를 유지하다가 이어서 남남서쪽으로 틀어서 이윽고 희망봉을 돌아갔다.

항해는 대단히 순조로웠지만, 그 항해일지로 독자들을 귀찮게 할 생각은 없다. 선장은 항구 한두 군데에 기항하여, 식량과 마실 물을 조달할 목적으로 긴 보트를 항구로 파견했다.

그러나 나는 단 한 번도 그 배를 떠나지 않았고, 저 나라를 탈출한 지 9개월 가량 지난 1706년 6월 3일 다운즈 항에 도착했다. 나는 선임 지불의 담보로 내 물건들을 남겨두겠다고 제의했지만, 선장은 단 한 푼도 받지 않겠다고 버텼다. 우리는 다정한 작별인사를 나누었다.

나는 선장에게서 레드리프에 있는 우리 집을 방문하겠다는 약속을 받아냈다. 그리고 그에게 빌린 5실링으로 말 한 필과 안내인을 고용했다.

집으로 돌아가는 동안 주택들, 나무, 가축 그리고 사람들이 모두 너무나 작게 보이는 바람에, 릴리퍼트에 들어섰다고 생각하기 시작했다. 마주치는 여행자들을 하나라도 밟아 죽일까봐 두려워서 길을 비키라고 자주 고함을 내질렀기 때문에, 그 무례한 행동의 대가로 한두 차례 머리통이 깨질 뻔하기도 했다.

나는 길을 물어가면서 집을 찾아가지 않을 수가 없었다. 간신히 집에 도착하자 하인 한 명이 문을 열어주었는데, 문지방에 이마가 부딪칠까 두려워서, (대문 밑으로 기어들어가는 거위처럼) 허리를 잔뜩 굽힌 채 안으로 들어갔다. 너무나 반가워서 허겁지겁 달려나온 아내가 나를 껴안으려고 했지만, 나는 그녀의 무릎보다 더욱 낮게 고개를 숙였다.

그렇게 하지 않으면 아내의 입술이 내 입술에 결코 닿을 수 없을 것이라고 생각했기 때문이다. 축복해달라면서 딸이 내

앞에 무릎을 꿇었는데, 그녀가 일어설 때까지 내 눈에는 보이지가 않았다. 그것은 1.8미터 이상 높은 곳을 향해서 고개를 든 채 일어서서 똑바로 쳐다보던 습관이 너무 오래 지속되었기 때문이었다.

이어서 나는 딸의 허리를 한 손으로 휘어잡으려고 다가갔다. 집에 있던 하인들과 한두 명의 친구들에 대해서는, 마치 그들이 난쟁이 족속이고 내가 거인이나 되는 것처럼 위에서 아래로 내려다보았다.

나는 아내와 딸이 아무것도 먹지 않고 굶어 죽을 지경이 된 것을 보고, 아내가 그 동안 지나치게 돈을 절약했다고 말했다. 한마디로 내 태도가 하도 어처구니가 없었기 때문에, 선장이 처음 나를 보았을 때 품었던 생각과 똑같은 생각을 그들도 했고, 내가 돌았다는 결론을 내렸다.

나는 이것을 습관과 편견의 막강한 힘에 대한 하나의 실례로 드는 것이다. 얼마 지나지 않아서 나와 내 가족 그리고 친구들은 서로를 제대로 이해하게 되었다. 아내는 모진 운명이 내게 다시 항해하라고 명령한다고 해도, 그래서 아내인 자기로서도 그것을 막을 힘이 없다고 해도, 다시 항해를 떠나서는 절대로 안 된다고 주장했다.

그 이후의 항해를 아내가 말릴 수 없었다는 점은 독자들도 곧 알게 될 것이다. 그때까지 잠정적으로 불행한 내 여행기의 제2부를 여기서 마친다.

제 3 부

하늘을 나는 섬나라

[라푸타, 발니바르비, 러그나그, 글룹둡드리브, 일본 이야기]

제1장

해적을 만나다

집에 돌아와서 열흘이 채 지나지 않았을 때, 콘월 지방 출신으로 300톤급의 상선 '호프웰' 호의 선장인 윌리엄 로빈슨이 우리 집을 찾아왔다.

그가 다른 상선의 선장으로서, 그 배가 중동 항해에서 버는 이익의 4분의 1을 자기 지분으로 가지고 있을 때, 나는 그 배의 외과의사였다. 그는 나를 부하직원이 아니라 형제처럼 언제나 잘 대해주었는데, 내가 귀국했다는 말을 듣고 방문한 것이다.

서로 만나지 않은 지가 하도 오래 되어 안부 인사 이외에 별다른 말이 오가지 않았기 때문에, 나는 그가 단순히 친선방문을 한 것이라고 생각했다.

그러나 그는 자주 찾아왔고, 내가 건강하게 지내는 것을 보니 매우 기쁘다고 말했다. 그리고 이제는 집에 아주 눌러앉아 살 작정인지 내게 물었다.

이어서 그는 동인도제도로 2개월 이내에 항해할 예정이라고 덧붙인 다음, 솔직하게 그 항해를 내게 권했다.

미안하지만 나더러 그 배의 외과의사가 되어달라는 것이었다. 나는 조수 2명 외에 다른 외과의사 한 명을 내 감독 아래 두고, 월급을 평소보다 2배로 올려줄 뿐만 아니라, 내가 적어도 선장인 그와 같은 수준의 항해 경험과 지식이 있으므로, 마치 그 배를 공동으로 지휘하듯이, 모든 일에 있어서 선장인 그가 나의 충고를 따라야 한다는 조건을 내걸었다.

그 외에도 그는 수많은 조건들을 기꺼이 받아들였고, 나는 그가 더없이 정직하다는 사실을 알고 있었기 때문에, 그의 제의를 거절할 수 없었다.

과거의 온갖 불행에도 불구하고 세상을 둘러보고 싶은 갈증은 여전히 세차게 부채질하고 있었다. 단 한 가지 남은 문제는 아내를 설득하는 일이었지만, 아이들의 장래를 보장하기 위해 그녀가 제의한 것을 모두 수락하는 조건으로 마침내 동의를 얻었다.

우리는 1706년 8월 5일에 출항하여, 1707년 4월 11일에 세인트 조지 요새에 도착했고, 병든 선원들이 많아, 거기에서 3주일 동안 머물면서 원기를 회복시켰다.

그 요새를 떠난 우리는 (북부 베트남의) 통킹으로 갔다. 선장은 그곳에서 상당 기간 머물기로 작정했는데, 그것은 구입 예정이었던 상품 가운데 수집되지 않은 것이 많았고, 여러 달이 걸려도 선적이 끝날 가망이 없었기 때문이었다.

따라서 그 동안에 선장은 항해 비용에 충당할 부수입을 올려야겠다고 생각하여, 슬루프형 범선을 한 척 사서 통킹 사람들이 평소에 이웃 섬들과 거래하던 여러 가지 상품을 실었다.

그리고 원주민 3명을 포함하여 14명의 선원들을 거기 배치한 뒤, 나를 선장으로 임명했다. 그가 통킹에서 업무를 처리하는 동안 나는 2개월에 걸쳐서 그런 연안 무역을 할 권한을 받은 것이다.

범선이 통킹을 떠난 지 3일이 지나기도 전에 심한 폭풍우를 만난 우리는 5일 동안 북북동쪽으로, 그 다음에는 동쪽으로 밀려갔다. 그 후 날씨가 개었지만, 상당히 강한 질풍이 여전히 서쪽에서 불어왔다.

출항을 한 지 열흘째 되던 날 두 척의 해적선이 우리를 추격해 즉시 따라잡았는데, 내가 지휘하던 그 범선에는 화물이 많이 실려 있어 속도가 매우 느렸기 때문이다. 또한 우리는 자체 방어를 할 수 있는 형편도 아니었다.

해적 두목 2명이 부하들의 선두에 서서 무서운 기세로 우리 배에 올라왔다. 그러나 (나의 지시에 따라) 선원들이 모두 갑판에 엎드려 있는 것을 보고는 튼튼한 밧줄로 우리를 묶은 다음, 보초를 세워 감시하게 하고 배를 뒤지러 갔다.

해적들 가운데 네덜란드 사람이 한 명 있었는데, 그는 해적선의 선장은 아니었지만, 상당한 지휘권을 행사하는 것처럼 보였다.

그는 외모로 우리가 영국인이라는 것을 알고는, 네덜란드 말로 두 사람씩 등을 맞대게 묶어 바다에 처넣겠다고 고함쳤다. 네덜란드 말을 상당한 수준으로 구사할 수 있었던 나는 그에게 우리 신분을 밝힌 뒤, 우리가 견고한 동맹 관계에 있는 이웃나라들의 크리스트교 신자이자 개신교 신자라는 점을 고려하여, 해적선 선장이 우리에게 자비를 베풀도록 선처해 달라고 간청했다.

내 말에 더욱 격분한 그는 위협을 거듭한 다음, 해적들에게 몸을 돌리더니, "크리스티아노(크리스트교 신자)"라는 단어를 자주 사용했다. 나는 그가 일본어로 말한다고 생각했는데, 하여간 그는 화가 나서 견딜 수 없다는 투로 그들에게 소리쳤던 것이다.

해적선들 가운데 규모가 더 큰 배는 네덜란드어를 조금 알지만 초보에 불과한 일본인 선장이 지휘했다. 그가 나에게 다가와서 몇 가지 질문을 던졌고, 나는 대단히 겸손하게 대답했다. 그러자 그는 우리가 죽지는 않을 것이라고 말했다.

나는 그에게 허리를 매우 깊숙이 굽혀 절한 다음, 네덜란드인에게 크리스트교 신자인 형제보다도 이교도가 더 큰 자비를 베푼 것은 유감이라고 말했다.

그러나 그런 어리석은 말을 한 것을 곧 후회하지 않을 수 없었다. 왜냐하면 저 타락한 악당은 나를 바다에 처넣으라고 두 선장을 설득하려고 애를 썼기 때문이다.(나를 죽이지 않겠다고 이미 약속했기 때문에 선장들은 저 악당의 말을 들으려고 하지 않았고) 그래서 그의 노력이 수포로 돌아가기는 했지만, 어느 모로 보든 죽음보다 더 참혹한 처벌을 내게 내리도록 하는 데는 성공했던 것이다.

내 부하들은 각각 두 패로 갈려 해적선으로 끌려갔고, 범선은 해적들이 맡았다. 나에 대해서는, 2개의 노와 한 폭의 돛이 구비된 통나무배에 실어 표류시키기로 결정되었다. 식량은 4일치만 주기로 했는데, 마지막 단계에서 일본인 선장이 친절하게도 자기 배에서 4일치의 식량을 더 주고는, 아무도 내 몸을 뒤지지 못하게 했다.

내가 그 통나무 배로 내려가는 동안, 갑판에 서 있던 그 네덜란드인은 네덜란드어로 표현할 수 있는 모든 저주와 욕을 내게 퍼부었다.

해적선을 만나기 한 시간 전에 내가 관측해본 결과, 우리는 북위 46도, 경도 183도에 있었다. 해적선이 꽤 멀어졌을 때, 나는 주머니용 소형 망원경을 통해서 동남쪽에 있는 섬을 여러 개 발견했다. 그 가운데 가장 가까운 섬에 갈 작정이었고, 마침 바람도 순조롭게 불었기 때문에 돛을 올렸다.

3시간 가량 지나 도달한 그 섬은 바위투성이였다. 그러나 새알을 많이 수집했고, 히스 종류의 가지들과 마른 해초를 모아 불을 지펴 그 새알을 구워먹었다. 식량을 최대한으로 아낄 작정이었기 때문에 새알 이외에는 저녁식사로 아무것도 먹지 않았다. 밤이 되자 나는 커다란 바위 밑에 히스 가지들을 깔고 푹 잤다.

다음날 때로는 돛을 사용하고 때로는 노를 저어서 두번째 섬에 이어 세번째와 네번째 섬을 차례로 돌아보았다. 나의 고통을 자세히 묘사해서 독자들을 괴롭히지 않기 위해서는, 5일째 되던 날, 눈에 보이던 마지막 섬에 도착했다는 사실만 이야기하면 충분하겠다. 그 섬은 네번째 섬의 남남동쪽에 위치했다.

이상한 섬에 상륙하다

이 섬은 예상보다 거리가 훨씬 멀어서 거기 도달하는 데는 5시간 이상 걸렸다.

섬을 거의 한 바퀴 일주했을 무렵, 상륙에 적절한 장소를 겨우 발견했는데, 그것은 통나무 배 폭의 3배 되는 폭을 가진 작은 만이었다. 그 섬은 거의 바위투성이였고, 동굴이 많았으며, 군데군데 풀과 향기로운 약초들이 무리 지어 솟아 있었다.

나는 얼마 안 되는 식량을 꺼내 먹고 기운을 차린 뒤, 남은 것은 동굴에 보관했다.

그리고 바위 사이에서 수많은 새알들을 모으고, 마른 해초와 풀도 잔뜩 긁어모았는데, (나는 부싯돌과 부시, 성냥, 화경 블록렌즈를 가지고 다녔기 때문에) 다음날 마른풀을 태워서 새알들을 구워먹을 예정이었다. 식량을 보관중인 그 동굴에서 밤을 지냈다. 연료로 쓰려고 모아둔 그 마른풀과 해초더미가 나의 담요가 되었다.

육체적으로 지친 것보다는 정신적으로 한층 불안해서 잠이 오지 않았고, 그래서 거의 뜬눈으로 지샜다. 그토록 동떨어진 곳에서 목숨을 부지하기가 얼마나 불가능한지 그리고 내 최후의 순간은 얼마나 비참할 것인지 생각해보았다.

너무나 맥이 빠지고 자포자기하는 심정이 간절하여, 잠자리에서 일어날 생각도 들지 않았다. 정신을 가다듬어 간신히 동굴 밖으로 기어나왔을 때는 해가 이미 높이 뜬 뒤였다.

나는 바위들 사이를 잠시 걸어다녔다. 하늘에는 구름 한 점 없고, 햇살이 뜨거워 고개를 돌리지 않을 수 없었다. 갑자기 해가 어떤 것에 가려졌을 때, 나는 구름이 해를 가릴 때와 전혀 다른 식으로 가려진다고 생각했다.

해를 향해 고개를 다시 돌렸더니, 거대한 불투명체가 해를 등진 채 내가 있는 그 섬을 향해 다가오는 중이라는 것을 깨달았다. 그것은 3.2킬로미터 가량 높이 떠서 6~7분 동안 태양을 가리고 있는 것 같았다.

그러나 산속의 그늘에 들어가 있을 때보다 기온이 더 낮아졌다거나, 한층 더 사방이 어두워졌다고는 느끼지 않았다. 그것이 내가 있는 곳으로 더욱 가까이 접근하자, 그것은 견고한 물체인 듯 보였고, 그 밑바닥은 평평하고 매끄럽고, 바다 수면에서 반사되는 빛을 받아 대단히 밝게 빛났다. 나는 해발 180미터 가량 높은 곳에 서 있었고, 그 거대한 물체가 1600미터도 안 떨어진 곳에서 거의 나하고 같은 고도까지 내려오는 것을 보았다.

　나는 주머니용 소형 망원경을 꺼내고는, 그것의 경사가 진
듯 보이는 여러 옆면을 오르락내리락하는 많은 사람들을 발
견했다. 그러나 그 사람들이 무엇을 하는지는 알아낼 수가 없
었다.

삶에 대한 본능적인 애착이 작용했는지 나는 속으로 기뻤고, 이 모험이 그 고립된 장소와 환경에서 나를 구출해주는데 어떤 식으로든 도움이 될지도 모른다는 희망을 품기 시작했다.

그러나 사람들이 사는 섬이 공중에 떠 있는 것을 보고 내가얼마나 소스라치게 놀랐는지는 독자들이 상상하기 힘들 것이다. 거기 사는 사람들은 자기들이 원하는 대로 그 섬을 위로올리거나 아래로 내릴 수가 있고, 전진시킬 수도 있었다. (그럴 능력이 있다고 볼 수밖에는 없었다.)

그때 나는 이 사태를 분석해볼 엄두도 나지 않았고, 또한그 섬이 한동안 정지상태에 있는 듯이 보였기 때문에, 그 섬이 어떻게 움직이는지 지켜보기로 작정했다.

얼마 후 그 섬이 한층 가까이 다가왔을 때, 나는 그 옆면들을 관찰할 수 있었는데, 거기에는 오르내릴 수 있도록 일정한간격을 두고 층층이 계단과 회랑들이 설치되어 있었다.

가장 낮은 회랑에서는 여러 사람들이 긴 낚싯대로 낚시질을하는가 하면, 다른 사람들이 구경하고 있는 광경이 보였다.

나는 (이미 오래 전에 낡아빠진) 내 모자와 손수건을 흔들어 신호를 보냈다. 그리고 그 섬이 좀더 가까이 오자, 목이 터져라 하고 고함을 친 다음, 사방을 두리번거리며 쳐다보니까, 가장 잘 보이는 장소에 많은 사람들이 몰려들고 있었다.

그들이 내 고함소리에 응답하지는 않았지만, 나를 향해서그리고 자기들끼리 서로 손짓하는 것으로 보아 나를 분명히알아보았다고 판단했다.

4~5명이 허겁지겁 계단을 달려 올라가서 꼭대기에 이른

뒤 사라지는 것을 볼 수 있었다. 나는 그들이 이런 상황에서 어떻게 해야 좋을지 지시를 받기 위해 고위층 인사에게 달려간 것이라고 추측했고, 나의 그 추측은 옳았다.

모여드는 사람들의 숫자가 불어났고, 30분이 채 되기도 전에 그 섬이 움직이더니, 가장 낮은 회랑이 내가 서 있는 곳으로부터 90미터 이내의 거리에서 나와 마주 보도록 떠 있었다.

그래서 나는 더없이 간절하게 애원하는 자세를 취했고, 또한 가장 겸손한 어조로 말을 했지만, 저쪽에서는 전혀 응답이 없었다.

가장 가까이 서 있던 사람들은 그 복장에 비추어 상당한 지위가 있는 사람들로 보였다. 그들은 자주 나를 쳐다보면서 자기들끼리 열심히 토론했다.

드디어 한 사람이 이탈리아어와 비슷하게 들리는 외국어로 또렷하게, 정중하게, 그리고 유창하게 소리쳤기 때문에, 나는 이탈리아어로 대답하면서, 최소한 그 억양이 그의 귀에 유쾌하게 들리기를 바랐다. 우리가 말을 서로 알아듣지는 못했지만, 그들은 굶어 죽게 된 내 처지를 보았기 때문에, 내가 무슨 말을 하는지 쉽게 짐작했다.

그들이 나더러 바위에서 내려온 다음 바닷가로 걸어오라고 신호를 보냈고, 나는 시키는 대로 했다. 날아다니는 그 섬은 가장자리가 내 머리 바로 위에 위치하도록 적절한 높이로 떠 있게 되었고, 끝에 의자가 달린 쇠사슬이 가장 낮은 회랑에서 내려왔다. 내가 그 의자에 앉자 도르래가 쇠사슬을 감아 위로 끌어올렸다.

제 2 장

하늘의 섬, 라푸타 이야기

　내가 그 섬에 올라가자 많은 사람들에게 둘러싸였는데, 맨 앞줄에 있는 사람들이 제일 신분이 높은 것 같았다. 그들은 더없이 놀라는 표정과 몸짓으로 나를 응시했고, 나 또한 그들 못지않게 놀랄 수밖에 없었는데, 그것은 체격과 용모와 복장에 있어서 그들처럼 특이한 종족을 그때까지 본 적이 없었기 때문이다.

　그들의 머리는 오른쪽 또는 왼쪽으로 한결같이 기울어져 있었고, 눈은 하나는 안으로 쑥 들어가고, 하나는 이마 꼭대기에 붙어 있었다.

　그들의 겉옷은 여러 개의 해·달·별로 장식되었고, 그 사이 사이에 바이올린·플루트·하프·트럼펫·기타·하프시코드 그리고 우리 유럽인이 모르는 수많은 악기들이 찍혀 있었다.

　나는 하인의 옷을 입은 많은 사람들이 여기저기 돌아다니는 것을 보았는데, 그들은 바람을 불어서 크게 만든 방광이 끝에 달린 짧은 막대기를 도리깨처럼 저마다 손에 들고 있었다. (나중에 그들이 내게 알려주었지만) 그 방광마다 말린 완두콩이나 작은 조약돌로 가득 차 있었다.

그들은 가까이 서 있는 나의 입이나 귀를 그 방광으로 가끔 때렸는데, 그때는 왜 그런 짓을 하는지 이유를 알 수가 없었다.

그들은 집중적인 사색에 너무나 몰두해 있어서, 입과 귀가 외부적인 어떤 사물과 접촉하여 자극을 받지 않는 한 말을 하지도 못하고, 남의 말에 귀를 기울일 수도 없으며, 바로 그 이유 때문에 사람을 고용할 재력이 있는 집안에서는 (그들의 언어로는 '클리메놀레' 라고 부르는) '때리는 사람' 을 하인으로 언제나 거느리고, 그 하인을 동반하지 않으면 절대로 외출하

지 않고, 남을 방문하지도 않는 것 같다.

그 하인의 임무는 두 사람 이상이 모인 자리에서, 말을 해야 할 한 사람의 입과 그 말을 들어야 할 한 사람 또는 여러 사람들의 오른쪽 귀를 방광으로 살짝 때리는 것이다. 때리는 일이 직업인 이 하인은 주인이 길을 걸을 때에도 역시 할 일이 많아서 매우 바쁘다.

그는 주인의 두 눈을 자주 방광으로 살짝 때려주어야만 하는데, 그것은 주인이 항상 눈을 감고 사색에 너무 깊이 잠겨 있어서, 절벽에서 추락하거나, 기둥에 머리를 찧거나, 길에서 다른 사람과 부딪치거나, 시궁창으로 굴러떨어질 위험이 너무나 크고 명백하기 때문이다.

위에 언급한 내용을 독자들에게 알려줄 필요가 있었는데, 이것을 모른다면 독자들은 그들이 계단을 통해서 섬의 꼭대기로, 그리고 거기서 왕궁으로 나를 인도해가는 과정도 역시 이해할 수가 없을 것이기 때문이다.

우리가 위로 올라가는 동안, 그들은 자기들이 무슨 일을 하고 있는지 여러 번 잊어버리고 나를 혼자 내버려두었고, 때리는 하인의 방광에 얻어맞아야 비로소 정신을 차렸다. 그들은 나의 이상한 복장과 용모에 대해서도, 그리고 그들과는 달리 생각과 정신을 사색에 그리 집중하지 않는 하층민들의 고함소리에도 전혀 신경을 쓰지 않는 것 같았다.

드디어 우리는 왕궁에 도착해서 국왕의 접견실로 들어갔는데, 국왕이 옥좌에 앉아 있고, 좌우로 고관들이 늘어서 있었다. 옥좌 바로 앞에 놓인 커다란 탁자는 여러 개의 지구의와 천구의, 그리고 온갖 종류의 수학기구로 가득 찼다. 왕궁에서 일하는 사람들이 모두 몰려드는 바람에 이만저만 소란스럽지 않았는데도 불구하고, 국왕은 우리를 전혀 의식하지 못했다. 그는 한 가지 문제에 깊이 몰두했고, 우리는 그가 그 문제를 풀 때까지 적어도 한 시간을 기다렸다.

옥좌 양쪽에 젊은 하인이 각각 때리는 방광을 손에 들고 서 있었는데, 국왕이 쉬고 있는 것을 보자 한 하인은 그의 입을, 다른 하인은 그의 오른쪽 귀를 살짝 때렸다. 그제야 국왕은 잠을 갑자기 깬 사람처럼 깜짝 놀랐으며, 나와 우리 일행을

쳐다보다가 얼마 전에 보고를 받은 우리의 도착 사실을 다시 기억했다. 국왕이 입을 열기 시작하자, 때리는 방광을 든 젊은 이가 즉시 내 곁에 와서 내 오른쪽 귀를 살짝 때렸지만, 나는 고안해낼 수 있는 모든 몸짓을 동원해서 내게는 그런 도구를 사용할 필요가 없다는 뜻의 신호를 보냈는데, 나중에 내가 알게 되었지만, 그때 내 몸짓은 내 지식이 너무나 빈약한 것이라는 인상을 국왕과 모든 고관들에게 주었다.

나는 국왕이 몇 가지 질문을 던졌다고 추측을 했고, 그래서 내가 아는 모든 언어로 대답을 했다. 내가 그들의 말을 못 알아듣고, 또 그들도 내 말을 이해할 수가 없다는 사실이 드러나자, (나그네들에 대한 친절에 있어서는 모든 전임 국왕들보다 훨씬 뛰어났던) 이 국왕의 명령에 따라 나는 왕궁의 한 거실로 안내되었고, 하인 2명이 내 시중을 들도록 거기 지정되어 있었다.

하인들이 저녁식사를 가져왔고, 내 기억에는 국왕과 아주 가까운 곳에 서 있던 고관 4명이 와서 나와 함께 식사를 하는 영광을 베풀어주었다. 두 코스로 된 식사에는 코스마다 접시 3개가 나왔다. 첫 코스는 정삼각형으로 자른 양의 어깨고기, 마름모꼴로 자른 쇠고기 그리고 원형의 푸딩이었다.

다음 코스는 바이올린 형태로 연결한 오리 2마리, 플루트와 오보에 모양의 소시지와 푸딩, 그리고 하프처럼 자른 송아지의 가슴 고기였다. 하인들은 우리가 먹을 빵을 원뿔, 원통, 평행사변형, 기타 각종 수학적 도형으로 잘라주었다.

식사를 하는 동안 나는 대담하게도 여러 사물의 명칭을 그들의 언어로 어떻게 부르는지 질문했고, 이 고상한 인물들은 때리는 하인들의 협조를 받아 기꺼이 대답했는데, 그들은 내가 자기들과 대화를 할 수 있게 되면 자기들의 탁월한 능력에 대해 감탄할 것이라고 기대했던 것이다. 얼마 후 나는 빵과 술, 또는 필요한 것은 무엇이든지 그들의 언어로 주문할 수 있게 되었다.

식사가 끝나자 손님들이 돌아갔고, 국왕의 명령에 따라 때리는 하인을 데리고 한 사람이 내게 왔다. 펜, 잉크, 종이 그리고 서너 권의 책을 가져온 그는 내게 그들의 언어를 가르치러 왔다는 뜻을 몸짓으로 알렸다.

4시간을 같이 보내는 동안, 나는 대단히 많은 단어들을 나열하고, 그것을 그들의 언어로 번역했다. 나는 또한 임기응변으로 짧은 문장들을 여러 개 배웠다. 왜냐하면 그는 내 하인에게 어떤 것을 가져오거나, 몸을 돌이키거나, 허리를 굽히거나, 앉거나, 일어서거나, 걸어다니거나, 기타 여러 가지 동작을 하라고 지시했고, 나는 그 동작에 맞는 문장을 종이에 적었기 때문이다. 그는 또한 자기 책에 그려진 해·달·별·황도대·열대지방·남극과 북극뿐만 아니라, 수많은 평면과 고체들의 명칭도 가르쳐주었다.

그는 또한 모든 악기의 명칭과 성능, 그리고 연주할 때 사용하는 전문적인 용어들도 가르쳐주었다. 그가 돌아간 뒤, 나는 모든 단어를 알파벳순으로 정리하고 그들의 언어를 옆에 나란히 적었다. 그렇게 며칠 동안 공부하고 나자, 우수한 기억력 덕분에 나는 그들의 언어를 상당히 많이 꿰뚫게 되었다.

공중을 날아다니는 섬 또는 이리저리 떠다니는 섬이라는 말은 그들의 언어로 원래 '라푸타'인데, 그 어원은 알아낼 수가 없었다. 그들의 고대 언어로는 '라프'가 높다는 뜻이고, '운투흐'가 총독을 의미하여, 이것을 합친 '라푼투흐'라는 말이 변질되어서 '라푸타'가 되었다고 그들은 설명했다. 그러나 나는 이런 설명이 약간 억지를 부리는 것 같아서 그대로 받아들이지는 않았다. 오히려 그 나라의 학자들에게 나 자신의 추론을 감히 제시해보았다.

즉 '라푸타'는 '라프 오우테드'와 같은데, '라프'의 정확한 뜻은 바다 물결 위에서 햇살이 춤춘다는 것이고, '오우테드'는 새의 날개를 가리킨다고 말했던 것이다. 그러나 나는 이 문제에 관해서 내 주장을 강요하지 않고, 현명한 독자들의 판단에 맡기겠다.

국왕이 파견해준 내 하인들은 내 옷이 너무나 초라하다고 판단하고는 양복점 주인에게 다음날 아침에 와서 새 옷을 위한 치수를 재라고 명령했다. 이 양복점 주인은 유럽의 양복점 주인들과는 전혀 다른 식으로 치수를 쟀다. 그는 우선 천문 관측기구를 가지고 내 키를 잰 다음, 자와 컴퍼스로 내 몸 전체의 부피와 윤곽을 측정했고, 이 모든 세부사항을 종이에 그렸다. 6일이 지나기도 전에 그는 몸에 전혀 맞지도 않고 모양도 형편이 없는 옷을 가져왔는데, 그것은 측정계산에서 숫자가 틀렸기 때문이다. 그런 사고가 매우 자주 일어나지만 아무도 신경을 쓰지 않는다는 것을 알았고, 그래서 만족할 수밖에 없었다.

옷이 없어서 실내에 틀어박혀 있던 기간, 그리고 몸이 불편하여 며칠 더 실내에 머물러 있던 그 기간에 나는 그 나라의 언어에 대해 기록한 내 사전을 한층 더 두툼하게 만들었고, 얼마 후 국왕을 다시 만났을 때, 그가 하는 말을 많이 알아듣고, 여러 가지 대답도 할 수 있었다.

별들의 음악을 듣는 사람들

국왕은 그 섬을 동북동쪽으로 운전해서, 지상에 위치한 그의 수도 라가도와 수직이 되는 상공의 동쪽에 도착하라고 명령했다. 수도까지는 거리가 432킬로미터 가량 되었고, 우리 비행은 4.5일이 걸렸다.

나는 그 섬이 공중을 날아갈 때 전진한다는 느낌을 전혀 받지 않았다. 다음날 아침 11시경에 국왕을 비롯하여 모든 귀족과 왕궁의 관리들과 일반관리들이 각각 자기 악기를 가지고 3시간 동안 계속해서 연주했는데, 그 소음에 정신을 차릴 수가 없었다.

그리고 내 선생이 설명해줄 때까지는 국왕도 직접 연주한 그 음악회의 의미를 추측조차 할 수가 없었다. 그의 설명에 따르면, 그 섬에 사는 사람들의 귀는 언제나 특정 기간에만 연주되는 별들의 음악을 잘 들을 수 있고, 국왕을 비롯한 왕궁 전체가 각자 가장 잘 다룰 줄 아는 악기를 가지고 맡은 부분을 연주한다는 것이다.

그 나라의 수도 라가도로 여행하는 도중에 국왕은 백성들의 진정서를 접수하려고 여러 도시와 마을 상공에서 그 섬을 정지시키라고 명령했다. 진정서를 접수하기 위해서는 끝에 작은 추가 달린 여러 가닥의 동아줄을 늘어뜨렸다. 백성들은 이 동아줄에 진정서를 꽂아두고, 그 진정서는 어린 학생들이 연에 연결된 줄 끝에 매달아놓은 종이조각들처럼 곧장 위로 끌어당겨졌다. 어떤 때는 도르래로 끌어올린 포도주와 식량을 우리가 받기도 했다.

수학에 관한 나의 지식은 그들의 어휘를 배우는 데 크게 도움이 되었는데, 그것은 그들의 어휘가 주로 수학과 음악에서 나온 것이고, 내가 음악에 관해서도 까막눈은 아니었기 때문이다. 그들의 생각은 언제나 선과 도형으로 표현되었다.

예를 들어서 어떤 여자나 동물의 아름다움을 칭찬하려고 하면, 그들은 사다리꼴·원형·평행사변형·타원형·기타 기하학 용어들, 또는 여기서 반복할 필요도 없지만, 음악에서 차용한 전문용어들로 그 아름다움을 묘사하는 것이다. 나는 국왕의 부엌에서 모든 종류의 수학기구와 악기들을 보았는데, 요리사들은 이 수학기구들과 악기들의 모양에 따라 고기를 썰어서 국왕의 식탁에 제공했다.

그들은 집을 아주 엉터리로 지어서 벽들이 비스듬하고, 어느 방이나 직각이 하나도 없었는데, 이것은 그들이 실용 기하학을 천하고 기계적이라고 해서 경멸했고, 그들의 주문사항들이 너무 세밀해서 노동자들이 그 지능으로는 도저히 알아듣지 못하고 언제나 실수를 저질렀기 때문이다. 그들이 비록 자와 연필과 분할기를 종이 위에서 대단히 능숙하게 다룬다고는 해도, 일상생활의 행동과 태도에 있어서 그들보다 더 미숙하고 어색하고 불편하며, 수학과 음악을 제외한 다른 분야에 관한 생각이 그들보다 더 느리고 뒤죽박죽인 사람들을 본 적이 없다.

그들은 논리를 전개하는 능력이 대단히 빈약했고, 올바른 의견을 갖는 경우란 거의 없지만, 어쩌다가 올바른 의견을 갖는 경우가 아니라면, 반대의견을 저마다 거세게 내세웠다. 그들은 상상·공상·발명의 개념을 전혀 모르고, 그런 개념들을 표현하는 단어조차 그들의 언어에는 없었으며, 그들의 생각과 정신이 온통 앞에 언급한 수학과 음악 속에 폐쇄되어 있는 상태였다.

그들의 대부분은, 특히 천문학 분야에 종사하는 사람들은 공공연하게 드러내기를 꺼리기는 하지만, 점성술의 결과를 깊이 신봉했다. 내가 가장 놀랍게 여기고 동시에 속으로 개탄한 것은 뉴스와 정치에 관한 너무나 강한 그들의 집착이었다. 내가 관찰한 바로는 그들이 관청의 사무에 관해서 끊임없이 캐어묻고, 국가의 각종 사항에 대해 각자 멋대로 판단하고, 정당의 공식입장을 하나도 남김없이 정열적으로 반박했다.

가장 작은 원이나 가장 큰 원이나 다같이 360도를 가지고 있으므로, 온 세상을 지배하고 관리하는 데는 지구의를 다루고 돌리는 능력 이외에는 아무것도 필요가 없다고 그들이 생각하지 않는 한, 나는 수학과 정치학 사이의 유사점을 전혀

발견할 수가 없었다.

그럼에도 불구하고, 나는 내가 아는 유럽의 수학자의 대부분도 뉴스와 정치에 관한 저 섬사람들의 기질과 똑같은 기질을 가지고 있다고 본다. 물론 나는 이러한 기질이 인간본성의 보편적인 결함, 즉 우리에게 아무런 상관도 없는 일들, 그리고 선천적으로나 후천적으로나 우리가 전혀 능숙해질 수가 없는 일들에 관해서 더욱 호기심을 품고 더욱 자만하려고 하는 데서 나온다고 본다.

그들의 생활은 언제나 불안의 연속이고 잠시나마 마음의 평화를 누린 적이 절대로 없는데, 그 불안의 원인은 그들 이외의 다른 사람들의 생활에는 전혀 영향을 끼치지 못하는 그런 것이었다. 그들은 별들의 세계에서 일어나면 안 된다고 두려워하는 몇 가지 변화 때문에 걱정이 태산같았다.

　예를 들면, 태양이 지구에 계속해서 접근하고 있으므로, 언젠가는 태양이 지구를 흡수하거나 삼켜버린다는 것이다.

　태양이 발산하는 악취가 점진적으로 그 표면을 뒤덮고 굳어져버려 결국은 지구에 빛을 더 이상 비추지 않게 된다는 것이다. 그리고 지구는 지난번에 나타난 혜성의 꼬리를 간신히 피했고, 충돌했더라면 틀림없이 재로 변했을 터인데, 그들의 계산으로는 31년 뒤에 다시 올 혜성이 지구를 멸망시킬지도 모른다는 것이다.

　왜냐하면 혜성이 태양과 가장 가까운 거리에 이르러서 태양과 이루는 어떤 각도 안으로 들어온다면, (그들의 계산에 따르면 두려워할 이유가 있는데) 그 혜성은 시뻘겋게 달아 이글거리는 무쇠보다 1만 배나 더 뜨거운 것이 되고, 태양에서 멀어질 때 160만 22킬로미터 길이의 불타는 꼬리를 끌게 되며, 만일 지구가 혜성의 핵 또는 본체로부터 16만 킬로미터 떨어진 지점에서 그 꼬리부분을 통과하게 된다면, 통과하다가 틀림없이 불에 타서 재가 된다는 것이다.

　또한 그들은 연료를 공급받지 않은 채 태양이 매일 빛을 내보낸다면, 드디어 완전히 연소되어 없어져버리고, 그 결과 태양의 빛을 받는 이 지구와 모든 다른 행성들이 멸망할 것이라고 걱정했다.

그들은 이러한 변화들과 곧 닥칠 그와 비슷한 위험들을 항상 경계하느라 침대에서 편안하게 잠을 잘 수도 없고, 인생의 일반적인 즐거움이나 재미를 맛볼 수도 없었다. 아침에 친지를 만나면 그들은 태양의 건강, 해가 어떻게 지고 어떻게 떴는지, 다가오는 혜성과 충돌하지 않는다고 얼마나 큰 기대를 품고 있는지에 관해 먼저 질문했다. 어린 소년들이 유령과 꼬마귀신들에 관한 무시무시한 이야기를 듣고 크게 기뻐하고, 정신없이 귀를 기울인 다음에는 겁이 나서 감히 잠자리에 들지 못하는 것처럼, 그들도 그와 똑같은 심정으로 이러한 대화를 나누는 것이 습관화되었다.

그 섬의 여자들은 한없이 정력이 넘쳤고, 남편을 경멸했으

며, 외부에서 온 남자들을 너무나 좋아했다. 섬 아래쪽의 대륙에서 상당히 많은 사람들이 여러 도시와 회사들에 관한 일 때문에, 또는 개인적인 볼일 때문에 왕궁으로 올라왔지만, 외부에서 온 이 사람들은 섬사람들과 똑같은 재능이 없기 때문에 엄청난 멸시를 받았다. 귀부인들은 외부에서 온 사내들 가운데서 애인을 골랐다.

그러나 그 애인이 남편 앞에서도 전혀 조심하지 않고 태연하게 행동한다는 것이 골치 아픈 문제였다. 왜냐하면 남편이 항상 사색에 몰두해 있어서, 그에게 종이와 도구들이 공급되어 있고 또한 때리는 하인이 곁에 없는 경우에는, 여주인과 그 애인이 그 남편의 앞에서도 가장 친밀한 애정 표현을 할 수 있기 때문이다.

나로서는 그 섬이 세상에서 가장 멋진 곳이라고 생각했는데도, 그곳의 아내들과 딸들은 섬에만 갇혀 있다고 한탄했다. 가장 풍족하고 또 가장 호화롭게 살 수 있고, 원하는 대로 무엇이든지 할 수가 있었는데도, 여자들은 아래 세상을 구경하고 수도에서 오락을 즐기고 싶어서 안달했다. 그러나 그런 일은 국왕의 특별한 허락이 없으면 할 수가 없었고, 국왕의 특별 허락도 얻기가 쉽지 않았다.

왜냐하면 일단 아래로 내려간 여자들을 설득해서 돌아오게 만들기가 얼마나 어려운지를 잦은 체험을 통해 깨달았기 때문이다. 나는 그 왕국에서 국왕 다음으로 돈이 많고 대단히 잘생겼으며, 그 섬의 가장 멋진 궁전에서 살고 있던 수상이 왕궁의 최고 귀부인과 결혼하여 그녀를 매우 사랑했다는 이야기를 들었다.

여러 명의 자녀를 둔 그녀가 건강을 핑계삼아 수도 라가도로 내려갔고, 국왕의 수색 명령이 내려질 때까지 여러 달을 숨어 살았다고 한다. 그녀는 누더기 차림으로 어느 싸구려 식당에서 발각되었는데, 불구자인 늙은 마부를 먹여 살리기 위해 옷을 전당포에 잡혔던 것이다.

그리고 마부에게 매일 얻어맞으면서도, 그와 떨어져서 섬으로 돌아오기를 완강히 거부했다. 수상인 남편이 최대한의 친절로 그녀를 다시 받아들이고 조금도 야단치지 않았는데도 불구하고, 그녀는 보석과 패물과 돈을 모조리 챙긴 다음 몰래 아래로 다시 도망쳐 그 불구자 애인에게 돌아갔고, 그 이후로 소식이 끊어졌다고 한다.

독자들에게는 이것이 저토록 멀리 떨어진 섬나라의 이야기가 아니라 차라리 유럽이나 영국의 이야기로 들릴지도 모른다. 그러나 독자들은 여자의 변덕이 특정 지역이나 국가나 민족에 국한되지 않고, 쉽게 상상할 수 있는 것보다 훨씬 더 보편적인 현상이라고 보지 않으면 안 된다.

한 달 가량 지났을 때 나는 그 나라 말을 상당히 유창하게 했고, 국왕과 만나는 영광이 주어지면, 그의 질문에 대부분 대답할 수 있었다.

국왕 폐하는 내가 방문한 여러 나라의 법률·통치·역사·종교 또는 풍습에 대해 아무런 호기심도 느끼지 못했고, 오로지 수학에 관해서만 질문했으며, 양쪽에서 때리는 하인들이 자주 방광으로 살짝 때렸지만, 내가 하는 이야기를 몹시 경멸하고 무관심하게 들었다.

제3장

라푸타 사람들이 천문학을 크게 발전시켰다

나는 국왕에게 그 섬을 돌아다니면서 이상한 것들을 구경할 수 있도록 해달라고 요청했고, 그는 매우 기꺼이 허가하는 한편, 내 선생에게 수행하라고 지시했다.

내가 주로 알고 싶었던 것은 그 섬이 어떤 대자연의 법칙이나 인간의 기술에 따라서 여러 방향으로 움직일 수 있는지 하는 점이었다. 이 점에 관해서 이제부터 독자들에게 철학적인 설명을 해주겠다.

날아다니는 섬 또는 떠다니는 섬은 완전한 원형으로서 그 직경은 7200미터 가량이고, 따라서 그 면적은 40평방킬로미터 정도였다. 그 두께는 270미터였다. 아래쪽에서 쳐다보는 그 섬의 밑바닥 또한 아래 표면은 한 장의 평평하고 반듯한 금강석 판인데, 그 높이는 180미터였다. 그 석판 위에 여러 가지 광물들이 순서대로 쌓이고, 그 위에 3 내지 3.6미터 깊이의 비옥한 부식토가 깔려 있었다.

이 위쪽 표면이 가장자리에서 중심을 향해 비탈졌기 때문에, 그 섬에 내리는 모든 이슬과 빗물이 작은 시내들을 통해 가운데로 모이고, 중심에서 180미터 떨어지고 둘레가 900미터 가량 되는 4개의 거대한 저수지로 흘러들어갔다. 이 저수지들은 물이 낮에 햇빛을 받아 계속 증발되기 때문에 흘러넘치는 일이 없었다.

게다가 국왕은 그 섬을 구름이나 수증기가 모여 있는 지역보다 더 높이 뜨게 할 수 있어서, 원하기만 하면 언제든지 이슬과 비가 떨어지는 것을 막을 수 있었다.

그것은 자연과학자들이 모두 인정하는 바와 같이, 가장 높은 구름도 3200미터 이상 높아질 수가 없었고, 적어도 그 나라에서는 구름이 그 높이까지 도달한 적이 전혀 없었기 때문이다.

섬의 중심에 직경이 45미터 가량 되는 갈라진 틈이 있고, 그곳을 통해서 천문학자들이 거대한 돔 속으로 들어갔다. 그래서 이 돔은 '플란도나 가놀레' 즉 천문학자들의 동굴이라고 불리고, 맨 위쪽의 석판에서 아래로 90미터 내려간 곳에 위치했다.

이 동굴 속에서는 20개의 램프가 언제나 밝게 비치고 있는데, 석판에 반사된 강한 빛이 구석구석을 환하게 비추었다. 거기에는 매우 다양한 종류의 6분의, 4분의, 망원경, 천체 관측의, 기타 천문학 기구들이 가득 했다.

그러나 가장 큰 호기심을 자극한 것은 그 섬의 운명을 좌우하는 물건, 즉 직조기의 북처럼 생기고 어마어마하게 큰 천연 자석이었다.

그것은 길이가 5.4미터이고, 가장 두꺼운 부분은 그 굵기가 적어도 2.7미터 이상이었다. 금강석의 대단히 강한 축이 그 자석의 한가운데를 관통하여 지탱하고, 자석이 그 축에 따라 움직이는데, 가장 약한 손도 그것을 돌릴 수 있도록 정확하게 균형을 잡고 있었다.

그 자석은 깊이와 두께가 120센티미터에 직경이 180센티미터인 금강석 원통으로 테를 두르고, 수평으로 놓여졌으며, 길이가 5.4미터인 8개의 금강석 받침대들이 그것을 받치고 있었다. 오목한 부분의 가운데에는 28센티미터 가량 깊이의 홈이 패이고, 그곳에 축의 양쪽 끝이 붙어서 수시로 돌릴 수 있었다.

그 천연자석은 세상의 그 어떠한 힘을 동원하더라도 그 자리에서 떼어낼 수가 없는데, 그것은 원통의 테와 받침대들이 섬의 아래 바닥을 이루고 있는 금강석 판과 한덩어리를 이루는 일부이기 때문이다.

그 섬은 천연자석의 힘으로 올라가고 내려가고 한 곳에서 다른 곳으로 이동할 수 있다. 왜냐하면 국왕이 통치하는 지상의 영토에 대해서 자석의 한쪽 끝은 끌어당기고 다른쪽 끝은 밀치는 힘이 있기 때문이다.

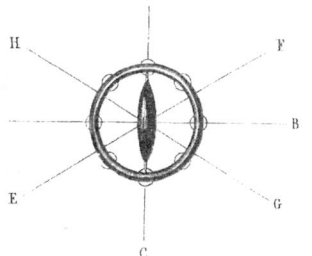

끌어당기는 힘이 있는 쪽을 지상으로 향해서 자석을 똑바로 세우면 섬이 아래로 내려가는 반면, 밀치는 쪽을 지상을 향해 세우면 섬이 수직으로 상승한다. 자석이 비

스듬하게 놓이면 그 섬의 움직임도 비스듬한 방향이 되는데, 그것은 이 자석 안에서 힘이 언제나 자석의 방향과 평행으로 작용하기 때문이다.

섬은 이렇게 비스듬한 움직임에 따라서 국왕의 영토 여러 지역으로 이동한다. 섬의 이동 방식을 설명하기 위해 발니바르비의 지역을 가로지르는 선을 AB라고 하고, 천연자석의 선을 CD라고 하며, D는 밀치는 힘이 있는 자석 끝이고, C는 잡아당기는 힘이 있는 자석 끝이라고 하자. 이제 섬이 C의 상공에 있는데, 천연자석을 CD의 위치에 두고, 밀치는 끝을 아래로 향하면, 그 섬은 D를 향해 비스듬하게 상승할 것이다. D에 도착했을 때, 자석을 축에서 돌려 잡아당기는 끝이 E를 향하게 만들면, 섬이 E를 향해 비스듬하게 이동할 것이다.

E에 이르러 자석을 다시 축에서 돌려 EF의 위치에 놓고, 밀치는 끝이 아래로 향하게 하면, 섬이 F를 향해 비스듬하게 올라갈 것이다. F에 이르러 잡아당기는 끝이 G로 향하게 하면, 섬이 G로 이동하고, G에 이르러 자석을 돌리고, 밀치는 끝이 곧장 아래로 향하게 하면 H로 갈 것이다.

이렇게 필요에 따라 자주 천연자석의 위치를 바꾸는 방식으로 섬이 비스듬한 방향으로 올라가고 내려가며, (비스듬한 정도가 그리 심하지 않으므로) 그렇게 상승과 하강을 교차하는 방법을 이용하여 영토의 한 곳에서 다른 곳으로 이동하는 것이다.

그러나 반드시 알아두어야 할 것은 그 섬이 지상에 있는 왕국의 영토의 경계선을 벗어날 수 없고, 또한 6400미터 이상은 올라갈 수 없다는 점이다. 천문학자들은 그 이유에 관해서

(천연자석에 관하여 수많은 이론을 가지고 저술을 남긴) 다음과 같이 설명했다.

즉 그 천연자석의 자력이 6400미터 밖으로는 미치지 못하고, 그 자력에 대해 반응하는 광석이 지구 전체에 널려 있는 것이 아니라, 오로지 국왕의 영토의 범위에 국한해서, 다시 말하면 그 영토의 지하, 그리고 해변에서 29킬로미터 가량 떨어진 해저의 지하에만 매장되어 있다는 것이다. 따라서 이토록 엄청나게 유리한 입장에 있는 국왕은 자석의 힘이 미치는 범위에 들어 있는 어떠한 국가도 쉽게 굴복시킬 수 있었다는 것이다.

자석을 지평선과 수평으로 위치하게 하면 섬은 공중에서 정지하는데, 이런 경우 자석의 양쪽 끝이 지상으로부터 똑같은 거리에 있어서, 끌어당기는 힘과 밀치는 힘이 서로 똑같이 작용하는 바람에 결국은 섬이 이동할 수 없다.

이 천연자석은 특정한 천문학자들이 관리하고 있는데, 그들은 국왕의 지시에 따라 자석의 위치를 변경시키고, 유럽의 망원경들보다 비할 바 없이 성능이 우수한 망원경을 동원하여 천체를 관측하는 데에 인생의 거의 전부를 보낸다. 가장 큰 그들의 망원경은 길이가 90센티미터 미만이긴 하지만, 30미터짜리 유럽의 망원경보다도 물체를 훨씬 더 크게 확대해서 보고, 별들을 한층 더 선명하게 보여준다.

이러한 이점 때문에 그들은 유럽의 천문학자들이 발견하는 별들보다 훨씬 더 멀리 있는 별들을 발견할 수 있었고, 그 결과 그들이 1만 개의 항성으로 된 목록을 만든 반면, 유럽의 가장 자세한 목록에 포함된 항성의 숫자는 그들이 발견한 숫자의 3분의 1을 넘지 못하는 것이다.

이와 마찬가지로 그들은 화성의 주위를 회전하는 2개의 작은 별들, 즉 위성들을 발견했는데, 안쪽 위성은 화성의 중심으로부터 정확하게 화성의 직경의 3배가 되는 거리에서 돌고 있었고, 바깥 위성은 화성의 직경의 5배가 되는 거리에서 돌고 있었다. 안쪽 위성은 10시간에, 바깥 위성은 21시간 30분에 화성을 한 바퀴 돌았고, 그 결과 위성들의 1회전 시간의 제곱들의 비율은 화성의 중심에서 떨어진 거리의 세제곱들의 비율과 거의 일치하며, 이것은 다른 천체들에게 적용되는 중력의 법칙이 이 위성들에게도 똑같이 적용된다는 사실을 분명하게 보여준다.

그들은 93개의 혜성을 관찰했고, 그 주기를 대단히 정확하게 측정했다. (그들은 그 주기가 틀림이 없다고 대단한 자부심을 보였지만) 그들의 주장이 옳다면, 그들의 관측 결과를 세상에 널리 알려서, 현재 허점이 많고 매우 불확실한 혜성 이론을 천문학의 다른 부문들과 같은 수준으로 완성시키는 것이 대단히 바람직한 일일 것이다.

죄인을 벌하는 이상한 방법

그 국왕은 고위 각료를 한 명이라도 완전히 장악해서 자기 심복으로 만들 수만 있었다면, 전세계에서 가장 강력한 절대 군주가 되었을 것이다.

그러나 각료들은 아래쪽 대륙에 각자 영지가 있는데다가, 국왕의 총애를 받는 각료의 지위가 매우 불안정하고 언제 임기가 끝날지 모른다는 생각 때문에, 그 나라를 국왕의 노예로 만드는 일에 결코 찬동하려고 하지 않았다.

어느 도시가 반란이나 폭동을 일으키거나 무력을 휘두르는 패거리들의 지배를 받게 되는 경우, 또는 평소에 바치던 세금을 거절하는 경우, 국왕은 2가지 방법으로 그들을 굴복시켰다. 첫번째 방법, 즉 가장 온건한 방법은 그 도시와 일대의 토지 위에 섬을 떠 있게 만들어서 햇빛과 비의 혜택을 박탈하고, 그 결과 주민들이 죽음과 질병에 시달리게 만드는 것이다.

주민들의 죄가 한층 무거운 경우 섬에서 추가로 큰 돌들을 소나기처럼 퍼붓는데, 그러면 그들은 자기들 집의 지붕이 박살나는 동안, 지하실이나 동굴 속으로 기어들어가는 것 이외에는 다른 방어수단이 없다. 그런데도 여전히 완고하게 버티거나 내전을 일으킨다면, 국왕은 마지막 수단을 사용한다.

즉 섬을 그들 머리 위로 곧장 떨어지게 만들어 사람과 집을 한꺼번에 모조리 없애버리는 것이다. 그러나 국왕은 이 극단적인 수단을 생각해본 적이 전혀 없었고, 사실은 실행에 옮길 각오를 한 적도 전혀 없었으며, 고위각료들도 그에게 그런 수단을 취하라고 감히 건의하지도 않았다.

그런 수단을 사용하면, 백성들이 각료들을 증오하게 되고, 왕의 사유지인 그 섬에 의해서 아래쪽에 있는 자신들의 영지만 막대한 피해를 입을 것이기 때문이다.

그러나 이 나라의 역대 국왕들이 절실한 필요성이 없는 한, 그토록 무시무시한 수단을 사용하지 않았던 보다 더 중대한 이유가 있다. 대도시들에는 일반적으로 높은 바위산들이 많고, 섬이 수직으로 떨어지는 재앙을 예방할 작정에서 처음부터 그런 곳에 도시를 건설할 수도 있다.

그런데 파멸시켜야 할 그 도시가 그런 높은 바위산들을 가지고 있는 경우, 그리고 그 안에 돌로 만든 높은 첨탑들이나 기둥들이 많은 경우, 갑자기 섬이 떨어진다면, 섬의 밑바닥 또는 아래 표면은, 내가 앞에 언급한 대로 180미터 가량 두꼐운 단일한 석판으로 이루어져 있다고 해도, 너무나 엄청난 충격으로 깨어질 수도 있고, 아래쪽 주택들로부터 치솟는 불길에 너무 가까이 접근하는 바람에, 쇠와 돌로 만든 유럽의 굴뚝들이 자주 터지는 것처럼 그 밑바닥도 터져버릴지도 모르는 것이다.

백성들은 이 모든 이유를 잘 알고 있었고, 자기들의 자유나 재산이 관련된 문제에 대해 어느 정도까지 완강하게 버티는 것이 좋을지도 충분히 이해하고 있었다.

그리고 국왕은 가장 심한 도전을 받고, 어느 도시를 깔아뭉개 폐허로 만들기로 굳게 결심한 경우에도, 최대한으로 살금살금 섬을 아래로 하강시키라고 명령했는데, 백성들에 대한 친절한 배려에서 그렇게 하는 척했지만, 사실은 섬의 바닥이 깨어질까 두려워했기 때문이다.

밑바닥이 일단 깨어진다면, 천연자석은 섬을 더 이상 위로 상승시킬 수 없고, 섬 전체가 지상으로 추락해버린다는 것이 그 나라의 모든 철학자들의 공통된 의견이었다.

이 왕국의 기본법은 국왕과 그의 장남과 차남이 그 섬을 절대로 떠날 수 없도록 금지했고, 왕비도 임신이 가능한 나이를 넘기기 전에는 그 섬을 절대로 떠날 수 없다.

제 4 장

라푸타를 떠나다

　나는 그 섬에서 푸대접을 받았다고는 말할 수 없다 해도, 무시당하고 어느 정도는 경멸당한다는 생각을 했음을 고백하지 않을 수 없다. 왜냐하면 국왕도 백성들도 수학과 음악을 제외한 다른 분야에 대한 나의 지식에 전혀 관심이 없는 것처럼 보였기 때문이다. 나는 수학과 음악 분야에서는 그들보다 훨씬 못했고, 그 이유 때문에 완전히 무시당했다.

　한편 그 섬의 이상한 것들을 모두 보고 나자, 나는 그 사람들에 대해 철저하게 염증을 느껴서 그곳을 떠나고 싶은 마음이 굴뚝같았다. 그들은 내가 어느 정도 조예가 깊고 또한 높이 평가하는 학문들, 즉 수학과 음악에 관해서는 참으로 탁월했지만, 동시에 사색에만 너무 정신을 빼기고 몰두해 있어서, 그들처럼 같이 어울리기가 싫은 사람들을 만나본 적이 한 번도 없다. 그곳에 머물러 있던 두 달 동안, 나는 오로지 여자들, 상인들, 방광으로 때려주는 하인들, 그리고 왕궁의 어린 하인들만 상대했다. 그래서 결국은 그들의 철저한 경멸의 대상이 되고 말았다. 그러나 내가 대화를 나눈 그 사람들만이 합리적인 대답을 내게 해줄 수 있었다.

나는 그 나라의 말을 정말 열심히 공부하여 상당한 수준에 도달했고, 아무런 주목도 받지 못하는 그 섬에 갇혀 있는 것이 지겨워져서 최초의 기회를 잡기만 하면 떠나기로 결심했다.

왕궁에는 국왕과 매우 가까운 인척인 고위각료가 있었는데, 그는 그 한 가지 이유 때문에 존경을 받았다. 그는 그 섬에서 가장 무식하고 어리석은 사람이라고 널리 알려져 있었다. 그는 국왕을 위해 뛰어난 업적들을 많이 세웠고, 선천적·후천적 재주가 많았으며, 인격과 명예를 갖추고 있었지만, 음악을 알아듣는 귀가 전혀 없어서 자주 박자를 틀린다고 비난받았다.

그의 가정교사들도 가장 쉬운 수학공식을 그에게 가르치는 데도 엄청나게 진땀을 빼야만 했다. 그는 기꺼이 여러 모로 내게 호의를 베풀어주었고, 자주 방문해서는 유럽의 정세, 그리고 내가 여행한 여러 나라의 법률·관습·예절·학문에 관해 배우고 싶어했다. 그는 나의 모든 말에 매우 주의 깊게 귀를 기울였고, 대단히 현명한 평가를 내려주었다.

그는 방광으로 때리는 하인 2명을 국가를 위해 수행시켰지만, 왕궁에 있을 때와 의전을 위한 방문 이외의 경우에는 절대로 이용하지 않았고, 나와 단 둘이 있을 때에는 항상 물러가라고 지시했다.

나는 이 고위층 인물에게 국왕에게 요청하여 라푸타를 떠나도 좋다는 허가를 받아달라고 간청했고, 나중에 내게 말해주었지만, 그는 내키지는 않으면서도 내 부탁대로 국왕에게 요청을 했다. 그러한 요청이 그에게 내키지 않았던 것은 사실 그 동안 그가 내게 대단히 유리한 제안을 여러 번 했는데도, 내가 진심으로 감사하다고 말하면서도 모두 거절했기 때문이다.

2월 16일에 나는 국왕 폐하와 왕궁의 모든 사람 곁에서 떠났다. 국왕은 영국의 200파운드 가량에 해당하는 선물을 내게 주었고, 국왕의 친척이자 나의 보호자인 그 각료는 그보다 더 비싼 선물을 주었을 뿐만 아니라, 왕국의 수도 라가도에서 사는 자기 친구에게 나를 추천하는 추천장도 써주었다. 그 무렵 섬은 수도에서 3.2킬로미터 떨어진 산 위를 회전하고 있었는데, 나는 그 섬으로 끌어올려질 때와 같은 방식으로 제일 낮은 회랑에서 아래로 내려졌다.

발니바르비에서 새로운 날을 맞이한다

날아다니는 섬의 국왕에게 복종하는 그 대륙의 모든 영토는 일반적으로 발니바르비라는 명칭으로 통하고, 그 수도는 앞에서 언급한 대로 라가도라고 불린다. 나는 단단한 땅에 내려서자 마음이 상당히 푸근했다. 원주민들과 같은 복장을 했고, 그들의 언어로 얼마든지 대화할 수 있었기 때문에, 아무런 걱정 없이 수도를 향해 걸어갔다. 나를 추천해준 그 고위층의 친구가 사는 집을 곧 찾아가 그 추천서를 전달했으며,

그로부터 대단히 친절한 영접을 받았다. 이름을 '무노디'라고 하는 이 고위층은 자기 저택의 한 거실을 내게 주었고, 나는 수도에 머무는 동안 내내 그곳에서 지내면서 가장 따뜻한 대접을 받았다.

내가 거기 도착한 다음날, 그가 나를 마차에 태우고는 시내를 구경시켜주었다. 그 도시의 규모는 런던의 절반 가량 되었지만, 집들이 매우 이상하게 지어졌고, 대부분은 수리가 전혀 되어 있지 않았다. 사람들은 거리에서 빨리 걸어다녔고, 난폭하다는 인상을 풍겼으며, 시선이 고정되어 있고, 대부분이 누더기 차림이었다.

우리는 성문을 통과하여 4.8킬로미터 가량 떨어진 교외로 나갔다. 여러 종류의 도구를 가지고 무수한 노동자들이 땅을 파는 것을 보았는데, 무슨 일을 하고 있는지는 추측할 수 없었다. 토지가 매우 비옥하게 보이기는 했지만, 밀이나 목초를 재배한다고 볼 수도 없었다. 나는 시내와 교외 양쪽에서 본 사람들의 괴상한 모습에 대해 의문을 품지 않을 수가 없었다. 그래서 용기를 가다듬어 나의 길잡이에게, 길거리에서도 들판에서도 이토록 수많은 사람들이 바쁘게 움직이고 일하고 있는 이유가 무엇인지 설명해달라고 부탁했다.

나는 그들이 이룩해놓은 좋은 결과를 발견하지 못했을 뿐만 아니라, 오히려 그 반대로, 그렇게 무성의하게 관리한 토지, 또는 그렇게 잘못 설계되고 황폐한 상태에 있는 집들, 또는 그렇게 엄청난 비참함과 가난을 드러내는 표정과 옷차림의 사람들을 그때까지 본 적이 없었던 것이다.

1급 각료의 지위인 무노디는 여러 해 동안 라가도 시장으로 재직했지만, 다른 각료들의 음모 때문에 무능하다는 이유로 해직되었다. 그러나 국왕은 그가 학식은 빈약하고 경멸할 만한 것이지만, 선의를 가진 인물이라고 해서 친절하게 대해 주었다.

내가 그 나라와 백성들에 대해 멋대로 비난하자, 그는 내가 충분한 기간 동안 그들과 함께 지내지 않아서 판단을 내리기에는 때가 이르고, 나라마다 관습이 다르다고 대답하는 데 그쳤고, 다른 일반적인 화제에 관해서도 같은 식으로만 대답했다. 그러나 자기 궁전에 돌아갔을 때, 그는 내가 그 건물을 어떻게 보는지, 무슨 결함들을 발견했는지, 하인들의 복장과 표정에 어떤 잘못이 있는지를 물었다. 그의 주변에 있는 것은 모두 장엄하고 정상적이고 정중한 것이기 때문에, 그가 그런 질문을 해도 괜찮았을 것이다.

나는 그 각하가 지닌 지혜와 지능과 재산이, 길거리의 어리석고 가난한 사람들에게서 느낀 결함은 모면했다고 대답했다. 그는 내가 자기를 따라서 수도에서 32킬로미터 가량 떨어진 자기 영지의 시골별장에 가면 이런 종류의 대화를 나눌 시간적 여유가 한층 많을 것이라고 말했다. 나는 전적으로 각하의 뜻에 따르겠다고 대답했고, 그래서 우리는 다음날 아침 출발했다.

별장으로 가는 도중에 그는 농부들이 토지를 관리하는 데 사용하는 여러 가지 방법을 관찰하라고 말했다. 극히 일부 지역을 제외하면, 밀밭이나 풀밭이 전혀 보이지 않았기 때문에, 농부들의 토지 관리방법이 내 눈에는 괴상하기 짝이 없었던 것이다. 그러나 3시간이 지나자 전혀 색다른 광경이 펼쳐졌는데, 우리는 가장 아름다운 농촌에 들어선 것이다.

가까이 이어진 농가들은 훌륭하게 건축된 것이고, 포도밭과 밀밭과 초원을 포함하는 농지에는 담을 둘러쳤다. 아무리 생각해보아도 나는 그렇게 멋진 풍경을 과거에 본 적이 없다. 내 표정이 밝아지는 것을 본 그 각하는 안도의 한숨을 내쉬면서, 자기 영지가 거기서 시작되어 별장에 도착할 때까지 그렇게 이어질 것이라고 말했다. 그리고 그 나라 사람들은 자기가 토지를 제대로 관리하지 못하고, 왕국을 위해 나쁜 모범을 보인다고 비웃고 경멸하는데, 자기처럼 늙고 고집이 세고 허약한 사람들 이외에는 자기의 모범을 거의 따르지 않는다고 덧붙였다.

우리는 드디어 그의 별장에 도착했는데, 그것은 고대 건축기술의 최고 기준에 따라서 지어진 참으로 훌륭한 저택이었다. 분수들, 정원들, 오솔길들, 마차가 다니는 큰길들, 그리고 작은 숲들이 모두 정확한 계산과 고상한 취향에 따라 관리되었다.

나는 눈에 보이는 모든 것들을 크게 칭찬했지만, 각하는 저녁식사를 마칠 때까지 내 말에 전혀 대꾸도 하지 않았다. 그러나 우리 둘만 남게 되자 대단히 우울한 어조로 입을 열었는데, 시내와 시골에 있는 그의 모든 집을 현대식으로 재건축하기 위해 허물고, 농장들도 모두 폐지한 뒤 현대식 영농법이 요구하는 새 농장을 만들며, 소작인들에게도 그렇게 하라고 지시를 내리지 않으면 안 될 것으로 본다고 말했다. 그렇게 하지 않는다면 오만, 괴상함, 위선, 무식함, 변덕에 대한 비난을 초래하고, 어쩌면 국왕의 불쾌감을 더욱 부추기게 될지도 모른다는 것이었다.

국가가 세워지게 된 경위를 듣다

그는 왕궁에 있는 사람들은 지나치게 사색에만 몰두하고 있고, 그래서 아래쪽에서 일어나는 일들을 완전히 무시하기 때문에, 내가 그런 사람들로부터 한 번도 들어본 적이 없다고 보이는 특정 사실들을 자기에게 들어서 알게 된다면, 내가 그 나라에 대해서 품고 있는 경탄의 마음이 식거나 사라질 것이라고 덧붙여 말했다.

그가 알려준 내용의 요점은 아래와 같았다. 40년 전에 어떤 사람들이 출장이나 여가를 즐길 목적으로 라푸타에 올라왔고, 공중에 5개월 동안 머문 다음, 수학은 수박 겉 핥기 식으로 거의 배우지도 않은 채 변덕스러운 정신만 머리 속에 잔뜩 넣어서 돌아갔다. 그들은 이제 지상에서 일하기를 싫어하고, 예술·학문·언어, 그리고 기계기술을 모조리 새로운 토대에 올려놓을 계획을 세웠다.

그 목적으로 라가도에 계획자 아카데미를 설립하기 위한 국왕의 특허를 얻었다. 그때의 열기가 백성들을 너무나도 강하게 휘어잡은 결과, 왕국에서 이름이 약간이라도 난 도시치고 그런 아카데미를 설립하지 않은 곳이 하나도 없게 되었다.

이 아카데미에서 교수들은 농업과 건축의 새로운 규칙과 방법들, 그리고 모든 직업과 제조업을 위한 새로운 기구와 도구들을 고안해냈다. 그리고 자기들이 고안한 대로 따른다면, 한 사람이 열 사람 몫의 일을 할 수 있고, 수리하지 않아도 영원히 지속될 만큼 견고한 건축 재료로 1주일 안에 궁전을 건축할 수 있으며, 지상의 모든 과일이 우리가 적절하다고 선택하는 계절에 반드시 완전히 익고, 현재보다 100배 이상의 수확이 가능하다고 주장할 뿐만 아니라, 그 외에도 그럴듯한 계획을 무수히 제안했다.

그러나 그들의 유일한 결함은 그 수많은 계획 가운데 단 한 가지도 완성되지 못했다는 것이다. 그 결과, 전국이 말할 수 없이 황폐해지고 집들이 무너지며, 백성들은 옷이나 먹을 것이 없게 되었는데도, 그들은 희망과 절망에 동시에 내몰린 채 과거보다 50배 이상의 광기로 더욱 계획 연구에 몰두했다.

그의 경우에는 모험 정신도 별로 없기 때문에 과거의 방식들을 지속하고, 조상들이 지은 집에 살며, 일상생활의 각 방면에서 아무것도 혁신하지 않은 채 조상들이 하던 대로 행동하는 것으로 만족했다.

약간의 고위층과 지방유지들이 그를 본받았지만, 결국은 기술의 적, 무식한 자들, 연방의 총화를 해치는 자들, 국가의 전반적인 개선보다는 개인의 안일함과 게으름을 앞세우는 자들이라고 낙인 찍혀 경멸과 비난의 대상이 되고 말았다. 각하는 내가 그 거창한 아카데미를 구경할 때 분명히 즐거움을 느

낄 터인데, 자기가 세부 사실을 더 늘어놓아서 내 즐거움을
망치고 싶지는 않다고 하면서, 내가 그 아카데미를 반드시 시
찰해야 한다고 덧붙였다.

그리고 자기가 원하는 것은 다만 내가 4.8킬로미터 가량 떨
어진 산기슭의 건물 폐허를 잘 살펴보는 것이라고 말한 다음,
다음과 같은 이야기를 전해주었다.

그는 자기 저택에서 800미터도 안 되는 곳에 성능이 매우
우수한 물레방앗간을 소유했는데, 그것은 큰 강에서 흘러오
는 물의 힘으로 돌아갔고, 그의 집안은 물론 그의 영지의 수

많은 소작인들을 위해 충분한 시설이었다. 7년 전에 한 떼의 저 계획자들이 그에게 와서는 물레방앗간을 부순 다음, 저 산기슭에 새로운 물레방앗간을 건축하자고 제의했다. 저수지를 위해서 그 산의 긴 능선을 따라 긴 운하를 판 다음, 파이프들과 양수기들을 이용하여 물레방아에 물을 공급한다는 계획이었다.

그들은 높은 곳의 바람과 공기는 물을 자극하여 더 빠르게 흐르도록 만들고, 비탈에서 내려오는 물은 비교적 수평으로 흐르는 강물의 절반 가량의 수량만 있어도 물레방아를 돌릴 수 있다는 이유를 내세웠다. 그 당시 그는 왕궁의 고위층들과 그리 원만한 관계가 아닌데다가, 또 많은 친구들이 재촉하는 바람에 그 제의를 받아들였고, 100명의 인원을 투입해서 2년 동안 공사를 진행했지만 실패에 그쳤다.

설계자들은 그에게 모든 책임을 돌린 채 떠나버렸고, 그 이후에도 그를 계속해서 비난했다. 설계자들은 다른 사람들에게도 성공을 장담하면서 같은 실험을 거듭했고, 번번이 실망만 안겨주었다.

우리는 며칠 뒤 수도로 돌아왔다. 각하는 아카데미의 설계자들이 자기를 탐탁지 않게 여긴다는 점을 고려하여 나를 아카데미로 직접 데리고 가지는 않고, 자기 친구에게 부탁했다. 각하는 내가 새로운 계획들을 대단히 선망하고 호기심이 많을 뿐만 아니라, 쉽게 믿는 인물이라고 친구에게 소개했는데, 나 자신도 젊은 시절에는 일종의 설계자였기 때문에, 그의 말이 아주 틀린 것은 아니었다.

제5장

아카데미를 시찰하다

아카데미는 단일 건물이 아니라 길 양쪽에 늘어선 여러 채의 집들로 구성되었는데, 그 집들이란 이미 낡을 대로 낡아진 뒤에 아카데미가 구입하여 연구실로 사용하는 것들이었다.

나는 원장의 대단히 친절한 영접을 받았고, 그 후 며칠에 걸쳐서 아카데미를 방문했다. 연구실마다 한 명 이상의 계획자들이 있었는데, 연구실은 500개가 넘었다.

내가 제일 먼저 만난 계획자는 깡마른 체구의 사내인데, 손과 얼굴은 검은 그을음에 뒤덮였고, 머리카락과 수염은 길었지만 지저분하고 여기저기 불에 그슬려 있었다. 그의 옷과 셔츠와 피부는 모두가 시커맸다.

그는 오이들로부터 햇빛을 뽑아내는 계획에 8년이나 매달려 있었는데, 여러 개의 유리병에 오이들을 넣고 단단히 밀봉한 채, 푹푹 찌는 한여름의 양지바른 곳에 그 병들을 내다놓아서 그 안의 공기를 뜨겁게 만든다는 것이다. 그는 8년만 더 연구하면 시장 관저의 여러 정원에 싼값으로 햇빛을 공급할 수 있을 것이라고 장담했다.

그러나 오이의 재고가 거의 바닥이라고 불평하고는, 특히 그 무렵이 오이가 가장 비싼 계절인만큼 자신의 천재적 연구를 격려하는 뜻에서 약간만 지원해달라고 간청했다. 나는 얼마 되지 않는 돈을 기부했다. 그것은 내 후원자인 그 각하가 모든 방문객들로부터 구걸하는 그들의 버릇을 잘 알고 있어서, 미리 내게 돈을 주었기 때문이다.

나는 다른 연구실로 들어갔다. 그런데 그곳에서 나는 지독한 악취로 숨이 막힐 것만 같았기 때문에 허겁지겁 뒤로 물러서려고 했다. 안내인은 손님이 무례하게 굴면 계획자들이 화를 펄펄 내므로 그들의 비위를 건드리면 안 되고, 따라서 내가 감히 손으로 코를 막아서도 안 된다고 부드럽게 속삭이면서 나를 앞으로 밀쳐댔다. 그곳의 계획자는 그 아카데미에서 나이가 가장 많았다. 그의 얼굴과 수염은 옅은 황색이고, 두 손과 옷은 온통 똥칠이 되어 있었다.

나에 대한 소개가 끝나자, (그가 표시하는 친밀감이야말로 참으로 내가 피하고 싶은 것이었지만) 그는 나를 힘차게 껴안아주었다. 아카데미에 들어온 이래 계속해서 그가 맡은 과제는 사람의 똥을 가지고 원래의 음식을 다시 만들어내는 것이었다.

그 방법은 똥에서 몇 가지 성분을 분리해서 없애고, 똥이 쓸개에서 받은 색깔을 제거하며, 악취를 증발시키고, 침을 걷어내는 것이었다. 그는 사람의 똥으로 가득 찬, 생맥주 나무통 크기의 대형 물통 하나를 매주 협회로부터 공급받았다.

내가 본 다른 계획자는 얼음을 태워서 화약을 제조하는 연구를 했다. 그는 불을 쇠처럼 두들겨서 펼 수가 있다면서, 그러한 불의 특성에 관해 자기가 저술한 논문을 내게 보여주었고, 그것을 출판할 예정이라고 말했다.

그곳의 가장 독창적인 건축가는 지붕을 먼저 만든 뒤에 기초부분을 향해 아래쪽으로 공사를 진행하는 주택건축의 새로운 기법을 고안해 냈는데, 지혜로운 두 종류의 곤충, 즉 꿀벌과 거미가 집을 짓는 방식을 가지고 자기 이론을 합리화했다.

소경으로 태어난 계획자는 여러 명의 소경들을 제자로 거느리고 있었다. 그 제자들의 임무는 촉감과 냄새로 색깔을 구별하는 방법을 그 교수에게 배운 대로 화가들을 위해 페인트를 섞는 것이었다. 나는 참으로 불행히도, 그들이 그때 기술을 완전히 체득하지도 못했고, 교수 자신도 대부분의 경우 틀리기만 한다는 사실을 발견했던 것이다. 아카데미의 모든 동료들은 이 교수를 크게 격려했고 또한 깊이 존경했다.

다른 연구실에서는 쟁기와 가축과 인력에 드는 비용을 절약하기 위해 돼지들을 동원해서 밭갈이하는 방법을 발견한 계획자를 만나 대단히 기뻤다. 그의 방법이란, 우선 4000평방미터 넓이의 토지에 15센티미터 간격에 20센티미터 깊이로 돼지들이 가장 좋아하는 많은 양의 도토리, 대추야자, 밤, 기타 다른 떡갈나무 열매나 야채를 묻어둔다. 그 다음에는 600마리 이상의 돼지를 그곳에 몰아 넣으면, 며칠 이내에 돼지들이 먹이를 찾느라고 구석구석을 온통 파헤쳐서 씨를 뿌리기에 딱 좋은 밭을 만들 뿐만 아니라, 자기들의 똥을 비료로 뿌리는 것이다.

그러나 실험 결과, 들어간 비용과 수고가 너무 큰 반면, 거두어들인 수확은 너무 빈약하거나 전혀 없다는 사실을 깨달았다. 그렇다고는 해도 이 방법의 발견으로 비약적인 발전이 이룩될 수 있을지도 모른다는 점을 의심한 사람은 없다.

또 다른 연구실에는 계획자가 드나드는 좁은 통로를 제외한 벽들과 천장이 온통 거미줄로 뒤덮여 있었다. 그 계획자는 안으로 들어서려는 나에게 거미줄을 흐트러뜨리지 말라고 큰 소리로 주의를 주었다.

그는 자기가 집에서 기르는 수많은 종류의 곤충들이 실을 뽑는 것뿐만 아니라 그 실로 직물을 짜는 방법도 알기 때문에, 누에보다 한없이 우수한데도 불구하고, 인류가 이토록 장구한 세월 동안 누에만 이용해 온 것은 치명적인 실책이라고 한탄했다. 게다가 그는 거미들을 활용하면

비단 염색에 드는 비용 전체를 절약할 수 있다고 제안했다. 그가 거미들에게 먹이로 주는 파리들, 즉 가장 아름다운 색깔의 수많은 파리들을 보여주고는 거미줄들이 그 파리들의 색깔을 반드시 띠게 된다고 단언했고, 실제로 거미줄들이 파리들의 색깔을 띠게 되자, 나는 그의 주장에 대한 완전한 확신을 얻었다.

그는 거미줄을 더욱 튼튼하고 더욱 오래 지탱할 수 있게 만들기 위해 어떤 종류의 고무, 기름, 기타 접착성 물질 가운데 파리들에게 적절한 먹이를 발견하자마자, 모든 사람의 취향을 만족시키는 색깔의 비단을 만들 작정이라고 말했다.

한 천문학자는 시청 지붕의 풍향계 위에 해시계를 장치했는데, 그것은 지구와 태양의 공전과 자전을 조정해서, 풍향계가 바람에 의한 모든 우연한 방향 변화에 응답하고 거기 일치하도록 만들려는 것이었다.

배가 약간 아프다고 안내인에게 말했더니, 그는 나를 위대한 내과의사가 일하는 어느 연구실로 데리고 갔다. 그는 동일한 기구의 상반되는 기능을 가지고 복통을 치료하는 것으로 유명했다. 그는 길고 가느다란 상아 주둥이가 달린 풀무를 가지고 있었는데, 그 주둥이를 항문에 20센티미터 가량 깊이 박은 다음, 풀무로 몸 안의 바람을 빨아들이면, 내장을 마른 방광처럼 쪼그라들게 할 수 있다고 단정했다.

그러나 복통이 한층 더 지독하고 심한 경우에는, 풀무에 바람을 가득 채운 상태에서 그 주둥이를 항문에 박아 넣고, 환자의 몸 안으로 바람을 집어넣는다. 이어서 다시 바람을 채우려고 풀무를 빼고는 자기 엄지손가락으로 항문 입구를 단단히 막는다. 그렇게 서너 번 반복하면, (펌프에 들었던 물처럼) 외부에서 들어간 바람이 몸 안의 유해한 물질들과 더불어 밖으로 뿜어나오고, 환자의 복통은 끝난다는 것이다.

나는 그가 위의 2가지 방법을 개에게 실험하는 것을 보았지만, 첫째 방법은 아무런 효과도 없었다. 둘째 방법을 적용하자 개는 배가 터질 지경으로 부풀었고, 드디어 어찌나 세차게 똥물을 뿜어대는지, 현장에 있던 우리 모두는 너무나 심한 구역질에 혼이 났다. 그 개는 즉사하고 말았는데, 같은 방법으로 그 개를 살려내려고 애쓰는 의사를 남겨둔 채, 우리는 떠났다.

나는 많은 연구실들을 둘러보았지만 간결한 것을 좋아하는 성격이기 때문에, 괴상한 광경들을 모두 늘어놓아 독자들을 괴롭힐 생각은 없다.

지금까지 나는 아카데미의 이쪽 건물들에 대해서만 설명했는데, 저쪽 건물들은 사색적 지식의 계획자들에게 배당되어 있었다.

나는 그들이 보편적 예술가라고 부르는 저명인사에 관해서만 추가로 설명한 다음, 사색적 지식의 탐구자들에 관해 몇 가지 이야기를 전개하겠다. 보편적 예술가는 인류의 생활개선을 위해 30년 동안 자기 아이디

어들을 적용해왔다고 말했다.

그가 운영하는 2개의 연구실은 놀랍고도 괴상한 것들로 가
득 찼고, 연구원들도 50명이나 되었다. 공기에서 질산칼륨을
제거한 뒤, 물이나 다른 액체를 삼투시키는 방식으로 공기를
건조한 고체로 만드는 사람들이 있는가 하면, 베개와 바늘겨
레를 만들기 위해 대리석을 말랑말랑하게 변화시키는 사람들
도 있었고, 말들이 다리를 절지 않도록 해주려고 말발굽을 돌
처럼 딱딱하게 만드는 사람들도 있었다.

보편적 예술가 자신은 그때 2가지의 위대한 고안들 때문에
분주했다. 첫째 고안은 씨 대신에 겨를 밭에 뿌리는 것인데,
그는 싹을 틔우는 발아능력을 겨 속에 집어넣었다고 주장하
고 여러 가지 실험으로 증명해보였지만, 나로서는 도저히 이
해할 수 없었다. 둘째 고안은 고무와 광물과 식물을 적절히
혼합한 것을 갓 태어난 2마리의 새끼양의 몸에 발라서 털이
전혀 나지 않게 만드는 것인데, 털 없는 양이라고 하는 새 품
종이 왕국 전체에 보급되는 것은 시간 문제라고 장담했다.

교수들의 프로젝트에 놀라다

우리는 길을 건너서 아카데미의 저쪽 건물들 쪽으로 갔다.
이미 내가 언급한 대로 그곳은 사색적 지식의 계획자들이 사
는 곳이었다.

내가 제일 먼저 만난 교수는 그 연구실이 대단히 넓었고,

40명의 제자들을 거느리고 있었다. 인사를 마친 뒤, 실내에서 가장 넓은 벽과 거의 같은 크기의 액자를 뚫어지게 응시하는 내 모습을 보자, 그는 자기가 실용적·기계적 작용들을 왜 사색적 지식을 증가시키는 계획에 응용하는지에 대해 내가 궁금하게 여길지도 모른다고 말했다.

그러나 이 방식의 유용성을 온 세상이 곧 알게 될 것이라고 덧붙이고는, 자신의 그 방식보다 더 고상하고 고매한 아이디어를 짜낸 사람이 한 명도 없다고 자만했다.

예술과 학문에 깊은 조예를 갖도록 만드는 일반적인 방법이 얼마나 힘이 드는지는 누구나 다 알고 있지만, 가장 무식한 사람의 경우라 해도 그리 비싸지 않은 수업료를 내고 약간의 육체적 수고만 한다면, 천재의 도움을 받거나 공부를 애써 할 필요도 없이 그가 고안한 방법에 따라 철학·시·정치·법률·수학·신학에 관해 저술할 수 있다는 것이다.

그렇게 말한 다음, 그는 모든 제자들이 계급에 따라 차례로 양쪽에 늘어서 있는 액자로 나를 데리고 갔다. 연구실 한가운데에 위치한 그 액자는 한쪽 길이가 6미터였다.

그 표면에는 크기가 서로 다르면서 주사위만한 나무조각들이 달려 있는데, 모두 가느다란 철사로 연결되었고, 나무조각마다 모든 면에 종이가 붙어 있으며, 그 종이에는 그 나라 말의 모든 단어가 직설법·가정법·명령법·과거·현재·미래 그리고 격변화에 따라 순서도 없이 적혀 있었다. 교수는 그 기계를 작동시킬 테니 자세히 보라고 했다.

그 액자의 가장자리에는 쇠로 만든 손잡이 40개가 고정되어 있었는데, 그것을 각각 하나씩 손으로 잡은 제자들이 교수

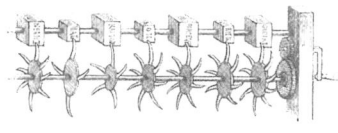

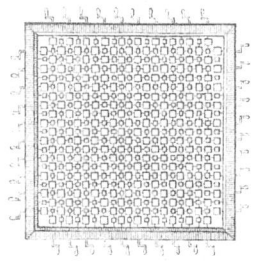

의 지시에 따라 갑자기 액자를 회전시켰다. 그러자 단어들의 배열이 전혀 딴판으로 변했다.

그런 다음에 그는 36명의 어린 소년들에게 액자에 표시된 여러 문장을 낮은 소리로 읽으라고 지시했다. 한 문장의 일부분이 될 수 있는 서너 개의 단어를 찾아낸 그들은 기록을 담당하는 나머지 4명에게 구술하여 받아 적도록 했다. 그 작업이 서너 번 반복되었는데, 액자가 돌아갈 때마다 단어들이 새 위치에 가거나, 주사위처럼 생긴 나무조각들이 뒤집히도록 고안된 기계였다.

어린 제자들은 매일 6시간씩 그 일에 동원되었고, 교수는 불완전한 문장들을 그 동안 수집해서 기록한 2절판 크기의 책 여러 권을 보여주고는, 자기로서는 그 문장들을 잘 배합하고, 그 풍부한 자료를 기초로 해서 모든 예술과 학문의 완전한 체계를 온 세상에 제공할 작정이라고 말했다.

그러나 이러한 액자 500개를 제작해서 라가도에 설치하기 위해 사람들이 기금을 모으고 액자들을 관리하는 사람들이 수집된 자료를 모두 제공하도록 한다면, 자기가 만든 모든 예술과 학문의 완전한 체계가 한층 개선되고, 또 더욱 빨리 완성될 것이라고 말했다.

그는 이것을 발명하기 위해 젊은 시절부터 자신의 모든 생각을 기울였고, 그 액자에 자기의 모든 어휘를 동원했으며, 책에 등장하는 분사·명사·동사·기타 문장의 모든 요소들의 빈도수의 일반적인 비율을 가장 정확하게 계산했다고 단언했다.

나는 이토록 저명한 인물이 자세히도 설명해준 데 대해 가장 겸손하게 찬사를 보냈고, 내가 고국으로 돌아가는 행운을 만난다면, 그가 이 놀라운 기계의 유일한 발명가라는 사실을 알리겠다고 약속하는 한편, 그 기계의 형태와 고안장치를 내가 종이에 그리도록 해달라고 요청했다.

유럽에서는 남이 발명한 것을 서로 훔치는 것이 우리 학자들의 일반적인 관습이고, 훔친 사람이 최소한 발명가의 특권을 누리기 때문에, 누가 진짜 발명가인지에 관해서 분쟁이 생기지만, 나는 최대한의 주의를 기울여 그가 경쟁자를 두지 않은 채 발명가의 모든 영광을 차지하도록 조치하겠다고 말했다.

다음에는 언어 학교로 갔는데, 교수 3명이 거기 앉아서 그 나라의 언어를 개선하기 위해 회의를 하는 중이었다.

첫째 계획은 음절이 많은 단어를 단음절로 줄이고, 현실에서 상상할 수 있는 모든 사물은 명사밖에 없으므로, 동사와 관사들을 없애 말의 길이를 줄이는 것이었다.

둘째 계획은 모든 단어들을 완전히 폐지하는 것인데, 이것은 말의 간결성은 물론 건강을 위해서도 절실히 요구되는 것이었다. 왜냐하면 우리가 말하는 단어는 그 하나하나가 허파를 조금씩 침식시켜 줄어들게 하고, 그 결과 우리 생명을 단축시키는 데 공헌하기 때문이다.

그래서 일시적인 편법이 제안되었는데, 그것은 단어란 사물을 가리키는 명칭일 뿐이므로, 사람들이 특정 사업을 논의하려 할 때 그 표현에 필요한 물건들을 직접 가지고 다니는 것이 더 편리하다는 것이다.

그리고 여자들이 무식한 천민들과 작당하여 조상들처럼 각자 자기 입으로 말하는 자유가 허용되지 않는 경우에는 반란을 일으키겠다고 위협하지만 않았다면, 이 편법은 분명히 시행되어 백성들의 편리와 건강증진에 크게 기여했을 것이다. 어쨌든 무식하고 천한 서민들이란 학문의 적으로서 언제나 학문과 적대관계에 있는 것이다.

그러나 가장 학식이 풍부하고 현명한 사람들의 대부분은 물건을 가지고 다니면서 의사표시를 하자는 이 새로운 계획을 고집하고 있다.

그리고 이 계획을 따르는 데 단 한 가지 불편이 있다면, 그것은 어떤 사람의 사업이 규모가 매우 크고 또 여러 가지 종류를 다루는 경우, 한두 명의 튼튼한 하인들을 데리고 다닐 형편이 못 된다면, 그는 엄청나게 큰 물건 보따리를 등에 지고 다녀야만 한다는 것이다.

나는 이 계획을 고집하는 지혜로운 사람 두 명이, 유럽의 보따리 장사들처럼 등짐 무게에 짓눌려 거의 엎어질 뻔하는 것을 자주 보았다.

길에서 서로 만나면 그들은 짐을 내려놓고 보따리를 풀어헤친 다음, 한 시간 동안 대화하고 나서 대화의 도구인 그 물건들을 챙겨 넣고는, 짐을 다시 등에 지는 일을 서로 거들고, 그리고 그 자리를 떠나곤 했던 것이다.

그러나 짧은 대화를 할 경우에는 대화 도구인 물건들을 호주머니에 넣거나 겨드랑이에 끼고 다닐 수 있고, 또 그 정도의 물건이면 충분하다. 그리고 집안에 있을 때에는 조금도 걱정할 것이 없는데, 그것은 이런 식으로 대화하는 사람들이 모인 방에는, 이런 종류의 인위적인 대화에 필요한 물건들이 모두 손에 쉽게 닿을 수 있는 아주 가까운 곳에 있기 때문이다.

이 계획이 제시하는 또 다른 큰 장점은 이 방식이 모든 문명국 안에서 사람들이 이해할 수 있는 세계어 역할을 한다는 것이다. 문명국들의 상품과 생활용품들은 일반적으로 같거나 대단히 비슷해서 그것들을 언어 대신 이용한다면 누구나 쉽게 이해한다는 것이다. 그리고 자기 부임지의 언어를 전혀 모르는 대사들도 그 나라의 국왕이나 각료들과 대화할 능력을 갖추게 된다.

다음에는 수학 학교에 갔는데, 선생이 유럽의 우리들은 상상도 못할 방식으로 학생들을 가르치고 있었다. 수학의 명제들과 논증들을 우선 두개골의 뇌수 색깔로 합성된 잉크로 아주 얇은 웨이퍼 과자 위에 선명하게 기록한다. 학생은 위장이 텅 비어 있을 때 그것을 먹은 다음, 3일 동안은 오로지 빵과 물만 먹는다. 웨이퍼 과자가 소화되면, 두개골의 색깔이 명제들과 더불어 학생의 두뇌에 흡수된다.

그러나 이 방식이 성공을 거두었다는 보고가 그때까지 없었는데, 그 원인이 한편으로는 웨이퍼 과자의 분량이나 잉크의 합성성분에 어떤 착오 때문이기도 하고, 다른 한편으로는 어린 학생들의 못된 버릇 때문이었다.

학생들은 맛도 없는 그 웨이퍼 과자에 하도 심한 구역질을 느껴서, 대부분이 몰래 다른 데로 도망친 다음, 그 과자의 효과가 몸 안에서 작용하기도 전에 모조리 토해버렸고, 또한 그 방식이 요구하는 대로 그렇게 오랫동안 빵과 물 이외의 것을 전혀 먹지 않겠다고 결심하지도 않았던 것이다.

제 6 장

정치에 관해 새로운 제안을 하다

정치를 연구하는 계획자들의 학교에서 나는 제정신이 전혀 아니라고밖에는 볼 수 없는 교수에게 대단히 소홀한 영접을 받았는데, 그들의 모습이란 생각만 해도 우울하게 만드는 그런 것이었다.

이 불행한 사람들은 지혜와 능력과 인품을 기준으로 해서 고위 각료들을 선발하도록 군주들을 설득하는 방안, 국민의 이익을 우선시키도록 각료들을 가르치는 방안, 공적과 탁월한 능력과 뛰어난 봉사에 대해 포상하는 방안, 군주의 이익과 백성의 이익을 동일한 기초 위에 놓아서 군주들이 자신의 진짜 이익을 알게 하도록 그 군주들을 가르치는 방안, 국가권력을 제대로 집행할 자격이 있는 인물들을 관리로 임명하는 방안, 기타 과거에 그 누구도 생각해내지 못한, 터무니없고 또 실현 불가능한 환상 따위를 제안하고 있었다.

또한 그들은 일부 철학자들이 진리가 아니라고 주장한 것들 가운데 매우 엉뚱하고 비합리적인 것은 하나도 없다는 오랜 속담을 내게 확인시켜주었다.

그러나 나는 그들 전부가 그렇게 심한 몽상가는 아니라고 인정하는 선에서 아카데미의 이 학교에 대한 공정한 평가를 내리고 싶다. 그곳에는 정치의 모든 본질과 구조를 완전히 파악한 듯하고 가장 독창적이기도 한 박사가 한 명 있었던 것이다.

이 위대한 인물은 지배계급의 악습이나 취약성뿐만 아니라, 그들에게 복종해야 할 백성들의 방종 때문에, 정부기관이 물들기 쉬운 모든 폐단과 부패에 대한 효과적인 치료법들을 발견하기 위해서 자신의 연구결과를 대단히 유익하게 활용했다. 예를 들면, 자연적 육체와 정치적 육체(정치체제) 사이에 엄밀하고 보편적인 유사성이 있다는 것을 모든 저술가와 이론가들이 인정하는데, 그렇다면 그 두 가지는 동일한 처방에 따라 그 건강이 유지되고, 그 질병이 치유되어야만 한다는 사실보다 더 자명한 것이 있을 수가 있는가?

누구나 인정하는 현상이지만, 정치적 육체인 상원과 하원, 그리고 대도시의 의회들이 자주 걸리는 질병들이란 장황하게

떠드는 기질, 열광적으로 변하는 기질, 그 외에 다른 식으로
잘못을 저지르는 기질, 두뇌에서 생기는 많은 질병과 가슴에
서는 그보다 더 많이 발생하는 질병들, 두 손, 특히 오른손의
신경과 힘줄들이 심하게 수축되면서 일어나는 격심한 경련
들, 우울증, 소화불량, 현기증, 정신착란, 악취나는 고름이 가
득 찬 연주창 종양들, 입으로 치솟는 시고 쓴 거품과 찌꺼기,
개와 같은 식욕과 소화불량, 그 외에 언급할 필요가 없는 수
많은 질병들인 것이다.

그러므로 이 의사가 제안한 것은, 상원이나 하원이 회의를
시작하면 최초의 3일간 내과의사들이 반드시 거기에 참석하
고, 하루의 회의가 끝날 때마다 모든 의원들의 맥박을 측정하
며, 각종 질병의 특징과 그 치료법을 깊이 연구 검토한 다음,
4일째 되는 날 필요한 치료약을 준비해온 약사들을 데리고
의사당 건물에 돌아가, 상원 또는 하원의 의원들이 자리에 앉
기 전에 진정제·식욕 증진제·세척제·부식제·억제제·통
증 완화제·변비 치료제·두통 치료제·황달 치료제·가래
치료제·보청기를 의원들에게 각각 주고, 다음 회의 때에는
그들의 각종 증상에 따라, 그리고 이런 약들의 효과에 따라
같은 약을 다시 주거나, 다른 것으로 바꾸거나, 투약을 중지
해야 한다는 것이다.

이 계획은 결코 국민들에게 크게 부담을 지우는 것이 아니
고, 변변치 못한 내 견해로 말하자면, 의회가 입법권을 가지
고 있는 나라에서는 안건 처리에 매우 유용하여, 표결이 만장
일치가 되도록 하고, 토론시간을 줄이며, 지금까지 발언을 전
혀 하지 않던 몇몇 사람들의 입을 열고, 그들보다 한층 더 많

은 발언자들의 입은 닫으며, 젊은 의원들의 조급한 성미를 규제하고, 늙은 의원들의 완고함은 교정하며, 어리석은 의원들은 분발시키고, 건방진 의원들은 기를 꺾을 것이다.

군주들이 총애하는 고위 각료들의 기억력이 너무 빈약하고 형편없다고 백성들이 모두 불평하기 때문에 이 박사가 한 가지를 더 제안했는데, 그것은 수상과 면담하는 사람은 누구나 자기 용건을 가장 쉬운 말로 가장 간결하게 이야기하고, 그 수상이 자기 말을 잊어버리지 못하게 하기 위해 물러나올 때 그의 코를 비틀어주거나, 배를 걷어차거나, 티눈 박힌 발을 짓밟거나, 양쪽 귀를 세 번 세게 잡아당기거나, 허벅지를 핀으로 찌르거나, 팔을 꼬집어서 시퍼렇게 멍들게 하며, 자기 용건이 처리되거나 완전히 거절될 때까지는 수상과 면담할 때마다 그 동작을 반복해야만 한다는 것이다.

그가 또 제안한 것은 국가의 최고 입법기관의 회의에 참석한 모든 의원들은 자기 의견을 발표하고 토론에서 그 의견을 방어한 뒤에는 자기 의견에 반대하는 쪽에 찬성 투표를 해야 한다는 것인데, 그것은 투표가 그런 식으로 된다면 그 결과 틀림없이 국민의 이익을 위한 표결이 이루어질 것이기 때문이었다.

또한 한 국가 안에서 정당들이 난폭한 투쟁을 전개할 때, 그 정당들을 화해시키는 놀라운 방안을

제의했는데, 그 방안이란 이렇다.

즉 각 정당에서 100명의 지도자들이 대표선수로 나서게 해서 두개골의 크기가 아주 비슷한 사람들끼리 짝을 짓게 한다. 그 다음에는 지도자마다 우수한 외과의사 한 명을 배치하고, 의사들이 각 지도자의 뇌수가 정확하게 두 부분으로 나뉘도록 그들의 후두부를 일제히 톱으로 잘라내게 한다. 그렇게 잘라낸 후두부를 교환하여 반대편 정당 지도자 머리에 각각 붙인다.

사실 그 수술은 상당한 정확성이 필요하다고 보였지만, 그 교수는 수술을 능숙하게 끝낸다면, 정당들의 화해라는 치료는 틀림없이 이루어질 것이라며 우리를 안심시켰다. 왜냐하면 그는 이렇게 주장했기 때문이다.

즉 분량이 비슷한 두 쪽의 뇌수들이 동일한 두개골 안에서 논쟁하도록 내버려두면, 그 두 쪽이 곧 서로 잘 이해하게 되고, 오로지 세상을 감시하고 통치하기 위해서 태어났다는 망상을 품은 정치가들의 머리 속에 국민들이 애타게 바라는 것, 즉 타협정신과 정상적인 사고방식이 자리잡게 된다는 것이다. 그리고 각 파벌의 지도자들 사이에 뇌수의 분량이나 질의 차이가 있다는 문제에 대해서는, 자기가 아는 한 그런 것은 너무나도 시시해서 전혀 문제가 되지 않는다고 장담했다.

나는 백성들이 불평불만 없이 세금을 내도록 하는 가장 편리하고 효과적인 수단과 방법에 관해서 교수 2명이 열띤 논쟁을 벌이는 장면을 목격하고는 그들의 견해에 귀를 기울였다. 먼저 입을 연 교수는 가장 정당한 수단이란 악습과 어리석은 짓에 대해 일정한 세금을 부과하고, 각 개인에게 할당할 세금 총액은 이웃사람들이 배심원이 되어 가장 공정한 방식으로 결정하는 것이라고 주장했다.

그의 동료 교수는 정반대의 견해를 표명했는데, 그것은 개인이 가장 큰 가치를 부여하는 그의 육체와 정신의 질에 대해 세금을 부과하고, 세율은 그 우수성의 정도에 따라 증가 또는 감소하는데, 이 세율의 결정은 각자의 양심에 전적으로 위임해야만 한다는 것이다.

여자의 사랑을 가장 많이 받는 사람이 가장 많은 세금을 내는데, 그 평가는 그가 누린 사랑의 횟수와 성질에 따라 내려지고, 이 평가에 대한 보증은 각자가 한다. 이와 마찬가지로 기지·용기·친절에 대해서도 많은 세금이 부과되고, 자신이 지닌 그 분량을 각자 증언하는 데 따라서 세금을 걷는다.

그러나 명예·정의·지혜·학식에 대해서는 세금이 전혀 부과되지 않을 것이다. 왜냐하면 이것들은 너무나 괴상한 특성이 있어서, 이웃사람이 지닌 이것들을 인정하거나, 자기가 지닌 이것들을 높이 평가할 사람은 하나도 없기 때문이다.

그는 여자들에 대해서 미모와 옷을 차려입는 기술에 따라 세금을 부과하고, 남자들의 경우와 마찬가지로 여자들도 각자 세율을 결정하는 특권을 누리게 하자고 제안했다. 그러나 굳은 절개·순결·총명함·착한 성격에 대해서는 세금이 면제되는데, 그것은 여자들이 그런 세금을 절대로 내지 않을 것이기 때문이다.

국왕의 이익을 위해 의회의 의원들을 장악하는 방법으로서 제의된 것은, 각료들 가운데 공석이 생기는 경우, 의원들 가운데서 제비를 뽑아 각료를 선임하자는 것이었다. 즉 모든 의

원들은 제비로 선임되든 못 되든 의회에서 국왕을 지지하는 표를 던지겠다고 맹세하고 또 그것을 보장하며, 선임되지 못한 의원들은 다음 공석 때 제비를 뽑을 권리가 있다.

그러면 다음 기회에 대한 희망과 기대가 항상 살아 있기 때문에, 선임되지 못한 의원들은 아무도 약속 위반이라는 불평을 하지 않고, 오로지 각료 자리보다 더 폭이 넓고 힘이 강한 운명에 대해서만 전적으로 실망할 것이다.

다른 교수는 정부를 타도하려는 음모와 반란을 적발하기 위한 지침들을 적은 커다란 문서를 내게 보여주었다.

그가 최고 직책에 있는 정치가들에게 건의한 것은 모든 혐의자들이 평소에 먹는 음식, 식사시간, 침대에서 왼쪽 또는 오른쪽으로 눕는 방향, 대변을 본 뒤 어느 손으로 밑을 닦는지를 조사하고, 그들의 대변을 면밀하게 검사한 다음, 대변의 색깔·냄새·맛·농도·딱딱한 정도, 또는 소화불량 여부를 기준으로 삼아서 그들의 생각과 계획을 판단하라는 것이었다. 왜냐하면 그가 자주 반복한 실험으로 발견한 바와 같이 사람들은 변기에 앉아 있을 때 가장 진지하게 심사숙고하고, 정신을 가장 잘 집중하기 때문이다.

그가 국왕을 암살하는 데 가장 좋은 방법을 실험삼아서 생각해보았을 때 초록색을 띤 대변이 나온 반면, 단순히 폭동을 일으키거나 수도를 잿더미로 만드는 데 그치겠다고 생각했을 때는 전혀 다른 색깔의 대변이 나왔다는 것이다.

그의 모든 제안이 대단히 자세하게 그 종이에 기록되어 되었고, 정치가들에게 흥미롭기도 하고 유익하기도 한 많은 의견이 거기 포함되어 있었지만, 내가 보기에는 완전한 것은 아니었다. 제안자인 그 교수에게 내 관점을 감히 전달했고, 그가 원한다면 추가로 몇 가지 의견을 말해주겠다고 제의했다. 그는 추가 자료가 될 만한 의견을 기꺼이 받아들이겠다고 말하면서 다른 저술가들, 특히 신품종을 계획하는 교수들보다 한층 겸손하게 내 제의를 수락했다.

나는 그에게 이렇게 말해주었다. 정치적 음모와 내란기도들이 하층민들의 불만에서 자주 발생하거나, 아니면 상류층의 이익을 도모하기 위해 이용되는 그런 왕국에서 내가 살게 되는 경우라면, 나는 먼저 적발하는 사람들, 목격자들, 밀고자들, 고발하는 사람들, 체포하는 사람들, 증인들, 위증하는 사람들, 그리고 그들이 거느리는 여러 명의 부하들과 대리인들을 잘 보호하고, 그 숫자를 증가시키도록 장려할 것이다.

그리고 유능한 사람들을 각 분야에서 충분히 확보한 뒤에는, 몇몇 탁월한 인물들에게 그들을 보호하고 포상할 수 있는 충분한 권한을 부여하여 그들의 지휘와 감독 아래 둘 것이다.

이러한 자격과 권한을 가진 사람들은 음모들을 가장 교묘하게 이용하고 자기들에게 유리하도록 유도할 수 있다. 그들은 자기편 인물들을 추켜세워서 가장 탁월한 정치가로 인정받게 만들 수도 있다.

그들은 일빠진 정부에 새로운 활력을 회복시키고, 국민 전체의 불만을 진압하거나 다른 곳으로 주의를 돌리며, 몰수한 재산으로 자기 주머니를 채우고, 자기들의 개인적인 이익을 도모하는 방향으로 여론을 선동하거나 짓눌러버릴 수가 있다. 이런 일들을 하기 위해서 그들은 어느 혐의자들을 반역죄로 기소할 것인지 자기들끼리 먼저 합의하고 결정한다.

그 다음에는 범인들의 모든 편지와 문서를 몰수하는 실질적인 조치를 취하고, 그 범인들을 튼튼하고 안전한 감옥에 처넣는다. 이 편지와 문서들은 단어들, 음절들, 문자들의 은밀한 의미를 발견해내는 데 아주 능숙한 전문가 조직에 넘겨진다.

이 전문가들은 그 문서들을 자기들 마음대로 어떠한 해석을 내려도 상관이 없는데, 문서내용과 전혀 상관이 없는 것뿐만 아니라 완전히 정반대가 되는 해석을 해도 되는 것이다.

그러니까 예를 들어서, 그들이 원하기만 한다면 여과기를 왕궁의 귀부인으로, 절름발이 개를 침략자로, 전염병을 상비군으로, 바보 천치를 거물 정치가로, 통풍의 질병을 주교로, 요강을 각료 회의로, 빗자루를 혁명으로, 쥐덫을 고위 관리 임명으로, 밑 빠진 독을 나라의 국고로, 하수도를 왕궁의 관료조직으로, 방울 달린 모자를 실세 고위층으로, 꺾어진 갈대를 재판소로, 커다란 빈 술통을 장군으로, 당장 쓰라린 상처를 정부라고 해석해도 그만인 것이다.

그러나 이 방법이 실패하는 경우, 학자들이 이합체의 시, 즉 각 행의 첫 글자를 합치면 단어가 되는 시와 철자 바꾸기, 즉 어떤 단어에서 문자의 순서를 바꾸어 다른 단어로 만들기라고 부르는, 훨씬 더 효과적인 방법들을 동원한다.

기술과 통찰력이 뛰어난 사람들이 첫째 방법을 동원하여, 모든 단어의 첫 문자가 정치적 의미를 가진다고 판별할 수 있다. 그래서 N이 음모를, B가 기병연대를, L이 바다에 떠 있는 함대를 의미한다.

또는 둘째 방법에 따라, 혐의자들의 어떠한 문서에서도 단어의 알파벳 문자의 순서를 바꾸는 식으로 불만을 품은 자들의 가장 은밀한 계획을 적발할 수 있다. 그래서 예를 들면, 내가 친구에게 보내는 편지에 "내 동생 톰이 최근에 치질에 걸렸다"라고 썼다면, 이 방면에 기술이 탁월한 사람은 내 문장을 구성하는 알파벳 문자들을 분해해서 아래와 같은 문장으

로 재조립할 수 있다. 즉 "저항하라…… 음모가 완전히 성숙했다…… 순회할 때……"가 되는데, 이것이 철자 바꾸기 방식이다.

그 교수는 내가 말해준 의견들에 대해 깊이 감사한다고 말했고, 자기 논문에서 나를 영광스럽게 언급할 것을 약속했다.

이제 나는 그 나라에 더 오래 머물면서까지 보고 싶은 것이 하나도 없었다. 그래서 영국으로 돌아갈 생각을 하기 시작했다.

제7장

마법사들의 섬을 여행하다

이 왕국은 대륙의 일부분이었는데, 내가 믿을 만한 근거로 추측한 바에 따르면, 그 대륙 자체는 동쪽으로 뻗어 아메리카 대륙의 미지의 부분, 즉 캘리포니아 서쪽에 닿고, 북쪽으로 뻗어서는 라가도에서 240킬로미터 이내인 태평양에 닿았다.

그리고 태평양 해안에는 좋은 항구가 있고, 그 항구를 통해 수도 라가도의 서북쪽으로 북위 29도, 동경 140도쯤에 위치한 거대한 섬인 루그나그와 무역을 매우 활발하게 했다.

이 루그나그 섬은 일본에서 서남쪽으로 480킬로미터 가량 떨어졌는데, 루그나그의 국왕은 일본 국왕과 견고한 동맹관계를 맺고 있어서, 두 나라 사이에는 범선들이 왕래할 기회가 많았다. 따라서 나는 유럽으로 돌아가는 길을 이쪽 방향으로 잡기로 결심했다.

나는 노새 2마리를 빌린 다음, 길을 인도하고 나의 작은 짐을 운반할 안내인을 고용했다. 그리고 그 동안 나에게 수많은

호의를 베풀어주었을 뿐만 아니라, 작별의 선물도 푸짐하게 준 나의 고상한 후원자의 저택을 떠났다.

이 여행에서는 독자들에게 알릴 가치가 있는 사건이나 모험은 없었다. (그들의 언어로) '말도나다'라고 부르는 항구에 도착하고 보니, 루그나그로 가는 배가 하나도 없었고, 얼마 동안은 출항할 배가 전혀 예정되어 있지도 않았다. 그 항구 도시의 크기는 영국의 포츠머스와 비슷했다.

나는 곧 여러 명의 친구를 사귀어 그들의 극진한 대접을 받았다. 지위가 높은 신사 한 명은 한 달 이내에 루그나그로 떠날 배가 한 척도 없을 테니까, 서남쪽으로 24킬로미터 가량 떨어진 작은 섬 글룹둡드리브에 갔다오는 것도 상당히 재미있는 여행이 될 것이라고 말했다. 그는 나에게 자신과 다른 친구 한 명을 동행하고, 항해를 위해 편리한 소형 범선도 준비하겠다고 제의했다.

원래의 뜻에 가장 가깝도록 번역한다면, 글룹둡드리브는 마술사들의 섬 또는 마법사들의 섬을 의미한다. 그 섬은 크기가 영국의 와이트 섬의 3분의 1 가량이고, 과일이 대단히 풍부했으며, 마술사들로만 구성된 종족의 족장이 지배하고 있었다. 이 종족은 자기들끼리만 결혼하고, 나이가 가장 많은 사람이 차례로 영주 또는 총독이 되었다.

총독은 우아한 궁전, 그리고 6미터 높이의 석축 성벽으로 둘러싼 12평방킬로미터의 공원을 가지고 있었는데, 그 공원 안에는 목장·밀밭·원예를 위한 구역들이 각각 낮은 돌담으로 둘러싸여 있었다.

총독과 그 가족들은 대단히 기묘한 하인들을 거느리고 그 시중을 받았다. 강신술에 능통한 총독은 죽은 사람들을 자기 마음대로 불러내어 24시간 시중을 들게 할 수 있었다. 그러나 그 사람을 24기간 이상 시중들게 하거나 대단히 특별한 경우가 아닌 한, 3개월 이내에 같은 사람을 다시 불러낼 수는 없었다.

오전 11시경에 도착하자, 나와 동행한 신사들 가운데 한 명이 총독에게 먼저 가서, 전하를 뵙는 영광을 위해 찾아온 외국인에게 접견을 허락해달라고 요청했다.

그가 즉시 허락해서 우리 셋은 정문을 지나 옷차림과 무기가 고대의 군대와 똑같은 근위병들이 두 줄로 늘어선 그 사이를 통과했는데, 나는 그들의 표정 때문에 왠지 말로 표현할 수 없는 공포에 사로잡히고 소름이 끼쳤다. 근위대와 같은 종류의 하인들이 두 줄로 늘어선 그 사이를 통과해서 여러 개의

거실들을 지나간 다음 접견실에 도착했다.

우리는 세 번 절을 깊숙이 했고, 일상적인 질문을 몇 마디 받았다. 그러고 나서야 총독 전하의 옥좌에 이르는 계단에서 가장 낮은 계단 근처에 놓인 등 없는 의자에 앉도록 허락을 받았다. 발니바르비 왕국의 언어가 그 섬의 언어와 전혀 달랐는데도 불구하고, 총독은 발니바르비의 말을 알아들었다.

그는 내가 여행 이야기를 들려주기를 원했다. 격식을 차리

지 않고 대한다는 것을 내게 보여주기 위해서 그는 주위의 모
든 사람들을 물러가게 했는데, 마치 갑자기 잠을 깨었을 때
꿈속에서 보이던 장면들이 사라지는 것처럼, 그가 손가락을
까딱하자 모든 사람이 순식간에 사라지는 것을 보고 소스라
치게 놀랐다.

총독이 전혀 해롭지 않은 일이니 안심하라고 말할 때까지
나는 한동안 정신을 차리지 못했다.

나와 동행한 두 신사가 그런 장면쯤은 이미 자주 체험한 듯
대수롭지 않게 여기는 것을 보고 용기를 가다듬기 시작했고,
그래서 여러 가지 모험의 경위를 간략히 전하에게 들려주었
지만, 여전히 주저하는 태도를 버리지 못한 채 유령하인들이

서 있던 그 자리를 자꾸 쳐다보았다.

내가 총독과 함께 식사하는 영광을 누릴 때는 다른 유령들이 고기 요리들을 가져오고 식탁의 시중을 들었다. 오전에 비하면 공포심이 많이 가라앉은 듯했다.

해가 저물 때까지 그곳에 머물렀지만, 궁전 객실에서 자라는 총독의 제의를 겸손하게 사양했다. 우리 셋은 궁전 근처의 도시, 즉 그 작은 섬의 수도의 민가에서 자고, 총독이 기꺼이 지시한 대로 다음날 아침 그에게 다시 갔다.

그런 식으로 그 섬에서 열흘을 지냈는데, 매일 낮 시간의 대부분은 총독과 함께 보내고, 밤에는 우리 숙소에서 지냈다. 얼마 지나지 않아서 나는 유령들의 모습에 너무나 익숙해져서 서너 번 본 뒤에는 감정에 동요가 전혀 일어나지 않았다. 설령 공포심이 남아 있었다 해도, 호기심이 그것을 압도해버렸다.

왜냐하면 총독 전하가 내게 천지창조부터 현재까지 죽은 모든 사람들 가운데 내가 원하는 사람은 누구든지, 그리고 숫자의 제한도 두지 말고 불러낸 다음, 내가 원하는 질문은 무엇이든지 던져서 대답을 요구하라고 명령했기 때문이다.

다만 그들이 살던 한정된 시대에 관해서만 질문해야 한다고 그는 말했다. 그리고 거짓말이 저승에서는 아무 소용도 없기 때문에, 그들이 사실대로 대답한다는 것을 틀림없이 믿어도 된다는 것이다.

나는 그토록 엄청난 호의를 베풀어준 데 대해 겸손하게 감사의 뜻을 표시했다. 우리는 공원이 훤히 내다보이는 홀에 앉아 있었다.

　나는 무엇보다도 먼저 화려하고 웅장한 장면을 보고 싶었기 때문에, 아르벨라 전투에서 승리를 거둔 직후 대군의 선두에 서 있는 알렉산더 대왕을 만나고 싶다고 말했다. 총독이 손가락을 까딱하자, 우리가 서서 내다보는 창문 아래의 넓은 마당에 알렉산더 대왕이 나타났다. 총독은 그를 안으로 불러들였다. 나는 그가 말하는 그리스어를 거의 못 알아들었고, 나 자신도 그리스어로 의사 표현하기가 매우 힘들었다. 그는 독살되지 않았고, 술을 너무 많이 마신 끝에 열병에 걸려 죽었다고 자기의 명예를 걸고 단언했다.

다음에는 알프스 산맥을 넘어가는 페니키아 제국의 한니발 장군을 보았는데, 그는 자기 진영에 식초가 단 한 방울도 없다고 말했다.

그리고 나는 각각 대군의 선두에 선 채 바야흐로 대접전을 벌이려고 하는 로마공화국의 시저와 폼페이우스를 보았다. 나는 시저가 마지막 전투에서 크게 승리하는 것을 보았다. 나는 로마의 원로원이 내가 있는 그 홀에 나타나고, 세월이 한참 지난 뒤의 의회를 다른 홀에 나타나게 해주기를 원했다.

원로원이 영웅들과 반신반인의 모임으로 보인 반면, 후대의 의회는 보따리 장수들, 소매치기들, 노상강도들, 그리고 폭력배들의 오합지졸 같았다.

내 요청에 따라 총독은 시저와 브루투스에게 우리 쪽으로 오라고 손짓했다. 브루투스를 보자 나는 비할 바 없는 존경심으로 완전히 압도당했고, 가장 완벽한 자기 수양, 가장 위대한 용기와 의지력, 가장 진실한 애국심, 그리고 인류에 대한 보편적 사랑을 그의 용모 구석구석에서 쉽게 발견할 수 있었다.

그 두 사람이 서로 상대방을 잘 이해하는 것을 보고 매우 기뻤는데, 시저는 자기 생애의 가장 위대한 행동들이 자기 생명을 빼앗은 브루투스의 영광에는 미치지 못한다고 솔직히 고백했다.

나는 브루투스와 오랫동안 대화하는 영광을 누렸고, 그는 자기보다 나이가 많은 유니우스, 소크라테스, 에파미논다스,

아들 카토, 토머스 모어 경, 그리고 자기 자신이 영원히 함께 살고 있다고 말했는데, 이 6명의 위인들 반열에는 이 세상의 그 어느 시대도 7번째 인물을 추가할 수가 없다.

고대의 각 시대의 모습을 직접 보고 싶어하는 나의 무한한 호기심을 충족시키려고 얼마나 많은 위인들을 불러냈는지 설명하여 독자들을 괴롭힌다면, 그것은 지겨운 일이 될 것이다.

나는 독재자들과 왕위를 빼앗은 자들을 타도한 인물들, 그리고 억압과 학대를 받는 나라의 자유를 회복해준 인물들을 주로 만나보았다. 그러나 내가 마음속으로 느꼈던 만족감을 독자들도 똑같이 느끼도록 표현하기란 불가능한 일이다.

제8장

호메로스와 아리스토텔레스 등을 만나다

재능과 학식으로 가장 저명한 고대의 인물들을 만나고 싶었기 때문에 나는 하루를 따로 배정했다.

나는 호메로스와 아리스토텔레스가 그들의 주석가들을 모두 거느린 채 나타나게 해달라고 요청했다. 그러나 주석가들이 너무 많아서 별수없이 수백 명이 그 궁전의 안뜰과 바깥쪽 거실들을 채우지 않을 수가 없었다.

나는 저 위대한 두 영웅들을 첫눈에 알아보았고, 그들은 주석가들로부터 구별했을 뿐만 아니라, 누가 호메로스이고 누가 아리스토텔레스인지 구별할 수 있었다. 두 사람 가운데 호메로스가 키가 더 크고 더 잘생겼다. 또한 그는 늙은 나이에 비해 허리를 곧게 펴고 걸어다녔고, 눈은 그때까지 내가 본 것 중에서 가장 밝고 예리했다.

반면에 아리스토텔레스는 허리가 많이 휘어서 지팡이를 짚었고, 얼굴이 수척하고, 머리카락이 길고 숱이 적었으며, 목소

리에 활기가 없었다.

　나는 두 사람 다 자기 주석가들을 전혀 모르는데다가, 그때까지 그들을 본 적도 이름을 들은 적도 없다는 사실을 곧 알아챘다. 어느 유령이 내 귀에 대고 속삭였는데, 앞으로도 그의 이름을 밝히지는 않겠지만, 그는 주석가들은 저승에서 그두 저자들로부터 가장 멀리 떨어진 구역에서 언제나 수치와 죄책감에 휩싸인 채 머물러 있다고 말했다.

왜냐하면 그들은 저 저자들이 의미하는 것을 너무나도 제멋대로 뒤틀어서 후세에 잘못 전달했기 때문이다. 나는 호메로스에게 디디무스와 에우스타티우스를 소개하고, 그들도 어쩌면 자격이 있을 테니까 앞으로 한층 잘 대우해주도록 부탁하고는 그를 설득했다.

왜냐하면 그는 그들이 시인의 정신을 철저히 이해할 만한 천재가 아니라는 점을 곧 깨달았기 때문이다. 그러나 아리스토텔레스는 내가 스코투스와 라무스를 소개하고 그들에 관해 설명하는 것을 듣고는 진저리를 쳤다. 그는 그들에게 저 나머지 무리도 그들과 똑같이 천하에 제일가는 바보들이냐고 물었다.

이어서 나는 데카르트와 가센디의 이론을 아리스토텔레스에게 설명해주겠다고 총독을 설득하여 그들을 불러내게 했다. 위대한 철학자 아리스토텔레스는 모든 사람이 하는 것과 같이 자기도 추측만 가지고 많은 것을 논증하려고 했기 때문에, 자연과학 분야에서 여러 가지 잘못을 저질렀다고 솔직히 인정했다.

그는 에피쿠로스의 쾌락주의 이론을 최대한으로 그럴듯하게 만든 가센디의 이론과 데카르트의 선풍적인 이론도 역시 마찬가지로 배척당하고 있다는 것을 알게 되었다. 그는 현재의 유럽 학자들이 그토록 열광적으로 단정하는 인력의 법칙도 역시 배척당할 운명에 있다고 예언했다.

또한 그는 대자연에 대한 새로운 체계들은 새로운 유행에 불과하여 시대마다 변하고, 심지어는 새로운 체계를 수학적 원리로 증명하는 척하는 사람들마저도 그 번성시기는 잠시

동안에 지나지 않으며, 체계에 관한 증명이 이루어지고 나면 그 유행은 지나가버린다고 말했다.

　나는 그 외에도 다른 수많은 고대의 학자들과 대화하는 데 5일을 보냈다. 나는 로마제국 초기의 황제들을 대부분 보았다. 나는 총독을 설득하여 엘리오가불루스의 요리사들을 불러내어 우리의 만찬식탁을 마련하게 했지만, 그들은 재료 부족 때문에 요리솜씨를 별로 보여주지 못했다. 아게실라우스 왕의 노예가 스파르타식의 국을 만들어주었지만, 나는 한 숟가락 이상은 먹을 수가 없었다.

　나를 그 섬까지 동행했던 두 신사가 개인적인 사업으로 3일 뒤에는 돌아가야 할 형편이었기 때문에, 나는 그 동안에 영국과 다른 유럽국가들에서 300년 전 또는 200년 전부터 명성을 크게 떨쳐온 인물들, 즉 최근의 인물들을 여러 명 만나기로 했다.

나는 유서 깊고 저명한 가문들을 언제나 전폭적으로 존경해왔기 때문에, 12명 또는 24명의 왕들이 각각 전임자들을 차례대로 8~9명씩 데리고 나타나도록 총독에게 불러내달라고 요청했다.

그러나 나는 의외에도 비통한 실망을 맛보았는데, 그것은 왕관들이 긴 행렬을 이루기는커녕, 어느 가문에서는 바이올린 연주자 2명, 깔끔한 차림의 왕궁 관리 3명, 그리고 고위성직자인 이탈리아인을 한 명 보았기 때문이다. 그리고 다른 가문에서는 이발사 한 명, 수도원장 한 명, 그리고 추기경 2명을 보았다.

나는 왕관을 쓴 사람들을 너무나 깊이 존경하고 있기 때문에, 이처럼 훌륭한 주제에 대해 더 길게 설명할 수가 없다. 그러나 백작, 후작, 공작, 기타 귀족들에 관해서는 그다지 철저하게 다루지는 않았다.

내가 특정 인물들의 가계를 추적할 수 있었고, 그래서 어떤 가문들은 그 창시자들에 이르기까지 드러나게 된 것이 내게 약간의 즐거움을 주었음을 고백하지 않을 수 없다.

어떤 가문은 왜 아래턱이 길고, 둘째 가문은 왜 두 세대 동안은 악당들을, 이어진 두 세대 동안은 바보들을 그렇게 많이 배출했는지, 그리고 셋째 가문은 왜 미치광이들이고, 넷째 가문은 왜 협잡꾼들인지, 폴리도루스 비르질리우스가 어느 위대한 가문에 대해 "남자는 강하지 못하고, 여자는 순결하지 않다."고 한 말의 유래는 무엇인지, 유명한 문장을 가진 여러 가문들이 어떻게 해서 그 문장만큼 널리 알려진 잔혹성 · 허위 · 비겁함을 그들의 가장 특출한 특질로 삼게 되었는지, 어느 귀족가문에서 누가 발진을 일으키는 천연두 같은 병을 최초로 들여와서, 그것이 후손에게 유전되어 연주창 종양들을 일으키게 했는지 등을 쉽게 발견할 수 있었다.

나는 이 모든 것에 대해서 전혀 놀라지 않았는데, 그것은 어린 하인들, 제복을 입은 하인들, 왕궁의 하인들, 마부들, 도박꾼들, 군대 지휘관들, 소매치기들이 이러한 가문들의 혈통을 일시 중단시킨 것을 보았기 때문이다.

나는 특히 최근의 역사에 대해 구역질이 났다. 왜냐하면 최근 100년 동안 군주들의 왕궁에 있었던 가장 유명한 인사들을 모조리 엄밀히 심사해보았고, 그래서 나는 창녀와 똑같은 작가들이 어떻게 온 세상을 그릇된 길로 인도했는지를 알아냈기 때문이다.

그들은 전쟁의 가장 큰 공적을 겁쟁이들에게, 가장 현명한 조언을 바보들에게, 성실성을 아첨꾼들에게, 로마인들의 고결한 덕을 매국노들에게, 경건함을 무신론자들에게, 순결을 남자 동성애자들에게, 진실을 밀고자들에게 부여했던 것이다.

최고위 각료들이 판사들의 부패와 파벌의 증오를 악용하여 무죄하고 탁월한 인물들을 얼마나 많이 사형에 처하거나 귀양을 보냈던가! 얼마나 많은 악당들이 신뢰와 권력과 위엄과 재산을 누리는 최고위 관직들을 차지했던가!

왕궁, 각료회의, 그리고 의회의 안건들과 결정들은 포주들, 창녀들, 뚜쟁이들, 기생충 같은 놈들, 그리고 광대들의 도전

을 얼마나 많이 받았던가! 온 세상의 위대한 사업들과 혁명들의 발단과 동기들에 관해서, 그리고 그런 것들을 성공으로 이끈 치사하고 우연한 사건들에 관해서 그 진상을 알게 되었을 때, 나는 인간의 지혜와 고결한 인격을 얼마나 크게 경멸했던가!

여기서 나는 일화 또는 은밀한 역사를 기록하는 척하는 자들의 악행과 무식함을 발견했는데, 그들은 너무나 많은 국왕들을 독약 한 잔으로 무덤에 보내고, 국왕과 수상이 나눈 이야기를 다른 증인이 없는 곳에서 반복하며, 대사들과 국무장관들의 금고를 열어 문서들을 훔치고, 사실관계를 잘못 판단하는 영원한 불행을 자초한다.

여기서 나는 온 세상을 놀라게 한 수많은 엄청난 사건들의 은밀한 원인들을 발견했고, 어떻게 창녀가 음모를, 음모는 각료회의를, 각료회의는 의회를 좌우할 수 있는지 알아냈다.

어느 장군은 자기가 순전히 비겁함과 엉터리 지휘 덕분에 승리했고, 어느 해군제독은 적에게 자기 함대를 넘길 작정이었지만, 적이 정확한 정보를 가지고 있지 못해서 승리했다고 고백했다.

국왕 3명은 자기들이 신임한 어느 각료의 실수나 배신 때문에 공적이 있는 인물을 등용한 적이 있을지는 몰라도, 그 이외에는 자기들이 재임하는 동안 그런 일은 한 번도 없었고, 세상에 다시 태어난다고 해도 그런 일은 절대로 하지 않겠다고 거듭 강조했다.

그들은 또한 덕행이 사람들에게 심어주는 적극적이고 자신 있고 안정적인 성질이 국가 사업에 항상 방해가 되기 때문에, 왕권은 부패 없이는 유지될 수가 없다고 매우 당당한 논리로 주장했다.

나는 특히 수많은 사람들이 어떤 방법으로 명예로운 높은 지위와 엄청난 재산을 손에 넣었는지 질문해보고 싶은 호기심이 발동하였고, 내 질문은 극히 최근의 시기에 국한했다. 현재의 시기를 건드리지 않기로 한 것은, (내가 이 기회에 말하는 내용을 가지고 조국을 해칠 생각은 조금도 없다는 것을 독자들이 믿어줄 것이라고 보지만) 외국인들에 대해서도 전혀 해를 끼치는 일이 없도록 하려는 것이다.

관련되는 사람들이 많이 불려나왔고, 아주 조금만 조사해도 대단히 수치스러운 장면이 드러나서, 나는 그 장면을 회상할 때마다 상당히 심각해지지 않을 수 없다. 위증, 강압, 매수, 사기, 뚜쟁이 짓, 기타 이와 유사한 악행들은 그들이 언급하지 않을 수 없는 수단들 가운데 그래도 죄가 제일 가벼운 것들이었다.

이런 것들에 대해서는 정상을 참작해주는 것이 합리적이었기 때문에, 나는 크게 정상을 참작해주었다. 그러나 어떤 사람들은 남색이나 근친상간을 저지르고, 다른 사람들은 아내와 딸을 섹스의 노리개로 바쳤으며, 어떤 사람들은 조국이나 군주를 배반하고, 다른 사람들은 독살의 수단을 동원했으며, 그보다 더 많은 사람들은 무죄한 사람들을 죽이기 위해 정의를 부패시켜서 높은 지위와 막대한 재산을 얻었다고 고백했다.

고위층 인물들이란 그들의 드높은 위엄에 상응한 최대의 존경을 아래것들인 우리로부터 마땅히 받아야만 하고, 그래서 나는 그런 고위층에게 한없는 존경을 바치려는 성향이 선천적으로 있기는 하지만, 앞에서 발견한 사실들 때문에 그들에 대한 존경심이 약간 줄어들었다면 용서해주기를 바란다.

나는 국왕들과 국가들을 위해서 세운 위대한 업적들에 관해서 자주 글을 읽었고, 그래서 그런 공적을 남긴 사람들이 보고 싶었다. 그러나 조사해본 결과, 그들의 이름은 어떠한 기록에도 남아 있지 않고, 예외적으로 일부 이름이 남아 있는 자들은 가장 사악한 악당과 반역자라고 역사가 말해준다는 것이었다.

기록에 남지 않은 사람들에 관해서 나는 그 이름조차 들어본 적이 없었다. 그들은 모두 낙담한 표정을 짓고, 가장 초라한 옷차림으로 나타났는데, 자기들은 대부분이 가난과 불명예 속에서 죽었고, 나머지는 교수대에서 처형되었다고 말했다.

교수형을 당한 사람들 가운데 약간 특이한 경우에 해당한다고 보이는 사람이 있었다. 그의 옆에는 18세 가량 되는 젊은이가 서 있었다. 그는 자기가 오랜 기간에 걸쳐서 로마제국 전함의 함장이었고, 악티움 해전 당시에는 옥타비아누스의 편을 들어 싸웠으며, 그때 행운을 얻어서 적의 강력한 방어선을 돌파하여 적선 3척을 가라앉히고 네번째 적선을 점령했는데, 안토니우스는 오로지 이 장면만 보고는 달아나서, 옥타비아누스가 승리를 거두게 되었다고 말했다.

그의 옆에 서 있는 젊은이는 그 해전에서 전사한 아들이었다. 그 내전이 끝난 뒤, 자기 공적에 대한 자신감을 품은 채 로마로 간 그는 아우구스투스 황제(옥타비아누스)에게 한 가지 청원을 했다. 자기 전함보다 더 큰 전함의 함장이 전사했으니, 그 전함의 함장 자리를 달라는 것이었다.

그러나 그의 주장은 무시되었고, 함장 자리는 황제의 어느 후궁의 시중을 들던 리베르티나라는 여자의 아들에게 돌아갔는데, 이 아들은 바다를 본 적도 없었다. 그가 자기 전함으로 돌아가자, 이번에는 근무 태만이라는 혐의를 받았고, 그의 전함은 해군 부제독 푸블리콜라가 총애하는 하인이 지휘하게 되었다.

그래서 그는 로마에서 아주 멀리 떨어진 초라한 농장으로 은퇴하여 생애를 마쳤다. 나는 그 이야기가 사실인지 너무나도 알고 싶어서 악티움 해전 당시 해군제독이던 아그리파를 불러달라고 했다. 아그리파가 나타나 모든 것이 사실임을 확

인했고, 오히려 함장에게 대단히 유리하게 증언했는데, 함장은 겸손 때문에 자신의 공적 가운데 많은 부분을 낮추거나 감추었던 것이다.

나는 도입된 지 얼마 되지도 않는 사치의 힘이 그토록 빠른 속도로 로마제국의 고위층을 부패시켰다는 것을 알고는 크게 놀랐다. 그러나 그 후 다른 나라들 안에서 발견되는 이와 같은 수많은 경우에는 그다지 놀라지 않았다. 다른 나라에서는 모든 종류의 악습이 로마의 경우보다 훨씬 오랫동안 판을 쳤고, 전리품은 물론이고 찬사마저도 모조리 최고사령관이 혼자 독점해왔던 것이다. 그러나 최고사령관은 그런 것을 받을 자격이 그 누구보다도 적을지도 모른다.

저승에서 불려나온 사람들은 모두가 이 세상에 살아 있을 때와 똑같은 모습을 보여주었기 때문에, 나는 과거 수백 년 동안에 우리 영국 국민들이 육체적인 측면에서 얼마나 퇴보했는지를 우울한 시선으로 관찰하게 되었다.

즉 천연두와 같은 각종 전염병의 영향력으로 어떻게 영국인의 얼굴 모습이 변형되고, 체격이 작아졌으며, 신경이 약화되고, 근육이 늘어지고 완력이 줄었으며, 병들어 창백한 안색이 발생하고, 살이 물렁물렁해지고 썩게 되었는지를 확실히 목격했던 것이다.

나는 소환대상의 신분을 훨씬 낮추어서 영국의 전통적인 소규모 지주들을 몇 명 불러달라고 요청했다. 그들은 소박한 예절, 검소한 식생활과 옷차림, 공정한 거래, 참된 자유정신, 용기와 애국심으로 한때 유명했다. 그러나 나는 영국의 이러한 순수한 장점들을 그들의 손자들이 돈 한 푼 때문에 어떤 식으로 버리고 말았는지, 그리고 투표권을 팔고 선거를 조작한 결과 왕궁에서나 배울 수 있는 모든 악습과 부패에 물들어 버린 사실을 살펴볼 때, 현재 살아 있는 사람들과 죽은 사람들을 비교하고 마음의 동요를 느끼지 않을 수가 없었다.

제9장

말도나다로 돌아가다

그 섬에서 떠날 날이 되자, 나는 글룹둡드리브의 총독 전하에게 작별인사를 하고, 두 친구와 함께 말도나다로 돌아갔다. 2주일 정도 기다리자, 루그나그로 가는 배가 항해 준비를 마치게 되었다.

두 친구를 비롯한 여러 친지들이 극진한 성의와 친절로 내 여비를 마련해주고, 내가 배를 타는 데까지 와서 전송했다. 이번 여행은 한 달이 걸렸다.

우리는 심한 폭풍우를 한 번 만났고, 288킬로미터 가량 떨어져 있는 무역풍지대에 들어가기 위해 서쪽으로 방향을 잡아야만 했다. 1711년 4월 21일에 우리는 루그나그 동남쪽의 항구도시 클루메그니그에 이르는 강에 들어섰다.

그리고 그 항구에서 4.8킬로미터도 안 되는 곳에 닻을 내린 다음, 수로 안내인을 부르는 신호를 보냈다. 30분이 지나기도 전에 수로 안내인 2명이 와서 우리 배의 갑판 위로 올라왔다.

그들의 안내로 대단히 위험한 얕은 곳과 암초들을 피해서 전진하여 커다란 항만으로 들어갔는데, 그 항만은 도시의 성벽 바로 밑까지 물결이 닿았고, 함대 전체가 안전하게 운항할 수 있을 정도로 넓었다.

우리 배의 어떤 선원들이 배신할 목적이나 부주의에서 내가 외국인이고 대단한 여행가라고 수로 안내인들에게 알려주었다. 수로 안내인들에게 그런 내용을 들은 세관 관리는 나를 매우 엄격하게 심사한 뒤에 상륙시켰다.

그 관리는 발니바르비 언어로 내게 말을 했는데, 그 언어는 활발한 무역의 영향으로 그 항구 도시에서, 특히 선원들과 세관원들 사이에서 전반적으로 사용되고 있었다. 나는 몇 가지 구체적인 사항에 관해서 간략히 설명하고, 내 말이 그럴듯하고 일관성 있는 것으로 들리도록 최대한으로 애썼지만, 영국인이라는 사실은 숨기고 네덜란드인이라고 가장하는 것이 필요하다고 생각했다.

왜냐하면 나는 일본으로 갈 목적이었고, 유럽인 가운데에서는 오로지 네덜란드인만이 일본 왕국의 입국이 허락된다는 사실을 알고 있었기 때문이다.

그래서 세관원에게 나는 발니바르비 왕국의 해안에서 난파당해 바위에서 머물다가 구조되어 (그가 자주 들은 바 있는) 라푸타 또는 날아다니는 섬에 올라갔고, 이제 일본으로 가려고 노력하는 중이며, 일본에 가서는 고국으로 돌아갈 편리한 방법을 찾아볼 생각이라고 말해주었다.

그는 왕궁에서 지시가 올 때까지 나를 일단 일정한 장소에 가둬야 하는데, 자기가 즉시 보고서를 써서 제출하면, 14일

이내에 회답을 받을 수 있을 것이라고 말했다. 나는 편리한 숙소로 이송되었고, 문앞에 보초가 배치되었다.

그러나 넓은 정원을 자유롭게 돌아다녔고, 매우 인도적인 대우를 받았으며, 숙식비를 모두 왕궁에서 부담해주었다. 여러 사람이 호기심에서 나를 초대했는데, 그것은 자기들이 전혀 들어보지도 못한 아주 먼 나라들을 거쳐서 내가 거기 도착했다는 소문이 퍼졌기 때문이다.

나는 배를 같이 타고 온 젊은이를 통역으로 고용했다. 그는 루그나그 출신이지만, 말도나다에서 여러 해 살아서 양쪽 언어에 능통했다. 나는 그의 협조를 받아서 내 숙소를 찾아온 사람들과 대화할 수 있었지만, 그들이 질문하고 내가 답변하

는 형식이 고작이었다.

우리가 예상한 대로 14일 가량 지나 왕궁에서 파견한 연락 관이 와서 국왕의 명령을 전했다. 10명의 기병들이 나와 수행 원들을 호위하여 트랄드라그두브흐 또는 트릴드로그드리브 (내가 기억하는 한 그들은 두 가지 명칭으로 발음을 했다)로 모시라는 것이었다.

수행원이라고 해야 통역인 그 가련한 젊은이 한 명뿐이었 기 때문에, 나는 그를 데리고 가겠다고 말해서 허락을 받았 고, 다시 요청해서 우리는 각각 노새를 타고 갈 수가 있었다. 우리보다 한나절 먼저 전령이 떠나 국왕에게 우리의 도착을 미리 보고하게 되어 있었다.

나는 국왕의 발판 앞에서 먼지를 핥을 수 있는 영광을 누리 기에 적절한 날짜와 시간을 국왕 폐하가 지정해주기를 바란 다는 요청을 그 전령을 통해서 했다.

먼지를 핥는 것이 그 왕궁의 의전절차였고, 나는 그것이 형 식의 문제 이상으로 더 큰 의미가 있는 것임을 나중에 알게 되었다. 왜냐하면 왕궁에 도착한 지 이틀 후 접견이 허락되었 을 때, 나는 바닥에 엎드려 앞으로 기어가면서 그 바닥을 혀 로 핥으라는 명령을 받았기 때문이다. 그러나 내가 외국인이 라는 점을 고려해서, 바닥을 아주 깨끗이 미리 쓸었기 때문에 먼지가 거의 없었다.

이것은 국왕이 특별한 호의를 베푼 것인데, 최고위층의 인 사들 이외에는 그 누구에게도 이러한 호의가 베풀어지지 않 는다. 아니, 최고위층이라고 해도 접견을 허락받은 그가 왕궁 안에 강력한 정적들을 가지고 있다면 바닥에 일부러 먼지를 잔뜩 뿌리는 경우가 가끔 있다.

대단히 지위가 높은 어느 귀족은 입에 먼지가 하도 가득 차서, 적절한 거리까지 옥좌 앞으로 기어갔지만 한마디도 말할 수가 없었던 것을 보았다. 국왕 앞에서 먼지를 토해내거나 손수건으로 입을 닦으면 사형에 처해지기 때문에, 입에 든 먼지를 처치할 다른 방법이 전혀 없는 것이다.

위의 관습과 더불어 내가 수긍할 수 없는 관습이 한 가지 더 있었는데, 그것은 국왕이 귀족들 가운데 누구든지 점잖고 관대한 방식으로 죽이고 싶을 때는 갈색가루 형태의 독약을 바닥에 뿌리라고 명령하는 것이다. 그것을 핥은 사람은 24시간 이내에 반드시 죽는다.

그러나 이 군주의 엄청난 자비와 자기 백성들에 대한 배려(이 점을 유럽의 군주들이 본받기를 무수한 사람들이 바란다)에 관해 올바로 판단하기 위해서는, 그의 명예를 위해서 한 가지 반드시 언급할 것이 있다.

즉 이러한 처형이 집행된 다음에는 독이 묻었던 바닥을 흔적도 없이 깨끗이 닦으라는 엄격한 명령을 매번 내렸다는 것이다. 만일 왕궁의 하인들이 이 일을 소홀히 한다면, 국왕의 분노를 피할 수가 없다.

나는 그런 하인을 채찍으로 때리라고 국왕이 명령하는 말을 내 귀로 들은 적이 있다.

그 하인은 사형집행 뒤에 바닥을 닦는 일을 할 차례가 되었는데도 일부러 바닥 청소를 하지 않았고, 그 결과 미래의 꿈이 많은 젊은 귀족이 국왕을 접견하게 되었을 때, 국왕이 그의 목숨을 끊을 의도가 없었는데도 불구하고 그 귀족은 불행히도 독을 핥아먹고 죽
었다. 그러나 이 훌륭한
군주는 그 가련한 하인
으로부터 특별한 명령
이 없는 한 그런 잘못을
다시는 저지르지 않겠
다는 약속을 받아낸 뒤,
채찍으로 때리는 벌을
너그럽게도 면제해주었다.

이제 다시 본론으로 돌아가자. 나는 옥좌로부터 3.6미터 이
내의 거리까지 기어간 다음 살그머니 몸을 일으키면서 무릎
을 꿇었고, 바닥에 이마를 일곱 번 대면서, 전날 밤 그들이 가
르쳐준 대로 "이크플링 글로프트로브 슬리오프하드 구르들루
브흐 아슈트"라고 말했다.

국왕의 접견을 허락받은 사람은 누구든지 그렇게 인사하도
록 그 나라의 법률이 규정하고 있었다. 영어로 해석한다면,
"하늘과 같은 폐하께서 태양보다 11개월하고도 보름을 더 오
래 사시기 바랍니다."라는 뜻이었다.

이에 대해 국왕이 몇 마디 답사를 했고, 그 답사를 나는 알
아듣지 못했지만, 그들이 지시한 대로 "프루프트 드린 얄레리
크 두울돔 프라스트라드 미르푸쉬"라고 답변했는데, 이것은
"내 혀는 내 친구의 입에 들어 있습니다."라는 의미이고, 다시
말하면 통역을 데리고 오도록 허락해달라는 뜻이었다.

그러자 앞에서 말한 젊은이가 불려왔고, 그의 통역으로 나
는 한 시간 이상이나 국왕이 던진 수많은 질문에 일일이 대답

할 수 있었다. 나는 발니바르비 언어로 말하고, 통역이 그것을 루그나그 언어로 번역해서 의미를 전달했다.

국왕은 나와 대화하는 것을 대단히 재미있게 여겼고, 그래서 블리프마르크루브, 즉 왕궁 비서실장을 불러서 나와 통역의 숙소를 왕궁 안에 마련하고, 날마다 식사를 제공하며, 나의 일반 잡비로 금화로 채운 큰 지갑을 주라고 지시했다.

나는 국왕에게 진심으로 복종하여 이 나라에서 3개월 동안 머물러 있었는데, 그는 기꺼이 내게 호의를 베풀고, 매우 영예로운 지위들도 제의했다. 그러나 나로서는 아내와 가족들과 함께 여생을 보내는 것이 더욱 지혜롭고 옳다고 생각했다.

제10장

신비로운 불멸의 인간

　루그나그 사람들은 예의바르고 관대했으며, 동양의 모든 나라의 특징인 오만한 태도가 없지는 않았지만 외국인들, 특히 왕궁의 지원을 받는 외국인들을 점잖게 대했다.

　나는 상류사회의 최고위층 인사들과 많이 사귀었고, 언제나 통역을 대동하고 있어서 우리의 대화는 별로 불편하지 않았다.

　꽤 많은 친구들과 함께 있던 어느 날, 고위 관리 한 명이 내게 '스트룰드브루그'들, 즉 '불멸의 인간'들을 본 적이 있는지 물었다. 나는 본 적이 없다고 대답하고는, 목숨이 유한한 인간에게 그런 호칭을 붙이는 이유를 설명해달라고 요청했다.

　대단히 드물기는 하지만 왼쪽 눈썹 바로 위 이마에 원형의 붉은 점이 찍힌 아기가 태어나는 경우가 가끔 있는데, 그것은 그 아기가 절대로 죽지 않는다는 확실한 표시라고 설명해주었다. 그 점은 3펜스 은화와 비
슷한 크기이고, 시간이 지나는
데 따라 더욱 커지고 색깔도
변하는데, 12세에는 초록색이
되어 25세까지 계속되고, 25
세에는 짙은 청색으로, 45세에는
석탄처럼 새카만 색으로 변하며, 영국
의 1실링만큼 커진 뒤에는 절대로 변하지 않는다는 것이다.

이런 사람들의 출생은 매우 희귀한 것이기 때문에, 그 왕국
전체에 남녀를 합쳐서 약 1100명 이상이 된다고는 믿을 수가
없고, 그 중에서 50명 가량이 수도에 있고, 3년 전에 여자아이
가 지방에서 출생한 적이 있다고 말했다. 그들은 특정 가문에
서만 출생하는 것이 아니라, 어느 가문에서든 우연히 출생하
고, 그들의 자녀들은 다른 일반인들과 똑같이 유한한 인간으
로 태어난다는 것이다.

그런 이야기를 듣고 나자 나는 비할 바 없는 기쁨에 사로잡
혀 가슴이 두근거렸다. 그리고 그 이야기를 해준 사람은 내가
능숙하게 구사하던 발니바르비 언어를 아주 잘 이해했기 때
문에, 나는 어쩌면 지나치게 과장된 것으로 보일지도 모르는
표현을 그가 듣는 데서 하지 않을 수가 없었다. 나는 황홀한
경지에 들어간 사람처럼 이렇게 소리쳤던 것이다.

"모든 아기들이 적어도 한 번은 불멸의 사람이 될 수 있는
기회를 가진 이 나라는 얼마나 행복한가! 고대의 미덕의 살아
있는 모범을 이토록 많이 모신 민족, 지나간 모든 시대의 지
혜를 가르쳐줄 준비가 된 스승을 이토록 많이 가진 민족은 얼

마나 행복한가!"

그러나 그 누구보다도 비할 바 없이 가장 행복한 사람들은 바로 저 탁월한 '스트룰드브루그'들, 즉 불멸의 사람들이다. 이마의 검은 점은 너무나 뚜렷한 특징이어서 내가 알아채지 못한 채 쉽게 지나쳐버릴 수 없는 것이고, 가장 공정한 군주인 국왕 폐하가 그들처럼 지혜롭고 유능한 인물들을 자기 주위에 많이 긁어모아서 자문위원으로 삼지 않는다는 것은 불가능한 일이었는데도, 왕궁에서 그런 훌륭한 사람들을 하나도 보지 못했다니! 나는 그 사실을 깨닫고 크게 놀랐다.

어쩌면 존경스러운 이 현자들은 덕성이 너무 고매하여 왕궁의 부패하고 방탕한 관습을 따를 수가 없었는지도 모른다.

우리가 자주 체험하는 것이지만, 젊은이들은 너무 독선적이고 변덕스러워서 윗사람의 건전한 지도를 받아들일 수가 없다. 그러나 국왕은 나에게 접견을 허락하는 것을 기쁘게 여기고 있었기 때문에, 나는 다음 접견 때 주로 통역의 도움을 빌려서 아주 자유롭게 이 문제에 관한 나의 의견을 밝히기로 결심했다.

그리고 나는 그가 내 건의를 기꺼이 받아들이든 받아들이지 않든 상관없이 또 다른 결심을 했는데, 그것은 폐하가 이 나라의 지위를 내게 자주 권고한만큼, 깊이 감사하는 마음으로 그 호의를 받아들이고, 현자들이 나를 기꺼이 받아준다면, 저 탁월한 존재들인 '스트룰드브루그'들과 대화하면서 여기서 여생을 보내겠다는 것이다.

(앞에서 언급한 대로) 그 신사가 발니바르비 언어로 말했기 때문에, 내가 그에게 내 결심을 설명해주었더니, 그는 흔히

무식한 사람을 동정할 때 짓는 그런 묘한 미소를 띠우면서 나를 불멸의 사람들과 어울리도록 하는 그런 기회를 기꺼이 마련해주겠다고 말하고는, 나한테 들은 모든 말을 자기 친구들에게 설명해주고 싶다고 내 동의를 구했다.

그는 내 말을 자기 동료들에게 설명했고, 자기들 언어로 한참 동안 대화를 나누었다. 그러나 나는 단 한마디도 알아듣지 못했고, 내 말이 어떤 영향을 미쳤는지 그들의 표정에서 읽을 수가 없었다. 모두 잠시 침묵을 지켰다.

이윽고 그 신사는 자기 친구들과 나의 친구(그는 자기 자신을 그렇게 표현하는 것이 적절하다고 생각했다)는 영원불멸하는 생명의 한없는 행복과 장점에 관한 나의 현명한 견해를 대단히 기쁘게 생각하는 한편, 내가 만일 불멸의 인간으로 태어나는 운명을 지녔다면, 어떤 종류의 인생설계를 했을지 특히 알고 싶어한다고 말했다.

만일 내가 운이 좋아서 스트룰드브루그, 즉 불멸의 인간으로 태어난다면, 삶과 죽음의 차이를 이해하여 나 자신의 행복을 깨닫자마자, 우선 어떠한 기술과 수단이든 모두 총동원해서 부자가 될 작정이다. 절약과 재산관리를 통해서 재산을 축적하다가 보면, 적어도 200년 안에는 이 왕국에서 가장 큰 부자가 될 것이라고 기대해도 된다.

그 다음에는 젊은 시절의 초기부터 각종 예술과 학문에 몰두하여, 언젠가는 이 방면에서 그 누구보다도 학식이 뛰어나게 될 것이다. 끝으로 사회적·국가적 모든 조치와 주요사건을 잘 기록하고, 여러 대에 걸친 군주들과 위대한 각료들의 성격을 관찰하여 공정하게 묘사할 것이다.

그리고 관습, 언어, 유행, 복장, 식생활, 오락의 각종 변화를 정확하게 기록할 것이다. 이렇게 축적된 지식에 의해 나는 지식과 지혜의 살아 있는 보물창고가 되고, 틀림없이 이 나라의 예언자가 될 것이다.

나는 60세가 넘어서는 절대로 결혼하지 않지만, 손님은 환대하면서 살고, 그러면서도 여전히 저축할 것이다. 공적인 생활과 개인 생활에서 덕행이 유익하다는 것을 보여주는 무수한 실례를 든든한 뒷받침으로 삼아, 나 자신의 기억과 경험과 관찰을 가지고 희망찬 젊은이들에게 확신을 주고, 그들의 정신을 형성해주고 지도하는 것이 나 자신의 즐거움이 될 것이다. 그러나 나와 가장 친하고 또 항상 같이 어울릴 친구들은 나와 똑같은 불멸의 인간들 가운데서 나와야 하는데, 나는 가장 먼 과거의 시대에서부터 나의 동시대에 이르는 불멸의 인간들 중에서 12명을 고를 것이다.

이들 가운데 재산을 원하는 사람들이 있다면, 내 토지 주변에 편리한 집을 마련해주고, 그들 가운데 일부를 언제나 식사에 초대해서 유한한 생명을 지닌 너희들 가운데서 가장 가치가 있는 극소수의 사람과 같은 식탁에서 어울리도록 해줄 것이다.

장구한 세월에 하도 단련된 결과, 내 식탁에 초대받았던 유한한 인간과 사별할 때 아쉬움이나 유감을 전혀 느끼지 않을 것이고, 너희 자손에 대해서도 똑같은 방식으로 대접해줄 것이다. 이것은 마치 카네이션과 튤립이 해마다 정원에서 필 때, 사람은 지난해에 시든 꽃들을 서러워하지 않은 채 새로 핀 꽃들을 즐기는 것과 같다.

이 '스트룰드브루그'들과 나는 오랜 세월에 걸쳐서 우리가 관찰하고 기록한 것들을 서로 교류하고, 부패가 세상에 침투하는 여러 단계를 지적하며, 사람들에게 끊임없이 경고하고 그들을 가르치는 방법으로 여러 단계에서 부패에 대항할 것이다. 어느 시대에나 인간본성의 타락이 너무나도 정당한 비판을 받아왔지만, 우리의 이러한 대항과 우리 자신의 모범이 미치는 강한 영향력은 인간본성의 저 지속적인 타락을 막아줄 것이다.

이외에도 모든 국가와 제국의 각종 혁명들, 하늘과 지상의 변화들, 폐허가 된 고대 도시들, 이름도 없던 마을들이 왕국의 수도로 변하고, 유명한 강들이 졸아들어 얕은 시냇물로 전

락하며, 바닷물이 한 해안지대를 마른땅으로 드러내고 다른 해안지대를 덮어버리며, 지금까지 알려지지 않았던 많은 나라들이 새로 등장하고, 야만족들이 최고의 문명국들을 유린하며, 가장 야만스럽던 민족이 문명화되는 것을 바라보는 즐거움이 또 있는 것이다. 그 다음에 나는 경도(황경), 영원한 운동(무한 동력), 만병통치약 등의 발견, 그리고 다른 수많은 발명이 최고로 완성되는 것을 보아야만 할 것이다.

우리가 자신이 예언한 것이 실현될 그때보다 더 오래 살아서 그 사실을 확인해주고, 태양과 달과 별의 변화와 함께 혜성들의 접근궤도와 그 회귀를 관찰함으로써, 천문학에서 얼마나 놀라운 발견들을 많이 할 것인가!

나는 영원한 생명과 지상의 행복에 대한 자연적 욕망 때문에 쉽게 생각해낼 수 있는 다른 많은 주제에 관해서 설명했다. 내가 말을 마치자, 그 신사가 모든 내용을 요약해서 종전과 같이 자기 친구들에게 전달했다. 그들은 그 나라 언어로 오랫동안 논의하면서 나를 비웃는 듯 가끔 폭소를 터뜨렸다.

내 통역 역할을 한 그 신사가 드디어 내게 이렇게 말했다. 즉 그의 친구들은 내가 인간본성의 공통된 결점 때문에 몇 가지 오류에 빠졌고, 그들은 이 점에 대해 도저히 용납할 수가 없으므로, 나를 그 오류들로부터 벗어나게 해주라고 그에게 요청했다는 것이다. 그리고 '스트룰드브루그'라는 이 족속은 자기 나라에만 있고, 발니바르비에도 일본에도 없다.

그는 국왕 폐하의 대사로서 이 두 나라에 파견되는 영광을 누렸는데, 두 왕국의 사람들은 불멸의 인간의 존재 가능성을 도무지 믿으려 들지 않았다.

내게 이 문제를 처음 언급했을 때 내가 깜짝 놀란 것을 보면, 내가 이것을 전혀 들은 적이 없고 또 전혀 신빙성이 없는 것으로 받아들이는 것 같았다. 위에 언급한 두 왕국에 머물 때 많은 사람들과 대화해본 결과, 그는 오래 사는 것이 인류의 보편적인 소원이라는 것을 깨달았다. 한 발이 무덤에 빠진 사람은 누구나 예외없이 다른 발을 넣지 않으려고 있는 힘을 다해서 몸부림쳤다.

나이가 가장 많은 사람은 하루라도 더 오래 살기를 여전히 바라고, 죽음을 최대의 적으로 보았다. 대자연은 그에게 죽음

으로부터 후퇴하라고 항상 재촉하는 것이다. 오로지 이 루그나그 섬에서만 사람들은, '스트룰드브루그'들의 모범을 언제나 목격하고 있어서, 삶에 대한 욕망이 다른 나라 사람들처럼 그렇게 끈질기지는 않다.

내가 구상한 삶의 설계는 젊음과 건강과 체력이 영속한다는 것을 전제로 했기 때문에 비합리적이고 부당한 것이다. 아무리 터무니없이 소원을 품는 사람이라고 해도, 영원한 젊음과 건강과 체력을 바랄 만큼 그렇게 어리석은 사람은 있을 수 없다. 따라서 문제가 되는 것은 번영과 건강이 따르는 영원한 젊음을 선택할 것인지의 여부가 아니라, 노년기에 흔히 수반

되는 모든 불이익을 감당하면서 어떻게 영원히 살 것인가 하는 것이다. 왜냐하면 노년기의 가혹한 조건들 아래 영원히 살기를 염원할 사람이 별로 없다고 해도, 위에 언급한 발니바르비와 일본 두 왕국에서 그가 관찰한 바에 따르면, 모든 사람이 죽음을 조금이라도 더 뒤로 미루고, 그것이 최대한으로 늦게 찾아오게 만들기를 바라는가 하면, 극도의 비탄이나 모진 고문에 지친 경우를 제외하면 기꺼이 죽은 경우에 관해 들어본 적이 거의 없었기 때문이다. 그리고 그는 영국은 물론이고 내가 여행했던 나라들에서도 내가 이와 똑같은 일반적인 현상을 목격했는지 말해달라고 요청했다.

이러한 서론에 이어서 그는 자기 나라에 사는 '스트룰드브루그'들에 관해서 자세히 설명했다. 그들은 30세가 될 때까지 목숨이 유한한 일반인들과 똑같이 행동하고, 30세부터 80세까지는 날이 갈수록 더욱더 우울해지고 의욕을 한층 더 상실했다. 그는 그들의 고백을 통해서 이런 사실을 알게 되었는데, 이것은 그들이 한 시대에 2~3명 이상은 태어나지 않고 너무나 희귀한만큼, 많은 대상을 관찰하여 공통점을 찾아내기란 불가능하기 때문이다.

이 나라에서는 80세를 살면 가장 오래 살았다고 치는데, 그들이 80세가 되면 평범한 노인들의 모든 어리석음과 쇠약함뿐만 아니라, 영원히 죽지 않는다는 무서운 사실에서 파생되는 많은 결함들을 보여주었다.

그들은 독선적이고, 화를 잘 내고, 탐욕스럽고, 침울하고, 허영심이 많고, 수다스러울 뿐만 아니라, 우정을 품을 수 없고, 모든 형태의 자연스러운 사랑이 완전히 결핍되어, 자기

손자들보다 어린 사람들에 대해서는 우정도 사랑도 전혀 베풀지 않았다.

그들은 시기, 그리고 이룰 수 없는 욕망들에 주로 좌우된다. 그들이 가장 심하게 시기하는 듯 보이는 것은 젊은 세대의 악습과 늙은이들의 죽음이다. 젊은 세대의 악습에 대해 곰곰이 생각해볼 때, 그들은 쾌락을 누릴 가능성이 자기들에게는 전혀 없다고 깨닫고, 장례식을 볼 때마다 자기들은 거기 도달할 희망조차 품을 수도 없는 안식의 항구로 다른 사람들이 떠나갔다고 탄식하고 불평한다. 그들은 젊은 시절과 중년기에 배우고 관찰한 것 이외에는 아무것도 기억하지 못하고,

기억한다 해도 그것은 대단히 부정확하다. 어떠한 일이든 그 진상이나 세부적 내용에 관해서는 그들의 기억력보다 일반적인 전통에 의존하는 편이 더 안전하다.

그들 가운데 가장 덜 비참한 사람은 노망이 들어서 기억력을 완전히 상실한 사람일 것이다. 이들은 다른 '스트룰드브루그'들의 수많은 고약한 특질이 별로 없기 때문에, 동정과 지원을 더 많이 받는다.

'스트룰드브루그'들이 자기들끼리 결혼한 경우, 부부 중에 나이가 어린 쪽이 80세가 되면 그 결혼은 해소된다. 물론 이것은 왕국의 친절한 배려에 따른 것이다. 왜냐하면 자기 잘못이 하나도 없는데도 이 세상에서 영원히 살아야 한다고 단죄된 사람들이 아내라는 짐을 지고 두 배로 비참하게 살도록 해서는 안 된다고 법률이 그들의 합리적인 특권을 규정했기 때문이다.

80세가 되자마자 그들은 법률적으로 사망한 것이 된다. 상속자들이 즉시 그들의 재산을 상속하는데, 그들은 생계유지를 위해 약간의 수입만 계속해서 보유할 수 있고, 극빈자의 경우에는 국가가 그 생계를 보장한다. 80세 이후에 그들은 신용거래나 이윤이 목적인 거래를 할 자격이 없고, 토지의 매입이나 임차도 불가능하며, 모든 민사 또는 형사사건에서, 심지어는 호수와 토지의 소유권 범위를 확정하는 문제에도 증인으로 채택될 수 없다.

90세가 되면 그들은 이와 머리카락이 모두 빠진다. 음식의 맛을 구별할 수 없지만, 손에 넣을 수 있는 것은 무엇이든지 맛도 모르고 식욕도 없으면서도 먹고 마신다. 그들의 지병은 악화되거나 차도를 보이지 않은 채 여전히 계속된다. 말을 할 때 그들은 사물들의 일반적 명칭과 사람들의 이름, 심지어는 가장 친한 친구들과 가장 가까운 친척들의 이름조차 잊어버린다.

그래서 그들은 독서의 즐거움을 절대로 누릴 수 없다. 왜냐하면 한 문장을 처음부터 끝까지 읽고 기억할 기억력이 없기 때문이다. 기억력만 좋다면 즐길 수 있는 유일한 오락을 바로 이 결함 때문에 그들은 상실한 것이다.

이 나라의 언어가 항상 변하기 때문에, 한 시대의 '스트롤드브루그'들은 다른 시대의 말을 모르고, 200년이 지난 뒤에는 목숨이 유한한 이웃사람들과 (일상적인 용어 몇 마디 이외에는) 대화를 전혀 할 수도 없으며, 자기 고국 안에서 외국인이 된 것과 같은 그런 불리한 생활을 하게 된다.

'스트롤드브루그'들에 관해 그 신사로부터 들은 이야기는 내가 지금 기억할 수 있는 한 이것이 전부이다. 나는 나이가 서로 다르고, 가장 어린 사람이 200세가 넘지 않는 그들을 만나보았다. 내 친구들이 여러 번 그들을 나에게 데려왔는데, 그들은 내가 여행을 많이 하고 온 세상을 본 사람이라는 말을 듣고도 전혀 호기심이 없어서 질문을 한 가지도 던지지 않았고, 다만 "슬룸스쿠다스크" 즉 추억의 징표를 주기를 원한다고 말할 뿐이었다.

그 말은 점잖게 구걸하는 방식이었다. 그들은 사실 매우 형편없는 보조금이나마 국가로부터 받고 있어서 구걸행위가 법으로 엄격하게 금지되어 있었지만, 그 법을 피해가고 싶었던 것이다.

각계 각층의 모든 사람들이 그들을 천대하고 미워한다. 사람들은 그들의 출생을 불길하게 여기고, 등록대장을 찾아보면 나이를 알 수 있도록 그들의 생년월일을 매우 각별하게 등록해둔다. 그러나 그 등록대장들은 1000년 이상 보존되지 않았고, 적어도 세월의 흐름 또는 사회의 격변으로 없어져버렸다.

그러나 그들의 나이를 알아내는 일반적인 방법은 그들에게 어떤 왕들 또는 위인들을 기억하는지 질문한 다음, 역사기록을 찾아보는 것이다. 왜냐하면 그들이 기억하는 가장 최근의 국왕은 그들이 80세가 된 이후에 즉위하지는 않았다는 것이 틀림없기 때문이다.

내가 평생 본 것 중에 가장 처참하여 눈뜨고는 차마 보지 못할 장면은 바로 그들의 모습이었고, 여자들이 남자들보다 한층 더 참혹했다. 극도로 나이가 들면 흔히 나타나는 여러 가지 기형에 추가하여, 그들은 나이에 비례하여 한층 더 유령과 같은 꼴이 되는데, 이 점에 관해서는 묘사하지 않겠다.

다만 내가 만난 6명은 그 나이 차이가 100년 또는 200년이 넘지 않았지만, 나는 누가 가장 늙었는지를 즉시 구별할 수 있었다.

내가 이러한 것을 듣고 보고 한 결과, 영원한 삶에 대한 나의 열망이 거의 식어버렸다는 것을 독자들은 쉽게 믿을 것이다. 나는 영원히 사는 경우를 가정해서 스스로 품었던 유쾌한 포부에 대해 진심으로 수치를 느꼈고, 이런 종류의 영원한 삶을 버리고 내가 기꺼이 받아들이지 않을 그런 죽음은 어떠한 폭군도 만들어낼 수 없다고 생각했다.

내가 친구들과 나눈 모든 대화 내용을 국왕이 듣고는 나를 매우 유쾌한 어조로 야유하면서, 죽음에 대한 공포에 대항하여 영국인들을 무장시키기 위해 이 불멸의 인간 한 쌍을 나더러 영국으로 보내기를 바란다고 말했다. 그러나 그것은 왕국의 기본법으로 금지되어 있는 듯했다. 그렇지만 않았다면, 나는 그들을 영국으로 운송하는 수고와 비용을 매우 기꺼이 부담했을 것이다.

나는 스트룰드브루그들에 관한 이 왕국의 법률들이 가장 타당한 논리에 바탕을 둔 것이고, 그 어떠한 다른 나라도 같은 여건 아래에서는 이 왕국의 경우와 똑같은 법률들을 제정할 필요가 있을 것이라고 수긍하지 않을 수가 없었다. 이러한 법률들이 없다면, 탐욕이 노년기의 필수적인 결과인만큼, 이 불멸의 인간들이 어느덧 나라 전체를 소유하고 백성들을 지배할 것이며, 결국 그들은 관리할 능력이 없기 때문에 분명히 나라 전체를 파멸시키고 말 것이다.

제11장

십자가를 밟는 의식을 강요당하다

나는 스트룰드브루그들에 관한 이 이야기가 독자들을 상당히 즐겁게 해주었을 것이라고 생각한다. 왜냐하면 이것은 일반적인 것과 약간 다르게 보이고, 적어도 내 손에 들어온 그 어느 여행기에서도 비슷한 것을 본 기억이 없기 때문이다.

그리고 내 생각이 틀렸다면, 같은 나라에 관해서 매우 자주 묘사하는 여행가들은 동일한 세부사항들에 관해서 같은 내용을 말할 필요가 있는데, 이것을 먼저 저자들의 글을 모방 또는 표절한 것이라고 비난해서는 안 된다고 변명할 수밖에 없다.

사실 이 왕국과 일본 왕국 사이에는 무역이 끊이지 않아서 일본인 저자들이 스트룰드브루그들에 관해 몇 가지 이야기를 저술했을 가능성은 매우 크다. 그러나 나는 일본에서 매우 짧은 기간만 체류했고, 일본어도 전혀 몰랐기 때문에 그들의 저술을 조사해볼 자격이 없었다. 다만 네덜란드 사람들이 이 글을 읽고 나서 호기심이 생기고, 그래서 나의 부족한 점을 충분히 보충할 수 있기를 바란다.

국왕 폐하는 왕궁의 여러 직책들을 수락하라고 자주 내게 권유했는데도, 내가 고국으로 돌아가겠다고 굳게 결심한 것을 보고는 기꺼이 출국허가를 내주었고, 나를 일본 국왕에게 추천하는 서한을 직접 작성해주는 영광을 베풀었다.

그는 또한 커다란 금괴 444개(이 나라는 짝수를 좋아한다)와 붉은 다이아몬드 1개를 선물로 주었는데, 나는 이것들을 영국에서 1100파운드에 팔았다.

1709년 5월 6일에 나는 국왕 폐하와 나의 모든 친구들에게 엄숙한 작별인사를 했다. 이 군주는 너무나 친절하게도 그 섬의 서남쪽에 있는 국왕의 항구 글랑구엔스탈드까지 나를 호위하라고 근위병들에게 명령했다.

나는 일본을 향해 출항 준비를 마친 배를 6일 이내에 만났고, 15일 동안 항해했다.

우리는 일본의 동남쪽에 위치한 작은 항구도시 쿠사모시에 상륙했다. 그 항구는 좁은 해협의 서쪽 끝에 있었고, 해협은 북쪽으로 길게 뻗어 바다에 이르는데, 그 바다 서북쪽에 일본의 수도인 에도가 있다.

상륙할 때 나는 루그나그 국왕이 일본 국왕에게 보내는 친서를 세관 관리들에게 보여주었다. 그들은 손바닥만큼 넓은 루그나그 국왕의 봉인을 잘 알고 있었다.

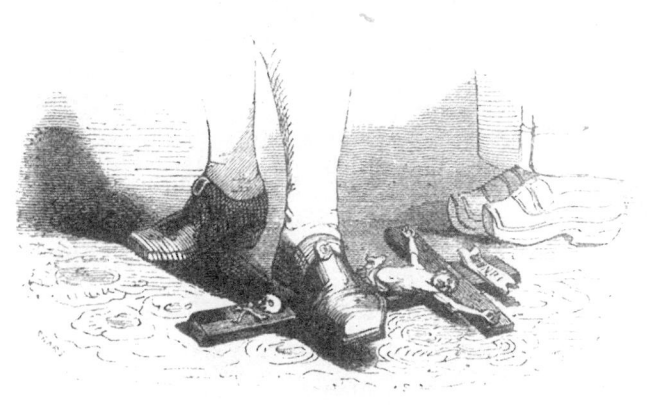

　그 봉인에 찍힌 그림은 절름발이 거지를 땅바닥에서 일으
켜 세우는 왕의 모습이었던 것이다. 친서 이야기를 들은 그곳
의 관리들은 나를 각료처럼 영접하여, 마차들과 하인들을 내
주고 에도까지 가는 경비를 대주었다. 에도에서 나는 일본 국
왕을 접견하고 친서를 전달했는데, 친서는 성대한 예식과 함
께 개봉되고, 통역이 그 내용을 일본 국왕에게 설명했다.

　이어서 통역은 일본 국왕의 명령이라고 하면서 내 요망사
항이 무엇인지 말해보라고 했다.

　일본 국왕의 형제인 루그나그 국왕을 위해 어떠한 요청이
든 모두 허락될 것이라고 말했다. 그 통역은 네덜란드 사람들
과 무역하는 데 필요한 업무를 처리하려고 고용된 사람이었
다. 그는 내 얼굴을 보고 유럽인이라고 즉시 추측했고, 따라
서 일본 국왕의 명령을 네덜란드 말을 구사하여 낮은 목소리
로 반복해서 전했는데, 네덜란드 말에 대한 그의 실력은 거의
완벽했다.

(그런 경우에 이미 대비하고 있어서) 나는 대단히 멀리 떨어진 나라에서 배가 난파한 네덜란드 상인이고, 난파된 곳에서 바다와 육지를 통해 루그나그에 갔다가 배를 타고 일본에 왔으며, 내가 알기로는 같은 네덜란드 사람들이 자주 일본에 와서 무역을 하는만큼, 그들과 함께 유럽으로 돌아가기를 희망한다고 말했다.

그러므로 나를 나가사키까지 안전하게 이송하라는 명령을 내려주기를 일본 국왕 폐하에게 가장 겸손하게 간청한다고 덧붙였다. 그리고 한 가지 더 추가하여 나는 무역을 할 의사가 전혀 없이 불운을 만나 일본에 들어오게 된만큼, 내 보호자인 루그나그 국왕을 위해서라도, 내 동족 네덜란드 사람들에게 강요되던 십자가를 밟는 예식만은 너그럽게 면제해달라고 요망했다.

십자가에 관한 내 요망을 통역을 통해서 듣고 난 일본 국왕은 약간 놀라는 듯이 보였는데, 그는 네덜란드 사람 가운데 그런 일을 꺼리는 사람은 내가 처음이라고 말하고, 내가 정말 네덜란드 사람인지 의심이 들기 시작했으며, 오히려 내가 크리스트교 신자가 틀림없을 것이라고 했다.

그렇기는 하지만 내가 제시한 여러 가지 이유 때문에, 특히 자신의 호의를 각별히 표시함으로써 루그나그 국왕을 만족시켜주기 위해, 나의 괴상한 요망사항을 들어는 주겠지만, 이런 일은 능숙하게 처리해야만 하므로, 관리들에게 나를 모른 척하고 통과시키라는 명령을 내리겠다고 말했다.

왜냐하면 그가 단정하기를, 이 비밀이 나의 동족인 네덜란드 사람들에게 폭로되면, 그들이 항해 도중 내 목을 자를 것이기 때문이었다. 나는 이토록 특별한 호의를 베풀어준 데 대해 깊이 감사한다고 답변했다.

마침 나가사키로 가는 어떤 부대가 있었는데, 그 지휘관은 십자가에 관한 특별지시와 함께 나를 그곳까지 안전하게 호송하라는 명령을 받았다.

대단히 멀고 또 힘든 육상여행을 마치고 1709년 6월 9일에 나는 나가사키에 도착했다. 나는 암스테르담의 450톤 가량 되는 튼튼한 상선 '암보이나' 호에 소속된 네덜란드 선원 여러 명과 곧 어울리게 되었다. 나는 라이덴 대학에서 공부하면서 오랫동안 네덜란드에서 살았기 때문에 네덜란드 말에 능숙했다.

그 선원들은 내가 최근에 어디를 다녀왔는지 곧 알게 되었고, 나의 항해와 체험에 관해 호기심을 가지고 질문했다. 나는 최대한으로 간결하고 또 그럴듯하게 대답했지만, 대부분의 내용은 숨겼다.

나는 네덜란드에 사는 사람들을 많이 알고 있었고, 부모는 헬더란드 주에 사는 이름 없는 백성이라고 하면서 그 이름을 가짜로 꾸며댔다.

나는 (테오도루스 판흐룰트라고 하는) 네덜란드까지 항해하는 데 드는 운임을 지불하려고 했지만, 내가 의사라는 것을 알게 된 선장은 내가 의사의 직분을 수행한다는 조건으로 일반적인 운임의 절반만 받겠다고 말했다.

우리가 배에 오르기에 앞서서, 선원들은 앞에서 언급한 십자가를 밟는 의식을 내가 거쳤는지 자주 질문했고, 나는 모든 세부사항에 있어서 일본 국왕과 왕궁을 만족시켰다는 식의 일반적인 답변으로 얼버무렸다.

그러나 소형상선의 고약한 악당이 일본군 지휘관에게 가서 나를 손가락질하며 내가 아직 십자가를 밟는 의식을 치르지 않았다고 고자질했다. 그러나 나를 모른 척하고 통과시키라는 지시를 받은 지휘관은 그 악당의 어깨를 대나무로 20대나 때렸다. 그 뒤로는 그런 질문으로 나를 괴롭히는 일이 없었다.

이 항해에서는 언급할 가치가 있는 일이 하나도 일어나지 않았다. 순풍에 따라 우리는 희망봉으로 갔고, 거기서는 마실 물을 배에 신기 위해 잠시 머물렀다.

우리는 4월 16일에 암스테르담에 무사히 도착했는데, 항해 도중 선원 3명이 병으로 죽었고, 기니 해안에서 얼마 떨어지지 않은 바다에서 한 명이 앞쪽 돛대에서 바다로 추락해 죽었을 뿐이다.

암스테르담에 도착한 지 얼마 되지 않아 나는 그 도시에 소속된 작은 범선을 타고 영국으로 떠났다.

1710년 4월 16일에 우리 배가 다운즈에 입항했다. 나는 다음날 아침에 상륙하여, 만으로 5년 6개월 동안 해외를 돌아다니다가 조국에 다시 돌아왔다. 나는 즉시 레드리프를 향해 떠나서 그날 오후 2시에 집에 도착했는데, 아내와 가족은 모두 건강했다.

고귀한 준마 종족 후이님의 나라

제 1 장

선장이 되다

나는 아내와 아이들과 함께 집에서 5개월 동안 대단히 행복한 나날을 보냈다. 그러나 아무 걱정도 없이 지내면서도, 만족할 줄 아는 지혜를 배우지는 못했다.

나는 임신해서 배가 남산만큼이나 부른 가련한 아내를 떠나서, 350톤 규모의 튼튼한 상선 '어드벤처' 호의 선장이 되라는 유리한 제의를 수락했다. 왜냐하면 나는 항해기술에 관해서 해박한 지식이 있었기 때문이다. 그리고 항해중에도 필요하면 내가 직접 외과의사 일을 할 수도 있었지만, 그런 일이 지겨워졌기 때문에 로버트 퓨어포이라는 젊고 유능한 외과의사를 채용했다.

우리는 1710년 9월 7일에 포츠머스 항구를 떠났고, 9월 14일에 테네리페에서 브리스톨 출신의 포코크 선장을 만났는데, 그는 염료 채취 원료인 로그우드를 선적하기 위해 캄페치만으로 항해하는 중이었다. 9월 16일에 그는 폭풍우 때문에 우리 곁을 떠났는데, 내가 귀국해서 들은 바로는 그 배가 침몰했고, 선실의 심부름꾼 소년을 제외하고는 아무도 탈출하지 못했다고 한다.

그는 정직한 인물이고 또 훌륭한 선원이었다. 그러나 자기 의견을 지나치게 내세우는 편이었고, 그것이 다른 사람들의 경우와 마찬가지로 그가 파멸한 원인이 되었다. 왜냐하면 그가 내 충고를 따랐더라면, 지금 내가 하는 것처럼 가족과 함께 집에서 무사히 살고 있었을 것이다.

선원이 여러 명 일사병으로 죽었기 때문에, 나는 바바더즈 및 리워드 제도에서 새로운 선원들을 모집하지 않을 수 없었다. 나를 고용한 상인들의 지시에 따라 거기 갔지만, 머지않아 그것을 크게 후회하게 되었다. 새로 모집한 선원들이 대부분 해적 출신이라는 사실을 나중에야 알게 되었기 때문이다.

나는 배에서 50명의 선원들을 거느리고 있었다. 내가 받은 임무는 남쪽 바다의 인디언들과 무역하고, 될 수 있는 대로 많은 항로를 발견하라는 것이었다. 해적 출신의 저 악당들은 다른 선원들을 유혹했고, 그들 모두는 나를 체포하고 배를 점령하자는 음모를 꾸몄다. 그리고 어느 날 아침 그 음모를 실행에 옮겨 내 선실로 달려들어 내 손발을 묶은 다음, 꼼짝달싹만 해도 바다에 처넣어버리겠다고 위협했다.

나는 포로가 되었으니 복종하겠다고 말했다. 그들의 강요로 맹세까지 했다. 그러자 그들은 밧줄을 풀어주었지만, 내 한쪽 다리를 쇠사슬로 침대에 묶어두고, 장전된 총을 든 보초를 문 앞에 세웠으며, 내가 도망치려고 하면 즉시 사살하라고 명령했다. 또한 그들은 내게 식량과 음료를 내려 보내주고는

상선의 지휘권을 자기들 손아귀에 넣었다.

그들은 해적으로 변신하여 스페인 상선들을 약탈할 계획이었지만, 선원들을 한층 많이 모집할 때까지는 그 계획을 실행할 수 없었다. 그래서 우선은 배에 선적되어 있던 상품을 모조리 처분하고, 선원 모집을 위해 마다가스카르로 가기로 결정했는데, 이것은 내가 갇힌 뒤에 여러 명의 선원들이 죽었기 때문이다. 그들은 여러 주 동안 항해하면서 인디언들과 거래했지만, 선실에 꼼짝없이 갇혀 있는 신세인데다가 그들이 자주 위협한만큼 살해당하는 길밖에는 도리가 없다고 생각하던 나로서는 그들이 택한 항로를 전혀 알지 못했다.

1711년 5월 9일에 제임스 웰치라는 선원이 내 선실로 내려와서는 그 배의 선장이 해안에 나를 내려놓으라고 명령했다는 것을 알려주었다. 나는 그를 타일렀지만 아무 소용도 없었고, 새로운 선장이 누구인지 말해 주려고도 하지 않았다. 그들은 내 옷 가운데 거의 새것이고 가장 좋은 옷을 골라 갈아입으라고 했고 작은 내복 보따리를 주었지만, 칼 이외에는 어떠한 무기도 허락하지 않았다. 그리고 나를 강제로 긴 보트에 태웠지만 나의 주머니를 함부로 뒤지는 따위의 점잖지 못한 행동은 하지 않았다. 여러 호주머니에는 내가 그때 가지고 있던 돈과 몇 가지 자질구레한 필수품들이 들어 있었다. 그들은 4.8킬로미터 가량 노를 저어간 뒤, 바닷가의 얕은 물에 나를 내려놓았다.

나는 그곳이 어느 나라인지 가르쳐달라고 부탁했다. 그들은 자기들로서도 나와 마찬가지로 거기가 어디인지 모른다고 맹세했고, 다만 (그들이 말하는) 선장은 선적된 화물을 모두 팔아치운 다음 그들이 제일 먼저 발견한 육지에 나를 버리기로 결심했다고 알려주었다. 그리고 밀물에 휩쓸려 떠내려갈 우려가 있으니 서둘러서 해안을 향해 전진하라고 충고한 다음, 즉시 배를 돌려 떠나가고 말았다.

지성을 가진 말들의 나라

난처한 입장에 빠져서 나는 앞으로 걸어가다가 곧 단단한 땅에 이르렀고, 낮은 둔덕에 앉아 쉬면서 최선의 방책이 무엇인지 궁리했다. 조금 원기를 회복하고 나자, 비탈을 걸어올라가서 내륙으로 전진했다. 제일 먼저 야만인들에게 내가 스스로 다가가서 그들에게 팔찌, 유리반지, 기타 장난감들을 약간 주어서 내 목숨을 구하기로 결심했다. 항해에 나서는 선원들은 대개 그런 물건들을 마련해두는 법이고, 나도 어느 정도는 몸에 지니고 있었던 것이다.

그 지역의 토지는 일정한 간격으로 심은 것이 아니라 자연적으로 자란 나무들이 이루는 긴 행렬들로 구역들이 나뉘었고, 가는 데마다 풀이 풍부했으며, 귀리밭도 여러 개가 보였다. 나는 기습을 당하거나 뒤에서 또는 양쪽 옆에서 갑자기 날아오는 화살에 맞을까 두려워 사방을 두리번거리면서 조심조심 걸어갔다. 왕래가 많은 길에 들어서자, 많은 사람들의 발자국과 암소들의 발자국도 여러 개 보였지만, 대부분은 말의 발자국이었다.

드디어 나는 들판에서 몇 마리의 짐승들을 보게 되었는데, 같은 종류 한두 마리가 각각 나뭇가지에 앉아 있었다. 그들의 모습은 약간 불쾌감을 느낄 정도로 대단히 괴상하고 기형적인 것이어서, 나는 좀더 자세히 관찰하려고 덤불 뒤에 엎드렸다. 그들 가운데 일부는 내가 엎드려 있는 곳으로 가까이 다가왔기 때문에 내가 그들의 모습을 분명하게 관찰할 기회를 주었다. 그들의 머리와 가슴은 촘촘하게 털로 뒤덮였는데, 털은 곱슬곱슬한 것도 있고 긴 것도 있었다. 그들은 염소처럼 턱수염이 났고, 등과 다리들의 앞쪽에 긴 털이 수직으로 나 있었다.

그러나 몸의 나머지 부분에는 털이 나지 않아서 나는 그들의 황갈색피부를 볼 수 있었다. 그들은 꼬리가 없었고, 항문

근처를 제외한 엉덩이 부분에도 털이 없었다. 그들은 주로 앉아 있었고, 때로는 눕기도 했으며, 뒷다리 둘로 자주 서 있기도 했는데, 이러한 자세를 취할 때 항문을 보호하기 위해 대자연이 그 근처에 털을 심어준 것이라고 추측했다.

그들은 앞발과 뒷발에 끝이 날카롭고 휘어진 튼튼한 긴 발톱을 가지고 있어서, 다람쥐처럼 재빨리 높은 나무를 기어올라갔다. 그들은 엄청나게 빠른 동작으로 자주 뛰어오르고 달리고 펄쩍 뛰어올랐다. 암컷들은 수컷들만큼 그렇게 덩치가 크지는 않았고, 얼굴에 길고 곧은 털이 났으며, 항문과 외음부 근처도 마찬가지였지만, 신체의 나머지 부분은 일종의 솜털로 덮여 있었다.

그들의 젖통들은 앞다리 사이에 늘어져서, 걸어갈 때 거의 땅에 닿는 경우가 자주 있었다. 암수를 구별할 것 없이 그들의 머리카락은 갈색, 붉은색, 검은색, 황색 등 여러 가지였다. 전체적으로 볼 때, 지금껏 내가 했던 여행에서 그토록 불쾌한 짐승들을 본 적이 없고, 또한 그때처럼 자연스럽게 심한 반감을 품어본 적도 없었다. 충분히 관찰했다고 생각한 나는 그들에 대한 경멸과 혐오감에 가득 찬 채 몸을 일으켰고, 길을 따라 걸어가면서 그 길이 인디언의 오두막집에 이르기를 기대했다. 얼마 걸어가지 못했을 때, 길 한가운데 있는 저 짐승들 가운데 한 마리를 만났는데, 그것은 나를 향해 곧장 다가왔다.

그 추한 괴물은 나를 보자마자 오만상을 다 찌푸리더니, 한 번도 본 적이 없는 물건이라도 본 듯이 깜짝 놀랐다. 이윽고 좀더 가까이 다가와서는 앞발들을 쳐들었는데, 그것이 호기심에서 나온 동작인지, 또는 장난질을 할 의도에서 나온 것인지를 나로서는 알 수 없었다. 그러나 나는 칼을 뽑아서 그 동물을 칼등으로 세차게 후려쳤다.

왜냐하면 내가 그곳 주민들의 가축을 칼로 죽이거나 부상을 입혔다는 것이 알려지면, 주민들이 나를 해칠지도 모

른다는 두려움에서 감히 칼날을 사용할 수가 없었기 때문이다. 고통을 느낀 그 짐승이 뒤로 물러서더니 엄청나게 큰 소리로 울부짖었다. 그 바람에 근처 들판에서 적어도 40마리는 되는 무리가 내 주위로 몰려들고는 험악한 표정을 지으면서 으르렁거렸다. 그러나 나는 나무기둥을 향해 달려간 뒤, 그 나무에 등을 기댄 채, 칼을 휘두르면서 그 짐승들의 접근을 막았다.

이 저주받은 족속들 가운데 몇 놈이 나뭇가지 끝을 휘어잡고 나무에 뛰어오른 다음, 내 머리 위에 똥을 갈기기 시작했다. 나는 나무줄기에 바싹 붙어서 오물을 잘 피했지만, 사방에서 쏟아지는 배설물의 악취 때문에 숨이 막힐 뻔했다.

후이님들을 만나다

낭패를 당하고 있던 나는 그 짐승들이 모두 걸음아 나 살려라 하는 식으로 갑자기 흩어져 달아나는 것을 보았다. 그래서 나는 다시 길을 걸어가면서 짐승들이 왜 그렇게 혼비백산하여 달아났는지 궁금하게 여겼다. 그러나 시선을 왼쪽으로 돌리는 순간, 들판을 유유히 걸어가는 말을 한 마리 보았다. 조금 전에 나를 공격하던 그 짐승들이 바로 그 말을 발견하고는 소스라치게 놀라서 도망친 것이었다.

그 말은 좀더 가까이 다가와, 약간 놀랐지만 곧 자신을 진정시키고는, 이상하다는 표정을 노골적으로 드러내면서 내 얼굴

을 빤히 쳐다보았다. 그는 내 주위를 여러 바퀴 돌면서 내 손과 발을 관찰했다. 나는 가던 길을 계속해서 가고 싶었지만, 그 말이 길을 가로막고 서 있었고, 매우 온순한 표정으로 나를 응시했으며, 폭력을 휘두를 기색은 전혀 없었다.

우리는 한참 동안 서로 응시하고 있었는데, 드디어 내가 용기를 가다듬어 기수들이 처음 만난 말들을 다루려고 할 때와 마찬가지의 일반적인 몸짓을 하고 휘파람을 불면서, 그 말의 목을 쓰다듬어주려고 손을 뻗쳤다. 그러나 이 짐승은 나의 예의바른 동작을 경멸하는 것처럼 보였고, 머리를 가로 젓고 이맛살을 찌푸리고는, 내 손을 치우게 하기 위해 자기 앞다리를 살며시 위로 들어올렸다.

그러고 나서 서너 번 히힝 히힝 하고 말 울음소리를 냈지만, 그 리듬이 너무나 서로 달라서 나는 그가 어떤 이상한 언어로 혼잣말을 한다는 생각이 들 지경이었다.

그 말과 내가 이렇게 대치하고 있을 때, 다른 말이 다가와서는 첫번 째 말에게 대단히 정중한 자세를 취했다. 그들은 먼저 오른쪽 말굽을 서로 가볍게 토닥거린 다음 번갈아 여러 번 말 울음소리를 냈는데, 그 소리는 일정하지 않고 서로 다른 것으로서 뚜렷한 음절을 가지고 있는 것처럼 들렸다. 그들은 자기들끼리 의논이라도 하는 듯이 몇 걸음 멀어지더니, 중요한 안건에 관해서 대책을 세우는 사람들처럼 어깨를 나란히 하여 이리저리 거닐고 있었다. 그러나 그들은 내가 달아나지 못하도록 감시라도 하는 듯 자주 시선을 내게 돌렸다.

나는 야생마들의 이러한 동작과 태도를 보고 크게 놀랐고, 만일 영국인들이 영국의 말들보다 지능이 뛰어난 것처럼, 그와 같은 비율로 이 나라 주민들의 지능이 뛰어나다면, 그들은 틀림없이 지구상에서 가장 지혜로운 사람들일 것이라고 스스로 결론을 내렸다. 그렇게 생각하자 너무나 마음이 푸근해져서, 나는 말 두 마리가 마음껏 대화하도록 내버려둔 채, 원주민들의 집이나 마을 또는 그들 자신을 발견할 때까지 앞으로 나아가겠다고 결심했다. 그러나 회색 반점이 있는 첫번째 말은 내가 살금살금 달아나는 것을 보고는 내 등뒤에서 너무나 인상 깊은 어조로 말 울음소리를 냈기 때문에, 나는 그가 하려는 말을 알아들었다고 착각할 정도였다. 그래서 나는 발걸음을 돌려 그에게 다가간 뒤 다음 명령을 기다렸다.

그러나 내가 당시에 처한 상황을 별로 달갑게 여기지 않았다는 것을 독자들이 쉽게 이해할 테지만, 나는 이 모험이 어떤 식으로 결말이 날지 상당히 염려하기 시작했기 때문에, 공포심을 최대한으로 내색하지 않으려고 애썼다.

두 마리의 말들은 내게 바짝 다가서더니 내 얼굴과 손을 뚫어지게 쳐다보았다. 회색 말은 오른쪽 말굽으로 내 모자를 한 바퀴 돌아가면서 비벼댔고, 나는 형편없이 쭈그러진 모자를 벗어서 원래의 형태로 고친 다음 머리에 다시 쓰지 않을 수가 없었다. 그러자 회색 말과 (적갈색의) 그의 동료 말이 깜짝 놀라는 것 같았다.

적갈색 말이 내 코트의 깃을 건드려보았고, 그것이 내 주위에 느슨하게 매달려 있다고 깨닫고는 그들이 다시금 놀랐다. 적갈색 말은 내 오른손을 토닥거렸는데, 손의 부드러움과 색깔을 부러워하는 것처럼 보였다. 그러나 그가 내 손을 발굽과 발목 사이에 끼어 하도 세게 짓눌렀기 때문에 나는 비명을 지르지 않을 수 없었다. 그런 뒤에는 그들이 최대한으로 힘을 빼고 나를 만졌다. 그들은 내 구두와 양말에 대해서 대단히 어리둥절한 표정을 지었고, 그것들을 자주 만져보고는, 서로 말 울음소리를 내면서 여러 가지 몸짓을 교환했는데, 그것은 철학자가 새롭고 까다로운 현상들을 해결하려고 할 때의 몸짓과 비슷했다.

이 짐승들의 모든 행동과 태도는 대단히 예의바르고, 이성적이며, 또한 대단히 정확하고 지혜로웠기 때문에, 드디어 나는 그들이 숨은 의도에 따라 말의 모습으로 변신한 마술사들이 틀림없을 것이라고 결론을 지었다. 그들은 길에서 낯선 사람을 보자 그를 희롱해보겠다고 결심했거나, 대단히 먼 나라에서 살기 때문에 복장과 체격과 얼굴이 너무나도 다른 외국인을 보고 어쩌면 정말 놀랐는지도 몰랐다. 그러한 추론을 바탕으로 해서 나는 감히 아래와 같이 그들에게 말했다.

"신사 여러분, 나는 당신들이 마술사라고 믿어도 좋을 근거가 충분히 있지만, 당신들이 정말 마술사라면 어떠한 외국어도 모두 알아들을 수 있을 것입니다. 그래서 감히 마술사 어른들에게 한마디 드리려고 하는데, 나는 불운을 만나 당신들의 해안에 내몰리고 궁지에 빠진 가난한 영국인입니다. 여러분 가운데 한 분이 마치 진짜 말처럼 나를 등에 태워 나를 구조해줄 수 있는 집이나 마을까지 데려다주기 바랍니다. 그 은혜에 대한 보답으로 나는 (주머니에서 칼과 팔찌를 꺼내며) 이것들을 드리겠습니다."

내가 말하는 동안 두 짐승은 침묵을 지켰고, 매우 열심히 귀를 기울이는 것 같았으며, 내 말이 끝나자, 진지한 논의를 하는 듯이 자주 마주보면서 말 울음소리를 냈다. 나는 그들의 언어가 감정을 대단히 잘 표현하는 것이고, 그들의 낱말들은 중국어의 경우보다 더 쉽게 아무 어려움도 없이 알파벳으로 표기할 수 있다는 사실을 즉시 알게 되었다.

나는 그들 각자가 여러 번 반복하던 '야후'라는 단어를 자주 식별할 수 있었지만 그 뜻은 추측조차도 할 수 없었다. 그러나 두 마리의 말이 자기들끼리 열심히 대화하는 동안, 나는 이 단어를 스스로 혀에 익히는 연습을 했고, 그들이 입을 다

물었을 때, 나는 과감하게 이 단어를 큰 소리로 발음하면서 동시에 내 능력을 최대한으로 발휘하여 말의 울음소리를 흉내냈다. 그러자 내가 보기에도 그들은 분명히 크게 놀랐고, 회색 말은 정확한 억양을 가르쳐주려는 듯이 그 단어를 두 번 반복했다.

나는 최대한의 열성으로 회색 말의 억양을 따라서 발음했고, 그들과 똑같이 발음하기에는 아직 멀었지만, 그래도 반복할 때마다 조금씩 발음이 개선된다고 느꼈다. 이어서 회색 말은 발음이 훨씬 어려운 두 번째의 낱말을 가르쳤다. 그것을 영어 철자로 표기하면 'Houyhnhnm' 즉 '후이님'이었다. 나는 야후를 발음할 때만큼 이 단어의 발음을 잘 할 수는 없었다. 그러나 두세 번 더 연습하고 나자 훨씬 나아졌고, 그들은 내 능력에 놀라는 눈치였다.

이 두 친구는, 내가 추측하기로는 나와 관련된 대화를 좀더 계속한 뒤, 오른쪽 발굽을 서로 살짝 두드리는 식의 인사를 하고 헤어졌다. 회색 말은 나더러 앞장서서 걸어가라는 신호를 보냈고, 나는 그보다 더 적합한 안내인을 만날 때까지 회색 말에게 순종하는 것이 현명하다고 생각했다. 좀 천천히 걸어가자고 내가 제의를 하자, 그는 "후운, 후운" 하는 말 울음소리를 냈는데, 나는 그 뜻을 짐작하고는, 너무 지쳐서 내가 더 빨리 걸을 수는 없다는 점을 알아듣게 하려고 무진 애를 썼다.

그러자 그는 내게 휴식을 주기 위해 한동안 제자리에 머물러 있었다.

제 2 장

후이님의 집에서 생활하게 되다

4.8킬로미터 가량 걸어간 뒤 우리는 기다란 목조건물에 도착했는데, 그 건물은 기둥들을 땅바닥에 박고 나뭇가지들을 가로로 걸쳐서 엮어 벽들을 만들었으며, 낮은 지붕은 밀짚으로 덮여 있었다.

이제 한결 안심이 된 나는 여행가들이 흔히 미국대륙과 기타 지역의 야만적인 인디언들에게 줄 선물로 가지고 다니던 그런 장난감을 여러 개 꺼냈는데, 그것은 그 집에 사는 사람들이 선물을 받고 마음이 누그러져서 나를 더욱 친절하게 영접해주기를 바랐기 때문이다.

회색 말이 나더러 먼저 들어가라고 신호를 보냈다. 안으로 들어서자 넓은 방이 나타났는데, 진흙을 평평하게 바른 바닥이 보이는가 하면, 시렁과 여물통이 한쪽 벽을 가로로 꽉 채우도록 각각 뻗어 있었다. 거기에는 늙은 말 3마리와 암말 2마리가 있었는데, 그들은 여물을 먹고 있지 않았다. 그러나 그들의 일부가 엉덩이를 바닥에 대고 앉아 있었기 때문에 나는 놀랐고, 그보다 더 놀라운 것은 나머지 말들이 집안 일을 처리하는 광경이었다.

그들은 평범한 가축에 불과한 듯 보였다. 그들의 모습은 야수와 같은 이 짐승들을 이토록 잘 길들이고 가르친 민족이 세계의 모든 민족들 가운데서 틀림없이 지혜가 가장 뛰어날 것이라는 나의 최초의 생각을 확인해주었다. 회색 말이 곧 내 뒤를 따라 들어왔고, 그래서 다른 말들이 나에게 취할지도 모르는 무례한 대우를 예방했다. 그가 위엄이 서린 어조로 여러 차례 말 울음소리를 냈고, 그들이 응답했다.

기다란 그 집에는 방이 3개 더 나란히 연결되어 있는데, 건물의 끝에 가려면 서로 마주 보는 문을 3개 지나가야만 했다. 우리는 두번째 방을 지나 세번째 방으로 갔다. 여기서 회색 말은 나에게 잠시 기다리라는 신호를 한 뒤 자기가 먼저 들어갔다. 두번째 방에서 기다리면서 나는 바깥주인과 안주인을 위한 선물을 결정했는데, 그것은 칼 2개, 모조진주로 만든 팔지 3개, 그리고 작은 거울과 구슬 목걸이였다.

회색 말이 서너 번 울음소리를 냈고, 나는 거기 응답하는 사람의 목소리가 들려오기를 기다렸지만, 말 울음소리로 이루어진 응답이 한두 번 들려올 따름이었다. 응답하는 쪽은 회색 말보다 약간 더 날카롭게 울음소리를 냈다.

나에게 접견이 허락될 때까지 사전에 복잡한 의전절차를 거쳐야 하는 것처럼 보였기 때문에, 나는 이 집의 주인은 틀림없이 대단히 높은 지위와 권위를 가진 인물일 것이라는 생각이 들기 시작했다.

그러나 고귀한 신분의 사람이 오로지 말들의 시중만 받아야 한다는 것은 내가 도저히 이해할 수 없는 것이었다. 나는 수많은 고생과 불운 때문에 내 머리가 이상하게 되지나 않았는지 염려했다. 그래서 스스로 분발하여, 나 이외에는 아무도 없는 그 방을 이리저리 마음대로 둘러보았다.

그 방은 첫번째 방과 똑같은 시설이 갖추어져 있었지만, 한결 우아하게 보였다.

나는 자주 눈을 비볐지만, 실내의 광경은 여전히 똑같았다. 꿈에서 깨어나기를 바라는 마음에서 나는 팔과 양쪽 옆구리를 꼬집었다. 결국 나는 눈에 보이는 이 모든 것이 틀림없이 강신술과 마술의 장난에 불과하다는 결론을 내렸다. 그러나 이러한 생각을 계속해서 전개할 시간이 없었다. 회색 말이 문 밖으로 나오더니 자기를 따라 세번째 방으로 들어가자는 신호를 보냈기 때문이었다.

그 방에서는 대단히 잘생긴 암말이 망아지와 함께 짚방석 위에 엉덩이를 대고 앉아 있었는데, 그 짚방석은 아무렇게나 만든 것이 아니라, 대단히 섬세하고 깔끔하게 만든 것이었다.

내가 안으로 들어서자 암말이 자리에서 일어나 가까이 다 가왔고, 내 손과 얼굴을 자세히 살펴본 다음, 더없이 경멸에 찬 시선을 내게 던지더니 이어서 회색 말을 향해 몸을 돌렸 다. 그들은 대화 중에 야후라는 단어를 자주 반복했다. 제일 먼저 그 말의 발음을 배웠음에도 불구하고 나는 그 의미를 알 수가 없었지만, 머지않아 그 의미를 배웠을 때는 영원한 치욕 을 느꼈다.

회색 말이 머리로 신호를 보내면서 길에서 하던 것처럼 "후 운, 후운"이라는 소리를 반복했기 때문에, 나는 자기를 따라 오라는 뜻으로 알아들었다. 그는 나를 일종의 안뜰로 인도했 는데, 그 집에서 약간 떨어진 곳에 다른 건물이 있었다. 우리 는 그 건물로 들어갔는데, 나는 이 나라에 상륙한 뒤 제일 먼 저 만났던 저 지겨운 짐승 3마리가 나무뿌리와 짐승들의 고 기를 먹고 있는 것을 보았다.

나중에 알게 되었지만, 그들은 주로 당나귀와 개의 고기를 먹고, 사고나 질병으로 죽은 소의 고기도 가끔 먹었다. 그들 은 모두 굵은 기둥에 고정된 질긴 칡덩굴로 목이 묶여 있었 고, 두 앞발의 발가락 끝으로 먹이를 움켜쥔 채 이빨로 뜯어

먹었다.

주인인 그 회색 말은 자기 하인인 밤색 말에게 가장 큰 짐승을 한 마리 줄을 풀어주고 안뜰로 끌고 나오라고 명령했다. 그 짐승과 내가 바싹 붙어 세워졌고, 주인 말과 하인 말이 우리 얼굴을 열심히 비교하고 나서는 야후라는 말을 여러 번 반복했다.

이 지겨운 짐승이 사람과 똑같은 모습을 지녔다는 사실을 알게 된 내가 느꼈던 공포의 전율과 엄청난 놀라움은 여기서 묘사하지 않겠다.

사실 그 짐승의 얼굴은 평평하고 넓었으며, 코는 납작하고, 입술은 크고, 입은 넓었다. 그러나 얼굴의 이러한 차이란 야만적인 모든 미개민족에게 공통된 것이다. 즉 야만족의 원주민들은 아기들이 땅바닥에 기어다니도록 바닥에 누이거나, 등에 업고 다녀서 아기들이 얼굴을 어머니의 어깨에 비비도록 하여 그들의 얼굴 모습을 일그러뜨리는 것이다.

야후의 앞발들은 내 손과 똑같았는데, 차이가 있다면 그들의 손톱이 길고, 손바닥이 거칠고 갈색이며, 손등에 털이 났다는 것이다. 발도 이처럼 같은 점도 있고 다른 점도 있었는데, 이 사실을 나는 잘 알았지만, 말들은 내가 구두와 양말을 신고 있어서 눈치채지 못했다. 신체의 다른 부분들도 앞에서 내가 언급한 털과 색깔 이외에는 모두 같았다.

두 마리의 말들은 손 이외의 내 몸의 다른 부분들이 야후와 전혀 다른 것을 보고 도무지 판단이 서지 않는 것처럼 보였다. 그것은 내가 옷을 입고 있었기 때문인데, 말들은 옷이 무엇인지 몰랐던 것이다. 밤색 말이 (나중에 적절한 곳에서 설명하겠지만, 자기들 식으로) 발굽과 발목 사이에 나무뿌리를 끼고는 내게 내밀었고, 나는 그것을 두 손으로 받아 냄새를 맡아본 다음, 최대한으로 점잖게 되돌려주었다.

그는 야후의 소굴에서 당나귀 고기를 한 조각 가져왔는데, 그 냄새가 너무나 고약해서 나는 고개를 돌려버렸다. 그가 고기를 야후에게 던져 주니, 야후가 게걸스럽게 먹어치웠다. 그다음에는 건초와 귀리를 약간 내게 내밀었지만, 나는 고개를 가로 저어서 그것이 내 음식이 아니라는 신호를 보냈다.

어렵게 식사를 해결하다

그때서야 나는 사람들을 만나지 못한다면 반드시 굶어죽고 말 것이라는 사실을 비로소 깨달았다.

왜냐하면 그 당시 나보다 인류를 더 사랑하는 사람은 거의 없었는데도 불구하고, 저 더러운 야후들처럼 그렇게 지긋지긋한 짐승은 지금껏 본 적이 없고, 그 나라에 머물러 있는 동안, 그들에게 가까이 다가가면 갈수록 증오의 감정이 더욱 늘어만 갔다고 이제야 고백한다.

주인 말이 내 태도를 관찰한 다음 몸집이 가장 큰 그 야후를 다시 소굴로 돌려보냈다. 그리고 그는 자기 앞발을 입에 갖다대었는데, 그의 동작이 용이하고 또 완전히 자연스러운 것인데도 불구하고, 나는 그것을 보고 크게 놀랐다. 그는 또한 내가 무엇을 먹는지 알아보려고 다른 신호들도 보냈다. 그러나 나는 그가 이해할 수 있는 그런 대답을 할 수가 없었고, 설령 그가 알아들었다 해도 내 음식을 구해줄 방법을 그가 고안해내기란 불가능하다고 보았다.

우리가 그렇게 마주 보고 있을 때, 나는 암소 한 마리가 지나가는 것을 보고는 암소를 손가락으로 가리키면서 내가 암소에게 가서 우유를 짜고 싶다는 뜻의 몸짓을 했다.

그 신호가 효과를 발휘했다. 왜냐하면 그는 나를 다시 집으로 데려간 다음, 하녀인 암말에게 어떤 방의 문을 열라고 지시했기 때문이다. 그 방에는 우유를 저장한 토기와 목기들이 상당히 많았고, 그 통들은 매우 질서 있게 그리고 깨끗이 정돈되어 있었다. 암말은 커다란 그릇에 우유를 가득 채워 내게 주었고, 나는 마음껏 마신 다음 원기를 완전히 회복했다.

정오에 나는 썰매를 끌듯이 네 마리의 야후들이 끄는 일종의 마차가 그 집을 향해 다가오는 것을 보았다. 거기에는 신분이 높은 늙은 말이 타고 있었는데, 그 말은 사고로 왼쪽 앞발을 다쳐서 뒷발들을 먼저 앞으로 내밀면서 마차에서 내렸다. 식사를 같이 하려고 찾아온 그 늙은 말을 우리 집의 주인 말이 대단히 정중하게 영접했다.

그들은 그 집에서 제일 좋은 방에서 식사했고, 우유에 넣고 끓인 귀리를 두번째 코스로 먹었는데, 늙은 말은 뜨거운 상태로, 나머지는 차가운 상태로 먹었다. 여물통들이 방 가운데에

둥그렇게 놓이고, 각각 여러 칸으로 나뉘어져 있었으며, 그들은 짚더미에 엉덩이를 대고 여물통들 주위에 둥그렇게 모여 앉았다.

그리고 한가운데에는 각 여물통의 칸막이들에 대응하는 커다란 선반이 있어서, 암말과 수말들이 각각 자기 건초, 그리고 귀리와 우유로 만든 죽을 대단히 예의바르게 규칙적으로 먹었다.

손님을 대하는 태도가 어린 말은 매우 겸손하고, 주인 부부는 더없이 쾌활하고 만족하는 것으로 보였다. 회색 말은 나더러 자기 옆에 서 있으라고 명령했다. 그와 그의 친구 사이에는 나에 관한 이야기가 많이 오갔는데, 그들은 자주 나를 쳐다보면서 야후라는 말을 반복했다.

그때 나는 우연히 장갑을 끼고 있었는데, 주인인 회색 말은 내가 내 앞발들에게 기적을 일으켰다고 보고는 어쩔 줄을 모르는 눈치였다. 그는 내 손을 먼저 형태로 돌려놓으라는 듯이 자기 발굽을 서너 번 내 장갑에 갖다대었고, 나는 장갑을 벗어서 주머니 속에다 넣어 그의 말에 따랐다. 그들은 장갑 때문에 한참 더 대화를 나누었고, 나는 그들이 내 태도에 크게 만족했다는 것을 알았다.

그리고 그것이 곧 좋은 결과를 초래했음을 깨달았다. 회색 말은 내가 아는 단어를 몇 마디 발음해보라고 지시했고, 식사를 하는 동안에 그는 귀리, 우유, 불, 물, 기타 여러 물건들의 명칭을 가르쳐주었는데, 나는 젊었을 때부터 외국어를 배우는 소질이 뛰어났기 때문에 그를 따라 즉시 발음할 수 있었다.

식사가 끝나자 주인 말이 한쪽으로 나를 데리고 간 뒤, 내가 먹을 음식이 전혀 없어서 걱정이라는 뜻을 몸짓과 자기들의 언어로 표현했다. 그들은 귀리를 "흘룬흐"라고 불렀다. 나는 "흘룬흐"라고 두세 번 발음했다.

왜냐하면 처음에는 귀리를 거절했지만, 다시 생각해보니 귀리로 빵을 만드는 방법을 고안해낼 수 있고, 다른 나라로 그리고 나와 같은 종류의 사람들에게 탈출할 때까지 귀리 빵과 우유가 목숨을 유지하기에 충분할 것이라고 생각했기 때문이다. 그는 하녀인 흰색의 암말에게 일종의 나무쟁반에 귀리를 듬뿍 담아 내게 주라고 즉시 명령했다.

나는 최대의 정성을 들여 그 귀리를 불에 그슬린 다음, 비벼서 껍질을 벗기고는 키질을 하여 알맹이만 남게 했다. 나는 두 개의 돌 사이에 귀리를 쑤셔 넣어 갈았고, 그 다음에는 물을 쳐서 반죽을 만들어 불에 구워서 따끈따끈할 때 우유와 함께 먹었다. 유럽의 많은 나라에서는 그런 빵을 흔히 먹고 있는데도 불구하고 나에게는 그 빵이 처음에는 대단히 역겨웠지만, 시간이 흐르는 데 따라 차츰 먹을 만하다는 생각이 들었다. 그리고 나는 일생 동안 역경을 하도 자주 당했기 때문에, 대자연의 섭리에 순응한 것이 그때가 처음은 아니었다.

나는 이 섬에서 머무르는 동안 단 한 시간도 병에 걸리지 않았다는 점을 지적하지 않을 수 없다. 야후의 털로 만든 덫을 가지고 가끔 토끼나 새를 잡은 것은 사실이다. 그리고 건강에 유익한 풀들을 자주 따 모아 삶아서, 또는 날것으로 샐러드를 만들어 빵과 함께 먹기도 했고, 이따금 별식으로 버터를 만들고, 치즈를 걸러낸 우유즙을 마시기도 했다.

처음에는 소금이 없어서 대단히 난처했지만, 소금기 없는 음식에 습관이 들게 되자 곧 견딜 만해졌다. 그리고 나는 오랜 항해를 할 때나 규모가 큰 시장에서 아주 멀리 떨어진 곳에서 육류를 오래 보존하는 데 필요한 경우를 제외한다면, 우리가 소금을 자주 사용하는 것은 사치의 결과이고, 오로지 술을 마시기 위한 촉진제로 사용할 목적으로만 소금이 최초로 도입되었다고 확신한다.

왜냐하면 사람을 제외하고는 소금을 좋아하는 동물이 없다는 것을 알기 때문이다. 이 나라를 떠나고 난 다음에 나로서는 어떠한 음식이든 그 짠맛을 참고 견딜 수 있게 되기까지는 상당히 오랜 시간이 걸렸다.

다른 여행가들은 여행 도중에 자기들이 음식을 제대로 먹었는지 또는 음식 때문에 호되게 고생했는지에 관해서 마치 독자들이 개인적으로 관심을 가지고 있기라도 하듯이, 먹고 마시는 이야기로 책들을 가득 채우지만, 내 경우에 관해서는 이 정도 이야기로 충분하다. 그러나 이러한 나라에서, 그리고 이러한 주민들 가운데서 내가 3년 동안 적절한 음식을 찾아낼 수 없었을 것이라고 세상사람들이 생각하지 않도록 하기 위해서는 위와 같은 내용을 언급할 필요가 있었다.

밤이 가까워질 무렵 주인 말이 내가 잠잘 수 있는 곳을 지정해주었는데, 그곳은 그 집에서 불과 5.4미터 거리이고, 야후들의 소굴과 격리된 장소였다. 밀짚이 깔린 그곳에서 나는 내 옷을 벗어서 덮은 채 깊은 잠이 들었다. 그리 머지않아서 나는 좀더 좋은 시설을 제공받았는데, 앞으로 내 생활양식에 관해 좀더 자세히 설명할 때 독자들은 이 시설에 관해서 알게 될 것이다.

제 3 장

그들의 언어에 익숙해지다

나는 우선적으로 그 나라의 언어를 배우는 데 모든 노력을 기울였다. 나의 주인(이제부터 회색 말을 나의 주인이라고 부르겠다)과 그의 가족들과 모든 하인들이 나에게 말을 가르쳐주고 싶어했다.

왜냐하면 나와 같은 야만적 짐승이 이성적 존재의 특징을 이해한다는 것을 기적이라고 보았기 때문이다. 나는 모든 사물들을 가리키면서 그 명칭을 물어보고 혼자 있을 때 그 명칭들을 내 여행일지에 일일이 적어두는 한편, 집안사람들에게 자주 발음을 부탁하여 내 서툰 발음을 수정했다. 하급 하인인 밤색 말이 이 발음 교정을 적극적으로 도와주었다.

그들은 주로 코와 목구멍으로 발음했고, 그 언어는 내가 아는 유럽의 언어들 가운데 고지대 네덜란드어 또는 고지대 독일어와 가장 가까운 것이었지만, 한층 더 세련되고 의미가 풍부했다. 찰스 5세 황제가 만일 자기 말과 대화를 하게 된다

면, 고지대 네덜란드어로 말을 하겠
다고 했을 때, 이와 거의 같은 맥락
에서 말한 것이다.

나의 주인은 호기심이 너무나
많고 또 성미가 아주 급해서 내게
언어를 가르치는 데 여가 시간을
많이 소비했다.

(나중에 그에게서 들은 이야기지만) 그
는 내가 틀림없이 야후일 것이라고 확신했지만, 내가 야후들
의 특질과 전혀 반대되는 특질, 즉 가르쳐주는 대로 배울 수
있는 능력, 올바른 예의, 그리고 청결함을 유지하는 습성 등
을 보고 크게 놀랐다.

그가 가장 이해하지 못한 것은 내 옷인데, 그래서 그는 내
옷이 내 몸의 일부분이 아닐까 하는 생각을 가끔 했다.

왜냐하면 가족들이 모두 잠들기 전에는 내가 옷을 벗은 적
이 없고, 그들이 아침에 잠을 깨기 전에 옷을 다시 입었기 때
문이다. 나의 주인은 내가 어디에서 왔는지, 내 모든 행동에
서 나타나는 이성적 요소로 보이는 것을 어떻게 몸에 익혔는
지, 그리고 나의 항해 이야기들을 내 입으로 직접 듣고 싶어
했다.

그들의 단어들과 문장들을 배우는 나의 탁월한 숙련도를
보고 그는 내가 곧 그들의 말로 의사표현을 할 수 있을 것이
라고 기대했던 것이다.

기억력의 보조수단으로서 나는 내가 배운 모든 것을 영어
의 알파벳으로 기록했고, 모든 단어의 뜻을 번역해두었으며,

얼마 후에는 주인이 보는 앞에서 그 번역 작업을 했다. 나는 기록하는 일 자체를 그에게 설명하는 데 적지 않은 애로를 겪었는데, 이곳의 주민들은 책과 문헌에 관해서 전혀 몰랐기 때문이다.

10주간이 채 지나지 않았을 때, 나는 주인의 질문들을 대부분 이해할 수 있었고, 3개월 이내에 웬만한 대답을 해줄 수 있었다.

그는 (내 신체에서 눈에 드러난 부분들인 머리, 손, 얼굴이 야후와 똑같다고 보았고) 야후들이란 교활한데다가 나쁜 짓을 일삼는 성향이 강하기는 하지만, 아무리 가르쳐도 배울 능력이 전혀 없는 야수들이라고 보았기 때문에, 내가 어느 나라에서 왔으며, 어떻게 이성적 동물을 흉내내는 법을 배웠는지 알아내고 싶어서 안달했다.

나는 나와 같은 족속이 수없이 많은 저 멀고 먼 나라로부터 나무줄기들로 만든 거대하고 속이 빈 그릇을 타고 바다를 건너왔고, 선원들이 강제로 나를 이 나라의 해안에 내려놓고는 죽든지 말든지 혼자 알아서 하라고 내버려두었다고 대답했다. 그가 내 말을 이해하도록 만들기는 대단히 어려웠고, 각종 몸짓을 동원하지 않을 수 없었다.

그들의 언어에는 거짓말이나 허위를 표현하는 단어가 없었기 때문에, 그는 내가 착각을 하거나 세상에 존재하지도 않는 것에 대해서 말하는 것이라고 대꾸했다.

그가 알기로는, 바다의 건너 저쪽에 어떤 나라가 존재하는 것도, 야만적 짐승들의 무리가 나무로 만든 그릇을 타고 바다 위에서 자기들이 가고 싶은 곳으로 이동하는 것도 불가능하다는 것이었다. 그는 살아 있는 '후이님'들 가운데 그 누구도 그러한 그릇을 만들 수 없고, 야후들이 그런 것을 조종한다는 것을 믿지 않을 것이라고 단언했다.

이 나라의 언어로 '후이님'은 (유럽에서 사람들이 타는) 말을 가리키고, 그 어원은 '대자연의 완성'이라는 것이었다. 나는 적절한 표현을 할 수가 없지만, 최대한으로 빨리 그 나라의 언어를 습득하여, 빠른 시일 내에 놀라운 일들에 관해 설명해주도록 노력하겠다고 대답했다.

그는 자기 아내인 암말과 어린 말 그리고 모든 하인 말들에게 기회가 있을 때마다 나를 가르치라고 지시했고, 자기 자신도 매일 두세 시간 동안 나를 가르쳤다.

그리고 놀라운 야후 하나가 후이님처럼 말을 할 줄 알고, 그 말과 행동에 약간의 이성적 요소가 엿보이는 듯하다는 소문이 퍼지자, 이웃의 신분이 높은 여러 말들이 부부동반으로 우리 집을 자주 찾아왔다. 그들은 나와 이야기 나누기를 좋아했고, 질문을 많이 던졌는데, 나는 실력을 총동원하여 거기 대답했다.

이러한 유익한 체험 덕분에 나는 그들의 언어에 관해서 너무나 많은 진척을 이루었기 때문에, 거기 도착한 지 5개월이 채 지나기 전에 그들이 하는 말을 무엇이든지 이해했고, 또 나 자신의 의사표현도 그다지 불편이 없을 정도가 되었다.

야후가 아님을 증명하다

나를 보고 또 대화하기 위해서 나의 주인을 방문한 후이님들은 내가 진짜 야후라고는 도저히 믿을 수가 없었는데, 그것은 내 몸의 껍질이 일반적인 야후들의 것과 달랐기 때문이다.

그들은 내가 머리와 얼굴과 손을 제외한 다른 부분에 일반적인 털이나 피부가 없다는 것을 보고는 깜짝 놀랐다. 그러나 나는 2주일 가량 전에 일어난 사건 때문에 내 피부의 비밀을 주인에게 들키고 말았다.

밤마다 나는 주인의 가족들이 모두 잠들었을 때 내 옷을 벗어서 덮고 자는 것이 습관이었다고 독자들에게 이미 알려주었다. 어느 날 이른 아침에 주인 말이 하인인 밤색 말에게 나를 데려오라고 지시했다.

그가 내 잠자리에 왔을 때, 나는 잠에 곯아떨어져 있었고, 겉옷은 벗어서 한 구석에 놓아둔 상태였으며, 속내의도 허리까지 벗겨져 있었다.

밤색 말이 내는 소음 때문에 나는 잠에서 깨어나, 허둥대면서 주인의 지시를 전달하는 그의 모습을 지켜보았다. 이어서 그는 주인 말에게 돌아가서 엄청나게 놀란 가슴을 여전히 진정시키지 못한 채, 자기가 본 것을 도무지 종잡을 수 없게 설명했다. 나는 그 사실을 즉시 알게 되었다.

그것은 내가 옷을 입자마자 아침인사를 드리려고 주인 말에게 갔을 때, 그는 밤색 말이 보고한 내용이 어떻게 된 것이냐고 물었기 때문이다. 즉 그는 잠잘 때의 내 모습이 평상시

와 같지 않다는 보고를 받았고, 내 몸의 일부는 희고, 일부는 (적어도 아주 하얗지는 않고) 노란색이며, 일부는 갈색이라고 하인이 단언했다는 것이다.

그때까지 나는 저 저주받은 족속인 야후들과 내가 최대한으로 구별이 되도록 하기 위해서 내 옷의 비밀을 숨겨왔지만, 더 이상 버티어봤자 아무 소용이 없다는 것을 깨달았다.

게다가 이미 상당히 낡고 헐어버린 내 옷과 구두가 머지않아 완전히 못쓰게 될 것이고, 야후들이나 다른 짐승들의 가죽으로 그것들을 만드는 고안이 필요했으며, 그렇게 되면 옷의 비밀이 모두 알려질 것이라는 생각이 들었던 것이다.

그래서 나는 주인에게, 내가 떠나온 나라에서는 나와 같은 족속의 사람들이 인공적으로 가공한 동물들의 털로 언제나 몸을 감싸는데, 이것은 뜨거운 공기와 싸늘한 공기의 나쁜 영향을 피할 뿐만 아니라, 예의를 지키기 위해서 그렇게 하는 것이라고 대답했다.

그리고 주인이 지시한다면, 즉시 모든 것을 보여주겠지만, 대자연이 우리에게 감추라고 가르쳐준 부분들을 제외하는 행동을 이해해주기 바란다고 덧붙였다.

그는 내 말이 전부 대단히 이상하고, 특히 대자연이 감추라고 한 그 부분들에 대해서 더욱 이상하다고 말했다. 왜냐하면 그는 대자연이 부여한 것을 대자연이 왜 감추라고 가르쳐야 하는지 이해할 수 없고, 자기나 가족들이나 어떠한 신체부분에 대해서도 부끄럽게 여기지 않기 때문이라는 것이었다.

그러나 그는 내가 원하는 대로 하도록 허락했다. 그래서 나는 우선 단추를 풀어 외투를 벗고 이어서 조끼도 벗었다. 구두와 양말과 바지도 벗었다. 속옷을 허리 밑까지 내리고 아래쪽을 잡아올려서 치부를 가리고 완전 나체를 면하기 위해, 그 속옷을 허리 주위에 띠처럼 둘렀다.

나의 주인은 이 모든 동작을 대단한 호기심으로 주시하고는 몹시 감탄했다. 그는 내 옷들을 하나씩 자기 발목에 걸치고는 자세히 관찰했다.

이어서 내 몸을 매우 부드럽게 토닥거려보고, 주위를 여러 번 빙빙 돌아가며 살펴본 다음, 내가 영락없이 야후가 분명하지만, 피부가 부드럽고 희고 매끈한 점, 몸의 여러 부분에 털이 없는 점, 앞발과 뒷발의 손톱이 형태가 다르고 짧다는 점, 언제나 뒷다리 두 개로 걸어다니려고 하는 습관 등에 있어서

다른 야후들과 크게 다르다고 말했다. 그는 그 이상 살펴보려고 하지 않았고, 내가 추위로 몸을 부들부들 떨고 있었기 때문에, 다시 옷을 입으라고 허락했다.

나는 저 지겨운 짐승 야후를 철저히 증오하고 경멸하기 때문에, 주인이 나를 자주 야후라고 부를 때마다 매우 불안하다고 말했다. 그리고 그가 그 단어를 내게 적용하지 말 것과, 집 안의 모든 가족과 나를 구경하러 오는 그의 모든 친구들에게도 나를 야후라고 부르지 말도록 지시해달라고 간청했다.

또한 나는 적어도 내가 입고 있던 옷이 다 닳아버릴 때까지는 내가 몸을 가짜 덮개로 가리고 있다는 비밀을 주인 혼자서만 간직하고 아무에게도 누설하지 말며, 하인인 밤색 말이 본 것에 대해서는 비밀엄수를 지시해달라고 요청했다.

나의 주인은 이 모든 요청에 대해서 매우 너그럽게 동의했고, 그래서 내 옷이 너덜너덜하게 변할 때까지 그 비밀이 유지되었다. 그 이후 새 옷을 마련하려고 여러 가지 고안을 하지 않을 수가 없었는데, 이에 관해서는 나중에 설명하겠다.

한편 그는 그들의 언어를 배우는 데 모든 노력을 집중하라고 내게 지시했다. 왜냐하면 옷을 입었든 안 입었든 내 몸의 형태에 대해서 놀란 것보다 그는 언어와 논리에 관한 내 능력에 한층 더 놀랐기 때문이라고 말했다. 게다가 그는 내가 설명해주기로 약속한 놀라운 일들에 관해서 하루라도 빨리 듣고 싶어서 못 견디겠다는 것이었다.

그 이후부터 그는 종전보다 두 배의 공을 들여서 나를 가르쳤다. 그는 모든 모임에 나를 데리고 갔고, 거기 참석한 사람들이 점잖게 나를 대하게 했다. 왜냐하면 그가 그들에게 개인적으로 말한 바와 같이, 점잖은 대우를 받으면 내가 기분이 유쾌해져서 그들을 더욱 즐겁게 해줄 수 있기 때문이었다.

내가 매일 그의 곁에서 지내는 동안, 그는 그 나라 언어를 가르칠 뿐만 아니라, 나의 신변사항에 관해서 여러 가지 질문을 던졌고, 나는 최대한의 성의로 대답했다. 이러한 방식으로 그는 나에 관해서 대단히 불완전하기는 하지만 그래도 어느 정도 전체적인 윤곽을 파악하게 되었다.

내가 좀더 수준 높은 회화 실력을 갖추게 된 여러 단계의 설명은 지루할 것이다. 그러나 나 자신에 관해서 순서대로 길게 설명한 첫번째 내용은 다음과 같다.

이미 그에게 설명해주려고 시도했던 바와 같이, 나는 50여

명의 동료들과 함께 대단히 멀리 떨어진 나라에서 왔다. 우리는 나무로 만든 대규모의 속이 빈 배를 타고 바다를 항해했는데, 그 배는 주인의 저택보다 훨씬 더 큰 것이다. 나는 내가 아는 어휘를 총동원하여 선박에 관해 묘사했고, 손수건을 보조수단으로 이용하여, 바람의 힘으로 배가 어떻게 전진하는지 설명했다.

우리들 사이에 분쟁이 발생해서 나는 이 나라의 해안에 버려졌다. 나는 정처없이 걸어가다가 저 지긋지긋한 야후들의 공격을 받았는데, 그때 나를 주인이 구출해주었다.

나의 주인은 누가 그 배를 만들었으며, 내가 살던 나라의 후이님들이 어떻게 해서 그 배의 운영을 야만적인 짐승들에게 맡겨둘 수가 있는지 물었다. 무슨 말을 듣든지 주인이 화를 내지 않겠다고 자기 명예에 걸어 약속해주지 않는다면, 내가 감히 이야기를 계속할 수 없고, 그런 약속을 해준다면, 내가 자주 약속한 대로 놀라운 일들에 관해 설명하겠다고 말했다.

그가 동의했기 때문에, 나는 나와 똑같은 종족이 배를 만들었고, 그들은 내가 살던 영국뿐만 아니라, 내가 여행한 모든 나라를 다스리는 유일한 이성적 동물이며, 주인이 야후라고 부르는 짐승들과 내가 모든 면에서 비슷하지만, 야수로 타락한 그들의 본성을 내가 이해할 수는 없다.

주인이나 그의 친구들이 마음대로 야후라고 부르는 나에게서 이성의 징표들을 발견하고 놀랐던 것처럼, 나도 이곳에 도착한 다음 후이님들이 이성적인 존재로서 행동하는 것을 보고 대단히 놀랐다고 강조했다.

또한 행운을 만나 내가 영국으로 돌아가는 경우, 이 나라를 여행한 체험을 사람들에게 이야기해주기로 결심했지만, 내 이야기를 듣는 사람은 누구나 내가 존재하지 않는 것을 말한 다고, 다시 말하면 공상으로 지어낸 이야기를 한다고 믿을 것 이고, 주인과 그의 가족들과 친구들을 최대한으로 존경하는 한편, 주인이 화를 내지 않겠다고 약속했기 때문에 말하는 것 인데, 우리 영국인들은 후이님이 한 국가를 지배하고 야만적 인 야후가 지배를 받는 족속인 그런 상황은 있을 수 없는 일 이라고 생각할 것이라고 덧붙였다.

제4장

영국의 말[馬]에 대해 이야기하다

　나의 주인은 대단히 난처하다는 표정으로 귀를 기울였는
데, 그것은 남을 의심하거나 믿지 않는 일이 이 나라에서는
너무나도 희귀하여, 그럴 경우에 그들은 어떻게 처신해야 좋
을지 알 수가 없기 때문이다. 나는 그 나라 이외의 다른 나라
에서 사는 사람들의 본성에 관하여 주인과 자주 대화를 나누
었다. 거짓말과 허위 진술이 화제가 되었을 때, 그는 다른 문
제들에 대해서는 대단히 예리한 판단을 내릴 수 있었지만, 내
가 하는 말의 의미를 알아듣기가 매우 어려웠다. 왜냐하면 그
는 아래와 같이 주장했던 것이다.

　즉 언어의 사용은 우리가 서로 이해하고, 각종 사실에 대한
정보를 얻기 위한 것이다. 존재하지 않는 것에 대해서 누군가
말을 한다면, 그것은 언어를 사용하는 목적을 달성하지 못하
고 만다. 왜냐하면 나는 그의 말을 이해하지 못하는 것과 다
름이 없을 뿐만 아니라, 사실관계에 관한 정보를 얻기는커녕

흰 것을 검은 것으로, 긴 것을 짧은 것으로 믿게 하여, 차라리 그런 말을 듣지 않은 무지한 상태보다 더 고약한 상태에 빠지게 만들기 때문이다.

사람들이 너무나도 철두철미하게 이해하는 거짓말의 기능에 대해서 그가 지니고 있던 개념은 이것이 전부이다.

이야기가 샛길로 빠졌는데 이제 본론으로 돌아가자.

영국에서는 야후들이 국가를 지배하는 유일한 족속이라고 내가 주장한 데 대해서도 나의 주인은 그것을 도무지 이해할 수가 없는 일이라고 말했다. 그리고 영국에도 후이님들이 있는지, 그들이 하는 일은 무엇인지 알고 싶다고 했다. 나는 영국에 후이님들이 무수히 많은데, 그들이 여름에는 목장에서 풀을 뜯어먹고, 겨울에는 집에서 건초와 귀리를 먹으며, 하인인 야후들이 그들의 피부를 문질러서 부드럽게 하고, 빗으로 갈기를 빗겨주며, 발굽에 낀 것을 빼주고, 먹이를 주며, 잠자리를 마련해주도록 되어 있다고 대답했다.

나의 주인은 이렇게 대꾸했다. 즉 나는 네 말을 충분히 알아듣는다. 네가 한 말을 모두 종합해보면, 야후들이 아무리 많은 이성을 지니고 있는 척해도, 결국은 후이님들이 너희들

의 주인이라는 사실이 분명히 드러난다. 여기 있는 우리 야후들도 그렇게 유순한 짐승이 되기를 나는 진심으로 바란다.

나는 주인이 내게 듣고 싶어하는 다음 내용이 대단히 불쾌할 것이 분명하기 때문에, 그 이상의 설명을 면제해달라고 간청했다. 그러나 그는 가장 좋은 내용과 가장 나쁜 내용을 모두 알고 싶다고 고집을 피우면서 내게 설명을 요구했다. 나는 복종하겠다고 대답했다.

나는 우리나라에서는 후이넘을 말이라고 부른다고 우선 서두를 꺼냈다. 우리가 소유하는 이 말들은 가장 온순하고 멋지게 생긴 짐승이고, 체력과 민첩함이 탁월하다. 높은 신분의 사람들의 소유물이 된 경우에는 여행과 경마 또는 마차를 끄

는 일에 동원되고, 병에 걸리거나 다리를 절게 될 때까지, 매우 친절하고 소중하게 다루어진다.

그러나 그 이후에는 팔려가고, 죽을 때까지 온갖 험한 일을 해야만 한다. 그들이 죽으면 사람들이 가죽을 벗기고, 품질에 따라 값을 받고 팔며, 고기는 개와 육식 새들의 먹이로 내버려둔다. 그러나 농부, 마차꾼, 기타 천한 백성들이 소유하는 일반적인 종류의 말들은 그러한 행운을 얻지 못한다. 주인들은 그들을 중노동에 혹사시키고 형편없는 먹이를 준다.

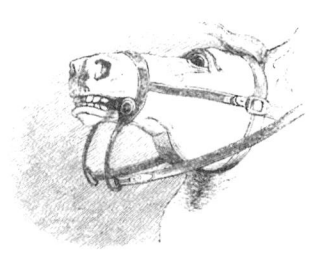

　이어서 나는 우리들의 승마 방법, 고삐, 안장, 박차, 채찍, 마구와 바퀴들에 관해서 그 모양과 사용법을 설명했다. 그리고 우리가 자주 여행하는 돌로 포장된 길에서 말들의 발굽이 상하지 않도록 보호하려고 쇠라고 부르는 단단한 물질의 조각들을 그들의 발바닥에 고정시킨다고 덧붙였다.

　나의 주인은 화가 나서 얼굴이 붉으락푸르락해진 다음, 자기 집의 가장 어린 하인이라 해도 가장 기운이 센 야후를 흔들어 등에서 떨어뜨릴 수 있고, 또는 드러눕거나 땅에 등을 대고 비벼서 그 야만적인 짐승을 죽여버릴 수가 있는데, 어떻게 우리 영국인들이 감히 후이넘의 등에 올라타는 짓을 하는지 모르겠다고 말했다.

나는 영국의 말들은 서너 살 때부터 우리가 목적하는 여러 가지 용도를 위해 훈련을 받고, 너무 난폭해서 도저히 내버려 둘 수가 없는 말들은 마차를 끄는 일을 시킨다고 대답했다. 그리고 젊은 말들이 못된 짓을 저지를 때마다 혹독한 매를 맞는다. 그리고 승마용이나 마차를 끌도록 지정된 말들은 그들의 정력을 제거하고, 한층 온순하게 길들이기 위해서 일반적으로 태어난 지 2년 가량 지났을 때 거세된다. 그들은 상과 벌에 대해 참으로 예민하다. 그러나 이 나라의 야후들과 마찬가지로 그들도 이성의 흔적을 전혀 가지고 있지 못하다는 점을 나의 주인은 고려해주기 바란다고 설명했다.

이곳의 후이넘들에게는 필요한 물건들과 욕망이 우리 경우보다 적어서 그 언어의 어휘가 풍부하지 못했기 때문에, 나는 내가 말하는 내용의 정확한 개념을 전달하는 데 수없이 완곡한 표현을 사용하느라고 대단히 애를 먹었다. 그러나 후이넘 종족에 대한 영국인들의 그토록 야만적인 대우에 관해서 들은 뒤, 특히 그들의 종족 번식을 막고 한층 고분고분한 종으

로 만들기 위해 실시하는 거세의 방법과 목적에 관해 설명을 듣고 나서 나의 주인이 드러낸 고상한 분노는 여기서 재현시키기가 불가능하다.

이성이 오로지 야후들에게만 부여된 그런 나라가 있다면, 이성이 야만적인 체력을 굴복시키는 것은 언제나 시간 문제이기 때문에, 그런 야후들이 틀림없이 다른 동물들을 지배하는 종족이 될 것이라고 그는 말했다. 그러나 우리의 체격, 특히 나의 체격을 보면, 그와 비슷한 체격의 동물들 가운데서도 생활의 일반적인 용도로 이성을 사용하기에는 가장 부적합하게 생긴 체격이라고 그는 지적했다.

이와 관련해서 그는 영국인들이 나 또는 자기 나라의 야후들 가운데 어느 쪽을 닮았는지 알고 싶어했다. 나는 나 자신이 같은 나이 또래의 대부분과 마찬가지로 잘생긴 편이지만, 나보다 더 젊은 사람들이나 여자들은 한층 더 부드럽고 유연하고, 여자들의 피부가 일반적으로 우유처럼 하얗다고 대답했다.

그는 내가 다른 야후들보다 더 깨끗하고 그들처럼 심하게 기형은 아니기 때문에, 사실 그들과 다르기는 하지만, 그 차이라는 것이 실용적인 면에서는 그들보다 불리하다는 것을 의미한다고 보았다. 즉 내 앞발의 손톱이나 뒷발의 발톱은 모두 쓸모가 없다는 것이다. 그리고 앞발들에 대해서는 그런 명칭조차도 적절하지 못하다고 그는 보았다.

왜냐하면 그는 내가 앞발로 걷는 것을 한 번도 본 적이 없고, 그것들은 너무 부드러워서 땅을 짚고 다닐 수 없으며, 내가 보통은 앞발들에 덮개를 씌우지 않은 채 돌아다녔고, 가끔 거기 씌우는 덮개도 뒷발들에 씌우는 덮개와 모양이 같지도 않고 또 그만큼 튼튼하지도 않으며, 내가 뒷발 가운데 하나라도 미끄러지면 반드시 넘어지는 판이니, 안전하게 걸어다닐 수도 없기 때문이다.

그는 내 몸의 다른 부분들에 대해서도 흠을 잡기 시작했다. 즉 내 얼굴이 평평하고, 코가 앞으로 튀어나오고, 두 눈이 정면에 붙어 있어서, 고개를 돌리지 않고는 양쪽을 볼 수 없다. 나는 앞발들을 들어서 입으로 가져가지 않으면 음식을 먹을 수가 없고, 그래서 대자연은 그 필요성에 부응하도록 박아놓은 것이다.

내 뒷발들 끝이 여러 갈래로 갈라지고 나뉘어진 것이 무슨 소용이 있는가? 그 발가락들은 너무 부드러워서, 다른 야만적 짐승의 가죽으로 만든 덮개로 덮지 않으면, 단단하고 날카로운 돌을 견디어낼 수가 없다. 내 몸 전체는 더위와 추위를 막을 덮개가 필요하고, 나는 매일 그 덮개를 입었다 벗었다 하는 귀찮고 힘든 작업을 반복해야만 한다. 끝으로, 이 나라의 모든 짐승은 야후들을 본능적으로 싫어하여, 그보다 약한 동물은 피하고, 강한 동물은 그들을 쫓아버린다고 그는 지적했다. 따라서 야후들인 우리가 선천적으로 이성을 타고났다고 가정한다고 해도, 다른 모든 동물이 우리에 대해서 품는 선천적인 혐오감을 없애는 것도, 우리가 다른 동물들을 길들여서 부리는 것도 모두 불가능하다고 그는 보았다. 그러나 (그가 말한 바와 같이) 이 문제에 관하여 더 이상 논의하고 싶지는 않다는 것이었다.

영국의 생활과 항해에 대해 이야기하다

왜냐하면 그는 나 자신에 관한 이야기, 즉 내가 태어난 나라, 내가 이곳에 오기 이전까지 취한 여러 가지 행동과 체험한 사건들을 더욱 알고 싶어했기 때문이다.

나는 모든 사항에 관해서 만족스러운 대답을 하고 싶은 마음이 굴뚝같지만, 여러 가지 테마에 관해서 충분한 설명이 가능할지 매우 염려스럽다. 그것은 내가 다룰 테마를 표현하는 단어가 그 나라에는 전혀 없어서, 주인이 내 주제에 관해 개념을 파악할 수 없을 것이기 때문이다. 그러나 최대한의 노력을 기울여서 비유들을 통해 설명하겠으니, 내게 적절한 단어가 필요한 경우에는 주인이 지원해주기를 겸손하게 바란다고 말했다. 그는 지원을 약속했다.

나는 영국이라는 섬에서 정직한 부모 사이에서 태어났다고 말했다. 그리고 영국은 그의 하인들 가운데 가장 힘이 센 하인이 1년 동안 여행해야 도달할 수 있을 정도로 그렇게 이 나라에서 멀리 떨어져 있는 곳이다. 나는 성장하여 외과의사가 되었는데, 그 임무는 사고나 폭력으로 몸에 생긴 타박상과 파열상 등의 상처를 치료하는 것이다.

내 조국 영국은 우리가 여왕이라고 부르는 여자가 다스리고, 나는 귀국한 뒤 나 자신과 부양할 재산을 얻기 위해 영국을 떠났다. 가장 최근의 항해 당시 나는 배의 선장이었고, 50여 명의 야후들을 거느렸는데, 그들 가운데 많은 수가 항해 도중에 죽어서, 여러 나라의 선원들을 뽑아서 그들 대신 인원을 보충할 수밖에 없었다. 우리 배는 두 번이나 침몰할 위기를 넘겼는데, 첫번째는 거대한 폭풍 때문에, 두번째는 암초와 충돌했기 때문이다.

이 대목에서 그가 내 말을 잠시 가로막고는, 그러한 인원의 손실과 위험들을 겪고 나서도 어떻게 내가 여러 나라의 외국인들을 모험에 동원하기 위해 설득할 수가 있었는지 물었다. 나는 그들은 가난이나 범죄 때문에 자기 고향에서 도망칠 수밖에 없는 그러한 절망적인 운명을 지닌 사람들이라고 대답했다.

소송사건에서 패소하거나 술, 오입질, 도박으로 전 재산을 날렸는가 하면, 반역죄로 도피 중이기도 했고, 많은 사람들은 살인, 절도, 독살, 강도, 위증, 문서위조, 화폐위조, 강간 또는 남색, 탈주나 적진 투항의 범죄를 저질렀으며, 대부분은 탈옥한 사람들이었다.

그들은 모두 교수형을 당하거나 감옥에서 굶어 죽는 것이 두려워서 고국으로 감히 돌아갈 엄두도 못 내고, 결국 외국에서 생계수단을 강구해야만 했던 것이다.

이러한 설명이 진행되는 동안, 나의 주인은 여러 번 내 말을 가로막았다. 나는 대부분의 우리 선원들이 고국에서 도망치지 않을 수 없었던 여러 가지 범죄의 성격을 설명해주기 위해서 완곡한 표현법을 다양하게 구사했다. 며칠 동안 힘든 대화가 계속된 끝에 그는 비로소 내 말을 이해할 수 있었다. 주인은 그런 범죄들이 무슨 소용이 있고 왜 필요한지를 도무지 이해할 수가 없었던 것이다.

그 점을 분명히 밝혀주기 위하여 나는 권력과 재산에 대한 욕망, 그리고 욕정, 무절제, 악의, 질투 등이 초래하는 참혹한 결과에 대한 개념을 어느 정도 심어주려고 애썼다. 이 모든 것을 나는 많은 예를 들고 가정들을 설정하여 정의하고 묘사하지 않을 수가 없었는데, 그는 본 적도 들은 적도 없는 어떤 것에 갑자기 상상력이 미친 사람처럼, 경악과 분노에 눈을 부릅떴다.

그들의 언어에는 권력, 정부, 전쟁, 법률, 처벌, 기타 수천 가지 사항을 표현할 수 있는 단어가 없었고, 그래서 내가 의미하는 것의 개념을 주인이 파악하기란 거의 불가능했던 것이다. 그러나 그는 이해력이 탁월했고, 사색과 대화라는 수단을 통해 많은 진전을 본 결과, 영국과 유럽에서 인간본성이 무슨 일을 할 수 있는지 드디어 충분히 알게 되었다. 그래서 그는 유럽이라고 부르는 지역에 관해, 특히 내 조국인 영국에 관해 몇 가지 세부사항을 설명해주기를 바랐다.

제5장

유럽의 군주들과 전쟁에 대한 이야기

내가 주인과 나눈 수많은 대화의 아래 요약부분은 내가 후이늠 언어에 능숙해지는 데 따라 주인이 좀더 자세한 설명을 요구했기 때문에 2년 이상에 걸쳐 우리가 여러번 논의한 사항들의 가장 중요한 핵심들을 간추린 것이라는 점을 독자들이 주목해주기 바란다. 나는 최대한의 노력을 기울여서 그에게 유럽의 상황 전반을 설명했다. 무역과 제조업, 예술과 과학에 관해서도 설명했다. 여러 테마에 관해 그가 던진 질문들에 내가 모두 일일이 답변했는데, 그것들을 다시 늘어놓자면 한이 없을 것이다.

그래서 여기서는 내 조국 영국에 관해서 우리 사이에 오간 이야기의 요점에만 국한시킬 것이다. 그리고 오로지 사실관계에만 충실하면서, 시간이나 다른 여건들은 상관하지 않은 채, 가능하면 그 순서에 따라서 전개하려고 한다. 한 가지 걱정스러운 것은 나의 주인의 주장들과 표현이 우리의 야만스

러운 언어인 영어로 번역할 필
요성과 나의 부족한 능력 때
문에 불가피하게 그 의미
가 훼손되어, 원래 있는 그
대로 전달될 수가 없다는
점이다.

그러므로 나는 주인의
명령에 복종하여 오렌지 국
왕의 치하에서 일어난 혁명,
즉 그가 프랑스를 상대로 개시했
고, 그의 후계자인 현재의 여왕이 재발시킨 장기간의 전쟁에
관해서 이야기했다. 이 전쟁은 크리스트교 사회의 가장 강력
한 두 왕국이 벌였고 지금도 계속되고 있는데, 이 전쟁의 전
과정을 통해서 100만 명 가량의 야후들이 살해되고, 100개
이상의 도시들이 점령당했으며, 300척의 군함들이 불타거나
침몰했다고 대답했다.

그는 어떤 국가가 다른 나라와 전쟁을 벌이게 되는 일반적
인 원인 또는 동기가 무엇인지 물었다. 나는 그 원인이나 동
기는 무수히 많지만, 가장 중요한 것만 몇 가지 언급하는 데
그치겠다고 대답했다.

자기가 다스리는 영토나 백성들만 가지고는 결코 만족하지
못하는 군주들의 야욕이 때로는 그 원인이 되고, 자기들의 사
악한 통치에 항거하는 백성들의 요구를 탄압해버리거나 시선
을 다른 곳으로 돌리려고 군주를 전쟁에 끌고 들어가는 그런
각료들의 부패가 원인이 되는 때도 가끔은 있다. 견해의 차

이, 예를 들면 고기가 주식인가 아니면 빵이 부식인가, 특정한 딸기의 주스가 핏빛인가 아니면 포도주 색깔인가, 휘파람을 부는 것이 악습인가 아니면 미덕인가, 신문지에 키스하는 것이 더 나은가, 아니면 난로 불에 처넣을 것인가, 외투의 색은 검은색, 흰색, 붉은색, 회색 가운데 어느 것이 가장 좋은가, 그 외투는 길어야 하는가, 아니면 짧아야 하는가, 좁아야 하는가, 아니면 넓어야 하는가, 더러워야 하는가, 아니면 깨끗해야 하는가, 기타 무수한 견해 차이가 수백만 명의 목숨을 빼앗아갔다. 이러한 견해 차이, 특히 이래도 좋고 저래도 좋은 일들에 관한 견해 차이에서 발생된 전쟁들처럼 치열하고 피비린내나거나 더 오래 지속되는 전쟁은 없다.

군주 두 사람이 벌이는 전쟁은 그들 가운데 아무도 권리를 주장할 수 없는 제3자의 영토를 누가 빼앗을 것인가 하는 문제를 해결하려고 전개되는 경우도 가끔은 있다. 어떤 군주가 때로는 외국의 군주와 전쟁하는 것은 다른 군주가 그 외국의 군주와 전쟁을 일으킬까 염려해서 자기가 먼저 전쟁을 하는 것이다.

때로는 적이 너무 강하기 때문에, 때로는 적이 너무 약하기 때문에, 군주들은 전쟁을 일으킨다. 때로는 이웃나라 사람들이 우리가 가진 것을 탐내거나, 우리가 탐내는 것을 가지고 있는데, 우리는 그들이 우리 것을 빼앗거나, 자기들 것을 우리에게 줄 때까지, 어느 경우든 전쟁을 한다.

백성들이 기근으로 녹초가 되고, 전염병으로 거의 다 죽고, 또는 당파들로 분열되어 내전상태에 있을 때, 그 나라를 침략하는 것은 대단히 정당한 전쟁의 명분이다. 우리가 어느 도시를 쉽게 점령할 수 있는 상황인 경우, 또는 어느 영토의 점령이 우리 영토의 부족 부분을 채워주는 경우라면, 가장 가까운 동맹국에 대한 침략마저도 정당한 전쟁이 된다. 어느 군주가 가난하고 무식한 사람들이 사는 나라에 군대를 파견하는 경우, 그는 그들을 개화시키고 야만적인 생활방식을 버리게 한다는 명분 아래 합법적으로 원주민의 절반을 죽이고, 나머지는 노예로 삼을 수가 있다.

어느 군주가 다른 군주의 지원을 받아서 침략하는 경우, 지원군의 군주가 그 군주를 내몰고, 점령지를 자기가 차지하며, 구출 대상인 그 점령지의 군주를 죽이고, 투옥하고 또는 유배보내는 것은 대단히 군주답고, 명예스러우며, 또한 자주 벌어지는 일이다.

혈연이나 결혼에 의한 동맹이 자주 군주들 사이에 전쟁의 원인이 되고, 그 관계가 가까우면 가까울수록 전쟁의 성향은 더욱더 심해진다. 가난한 나라는 굶주리고, 부자 나라는 오만하며, 그 오만과 굶주림은 영원히 충돌할 것이다. 이러한 여러 가지 이유 때문에 군인이란 모든 직업 가운데 가장 명예스러운 직업이다. 왜냐하면 군인은 자기가 남을 해칠 수 있지만, 자기를 전혀 해치지도 않은 다른 야후들을 눈 하나 깜짝않은 채 냉정하게, 또한 최대한으로 많은 야후들을 살해하도록 고용된 야후이기 때문이다.

유럽에는 다른 종류의 군주, 즉 거지 군주들이 있는데, 이들은 스스로 전쟁을 수행할 능력이 없어서, 자기 군대를 부자나라들에게 오랫동안 용병으로 제공하고는, 그들이 받는 임금의 4분의 3을 자기가 차지하여, 국가 유지비용의 대부분을 그 돈으로 충당한다. 유럽 북부의 많은 군주들이 이런 종류에 속한다.

(나의 주인이 말하기를) 전쟁에 관해서 네가 말한 이 모든 것은 너희들이 스스로 지니고 있는 척하는 그 이성의 효과를 참으로 가장 크게 놀랄 만큼 잘 드러내준다. 그러나 위험보다는 수치가 더 큰 것과, 너희들이 더 지독한 악행을 하지 못하도록 대자연이 조치한 것은 다행이다.

왜냐하면 너희들은 입이 평평한 얼굴에 뚫려 있어서, 서로 합의하지 않는 한, 해칠 목적으로 서로 물어뜯을 수가 없기 때문이다. 그리고 너희 앞발과 뒷발의 발톱에 관해서는, 그것들이 너무 짧고 부드럽기 때문에 우리가 거느린 야후 하나가

유럽의 야후 12마리를 몰아낼 수 있을 것이다. 그러므로 전쟁
에서 살해되었다고 하는 야후들의 숫자를 검토해보면, 나는
존재하지 않는 것을 네가 말했다고 생각할 수밖에 없다.

　나는 고개를 가로 저으면서 그의 무지에 대해 미소를 머금
지 않을 수 없었다. 또한 나는 전쟁 방법에 관해 상당한 지식
이 있었기 때문에 각종 대포, 컬버린 장포, 구식 소총, 기병
총, 권총, 탄환, 화약, 장검, 대검, 포위, 후퇴, 공격, 땅굴, 땅
굴에 대항하는 반대 방향의 땅굴, 함포사격, 해전, 1000명이
탄 군함들의 침몰, 양쪽 진영에서 살해된 2만 명, 죽어가는

자들의 신음소리, 공중으로 날아간 팔다리들, 연기, 소음, 혼란, 말발굽에 밟혀 죽는 일, 도주, 추격, 승리, 야생 개들과 늑대들과 육식 조류의 먹이로 들판에 방치한 무수한 시체들, 약탈, 몰수, 강간, 방화, 파괴 등에 관해서 설명했다.

그리고 내가 사랑하는 영국인들의 용기를 강조하기 위해 나는 그들이 단 한 번의 포위 공격에서 100명의 적을 폭사시키고, 군함에 탄 100명을 포격으로 죽이는 것을 보았으며, 갈기갈기 찢어진 시체들이 공중에서 떨어지는 광경을 그들이 매우 유쾌한 기분으로 구경하는 것도 보았다고 단언했다.

영국의 헌법을 설명하다

다른 구체적인 사항들을 설명하려고 하자, 주인은 입을 다물라고 내게 명령했다. 그는 이 사악한 짐승인 야후들이 그 사악함에 못지않게 힘과 교활함도 겸비하고 있다면, 내가 열거한 모든 행동을 얼마든지 할 수 있다는 것을 그들의 본성을 이해하는 자는 누구나 쉽게 믿을 것이라고 말했다. 그러나 내 이야기를 듣고 야후 족속 전체에 대한 혐오감이 더욱 증가했기 때문에, 과거에는 전혀 몰랐던 불안감에 휩싸이게 되었다고 그는 말했다.

또한 그는 자기 귀가 저 지겨운 내용에 대해 익숙해지면 점차 혐오감이 줄어들어 수긍하게 될지도 모른다고 생각했다. 그리고 그가 이 나라의 야후들을 증오한다고는 해도, (육식 조류인) '근나이흐'가 잔인한 것이나 날카로운 돌이 자기 발굽을 벤 것에 대해 탓하는 그 정도로만 야후들의 사악한 본성을 탓할 뿐이라고 말했다. 그렇지만 이성을 가진 척하는 짐승이 그토록 엄청난 악행들을 자행할 수가 있다면, 타락한 이성이 잔혹함 그 자체보다 더 잔인해질지 몰라서 그는 두려워했다.

그러므로 그는 수면이 고르지 않은 시냇물이 못생긴 육체의 모습을 더 크게, 그리고 일그러지게 반영하는 것과 같이, 우리가 이성을 가지기는커녕 오로지 사악한 본성을 더욱 악화시키는 데 알맞는 그런 성질을 가지고 있을 뿐이라고 확신하는 듯했다.

그는 먼젓번의 대화들과 이번 대화에서 전쟁 이야기를 너무 많이 들었다고 덧붙였다. 그리고 그가 여전히 이해하지 못하는 점이 또 있었다. 나는 우리 선원들의 일부가 법률 때문에 파산하여 고국을 탈출했다고 알려주었고, 법률이라는 말의 의미도 이미 설명했다.

그러나 그는 모든 사람의 생명과 재산을 보존해줄 목적으로 만든 법률이 어떻게 사람을 파산시키는지 도무지 알 수가 없었다. 그래서 내가 말하는 법률이 무슨 의미이고, 법률을 집행하는 자들이 누구인지, 내 조국 영국에서 현재 실시되는 관행에 따라 좀더 자세히 설명해주기를 바랐다. 왜냐하면 그가 생각하기에는 우리가 이성적 동물인 척하는 만큼, 본성과 이성은 우리가 무엇을 해야만 하고 또 무엇을 피해야만 하는지 가르쳐주는 훌륭한 안내자이기 때문이다.

나는 몇 가지 억울한 일을 당해서 변호사들을 공연히 고용한 경우 이외에는 그다지 취급해본 적이 없는 학문이 법률이지만, 최선을 다해서 설명하겠다고 단언했다.

우리 사회에는 변호사들의 집단이 있는데, 그들은 받은 보수에 따라서 흰 것을 검게, 검은 것을 희게 만들 목적으로 잡다한 말을 늘어놓고, 그 말로 자기 주장을 입증하는 기술을 젊은 시절부터 배운다고 말했다. 나머지 백성들은 모두 이 집단의 노예이다. 예를 들면, 이웃사람이 내 암소가 탐이 나는 경우, 그는 자기가 내 암소를 뺏어 가질 수 있다는 것을 입증하기 위해 변호사를 고용한다. 그러면 나는 아무도 자기 자신을 위해 변호해서는 안 되다고 법률이 금지하고 있기 때문에, 다른 변호사를 고용해야 한다.

이런 경우, 정당한 소유인인 나는 두 가지 크게 불리한 점이 있다. 첫째, 태어나서 얼마 지나지 않았을 때부터 허위를 변호하는 일을 줄곧 해온 내 변호사에게는 올바른 일의 변호가 전혀 그의 고유한 영역이 아니고, 그것이 부자연스러운 직무인만큼, 악의를 가지고 처리하지는 않는다고 해도 그는 언제나 매우 서툴게 다루는 것이다.

둘째, 내 변호사는 매우 신중하게 소송을 진행시켜야만 한다는 것이다. 그렇지 않으면, 그는 소송사건들을 감소시키는 자라고 해서 판사들의 질책을 받거나 동료 변호사들의 혐

오의 대상이 되기 때문이다.

그래서 결국 내 암소를 살려두는 방법은 두 가지밖에 없다. 첫째 방법은 두 배의 변호사 비용을 주고 내 원수의 변호사를 매수하는 것이다. 그러면 그는 정의가 자기편에 있다고 은근히 암시하여 자기 고객을 배신할 것이다. 둘째 방법은 내 변호사가 최대의 실력을 발휘하여 내 주장이 옳지 않은 듯이 보이게 하고, 그 결과 내 암소가 내 원수의 손에 들어가게 만드는 것이다. 내 변호사가 이런 일을 아주 기술적으로 잘 해치운다면, 그는 틀림없이 판사들의 칭찬을 받을 것이다.

그런데 이 판사들이란 형사사건들뿐만 아니라, 재산 관계의 모든 분쟁에 대해서도 판결하도록 가장 유능한 변호사들 가운데에서 선발되어 임명된다는 사실을 나의 주인은 알아두어야만 한다. 그리고 이 변호사들이란 늙거나 나태해졌고, 평생 동안 진리와 공정성에 대한 지독한 편견을 품고 있어서 사기, 위증, 착취에 대해 운명적으로 찬성할 필요성이 있는 사람들인 것이다. 나는 그들이 자기 본성이나 직무에 어울리지 않는 짓을 해서 변호사의 기능을 해치기보다는 오히려 정당한 주장을 하는 사람이 제의하는 막대한 뇌물을 거절하는 경우를 여러 번 보았다.

과거에 내린 판결이나 결정은 무엇이든지 법률적으로 다시 원용할 수 있다는 것이 이 변호사들 사이에 통하는 격언이다. 따라서 그들은 공동의 정의와 인류의 보편적 이성을 거슬러서 과거에 내렸던 모든 결정들을 각별한 정성을 기울여서 기록한다. 또한 그들은 가장 사악한 주장들을 정당화시켜주는 권위라면서 이 기록을 전례의 미명 아래 제시하고, 판사들은 반드시 이 기록에 따라 판결한다.

변론할 때 그들은 사건의 핵심을 파고드는 일을 최대한으로 피하지만, 문제의 핵심과 동떨어진 모든 주변 상황에 관해서 목청을 높이고, 미친 듯이 그리고 지겹게도 떠들어댄다. 앞에서 이미 든 예를 보면, 그들은 나의 원수가 무슨 주장을 하고 어떤 권리가 있는지는 전혀 알려고도 하지 않은 채, 내 암소의 털이 붉은지 아니면 검은지, 뿔이 긴지 아니면 짧은지, 내가 그 암소를 치는 목장이 원형인지 아니면 사각형인지, 암소의 젖을 집에서 짜는지 아니면 밖에서 짜는지, 암소가 어떤 병에 걸려 있는지, 기타 이와 비슷한 것을 알고 싶어 한다. 그런 질문을 한 뒤, 그들은 전례들을 참조하고, 때로는 소송을 중지하며, 10년이나 20년 또는 30년이 걸려서 소송을 종결한다.

이 변호사들 집단에게는 자기들끼리는 통하지만 다른 사람들은 전혀 이해하지 못하는 이상한 은어와 직업용어가 있다는 사실도 마찬가지로 주목해야 한다. 그들은 이러한 은어와 직업용어로 모든 법률을 기록하고, 각별한 정성을 기울여서 그 기록을 증가시킨다. 이러한 방법으로 그들은 진실과 허위, 옳은 것과 틀린 것의 본질 자체를 완전히 뒤죽박죽으로 만든다. 그 결과 나의 조상들이 6대에 걸쳐서 소유했고, 또 내게 유산으로 물려준 목장을 내가 소유하는지, 아니면 우리 집에서 480킬로미터 떨어진 다른 마을 사람이 소유하는지를 판결하는 데 30년이 걸릴 것이다.

국가 전복의 혐의로 기소된 피고인들의 재판은 그 기간이 훨씬 짧고, 또 그 방법은 추천할 가치가 있는 것이다. 판사는 우선 권력을 쥔 고위층의 뜻이 무엇인지 알아보기 위해 사람을 파견하고, 그 다음에는 법률의 모든 형식을 철저히 지킨 채, 쉽게 죄수를 교수형에 처하거나 무죄 석방하는 것이다.

이 대목에서 나의 주인은 내 말을 막았다. 그리고 변호사들에 관한 내 설명에 따르면, 그들은 분명히 머리가 좋고 탁월한 능력을 갖추었을 터인데, 다른 사람들에게 지혜와 지식을 가르치는 교사가 되도록 장려되지 않은 것은 유감이라고 말했다.

이에 대해 나는 변호사들이란 자기 업무 이외의 다른 모든 분야에서 가장 무식하고 어리석은 족속이고, 일상적인 대화에서 가장 비열하게 굴며, 모든 지식과 학문에 대한 철저한 원수들이고, 변론을 할 때와 마찬가지로 다른 모든 문제들의 토론에서도 인류의 보편적인 이성을 타락시키려 들기만 한다고 대답했다.

제6장

영국인의 생활에 대한 추가 설명

이 변호사들의 집단이 자신들을 난처하고 불안하게 만들고, 고된 일로 몸을 피로하게 만들면서까지 오로지 자기들과 같은 족속인 야후들을 해치기 위한 목적으로 불의와 야합하는 그 동기가 무엇인지를 나의 주인은 여전히 이해할 수가 없었다. 게다가 그들이 보수를 받고 고용되어서 그런 짓을 한다는 나의 말이 무슨 뜻인지도 역시 이해하지 못했다.

그래서 나는 화폐의 사용, 그 재료인 금속들, 그 금속들의 가치에 관해 설명하는 데 이만저만 애를 먹지 않았다. 즉 한 야후가 이 귀중한 물건을 엄청나게 많이 축적한 경우, 그는 가장 좋은 옷, 가장 웅장한 저택들, 가장 넓은 토지들, 가장 비싼 육류와 술 등 자기가 원하는 것은 무엇이든지 살 수 있고, 가장 아름다운 암컷 야후들을 선택해서 차지할 수 있다. 따라서 오로지 돈만이 이런 모든 일을 할 수 있기 때문에, 날 때부터 낭비 또는 탐욕의 성향을 지닌 영국의 우리 야후들은 아무리 돈이 많아도 쓰거나 저축하는 데 있어서 그 정도면 충분하다는 생각을 절대로 하지 않는다.

부자들은 가난한 사람들의 노동이 생산해낸 결실을 즐기는데, 부자들과 가난한 사람들의 비율은 1 대 1000이다. 결국은 극소수의 부자들이 풍족하게 살도록 해주기 위해서 영국백성의 대부분이 눈곱만한 보수를 받으려고 매일 노동하면서 비참하게 살도록 강요당하고 있는 것이다. 똑같은 취지로 나는 이 문제와 다른 여러 가지 구체적인 사항에 관해서 자세히 설명을 했다.

그러나 그는 모든 동물은 토지가 생산하는 물건에 대해 각자 자기 몫을 차지할 권리가 있고, 특히 나머지 동물들을 다스리는 동물은 우월한 권리가 있다는 전제에서 출발했기 때문에, 여전히 의문을 버리지 않은 채 추가 설명을 요구했다. 말하자면 값이 비싼 육류라는 것이 무엇이고, 우리 야후들 가운데 누가 어떻게 해서 그런 것을 원하게 되었는지 알고 싶다는 것이었다.

나는 전세계 각지에 상선들을 파견해서 운반해오지 않으면 안 되는 수많은 종류의 육류를 생각나는 대로 열거했고, 그 육류들을 요리하는 각종 방법, 우리가 즐기는 술의 종류, 양념들, 기타 무수한 기호품들도 가르쳐주었다. 그리고 우리 상류층의 암컷 야후가 아침에 차를 마시거나 그 차를 담는 잔

을 들기 위해서는, 상선이 지구 전체를 적어도 세 바퀴는 돌아야만 한다고 단언했다.

그는 백성들에게 식량을 공급해주지 못하는 나라는 틀림없이 비참할 것이라고 말했다. 그러나 그가 제일 이해하기 어려운 것은 내가 설명한 바와 같이 그토록 광대하다는 토지에 어떻게 해서 마실 물이 하나도 없는지, 그리고 어떻게 해서 백성들이 마실 물을 구하려고 해외에 선박들을 파견하게 되었는지 하는 점이었다.

나는 (내가 태어난 소중한 장소인) 영국에서 식량뿐 아니라 곡물 또는 과일에서 추출한 우수한 품질의 술도 국민 전체가 소비할 수 있는 분량의 3배나 되는 식량이 생산되고, 각종 기호품들도 모두 그와 같이 3배가 생산된다고 대답했다. 그러나 우리는 수컷 야후들의 사치와 무절제, 그리고 암컷 야후들의 허영을 만족시키려고, 우리에게 필요한 물건의 거의 대부분을 외국의 여러 나라에 수출하고, 그 대가로 해외에서는 질병과 어리석은 짓과 악습의 재료들을 수입하여 우리끼리 소비한다.

이러한 일에 필연적으로 따르는 결과는 영국의 무수한 백성들이 구걸, 강도, 절도, 사기, 매춘 알선, 위증, 아첨, 매수, 위조, 도박, 거짓말, 아양 떨기, 허세, 투표, 엉터리 작문, 공상, 독살, 매춘, 은어 사용, 비방, 자유 사상, 기타 이와 비슷한 직업으로 생계를 유지할 수밖에 없다는 것이다. 나는 이 용어들을 모두 그에게 이해시키려고 엄청나게 고생했다.

또한 포도주는 물이나 다른 음료들의 부족을 보충하려고 외국에서 수입되는 것이 아니라, 일종의 술이기 때문에 수입되는 것이라고 대답했다.

이 술을 마시고 난 뒤 깨어날 때는 언제나 구역질이 나고 기분이 우울해지며, 우리 생활을 불편하게 만듦과 동시에 수명을 단축시키는 그런 질병들이 이 술의 사용 때문에 사회의 구석구석까지 파고든다고 고백하지 않을 수 없다.

하지만 이것은 우리를 즐겁게 해주고, 제정신을 차리지 못하게 하며, 우울한 생각이 모두 물러가게 하고, 머리 속으로 극단적이고 엉뚱한 일들을 상상하게 만들며, 희망을 북돋우고 두려움을 떨쳐버리며, 이성의 모든 기능을 잠시 정지시키고, 우리가 깊은잠에 곯아떨어질 때까지 사지를 꼼짝하지 못하게 만든다.

그러나 이러한 모든 것들 이외에도, 영국인의 대부분은 생활 필수품과 기호품들을 부자들에게 공급하고, 자기들끼리 교환하여 생계를 유지한다. 예를 들어 내가 집에서 적절한 옷을 입고 있는 경우, 내 몸에 걸친 옷들은 상인 100명의 솜씨로 만든 제품이고, 우리 집의 건물과 가구들은 100명 이상을 동원한 것이며, 아내의 옷차림과 장식을 위해서는 500명이 필요하다.

내 선원들 가운데 질병으로 죽은 사람이 많다고 이미 나의 주인에게 알려주었기 때문에, 나는 병자들을 돌보면서 생계를 유지하는 다른 종류의 사람들에 관해 설명을 하려고 했다. 그러나 내 말뜻을 그에게 이해시키는 일은 다른 그 무엇보다도 더 어려웠다.

후이님이 죽기 직전에 며칠 동안 몸이 극도로 쇠약해지거나, 우연한 사고로 다리를 다치게 된다는 것은 쉽게 생각할 수 있었다. 그러나 모든 일을 완전하게 하는 대자연이 우리 몸에 고통과 질병을 일부러 일으킨다는 것은 불가능하다고 그가 생각했고, 그래서 말도 안 되는 그런 질병들이 왜 생기는지 그 이유를 알고 싶어했다.

나는 우리가 상충되는 효과를 내는 음식을 1000가지나 먹을 뿐만 아니라, 배가 고프지 않아도 먹고, 목이 마르지 않아도 마시며, 안주로 아무것도 먹지 않으면서 독한 술을 밤새도록 마셔대는데, 그 결과 우리는 게을러지고, 몸이 부으며, 소화가 너무 빠르거나 아니면 소화불량이 된다고 말했다. 매춘이 직업인 암컷 야후들이 어떤 병에 걸리면, 그들을꺼안고 잔 수컷 야후들도 그 병에 걸려서 뼈가 썩는다. 이 질병과 다른 수많은 질병이 대를 이어서 유전되기 때문에, 복합적인 질병에 걸린 사람들이 이 세상에 엄청나게 증가한다.

모든 사지와 관절에 퍼진 질병이 500 또는 600종류 이상이나 되고, 신체의 외부와 내장의 모든 부분에 각각 해당하는 질병의 명칭이 있기 때문에, 모든 질병의 목록을 만들어서 그에게 제시한다면 그 목록은 끝이 없을 것이다. 이러한 질병들에 대응해서 우리 사회에는 환자 치료를 직업으로 삼기 위해, 또는 환자를 치료하는 척하기 위해 훈련을 받은 그런 종류의 사람들, 즉 의사들이 있다.

나도 이 분야에 관해서 상당한 조예가 있기 때문에, 의사들이 사용하는 치료행위의 모든 신비와 방법을 주인의 은혜에 보답하는 의미에서 가르쳐주겠다.

의사들은 모든 질병이 과음 과식에서 나온다는 기본인식을 가지고 있다. 그러므로 자연적인 배설이나 입으로 토해내는 방법으로 몸 안에 든 물질을 대량으로 배출시킬 필요가 있다는 결론을 내린다.

그래서 약초, 광물, 고무, 기름, 조가비, 소금, 과즙, 해초, 배설물, 나무껍질, 뱀, 두꺼비, 개구리, 거미, 송장의 살과 뼈, 짐승, 물고기 등을 가지고 그들이 최대한으로 고안해낼 수 있는, 가장 불쾌하고 구역질나고 혐오스러운 냄새와 맛을 내는 복합물질을 조제한다. 위장은 이러한 것들이 지겨워서 즉시 방출해버리는데, 그들은 이것을 구토라고 부른다.

또는 위에 열거한 재료들에다가 다른 독성 물질들을 추가하여 위에 언급한 것과 마찬가지로 구역질나고 불쾌한 약을 조제한 뒤, (내과의사가 마침 그때 만지고 있던 부분인) 위쪽

또는 아래쪽 구멍을

통해서 그 약을 내장에 집어넣으라고 우리에게 명령한다. 그러면 그 약이 위장을 비우면서 안에 든 모든 물질을 아래쪽으로 내모는데, 그들은 이것을 청소 또는 설사라고 부른다.

(내과의사들이 주장하기로는) 위쪽 전면에 있는 구멍은 고체와 액체를 집어넣기만 하고, 아래쪽의 구멍은 배출만 하도록 대자연이 만들어 놓았다. 그런데 이 기술자들이 천재적으로 생각해낸 것은, 모든 질병의 경우 대자연이 제기능을 발휘할 수가 없게 되었기 때문에, 그 기능을 회복시키기 위해서는 신체의 두 구멍을 반대되는 방법으로 취급해야 한다는 것이다. 즉 두 구멍의 기능을 서로 교환시켜서, 고체와 액체를 항문을 통해 강제로 집어넣고, 입으로 토하도록 만드는 것이다.

그러나 실질적인 질병들의 경우 이외에도 우리는 가상적인 것에 불과한 수많은 종류의 질병에 걸리는데, 이에 대해서 내과의사들은 가상적인 치료법을 조작해냈다. 치료법마다 그 명칭이 있고, 여기 상응하는 약들이 있다. 그리고 우리 암컷 야후들은 언제나 이런 질병들에 걸려 있다.

이 의사 족속이 가장 탁월한 능력을 발휘하는 분야 가운데 하나는 병의 증세를 예고하는 기술인데, 틀리는 경우가 전혀 없다. 가상적인 질병이 아니라 실질적인 질병의 경우, 병세가 상당히 악화했을 때 그들은 일반적으로 죽음을 예고하는데, 병세가 회복되지 않으면 질병은 언제나 죽음을 초래하는 법이다.

그러므로 죽음을 예고한 뒤에 의외로 병세가 회복되는 기미를 보이기만 하면, 그들은 거짓 예언자라는 비난을 받기는커녕 자기들이 시기 적절하게 약을 주어서 그렇게 되었다는 식으로 온 세상에 자기들의 탁월한 의술을 입증하는 방법을 알고 있다.

이와 마찬가지로 그들은 배우자에 대해 싫증이 난 부부, 장남들, 최고위 각료들에게 특별한 이용가치가 있고, 군주들에게도 자주 각별한 도움을 준다.

영국의 여왕과 유럽의 수상들에 대해 이야기하다

나는 일반적인 의미에서 말하는 정부의 성격에 관하여, 특히 전세계의 놀라움과 선망을 불러일으킨 영국의 탁월한 헌법에 관해서, 이미 나의 주인과 논의한 적이 있다. 그러나 의사들에 관한 이야기 도중 우연히 내가 정부의 각료라는 말을 꺼냈기 때문에, 얼마 후에 그는 내가 각료라고 부르는 그 야후들이 어떤 족속인지 알려달라고 요구했다.

나는 이렇게 설명했다. 우리의 여자 총독 또는 여왕은 자기의 권력을 확대해서 이웃나라들을 해치거나 자기 백성들의 원한을 사려는 그런 야심도 없고 그럴 생각도 하지 않는다.

그러므로 엉큼한 음모들을 수행하거나 감추기 위해 부패한 정부를 가질 필요가 전혀 없다. 그녀는 자신의 모든 행동을 백성의 이익을 위해서 하고, 영국의 법에 따라서 백성들을 선도하고 그 법의 테두리를 벗어나지 못하도록 그들을 억제할 뿐 아니라, 국가 업무를 위임받은 각료들의 모든 행동과 조치를 하원에서 심사하고, 그들을 법으로 처벌하기 때문에, 정부의 모든 업무처리를 어느 한 개인에게 전적으로 맡기는 일은 결코 하지 않는다.

나는 이렇게 추가 설명을 했다. 그러나 영국에서는 과거의 몇몇 국왕 시절에, 그리고 오늘날 유럽의 많은 왕국에서는 군주들이 나태하고, 언제나 쾌락만 추구하여 국가 업무를 소홀히 하기 때문에, 앞에서 내가 언급한 각료, 즉 국가의 모든 업무를 위임받은 그런 각료를 임명하여, 제일 각료 또는 수석 각료, 즉 수상이라는 칭호를 준다. 이러한 수상들에 관해서는 그들 자신의 행동뿐만 아니라, 그들이 출판한 서한, 회고록, 저서들, 즉 그 진실성이 아직까지는 도전을 받은 적이 없는 그런 자료들을 통해서 아래와 같이 설명할 수가 있다.

즉 그는 기쁨과 슬픔, 사랑과 증오, 동정과 분노 따위의 감정을 완전히 버렸고, 욕망을 최소한으로 억제하여 오로지 재산과 권력과 지위에 대한 강렬한 욕망에만 사로잡혀 있다. 그는 말을 할 때, 자기 의도를 암시하는 것 이외의 다른 목적으로는 절대로 입을 열지 않는다. 그가 진실을 말할 때는 언제나 상대방이 그것을 거짓말로 알아듣도록 할 의도가 있고, 거짓말을 할 때는 상대방이 그것을 진실로 알아듣도록 할 의도가 있는 것이다.

그가 어떤 사람들을 등뒤에서 가장 심하게 비난하는 경우에는 그들이 그의 총애를 받고 있다는 가장 확실한 증거이고, 그가 다른 사람들 앞에서 또는 네가 있는 자리에서 너를 칭찬하기 시작하면, 그날부터 너는 버림을 받은 것이다. 그의 약속, 특히 그가 맹세하는 약속은 그에게서 네가 받을 수 있는 최악의 평가이다. 그런 약속이 있은 뒤 현명한 사람들이 모두 은퇴하고, 모든 희망을 포기하는 것이다.

수상이 되는 길은 세 가지이다. 첫째는 아내, 딸 혹은 여동생을 지혜롭게 처분하는 방법을 아는 것이다. 둘째는 선임자

를 배반하거나 약화시키는 것이다. 셋째는 대중집회에서 왕궁 관리들의 부패를 미친 듯이 공격하는 것이다. 그러나 현명한 군주는 세번째 방법을 사용하는 인물을 기꺼이 수상으로 선택할 것이다. 왜냐하면 이런 광신자들은 자기 주인의 의지와 욕망에 가장 충실하게 복종하는 사람으로 언제나 변신하게 마련이기 때문이다.

　모든 관직에 대한 처분을 독점하는 수상들은 상원이나 하원의 과반수를 매수하여 그 권력을 유지한다. 끝으로 그들은

(내가 그 의미를 주인에게 설명해준) 사면법에 따라서 퇴직 후의 면책을 확보하고, 국가로부터 약탈한 막대한 전리품과 함께 공직에서 은퇴하는 것이다.

수상의 관저는 다른 사람들을 자기 직업에서 유능한 수완을 발휘하도록 훈련하는 직업학교이다. 그곳의 심부름꾼들, 제복을 입은 하인들, 짐꾼들이 자기 주인을 모방하여 각자의 지방정부에서 국무장관이 되고, 오만·거짓말·매수라는 세 가지 기본수단에 있어서 뛰어난 능력을 연마한다. 따라서 그들은 고위 귀족들로 구성된 자기 파벌의 우두머리가 되고, 능숙한 수단과 뻔뻔스러운 뱃심으로 점차 승진하여 때로는 자기 주인인 수상의 후임자가 되기도 한다.

일반적으로 수상은 타락한 하녀나 자기가 총애하는 하인의 지배를 받는다. 이런 하녀와 하인은 수상의 모든 특혜가 전달되는 통로이고, 그들을 최종단계에 위치한 국가의 지배자들이라고 불러야 마땅하다.

이러한 논의 과정에서 어느 날 나의 주인은 영국의 귀족에 대한 언급을 듣고는 나를 과분하게 칭찬했다. 나는 그런 칭찬을 받을 자격이 있는 것처럼 태도를 취할 수가 없었다. 그는 내가 귀족 가문의 출신이 분명하다고 확신한 것이다. 그것은 내가 이 나라의 야만적인 야후들과는 다른 생활양식에 따라 살아온 결과, 그들보다 체력과 민첩성은 뒤떨어졌다고 해도 외모, 피부색 그리고 청결함에 있어서는 모든 야후들을 크게 능가하는 한편, 언어 구사의 능력을 가지고 있을 뿐만 아니라, 자기 친구들이 모두 기적이라고 인정할 만한 그런 수준의 초보적인 이성을 구비하고 있기 때문이었다.

그는 후이님들 가운데 흰색, 밤색, 회색의 말들이 적갈색, 회색 반점, 검은색의 말들과 외모가 똑같지 않고, 정신의 여러 재능과 그 재능을 발전시킬 능력에 있어서도 뒤떨어진다는 사실에 주목하라고 말했다. 따라서 그런 말들은 언제나 하인의 지위에 머물러 있고, 자기 신분에서 벗어날 생각도 못한다. 그 나라에서는 자기 신분을 벗어나는 일을 자연질서를 파괴하는 흉측한 행동으로 본다는 것이다.

나는 주인이 나를 그렇게 높이 평가해준 데 대해 가장 겸손하게 감사의 뜻을 표시했지만, 동시에 내가 귀족보다 낮은 신분의 출신이고, 평범하고 정직한 우리 부모는 내게 최소한의 교육을 시킬 수 있는 정도에 불과했다고 단언했다. 또한 영국에서 말하는 귀족이란 그가 생각하는 것과 전혀 다른 종류라고 말했다.

영국의 젊은 귀족들은 어렸을 때부터 나태와 사치 속에서 성장하고, 성년이 되자마자 방탕한 생활에 정력을 낭비하며, 음탕한 여자들과 어울려 몹쓸 병에 걸린다. 그리고 재산을 거의 다 날려버릴 즈음에 그들은 오로지 돈 때문에 비천한 가문의 여자와 결혼한다. 그런 여자는 미모도 없고, 체격도 볼품이 없으며, 그들의 증오와 경멸의 대상이 된다.

이런 결혼에서 태어난 자녀들은 일반적으로 연주창 환자, 곱추, 기형아들이기 때문에, 아내가 그 족속을 개량하고 존

속시키기 위해 이웃사람들이나 친지들 가운데서 건강한 남자를 골라 씨를 받는 수고를 하지 않는 한, 그 가문은 3대 이상 지속되는 일이 없다. 허약하고 병든 육체, 깡마른 얼굴, 그리고 창백한 안색은 귀족에게 희귀한 특징이 결코 아니며, 건강하고 튼튼한 외모가 오히려 귀족에게는 너무나도 수치스러운 일이기 때문에, 일반적인 경우 특히 건강이라는 육체적 결함과 더불어 그의 정신도 우울증, 권태, 무지, 변덕, 방탕, 자만 등을 모르는 결함이 있을 경우, 사람들은 그의 진짜 아버지가 귀족이 아닌 하인이었을 거라고 쉽게 결론을 내린다.

제 7 장

영국과 후이님의 나라를 비교 분석하다

내가 이 나라의 야후들과 완전히 유사하다는 사실을 보고는 인간 족속을 가장 천하게 여길 태세가 이미 갖추어진, 유한한 목숨의 후이님 족속들 앞에서 내가 어떻게 내 종족에 관해서 그토록 자유롭게 설명을 할 수가 있었는지 독자들은 의아하게 여길 것이다. 그러나 인간의 부패를 반대하는 입장에 있는 저 탁월한 네발짐승, 즉 후이님들의 수많은 미덕이 내 눈을 뜨게 해주었고, 이해력을 놀랍게 증진시켜준 결과, 인간의 행동과 욕망들을 전혀 다른 각도에서 바라보고, 동료 인간의 명예란 내세울 가치가 없다고 생각하기 시작했음을 진심으로 고백하지 않을 수 없다.

더구나 나의 주인처럼 너무나 예리한 판단을 내리는 후이님 앞에서 내가 인간의 명예를 내세우기란 불가능했다. 내가 그때까지 전혀 의식하지도 못했고, 인간들 사이에서는 약점이라고도 결코 인정되지 않을, 그러한 인간의 결점들을 그는 매일 수없이 깨우쳐주었고, 나 또한 그를 본받아서 모든 허위나 가식을 철저히 미워하게 되었으며, 진리가 너무나도 사랑스럽게 보여서 진리를 위해서라면 어떠한 것도 희생하기로 결심했던 것이다.

내가 여러 가지 사항에 관해 자유롭게 설명한 데는 훨씬 강력한 동기가 있었다는 것을 독자들에게 솔직하게 고백한다. 나는 이 나라에 도착한 지 1년이 채 지나기도 전에 이곳 주민인 후이님들을 진심으로 사랑하고 존경하게 되어, 인간 사회로 다시는 돌아가지 않기로, 그리고 악습의 실천이나 장려가 전혀 없는 이 나라에 머무른 채, 존경스러운 이 후이님들과 더불어 내 여생을 보내면서 명상에 몰두하고 모든 덕행을 실천하기로 굳게 결심했던 것이다. 그러나 나의 영원한 원수인 운명은 이처럼 엄청난 행복이 내 몫이 되어서는 안 된다고 선포했다. 그렇지만 과거를 회상하면서 지금 내가 약간의 위안을 받을 수 있는 것은, 그처럼 엄격한 심사관 앞에서 영국인에 관해 설명할 때 내가 최대한으로 그들의 결점을 줄였고, 사정이 허락하는 한 그들에게 우호적으로 들리도록 말을 조절했기 때문이다. 사실대로 말하자면, 자기 고향과 조국에 대한 편견과 편애에 좌우되지 않는 사람이 살아 있는 사람 가운데 누가 있겠는가?

나는 주인을 섬기면서 보낸 시간의 대부분을 할애해서 그와 여러 번에 걸쳐 나눈 대화의 요점을 독자들에게 전달했다. 그러나 이 원고의 분량을 줄이기 위해 여기 기록된 것보다 훨씬 더 많은 내용이 생략되었다.

내가 그의 모든 질문에 답변하고 나자, 그의 호기심도 완전히 채워진 듯이 보였다. 그러던 어느 날 아침 일찍 그가 나를 부르더니, (전에 한번도 없던 영광을 내게 베풀면서) 자기와 조금 떨어진 자리에 앉으라고 지시했다. 그는 나 자신과 내 조국에 관련되는 나의 모든 이야기를 매우 진지하게 생각해 보았다고 말했다. 그는 우리를 이성을 아주 조금 부여받은 일종의 동물로 보았는데, 어떤 우연으로 우리가 그 이성을 받았는지는 자기도 추측할 수 없다고 말했다.

그런데 우리는 이성의 도움으로 오로지 우리의 타락한 본성을 더욱 악화시키고, 대자연이 우리에게 주지 않은 새로운 것들을 얻으려고만 했지, 이성을 그 이외의 다른 목적으로는 활용하지 않았다. 우리는 대자연이 부여해준 몇 가지 능력들을 스스로 버렸고, 원래의 욕망들을 증가시키는 데 크게 성공했으며, 그 욕망을 발명품으로 채우려고 평생 동안 무익한 노력을 계속하는 것처럼 보인다는 것이다.

나에 관해서 말하자면, 일반적인 야후의 체력도 민첩성도 지니지 못한 것이 분명하고, 뒷다리로 불안하게 걸어다니며, 내 손톱과 발톱이 아무 쓸모가 없고 방어 수단으로도 적절하지 않으며, 햇빛과 비바람으로부터 턱을 보호하는 장치인 턱수염을 면도로 밀어버리는 것은 어리석은 짓이다. 끝으로 나는 이 나라의 (그가 야후들을 부르는 호칭에 따르면) 내 형제들인 야후들처럼 빨리 달리지도 못하고, 나무에 기어오르지도 못한다.

영국의 정부조직과 법률체계는 우리 이성의 수많은 결함들, 그 결과 초래되는 덕행의 결함들 때문에 생겨난 것인데, 그것은 오로지 이성만이 이성적 동물을 지배하는 데 충분하기 때문이다. 그러므로 이러한 특성은, 내가 영국인들에게 유리하도록 많은 세부사항을 감추었고, 존재하지 않는 것, 즉 거짓말을 자주 했다는 것을 그가 분명히 알고 있었는데도 불구하고, 심지어는 내가 영국인들에 관해서 한 말만 가지고 볼 때에도, 부정할 명분이 없다.

그가 이러한 의견에 더욱 확신을 가지게 된 이유는 내가 다른 야후들과 신체의 모든 부분이 비슷하면서도 다만 실질적으로 내가 불리한 점 즉 체력, 속도, 행동, 짧은 손톱과 발톱, 기타 대자연의 역할과 아무 상관이 없는 다른 세부사항들에서만 차이가 나듯이, 영국인들의 생활, 예절, 행동에 관한 내 설명으로 보면, 영국인들과 이곳의 야후들의 정신적 성향이 매우 비슷하다고 깨달았기 때문이다.

그는 야후들이 다른 종류의 짐승들을 미워하는 것보다도 자기들끼리 더 심하게 미워한다고 말했다. 일반적으로 수긍되는 점은 야후의 모습은 정말 지겨운데, 정작 지겨운 자신의 모습은 보지 못하고, 다른 야후들의 모습만 보기 때문이다. 그러므로 그는 우리가 몸을 감싸고, 그런 새로운 수법으로 몸의 수많은 기형을 서로 감추는 것이 그다지 어리석은 짓은 아니라고 생각하기 시작했다. 기형을 감추지 않는다면, 도저히 서로 참아줄 수가 없을 것이다.

그러나 그는 과거의 자기 생각이 잘못되었고, 이 나라의 야만적인 야후들이 서로 싸우는 것은 내가 영국인들에 관해서 지적한 싸움의 이유와 똑같은 이유 때문이라는 것을 이제 깨달았다는 것이다. (그가 말하기를) 왜냐하면 야후 5마리에게 50마리를 위해 충분한 음식을 던져주는 경우, 그들은 평화롭

게 나누어 먹기는커녕 오히려 각자가 전부를 독차지하겠다고
안달하면서 서로 싸우기를 시작할 것이기 때문이다.

그래서 소굴 밖에서 야후들에게 먹이를 줄 때에는 하인이
언제나 감시하고, 소굴 안에서는 각각 거리를 두어서 야후들
을 묶어놓는다. 암소 한 마리가 늙어 죽거나 사고로 죽는 경
우, 후이님이 그것을 자기 야후들을 위해 운반하기도 전에 근
처에 있는 야후들이 그것을 차지하려고 떼를 지어 몰려와서
는, 내가 이미 설명한 대로 싸움을 벌이고, 서로 참혹한 상처
를 입힌다. 물론 그들은 우리가 발명한 것과 같이 그렇게 편
리한 살해 수단이 없기 때문에 서로 죽이는 일은 없다. 어떤
때는 뚜렷한 이유도 없이 여러 구역의 야후들이 떼를 지어 싸
우는데, 한 구역의 야후들은 다른 구역의 야후들이 대비하기
전에 기습하려고 언제나 기회를 엿보고 있다. 그러나 기습에
실패했다고 깨달으면 소굴로 돌아간 뒤, 상대할 원수가 없기
때문에 내가 내전이라고 부르는 그런 종류의 싸움을 자기들
끼리 벌인다.

후이님을 관찰하다

이 나라의 몇 군데 들판에 각종 색깔을 내면서 번쩍이는 돌이 있는데, 야후들은 이것을 물불을 가리지 않고 좋아한다. 가끔 그런 일이 있지만, 이 돌의 일부가 땅의 표면 위로 솟아나 있을 때, 야후들은 며칠 동안이라도 발톱으로 땅을 파서 그것을 꺼낸 다음, 운반하여 자기 소굴에 무더기로 쌓아놓고 숨긴다.

그리고 다른 동료 야후들이 그 보물을 알아채지 못하도록 최대한 주의를 기울여 계속해서 망을 본다. 야후들이 왜 부자연스럽게 그런 욕심을 부리는지, 또는 이 돌들이 어디에 쓸모가 있는지 도무지 알 수가 없었지만, 이러한 야후들의 욕심이 내가 설명해준 인간의 탐욕과 같은 뿌리에서 나온 것이라고 이제는 믿게 되었다고 말했다. 어느 야후가 땅을 파고 숨겨놓

은 이 돌무더기를 한번은 그가 몰래 다른 곳으로 실험 삼아 옮겨놓았다.

그러자 보물이 없어진 것을 깨달은 탐욕스러운 그 짐승이 목을 놓아 울고불고하면서 모든 야후의 무리들을 보물이 묻혔던 장소로 불러모은 뒤, 거기서 구슬프게 통곡하다가 이윽고 다른 야후들을 물어뜯고 할퀴었다. 그는 수척해지기 시작했고, 아무것도 먹지 않고, 잠도 자지 않고, 일도 하지 않았다.

그래서 나의 주인이 몰래 하인을 시켜서 돌무더기를 원래대로 파묻어놓게 했다. 보물을 다시 발견한 그 야후는 즉시 원기를 회복하고 기분이 매우 좋아졌지만, 한층 안전한 장소로 그 돌무더기를 옮겼다. 그 뒤부터 그 야후는 매우 성실하게 나의 주인을 섬겼다는 것이다.

나도 직접 목격한 일이지만, 번쩍이는 이 돌이 엄청나게 많은 들판에서 가장 치열한 싸움이 자주 일어나는데, 그것은 이웃 야후들이 끊임없이 침입하기 때문이라고 나의 주인이 단언했다.

야후 두 마리가 들판에서 이런 돌을 하나 발견하고는 누구에게 소유권이 있는지 다투면, 세번째 야후가 그 틈을 이용하여 돌을 채가는 경우가 흔하다고 말했다. 그는 야후들의 이런 일이 우리의 소송과 매우 비슷하다고 주장했는데, 나는 그의 생각이 잘못되었다고 깨우쳐주지 않는 것이 유리하다고 생각했다. 왜냐하면 세번째 야후가 돌을 가져간 것은 우리가 소송에서 얻는 판결들보다 훨씬 더 공정하기 때문이다.

야후들의 경우에는 원고와 피고가 다툼의 원인인 돌 이외에는 아무 것도 잃지 않는 반면, 영국의 재판소들은 원고와

피고 양쪽이 모두 파산해버리기 이전에는 소송사건을 절대로 종결시키지 않는 것이다.

계속해서 나의 주인은 풀, 뿌리, 열매, 짐승의 썩은 고기, 또는 이 모든 것이 뒤섞인 것 등 무엇이든지 닥치는 대로 다 먹어치우는 천한 식욕처럼 야후들을 지겹게 보이게 하는 것은 또 없다고 말했다. 야후들은 매우 이상한 성질이 있어서, 대단히 먼 곳에서 약탈하거나 훔쳐온 음식을 그것보다 훨씬 좋은 음식, 즉 나의 주인이 집에서 제공하는 음식보다 더 좋아한다. 그들은 먹이가 바닥이 날 때까지 배가 터지도록 먹은 다음, 대자연이 가르쳐준 어떤 뿌리를 먹고 모조리 배설해버린다.

이 나라에는 다른 종류의 뿌리가 있는데, 이것은 즙을 많이 내지만 매우 희귀하고 찾아내기도 힘든 것이다. 야후들은 매우 열성적으로 이것을 찾아내고는 크게 기뻐하면서 빨아먹는다. 이것은 포도주가 우리에게 미치는 것과 똑같은 효과를 야후들에게 미친다. 그래서 이 뿌리의 즙을 빨고 난 그들이 때로는 서로 껴안고 때로는 서로 할퀴며, 으르렁대고, 싱긋이 웃고, 수다스러워지고, 비틀거리고, 그러다가 더러운 땅바닥에 쓰러져 잔다는 것이다.

나는 이 나라에서 질병에 걸리는 짐승은 야후뿐이라는 사실을 알게 되었다. 그러나 야후들이 걸리는 질병은 유럽의 말들의 경우보다 그 종류가 적었다. 이 치사한 야후들이 병에 걸리는 것은 그들이 받는 학대 때문이 아니라, 자신의 불결한 생활습관과 탐욕 때문이었다.

이 나라의 언어에는 야후들이 걸리는 질병들에 대해 세분된 명칭이 없고, 이 짐승의 명칭을 빌려, 그냥 통털어서 '흐네아 야후' 즉 '야후의 사악함'이라고 불렀고, 처방된 치료 방법은 야후 자신의 똥과 오줌을 섞어서 강제로 야후에게 먹이는 것이다. 이 치료법을 나 자신도 자주 실시했기 때문에, 이제 나는 영국 국민들의 이익을 위해 과음 과식에서 생기는 모든 질병에 대한 놀라운 특효약으로 이것을 자신 있게 권고하는 바이다.

학문, 정부, 예술, 제조업, 기타 분야에 있어서 나의 주인은 이 나라의 야후들과 영국의 야후들 사이에 유사점을 전혀 또는 거의 발견할 수 없었는데, 그것은 그가 이 두 종류의 야후들이 어떤 유사한 본성을 가지고 있는지에 대해서만 알고 싶었기 때문이라고 고백했다.

사실 그가 다른 호기심 많은 후이님들에게서 들은 바로는, (우리 나라의 공원들에 일반적으로 다른 사슴들을 이끌거나

한 성질이 있다는 그의 비난에 반박하여 인류의 억울한 누명을 벗겨줄 수 있었을 것이다. 돼지가 야후보다 더 온순한 네발짐승이기는 하지만, 야후보다 더 깨끗하다고 자부할 수는 없다고 겸손하게 생각했고, 따라서 나의 주인도 돼지들이 먹이를 먹는 더러운 방식과 진흙탕 속에서 뒹굴고 잠자는 습성을 보았다면, 이 점을 틀림없이 수긍할 것이다.

나의 주인은 자기 하인들이 여러 야후들의 경우에서 알아냈고, 자기로서도 도저히 이해할 수 없는 다른 성질에 관해서도 언급했다. 변덕스럽게도 야후가 가끔 구석으로 물러가 드러눕고, 으르렁대고, 신음하고, 곁에 다가오는 다른 야후들을 모두 쫓아버리며, 젊고 뚱뚱한 경우에도 음식이나 물을 전혀 먹으려고 하지 않는데, 하인들은 그가 무슨 병에 걸렸는지 상상도 할 수 없었다는 것이다.

그리고 그들이 발견한 유일한 치료법은 그 야후에게 힘든 일을 시키는 것이다. 일을 마치면 그는 어김없이 제정신으로 돌아온다. 이 말에 나는 나와 같은 족속에 대한 편애 때문에 대꾸하지 않고 입을 다물었다. 그러나 여기서 내가 발견한 것은 우울증의 진짜 씨앗이었다. 우울증의 포로가 되는 것은 오로지 게으른 사람들, 사치스러운 사람들, 돈이 많은 사람들뿐이다. 이들이 강제로 치료를 받게 된다면, 내가 그 치료를 담

당하겠다.

또한 나의 주인은 암컷 야후가 자주 둑 뒤에나 풀숲 속에 서 있다가 지나가는 젊은 수컷 야후들을 쳐다보는가 하면, 우 스꽝스러운 몸짓과 표정을 지으면서 나타났다가 숨어버리는 데, 바로 이때 가장 지독한 냄새를 풍긴다고 말했다. 수컷이 다가오면 암컷은 자주 뒤를 돌아다보며 짐짓 두려워하는 척 하면서 천천히 뒤로 물러서다가, 어떤 편리한 곳으로 도망친 다. 암컷은 수컷이 거기까지 따라올 것이라고 미리 알고 있는 것이다.

또 어떤 때 낯선 암컷 야후가 가까이 다가오면, 서너 마리 의 암컷들이 낯선 암컷 주위로 몰려들고, 자세히 쳐다보고, 재잘대고, 싱글싱글 웃고, 낯선 암컷의 온몸의 냄새를 맡고 나서는, 경멸과 불쾌감을 표시하는 것으로 보이는 몸짓을 하면서 돌아서버린다.

나의 주인은 자기가 직접 관찰한 것 또는 다른 후이넘들에게서 들은 것을 가지고 도출해낸 이러한 견해들을 나름대로 약간은 윤색했을지도 모른다. 그러나 나는 음탕함, 교태, 비난, 스캔들의 뿌리가 여자들의 본능 속에 자리잡고 있다는 것을 알고는 매우 놀라는 한편 심한 슬픔을 느끼지 않을 수가 없었다.

나는 야후들이 영국의 남녀 양쪽에게 너무나 흔한 저 부자연스러운 성질들도 가지고 있다고 나의 주인이 비난하기를 이제나저제나 기다렸다. 그러나 대자연은 그 정도로 유능한 교사의 역할을 한 것 같지는 않았다. 그리고 저 부자연스러운 성질들, 즉 한층 세련된 쾌락들은 지구의 이쪽인 영국에서 예술과 이성이 선적으로 만들어낸 것이다.

제 8 장

야후들의 몇 가지 특징을 설명하다

인간의 본성에 관하여는 나의 주인이 이해할 수 있는 것보다 내가 훨씬 잘 이해하고 있었던만큼, 그가 제시해준 야후들의 특성을 나는 나 자신과 영국인들에게 쉽게 적용했고, 직접 관찰해서 더욱 많이 발견할 수 있다고 믿었다.

따라서 나는 이웃에 있는 야후의 무리에게 데려가달라고 나의 주인에게 자주 간청했고, 그는 내가 이 야만적인 짐승들에 대해 품은 증오로 결코 그들처럼 타락하지는 않을 것이라고 확신했기 때문에, 내 요청을 언제나 기꺼이 받아들였다.

그는 자기 하인 가운데 하나인, 매우 정직하고 온순하며 힘이 센 밤색의 늙은 말에게 나를 호위하라고 지시했고, 그의 보호를 받지 않았더라면 나는 감히 모험에 나서지 못했을 것이다. 왜냐하면 이미 독자들에게 말한 것처럼 내가 이 나라에 도착했을 때 저 짐승들은 나를 엄청나게 괴롭혔기 때문이다.

어떤 때는 칼을 가지지 않은 채 상당히 먼 곳까지 길을 잃고 헤매다가 야후들의 손아귀에 들어갈 뻔했지만, 간신히 도망친 적도 서너 번 있었다. 내가 자기들과 같은 족속이라는 생각을 야후들이 가지고 있었다는 믿을 만한 근거가 있다.

보호자인 밤색 말이 내 곁에 있을 때, 나는 자주 소매를 걷어올리고, 맨살의 두 팔과 가슴을 그들에게 보여준 결과, 야후들은 더욱 그렇게 생각하게 되었던 것이다.

그래서 야후들은 최대한으로 내게 가까이 접근했고, 원숭이가 하듯이 내 행동을 흉내냈다. 그러나 모자와 양말 차림에 길들여진 갈가마귀가 야생 갈가마귀들 사이에 우연히 끼어 있게 될 때 언제나 학대받는 것처럼, 야후들은 나에게 엄청난 증오를 표시했다.

야후들은 어린애 때부터 놀라울 정도로 동작이 재빠르다.

한번은 내가 세 살 난 수컷 야후를 잡은 뒤, 극진한 친절을 베풀어 조용히 있게 하려고 애썼지만, 이 꼬마 도깨비는 꽥꽥 소리를 지르면서 너무나 난폭하게 할퀴고 물어뜯으려고 해서 놓아주지 않을 수 없었다. 물론 놓아주기를 잘했다. 시끄러운 그 소리에 어른 야후들이 모두 떼를 지어 나와서 우리를 포위했기 때문이다.

그러나 그들은 (이미 달아난) 어린 야후가 안전한 것을 보았고, 밤색 말이 내 곁에 있었기 때문에 감히 접근하지 못했다. 어린 그 짐승의 몸에서는 매우 지독한 악취가 났는데, 그 악취는 족제비 냄새나 여우 냄새와 비슷하면서도 훨씬 더 구역질나는 것이었다.

내가 잊어버리고 있던 일이지만, (물론 이것이 완전히 누락된다 해도 독자들은 나를 용서해줄지도 모르지만) 내가 그 지겨운 어린 야후를 손으로 잡고 있는 동안, 이 짐승은 누런 액체로 된 더러운 배설물을 내 옷 전체에 갈겨놓았다.

다행히 작은 시냇물이 가까이 있어서 나는 최대한으로 깨끗하게 목욕을 했고, 충분히 바람을 쐬어 악취를 제거하기 전에는 감히 주인 앞에 나서려고 하지 않았다.

나는 야후들이 모든 동물 가운데 교육이 가장 불가능한 족속이라는 사실을 깨달았다. 그들의 능력은 짐을 끌거나 운반하는 것 이상까지는 절대로 이르지 못했다.

그러나 나는 이 결함이 주로 그들의 사악하고 완고한 성질에서 나온 것이라고 생각한다. 왜냐하면 그들은 교활하고, 악의를 품고, 배신을 잘하고, 복수심에 불타기 때문이다. 그들은 힘이 세고 체격이 튼튼하기는 하지만, 비겁한 정신을 가지

고 있었기 때문에 오만하고 치사하고 잔인하다.

붉은 털이 난 야후들은 암컷이든 수컷이든 모두 다른 야후들보다 더 힘이 세고 더 활동적인 반면, 더 음탕하고 나쁜 짓을 더 많이 저질렀다.

후이님들은 저택에서 그리 멀지 않은 곳에 있는 오막살이에 잔심부름을 할 야후들을 넣고 기른다. 그러나 나머지 야후들은 일정한 들판에 내보내는데, 그들은 뿌리를 캐고, 몇 가지 종류의 풀을 뜯어먹으며, 짐승의 시체를 찾아다니고, 때로는 족제비와 '루히무흐'(일종의 들쥐)를 잡아서 게걸스럽게 먹어치운다.

대자연은 그들에게 높이 솟아오른 땅의 옆구리에 발톱으로 깊은 구멍을 파도록 가르쳤고, 그들은 그 구멍 속에서 누워 자는데, 암컷 야후들의 구멍은 2~3마리의 새끼들과 함께 살기에 충분하도록 넓었다.

야후들은 어린애 때부터 개구리처럼 헤엄을 치고, 물 속에서 오랫동안 견딜 수 있다. 물 속에 머물러 있는 동안 자주 물고기를 잡고, 암컷 야후는 그 물고기를 새끼들에게 먹이려고 집으로 운반한다. 이 기회에 전하는 나의 이상한 모험담에 대해 독자들이 용서해주기 바란다.

어느 날 나는 보호자인 밤색 말과 함께 외출했는데, 날씨가 너무나도 무더웠기 때문에 근처에 있는 강물에서 목욕을 하도록 허락해달라고 요청했다. 그가 좋다고 말해서 나는 즉시 발가벗고 나서 조심조심 강물 속으로 들어갔다.

그때 마침 둑 뒤에 서 있던 암컷 야후 한 마리가 내 행동을 모두 지켜보고는, 밤색 말과 내가 추측한 바와 같이, 불 같은 욕정에 사로잡힌 나머지 전속력으로 달려내려와 강물에 뛰어들고는 내가 목욕하던 곳에서 4.5미터 이내로 접근했다.

나는 그때처럼 심한 공포에 휩싸인 적이 평생에 단 한 번도 없었다. 밤색 말은 아무런 위험도 의심하지 않은 채, 상당히 떨어진 곳에서 풀을 뜯고 있었다. 암컷 야후는 가장 역겨운 태도로 나를 껴안았고, 나는 있는 힘을 다해서 고래고래 소리를 질렀다.

밤색 말이 빠른 속도로 달려오자 암컷 야후는 반대편 둑 위로 펄쩍 뛰어올라 서 있었고, 내가 옷을 입는 동안 줄곧 쳐다보면서 으르렁댔다.

이 사건은 내게 굴욕적인 것이었지만 나의 주인과 가족들에게는 유쾌한 에피소드였다. 왜냐하면 암컷 야후들이 나를 자기 족속의 하나라고 여겨 본능적인 편애를 느낀만큼, 내가 모든 사지와 체격에서 진짜 야후라는 것을 더 이상 부정할 수 없었기 때문이다.

이 암컷 야후는 붉은 털이 나지도 않았고, (붉은 털을 가졌다면 약간 비정상적인 욕정에 대해 어느 정도 핑계를 델 수도 있었겠지만) 오히려 야생 오얏 열매처럼 검었고, 그 얼굴은 다른 야후들처럼 그렇게 험악하지도 않았다. 내 생각에 그 암컷 야후는 11살이 넘지 못했다.

지나치게 구체적인 교육과 훈련

내가 이 나라에서 3년 동안 살았기 때문에, 다른 여행자들처럼 이곳 주민들의 예절과 관습에 관해 이야기해주기를 독자들이 기대할 것으로 본다. 사실 나는 그들의 예절과 관습을 주요 학습과제로 삼고 있었다.

이 고상한 후이님들이 대자연으로부터 모든 덕행에 대한 보편적 성향을 부여받았고, 이성적 동물에게는 사악한 것에 대한 개념이나 관념이 없는만큼, 그들의 장엄한 좌우명은 이성을 연마하고, 전적으로 그 이성의 지배를 받는다는 것이다.

우리의 경우에는 이성이 문제를 지적해주고, 대립되는 양쪽 사람들이 그럴듯한 가능성을 가지고 논쟁하게 만들지만, 그들에게는 결코 그렇지 않다. 오히려 이성이 격정과 이해관계로 뒤섞이고, 혼탁해지거나 퇴색하지 않는 경우에는 반드시 그렇게 하는 것처럼 즉각적인 확신을 심어주는 것이다.

나는 나의 주인에게 '의견'이라는 단어의 의미를 이해시키는 데, 또는 한 가지 논점에 관해서 어떻게 논쟁이 벌어질 수 있는지 이해시키는 데 지독한 어려움을 겪었던 일이 기억난다.

왜냐하면 이성은 오로지 우리가 확실히 알 때에만 긍정하거나 부정하도록 가르쳤고, 우리가 모르는 경우에는 긍정도 부정도 할 수가 없기 때문이다.

따라서 논쟁, 말다툼, 토론, 허위 명제나 의심스러운 명제에 대한 확신 등은 후이님들 사이에 알려지지 않은 악행들이었다. 이와 마찬가지로 나의 주
인에게 우리가 가진 자연과학
의 몇 가지 체계를 설명할 때마
다, 그는 이성을 가진 척하는
사람이 다른 사람들의 추측에
서 나온 지식을 자랑하고, 어떤
사항들이 확실한 것이라면 거
기에는 남의 지식이 아무 소용도 없는데, 그런 확실한 것들에
관해서도 자랑한다면서 우리를 비웃었다.

이 점에서 그는 플라톤이 전달한 바와 같은 그러한 소크라
테스의 생각과 완전히 일치했고, 이것은 저 철학자들의 왕에
게 내가 바칠 수 있는 최대의 영예를 드리는 뜻에서 언급하는
것이다.

그 후 나는 이러한 이론이 유럽의 도서관에서 얼마나 많은
것을 파괴할 것인지, 그 파괴의 결과 명성에 이르는 얼마나
많은 길이 학계에서 폐쇄될 것인지 자주 생각해보았다.

후이님들 사이에서는 우정과 호의가 가장 중요한 두 가지
덕행이고, 이것들은 특정 대상들에게 국한된 것이 아니라, 동
족 전체에 대해서 보편적으로 적용하는 것이었다.

왜냐하면 가장 먼 곳에서 온 나그네도 가장 가까운 이웃과
동등하게 대접을 받고, 그가 어디를 가든지 자기 집에 있는
것처럼 대우를 받기 때문이다. 그들은 최고 수준의 예절을 지
키고 예의를 차리지만, 예식이라는 것은 전혀 모른다.

그들은 자기가 낳은 망아지들을 편애하지 않고, 망아지들
을 교육하는 데 기울이는 정성은 전적으로 이성의 명령에서

파생된 것이다.

나는 나의 주인이 자기 망아지에게 기울이는 것과 똑같은 사랑을 이웃집의 망아지에게도 기울이는 것을 보았다. 그들은 동족 전체를 사랑하라고 대자연이 가르치고, 오로지 이성만이 덕성의 단계가 한층 높은 후이님들을 다른 후이님들과 구별시켜준다고 믿는다.

안주인 후이님들은 암수 한 쌍의 새끼들을 낳고 나면, (거의 일어나지 않지만) 사고로 새끼 한 마리를 잃는 경우 외에는 바깥주인과 더 이상 동침을 하지 않는다.

그러나 사고로 새끼를 잃은 경우, 또는 임신가능 연령을 넘긴 아내를 가진 후이님이 그런 사고를 당했을 때 다른 부부가

그에게 새끼를 넘겨준다. 그리고 그들은 안주인이 임신할 때까지 다시 부부생활을 한다.

이러한 배려는 그 나라가 후이늠들로 인구과잉이 되는 일을 방지하기 위해 필요한 것이다. 그러나 하인이 되도록 길러지는 열등한 후이늠들은 이 규정에 따라 아주 엄격하게 제약을 받는 것은 아니다. 열등한 이 족속은 귀족 가문들에게 하인을 공급하기 위해 암수 3쌍의 출산이 허락된다.

결혼할 때 그들은 불쾌하게 색깔이 혼합된 잡종이 나오지 않도록 털의 색깔 선택에 세심한 주의를 기울인다. 수컷 말에게는 체력이, 암컷 말에게는 아름다운 몸매가 가장 중요한데, 이것은 사랑 때문이 아니라 종족의 퇴화를 막기 위한 것이다. 왜냐하면 암컷이 체력이 뛰어난 경우에는 아름다운 몸매를 기준으로 배우자를 고르기 때문이다.

구애, 사랑, 선물, 남편의 유산, 유산 상속 등은 전혀 생각하지도 않고, 그들의 언어에는 그런 것을 표현하는 단어조차 없다. 한 쌍의 젊은 후이늠들은 단순히 부모와 친구들이 결정했다는 이유만으로 만나서 결합한다.

그들은 이런 일이 일어나는 것을 매일 보고, 그래서 이것을 이성적인 존재의 필수적인 행동들 가운데 하나라고 여긴다. 그러나 부부간의 의무를 위반한다거나 다른 불륜에 관한 이야기는 전혀 들리지 않았다.

결혼한 후이늠 부부는 그들이 만나는 다른 모든 동족에 대해서 품는 것과 똑같은 우정과 호의를 가지고 같이 살고, 질투나 편애, 말다툼, 불만 등은 전혀 없다.

암수 양쪽의 젊은 후이늠들을 교육시키는 데 있어서 그들의 방법은 놀라운 것이고, 우리가 본받을 만한 가치가 너무나 크다. 젊은 후이넘들은 특정한 날들을 제외하고는 18세가 되기까지 귀리 알맹이를 먹어서는 안 되고, 마찬가지로 우유도 매우 드문 경우가 아니면 마시지 못한다. 여름철에는 부모들이 하는 것과 똑같이 아침과 저녁에 각각 두 시간 동안 풀을 뜯어먹는다.

그러나 하인 후이넘들은 한 시간 동안만 밖에서 풀을 뜯어먹을 수 있고, 나머지 한 시간 분량에 해당하는 풀은 저택으로 운반하여 일에서 풀려났을 때, 가장 편리한 시간에 그것을 먹는다.

암수 양쪽의 젊은 후이넘들에게 똑같이 가르치는 교훈이 절제, 근면, 훈련, 그리고 청결함이다. 나의 주인은 우리 영국의 야후들이 가사 운영의 몇 가지를 제외하고는, 수컷에 대한 교육과 전혀 다른 교육을 암컷들에게 실시하는 것을 야만적이라고 생각했다.

그런 교육의 결과, 그가 제대로 관찰한 바와 같이, 우리 영국의 야후들의 절반은 아이를 낳는 일 이외에는 아무짝에도 쓸모가 없고, 또한 이렇게 아무 쓸모도 없는 짐승들에게 우리 자녀들의 양육을 맡긴다는 것은 야만성을 한층 뚜렷하게 입증하는 실례인 것이다.

그러나 후이넘들은 가파른 언덕을 빨리 달려서 오르내리고, 단단하고 돌이 많은 땅을 달리게 하는 훈련을 통해서 젊은 후이넘들이 체력과 속도와 강인성을 겸비하도록 가르친다.

그리고 그들의 온몸이 땀에 젖으면 연못이나 강으로 뛰어들라고 명령한다. 일정한 지역의 젊은 후이넘들은 매년 네 번 모여서 달리기, 높이뛰기, 기타 체력과 민첩성을 나타내는 기술 분야에서 실력을 겨루고, 우승한 후이님에게는 그를 칭송하는 노래를 상으로 받는다.

이 축제의 날에는 후이님들의 음식인 건초, 귀리, 우유를 들판으로 운반하도록 하인 후이님들이 야후의 무리들을 바깥으로 내몬다. 음식을 운반하자마자 하인 후이님들이 이 야만적인 짐승들을 곧장 다시 저택으로 몰고 가는데, 그것은 후이님들의 집회에서 그들이 시끄럽게 떠들까봐 염려하기 때문이다.

4년마다 춘분 때 전국의 대의원들이 모이는 회의가 개최되는데, 그 장소는 나의 주인의 저택에서 32킬로미터 가량 떨어진 들판이고, 기간은 5~6일이다.

이 회의에서 그들은 각 지역의 형편과 사정에 관해서, 다시 말하면 각 지역에서 건초나 귀리, 암소, 야후들이 충분한지, 아니면 부족한지를 검토한다. (거의 이런 일은 없지만) 어느 지역에서 그런 물자가 부족한 경우에는 만장일치와 자진 기부로 즉시 물자가 보충된다. 이와 마찬가지로 이 회의에서는 자녀 후이님들에 관한 조절도 이루어진다.

예를 들면, 수컷만 둘을 자녀로 둔 후이님은 그 중 하나를 암컷만 둘을 자녀로 둔 후이님의 암컷과 바꾼다. 그리고 안주인이 임신 가능 연령을 지났는데 사고로 자녀를 하나 잃은 경우, 어느 가족이 그것을 보충하기 위해 자녀를 하나 더 낳을 것인지를 이 회의에서 결정하는 것이다.

제 9 장

거창한 토론이 벌어지다

내가 이 나라에 머물고 있는 동안, 그러니까 내가 이 나라를 떠나기 3개월 전에 후이님들의 총회가 개최되었고, 나의 주인은 자기 지역의 대표자로서 참석했다. 이 총회에서는 그들의 매우 낡아빠진 토론이 다시금 반복되었는데, 그것은 이 나라에서 벌어진 유일한 토론이었고, 사실 나의 주인은 귀가한 뒤에 대단히 상세한 내용을 나에게 전해주었다.

토론의 주제는 야후들을 지상에서 말살시켜야만 할 것인지의 여부였다. 말살에 찬성하는 후이님 하나는 설득력과 비중이 대단한 여러 가지 논점을 제시했고, 아래와 같이 주장했다. 즉 야후들이란 대자연이 만들어낸 짐승들 가운데 가장 더럽고, 가장 시끄럽고, 가장 기형적이기 때문에 가장 완고하고, 길들이기가 가장 어렵고, 가장 나쁜 짓을 많이 하고, 가장 악랄하다.

그들은 끊임없이 감시를 받지 않으면, 후이님의 암소들의

젖꼭지를 몰래 빨고, 고양이들을 죽이고 잡아먹으며, 귀리밭과 풀밭을 짓밟아버리고, 기타 수천 가지의 악행을 저지른다.

그는 이 나라에 태초부터 야후들이 살아온 것은 아니라는 일반적인 전설을 새삼 지적했다. 여러 세대를 거슬러올라가는 먼 옛날에 이 야만적인 짐승 두 마리가 산에 나타났는데, 태양열이 부식한 진흙과 점토에 작용해서 생겨났는지, 아니면 나무의 수액이나 바다의 거품에서 생겨났는지는 아무도 모른다.

이 한 쌍의 야후가 새끼를 쳤고, 짧은 기간 내에 그 숫자가 너무 많아져서 전국을 휩쓸고 구석구석을 더럽혔다. 그래서 이 사악한 무리를 처치하기 위해 후이넘들이 총동원되어 사냥에 나섰고, 그 결과 야후 전체를 포위하게 되었다. 그런 다음 늙은 야후들은 모조리 죽여버리고, 후이넘은 각자 젊은 야후 한 쌍씩을 소굴에 가두었다.

그리고 천성적으로 야만적인 짐승이 길이 들 수 있는 만큼 최대한으로 이 야후들을 길들인 다음, 수레를 끌거나 짐을 운반하는 데 이용했다는 것이다.

이 전설의 내용은 대부분이 맞는 것 같다. 그리고 이 야후들은 '일니니암쉬'(또는 이 나라의 원주민)일 수가 없다. 왜냐하면 다른 동물들은 물론이고 후이넘들도 이들에 대해 격심한 증오심을 품고 있는데, 이들은 그 사악한 성질 때문에 증오의 대상이 되는 것은 마땅하다. 하지만 만일 이들이 원주민이었다면 그 정도로 극심하게 미움을 받지는 않았을 것이고, 극심한 미움을 받았다면 벌써 오래 전에 멸종하고 말았을 것이다. 또한 이 나라의 주인인 후이넘들은 너무나도 어리석게도, 야후들을 이용해먹는 일에 정신이 팔려, 당나귀 족속을 사육하는 일을 소홀히 했다.

당나귀는 야후보다 몸을 놀리는 민첩성이 떨어지기는 하지만, 잘생긴 짐승이고, 쉽게 기를 수 있으며, 길이 더 잘 들고 순종하며, 지독한 냄새도 풍기지 않고, 힘든 일에도 잘 견디는 충분한 체력을 지녔다. 당나귀의 울음소리가 그리 유쾌하게 들리지는 않지만, 야후들이 무시무시하게 울부짖는 소리보다는 훨씬 낫다는 것이다.

여러 명의 다른 대표들도 그러한 취지에 찬성한다고 선언했을 때, 나의 주인이 그 총회에 절충안을 제시했는데, 그것은 사실 나에게서 힌트를 얻은 것이었다. 그는 그 영예로운 대표가 자기보다 먼저 발언할 때 또 언급한 전설을 수긍한 다음, 이렇게 말했다.

최초로 발견된 그 야후 한 쌍은 바다에서 건너서 이 나라에 밀려온 것 같다. 상륙한 뒤에 동료들에게 버림을 받은 그들은 산 속으로 들어갔다. 이 족속은 점차 퇴보하여, 세월이 흐르면서 최초의 한 쌍이 떠나온 그 나라의 동족들보다 더욱 야만적인 짐승들로 변했다.

그가 그렇게 주장하는 이유는 자기에게 (나 자신을 의미하는 말이지만) 놀라운 야후가 하나 있기 때문인데, 대부분의 대표들은 이 야후에 관해서 이미 소문을 들었고, 직접 본 대표도 많았다. 이어서 그는 나를 어떻게 처음 발견했는지를 설명했다. 내 몸이 다른 동물의 가죽과 털을 가지고 인위적으로 만든 덮개로 온통 덮여 있고, 내가 나 자신의 언어를 가지고 있으며, 자기들의 언어를 완전히 배웠다고 말했다.

그리고 내가 이 나라에 도착하게 된 그 사고에 관해서도 설명해주었다고 밝혔다. 덮개로 몸을 가리지 않았을 때, 나는 야후들보다 피부가 더 희고, 털이 별로 없으며, 발톱이 더 짧다는 점을 제외하면, 신체의 모든 부분이 영락없이 야후와 똑같다고 말했다.

그는 또한 영국과 다른 여러 나라에서 야후들이 나라를 다스리는 이성적인 동물로 행동하고, 후이님들을 노예로 삼고 있다는 것을 자기에게 이해시키려고 내가 얼마나 애썼는지에 관해서도 추가로 설명했다.

그가 관찰한 바로는 내가 야후의 모든 성질을 갖추고 있는데, 이성의 미약한 도움으로 다른 야후들보다 약간 더 세련되었을 뿐이다. 그러나 이것은 이 나라의 야후들이 나보다 열등한 정도보다는 내가 후이님 족속보다 열등한 정도가 훨씬 더 심하다. 내가 언급한 여러 가지 사항 가운데 우리가 젊은 후이님들을 길들이기 위해 거세시킨다는 관습도 들어 있었다.

이 수술은 쉽고 안전한 것이다. 개미에게서 근면을 배우고, ('리한흐'라는 이 새는 제비보다 훨씬 크지만, 어쨌든 제비라고 나는 번역했는데) 그 제비에게 집 짓는 것을 배우는 것처럼 야만적 짐승에게서 지혜를 배우는 것은 수치가 아니다. 거세라는 이 새로운 기술은 이 나라에서 젊은 야후들에게 적용할 수도 있다. 거세를 실시하면, 야후들을 온순하게 만들어 부리기에 더욱 적절할 뿐만 아니라, 한 세대가 지나면 그들을 죽이지 않고서도 야후 족속 전체의 멸종을 초래할 것이다.

이렇게 하는 동안에 후이님들에게는 당나귀 족속의 사육이 더욱 권장되어야만 한다. 당나귀들은 모든 면에서 야후들보다 더 쓸모가 많은데, 야후들은 12세가 될 때까지 일을 시킬 수 없는 반면에, 당나귀는 5세부터 일에 종사할 수 있다는 장점이 있다.

이것은 총회에서 토론된 내용 가운데 나의 주인이 그때 나에게 전해주어도 좋다고 생각한 것의 전부이다. 그러나 그는 나 자신에게 개인적으로 관련이 있는 한 가지 특정 내용은 감추었다. 적절한 기회에 독자들도 알게 되겠지만, 나는 곧 그 불행을 느꼈고, 그 이후 일생 동안 나에게 불운이 계속되었다.

후이님들의 학식과 문화

후이님들은 문자가 없어서 모든 지식은 구전된 것이다. 그러나 이토록 잘 단결되고, 선천적으로 모든 덕성을 갖추었으며, 전적으로 이성의 지배를 받고, 다른 나라들과 모든 교류가 막힌 이런 백성들 사이에는 중요한 사건이란 거의 일어나지 않았기 때문에, 골치를 썩이지 않아도 역사는 쉽게 보존되었다.

이미 설명했지만, 그들은 질병에 절대로 걸리지 않기 때문에 내과의사들이 필요하지 않다.

그러나 그들은 날카로운 돌에 부딪혀서 발목 또는 발굽의 연한 부분이 우연히 타박상을 입거나 베인 경우, 그리고 다리를 절거나 몸의 여러 부분에 상처를 입은 경우, 그것을 치료하기 위해 약초들을 배합한 훌륭한 약들을 가지고 있었다.

그들은 해와 달의 회전에 따라 1년을 계산하지만 1년을 50여 주간으로 세분하지는 않는다.

또한 해와 달의 움직임을 충분히 이해하고, 일식과 월식 현상에 관해서도 해박한 지식을 가지고 있는데, 이것은 천문학 분야에서 그들이 거둔 가장 고도의 발달 수준을 보여주는 것이다.

시 분야에서는 그들이 이 세상의 모든 동물 가운데 가장 탁월한 솜씨를 발휘한다는 사실을 인정하지 않을 수가 없다.

그들이 사용하는 비유가 너무나 적절하고, 묘사는 고도로 정밀하고 정확하여, 그 누구도 감히 흉내낼 수 없는 수준이었

다. 이러한 비유와 묘사로 가득 찬 그들의 시에서는 우정과 보편적 사랑을 크게 고취하거나, 달리기와 기타 체육대회의 우승자들을 칭송하는 내용이 주류를 이루었다.

그들의 건물은 대개 매우 조잡하고 단순한 것이지만 불편하지는 않고, 오히려 추위와 더위의 모든 피해를 막아내도록 훌륭하게 설계된 것이었다. 이 나라에는 특수한 종류의 나무가 있는데, 이것은 자란 지 40년이 되면 뿌리가 약해져서 제일 먼저 닥치는 폭풍우에 스러져버린다.

그리고 이 나무는 거의 수직으로 높이 자란다. 그래서 후이님들은 (무쇠를 사용할 줄 모르기 때문에) 날카로운 돌로 이 나무를 말뚝처럼 길고 뾰족하게 깎은 다음, 25센티미터 간격으로 땅바닥에 박고, 그 기둥들 사이를 귀리 짚이나 작은 나뭇가지로 엮어서 채운다. 지붕과 문도 이러한 방식으로 만든다.

우리가 손을 사용하는 것처럼 후이님들은 앞발의 발목과 발굽 사이의 움푹한 부분을 사용하는데, 그 솜씨는 내가 처음에 상상했던 것보다 훨씬 더 능숙한 것이었다. 나는 나의 주인 집안의 흰색 암말이 발굽과 발목 사이의 그 부분으로 (일부러 내가 빌려주었던) 바늘의 귀에 실을 꿰는 것을 본 적이 있다. 그들은 암소의 젖을 짜고, 귀리를 추수하는 등 우리가 손으로 하는 다른 모든 일을 똑같이 처리한다.

그들은 일종의 단단한 부싯돌을 가지고 있는데, 이 돌을 다른 돌들에 대고 갈아서 쐐기, 도끼, 망치의 대용품이 되는 연장들을 만든다.

그리고 이 돌로 만든 연장들을 사용하여 여러 들판에서 자연적으로 자라나는 풀을 베고, 귀리를 수확한다. 그러면 야후들이 건초더미와 귀리 묶음들을 수레에 실어 집으로 운반하고, 하인들이 지붕이 덮인 여러 헛간에서 탈곡하여 식량을 창고에 저장한다. 그들은 흙과 나무로 조잡한 그릇을 만드는데, 토기는 햇볕에 말린다.

그들의 사망 원인은 사고를 피할 수만 있다면 오로지 노쇠함밖에는 없고, 그들이 발견할 수 있는 곳 가운데 가장 외진 곳에 묻힌다.

친구와 친척들은 그들의 죽음에 대해 기쁨도 슬픔도 나타내지 않고, 죽음을 맞이하는 후이님도 삶에 대한 미련을 전혀 내색하지 않고, 마치 이웃집을 방문했다가 자기 집으로 돌아가는 것처럼 보인다.

내가 지금 기억하기로는, 나의 주인이 각별히 기념할 만한 날에 즈음하여 어느 친구와 그 가족들을 자기 집으로 초대한 적이 있었다.

약속된 날짜에 친구의 부인과 두 자녀가 매우 늦게 도착했는데, 그 부인은 지각한 이유를 두 가지로 들었다. 첫째, 자기 남편이 바로 그날 아침에 '슈누운흐'를 했다는 것이다.

이 단어는 그들의 언어로는 매우 된소리로 발음이 되지만, 영어로는 쉽게 표기할 수 없고, 최초의 어머니에게 돌아간다는 의미를 나타내는 것이다.

그 부인이 좀더 빨리 오지 못한 데 대해 내세운 둘째 이유는, 자기 남편이 그날 아침 늦게 죽었기 때문에, 시체를 묻을 편리한 장소에 대해 하인들과 오랫동안 의논했기 때문이라는 것이다.

나는 그 부인이 나의 주인집에서 다른 사람과 못지않게 쾌활하게 행동하는 것을 보았다. 그리고 3개월 가량 지나서 그 부인도 죽었다.

그들은 보통 70세 또는 75세까지 살고, 80세까지 가는 경우는 거의 없다. 죽기 전 몇 주일 동안 그들은 기력이 점차 쇠약해지는 것을 느끼지만 고통은 전혀 없다.

이 기간에 그들은 평소와 같이 편안하고 만족스럽게 외출할 수가 없기 때문에 친구의 방문을 많이 받는다. 그러나 자신이 죽을 날짜를 틀림없이 계산해, 죽기 전 열흘 가량 동안은 야후들이 끄는 편안한 썰매를 타고 가장 가까운 이웃 후이님들을 방문하여, 그들의 방문에 대한 답례를 한다.

그들은 이런 경우에만 야후들이 끄는 썰매를 이용하는 것이 아니라, 늙은 뒤에 먼길을 다녀오거나 사고로 다리를 저는 경우에도 사용한다.

죽음을 맞이하는 후이님이 답례로 이웃 친구들을 방문하고 돌아올 때, 마치 아주 먼 시골로 은퇴하여 거기서 남은 여생을 보낼 계획이라도 있듯이, 그는 이웃 친구들과 엄숙한 작별 인사를 주고받는다.

후이님들의 언어에 사악한 것을 표현하는 단어가 전혀 없고, 다만 야후들의 기형 또는 못된 성질들로부터 빌려온 표현이 있을 뿐이라는 사실을 여기서 밝힐 가치가 있는지는 모르겠다. 어쨌든 그들은 하인의 어리석은 짓, 어린 후이님의 태만, 자기 다리를 벤 돌, 궂은 날씨나 계절에 맞지 않는 날씨의 계속, 기타 이와 비슷한 것들을 표현할 때 그들의 언어에 따른 표현 끝에 반드시 야후라는 말을 경멸의 뜻으로 추가한다. 그래서 예를 들면, '흐늠 야후', '우후나홀름 야후', '이늘호 믄드위홀마 야후'라고 하고, 설계가 잘못된 집은 '이인홀름흐 늠로흘른누 야후'라고 부른다.

나는 이 탁월한 백성의 예절과 덕성에 관해 좀더 자세한 설명을 할 수도 있지만, 오로지 이 주제만을 다루는 책을 별도로 곧 출판할 작정이므로 독자들이 그것을 참조하기를 바라면서, 나의 서글픈 파국에 관한 이야기로 말머리를 돌리려고 한다.

제 10 장

행복한 생활을 만끽하다

나는 보잘것없는 생활여건이지만 진심으로 만족할 만한 상태로 운영했다. 나의 주인은 자기들이 사는 식으로 꾸민 나의 단칸집을 자기 저택에서 5.4미터 가량 떨어진 곳에 지으라고 하인들에게 지시했다.

나는 사방의 벽과 바닥에 진흙을 바르고, 나 자신의 고안에 따라 등심초 돗자리로 지붕을 해 덮었다.

그리고 들에서 야생으로 자라는 대마를 모아 잘 두들긴 다음 그것으로 일종의 아마포를 만들고, 야후들의 머리카락으로 올가미를 만들어 잡은 여러 마리의 새 깃털을 아마포 사이에 채웠다. 새 고기는 대단히 훌륭한 음식이 되었다. 칼을 사용해서 의자 2개를 만들었고, 그보다 더 험하고 힘든 일들은 하인인 밤색 말이 도와주었다. 입은 옷이 누더기로 변하자 산토끼의 가죽, 그리고 산토끼와 크기가 거의 같고 아름다우며 부드러운 솜털로 뒤덮인 '느누흐노흐' 라고 불리는 동물의 가

죽으로 옷을 만들어 입었
다. 이 두 종류의 가죽으로
그다지 불편이 없는 양말도
만들었다.

나무조각을 잘라내어 구
두의 밑창으로 삼고 그 위
에 가죽을 고정시켰다. 그
리고 그 가죽이 닳아진 뒤
에는 햇볕에 말린 야후들의 가죽으로 갈아 쳤다. 나는 나무줄
기에 패인 큰 구멍에서 꿀을 얻었고, 그것을 물에 타서 마시
거나 빵에 발라서 먹었다. "생리적 욕구는 매우 쉽게 충족된
다", "필요는 발명의 어머니다"라는 이 2가지 격언의 진실성
을 나보다 더 잘 입증할 수 있는 사람은 아무도 없었다.

나는 육체적으로 더없이 건강했고, 마음은 한없이 평온했
다. 친구의 배신이나 변심도, 은밀하거나 드러난 원수의 공
격도 없었다. 높은 사람이나 그의 졸개들의 환심을 사려고
뇌물을 바치거나 아첨, 또는 뚜쟁이 노릇을 할 필요가 전혀
없었다.

사기나 압제에 대해 경계할 필요도 없었다. 이곳에는 나의
몸을 망치는 내과의사들도, 내 재산을 몽땅 털어먹는 변호사
들도 없었다. 나의 말과 행동을 감시하는 밀고자들도, 매수되
어 내게 불리한 무고를 조작하는 자들도 없었다. 비웃는 자,
비난하는 자, 등뒤에서 헐뜯는 자, 소매치기, 노상강도, 야간
에 침입하는 도둑, 변호사, 포주, 어릿광대, 사기 도박꾼, 정
치가, 재담꾼, 심술쟁이, 지루한 말쟁이, 토론가, 강탈하는

자, 살인자, 무장강도, 예술의 대가, 정당과 파벌의 지도자나 추종자 따위가 전혀 없었다.

유혹이나 모범으로 악습을 조장하는 자도 없었다. 감옥도, 사형집행 도구인 도끼도, 교수대도, 채찍질할 때 죄수를 묶어 두는 말뚝도, 죄수 목에 씌우는 칼도 없었다. 값을 속이는 상점주인도 기계직공도 없었다. 오만도, 허영심 또는 으스대는 짓도 없었다. 멋쟁이, 폭력배, 알코올 중독자, 거리에서 어슬렁거리는 창녀, 매독도 없었다.

악을 써대고, 음탕하며, 돈을 펑펑 낭비하는 가정주부들도 없었다. 어리석고 오만하며 골이 빈 엉터리 학자들도 없었다. 성가시게 굴거나, 위압적이거나, 툭하면 싸움을 걸거나, 시끄럽게 떠들거나, 고래고래 악을 쓰거나, 무식하거나, 공연히 뽐내거나, 헛맹세를 하는 그따위 친구들도 없었다. 개천에서 용 나듯이 악독한 짓을 일삼아 일약 출세한 악당들도, 덕성이 뛰어나다는 이유로 하루아침에 밑바닥까지 몰락한 귀족도 없었다. 지배층도, 깡깡이 연주가들도, 판사들도, 댄스를 가르치는 춤꾼들도 없었다.

나의 주인은 자기를 방문하거나 자기와 함께 식사하는 여러 후이님들을 내가 만나볼 수 있도록 호의를 베풀어, 그들이 모인 방에 내가 머물러 대화에 귀를 기울이게 했다. 그와 그의 친구들 모두 자주 내게 질문을 던지고 내 답변을 들었다. 또한 나는 나의 주인이 다른 사람들을 방문할 때 수행하는 영광도 가끔 누렸다. 나는 질문에 대답하는 것 이외에는 건방지게 스스로 입을 절대로 열지 않았다. 그리고 대답을 하면서도 속으로는 유감스럽게 여겼는데, 그것은 시간만 많이 낭비할 뿐 나 자신의 발전에는 손해였기 때문이다. 그러나 그들의 대화에 귀를 기울이는 비천한 청취자의 입장에 있는 것이 무한히 즐거웠다.

그들은 유익한 주제가 아니면 대화에서 다루지 않았고, 그것도 가장 함축성이 많은, 최소한의 어휘를 동원해서 표현했다. 그들은 빈 껍데기 형식을 다 버린 채, 격의 없이 대화하면서도 최대한의 예의를 지켰다. 발언하는 자는 언제나 자기 자신도 즐겁고 듣는 동료들도 즐겁게 말을 했다. 남의 말을 가로막는 일도, 지루한 장광설도, 열띤 논쟁도, 감정의 대립도 전혀 없었다. 여럿이 모인 자리에서는 짧은 침묵이 대화를 한층 원만하게 전개시켜준다는 것도 그들은 알고 있었다. 나는 이것이 사실임을 깨달았는데, 그것은 짧은 침묵이 유지되는 동안 새로운 아이디어들이 그들 머리 속에 떠올라 대화를 더욱더 활기차게 만들곤 했기 때문이다.

대화의 주제는 주로 우정과 보편적 호의, 질서와 경제인데, 때로는 대자연의 가시적 작용이나 고대의 전통들, 덕성의 영역과 그 한계, 이성의 확실한 법칙들, 또는 다음 대표자 총회에서 결정해야 할 사항들이 주제가 되었고, 시의 여러 가지 우수성도 자주 화제에 올랐다. 이것은 허영심에서 하는 말은 아니지만, 내가 그 자리에 있었기 때문에 그들이 자주 화젯거리를 발견한 것은 사실이다.

왜냐하면 나의 주인은 내게 나의 일생과 영국의 역사에 관해 자기 친구들에게 설명하도록 지시할 기회가 있었기 때문이다. 설명을 듣고 난 그들은 나름대로 각자의 의견을 제시했는데, 인류에게 그다지 유리하지 않는 방식으로 대화가 진행되었기 때문에, 그들 사이에 오간 내용을 여기서 반복하지는 않겠다.

다만 한 가지 지적해둔다면, 나의 주인은 지상의 모든 나라에 사는 야후들의 본성에 관해서 나보다도 더 잘 이해하는 듯했기 때문에 나는 크게 놀랐다. 그는 우리의 모든 악습과 어리석음을 면밀하게 검토했고, 내가 전혀 언급해주지도 않은 야후들의 특성을 많이 발견했으며, 오로지 이 나라의 야후가 이성을 아주 약간 지닌 경우에 어떠한 짓을 할 수 있을지 가정해보았을 뿐인데도, 야후란 틀림없이 너무나 부도덕할 뿐만 아니라 너무나 비참한 짐승이 아닐 수 없다는 결론을 내렸다. 그리고 그의 결론은 너무나도 진실에 가까운 것이었다.

내가 가치 있는 지식을 조금이라도 가지고 있다면, 그것은 나의 주인이 하는 말을 들은 결과로, 그리고 그와 그의 친구들이 나누는 대화에 귀를 기울인 결과로 얻은 것이며, 유럽에서 가장 위대하고 가장 지혜로운 사람들이 모인 총회에서 연설하는 것보다 후이늠들의 대화를 경청해서 듣는 것이 더 자랑스러운 일이라고 솔직하게 고백하는 바이다.

나는 그들의 엄청난 체력과 아름다운 용모와 뛰어난 속도에 대해 경탄했고, 이토록 사랑스러운 존재들이 지닌 그 놀라운 덕성에 최고의 존경심을 표시하지 않을 수가 없었다. 사실 나는 야후들과 다른 짐승들이 그들에 대해 본능적으로 품고 있던 그 경외감을 처음부터 느꼈던 것은 아니다. 하지만 그 감정은 내가 상상했던 것보다 더 빠른 속도로 점차 내 마음속에서 자랐을 뿐만 아니라, 그들이 나를 내 족속인 다른 야후들과는 구별해서 대우해준 데 대한 존경과 사랑과 감사의 마음이 뒤섞이게 된 것이다.

나의 가족과 친구들, 동족인 영국인들, 또는 인류 전체에 관해서 생각해 보았을 때, 이들이 실제로 야후이기도 했지만, 나는 이들이 그 모습과 성질에 있어서 야후들이 분명하다고 보았다. 다만 영국인들 또는 인류 전체는 후이님들 나라의 야후들보다 약간 더 개화되었고, 언어의 기능을 조금 더 타고났을 뿐이다.

더욱이 이들의 형제인 후이님들 나라의 야후들이 대자연이 부여한 악습들을 유지할 뿐인 데 반해, 이들은 그 악습들을 더욱 악화시키고 증가시키는 데에만 이성을 활용한다고 본 것이다. 호수나 샘에 비친 내 모습을 우연히 쳐다보게 될 경우, 나는 자신에 대한 혐오감과 증오 때문에 즉시 고개를 돌렸고, 나 자신의 모습보다는 차라리 평범한 야후의 모습을 바라보는 것이 더 마음이 편안했다.

후이님들과 대화를 나누고, 기쁨에 넘치는 시선으로 그들을 바라본 결과, 나는 그들의 걸음걸이와 몸짓을 흉내내게 되었고, 그것이 이제는 몸에 굳어버렸다. 그래서 내 친구들은 내가 말처럼 빨리 뛰어다닌다고 자주 퉁명스럽게 나무란다. 그러나 나는 그런 비난을 오히려 대단한 칭찬으로 받아들인다. 또한 나는 후이님들의 목소리와 말투를 흉내내는 습관도 절대로 버리지 않을 것이다. 이것 때문에 웃음거리가 되어도 조금도 굴욕감을 느끼지 않을 것이다.

후이님의 나라에서 추방당하다

남은 여생을 이 나라에서 보내기 위해 완전히 정착했다고 생각하면서 행복한 나날을 보내고 있던 어느 날 아침, 나의 주인은 평소보다 조금 이른 시간에 나를 오라고 불렀다. 그가 무슨 말을 먼저 시작해야 좋을지 몰라 몹시 난처한 입장이라는 사실을 그의 표정에서 읽었다.

짧은 침묵이 지나자, 그는 자기가 하려고 하는 말을 내가 어떻게 받아들일지 모르겠다고 서두를 꺼냈다. 후이님들의 지난번 총회에서 야후들의 문제가 논의되었을 때, 그가 (나를 가리키는 것인데) 어떤 야후를 자기 집에서 보호하면서 야만적인 짐승이 아니라 오히려 후이님처럼 대우하는 데 대해 대표자들이 화를 냈다는 것이다.

그가 나를 곁에 두고 마치 무슨 이익을 얻거나 기쁨을 누리기라도 하는 듯 나와 자주 대화한다는 사실은 널리 알려져 있었다. 이런 일은 이성이나 대자연과 합치하지 않고, 여태껏 들어본 적도 없는 것이었다.

그러므로 총회는 그가 내 종족의 다른 야후들처럼 나를 취급하거나, 아니면 내가 떠나온 곳으로 헤엄쳐서 돌아가도록 하라는 안건들이 제출되었다. 나를 다른 야후들처럼 취급하라는 첫째 안건은 그의 집이나 자신들의 집에서 나를 만나본 적이 있는 후이님들이 철저하게 배척했다.

그들은 내가 저 짐승들의 사악한 본성에 추가하여 이성의 초보적인 기능을 구비하고 있기 때문에, 야후들을 숲지대와 산악지대로 유인해 들어간 다음, 야후들이 게걸스럽고 노동을 싫어하는 본능을 이용해, 밤에 무리를 지어 내려와 후이님들의 가축들을 잡아먹을 우려가 있다고 주장했다.

나의 주인은 또한 이웃의 후이님들로부터 총회의 권고결의를 집행하라는 압력을 매일 받고 있는데, 이제는 더 이상 연기할 수가 없다고 말했다.

그는 내가 헤엄을 쳐서 다른 나라로 가기는 불가능하다고 보고, 전에 내가 설명한 대로 바다에서 나를 운반할 수 있는 일종의 배와 비슷한 것을 고안해내면, 자기 하인들뿐만 아니라 이웃들도 작업을 도와줄 수가 있을 것이라고 했다. 자기로서는 내가 살아 있는 한 오래오래 그를 섬길 수 있도록 기꺼이 받아들일 수가 있다는 결론을 내렸다.

왜냐하면 그는 내가 열등한 본성이 허락하는 범위 내에서 후이님들을 본받으려고 열심히 노력한 결과, 몇 가지 나쁜 습관과 성질을 버렸다는 것을 알기 때문이었다.

이 나라에서는 그 총회의 결정을 '흔흘로아인'이라고 부른다는 것을 지적해두어야겠다. 이 말에 가장 가까운 의미로 번역하면 '권고'가 될 것이다. 자신이 이성적 동물이라는 주장을 포기하지 않는 한 아무도 이성의 지시를 거부할 수가 없으므로, 후이님들은 이성적 존재가 강제를 당할 수 있다는 것을 생각조차 하지 못해, 다만 충고나 권고만 알고 있는 것이다.

주인의 말을 듣고 난 나는 극도의 비탄과 절망에 사로잡히고, 그 고뇌를 도저히 감당할 수가 없어서 기절하여 그의 발 아래 쓰러졌다. 내가 정신을 차리자, 그는 내가 죽은 것으로 결론을 내렸다고 말했다. 왜냐하면 그들은 기절 따위의 허약한 상태에 빠지는 일이 절대로 없기 때문이었다. 나는 차라리 죽음이 최상의 행복이 되었을 것이라고 힘없는 목소리로 대답했다.

이어서 이렇게 나의 의견을 밝혔다. 즉 총회의 권고나 그의 친구들의 독촉을 내가 비난할 수는 없다고 해도, 나의 어리석고 속 좁고 모자라는 판단에 따르자면 좀더 관대한 조치를 취해주는 것이 이성에 합치할 것이다.

나는 험한 바다 물결에서 4.8킬로미터도 헤엄칠 수가 없는데, 이 나라에서 가장 가까운 육지라 해도 480킬로미터 이상이나 먼 거리에 있을 것이다. 그리고 나를 운반해줄 가장 작은 배를 만드는 데 필요한 수많은 물자를 이 나라에서는 구할수가 없다.

비록 배를 만드는 일이 불가능하다고 믿고, 나 자신은 이미 죽은 목숨이나 다름이 없다는 결론을 내리지 않을 수가 없지만, 나의 주인에게 복종하고 그 동안 베풀어준 호의에 깊이 감사하는 의미에서 나는 배 만드는 일을 시도해보겠다. 사고로 죽는다 해도 그것은 내가 겪을 불행 가운데 가장 미미한 불행일 뿐이다.

왜냐하면 기이한 모험과 우여곡절 끝에 내가 설령 목숨을 건진다고 해도, 야후들과 어울려서 여생을 보내게 되면 덕성의 길에서 나를 인도하고 지탱해줄 모범이 없기 때문에 내가 과거의 악습에 다시 빠져들어 퇴보

하고 만다는 것을 생각할 때, 어떻게 참을 수가 있단 말인가? 현명한 후이넘들의 모든 결정은 확고한 이성에 기초를 둔 것이므로, 비참한 야후인 나의 주장 따위에 흔들려서 변경되는 일은 결코 없다는 것도 잘 안다. 그러므로 배를 만드는 일을 그의 하인들이 도와주도록 지시해준 데 대해 겸손한 자세로 진심으로 감사한다고 말하고, 이토록 어려운 작업에는 충분한 시간이 필요하다고 지적했다.

이어서 나는 가련한 목숨이긴 해도 잘 보존하도록 최대의 노력을 기울이겠다고 말하고, 영국으로 돌아가게 된다면 저명하고 고상하고 탁월한 종족인 후이넘들을 칭송하고, 그들의 덕성을 인류 전체가 본받도록 권장하고 추진함으로써 나와 같은 족속인 영국인들의 개선에 기여하게 되기를 희망한다고 덧붙였다.

카누를 만들다

나의 주인은 간략하게 매우 친절한 답변을 주면서 배를 만드는 데 필요한 기간으로 2개월을 허락했고, (이제는 내가 이 나라에서 아주 먼 거리에 있기 때문에 감히 동료라고 그를 호칭하지만) 나의 동료이자 그의 하인인 밤색 말에게 나의 지시를 따르라고 명령했다. 왜냐하면 나는 그의 협조만 있으면 충분하다고 했고, 그가 나에 대해서 대단한 호감을 가지고 있다는 것도 알았기 때문이다.

그를 데리고 내가 제일 먼저 한 일은 선상 반란을 일으켰던 선원들이 강제로 나를 상륙시켰던 바로 그 해안으로 간 것이다. 높다란 언덕을 발견하고는 거기 올라가서 바다 전체를 차근차근 살펴보았더니, 동북쪽에 작은 섬이 보이는 듯했다. 주머니에서 소형 망원경을 꺼내 관찰하자 섬이 뚜렷하게 보였고, 그곳까지의 거리가 내가 계산한 바로는 24 킬로미터 가량 되었다. 그러나 밤색 말에게는 그 섬이 푸른 구름으로 보일 뿐이었다. 왜냐하면 그는 자기 나라 이외의 다른 나라가 있다는 것은 생각조차 할 수가 없었기 때문에, 아주 먼 거리에 있는 해상의 어떤 물체를 알아보는 능력이 그런 것에 익숙한 우리보다 훨씬 못할 수밖에 없었다.

이 섬을 발견한 뒤 우물쭈물 망설일 것이 하나도 없다고 생각한 나는 가능하다면 우선 이 섬으로 망명을 하고, 그 뒤에 무슨 일이 닥치든 모두 운명에 맡기기로 결심했다.

나는 집으로 돌아와서 밤색 말과 의논을 했다. 그리고 우리는 조금 멀리 떨어진 곳에 잡목으로 우거진 숲에 들어갔다. 나는 칼을 사용했고, 그는 날카로운 부싯돌을 그들의 방식에 따라 매우 기술적으로 나무 손잡이에 고정시킨 도구를 사용하여, 지팡이 굵기 정도의 떡갈나무 가지들을 잔뜩 잘라내고, 좀더 커다란 가지들도 잘라냈다.

그러나 배를 만드는 과정을 자세히 설명하여 독자들을 괴롭히지는 않겠다. 다만 한 가지 말해둔다면, 가장 힘든 노동이 필요한 부분을 밤색 말이 맡아서 해준 결과, 6주일 가량 걸려 일종의 인디언 카누와 같은 배를 완성했다. 그러나 그 배는 인디언 카누보다 훨씬 큰 것이었고, 내가 직접 삼나무 껍질로 만든 실을 가지고 야후들의 가죽들을 연결하여 지붕을 덮었다. 마찬가지로 그 배의 돛도 야후들의 가죽으로 만들었다.

그러나 늙은 야후들의 가죽은 너무 뻣뻣하고 두꺼웠기 때문에, 내가 구할 수 있는 가장 어린 야후들의 가죽만 이용했다. 그리고 네 개의 노도 이러한 야후들의 가죽을 씌워서 만들었다. 산토끼고기, 닭고기, 각종 새고기를 삶아서 많이 저장했고, 우유와 물로 각각 채운 큰 나무통 2개도 준비했다.

나의 주인의 저택 근처에 있는 커다란 연못에서 그 카누를 시험해본 뒤, 잘못된 부분들을 수리하고 야후들의 시체를 짜서 만든 기름으로 물이 새는 틈을 막아서, 나 자신의 몸무게와 화물의 무게를 견디어낼 만큼 견고하게 만들었다. 내 기술을 총동원하여 최대한으로 잘 만든 다음, 그것을 수레에 실어 야후들로 하여금 조심조심 해변으로 끌고 가게 했는데, 그 작업은 밤색 말과 다른 하인이 지휘하고 감독했다.

모든 준비를 마치고 출발할 날이 되자, 나는 나의 주인 부부와 모든 가족에게 작별인사를 했는데, 내 눈에서는 눈물이 쉴 새없이 흐르고, 가슴은 비탄으로 터질 것만 같았다. 그러나 나의 주인은 호기심 때문에, 그리고 (내가 허영심에서 하는 말은 아니지만) 어쩌면 나에 대한 친절 때문에, 내가 카누를 타고 떠나는 것을 보겠다고 결심했고, 여러 이웃 친구들을 거느리고 따라왔다.

나는 한 시간 이상이나 밀물이 들어오기를 기다리지 않을 수 없었다. 이윽고 다행히도 바람이 내가 목적지로 삼은 그 섬 쪽으로 불기 시작하자, 다시금 나의 주인에게 작별인사를 했다. 내가 그의 발굽에 키스하기 위해 땅바닥에 엎드리려고

하자, 그는 영광스럽게도 자기 발굽을 슬그머니 들어서 내 입에 대주었다.

이 마지막 사항에 관해 언급했다고 해서 내가 얼마나 많은 비난을 받아왔는지를 알고 있다. 왜냐하면 나를 비난하는 사람들은 그토록 저명한 나의 주인이 나처럼 열등한 짐승에게 그렇게 큰 영광을 베풀어줄 리가 만무하다고 생각하기 때문이다. 나는 또한 어떤 여행가들이 자기들이 받았던 매우 특별한 호의를 자랑삼아 떠벌리는 습관이 있다는 것도 잊지 않았다. 그러나 비난하는 그들이 후이님들의 고상하고 예의바른 성품을 좀더 잘 이해했더라면, 즉시 생각을 고쳐먹었을 것이다.

나는 나의 주인과 함께 나온 다른 후이님들에게도 정중하게 작별인사를 하고 나서 카누를 타고는 힘차게 노를 저었다.

제11장

위험한 항해를 시작하다

이 절망적인 항해를 1714년 또는 1715년 2월 15일 아침 9시에 시작했다. 바람이 대단히 순조로웠지만, 처음에는 오로지 노를 젓기만 했다. 그러나 내가 얼마 후 지쳐버리고 바람이 잠잠해버릴지도 모른다는 생각이 들자, 작은 돛을 올리는 모험을 감행했다.

그리고 해류의 도움까지 받아, 내 계산으로는 거의 시속 7.2킬로미터로 달렸다. 나의 주인과 친구들은 내가 시야에서 거의 벗어날 때까지 바닷가에 계속해서 서 있었는데, 나는 (언제나 나를 사랑해주던) 밤색 말이 "흐누이 일라 니하 마야 흐 야후(고상한 야후야, 몸 조심해라)"라고 고함치는 소리를 들었다.

나는 가능한 한 규모는 작지만 내가 일해서 생활필수품을 충분히 조달할 수 있는 그런 크기의 무인도를 하나 발견하고 싶었다. 그렇게만 된다면, 나는 유럽에서 가장 예의바른 왕궁의 수상이 되는 것보다 그것을 더 큰 행복으로 여겼을 것이다. 야후들의 사회에 돌아가서 살고, 야후들의 지배를 받는다는 것은 생각만 해도 너무나 지겨웠다. 왜냐하면 내가 바라던 그런 무인도의 고독 속에서는 적어도 내가 나 자신의 생각들을 즐길 수가 있고, 나와 똑같은 족속의 악습과 부패로 다시 전락하지는 않은 채, 아무도 흉내낼 수 없는 저 후이넘들의 덕성들을 즐거운 마음으로 회상할 수 있기 때문이다.

내가 이미 이야기한 것을 독자들이 기억할지 모르지만, 나의 선원들은 선상 반란을 일으키고 나를 선장실에 가두었으며, 우리가 무슨 항로를 따라가는지도 모른 채 여러 주간 그렇게 갇혀 있었고, 긴 보트를 타고 바닷가에 내렸을 때, 거짓말인지 정말인지는 모르겠지만, 선원들이 맹세하면서 자기들도 거기가 어딘지 모른다고 대답했다. 그러나 그때 나는 우리가 희망봉에서 약 10도 가량 떨어진 남쪽, 또는 남위 45도 가량 되는 곳에 위치한다고 믿었다.

이것은 내가 엿들은 그들의 여러 가지 말을 종합해서, 그들이 마다가스카르 섬으로 항해하려다가 그 섬의 동남쪽에 위치하게 되었다고 추측한 것이다. 이것은 순전히 추측에 지나지 않았지만, 나는 뉴 홀란드(호주)의 서남쪽 해변, 또는 어쩌면 그 섬의 서쪽에 위치하는, 내가 원하는 그런 무인도에 도착하기를 희망하면서 동쪽으로 항로를 잡기로 결심했다.

바람이 서쪽에서 불어왔다. 저녁 6시에 나는 동쪽으로 적어도 84.6 킬로미터를 항해했다고 계산했는데, 마침 그때 2.4킬로미터 가량 떨어진 대단히 작은 섬을 발견하고는 곧 거기 도착했다. 그것은 폭풍우에 깎여서 자연적으로 형성된 아

치형의 만이 있는 바위섬이었다. 그 만에 카누를 댄 다음, 바위섬 한쪽의 높은 곳으로 기어올라갔다. 거기서 나는 남쪽에서 북쪽으로 뻗은 육지가 그 섬의 동쪽에 놓여 있는 것을 똑똑히 보았다. 밤이 샐 때까지 나는 카누에 누워 있었고, 다음날 아침 항해를 다시 시작하여, 7시간 뒤에 뉴 홀란드의 동남쪽 끝에 도착했다.

나는 오래 전부터 모든 지도와 항해도가 이 나라를 실제 위치보다 동쪽으로 적어도 3도 떨어진 곳에 위치하게 만들었다고 생각했다. 여러 해 전에 그런 내 생각을 나의 훌륭한 친구 허먼 몰 씨에게 설명해주었으며 그 이유들도 제시했는데, 그는 다른 저자들의 견해를 따르고 내 말을 믿지 않았다. 그러나 나는 거기 도착하자 내 생각이 옳았다는 것을 확인했다.

내가 상륙한 곳에서는 원주민이 하나도 눈에 띄지 않았다. 그리고 나는 무기가 없었기 때문에 내륙으로 깊이 들어갈 엄두를 못 냈다. 바닷가에서 조개들을 줍고 굴을 따고 새우와 게들을 잡은 다음, 원주민들에게 들킬까 두려워 불을 피우지 못하고, 그것들을 날로 먹었다.

그리고 배에 싣고 온 식량을 아끼기 위해 3일 동안 굴과 삿갓조개만 먹었다. 다행히도 아주 맑은 물이 흐르는 작은 시냇물을 발견한 뒤 길게 안도의 한숨을 내쉬었다.

4일째 되는 날, 아침 일찍 훨씬 멀리까지 진출하는 모험을 감행한 결과, 450미터 이내의 거리에 있는 높은 언덕에 2, 30명의 원주민들이 모여 있는 것이 시야에 들어왔다. 남자들도 여자들도 아이들도 모두 발가벗은 채 모닥불 주위에 둘러앉아 있었다. 연기를 보고 그들이 모닥불을 피워놓았다는 것을 알았다. 한 원주민이 나를 발견하고는 다른 사람들에게도 알렸다.

여자들과 아이들은 모닥불 근처에 남겨둔 채, 5명이 내게 다가왔다. 나는 걸음아 날 살려라 하고 헐레벌떡 바닷가로 도망쳐 카누를 바다 쪽으로 밀쳐내면서 타려고 했다. 내가 도망치는 것을 본 그들이 맹렬하게 추격했다. 그리고 내가 멀리 카누를 저어나가기도 전에 화살이 하나 날아와 내 왼쪽 무릎에 박혀 깊은 상처를 남겼는데, (이 상처를 나는 죽을 때까지 지니고 살 것이다) 그 화살에 독이 묻었을 것이라고 염려한 나는 (파도가 매우 잔잔한 날이어서) 화살의 사정거리를 벗어날 때까지 노를 저은 다음, 화살을 뺀 상처를 입으로 빨고는 최대한으로 정성스럽게 붕대로 싸맸다.

참으로 난처한 지경에 빠진 나는 어떻게 하면 좋을지 통 묘안이 떠오르지 않았다. 이제는 상륙했던 그 지점으로 되돌아갈 수도 없는데다가, 바람이 약하기는 하지만 북서풍이어서 북쪽 방향으로 노를 젓지 않을 수가 없었던 것이다. 안전한 상륙 장소를 찾아서 사방을 두리번거리고 있을

때, 북동북쪽에 범선이 한 척 나타나더니 점점 더 뚜렷하게 보였다.

나는 그 배가 가까이 올 때까지 기다리는 것이 좋을지 한참 동안 망설였다. 그러나 드디어 야후 족속에 대한 지긋지긋한 증오심에 못 이겨 카누의 방향을 남쪽으로 돌린 뒤, 돛을 올리고 노를 저어 아침에 출발했던 바로 그 작은 시냇물에 닿았다. 이것은 유럽의 야후 족속과 어울려서 살기보다는 차라리 그곳의 야만인들에게 몸을 의탁해서 살겠다는 선택이었다. 나는 카누를 해안선에서 최대한으로 가까운 곳까지 밀어붙인 다음에 시냇가 바위 뒤에 몸을 숨겼다. 이미 말했지만 그 시냇물은 음료수로 매우 적절한 것이었다.

포르투갈 선박으로 끌려가다

그 범선은 시냇물에서 2.4킬로미터 되는 거리에 이르렀고, (그 지점이 매우 잘 알려진 곳인 듯했기 때문에) 깨끗한 마실 물을 구하기 위해 나무통들을 실은 긴 보트를 파견했다.

그러나 나는 그 보트를 해안에 거의 닿을 때까지 보지 못했기 때문에 다른 곳에 숨기에는 이미 때가 늦은 뒤였다. 해안에 상륙할 때 내 카누를 발견한 선원들은 카누를 샅샅이 뒤졌다. 그 결과 그들은 카누의 주인이 그리 멀리는 못 갔을 것이라고 쉽게 추측할 수 있었다. 단단히 무장을 한 4명의 선원들이 바위 틈새와 깊은 구멍들을 하나씩 모조리 수색한 끝에 드디어 바위 뒤에서 땅바닥에 얼굴을 대고 납작 엎드려 있는 나를 발견했다.

그리고 투박하고도 괴상한 옷을 입은 나를 한참이나 놀란 눈으로 응시했다. 그때 내 옷은 짐승 가죽으로 만든 것이고, 구두는 나무로 바닥을 댄 것이며, 양말은 털가죽으로 만든 것이기 때문이었다. 그러나 그들은 내가 발가벗고 사는 원주민은 아니라는 결론을 내렸다. 선원 한 명이 포르투갈 말로 내게 일어나라고 명령하고는 도대체가 어떤 종류의 사람이냐고 물었다.

나는 포르투갈 말을 매우 잘 알아들었다. 그래서 자리에서 일어난 다음, 후이님들이 추방한 가련한 야후인데, 무사히 거기서 떠나가도록 해달라고 빌었다. 그들은 내가 자기네 나라 말로 대답하는 것을 보고 놀랐고, 내 얼굴에 비추어 유럽인이 분명하다고 생각했다.

그러나 야후라든가 후이님이라든가 하는 말이 무슨 뜻인지 통 이해할 수가 없었고, 말이 히힝거리면서 우는 소리와 비슷한 이상한 말투에 배를 잡고 웃지 않을 수가 없었다. 그런 말이 오가는 동안 내내 나는 공포와 증오심의 양 극단 사이에서 몸을 부들부들 떨고 있었다. 나는 그곳을 조용히 떠나고 싶다고 다시금 말한 뒤 카누 쪽으로 걸음을 옮겨놓으려 하자, 그들이 가로막고는 내가 어느 나라 출신인지, 어디로 가는 길인지, 여러 가지 잡다한 질문들을 던졌다.

나는 영국에서 태어나 5년 전쯤에 영국을 떠났다고 대답하고, 5년 전 당시만 해도 포르투갈과 영국이 우호관계에 있었다고 말했다. 따라서 나는 그들을 해칠 생각이 전혀 없는데다

가, 불행한 인생의 남은 여생을 보내기 위해 아주 외딴 곳을 찾고 있던 가련한 야후에 불과하므로, 그들도 나를 적으로 대하지 않기를 바란다고 덧붙였다.

그들이 포르투갈 말로 대꾸하는 것을 들으면서 나는 그들의 말투와 몸짓처럼 부자연스러운 것을 난생 들은 적도 본 적도 없다는 생각이 들었다. 왜냐하면 그것은 개나 암소가 영국에서 말을 하거나, 후이님들의 나라에서 야후가 깩깩거리는 것과 같이 괴상하고 야만적으로 보였기 때문이다. 이 정직한 포르투갈 사람들도 역시 나의 괴상한 차림새와 이상한 말투에 크게 놀랐다. 물론 그들은 내가 하는 말을 모두 잘 알아들었다. 그들은 최대한의 예의를 베풀면서 나와 대화했는데, 선장이 나를 리스본까지 무료로 데려다줄 것이라고 확신하고, 리스본에서 내가 영국으로 돌아갈 수 있을 것이라고 보지만, 우선은 선원 2명이 본선으로 돌아가서 지금까지 본 것을 보고한 뒤 선장의 지시를 받아와야 하는데, 그 동안에 내가 절대로 달아나지 않겠다는 엄숙한 맹세를 하지 않는다면, 강제로 억류할 수밖에 없다고 말했다.

나는 그들의 제의를 따르는 것이 제일 좋다고 생각했다. 그들은 나의 항해 이야기를 듣고 싶어서 안달을 했지만, 나는 제대로 설명을 하지 못했다. 그랬더니 그들은 극심한 불행 때문에 내 머리가 이상해졌을 것이라고 추측했다. 물통들을 운반해갔던 긴 보트가 2시간이 지나기도 전에 다시 돌아와서는 나를 본선까지 데리고 오라는 선장의 명령을 전달했다.

나를 거기 그대로 내버려두어달라고 무릎을 꿇고 빌었지만 선원들은 들은 척도 하지 않았다. 이윽고 그들은 밧줄로 나를 묶은 뒤 보트에 태워 범선으로 끌고 갔고, 그 다음에는 선장실로 끌고 갔다.

선장의 이름은 페드로 데 멘데스였는데, 매우 예의가 바르고 관대했다. 그는 나 자신의 신상에 관한 설명을 해달라고 요청했다. 무엇을 먹고 싶은지, 또는 마시고 싶은지 물었다.

내가 자기와 똑같이 훌륭한 대접을 받을 것이라고도 말했다. 그 외에도 고마운 말을 너무나도 많이 했기 때문에, 야후 족속 가운데 그토록 점잖고 훌륭하고 친절한 야후가 다 있는지 정말 놀라지 않을 수가 없었다. 그러나 나는 입을 다문 채 불쾌한 표정으로 오랫동안 앉아 있었는데, 그것은 선장과 선

원들이 풍기는 바로 그 냄새 때문에 정신이 몽롱해져서 기절할 것만 같았기 때문이다. 드디어 나는 내 카누에 있던 음식을 좀 먹고 싶다고 말했다. 그러나 선장은 통닭 한 마리와 최고급 포도주를 주문해주었다. 그런 다음 매우 깨끗한 선실의 침대에서 자도록 주선해주었다. 나는 옷을 벗지도 않은 채 침대보 위에 누워 있다가 30분 가량 지났을 때, 선원들이 식사 중이라고 생각하고는 살금살금 선실을 나가서 배의 옆쪽으로 갔다. 야후 족속들과 어울려 살기보다는 바다에 뛰어들어 헤엄을 쳐서 자유를 얻을 작정이었던 것이다. 그러나 어느 선원이 나의 탈출을 저지했고, 이어서 선장에게 보고했다. 그 결과 나는 쇠사슬에 묶인 채 선실에 갇히고 말았다.

저녁식사를 마친 뒤 페드로 선장이 찾아오더니, 그처럼 절망적인 탈출을 시도한 이유가 무엇인지 물었다. 그는 자기 능력이 미치는 것이라면 무엇이든지 나를 위해서 베풀어주겠다는 생각밖에는 없다고 말했고, 또한 그런 말도 매우 감동적인 어조로 했다.

그래서 결국 나는 그를 인간의 이성을 약간 지닌 그런 동물처럼 대우했다. 나는 나 자신의 항해, 선원들의 선상 반란, 그들이 강제로 나를 상륙시켰던 나라, 그리고 그 나라에서 내가 3년간 머물러 있던 일 등에 관해서 매우 간략하게 설명해주었다. 그랬더니 그는 내가 꿈을 꾸었거나 환상으로 본 것을 말한다고 생각했고, 나는 그의 태도에 심한 모욕감을 느꼈다. 전세계 어느 나라에서나 야후들은 거짓말의 능력이 너무나도 뛰어나서 다른 야후가 하는 말에 대해 그 진실성을 의심하는 습관이 있는데, 나는 바로 이 거짓말의 능력을 거의 잊어버리고 있었던 것이다. 나는 존재하지도 않는 것을 말하는 것이 선장의 조국인 포르투갈에서는 일반적인 관습이냐고 물었다.

나는 그가 허위라는 말로 표현하는 그것을 거의 잊어버렸고, 내가 후이넘들의 나라에서 1000년을 산다고 해도 가장 비천한 하인의 입에서조차 거짓말을 절대로 듣지 못했을 것이라고 단언했다. 또한 선장이 내 말을 믿거나 말거나 나로서는 전혀 상관하지 않겠지만, 그가 베풀어준 호의에 대해 보답한다는 의미에서, 그의 본성의 타락을 최대한으로 너그럽게 용납하는 한편, 내 말에 대해서 그가 어떠한 반대 의견을 제시해도 일일이 대답해주어, 그가 진리를 쉽게 깨닫게 해주겠다고 말했다.

선장은 지혜로운 인물이었다. 내가 하는 이야기 중에서 트집잡을 만한 곳을 찾아내려고 끊임없이 애썼지만, 결국은 내 말의 신빙성에 대해 호감을 가지기 시작했다. 더욱이 그는 뉴홀란드 남쪽의 어느 섬 또는 대륙에 선원 5명을 거느리고 상륙했던 일이 있다고 주장하는 네덜란드인 선장을 만난 적이 있다고 고백했기 때문에, 내 말을 더욱더 믿는다는 사실이 드러났다. 그들은 깨끗한 마실 물을 구하려고 거기 갔는데, 어떤 말 한 필이 내가 야후라고 부르면서 묘사하는 그런 짐승들과 똑같이 생긴 여러 마리의 짐승들을 몰아가는 것을 보았다고 말했고, 다른 여러 가지 이야기도 했는데, 그때 선장 자신은 전부가 거짓말이라고 여겨서 곧 잊어버리고 말았다는 것이다.

그러나 내가 그들이 한 말의 진실성에 대해 아무도 부정할 수 없는 증언을 해주었으므로, 내가 어리석은 자살을 기도하지 않고 줄곧 자기와 함께 항해하겠다는 것을 내 명예를 걸고 맹세해야만 한다고 덧붙였다. 만일 그런 맹세를 하지 않는다면, 우리가 리스본에 도착할 때까지 나를 계속해서 포로로 삼겠다고 말했다. 나는 그의 요구에 따르겠다고 약속했다. 동시에 나는 야후들과 함께 살기 위해 돌아가는 것보다는 세상에서 가장 모진 고통마저도 달게 받겠다고 단언했다.

가족들과의 재회

우리는 별다른 사고를 겪지 않은 채 항해했다. 선장에 대한 감사의 뜻을 표시한다는 취지에서 나는 그의 간절한 요청에 따라 가끔 자리를 같이했고, 또한 인간 자체에 대한 혐오감을 감추려고 노력했다.

그럼에도 불구하고 나는 혐오감을 자주 드러냈는데, 그는 별다른 내색을 하지 않고 지나쳤다. 그러나 선원들과 만나는 일을 피하려고 거의 대부분의 시간을 내 선실에 틀어박혀 지냈다. 선장은 내게 야만적인 옷을 벗어버리라고 자주 요청했다. 그리고 자기 옷장에서 가장 좋은 옷을 빌려주겠다고 제의했다. 그러나 야후가 걸쳤던 것을 한 가지라도 내가 몸에 걸친다는 것은 생각만 해도 소름이 끼쳤기 때문에, 선장의 그 제의만은 절대로 받아들이려고 하지 않았다. 다만 깨끗한 셔츠 두 장만 빌려달라고 말했다. 그것은 선장이 입고 난 뒤에 세탁한 것이어서 나 자신을 그다지 불결하게 만들지는 않을 것이라고 믿었던 것이다. 이 셔츠들을 이틀마다 갈아입고, 직접 세탁했다.

우리는 1715년 11월 5일에 리스본에 도착했다. 상륙할 때 선장은 잡다한 어중이떠중이들이 내 주위에 몰려들지 못하도록 자기 외투를 강제로 내게 입혀주었고, 마차에 태워 자기 집으로 데려갔다. 그리고 나의 간절한 요청에 따라 꼭대기층의 뒤쪽 방을 내주었다. 내가 후이님들에 관해서 해준 이야기는 절대로 비밀을 지켜달라고 부탁했다.

왜냐하면 그런 종류의 이야기가 조금이라도 새어나가는 경우, 무수한 사람이 나를 만나려고 몰려들 뿐만 아니라 어쩌면 종교재판 당국이 나를 감옥에 처넣거나 화형에 처할지도 몰랐기 때문이다. 그가 새 양복을 한 벌 만들어 입으라고 권고했지만, 나는 재단사가 내 치수를  재는 일을 절대로 허용하지 않을 작정이었다. 그러나 페드로 선장과 내가 몸의 치수가 거의 같았기 때문에, 그의 옷이 내게 잘 맞았다. 그는 다른 옷가지들도 모두 새 것으로 사다주었는데, 24시간 동안 바람에 쐬인 뒤에야 비로소 그것들을 사용했다.

선장은 아내도 없고, 하인도 3명이 고작이었으며, 그 하인들도 식탁에서 절대로 시중을 들지 않았다. 그는 인간으로서 이해심이 대단히 풍부할 뿐만 아니라 모든 행동이 너무나 호의적이었기 때문에, 나는 그가 내 곁에 있는 것을 진심으로 용납하기 시작했다. 대화를 통해서 그에게 상당히 설득당한 결과, 겨우 뒤쪽 창문을 내다볼 수 있게 되었다. 단계적으로 나는 다른 방들로 옮겨갔고, 거기서 몰래 길거리 풍경을 내다보기도 했지만, 공포에 사로잡혀 즉시 뒤로 물러서곤 했다.

일주일 뒤 나는 그의 권유에 따라 아래쪽의 대문까지 걸어갔다. 공포심은 점차 누그러들었지만 증오심과 경멸감은 더욱 증가했다. 드디어 나는 용기를 가다듬어 그와 함께 거리를 걸어다닐 수가 있었는데, 대개는 코를 향기로운 약초로 막거나 때로는 궐련으로 막고 다녔다.

나는 페드로 선장에게 이미 집안 사정에 관해서 설명한 적이 있었다. 그래서 그런지 그는 리스본에 도착한 지 10일이 지나자, 내가 영국에 돌아가 가족과 함께 사는 것이 내 명예와 양심에 비추어서 올바른 일이라고 말했다. 또한 마침 리스본 항구에서 영국 상선이 영국으로 출항하기 직전이므로, 내게 필요한 것을 모두 제공해주겠다고 했다. 그의 주장과 나의 반대 의견을 반복하는 것은 지루한 일일 것이다. 그는 내가 가서 살고 싶어

하는 그런 외딴 섬을 발견할 수는 없겠지만, 내가 집에서 지시를 내리는 입장에 설 수가 있고, 원하는 대로 외부와 차단된 생활을 얼마든지 할 수 있다고 말했다.

다른 방도가 전혀 없다는 것을 깨달은 나는 드디어 그의 말에 수긍했다. 그래서 1715년 11월 24일에 영국 상선을 타고 리스본을 떠났다. 그러나 선장이 누구인지는 물어본 적이 없다. 페드로 선장은 그 배에 이르기까지 나를 동행한 다음, 20 파운드를 빌려주었다. 그리고 친절한 작별인사를 하고 나서 포옹해주었는데, 나는 그 포옹을 최대한의 자제력을 발휘해서 참아주었다. 이 마지막 항해에서 나는 선장이든 선원이든 아무도 만나지 않고, 그 대신 몸이 아프다는 핑계를 댄 채 선실에만 틀어박혀 있었다. 1715년 12월 5일 오전 9시에 우리는 다운즈 항구에 닻을 내렸고, 그날 오후 3시에 나는 로더하이트에 위치한 우리 집에 무사히 도착했다.

아내와 가족들은 내가 이미 죽었다고 믿고 체념하고 있었기 때문에 소스라치게 놀라는 한편 더없이 기뻐하면서 나를 맞이했다. 그러나 나는 그들을 보자마자 증오심과 불쾌감과 경멸감만 가득 찼을 뿐이고, 내가 그들과 가까운 혈연이라는 사실을 생각하면 할수록 그런 감정이 더욱 증가하기만 했다는 것을 고백하지 않을 수가 없다.

왜냐하면 후이님들의 나라에서 불행하게도 유배된 이후 내가 어쩔 수 없이 야후들과 만나고 페드로 데 멘데스 선장과 대화할 수밖에 없었다고 해도, 내 추억과 상상의 세계는 언제나 저 고매한 후이님들의 덕성과 이상으로 가득 차 있었기 때문이다. 그리고 내가 야후 족속의 한 암컷과 성교를 해서 여러 야후들의 아버지가 되었다는 사실을 다시금 생각해보자, 더할 나위 없는 수치심과 낭패감과 자기 혐오감에 휩싸였다.

집안으로 들어가자마자 아내가 두 팔로 나를 껴안고 키스했는데, 그토록 오랜 시간에 걸쳐서 저 지겨운 야후라는 짐승과 접촉해본 적이 없었기 때문에, 거의 한 시간 동안 기절했다.

나는 마지막 항해를 마치고 영국에 돌아온 지 5년이 지나서야 이 여행기를 쓰기 시작했다.

첫째 해에 나는 아내나 아이들이 내 앞에 머물러 있는 것을 견딜 수가 없었고, 특히 그들이 풍기는 바로 그 냄새는 도저히 참아줄 수가 없었다. 더욱이 같은 식탁에서 그들과 함께 식사하는 일은 더욱 참기 어려웠다. 바로 이 시간까지도 그들은 내가 먹을 빵에 손을 대거나, 똑같은 잔을 사용해서 함께

물을 마시는 일을 감히 하지 못하고, 나도 그들이 손을 뻗어 나를 부축하는 일을 허용할 수가 없었다.

나는 어린 말 2필을 사는 데 처음으로 돈을 썼고, 그 말들을 튼튼한 마구간에 집어넣었다. 말 2마리 다음으로 내가 가장 좋아하는 것은 그 말들을 돌보는 하인인데, 그것은 그의 몸에 밴 마구간 냄새를 맡으면 내 활력이 다시금 세차게 솟아오르는 것을 느끼기 때문이다.

그 말들은 나를 상당히 잘 이해해주어서, 나는 매일 적어도 4시간 동안 그들과 대화를 한다. 그들은 고삐나 안장을 모른 채 자기들끼리 우정을 유지할 뿐만 아니라, 나하고도 더없이 다정하게 지내고 있다.

제 12 장

여행기를 마치면서

친절하고 훌륭한 독자들이여, 위와 같이 나는 16년 7개월에 달하는 여러 차례의 항해에 관해서 성실하게 들려주었고, 이 이야기에서는 장식적인 부분들은 삭제하고, 오로지 진실의 전달에만 모든 노력을 집중했다.

물론 다른 여행가들처럼 나도 괴상하고 불가능한 이야기들을 가지고 여러분을 깜짝 놀라게 할 수도 있었을 것이다. 그러나 나의 주된 목적은 여러분을 즐겁게 해주는 것이 아니라 사실을 사실대로 알려주는 것이기 때문에, 오히려 가장 단순한 방법과 스타일을 통해서 분명한 사실관계를 전달하기로 작정했던 것이다.

영국인들 또는 다른 유럽인들이 가본 적이 없는 저 머나먼 나라들을 여행하는 우리가 바다와 육지의 괴상한 동물들을 묘사하기란 쉽다. 그러나 여행가의 주된 목적은 그가 설명하려는 여러 외국 땅의 좋은 실례뿐만 아니라 나쁜 실례를 통해서 사람들을 좀더 지혜롭고 선량하게 만드는 것이다.

나는 어느 여행가든 여행기 출판의 허가를 맡기 전에, 그가 출판하려는 모든 내용이 자기 지식이 미치는 범위 내에서 절대적으로 진실한 것이라고, 대법관 앞에서 의무적으로 선서하게 만드는 법률이 제정되기를 진심으로 바란다. 세상 사람들이 허위 여행기에 흔히 속고 있지만, 그런 선서를 시키면 더 이상 속지 않을 것이기 때문이다. 여행기의 일부 저자들은 독자들의 인기에 영합하기 위해서 무방비 상태의 독자들에게 얼토당토하지 않은 허위 사실들을 마구 제공하고 있다. 젊은 시절 나는 여러 저자들의 여행기를 정독하고 비할 바 없는 즐거움을 만끽하곤 했다.

그러나 지구의 대부분을 돌아다녀보았고, 또한 나 자신의 직접적 관찰에 의거해서 수많은 공상적 이야기를 반박할 수가 있게 되었기 때문에, 허위 사실에 가득 찬 여행기들을 읽으면 그렇게 불쾌할 수가 없고, 뻔뻔스러운 학대를 받고도 눈치채지 못한 채 허위 사실을 너무나 쉽게 믿는 독자들을 볼 때 일종의 분노마저 느낀다.

그러므로 나의 이 빈약한 작품이 영국 독자들에게 배척되지 않기를 바라는 친구들의 기대를 고려하여, 절대로 진리를 저버리지 않고, 오히려 진리에만 매달리겠다는 것을 스스로 절대 원칙으로 삼았다. 그뿐만 아니라, 나는 오랜 기간에 걸쳐서 나의 고상한 주인과 다른 저명한 후이님들의 비천한 경청자가 되는 영광을 누렸는데, 그들의 여러 가지 가르침과 모범이 내 가슴에 남아 있는 한, 그 어떠한 유혹을 당하더라도 절대로 그 진리를 저버릴 수가 없는 것이다.

Nec si miserum fortuna sinonem

Finxit, vanum etiam, mendacemque improba finget.

(그리스 군대의 목마를 트로이 성안에 들여오는 것을 반대한 사람은 시논이었는데, 행운의 여신이 그를 비참하게 만들었어도, 불운의 여신은 그를 위선자로도 거짓말쟁이로도 만들지 못할 것이다.)

나는 천재도 학식도 다른 특출한 재능도 필요하지 않고 오로지 우수한 기억력이나 정확한 일지만이 필요한 그런 종류의 저술이 얼마나 하찮은 명성을 가져다주는지 잘 알고 있다.

이와 마찬가지로 사전 편집자들이나 여행기의 저자들이, 다같이 그들보다 후대에 출현하여 한층 더 높은 자리를 차지하는 무수한 저자들의 위세에 눌려서 망각의 늪에 가라앉는다는 사실도 잘 알고 있다. 그리고 나의 이 여행기에 묘사된 나라들을 앞으로 방문하는 여행가들이 (만일 여기 오류가 있다면) 그 오류들을 발견해내고, 자기들이 발견한 새로운 사실들을 많이 추가하여, 나를 인기의 세계에서 쫓아내고, 자기들이 내 자리를 대신 차지하며, 그 결과 내가 한때 저자였다는 사실조차 망각시킬 가능성이 매우 높다고 하겠다.

내가 만일 명성을 목표로 해서 이 작품을 썼다면, 그렇게 망각되는 것은 참으로 견디기 힘든 모욕이 될 것이다. 그러나 나의 유일한 의도는 일반대중의 유익함을 추구하는 데 있기 때문에, 나는 절대로 실망하지 않는다. 저 영광스러운 후이님들에 관해서 내가 언급한 덕성들을 읽어본 사람치고, 자기 나라를 다스리는 이성적 동물이라고 스스로 자부할 때, 어느 누가 자신의 악습들에 관해서 수치를 느끼지 않을 수 있을 것인가? 야후들이 통치하는 저 멀고먼 나라들에 관해서 나는 아무 것도 말하지 않을 것이다.

그들 가운데 부패가 가장 가벼운 것은 브롭딩나그 사람들인데, 도덕과 정치에 관한 그들의 지혜로운 원칙들을 준수하는 것이 바로 행복일 것이다. 그러나 더 이상 장황하게 설명하지는 않고, 오히려 지혜로운 독자들이 스스로 판단하고 적용하기를 바랄 뿐이다.

나의 이 작품을 비난할 사람이 있을 수가 없다는 것은 이만저만 큰 기쁨이 아니다. 우리가 무역이나 협상에 관해서 전혀 관심도 없는 저 머나먼 나라들에서 일어난 명백한 사건들만 기술한 작가에 대해서 누가 반박할 수가 있단 말인가? 그리고 나는 여행기의 작가 대부분이 정당한 근거에 따라 비난을 흔히 받는 그런 잘못을 세심한 주의를 기울여서 전부 피했다.

그 외에 특정 정당의 이해관계에 말려들어가는 일도 하지 않고, 특정인이나 특정 집단을 반대하기 위해 반감, 편견 또는 악의를 가지고 글을 쓰지도 않는다. 나는 인류 전체에게 정보를 제공하고 가르친다는 가장 고상한 목적으로 글을 쓴다. 나는 가장 높은 경지에 도달한 저 후이넘들 사이에서 그토록 오랫동안 대화하면서 배운 장점들 덕분에 인류 전체보다 어느 정도는 우월한 위치에 있다고 자부할 수가 있는데, 이것은 겸손의 원리에 위반되는 것이 아니다.

또한 나는 물질적 이익을 얻거나 칭송을 받기 위해서 글을 쓰는 것도 아니다. 사실과 다르게 보일 여지가 있는 말은 하나도 사용한 적이 없고, 모욕에 가장 민감한 사람이 모욕감을 느낄 가능성이 있는 가장 사소한 단어마저도 모두 피했다. 그러므로 나는 그 누구도 절대로 탓할 수가 없는 완전무결한 저자라고 당당하게 스스로 선언할 수 있기를 바라는 것이다. 이러한 완전무결한 저자에 대해서는 답변, 연구, 관찰, 탐색, 수색, 평론 등을 전문으로 하는 집단들이 자기 재능을 발휘할 기회를 절대로 발견하지 못할 것이다.

영국의 국민이 발견한 땅은 모조리 영국 국왕의 소유가 되기 때문에, 내가 영국에 돌아오자마자 국민의 한 사람으로서 항해기록을 국무장관에게 제출할 의무가 있다는 말을 내게 해준 사람이 있다는 것을 고백한다. 그러나 내가 언급한 나라들을 우리가 정복하는 일이 벌거벗은 아메리카 인디언들을 페르디난도 코르테스가 정복하듯이 그렇게 쉬울지 는 의문이다.

내가 보기에 릴리퍼트 사람들은 함대와 대규모 육군으로 공격해서 정복할 가치가 없고, 브롭딩나그 사람들을 공격하는 것이 현명한지 또는 안전한 일인지도 의문이다. 또한 영국 군대가 자기들 머리 위에 떠있는 저 '날아다니는 섬'을 마음대로 요리할 수가 있을지도 의문이 아닐 수 없다. 물론 후이님들은 전쟁 준비가 그리 잘되어 있지는 않은 듯이 보이고, 그들은 전쟁, 특히 발사되는 무기들에 관해 아무런 지식이 없다. 그러나 내가 만일 국무장관이라면 그들에 대한 공격을 절대로 건의할 수가 없을 것이다.

그들의 지혜, 단결, 공포에 대한 무지, 애국심은 군사 기술 면의 모든 결함을 충분히 보충하고 남을 것이다. 이성을 가진 2만 명의 후이님들이 유럽인 군대의 한가운데로 돌진해서 군사들을 종횡으로 흩어버리고, 마차들을 뒤엎으며, 뒷발굽으로 세차게 차서 병사들의 얼굴을 박살내는 장면을 상상해보라. 왜냐하면 그들은 로마제국의 초대황제 아우구스투스의 독특한 개성 'Recalcitrat undique tutus(사방에서 공격을 받아도 끄떡없이 반격하는 성격)'을 지녔다고 인정하지 않을 수가 없기 때문이다. 그러나 저 관대한 민족을 정복하라고 건의하기보다 오히려 내가 바라는 것은, 그들이 우리에게 명예·정의·진실·절제·공공정신·용기·순결·우정·관용·신의 등의 기본 원리를 가르쳐서 유럽을 문명화시킬 수 있도록, 충분한 숫자의 후이넘들을 파견할 능력 또는 결의를 갖추는 것이다. 이러한 덕성들은 모두가 유럽의 대부분의 언어에 여전히 남아 있고, 고대의 저자들은 물론이고 근대의 저자들도 다룬 것이며, 이것은 범위가 그리 넓지 않은 나의 독서 체험에서도 단언할 수가 있는 사실이다.

그러나 나의 발견을 근거로 해서 국왕 폐하가 영토를 확장하는 데 대해 내가 소극적으로 나오는 다른 이유도 있다. 사실대로 말하자면, 발견을 근거로 군주들이 주장하는 분배의 정의에 관해서 마음에 걸리는 점이 여러 가지 있는 것이다. 예를 들면, 폭풍우에 해적들이 어디가·어딘지도 모른 채 표류하다가 돛대 꼭대기의 어린 소년이 드디어 육지를 발견한 경우, 그들은 약탈과 강탈을 목적으로 상륙하고, 평화로운 백성들을 만나 극진한 대접을 받는다.

그리고 그곳에다가 새로운 명칭을 부여하고는 국왕을 위해 정식으로 점령한다. 썩은 널빤지나 돌을 기념으로 세운다. 원주민을 24 또는 36명을 살해하고, 한 쌍을 견품으로 잡아서 강제로 데려온다. 귀국한 다음에는 해적 행위에 대해 사면을 받는다.

이때부터 하늘이 부여한 천부적인 권리에 따라 획득된 새로운 지배가 시작된다. 최초의 기회가 닥치면 즉시 함대가 파견되고, 원주민들은 모조리 추방되거나 학살된다. 황금을 찾아내려고 원주민들의 군주들을 고문하고, 비인간적인 모든 행위, 욕정을 채우기 위한 그 어떠한 행동도 처벌을 받지 않은 채 제멋대로 자행되고, 대지는 원주민들의 피에 흠뻑 젖어 몸서리를 친다.

너무나도 경건한 정복 모험에 고용된, 사악하고 천하기 짝이 없는 이 대량학살의 무리는 우상을 숭배하는 야만족을 개종시키고 문명화시키기 위해 파견된 근대의 식민지 건설가들로 둔갑하는 것이다.

그러나 나는 이러한 묘사가 영국에 대해서 절대로 나쁜 영향을 미치지는 않는다고 고백한다. 영국은 지혜와 세심한 배려와 정의로 식민지들을 건설하고, 종교와 학문의 발전을 위해 아낌없이 지원하며, 크리스트교를 널리 전파하기 위해 신심이 깊고 유능한 성직자들을 선발하고, 우리의 조국에서 건전하게 생활하고 편견 없이 대화하는 사람들을 신중하게 선발하여 식민지에 배치하며, 가장 유능하고 부패에 절대로 물들지 않은 행정관리들을 모든 식민지에 파견하여 정의가 엄격하게 실시되게 하고, 무엇보다도 중요한 것은 자신이 다스리는 백성들의 행복과 자기 주인인 국왕의 명예만을 오로지 추구하면서 일에 가장 열성적이고 또한 덕성이 가장 풍부한 총독들을 파견하여 전세계의 모범이 될 수 있기 때문이다.

그러나 내가 묘사한 저 나라들은 정복되어 노예로 전락하거나, 대량학살을 당하거나, 식민지 건설자들에게 밀려서 고향을 등질 생각이 전혀 없는 듯이 보일 뿐만 아니라, 그곳에는 금·은·설탕·담배 등의 물자도 풍부하지 않기 때문에, 그들은 우리가 열정이나 용기, 또는 관심을 마땅히 기울여야 할 그런 대상이 결코 아니라고 판단했다.

그러나 이 문제에 관해서 관련이 있는 사람들이 내 의견과 다른 주장을 한다면, 그리고 합법적으로 내가 법정에 소환된다면, 나는 나보다 먼저 저 나라들을 방문했던 유럽인이 없었다고 진술할 용의가 있다. 물론 저곳의 원주민들이 하는 말을 액면 그대로 받아들여, 수백 년 전에 후이님 나라의 산에서 발견되었다고 하는 2마리의 야후에 관해서 논쟁이 벌어진다면 이야기는 달라진다.

원주민들은 야만적인 야후 족속이 그 두 야후에서 파생했다고 믿기 때문이다. 그리고 최초의 두 야후는 내가 아는 한 영국인들이었을 가능성은 있지만, 후손들의 얼굴이 아무리 변했다고 해도 그 얼굴에 비추어 본다면 그들이 영국인이었다는 것에 대해 강한 의심을 품는다. 그러나 이러한 이야기에서 어떠한 권리가 발생하는지에 대해서는 식민지 법률을 다루는 학자들의 판단에 맡기겠다.

그러나 나는 영국 국왕의 이름으로 저 나라들을 정식으로 점령하겠다는 생각을 단 한 번도 한 적이 없다. 만일 그런 생각을 했다고 해도, 내가 당시에 처한 상황도 상황이고, 나 자신의 목숨을 구하기 위해 신중하게 행동할 필요가 있었기 때문에, 좀더 좋은 기회가 올 때까지 그런 생각은 유보하는 것이 좋았을지도 모른다.

여행가인 나에게 던져질 수 있는 유일한 비난에 대한 답변은 이 정도로 충분하다고 보고, 나는 정중하고 친절하고 현명한 독자 여러분에게 여기서 마지막 작별인사를 한 뒤, 레드리프에 있는 우리 집에 돌아가려고 한다. 그리고 작은 정원을 거닐면서 혼자 사색을 즐기고, 후이님들과 어울리면서 배운 저 탁월한 덕성의 교훈들을 실천하며, 내 집안의 야후들을 온순한 짐승들이 될 때까지 최대한으로 가르치고, 내 모습을 있는 그대로 거울에 비추어 바라보며, 그렇게 함으로써 인간의 모습을 바라볼 때 내가 느끼는 증오심과 반감이 가능한 한 점차 줄어들게 할 것이다.

또한 나의 조국인 이 나라에 사는 후이님들의 야만 상태를 개탄하지만, 나의 고상한 주인, 그의 가족과 친구들, 그리고 후이님 족속 전체를 위해서 영국의 후이님들을 언제나 존경하는 마음으로 대하려고 한다. 영국의 후이님들이 아무리 그 지능이 퇴보했다고 해도, 후이님 나라의 자기 동족과 영광스럽게도 동일한 계보를 가지고 있기 때문이다.

지난주에 나는 아내가 긴 식탁의 반대편 끝에 앉아서 저녁 식사를 하고, 몇 가지 나의 질문에 (최대한으로 간략하게) 대답하는 것을 비로소 허가했다. 그러나 야후의 냄새가 여전히 너무나 역겨웠기 때문에, 언제나 약초, 라벤더 향, 또는 담배 잎사귀로 코를 막고 있었다. 노년기에 들어선 사람이 오래 된 습관을 버리기가 매우 어렵기는 해도, 나는 언젠가는 이웃 야후의 이빨과 발톱을 지금과는 달리 겁내지 않은 채, 그와 자리를 함께할 수 있을 것이라는 희망을 포기하지 않는다.

만일 야후 족속이 전반적으로 대자연으로부터 받은 악습들과 어리석음에만 만족하고 머물러 있다면, 내가 그들과 화해하는 것은 그리 어렵지 않을지도 모른다. 나는 변호사, 소매치기, 대령, 바보, 귀족, 도박꾼, 정치가, 포주, 내과의사, 증인, 매수되어 위증하는 자, 검사, 반역자, 기타 이와 유사한 사람들을 바라보아도 별로 화가 나지 않는다. 그들은 원래가 그런 족속이기 때문이다.

그러나 몸과 마음이 모두 기형이고 병든 주제에 오만으로 가득 찬 사람을 보면, 즉시 나의 인내심은 모조리 무너져버린다. 또한 이따위 짐승과 오만이라는 이따위 악덕이 어떻게 공존할 수 있는지 영원히 이해할 수 없을 것이다.

이성적 동물을 장식하는 모든 장점에서 탁월하고 지혜와 덕성을 갖춘 후이님들은 사악한 것을 표현하는 어휘들이 전혀 없는 그들 언어에 오만이라는 이 악덕을 표현하는 단어도 없고, 다만 그들이 거느리는 야후들의 지겨운 특징들을 표현하는 어휘들이 있을 뿐이었다.

이것은 인간이라는 종류의 짐승들이 통치하는 다른 여러 나라에서 드러나는 인간의 성질을 그들이 전혀 이해하지 못하기 때문이었다. 그러나 그들보다 경험이 더 많은 나로서는 저 야생적 야후들에게서도 오만의 싹들을 분명히 관찰할 수 있었다.

그러나 이성의 지배를 받으면서 생활하는 후이님들은, 내가 다리나 팔이 하나가 없는 사람이 아니라는 사실에 대해 오만한 마음을 품지 않는 것과 마찬가지로, 자기들이 지닌 훌륭한 덕성에 대해 오만한 마음을 품지 않는다. 다리나 팔이 하나라도 없다면 누구든지 비참해지겠지만, 사지가 멀쩡하다는 사실을 자랑하고 돌아다닌다면 제정신이 아닐 것이다.

내가 오만이라는 이 문제에 관해서 더욱더 곰곰 생각해보는 이유는 야후들이 사는 영국 사회가 더 이상 퇴보하는 것을 무슨 수를 써서라도 막아야만 한다고 생각하기 때문이다. 그러므로 오만이라는 이 어리석은 악덕을 조금이라도 지닌 사람은 감히 내 앞에 모습을 나타내지 말기를 이 자리에서 간청하는 바이다. ■

걸리버 선장이 조카 심슨에게 보낸 편지

1727년 4월 2일

네가 만일 앞으로 내 원고에 관해서 어떤 점을 공개적으로 밝히라는 요구를 받게 된다면, 그때마다 아래와 같은 사실을 기꺼이 공표하기를 바란다.

즉 네가 하도 억세게 그리고 자주 졸라대는 바람에 두서도 없고 또 부정확한 이 여행기의 출판을 나는 마지못해서 허락했고, 그것도 나의 조카 댐피어가 자신의 저서 〈세계 일주 여행기〉를 낼 때 나의 충고를 따랐던 것처럼, 옥스퍼드나 케임브리지 대학의 학생들을 동원해서 원고를 순서대로 정리하고 문장 스타일도 수정한 뒤에 출판하라고 내가 지시했다는 점을 공표하라는 것이다.

나는 네 마음대로 일부를 삭제하는 데 동의한 기억이 없고, 엉뚱한 것을 추가하도록 동의한 적은 더더욱 없다. 그러므로 추가된 내용에 관해서는 이 자리를 빌려 나의 글이 아니라고 단언하는 바이다.

특히 이미 서거한 앤 여왕 폐하에 관한 구절, 즉 가장 경건하고 영광스러운 추억의 구절은, 내가 비록 이 세상의 그 누구보다도 그녀를 존경하고 우러러본다고 해도, 나의 글이 아니라고 단언하는 것이다.

너도, 그리고 글을 마구 추가하는 네 동료도 맹랑한 내용을 추가하는 것을 내가 원하지 않는다는 점을 충분히 고려했어야 마땅하다. 또한 나의 주인인 후이님 앞에서 우리와 같은 모습의 동물을 어느 것이든 칭찬하는 경우, 그것은 예의에 벗어나는 짓임을 마땅히 고려했어야만 했다.

더욱이 그 구절은 허위 사실을 기술하고 있는 것이다. 왜냐하면 앤 여왕 폐하의 재임기간의 일부를 나도 영국에서 보내서 아는 것이지만, 여왕 폐하는 한 명, 아니 두 명의 수상, 즉 고돌핀 경과 옥스퍼드 경을 통해서 통치하였기 때문이다. 결국 나의 입을 빌려서 너는 허위 사실을 퍼뜨린 것이다.

이와 마찬가지로 설계자들의 아카데미에 관한 이야기, 그리고 내가 나의 주인 후이님과 여러 차례 나눈 대화에 관한 대목들의 경우, 네가 구체적인 상황들을 마구 삭제하거나 생략 또는 변경한 결과, 나 자신도 이것이 내 작품인지 못 알아볼 지경이 되고 말았다.

이미 내가 편지를 통해서 이런 우려를 은근히 암시했을 때, 너는 즉시 이렇게 답장을 보냈다. 법을 어기는 일을 할까봐서 조심한다, 권력층이 출판물을 심하게 감시한다, 그들은 자기들에 대해 빈정거리는 내용(이것은 네 표현에 따른 단어라고 본다)을 철저하게 적발할 뿐 아니라 처벌하기 일쑤라고 말이다.

그러나 내가 5000리그(2만 4000킬로) 이상이나 멀리 떨어진 다른 나라에 가서 한 말, 그것도 여러 해 전에 다른 국왕의 재임 기간에 한 말이, 현재 야후 족속을 통치한다고 일컬어지는 특정 야후에게 어떻게 적용될 수 있단 말인가? 더욱

이 그것은 내가 그들의 지배 아래 사는 것이 불행하다는 생각을 한 적도 없고 또 그런 불행을 전혀 걱정하지 않았던 그 당시에 한 말이 아닌가?

후이넘들이 이성적 동물로 행세하면서 바로 이 야후들을 야수와 마찬가지로 우리에 처넣어 끌고 가는 것을 볼 때는, 나도 거세게 항의하지 않았던가? 내가 여기 은퇴하게 된 주요한 동기 가운데 하나는, 사실 그토록 너무나 야만적이고 혐오스러운 광경을 보고 싶지 않다는 것이다.

그러므로 우리가 친척이고 또 네가 나의 원고를 맡고 있기 때문에 이런 말을 네게 마땅히 해주어야 한다고 보았다.

너를 포함한 일부 인사들이 줄기차게 간청할 뿐 아니라, 내 의견과 정면으로 대립되는 허위 논리를 전개하는 바람에 내가 결국은 설득을 당하여 여행기 출판을 허락했는데, 나는 이러한 자신의 천박한 판단력에 대해서 이제부터 불평을 해야겠다.

네가 출판의 동기를 공공의 이익을 위한 것이라 주장할 때마다, 야후들이 규칙이나 모범에 의한 교화가 전혀 불가능한 그런 종류의 동물이라는 점을 기억해두라고 내가 얼마나 역설했던가? 야후들이 그런 동물임은 이미 증명되었다.

왜냐하면 적어도 이 작은 섬나라에서만이라도 권력 남용과 부패가 완전히 사라지기를 나름대로 기대했지만, 그런 개선된 상황을 보기는커녕 이 책은 6개월 이상이나 사회에 대해 경고를 했는데도 내가 의도했던 효과는 단 한 가지도 내지 못했기 때문이다.

〈모든 정당과 파벌이 해산되었다. 재판관들은 유식하고 공정해졌다. 변호사들이 정직하고 예의바르며 어느 정도 건전한 상식을 지니게 되었다. 스미스필드에 법률책들이 산더미처럼 쌓인 채 불타고 있다. 젊은 귀족들에 대한 교육이 근본적으로 개혁되었다. 내과의사들이 추방되었다. 암컷 야후들이 덕행, 명예심, 진리, 건전한 가치관으로 충만해졌다. 권력을 쥔 대신들의 화려한 관저 모임과 접견 행사가 완전히 뿌리 뽑혀 사라졌다. 재치와 공적과 학식이 정당한 보상을 받는다. 산문과 시를 통해서 출판계에 먹칠을 하는 자들에게는 오로지 자기 종이만 먹고 자기 잉크로만 목을 축이라는 형벌이 내려졌다.〉

이러한 내용이 담긴 너의 편지가 오기를 나는 애타게 기다렸다.

이러한 내용을 비롯한 수천 가지 다른 개혁은 내 책이 전하는 규범들로부터 쉽게 추론되는 것이 아닌가! 그래서 나는 출판을 권하는 너의 말을 굳게 믿은 것이 아닌가!

그리고 야후들이 만일 덕행이나 지혜를 조금이라도 배울 능력이 있다면, 그들이 자신의 고질병인 악습과 어리석음을 말끔히 청산하는 데 7개월이면 충분하다는 점을 인정해야만 한다.

그러나 지금까지 네가 보낸 편지는 전혀 나의 기대를 충족시키지 못했다. 오히려 우리 사이에 매주 왕래하는 우편마차에 너는 명예훼손 문서, 종족 검색표, 비난 문서, 연구 논문, 그리고 하찮은 자료 따위나 실어보냈다.

그런데 그 자료들은 내가 국가의 고위지도층을 비방하고, 인간 본성을 타락시키며(그들은 아직도 인간 본성을 내세울 자신이 있기 때문에 그렇게 말한다), 여성들을 모욕한다고 해서 비난을 받는다고 기록했다.

그뿐 아니라 나는 그런 하찮은 글을 쓴 작가들이 자기네끼리도 의견의 일치를 보지 못했다는 사실도 알게 되었다. 그들 가운데 일부는 나를 이 여행기의 저자로 인정하지 않으려 하고, 다른 일부는 나를 내가 쓰지도 않은 책의 저자로 둔갑시키기 때문이다.

게다가 네가 거래하는 인쇄업자가 너무나 무성의한 나머지, 시대 구분을 혼동하고, 여러 차례에 걸친 항해 출발일자와 귀환일자를 잘못 알아, 올바른 연도와 월일을 제대로 인쇄하지 못했다는 것도 알게 되었다.

또한 이 책이 출판된 뒤에 원고가 모두 없어졌다고 들었는데, 나도 사본을 가진 것이 없다. 그러나 이제 여기 몇 군데 수정해서 보내니, 다음에 제2판을 인쇄할 때 추가하기 바란다. 물론 수정된 내용을 끝까지 고집할 수는 없을 테지만, 어쨌든 그것은 현명하고 솔직한 독자들이 적절히 해석해주기를 바란다.

우리나라의 몇몇 해상 야후들이 바다에 대한 나의 용어 중에 부적절하거나 현재 사용되지 않는 것이 많다고 비난한다고 한다. 그것은 나로서도 어쩔 수가 없다. 젊은 시절에 초창기의 항해를 거듭하는 동안, 나는 나이가 가장 많은 선원들로부터 훈련을 받았고, 그들의 언어를 배웠다. 그 이후에 내가 알게 되었지만, 육상 야후들은 해마다 용어를 바꾸고, 해상 야후들도 그들처럼 용어의 유행을 쉽게 따른다.

내 기억으로는 항해를 마치고 귀국할 때마다 예전에 쓰던 그들의 방언이 심하게 변질되어서 새로운 말을 전혀 알아듣지 못할 정도였다.

그리고 내가 보기에는 호기심에서 어떤 야후들이 런던에서 나를 찾아오는 경우, 우리는 이해가 가능한 방식으로 자기 생각을 상대방에게 전달하기가 불가능한 것이다.

야후들의 비난이 어떤 방식으로든지 나를 난처하게 만든다면, 이 여행기가 순전히 나의 공상의 산물이라고 그들이 생각하는 것은 만용이고, 또한 유토피아 주민의 경우와 똑같이 후이넘도 야후도 현실에는 없다고 그들이 암시하는 것도 너무 지나친 짓이라고 내가 항변할 이유는 충분하다.

사실대로 말하자면 릴리퍼트, 브롭딩라그(이것을 브롭딩나그라고 표기하면 잘못된 것이므로 올바로 표기해야만 한다), 그리고 라푸타에 사는 주민들에 관해서, 그들의 존재를 부인하거나 내가 설명한 사실들을 논박하려는, 그렇게 주제넘은 야후가 있다는 말은 아직 들어보지 못했다. 독자라면 누구나 이 여행기의 내용이 모두 사실이라고 확신하기 때문이다.

현재 이 나라에 사는 야후들이 후이넘 나라에 있는 그들의 형제 야수들과 다른 점이라고는 입으로 재잘재잘 나불거린다는 것과 벌거벗고 돌아다니지 않는다는 것뿐이고, 그들의 숫자가 이 도시에서만도 수만 명이 넘는 것이 분명한데, 후이넘이나 야후에 관한 나의 이야기가 그런 숫자보다 신빙성이 덜하다는 말인가? 내가 이 글을 쓴 것은 그들의 인정을 받기 위한 것이 아니라, 그들을 개량하기 위한 것이다.

야후 족속이 모두 한목소리로 나를 칭찬한다고 해도, 그것은 내 마구간에서 기르는 저 두 마리의 타락한 후이넘의 말 울음소리보다도 나에게 별다른 의미가 없다. 왜냐하면 저 두 마리의 후이넘이 타락하기는 했어도, 나는 악습이 전혀 섞이지 않은 몇 가지 덕행에 더욱 정진하는 길을 아직도 그들로부터 배우고 있기 때문이다.

저 비참한 짐승들은 내가 너무 타락해서 내 말의 진실성에 대해 변명한다고 억측하고 있단 말인가?

후이넘 나라에서는 어디서나 잘 알려진 일이지만, 야후임에도 불구하고 나는 나와 똑같은 종족, 특히 유럽인들의 영혼 속에 너무 깊이 뿌리내린 지독한 악습, 즉 거짓말, 책임 전가, 사기, 애매한 말 등을 나의 저명한 주인의 가르침과 모범에 의해서 2년 만에 모두 벗어버릴 수 있었다. (이러한 고백이 나에게는 가장 어려운 일이지만, 그래도 나는 고백한다.)

속이 상하는 이런 자리를 빌려 몇 가지 더 불평할 수도 있지만, 나 자신이나 너를 더 이상 탓하지 않겠다. 다만 부담없이 고백해야만 할 것이 있다.

마지막 항해에서 돌아온 뒤에 네 족속, 그리고 특히 우리 집안의 몇몇 사람들과 나는 불가피하게 대화를 할 수밖에 없었는데, 야후로서 내가 지닌 본성 가운데 마지막까지 남았던 몇 가지 타락한 성질이 그 대화를 통해서 내 마음속에서 되살아났다는 것이다.

또 하나는 이 왕국의 야후 족속을 개량하겠다고 하는 너무나도 얼토당토않은 계획은 내가 아예 시도해서도 안 되는 것이었다는 사실이다. 어쨌든 망상에 불과한 이런 계획들을 나는 이제는 영영 포기했다.

A LETTER FROM CAPTAIN GULLIVER TO HIS COUSIN SYMPSON

WRITTEN IN THE YEAR 1727

I hope you will be ready to own publicly, whenever you shall be called to it, that by your great and frequent urgency you prevailed on me to publish a very loose and incorrect account of my travels, with direction to hire some young gentleman of either University to put them in order and correct the style, as my cousin Dampier did by my advice in his book called 'A Voyage Round the World.'

But I do not remember I gave you power to consent that anything should be omitted, and much less that anything should be inserted ; therefore, as to the latter, I do here renounce everything of that kind, particularly a paragraph about her Majesty Queen Anne, of most pious and glorious memory, although I did reverence and esteem her more than any of human species.

But you, or your interpolator, ought to have considered that as it was not my inclination, so was it not decent to praise any animal of our composition before my master Houyhnhnm ; and, besides, the fact was altogether false, for to my knowledge, being in England during some part of her Majesty's reign, she did govern by a chief Minister ; nay, even by two successively, the first whereof was the Lord of Godolphin, and the second the Lord of Oxford, so that you have made me say the thing that was not.

Likewise in the account of the Academy of Projectors, and several passages of my discourse to my master Houyhnhnm, you have either omitted some material circumstances, or minced or changed them in such a manner that I do hardly know my own work.

When I formerly hinted to you something of this in a letter you were pleased to answer, 'That you were afraid of giving offence ; that people in power were very watchful over the press, and apt not only to interpret but to punish everything which looked like an innuendo' (as I think you call it). But pray how could that which I spoke so many years ago, and at above five thousand leagues' distance, in another reign, be applied to any of the Yahoos who now are said to govern the herd, especially at a time when I little thought or feared the unhappiness of living under them? Have not I the most reason to complain when I see these very Yahoos carried by Houyhnhnms in a vehicle as if they were brutes, and those the rational creatures? And, indeed, to avoid so monstrous and detestable a sight was one principal motive of my retirement hither.

This much I thought proper to tell you in relation to yourself and to the trust I reposed in you.

I do in the next place complain of my own great want of judgment in being prevailed upon by the entreaties and false reasonings of you and some others, very much against my own opinion, to suffer my travels to be published. Pray bring to your mind how often I desired you to consider, when you insisted on the motive of public good, that the Yahoos were a species of animals utterly incapable of amendment by precepts or example, and so it has proved ; for, instead of seeing a full-stop put to all abuses and corruptions, at least in this little island, as I had reason to expect, behold, after above six months' warning, I cannot learn that my book has produced one single effect according to my intentions.

I desired you would let me know by a letter when party and faction were extinguished, judges learned and upright, pleaders honest and modest, with some tincture of common-sense, and Smithfield blazing with pyramids of law books ; the young nobility's education entirely changed ; the physicians banished ; the female Yahoos abounding in virtue, honour, truth, and good sense ; Courts and levees of great Ministers thoroughly weeded and swept ; wit, merit, and learning rewarded ; all disgracers of the press in prose and verse condemned to eat nothing but their own cotton, and quench their thirst with their own ink. These and a thousand other reformations I firmly counted upon by your encouragement, as, indeed, they were plainly deducible from the precepts delivered in my book.

And it must be owned that seven months were a sufficient time to correct every vice and folly to which Yahoos are subject if their natures had been capable of the least disposition to virtue or wisdom. Yet so far have you been from answering my expectation in any of your letters that on the contrary you are loading our carrier every week with libels, and keys, and reflections, and memoirs, and second parts, wherein I see myself accused of reflecting upon great State folks ; of degrading human nature (for so they have still the confidence to style it), and of abusing the female sex. I find likewise that the writers of those bundles are not agreed among themselves, for some of them will not allow me to be the author of my own travels, and others make me author of books to which I am wholly a stranger.

I find likewise that your printer has been so careless as to confound the times and mistake the dates of my several voyages and returns, neither assigning the true year, nor the true month, nor day of the month, and I hear the original manuscript is all destroyed since the publication of my book ; neither have I any copy left. However, I have sent you some corrections, which you may insert, if ever there should be a second edition ; and yet I cannot stand to them, but shall leave that matter to my judicious and candid readers to adjust it as they please.

I hear some of our sea Yahoos find fault with my sea language as not proper in many parts nor now in use. I cannot help it. In my first voyages, while I was young, I was instructed by the oldest mariners and learned to speak as they did ; but I have since found that the sea Yahoos are apt, like the land ones, to become new-fangled in their words, which the latter change every year, insomuch as I remember upon each return to my own country their old dialect was so altered that I could hardly understand the new. And I observe when any Yahoos come from London out of curiosity to visit me at my house, we neither of us are able to deliver our conceptions in a manner intelligible to the other.

If the censure of the Yahoos could any way affect me I should have great reason to complain that some of them are so bold as to think my book of travels a mere fiction out of mine own brain, and have gone so far as to drop hints that the Houyhnhnms and Yahoos have no more existence than the inhabitants of Utopia.

Indeed, I must confess that as to the people of Lilliput, Brobdingrag (for so the word should have been spelt, and not erroneously Brobdingnag), and Laputa, I have never yet heard of any Yahoo so presumptuous as to dispute their being or the facts I have related concerning them, because the truth immediately strikes every reader with conviction. And is there less probability in my account of the Houyhnhnms or Yahoos, when it is manifest as to the latter there are so many thousands even in this country who only differ from their brother brutes in Houyhnhnmland because they use a sort of jabber and do not go naked? I wrote for their amendment and not their approbation.

The united praise of the whole race would be of less consequence to me than the neighing of those two degenerate Houyhnhnms I keep in my stable, because from these, degenerate as they are, I still improve in some virtues without any mixture of vice.

Do these miserable animals presume to think that I am so degenerated as to defend my veracity? Yahoo as I am, it is well-known through all Houyhnhnmland that by the instructions and example of my illustrious master I was able in the compass of two years (although I confess with the utmost difficulty) to remove that infernal habit of lying, shuffling, deceiving, and equivocating, so deeply rooted in the very souls of all my species, especially the Europeans.

I have other complaints to make upon this vexatious occasion, but I forbear troubling myself or you any further. I must freely confess that since my last some corruptions of my Yahoo nature have revived in me by conversing with a few of your species, and particularly those of my own family, by an unavoidable necessity, else I should never have attempted so absurd a project as that of reforming the Yahoo race in this kingdom ; but I have now done with all such visionary schemes for ever.

April 2, 1727.